La oferta final

LAUREN ASHER

La oferta final

Traducción de Víctor Ruiz Aldana

Obra editada en colaboración con Editorial Planeta - España

Título original: *Final Offer*

© 2023. FINAL OFFER por Lauren Asher
© por la traducción, Víctor Ruiz Aldana, 2025
Ilustraciones del interior: © Freepik
Composición: Realización Planeta

© 2025, Editorial Planeta, S.A. – Barcelona, España

Derechos reservados

© 2025, Editorial Planeta Mexicana, S.A. de C.V.
Bajo el sello editorial MARTÍNEZ ROCA M.R.
Avenida Presidente Masarik núm. 111,
Piso 2, Polanco V Sección, Miguel Hidalgo
C.P. 11560, Ciudad de México
www.planetadelibros.com.mx

Primera edición impresa en España: marzo de 2025
ISBN: 978-84-270-5373-1

Primera edición impresa en México: abril de 2025
ISBN: 978-607-39-2648-5

No se permite la reproducción total o parcial de este libro ni su incorporación
a un sistema informático, ni su transmisión en cualquier forma o por cualquier
medio, sea este electrónico, mecánico, por fotocopia, por grabación u otros
métodos, sin el permiso previo y por escrito de los titulares del *copyright*.

Queda expresamente prohibida la utilización o reproducción de este libro o
de cualquiera de sus partes con el propósito de entrenar o alimentar sistemas
o tecnologías de Inteligencia Artificial (IA).

La infracción de los derechos mencionados puede ser constitutiva de delito
contra la propiedad intelectual (Arts. 229 y siguientes de la Ley Federal de
Derechos de Autor y Arts. 424 y siguientes del Código Penal Federal).

Si necesita fotocopiar o escanear algún fragmento de esta obra diríjase al
CeMPro (Centro Mexicano de Protección y Fomento de los Derechos de Autor,
http://www.cempro.org.mx).

Impreso en los talleres de Impregráfica Digital, S.A. de C.V.
Av. Coyoacán 100-D, Valle Norte, Benito Juárez
Ciudad de México, C.P. 03103
Impreso en México - *Printed in Mexico*

A todas las personas a las que han subestimado.
Espero que le demuestren a todo el mundo lo contrario,
también a ustedes mismos.

Banda sonora

«in my head» – Ariana Grande
«Hate Myself» – NF
«Forever Winter» (Taylor's Version) – Taylor Swift
«Bad Habits» (Acoustic Version) – Ed Sheeran
«justified» – Kacey Musgraves
«If I Ever Feel Better» – Phoenix
«Unmiss You» – Clara Mae
«broken» (Acoustic Version) – Jonah Kagen
«Wishful Thinking» – Gracie Abrams
«Brown Eyes Baby» – Keith Urban
«favorite crime» – Olivia Rodrigo
«Clarity» – Vance Joy
«Break My Heart Again» – Danielle Bradbery
«This Time Is Right» – CVBZ & American Authors
«Labyrinth» – Taylor Swift
«One Life» – James Bay
«You Let Me Down» – Alessia Cara
«No Se Va» – Morat
«Goodbye» – Mimi Webb
«Time» – NF
«When We Were Young» – Adele
«I Won't Give Up» – Jason Mraz
«ADMV» – Maluma

1
Alana

De haber sabido que moriría esta noche, me habría puesto una ropa interior más sexy. O, como mínimo, me habría puesto algo más bonito que esta pijama desigual llena de agujeros y manchas de cloro. Mi madre debe de estar regañándome desde el cielo ahora mismo, preguntándose qué hizo mal conmigo.

«Perdóname, mami. Debería haberte escuchado.»

Me persigno deprisa antes de amartillar el arma en dirección a la sombra que se alza frente a la puerta abierta. El corazón me late con furia en el pecho, cada vez más rápido.

—Voy a contar hasta cinco para que salgas de mi casa antes de disparar. Uno..., dos...

—Mierda.

Algo pesado golpea la pared antes de que se oiga un interruptor y la entrada de la casa se inunde de luz. Aprieto con fuerza la mano del arma al encontrarme cara a cara con la única persona que pensaba que no volvería a ver jamás. Nuestras miradas se cruzan. Sus ojos azules recorren la silueta de mi rostro como una caricia invisible, y siento una oleada de calidez por todo el cuerpo.

A pesar de la alarma estridente que me resuena en la

cabeza para que me aleje de él lo antes posible, no puedo resistirme a repasar de arriba abajo el más de metro noventa de Callahan Kane. Todo me resulta familiar, hasta el dolor en el pecho que nunca desapareció, ni siquiera cuando él sí lo hizo.

Esa sonrisa fácil.

Ese pelo rubio oscuro, rebelde, siempre despeinado y suplicando que alguien lo dome.

Esos ojos azules, del color del cielo despejado, que brillan como la superficie del lago bajo el sol del mediodía.

Han pasado seis años desde la última vez que lo vi. Seis largos años que me han endurecido lo suficiente como para interpretar su encanto por lo que es en realidad.

«Una trampa.»

Si lo observo con detenimiento, consigo distinguir las grietas de la fachada que trata de ocultar bajo su belleza y carisma. Siempre procuraba que la gente no se acercara demasiado a la persona rota que se escondía tras la máscara. Eso fue lo primero que me llamó la atención, y lo que provocó mi ruina.

Tenía veintitrés años cuando me rompió el corazón, pero siento el dolor como si hubiese sido ayer. En lugar de ignorarlo, me entrego a él y lo aprovecho para alimentar mi rabia.

—¿Qué demonios haces aquí? —le espeto.

La sonrisa le decae antes de volver a su sitio.

—¿No te hace ilusión verme?

—No tienes una idea —contesto, y le hago un gesto con la mano—. ¿Por qué no te acercas un poco para que no falle el tiro? Me molestaría no acertarte en un órgano vital.

Arrastra la mirada de mi cara al arma que sostengo en la mano.

—¿Sabes siquiera cómo se dispara eso?

—¿Quieres descubrirlo? —digo, entornando los ojos.

—¿De dónde la has sacado?

—Me la regaló mi madre. —digo desafiante.

Él abre mucho los ojos.

—¿La señora Castillo te regaló un arma? ¿Por qué?

Bajo la pistola y le pongo el seguro.

—Siempre dice que una mujer debe tener dos cualidades: ir armada y ser peligrosa.

Se queda boquiabierto.

—Pensaba que no iba en serio lo de tener un arma para mantenernos a raya.

—No todo el mundo se ha criado en un barrio residencial de Chicago con un ejército de niñeras y mayordomos.

—Y no todo el mundo se ha criado en un pueblecito turístico de la costa donde puedes comprar a la policía con alcohol y un billete de cien.

Tuerzo el gesto.

—Para que lo sepas, el sheriff Hank se jubiló el año pasado.

—Qué desgracia para los delincuentes adolescentes. —Ensancha aún más la sonrisa.

El estómago se me llena de mariposas. Por las vueltas que me da, es como si se hubieran despertado miles de repente tras pasar seis años atrapadas en sus capullos.

«Te partió el corazón. Compórtate.»

Tenso los músculos de los hombros.

—¿Piensas explicarme qué haces allanando mi casa o vamos a pasarnos la noche aquí de pie?

—¿Tu casa? —Frunce el ceño—. Creo que te equivocas. Es posible que mi abuelo permitiera que se quedaran porque tu madre cuida la propiedad, pero no es tuya.

Mi madre no solo cuida la casa de los Kane, sino que la quiere como si fuese suya desde que Brady Kane la contrató para administrarla y atender a sus nietos.

«Y, aun así, te la legó a ti, no a ella.» Me da un vuelco el corazón.

—Según las escrituras de la casa que dejó tu abuelo, sí.

Cal se yergue.

—¿Qué quieres decir?

—Eso queda entre él y yo.

—Pues teniendo en cuenta que no puedo pedirle que me lo explique al estar a dos metros bajo tierra, creo que necesito que lo desarrolles un poco.

El dolor que me oprime el pecho se intensifica.

—Me dijo que esta casa era mía y que tenía todo el derecho del mundo a disparar a quien me lo cuestionara.

Se cruza de brazos y los ojos se me van a los músculos que se le insinúan bajo la camisa.

—Ahora sí sé que me estás mintiendo. Mi abuelo detestaba las armas.

—¿Sí? ¿Y qué me dices de la pequeña colección que tiene en la buhardilla?

—¿Qué colección? —pregunta, frotándose la barbilla.

Ladeo la cabeza.

—Quizá no conocías a tu abuelo tanto como crees.

—Ah, ¿y tú sí? —Suelta una risita condescendiente.

Alzo la barbilla.

—Pasó aquí todos los veranos hasta el accidente, así que sí, creo que lo conozco mejor que la persona que ni siquiera se molestaba en llamarlo por su cumpleaños.

Me esquiva la mirada.

—Antes de que entrara en coma no nos hablábamos.

—Quién sabe por qué —replico con la voz cargada de sarcasmo.

—Cometí muchos errores la última vez que estuve aquí —dice él acariciándose la nuca.

—¿Como relacionarte conmigo?

Se le tensan los músculos de la mandíbula.

—No debería haber ido detrás de ti.

Siento como si Cal me hubiese atravesado el pecho con un cuchillo de sierra, pero me mantengo impertérrita, una habilidad que he perfeccionado a lo largo de los años.

—No, no deberías haberlo hecho. —Aprieto los dedos en torno al mango de la empuñadura de la pistola.

—Me arrepiento de haber echado a perder nuestra amistad.

El cuchillo invisible se retuerce y se hunde aún más en mi piel.

—Lo que echó a perder nuestra amistad no fue que empezáramos a salir, sino tus adicciones.

Analgésicos. Alcohol. Sexo. Cal recurría a ellos para acallar a los demonios de su cabeza, y yo, tonta de mí, estaba demasiado enamorada para darme cuenta.

«No puedes culparte si a él se le daba de perlas ocultarlo.»

Aun así, todavía me cuesta creer lo que me digo. Noto un nudo en la garganta tras años de emociones reprimidas, y me cuesta tragar. Él aprieta la mandíbula y su marcada estructura ósea se perfila aún más.

—Lo creas o no, no he venido hasta aquí para discutir contigo por nuestro pasado.

—¿Y se puede saber a qué has venido entonces?

De las cien preguntas que quiero hacerle, esa me parece la menos arriesgada.

—He venido a echarle un vistazo a la casa.

—¿Seis años después? ¿Por qué?

—Porque pretendo venderla.

Parpadeo dos veces.

—No. Ni hablar, olvídalo.

—Lana...

Mi corazón muerto se enciende al oír el apodo que usaba conmigo.

«Con razón le pareciste tan fácil la última vez. Le basta con llamarte por un apodo absurdo para que bajes la guardia.»

—No me llames así. —Aprieto los labios.

—Alana —se corrige con una pequeña mueca—. No sé lo que te dijo mi abuelo, pero debiste de malinterpretarlo.

—Claro, cómo no, das por supuesto que fui yo la que lo malinterpretó.

Él entorna los ojos.

—No compliques más las cosas.

—¿No? ¿Y qué quieres que haga? ¿Que me comporte como una niña ingenua y estúpida como la última vez?

Ignora mi salida de tono y prosigue:

—Podemos resolver esto rápido. ¿Dónde están las escrituras?

Hago una pausa y valoro las consecuencias de ceder a su petición.

«Cuanto antes le enseñes las escrituras, antes se irá.»

—Voy a buscarlas. —Hago ademán de dirigirme a la escalera antes de lanzarle una mirada por encima del hombro—. No te muevas de ahí.

—¿Y arriesgarme a que me pegues un tiro? No, gracias.

La respuesta me pende de la punta de la lengua, pero me la trago. Eso es lo peor de Cal, que puede conseguir que cualquier persona se olvide de que está enojada con él solo con una broma y una sonrisa. Es su mayor superpoder y mi kryptonita personal.

«Ahora estás más preparada.»

Eso espero, al menos.

Subo corriendo al piso de arriba y guardo la pistola en la caja fuerte antes de buscar las escrituras. Apenas tardo un momento en dar con ellas entre otros documentos legales importantes.

Cal me mira las manos mientras bajo la escalera.

—¿Dónde has dejado el arma?

Me encojo de hombros.

—Me sé cinco formas distintas de matar a un hombre con mis propias manos, así que tampoco es que me haga mucha falta.

Su piel dorada adquiere un tono blanco.

—Por favor, dime que me estás tomando el pelo.

Ojalá fuese broma. Un verano mi madre me mandó a Colombia a visitar a mi tío, y no se le ocurrió otra cosa para entretenerme que ponerme a trabajar en su granja y enseñarme artes marciales mixtas. Volví un mes más tarde siendo cinturón negro en darle palizas a la gente y con las habilidades de supervivencia necesarias para ganar un *reality* de esos de naturaleza.

Dejo las escrituras sobre la mesa de la entrada y señalo la firma de Brady.

—Ahí. Tal como te he dicho.

Cal se pone a mi lado para examinar las escrituras. Procura guardar las distancias mientras lee, pero, al cambiar el peso de pie, nuestros brazos se rozan por accidente. Una corriente de energía me recorre el cuerpo. Se apresura a llevarse el brazo detrás de la espalda, aunque el efecto del contacto con su piel perdura. Han pasado seis años y mi cuerpo reacciona como si hubiese sido ayer.

Frunzo aún más el ceño.

Cal sacude la cabeza después de leer la hoja entera.

—Lo siento, pero estas escrituras que te dio están obsoletas. —Señala la fecha escrita junto a la firma de Brady—. Esta firma es de antes de su último testamento.

—¿Qué testamento?

—El que redactó antes del accidente.

Siento como si Cal me hubiese agarrado del cuello y estuviese apretando.

«No. No es posible.»

—Pienso llamar a su abogado ahora mismo, a ver si podemos aclarar la situación.

Doy vuelta hacia la escalera, desesperada por subir a buscar el teléfono. Cal mira su reloj elegante.

—Es casi medianoche. Dudo que Leo te responda a estas horas.

Maldigo entre dientes, y él se mete las manos en los bolsillos.

—Lo contactaré mañana a primera hora para intentar resolver este asunto antes de que llegue el agente inmobiliario —propone.

—¿Qué agente inmobiliario?

—El que he contratado para que me ayude a vender la casa.

—¿Qué parte no has entendido de «me niego a vender mi casa»?

—Para empezar, lo de que la consideres tuya.

Retuerzo los dedos hasta cerrar con fuerza los puños para no rodearle ese cuello enorme que tiene. Él baja la mirada hasta mis manos antes de volver a alzarla hacia mi rostro.

—Creo que hasta que el abogado nos dé una explicación válida deberíamos posponer el tema. Es tarde y no vamos a llegar a nada —dice, y la puerta cruje cuando la abre.

—Espera. —Alargo la mano—. Dame tu llave.

Cal me ignora mientras arrastra su equipaje para meterlo en la casa.

—No me voy a ningún lado.

—Uy, pues te digo que aquí no te quedas —escupo.

—¿Adónde quieres que vaya?

—El motel de Main Street debe de tener habitaciones libres, y además ahora tiene wifi y televisión a color.

Cal separa los labios.

—No lo dirás en serio. Allí arrestaron una vez a un asesino en serie.

Pongo los ojos en blanco.

—Sí, pero no cometió ninguno de los asesinatos en el motel.

—Ah, bueno, debiste empezar por ahí.

—Mami, ¿quién es ese señor? —grita Camila desde lo alto de la escalera. Observa a Cal con sus ojazos azules antes de volver a posarlos en mí.

Sin pensar, le hago un gesto con la mano para que se vaya.

—Nadie importante. Vuelve a la cama, por favor.

Cal, sorprendido, nos mira a Cami y a mí.

—¿Quién demonios es esa niña y por qué te ha llamado «mami»?

—No digas groserías delante de mi hija —susurro, aunque casi es un siseo.

—¿Hija? ¿Cuántos años tiene? —Cal se tropieza al tratar de alejarse de mí, pero no tarda en recuperar el equilibrio.

—¡Cinco! —Cami levanta la mano como si esperara que alguien se la chocara.

Cal se queda lívido y se apoya en la pared.

—Cinco. Es el tiempo que... Ella... Nosotros...

—No es tu... —Mi respuesta se queda a medias cuando pone los ojos en blanco .

Las piernas le fallan y se desploma hacia delante.

—¡Mierda!

Me abalanzo hacia él y nuestras extremidades se entrelazan cuando caemos. Me quedo sin aliento al chocar con el piso desgastado. La cabeza de Cal me golpea la barriga y, aunque duele más de lo que esperaba, al menos amortigua su caída. No consigo sujetársela a tiempo antes de que se escurra de mi regazo y toque el suelo. Cal ni se inmuta; se queda tirado sobre el piso, completamente inconsciente.

—Carajo. Eso le va a doler. —Ruedo su cuerpo hacia mí antes de levantarle la cabeza y posarla sobre mi regazo.

—Uyyy. Mami, tienes que poner dinero en el bote de las groserías.

Tengo la sensación de que el bote de las groserías es la última de mis preocupaciones ahora que Callahan Kane ha irrumpido de nuevo en mi vida con una sonrisa letal y un problema enorme.

2
Cal

Contemplo el techo y espero a que el candelabro borroso cobre nitidez. Tardo un poco en enfocar la vista, aunque sigo con la cabeza como un bombo.

«¿Qué hago en el suelo?»

—Ay, gracias a Dios que te has despertado. ¿Estás bien? —Lana se inclina hacia delante. Sus mechones ondulados de pelo negro me rozan la cara y me hacen cosquillas en la piel. Huele a galletas de canela, y me acuerdo de las noches que pasamos juntos hasta entrada la noche, comiendo a escondidas masa de galleta cruda en el muelle. No consigo reprimir el impulso de respirar hondo de nuevo, y me arrolla una segunda oleada de su aroma a canela.

No recuerdo la última vez que soñé con Lana. ¿Hará meses? ¿Años? Este es más vívido que los otros; ha acertado incluso con los detalles más pequeños, como la diminuta marca de nacimiento en forma de corazón que tiene en el cuello y la cicatriz encima de los labios.

Alargo la mano para acariciarle aquella tenue marca blanca sobre su boca y siento un hormigueo en las puntas de los dedos. El mundo deja de existir cuando nuestras miradas se cruzan.

«Por favor. Esos ojos.»

Sus ojos cafés me recuerdan a la tierra después de la lluvia, tan oscuros que, según la luz que haya, casi parecen negros. Es un color infravalorado que rivaliza con todos los demás, aunque Lana siempre solía negarlo.

Le rozo sin querer el labio inferior con el pulgar, y ella deja escapar un jadeo.

—¿Se puede saber qué haces? —me espeta antes de apartarse.

Tuerzo el gesto al notar el dolor que me atraviesa la parte trasera del cráneo.

«No estás soñando, idiota.»

—Lo siento. No quería empeorarte el dolor. —Me levanta la cabeza de su regazo—. ¿Cuántos dedos ves?

—Tres —gruño.

—¿Qué día es hoy?

—Tres de mayo.

—¿Dónde estamos ahora mismo? —Sus uñas me acarician la cabeza y me provocan un escalofrío que me recorre la columna.

—En el infierno —musito.

—¿Te duele? —Repite el mismo movimiento. La piel me arde al entrar en contacto con la suya, y una sensación de calor se me extiende por las venas como un incendio descontrolado.

—Detente. Estoy bien. —Me aparto y me deslizo por el suelo hasta tocar la pared con la espalda. A pesar de la distancia, el aroma punzante a canela de su gel se me ha impregnado a la ropa. Es el mismo gel adictivo que lleva años utilizando.

Inhalo de nuevo, porque claramente estoy disfrutando con esta tortura.

«Carajo, qué patético eres.» Me doy un golpe en la cabeza contra la pared y siento una punzada vengativa de dolor.

—Toma, señor. Para el golpe.

«Mierda.»

Alana tiene una hija. Una hija de cinco años con el pelo rubio oscuro y unos ojazos azules demasiado parecidos a los míos. Estando sentado, mide casi lo mismo que yo, aunque desde este ángulo me saca un par de centímetros.

La hija de Alana, y posiblemente mía, me observa con unos ojos redondos y una pijama mal abotonada. Su cabello roza el castaño claro; la mayoría de los mechones ondulados le sobresalen de un chongo mediocre.

«¿Es mía?»

«Dios, espero que no.»

Sé que está mal, pero es verdad. Aún no estoy listo para ser padre. Carajo, ni siquiera sé si llegaré a estarlo alguna vez. Hasta ahora, me satisfacía la idea de ser el tío genial que nunca ha tenido la estabilidad suficiente en su vida para ser padre. ¿Cómo voy a cuidar a otras personas si apenas consigo cuidarme a mí mismo?

La niña sacude un paquete de hielo delante de mi cara mientras da saltitos de puntitas. Alargo el brazo sin pensar y lo agarro.

—¿Estás bien?

Pongo una mueca al oír su voz. Me recuerda a la de Lana, incluso tiene el mismo matiz áspero. Me asalta otro mareo.

Lana se levanta y le da un beso a su hija en la coronilla.

—Gracias, tesoro. Es un detalle que lo ayudes.

—¿Llamamos al médico?

—No. Solo necesita descansar.

—Y algo de beber —gruño.

Lana voltea hacia su hija.

—¿Lo ves? Está lo bastante bien para seguir tomando malas decisiones. Todo en orden.

—No lo entiendo —dice ella.

—Mañana te lo explico, mi amor —suspira Lana.

—Pero...

Lana señala la escalera.

—Vamos, a dormir.

«Carajo. Es igualita a su madre.»

Tal vez porque ya es madre también.

El cuerpo se me entumece.

«¿Te está dando un infarto?»

Por cómo me hormiguea el brazo izquierdo y esa sensación de que el corazón se me puede salir del pecho de un momento a otro, no lo descartaría.

La niña me señala con un dedo rechoncho.

—Yo no lo veo bien.

—Se pondrá bien. Solo le duele un poco la cabeza.

—A lo mejor con un beso se pone mejor, como cuando yo me pego.

—No —soltamos Lana y yo al unísono.

—Está bien. Sin besos. —La niña se cruza de brazos frunciendo los labios con disgusto.

Lana agacha la vista hacia mi boca. Saca la lengua y se la pasa por el labio inferior, y las puntas de las orejas se me enrojecen.

«No tienes remedio. Estás completa y absolutamente perdido.»

—¿Me lees un cuento? —nos interrumpe la niña, y su voz ejerce en mí el mismo efecto que una cubeta llena de hielo.

«¿En serio puede ser mía? ¿Sería capaz Lana de ocultarme algo así durante años solo porque me odia?»

Me da vueltas la habitación. Cierro los ojos para no ver a esa miniyo y a Alana.

—Camila —le advierte Lana.

—No olvides de meter dinero en el bote de las groserías —le recuerda su hija.

Me imagino a Lana poniendo los ojos en blanco antes de decir:

—Recuérdamelo por la mañana.

—¡De acuerdo ! —Oigo el golpeteo de pies en la escalera de madera que resuena en los techos altos.

Lana guarda silencio hasta que se oye una puerta cerrándose en la lejanía.

—Ya se ha ido; ya puedes dejar de fingir que te has dormido.

Contemplo el candelabro del techo.

—¿Es mi...?

Por mucho que intente terminar la frase, no me veo capaz. Lana nunca me había parecido el tipo de persona que ocultaría un secreto así, pero la gente hace locuras por proteger a sus seres queridos, sobre todo de aquellos que les harían daño.

Tal vez por eso el abuelo le entregó a Lana las escrituras de la casa. Debió de pensar que no estaba cumpliendo con mis obligaciones de padre, y él asumió el cargo.

«Eso si es verdad que le dejó la casa, claro.»

—¿Que si es qué? —insiste Lana.

—¿Mía?

Ella pestañea.

—¿En serio me estás preguntando eso?

—Contéstame, por favor.

El miedo da paso a los nervios. No tengo facilidad para entregarme a la ira, pero entre los primeros síntomas de una migraña y el hecho de haber descubierto la existencia de una hija que desconocía, se me agota la paciencia.

—¿Acaso importaría?

La pregunta de Lana parece una trampa, pero me lanzo de cabeza de todos modos.

—Sí. No. Quizá. ¡Mierda! No lo sé. ¿Es hija mía? —Me paso las manos por el pelo y me jalo el cabello, lo cual me provoca una punzada de dolor en la piel sensible.

—Si me lo estás preguntando en serio, no me conoces en absoluto.

Me pongo en pie como puedo, ignorando el vértigo hasta erguirme por completo.

—¿Y qué esperas que piense? La última vez que nos vimos no acabamos precisamente bien.

—O sea, ¿das por supuesto que te he ocultado la existencia de tu hija por mis sentimientos personales?

—Eso o te diste prisa en pasar página.

Es un comentario horrible. Un comentario producto del enojo, acusador y totalmente estúpido, del que me arrepiento en cuanto me sale por la boca. Ahora ni siquiera puedo culpar al alcohol, lo cual hace que ese exabrupto sea mucho peor.

La temperatura de la estancia se desploma.

—Fuera de aquí —masculla ella.

Me quedo inmóvil.

—Mierda. Lo siento. No sé por qué he dicho eso. O sea, sé por qué lo he dicho, pero no debería...

—Sal de mi maldita casa antes de que llame a la policía para que te saquen de aquí a rastras. —Me da la espalda. Los hombros se le agitan de una forma cada vez que respira que no hace más que empeorar el malestar de mi estómago.

—Alana...

Ella se gira sobre los talones y señala la puerta.

—¡Lárgate!

Levanto las manos en señal de sumisión.

—Bien. Me voy ya.

«¿Piensas irte sin respuestas?»

«¿Qué otra opción tengo?» La Lana que conocía necesitaba calmarse antes de acceder a hablar. Hace mucho tiempo que aprendí que, si la presionaba demasiado, solo conseguiría alejarla aún más de mí.

Agarro el asa de la maleta y salgo por la puerta principal.

—Espera.

Me detengo en el tapete, pisando las letras desgastadas del mensaje «Sin postre no se entra».

—Dame tu copia de las llaves. —Da un paso al frente y alarga la mano izquierda. La mano en la que ya no hay anillo.

«¿Qué más da? Ni que hubieras vuelto a recuperarla.»

Me aferro a ese pensamiento y lo repito un par de veces antes de poner mi sonrisa habitual. A Alana se le ensanchan las fosas nasales.

—La llave, Callahan.

Tardo un instante en sacar la llave plateada del bolsillo. Cuando Lana la agarra, nuestros dedos se rozan y siento una descarga eléctrica atravesándome el cuerpo. Ella retira la mano y se la aprieta contra el pecho.

«Debe de haber sentido lo mismo.»

De lujo. Al menos ahora puedo irme a dormir sabiendo que aunque ella me odie, su cuerpo no está en sintonía con sus pensamientos.

«Hay que ser patético para creer que eso es algún tipo de hazaña.»

Cierra de un portazo. Doy un salto atrás para evitar que me rompa la nariz y vuelco la maleta. Golpeo la puerta de madera con la cabeza y gruño:

—¿Cómo se te ocurrió enviarme aquí, abuelo?

Oigo la cerradura y se apaga la luz que ilumina la entrada.

—¿No podrías haberte esperado a que llegara al coche?

Dudo mucho que me responda, pero lo pregunto en voz alta de todas formas.

Las luces del pórtico se van apagando una a una, como para enfatizar aún más la postura de Lana.

«Vete de aquí.»

Suelto un hondo suspiro de camino a mi Aston Martin DBS. El motor ruge cuando lo arranco y contengo el aliento varios segundos, casi esperando que Lana salga de la casa pistola en mano y vuelva a amenazarme con llamar a la policía. Pasa un minuto entero sin que la puerta se abra, de modo que me siento lo bastante seguro para encender la lucecita del techo y buscar en la guantera la carta del abuelo.

El sobre está escondido en la parte inferior, justo donde lo dejé hace casi dos años, cuando falleció. Aunque mis hermanos no perdieron el tiempo y se pusieron manos a la obra para completar los encargos de mi abuelo y recibir su herencia y las acciones de la Kane Company, yo hice lo que mejor se me da: evitar lo que me aterra.

«Procrastinar nunca te ha dado más que problemas.»

Paso el dedo por encima del sello roto con el castillo de Dreamland antes de sacar la carta del interior. Cierro los ojos y respiro hondo varias veces antes de desplegar la hoja de papel.

Callahan:

Si estás leyendo esta versión de mi última carta, eso significa que debo de haber fallecido antes de que hayamos podido resolver nuestras diferencias y perdonarnos por lo que nos dijimos. Aunque eso me parta el corazón, quiero arreglar las cosas entre nosotros con mis últimas voluntades y el testamento. Dicen que el dinero no es la solución a todos los problemas, pero estoy seguro de que puede motivar a tus hermanos y a ti a salir de sus zonas de confort y descubrir cosas nuevas. De mis tres nietos, tú siempre fuiste el que asumió más riesgos, el más temerario, así que espero que aceptes el reto que te propongo.

Que esto quede entre nosotros: siempre he intentado no sentir preferencia por ninguno, pero contigo era imposible. Tienes algo especial, algo de lo que carecen tus hermanos y tu padre, que atrae a la gente como un imán. Siempre has tenido una luz dentro que no se puede extinguir.

O, bueno, que solo tú puedes extinguir.

Me duele ver cómo ha ido desapareciendo lo que te hacía único a medida que te apoyabas en el alcohol y las drogas. Al principio, te excusaba porque eras joven e inmaduro. Pensaba que quizá madurarías y te olvidarías. Cuando saliste de rehabilitación, te veías mejor. No fue hasta que pude pasar tiempo contigo en el lago, unos años más tarde, cuando me di cuenta de que simplemente habías aprendido a ocultarlo mejor.

Siempre me arrepentiré de lo que te dije durante aquella última conversación. En aquel momento, estaba furioso conmigo mismo por no haber intervenido antes, por ni siquiera haberte preguntado cómo estabas cuando te sentaron en la banca permanentemente en los partidos de hockey, y por haber hecho apenas lo mínimo porque estaba demasiado consumido por el trabajo. Sufriste mucho después de tu lesión, de una forma que ninguno de nosotros podría llegar a comprender, pero al menos debería haber hecho el esfuerzo de intentarlo.

Ojalá me hubiera tragado el orgullo y te hubiera pedido perdón antes para que no tuvieras que leerlo en una carta. O aún mejor: ojalá jamás hubiese utilizado tu adicción contra ti y te hubiese dicho aquellas palabras tan hirientes, creyendo que te darían un empujón en la dirección correcta.

Nunca has sido un fracaso, chico.

Yo sí.

Unas garras invisibles se me hunden en el pecho y atraviesan años de tejido cicatricial hasta apuñalarme el corazón. Puede que el abuelo se arrepienta de lo que dijo, pero tenía razón: soy un fracaso. ¿Qué otra cosa podría decirse de una persona que ha intentado estar sobria dos veces y ha recaído poco después? Que es débil. Patética. Miserable. Las opciones son infinitas, pero creo que «fracaso» lo resume a la perfección.

Tomo aire para relajarme y sigo leyendo.

Dejar de beber no es una meta, sino un viaje. Tu viaje. Y por mucho que quisiera verte sano, metí la pata hasta el fondo. No pasa un día sin que me pregunte qué habría sucedido si te hubie-

se apoyado en lugar de darte la espalda. ¿Te habría interesado buscarte un sitio en la empresa al no sentir recelo por su vínculo conmigo? ¿O te habría ilusionado casarte con Alana y esforzarte por darle a la señora Castillo todos los nietos que quería?

Se me ocurren cien maneras distintas de pedirte perdón, pero en el más allá las opciones son muy limitadas. Algún día, con suerte, si recuperas el sentido común, podremos reconciliarnos. Pero, hasta entonces, mi testamento es la mejor opción de la que dispongo.

Así que, mi pequeño temerario, tengo algo que pedirte a cambio del 18 por ciento de las acciones de la empresa y una herencia de veinticinco mil millones de dólares: pasa un último verano en la casa de Lake Wisteria antes de venderla para el segundo aniversario de mi muerte.

Releo la frase hasta que todo encaja.

«Odio mi vida.»

Quiere que viva aquí con Lana. Cómo no. Y, para colmo de males, mi abuelo pone el último clavo en el ataúd con una sola petición.

Te pido que nadie, salvo tus hermanos y mi abogado, sepa el verdadero motivo de la venta de la casa hasta que se cierre la operación.

Fantástico. Si tenía alguna posibilidad de apelar a la humanidad o a la cartera de Lana, se ha desintegrado con ese último deseo de mi abuelo. Debe de estar ahora mismo dándole sorbos a un margarita de fresa en el más allá, viendo con gusto cómo implosiona mi vida.

Parece que lo único que necesito para ganarme las acciones de la empresa y los veinticinco mil millones de dólares es convencer a Lana, la única mujer del mundo que preferiría pegarme un tiro antes que ayudarme, de que me deje vender la casa.

«Ya puedes ir viendo chalecos antibalas.»

3
Alana

Recorro de nuevo la cortina con manos temblorosas cuando las luces del coche de Cal desaparecen de la entrada. El aparente control que pudiera tener de mis emociones se desvanece, y la realidad me golpea como un puño americano.

«Cal ha vuelto.»

Quiero llorar. Quiero gritar. Quiero mandarlo de vuelta a Chicago con el rabo entre las piernas. Todo lo que sea verlo me duele. Como si alguien me hubiera pulverizado el corazón hasta dejarlo irreconocible. Odio la punzada de dolor que me provoca en el pecho con una simple sonrisa, casi tanto como detesto el impulso de abrazarlo y suplicarle que no vuelva a irse nunca más.

«¿No has aprendido nada de la última vez?»

Intento no castigarme. Cal ha puesto mi vida patas arriba otra vez y mi cabeza aún está procesándolo. Inspiro varias bocanadas de aire para aliviar los nervios que me revuelven el estómago y que no se han ido desde que se ha presentado en la puerta.

Se suponía que no debía volver, o eso fue lo que me prometió la última vez que lo vi.

«¿Tanto te sorprende? ¿Desde cuándo ha sido un hombre de palabra?»

Creía que respetaría lo suficiente nuestro pasado y a mí como para cumplir su promesa.

«Eres una ingenua.»

No. Estaba lo bastante desesperada para creerlo, a pesar de que estuviera a punto de romperme el corazón.

—¿Cal?

Me ignora mientras continúa lanzando ropa a la maleta abierta encima de la cama.

Entro en la habitación y cierro la puerta.

—¿Adónde vas?

Ni siquiera me mira.

—¿Qué te pasa? —*Le pongo una mano en el hombro y se lo aprieto.*

Él se tensa y estruja la camisa que agarra con el puño.

—Ahora no, Alana.

¿Alana? ¿Desde cuándo me llama por mi nombre completo? Lo rodeo y me acuesto en la cama.

—¿Por qué estás haciendo la maleta?

—Me voy —*dice con voz carente de toda emoción.*

Frunzo el ceño.

—¿Te ha surgido algo en Chicago?

—No.

Hay algo en la tensión de su cuerpo y en esa forma de rehuirme la mirada que me acelera el corazón.

—Bueno... —*Me siento encima de mis piernas*—. ¿Cuánto tiempo vas a estar fuera?

Hace una pausa en sus erráticos movimientos.

—No voy a volver.

Mi carcajada se extingue en cuanto me fijo en el gesto se-

rio de su rostro. Me pongo de rodillas para situarme a su nivel.

—¿Qué ocurre? ¿Te ha pasado algo durante la cena con tu abuelo?

Aprieta el puño en torno a otra camisa.

—No lo aguanto más.

—¿El qué no aguantas más?

Arrastra la mirada de la maleta a mi cara.

—Lo nuestro.

Siento como si un rayo me partiera el pecho en dos.

—¿Qué? —El susurro roto apenas consigue salir de entre mis labios.

Dios mío. Es el mismo discurso que le dio mi padre a mi madre el día que nos abandonó. La diferencia es que ahora no estoy viendo a mi padre hacer las maletas, sino a Cal.

Sacudo la cabeza.

«No, Cal no es tu padre. Él jamás te abandonaría así, y mucho menos después de haberte prometido que te querría hasta el fin de sus días.»

—No debimos haber empezado a salir —dice en voz baja.

Los ojos me arden como si los tuviera abiertos en agua salada.

—¿Qué acabas de decir?

—Tú y yo... Fui un imbécil al pensar que podíamos hacer buena pareja.

Contengo el aliento. Él agarra una botella de vodka de la mesita de noche y le da un trago hasta que el líquido transparente le chorrea por la barbilla. El estómago se me revuelve al verlo beber, pero ignoro la bilis que se me acumula en la garganta.

«Está sufriendo», pienso.

«Es algo temporal mientras lidia con que su carrera haya acabado», me repito por enésima vez este verano.

Le sostengo la cabeza entre las manos, ignorando cómo me tiemblan sobre sus mejillas.

—No lo dices en serio.

—Muy en serio.

Le hundo los dedos en los laterales de la cara.

—*Háblame y dime qué te pasa.*

Él desvía la mirada.

—*No tengo nada más que decirte.*

—*Pensaba que eras... feliz.*

—*No, Alana. Estaba drogado.*

El labio superior se le contrae y yo retrocedo.

—*¿Cómo?*

No es posible. Cal sabe qué opino de las drogas. Tengo la misma postura desde la primera sobredosis de mi hermana.

—*¿De qué otra forma piensas que iba a sobrevivir a este patético verano, recuperándome de la lesión mientras mi equipo celebraba su gran campeonato?*

«¿Patético verano?»

Ignoro la intensa punzada de dolor que se extiende por mi cuerpo, convencida de que no puede hablar en serio después de todo lo que hemos vivido juntos.

—*Te notaba bien cuando te preguntaba.*

—*Porque tomaba la dosis suficiente de oxicodona para sentirme bien.*

Respiro hondo.

—*De acuerdo. Bueno, ahora que ya lo sé, puedo conseguir que recibas ayuda. No eres la primera persona que se engancha a los opioides después de una lesión.* —*Hablo con ligereza, ignorando el peso que me hunde los hombros.*

—*No quiero que me ayuden.* —*Se aparta de mí antes de acercarse de nuevo la botella de vodka a los labios y darle otro sorbo.*

Se la quito de las manos.

—*Tú vales más que esto.*

Se le contrae el músculo de la mandíbula.

—*¿Tú crees? ¿O te ciega tanto el amor que no eres capaz de ver quién soy en realidad?*

Comienzo a ver borroso.

—*No estoy ciega.*

Puede que sea optimista, sí, pero no ignoro los problemas

que hay detrás de todo esto. Simplemente creía que podríamos ir resolviéndolos de uno en uno, empezando por la depresión.

—Por favor, no compliques las cosas más de lo necesario, Alana.

El agujero del pecho se ensancha al oír otra vez mi nombre completo, esa única letra que nos distancia todavía más.

—No, no me vengas con esas. No pienso renunciar a ti porque tengas miedo. Podemos solucionarlo juntos.

Él niega con la cabeza.

—No me entiendes. Se ha acabado.

—¿El qué?

—Lo nuestro.

Levanto la barbilla temblorosa.

—No.

Él suelta un hondo suspiro.

—Lo que hemos hecho este verano... Todo ha sido un error. Un error garrafal que he cometido porque estaba demasiado borracho y colocado para darme cuenta.

La grieta de mi corazón se agranda hasta tal punto que temo que se me parta en dos.

—No lo dices en serio —murmuro con la voz rota.

—Lo digo muy en serio. —Recorre el cierre de la maleta y la suelta sobre el parqué, dejando unas cuantas prendas de ropa repartidas por la cama.

—Me niego a creerle. —Salto de la cama y me interpongo entre él y la puerta.

—Que ignores la verdad no hará que esto sea menos real.

—¡Pues dime la verdad! ¡Déjate de mierdas con que lo nuestro ha sido un error! Sé lo que sientes por mí.

Es posible que haya estado drogado en algunos momentos, pero sé que lo que me confesó lo sentía de corazón. El futuro que imaginó de nuestra vida juntos. Las promesas que me hizo sobre su amor. Los deseos sobre nuestra relación y la familia que quería tener algún día.

Él cierra los ojos.

—Ojalá no hubiera vuelto. Fue un acto de puro egoísmo por mi parte, porque eres la última persona a la que querría hacer daño —susurra mientras agarra con fuerza el asa de la maleta.

—Me dijiste que no me dejarías jamás.

Me lo prometió. Es la única razón por la que permití que destruyera nuestra amistad con un único beso. Porque yo estaba tan convencida como él de nuestro futuro como pareja, o eso parecía.

Alza la vista y me mira con ojos vidriosos.

—Lo siento.

La discusión me arrebata toda esperanza de que se quede.

—¿De verdad quieres irte?

«Di que no.»

Él asiente. Esta vez, el dolor del pecho me lo mitiga algo mucho más intenso.

La ira.

Cierro con fuerza los puños.

—De acuerdo. Pues no te molestes en volver.

No tengo claro qué me ocurriría si volviera, así que prefiero no descubrirlo.

Le vuelve a temblar la mandíbula.

—¿Es eso lo que quieres?

—Sí. —La punzada del pecho no parece estar de acuerdo.

—Lo que sea por ti —suspira.

—Júramelo —le ordeno con voz neutra, a pesar de tener la visión borrosa por las lágrimas no derramadas.

—Te prometo que no volveré. —Hace rodar su maleta hacia la puerta. Vacila antes de agarrar el picaporte y mirar atrás—. Siento haberte hecho daño. Ojalá fuera una persona distinta. Más fuerte. Sobria.

Me rodeo con los brazos y me doy la vuelta, ocultando las lágrimas que me caen por las mejillas. Con un último suspiro, Cal cierra la puerta de su habitación y me deja sola para que me venga abajo. Me llevo las piernas al pecho y lloro hasta que se *me hinchan los ojos y siento la cabeza como si me fuera a explotar.*

No tengo claro cuánto tiempo paso en esta habitación, llorando hasta desgañitarme, sin dejar de desear que Cal vuelva y anuncie que todo esto no ha sido más que una broma de mal gusto.

Brady Kane entra en la habitación con las cejas blancas juntas.

—¿Adónde ha ido Cal?

Levanto la vista con las mejillas surcadas de lágrimas.

—Se ha ido.

La piel arrugada en torno a sus ojos azules se suaviza al comprender la situación.

—Ay, Alana. —Me da un abrazo—. Lo siento en el alma. Ya me imaginaba que podía pasar algo así.

—¿Por qué?

Él aprieta los labios, y yo sigo llorando.

—¿Porque no era lo bastante buena?

Para mi padre. Para Antonella. Para Cal. Siempre he tenido la sensación de que me esfuerzo para que la gente se quede cuando lo único que quieren es marcharse.

Brady me acaricia la espalda.

—Esto no tiene nada que ver contigo.

—¿Ah, no? Si Cal me quisiera, se habría quedado. Habría luchado por lo nuestro.

—Ahora mismo ni siquiera puede luchar por él mismo, y mucho menos por ti.

Sacudo la cabeza.

—No quería que se fuera.

—Cualquiera que haya pasado tiempo con ustedes sabe eso.

El dolor del pecho se me intensifica.

—Pero lo he obligado a prometerme que no regresaría.

Él traza pequeños círculos consoladores con la mano.

—¿Es eso lo que quieres?

Sollozo contra el pecho de Brady.

—¿Sí? ¿No? No lo sé.

—Todo saldrá bien. Confía en mí.

Pero aquí estoy, seis años más tarde y con la sensación de que nada ha salido bien.

«Ahora las cosas son distintas. Ya no eres la misma chica con el corazón roto.»

¿No? ¿De verdad? Porque me ha bastado una interacción con Cal para recordar todo aquello que he intentado olvidar durante los últimos seis años.

La curvatura de sus labios cuando me ha lanzado una sonrisa.

Ese jalón en el pecho que me acerca hacia él a pesar de tantos años de sufrimiento.

El calor que me recorre el cuerpo cuando hace una broma y amenaza con derretir el hielo que me envuelve el corazón.

«Una parte de ti lo sigue queriendo.»

Me levanto de un salto del sofá y me escapo a mi habitación, aunque los pensamientos intrusivos me persiguen como un nubarrón amenazante.

«Que lo quieras no significa que estés enamorada de él», me dice la voz de la razón.

Lo cierto es que una parte de mí siempre querrá a Cal. Lo contrario sería imposible, después de más de dos décadas de historia compartida, pero nunca me enamoraré de él, no otra vez. Cometí el error una vez y perdí el corazón durante el proceso.

Pero esta vez es diferente, no como la última que Cal se presentó en Lake Wisteria.

Yo soy diferente.

Y nada de lo que él diga o haga puede cambiar eso.

4
Cal

Durante el trayecto al motel, examino la ciudad dormida. Los edificios de obra vista de Main Street son los mismos de mi infancia, aunque hayan ido repasándoles la pintura, el toldo y la decoración a lo largo de los años. Desde el colmado que abrió durante el punto álgido de la ley seca hasta la farmacia que no han renovado desde los años cincuenta, todo lo que hay en Lake Wisteria me resulta familiar. Acogedor. Feliz.

No pensé que volvería a ver este pueblo. Cuando juré no regresar, asumí que nunca vendría al único lugar que siempre había sentido como un hogar.

«No era el sitio en sí mismo, sino una persona especial la que te hacía sentirte así.»

Si bien Lake Wisteria y sus trescientos residentes eran hospitalarios y generosos, Lana Castillo era la única razón por la que iba a aquel pueblo a la orilla del lago todos los veranos.

Al menos hasta que me hizo prometer que no volvería jamás.

«Y con razón.»

Siento una opresión en el pecho. Paso a toda velocidad

por delante de las tiendas del final de la calle y tomo la curva cerrada hacia el motel inspirado en los de la Ruta 66, con un cartel de neón que anuncia teléfonos, televisión a color y aire acondicionado. Es como si me hubiese trasladado a la época en la que las mujeres no tenían derecho al voto.

«Fantástico.»

El zumbido de las luces de neón clásicas llena el silencio cuando bajo del coche y camino hacia la recepción de la esquina inferior del motel.

Una mujer a la que diría que no conozco me lanza una mirada asesina y la llave de la habitación más mugrienta del motel, y creo que ambas cosas han sido a propósito. De no ser por el minibar con una selección aceptable de alcohol, esta experiencia traumática habría acabado conmigo. Vacío mi licorera antes de abrir la mejor botellita de vodka del minibar.

Suelo tomar malas decisiones cuando me siento coaccionado. Decisiones que suelen conducirme a la bebida y me hacen terminar olvidándome de por qué he empezado a beber. Como mecanismo de afrontamiento es bastante manejable, pero normalmente solo tengo dos modos: o voy dándole sorbitos a la licorera a lo largo del día para rebajar un poco la ansiedad o acabo borracha porque no puedo parar de beber. Esto último suele ocurrir una o dos veces por semana, en función de lo que me genere el estrés, pero me deja fuera de juego.

Tengo la corazonada de que esta será una de esas noches. En un último esfuerzo por evitar el ataque de pánico, llamo a Iris.

—Ey. ¿Qué pasa? —El bostezo de Iris restalla en el auricular.

Siempre puedo contar con que mi cuñada responda al teléfono en cualquier momento del día o la noche. Sé que saca de quicio a mi hermano mayor, pero Iris era mi mejor amiga mucho antes de que se casara con Declan hace menos de un año, y eso conlleva ciertos privilegios.

—Ahora mismo estoy alojado en un motel sacado de un episodio de *true crime*. Literalmente. —Cierro los ojos, como si así pudiera borrar el recuerdo de las manchas sobre la alfombra.

—¿No ibas a dormir en la casa del lago esta noche?

—Se ve que el abuelo se olvidó de mencionar que Lana sigue viviendo allí.

—¿Lana? Pero ¿Lana, Lana?

—Esa Lana. Y no lo vas a creer: tiene una hija, y yo no lo sabía. —Vacío las últimas gotas de vodka de la botellita.

«¿En qué momento te ha ayudado la bebida a resolver tus problemas?»

No quiero resolverlos, sino aplacarlos.

Iris contiene el aliento.

—¿Cuándo fue la última vez que te acostaste con ella?

—Más o menos cuando se quedó embarazada, un mes antes o un mes después, supongo. No he sacado el calendario y le he preguntado por el cumpleaños de la criatura antes de que Lana me echara.

—Espera. ¿No sabes si eres el padre?

Me froto los ojos para desperezarme.

—Cuando he intentado esclarecerlo, no estaba muy dispuesta a hablarlo.

Iris maldice entre dientes.

—¿Se parece a ti?

—La niña tiene el pelo algo más oscuro, pero los ojos son igualitos a los míos.

Suelta un grito ahogado.

—¿Es una niña?

—Sorpresa.

Arrojo la botella en dirección al bote de basura, pero tengo tan mala puntería que acaba cayendo a más de un metro. Por algo escogí el hockey en vez del basquetbol.

—Bien, todavía no hay necesidad de perder la calma. Ni siquiera sabes si la niña es tuya.

—Lana no se ha tomado demasiado bien que se lo insinuara.

No ha sido el movimiento más inteligente, ni tampoco el comentario sobre que se hubiese acostado con alguien tan pronto después de la ruptura, pero me he dejado llevar por mis emociones.

«No tienes ningún derecho a enojarte por lo que hiciera o dejase de hacer después de que rompieras con ella.»

Eso es más fácil en la teoría que en la práctica. No tengo facilidad para sentir celos, pero los noto corrompiéndome por dentro, buscando una salida.

—Por favor, no me digas que se lo has preguntado así.

—Bueno, no te lo digo. —Busco otra botellita en el minibar. Como ya lo he vaciado de vodka, me toca elegir entre tequila y whisky Fireball.

«Y tú que pensabas que la noche no podía empeorar.»

Agarro la botella de plástico de Fireball y cierro la puerta con el pie.

Iris suelta un gruñido.

—A veces no tengo claro si eres un genio o no.

—Pues ya somos dos.

En ocasiones me planteo si mis padres no me habrían metido a la fuerza en clases para altas capacidades a lo largo de mi vida solo para que me viera tan sobrepasado por la escuela que no pudiera meterme en problemas.

—Debe de haber una explicación. A juzgar por lo que me comentabas sobre Lana, dudo que te hubiera ocultado algo así, por mucho que te odie.

—Bueno, mi intención es conseguir respuestas mañana a primera hora de la mañana, aunque sea lo último que haga.

—¿Qué piensas hacer si la niña es tuya?

—¿Además de beber hasta el coma etílico? —Giro el tapón rojo y le doy un sorbo al licor con aroma a canela. A diferencia del olor de Lana, este me revuelve el estómago. Ignoro las náuseas mientras bebo, ansiando el alivio que solo me proporciona el alcohol.

Iris resopla.

—Eso no tiene ninguna gracia.

Dejo de beber para contestar:

—Si es mía, sacaré el tema con el abogado del abuelo cuando lo llame mañana.

—¿Para qué quieres hablar con Leo?

—Ha habido una... complicación.

—¿Qué clase de complicación?

Percibo preocupación en su voz, y me siento fatal por haberla llamado solo para estresarla.

—No le des más vueltas —digo, arrastrando las últimas letras.

—¿Estás borracho?

—Para nada. —De acuerdo, sí estoy un poco borracho, pero no quiero preocupar a Iris con mis problemas.

Su hondo suspiro resuena por el auricular.

—Pensaba que estabas mejor.

Si por estar mejor se refiere a que se me da mejor ocultarles mis problemas a los demás, sí, estoy mejor.

—Se ve que hoy quiero celebrar.

—Cal. —Es increíble cómo una sola palabra puede transmitir tantísima decepción.

Comienzo a arrancar la etiqueta de la botella.

—¿Qué esperabas? Estoy en mitad de una crisis.

—¿De verdad se puede considerar una crisis cuando ese es tu estado natural? —gruñe Declan al otro lado de la línea.

—Carajo, Iris. ¿Nos está escuchando desde el principio?

—A ver qué alternativa tengo si llamas a las dos de la madrugada —responde Declan por ella.

—Necesitaba apoyo moral.

—O una felicitación, a juzgar por las noticias.

—¿Acabas de hacer una broma con la posibilidad de que sea padre? —digo con la voz cargada de terror.

—Era eso o gritarte por haber cogido sin condón.

—Pues lo preferiría.

Sinceramente, prefiero cualquier cosa a que mi hermano haga bromas sobre mi posible paternidad. No sé cómo es posible que haya cambiado tanto, pero me imagino que tiene algo que ver con Iris.

Declan susurra algo que no entiendo. Iris se ríe antes de que la línea enmudezca.

—¿Iris?

Echo un vistazo a la pantalla para ver si ha colgado. Parece que sigue conectada, pero no se oye ningún sonido por su lado de la línea. «Te ha silenciado.»

—Tranquila, no te preocupes por mí. Solo estoy a punto de sufrir una crisis nerviosa.

—¡Lo siento! Declan tenía que preguntarme una cosa —responde con voz entrecortada, y siento un escalofrío bajándome por la columna.

—Mira, ya te llamaré mañana por la mañana, cuando mi hermano no te esté haciendo lo que sea que te haga hablar así.

—¡Espera! —Debe de haber silenciado de nuevo la llamada antes de volver unos treinta segundos más tarde—. Le he dicho a Declan que me dé diez minutos.

Me acuesto bocabajo en la cama, deseando que la caída me deje sin conocimiento.

—No sé por qué he pensado que llamarte era una buena idea, pero me arrepiento inmensamente.

—Porque soy tu mejor amiga y me necesitabas. —Su voz es como un arrullo.

—Discutible, después de los últimos minutos de esta conversación.

Ella resopla.

—No me gusta cuando te enfurruñas. Me recuerdas a tus hermanos.

—Lo siento, hoy no me quedan arcoíris y unicornios. Llámame mañana a ver si vuelvo a estar en modo contemplativo.

—¿Cómo puedo ayudarte?

—No sé si puedes hacer mucho. Esto está resultando ser peor que un dolor de muelas.

Después de ver a mis hermanos desviviéndose por sus tareas, sabía que la mía no sería un camino de rosas, pero no pensaba que mi abuelo nos obligaría a Lana y a mí a vivir juntos de nuevo con lo que pasó la última vez que hablé con él. Me fastidia no haber conectado antes los puntos. En lugar de eso, he pospuesto lo inevitable y me he complicado aún más la vida limitándome el tiempo de que dispongo.

«Y por eso no deberías procrastinar.»

—Si vender la casa fuese tan sencillo, la habrías vaciado y puesto a la venta hace mucho tiempo. Los dos sabemos que estás retrasando la petición de tu abuelo porque hay algo que te retiene.

Algo no: alguien.

Le gruño a la almohada cuando salta una alarma del celular que me he olvidado de apagar. Sigo con un regusto a malas decisiones y alcohol barato en la lengua, y el estómago delicado se me revuelve.

«No deberías haber bebido tanto anoche.»

Es lo mismo que me digo casi todas las mañanas cuando me despierto, aunque la selección del minibar no ayuda.

En vez de revolcarme en mis malas decisiones, salgo de la habitación del motel y huyo al pueblo. Como no quiero atraer una atención innecesaria en el restaurante, que a estas horas estará abarrotado, paro en una pequeña cafetería cerca del ayuntamiento. El Angry Rooster solo cuenta con una barista detrás de la barra, que toma notas y prepara las bebidas sin despeinarse.

Me basta con un sorbito al café para soltar un billete de veinte en el frasco con el mensaje: «En una escala de $10 a $100, ¿cuánto te mide la...?». Quienquiera que haya escrito la etiqueta, ha cubierto la palabra malsonante con el emoji de un gallo. Me río y noto una punzada de dolor en la cabeza.

La barista se atraganta al tomar aire, así que suelto otro billete de veinte en el frasco solo para divertirme con lo roja que se pone.

—Ahí la llevas. —Le guiño un ojo.

—¡Gracias! —exhala ella.

Me despido con la mano antes de salir por la puerta. El celular me vibra en el bolsillo; un mensaje en el grupo familiar. Con un gruñido, desbloqueo el teléfono y leo el mensaje nuevo de mi hermano pequeño.

Rowan: Oye, ¿has descubierto ya si la niña es tuya?

Es imposible que Iris le haya contado a Rowan lo de mi problema, de modo que la lista de culpables se reduce a una persona.

Declan está oficialmente muerto para mí. Será estúpido.

Yo: ¿Quién ha dicho algo de una niña?

Rowan: Declan me ha dado la noticia esta mañana y me ha soltado una charla sobre los condones y el sexo seguro.

¿Es que ya no hay forma de guardar un secreto en esta familia? Desde que mis hermanos han conocido a los amores de sus vidas, es como si todo el mundo estuviera al tanto de mis miserias.

Destúpido: Yo no te he dado
ninguna charla.

Iris: A mí me ha parecido que sí.

Rowan: A mí también. A Rowan lo
ha dejado tan impresionado que ha
salido corriendo al súper a comprar
de urgencia un paquete de mil
condones. (Soy Zahra.)

> **Yo:** ¿Mil? Estarán muertos antes
> de acabar la caja.

Rowan me envía el emoji de sacar el dedo.

Iris: ¡Ah! ¿Por qué no está Zahra ya
en este chat?

Destúpido: Porque es solo para los
Kane.

> **Yo:** Declan comportándose otra vez
> como un idiota. *finge estar
> sorprendido*

Rowan: ...

Una notificación aparece y nos informa a todos que Iris ha añadido al grupo a Zahra, novia de Rowan y adulta obsesionada con Dreamland. Si no me hubiese sentido ya antes crónicamente soltero, ser el mal tercio en este maldito grupo me habría sacado de mis casillas.

Zahra: ¡Hola a todos!

Envía otro mensaje con una variedad de corazones y caritas sonrientes.

Zahra: Cal, ¿cuándo llevarás a tu
niña a Dreamland?

Zahra: ¡¡¡Nos encantaría verla!!!

No me sorprende que Declan no la quisiera meter al grupo. Si hay algo que detesta más que escribir, es la gente que envía varios mensajes de golpe.
Cierro los ojos y tomo aire antes de responder.

Yo: Tengo que irme.

Pongo el celular en silencio e ignoro el resto de los mensajes. Cada vez se me da mejor evitar a las dos parejas, sobre todo a lo largo de estos últimos dos meses; Rowan y Zahra están a tope trabajando en Dreamland, y Declan e Iris están sobrepasados por la remodelación de su casa y concentrados en que ella se quede embarazada.

Si alguien me hubiera preguntado hace años si yo sería el último hermano en encontrar pareja, me habría reído en su cara. Mis hermanos tienen la inteligencia emocional de un bebé y la personalidad equivalente a la pintura beige, y, sin embargo, los dos han conseguido algo que a mí me ha resultado imposible: encontrar la felicidad y el amor con otra persona. Hubo un tiempo en que yo pensé que también lo había encontrado, o al menos hasta que la cagué y eché a perder cualquier oportunidad de tener esa vida.

«Parece que alguien tiene envidia.»

Pues sí.

5
Alana

Me salto mi habitual copa de tinto de la mañana y me tomo un expreso doble de un trago con la esperanza de que la dosis de cafeína me salve del agotamiento absoluto con el que me despierto. Después de pasarme la noche entera dando vueltas por culpa de la aparición sorpresa de Cal a medianoche, siento la tentación de arrastrarme a la cama de nuevo y pasarme el sábado durmiendo. Y si no hubiera alguien esperando que entre en modo mamá, no lo descartaría.

A Cami le encantan la atención y el afecto constantes, y yo disfruto complaciéndola. Al haber crecido con un padre que nos abandonó y una hermana a la que no le importo una mierda, no tengo otro objetivo en la vida que conseguir que Cami se sienta siempre querida.

Normalmente soy capaz de preparar unas arepas con queso sin despeinarme, pero hoy arrastro los pies de camino a la despensa. Estos son los días en los que desearía haber comprado cereales de colores llenos de azúcar como la mayoría de las familias y no complicarme más.

No sé cómo consigo hacer el desayuno. Cuando termino de cortar fruta y servirle a Cami un vasito de jugo, estoy a punto de caerme de lado.

—¿Estás bien, mami?

—Solo un poco cansada.

Me apoyo en la encimera y ella arruga la frente.

—¿Todavía quieres ver el partido? —pregunta.

Señalo nuestras camisetas amarillas de futbol a juego.

—Por supuesto. Tu abuela no esperaría menos.

El amor de mi madre por nuestro equipo nacional no desapareció ni siquiera después de llegar a Estados Unidos desde Barranquilla cuando yo tenía siete años. Para honrar su memoria, Cami y yo continuamos con la tradición de ver los partidos juntas mientras comemos una de sus comidas favoritas: los pandebonos.

—¡Viva!

La sonrisa de oreja a oreja de Cami, sin los dientes frontales que ya se le cayeron, me calienta el corazón.

—Pues decidido. Te iré arreglando el pelo mientras comes.

Trenzarle el pelo a Cami es una actividad relajante con la que tener la mente ocupada. A lo largo del día, diría que se lo arreglo al menos tres veces. Da igual el tipo de peinado que intente o los productos que utilice; una hora más tarde, el pelo se le llena de nudos y mechones sueltos.

Cami se mete trozos de comida en la boca mientras le cepillo el pelo. Cuando voy por la mitad de la trenza francesa que le estoy haciendo, el estómago me ruge y alargo el brazo para robarle un poco de fruta. Ella me da un golpe en la mano.

—¡Oye! Prepárate un plato para ti.

Le hago cosquillas hasta que cede y comparte conmigo las fresas. Deja escapar un suspiro insolente que me hace sonreír cuando toma un trozo de fresa y me ofrece el tenedor. Estoy a punto de darle un mordisco, pero me interrumpe el timbre de la puerta.

—¡Voy yo! —Cami salta del taburete.

—No corras tanto. —La agarro antes de que salga de la cocina y la vuelvo a colocar en el asiento—. ¿Qué te he dicho sobre abrir la puerta?

—Que no se la abra nunca a desconocidos. —Balancea las piernas desde el taburete; le falta altura para llegar al suelo.

Le doy un golpecito en la nariz.

—Eso mismo. ¿Por qué no terminas de comer mientras yo voy a ver quién es? —Le señalo el plato antes de salir de la cocina.

De camino a la puerta principal, echo un vistazo a la aplicación de videoportero del celular. Cal deambula por el pórtico. Alterna entre meter las manos en los bolsillos delanteros, pasárselas por el pelo revuelto y examinar los tablones del pórtico, todo en un solo minuto. No tengo claro si esos movimientos repentinos se deben a su TDAH o a la ansiedad, pero, Dios mío, es incapaz de estarse quieto.

Por mucho rechazo que me genere la idea de hablar con él después de lo de ayer, debo reconocerle el mérito de haberse presentado tan temprano y sobrio esta mañana en busca de respuestas. Se ha ganado un miligramo de respeto por mi parte.

«Quizá le importo, después de todo.»

Me quito la idea de la cabeza. Que se haya presentado aquí hoy no tiene nada que ver conmigo, sino con la necesidad de descubrir quién es el padre de Cami. Probablemente ni siquiera estaría aquí si no le hubiera dicho todo aquello anoche. Esto es culpa mía, por no haber sido capaz de enfrentarme a Cal y a las emociones que me despertó. No fue mi momento más maduro, pero no sabía qué hacer con que pensara que me había acostado con otra persona al poco de romper con él.

Sé que apenas salimos unos meses, pero para mí lo fueron todo. Y durante un tiempo, pensé que él sentía lo mismo.

«Vaya ilusa.»

Aunque me tienta la opción de dejarlo esperando unos minutos más para que se siga torturando con sus pensamientos, creo que ya va siendo hora de que acabe con su sufrimiento.

Me llama la atención que mueva los labios, de modo que subo el volumen de la aplicación lo suficiente para oírlo.

—¿Y si soy un padre de mierda? —se pregunta a sí mismo—. A ver, tampoco vas a ser peor que tu padre —se contesta—. Es un psicópata narcisista. Tampoco es que el listón esté demasiado alto.

Me niego a que me parezca lindo; vamos, ni en sueños. Y aun así me veo curvando los labios hacia arriba al verlo mantener un diálogo en toda regla consigo mismo.

«¿Cómo puedes sonreír precisamente por él?»

Ese pensamiento me devuelve a la realidad, y bloqueo el celular para no mirarlo más.

Me enderezo antes de abrir la puerta. Cal alza la vista al oír chirriar las bisagras y veo que tiene los ojos rojos y un aspecto descuidado. Apostaría lo que fuera a que lo más probable es que se deba a la resaca, y no a haberse pasado la noche en vela como yo. Salta a la vista por la mueca que hace ante la luz brillante que hay sobre mi cabeza y que ilumina la entrada.

Hundo las uñas en las palmas ante las pruebas de su adicción.

«No es problema tuyo.»

¿Y entonces de dónde sale este dolor en el pecho que se intensifica al pensar que Cal sigue sufriendo?

—Tenemos que hablar —balbucea.

Miro por encima del hombro para comprobar que Cami no nos espía desde la esquina antes de cerrar la puerta.

—¿Tiene que ser ahora?

—Sí, ahora. Me habría gustado tener esta conversación anoche, pero alguien me echó antes de que tuviéramos la oportunidad de aclarar algunas cosas.

Se me escapa un suspiro antes de poder reprimirlo.

—Está bien. —Entreabro la puerta—. ¡Cami! Voy por el correo, ¡vuelvo en unos minutos! —Mi voz resuena por los techos altos.

Ella me responde con un grito, pero la oigo amortiguada; lo más probable es que tenga la boca llena de hot cakes.

—¿En serio solo me concedes unos minutos para una conversación así?

—No puedo dejarla sola más tiempo. La última vez, me robó el rímel y acabó con una infección después de metérselo en el ojo.

—Entendido.

Ni siquiera esboza una media sonrisa, algo impropio de él.

«Está nervioso.» Sin tener ninguna bebida a mano con la que calmar los nervios, la verdad se hace patente mientras caminamos en silencio hacia el buzón. La mansión se alza a nuestras espaldas, proyectando una sombra descomunal sobre el jardín descuidado, y hace que la finca parezca aún más grande que los mil trescientos metros cuadrados que mide.

Una parte de mí desearía que fuese él quien rompiera el hielo y me obligara a darle una respuesta, pero mantiene los labios apretados mientras yo recojo el correo.

«¿Qué esperas? Dile la verdad.»

Esa es la cuestión. No tengo claro si seré capaz de decirle la verdad sin derrumbarme al hablar de mi hermana. Por mucho tiempo que pase, todavía no puedo hablar de Antonella sin que se me salten las lágrimas o pierda la paciencia. Espero que llegue el día en que pueda pensar en nuestros recuerdos con una sonrisa.

«Pero hoy no es ese día.»

En vez de eso, me embarga una oleada de emociones negativas. Dolor. Preocupación. Angustia. Cada una es más intensa que la anterior. Suelo controlar bien mis emociones, pero siempre he sido débil en todo lo relacionado con mi hermana mayor y sus luchas.

«Tener problemas con las drogas no es una lucha, Alana. Es una adicción.»

Me tiembla la mano con la que sostengo el correo y los sobres se sacuden. Cal pone una mano encima de la mía para detener los temblores.

—Ey.

Mirarlo a los ojos me parece imposible, de modo que mantengo la vista clavada en el buzón abierto. Las posibles respuestas se me estrangulan en la garganta.

—¿Camila es mía? —me pregunta con dulzura, sin prejuicios, y estoy a punto de venirme abajo.

Me planteo por una milésima de segundo qué haría si lo fuera. ¿Sería el tipo de hombre que daría un paso al frente y se ofrecería a ayudar, o se alejaría como siempre y volvería a demostrarme lo decepcionante que es?

«Eso no importa.»

Me recompongo y lo miro fijamente a los ojos.

—No, no es tuya.

Me suelta la mano como si pudiera arderle la piel si me toca un instante más. Un gesto sombrío le atraviesa el rostro, muy poco característico de él.

—¿Con quién te acostaste? —me pregunta con cierta mordacidad.

Contengo el aliento.

—¿En serio me estás acusando otra vez de eso?

—Sé cómo se hacen los bebés, y si yo no soy el padre, tendrá que ser otra persona. Me pica la curiosidad quién te llamó la atención apenas un mes después de que yo me fuera.

Se me queda la mente en blanco cuando me acerco hacia él y le hundo el índice en el pecho.

—Tienes razón. Alguien tiene que ser el padre de Cami, pero es difícil saberlo si tenemos en cuenta que mi hermana se pasó la mayor parte del embarazo drogada hasta el tope. —Pronuncio las palabras alto y con firmeza, a pesar del zumbido de los oídos.

Él separa los labios apretados y las arrugas de la frente se le suavizan hasta desaparecer.

—Lo siento, Alana. Ha sido una estupidez dar por hecho que te habías acostado con...

La expresión que ve en mi cara le hace retroceder unos pasos.

—¿Perdón? ¿Pensabas que me había acostado con alguien justo después de que te fueras y que luego había tenido a su hija? —le espeto a viva voz.

Él levanta las manos en gesto de sumisión.

—Si lo hubieras hecho, no te habría juzgado.

—¿Tan poca importancia le das a lo que tuvimos?

Creo que si me clavaran mil agujas en el corazón me dolería menos que esta charla. Procuro no permitir que mis emociones se me reflejen en el rostro, pero por dentro me dejo sentir cada punzada de dolor. Si me aferro a ese sufrimiento, no correré el riesgo de tragarme sus idioteces habituales, esas que me enternecen el corazón y hacen que me fallen las rodillas con una sonrisa.

Cal da un paso al frente.

—Carajo, claro que no. Pero tenías todo el derecho del mundo a hacer lo que te diera la gana cuando me fui.

—¿Como relacionarme con otra persona un mes más tarde? ¿Me lo dices en serio?

Él abre mucho los ojos.

—Te dije que pasaras página.

—Cuanto más me lo dices, más me pregunto si en el fondo era lo que tú querías.

Da una gran zancada hacia atrás.

—¿Qué? No. O sea... —Suelta un suspiro de frustración—. En mi caso no fue así.

—¿Y cómo fue entonces? —El corazón me martillea en el pecho.

Él frunce el ceño, confuso.

—¿Cómo fue el qué?

Bajo la voz hasta apenas un susurro.

—Pasar página de mí.

Me arrepiento al instante y deseo no haber abierto la boca ni haberle hecho esa pregunta.

Él me esquiva la mirada y se concentra en algún punto encima de mi hombro.

—No puedo responderte a eso.

El corazón me da un vuelco.

—¿Por qué no?

«Pasó página, ¿verdad?»

«Pues claro que pasó página. Fue él el que rompió contigo, no al revés. Mientras tú esperabas a que volviera, él se estaba enredando con medio Chicago.»

—¿Sabes qué? Olvida la pregunta. —Se me revuelve el estómago al imaginármelo con otra persona, y de repente siento una necesidad desesperada por zanjar la conversación—. Llevo más de cinco minutos fuera; debería volver.

Él me agarra del brazo mientras me examina el rostro con ojos dolidos.

—Siempre te has merecido a alguien mejor que yo.

Me zafo de un jalón de él.

—No. Me merecía algo mejor de ti.

6
Cal

Lana me deja sin palabras. No se queda allí a esperar una respuesta que probablemente no llegará. El alivio que haya podido sentir al saber que ni Lana ni yo somos los padres de Cami dura poco, y da paso a una opresión en el pecho mientras observo cómo vuelve a alejarse de mí.

«Me merecía algo mejor de ti.»

Por descontado. Se merecía el mundo entero, pero yo estaba, y estoy, demasiado enfermo como para ofrecerle algo más que un corazón roto.

«¿Y de quién es la culpa?»

No sé cuánto tiempo me paso inmóvil repasando la conversación que acabo de tener con Lana, pero no me muevo hasta que el sol de la mañana empieza a mordisquearme la piel. Doy un paso hacia el coche y a punto estoy de tropezar con la personita que tengo delante.

—¡Hola! —Cami me sonríe y me saluda.

Se me acelera el corazón.

—¿Hola?

—Tú eres el señor de anoche.

Ensancha aún más la sonrisa y se le arruga la piel morena en torno a sus ojos azules. Su padre debe de tener unos genes potentes, porque Cami no se parece en nada a la hermana de Lana, salvo por el color de la piel y la forma de los labios.

—¿Sí?

—Me llamo Cami. —Me ofrece una mano para que se la estreche.

—Yo Cal. —Le estrecho la mano por inercia, con el piloto automático puesto. La diferencia de tamaño entre los dos es cómica, pero tiene fuerza en la mano y me sacude el brazo como un trapo mojado.

—Hola, Col.

—Cal —repito, esta vez más despacio, enfatizando la *a*.

—Camiii. —Ella arrastra su nombre mientras se señala el pecho, y de golpe me siento como un imbécil por intentar enseñarle a pronunciar mi nombre.

«¿Qué más dará cómo lo pronuncie? Sal de aquí volando.»

—Bueno, me alegro de hablar contigo...

Doy otro paso para rodearla.

—Espera.

«Dios mío, si me estás escuchando, agarra el volante y despéñame por el acantilado más cercano.»

Camila se adelanta y se detiene frente a mí, bloqueándome el camino hasta el coche.

—Me debes un dólar.

La miro confuso.

—¿Por qué?

—Para el bote de las groserías. —Alarga la mano—. El dinero, por favor.

—¿El bote de las groserías? ¿Qué demonios es eso?

La niña abre mucho los ojos.

—Oh, oh. Ahora me debes dos dólares.

—Veo que te están enseñando a extorsionar a los demás desde pequeña.

—¿Qué significa *estonsionar*?

Sacudo la cabeza con ganas.

—Mira, déjalo. —La esquivo y me alejo de ella varios pasos antes de que se ponga a perseguirme.

—¡Oye! ¿Qué pasa con el dinero?

Cierro los ojos y cuento hasta cinco. La temperatura interna se me dispara y empieza a sudarme el cuello. No tengo ninguna experiencia con niños, más allá de encontrarme y evitar a alguno que otro en público. Hasta que Declan e Iris tengan hijos, me falta toda la preparación del mundo para enfrentarme a algo así.

«Dale el dinero y vete.» Busco en la cartera algún dólar suelto, pero no hay suerte.

—Lo siento, niña, no llevo nada encima.

—¿Y eso? —Señala un fajo de billetes de cien con los ojos desorbitados.

—¿Tienes una idea de cuánto vale esto?

Su mirada vacía no me dice mucho.

—Bueno, sí. Lo que quieras. Toma. —Le doy uno de los billetes.

—Pero ha dicho dos groserías.

—Esto vale mucho más que un dólar. —Le doy unos golpecitos a los números para darle énfasis—. Esto es un cien. ¿Lo ves?

«¿En serio estás intentando razonar con una niña?»

Ella frunce el ceño mientras contempla el billete.

—Un momento. Déjame contarlo para asegurarme. Uno..., dos..., tres... —Dibuja cada número en el aire, como si estuviese escribiendo en una hoja de papel invisible.

«Maldita sea.» A este ritmo, me voy a pasar aquí toda la mañana. Saco otro billete de cien y se lo entrego.

—Toma.

Ella saca la lengua por el hueco donde debería haber un diente.

—¡Vaya!

—Anda, adiós. —Le hago un gesto con la mano y sigo caminando hacia el coche.

—¿Te gustaría jugar conmigo? —Me sigue de cerca, como una sombra.

—No puedo.

«Ya casi has llegado.» Los números borrosos de la matrícula cobran nitidez con cada paso que me acerca al coche. Ella corre para seguirme el ritmo.

—¿Por qué no?

—Tengo que hacer unos recados.

«Estás cerquísima.» Saco las llaves del bolsillo y abro la puerta.

«Quizá si tiras otro billete de cien al suelo la distraes el tiempo suficiente para escaparte.»

—¿Adónde vas?

«Ahora mismo, me caería bien cualquier sitio que no sea este.»

—A una reunión.

—Ah. —Pierde la sonrisa—. ¿Y vas a volver?

—Mmm..., ¿puede? —Me pica la piel.

—¡Viva! Ya jugaremos la próxima vez —exclama, dando una palmada.

La niña necesita medicación o un bozal, eso es evidente. Me recuerda muchísimo a mí a su edad, dando saltos y hablando sin parar. No sé cómo mis hermanos no intentaron asfixiarme mientras dormía.

—Lo siento, pequeña. No he venido a jugar contigo.

—Pero si Wyatt juega conmigo.

Levanto la grava del suelo con los zapatos al detenerme en seco.

—¿Quién?

—Wyatt. Se deletrea así: Y-A-T.

—¿Cómo se apellida?

Ella se encoge de hombros.

—Pues... ¿sheriff?

Ese es su trabajo, no su nombre, pero es toda la confirmación que necesitaba. Lana y él solían pelearse como hermanos cuando estaban en la misma habitación, y durante mucho tiempo creí que se odiaban.

«Y pensar que una vez lo consideraste amigo tuyo...»

La sangre me palpita en los oídos y me hierve bajo la piel. De todas las personas en las que creía que podía confiar, Wyatt ocupa un puesto muy alto. Pasábamos juntos la mayoría de los veranos, e incluso me visitó un par de veces en Denver cuando estaba en la universidad. Cuando Lana y yo estábamos juntos, bien fuéramos amigos evitando lo inevitable o cuando empezamos a salir oficialmente, nunca lo vi interesado lo más mínimo en ella.

«Porque debía de estar haciendo tiempo hasta que la cagaras definitivamente.»

Se me tensan los músculos bajo la camisa al permitirme sentir algo que no tengo derecho a sentir.

«Celos.» Tienen vida propia, y devoran todo pensamiento racional. En lo más profundo de mi ser, soy consciente de que no tengo derecho a estar celoso cuando soy yo quien se marchó. El problema es que confiaba en que Wyatt cuidara de ella por mí.

«Por lo visto, no solo la cuidó.»

Me alegro de que ya no seamos amigos. Me costará mucho menos partirle la cara en cuanto vuelva a verlo.

«¿Y si es el hombre al que viste besando a Lana delante del bar Last Call hace dos años?»

—Puta rata —balbuceo.

Cami deja escapar un grito ahogado, y me estremezco.

—Mierda —digo, y ella se queda boquiabierta—. ¿Maldita sea? —Se me rompe la voz.

Cami niega con la cabeza. Suspiro al tiempo que vuelvo a sacar la cartera y le doy tres billetes de cien más. Los ojos le brillan de una forma cuando aprieta el dinero que me resulta adorable.

«¿Ahora te gustan los niños?»

«No, pero su fascinación por el dinero me hace bastante gracia.»

—¿Estás bien, Col?

«Mantén la compostura.»

—Me tengo que ir —digo, relajando los puños.

Ella me sigue como una sombra.

—¡Camila! —grita Lana.

Los dos levantamos la vista y vemos a Lana bajando airada los escalones de la entrada.

—Me ha sorprendido —masculla Cami para sus adentros. Es una copia exacta de Lana cuando le rehúye la mirada a todo el mundo al saber que ha metido la pata.

Lana se acerca corriendo a nosotros y pone las manos en la cintura, como su madre cuando la descubría haciendo algo que no debía. Algo que, gracias a mí, ocurría con bastante frecuencia.

—¿Por qué te empeñas en hablar con desconocidos después de todo lo que te he dicho?

Que se refiera a mí como un desconocido no debería dolerme, pero siento cierto escozor, y más después de saber que Wyatt forma parte de la vida de la hija de Lana ahora que yo estoy fuera de juego. Demuestra que por mucha historia que tuviéramos Lana y yo, no es más que eso: historia.

—Lo siento, mami. —Cami se balancea sobre los talones.

Lana se pone de cuclillas y mira a Cami a los ojos.

—No puedes dirigirle la palabra a todas las personas que te encuentres, ni aunque tengan buen aspecto o te respondan a las preguntas.

—¿Crees que tengo buen aspecto?

Pongo la sonrisa de siempre, con la esperanza de que si finjo alegría durante el tiempo suficiente podré desterrar las sensaciones incómodas que se me arremolinan en el pecho.

«Eso es lo que esperas siempre.»

Lana entrecierra los ojos y me mira de arriba abajo. La piel se me enciende cuando posa la mirada en mis brazos, y noto cierto calor en el vientre.

—Los he visto mejores —contesta, arrugando la nariz.

—Carajo, qué mal se te ha dado siempre mentir, Alana. —Me doy unos golpecitos en la punta de la nariz para enfatizar lo que acabo de decir.

Lana y Cami ponen los ojos de par en par al unísono. Saco la cartera con un suspiro y le alargo a Cami otro billete impoluto.

«Seiscientos dólares más pobre y todavía no has aprendido la lección.»

—¿Tienes costumbre de ir repartiendo billetes de cien por ahí? —Lana arquea una ceja.

—Solo a las niñas de cinco años insistentes que no saben contar hasta cien.

Lana le lanza a su hija una mirada desconcertante.

—¿Cuánto es cinco veces cien?

—¡Quinientos! —Cami levanta la mano llena de dinero.

«Será cabrona...»

—¿Qué decías?

Lana esboza una media sonrisa y alza la vista hacia mí. Es la primera vez que la veo sonreír desde que me presenté en su casa, y me provoca una sensación de ligereza en el estómago efervescente, como si me hubiese bebido un vodka espumoso en menos de diez segundos.

Reconozco la sensación al instante.

«Ni de broma. No pienso ir por ahí.»

—Me tengo que ir.

No me atrevo a mirarlas ni una sola vez más, aunque siento los ojos de Lana clavados en mi espalda mientras me subo al coche.

Hasta que no dejo atrás la casa del lago por el retrovisor no consigo respirar de nuevo con normalidad.

Apenas recuerdo el viaje de tres horas de vuelta a Chicago. He llamado a la secretaria de Leo con antelación para pedirle una reunión de emergencia, y ha podido colarme antes de la comida.

Toco el tapón de la licorera por tercera vez en veinte minutos. Estoy a punto de llamar a su secretaria cuando las puertas que hay detrás de mí se abren y el vetusto abogado entra. Leo parece haber salido de los años veinte, con su traje tres piezas, sombrero de fieltro con una pluma y reloj de bolsillo de oro. Solo le falta un puro para completar el modelito.

—¡Callahan! —Me da un abrazo que hace que me crujan los huesos—. ¡Qué sorpresa tan agradable!

—¿De verdad? —le pregunto, con las manos pegadas a los costados.

Se sienta a su escritorio.

—Claro que sí. Hace tiempo que quiero saber de ti. ¿Cómo estás?

Valoro la posibilidad de darle una respuesta básica e insulsa, pero opto por ser sincero.

—He estado mejor.

Su sonrisa pierde una parte de su vigor.

—Qué lástima. Lo siento mucho. ¿Puedo hacer algo para mejorarte un poco la vida?

Me enderezo en la silla.

—Pues mira, de hecho sí.

—¿Qué necesitas?

—Tengo un par de preguntas sobre el testamento de mi abuelo, y esperaba que pudieras aclarármelas.

Leo coloca el sombrero sobre el escritorio y se recuesta en la silla.

—Tú dirás.

—Necesito saber quién es el propietario de la casa del lago.

—Sin problema. Ahora mismo te lo digo. Dame un segundo que busque el archivo.

Leo se dirige a la pared llena de archivos y abre uno de los cajones superiores. Se me acelera el corazón mientras hojea varios documentos antes de soltar un ruidito de confirmación.

Regresa al escritorio con un documento a mi nombre.

—Según las escrituras, el propietario eres tú.

Los pulmones se me vacían tras un largo suspiro.

—Pues vaya alivio, porque la persona que reside actualmente en la casa cree que mi abuelo se la dejó a ella.

Leo entrelaza las manos frente a él.

—Bueno, es que ahí está la complicación.

El corazón me da un vuelco.

«No. Dime que no fue capaz.»

Leo prosigue con una sonrisa, como si no estuviera a punto de hacer que el mundo se me caiga encima y de destruir cualquier posibilidad de vender la casa.

—Según las escrituras más recientes, apareces como copropietario de la casa junto con una tal Alana Castillo.

«Mierda.»

—No lo puedo creer. No voy a poder vender la casa mientras Lana sea propietaria de una parte.

—A ver, ahora que sale el tema...

Levanto la mano.

—Déjame adivinarlo. No puedo comprarle su porcentaje.

Leo no pierde la sonrisa.

—Correcto.

—Cómo no.

—Tu abuelo insistió mucho en que la señorita Castillo y tú debían llegar a un acuerdo sobre todas las cuestiones legales relacionadas con la propiedad.

—¿Y si no quiere vender?

—Pues entonces les recomendaría que buscaran ayuda legal.

Ya voy tarde para ponerme en contacto con el equipo legal de Declan, y no puedo esperar a que Lana encuentre a alguien que la represente.

«Excelente.»

Aprieto la mandíbula.

—¿Alguna otra sorpresa que deba conocer antes de volver a Lake Wisteria?

Leo revisa el archivo, examinando páginas y páginas de documentos legales.

—Creo que eso es todo. Pero recuerda que cualquier interferencia de tus hermanos en la venta de la propiedad podría tener serias repercusiones.

Se me tensan todos y cada uno de los músculos bajo la camisa.

—¿Qué clase de repercusiones?

Él cierra el archivo con una sonrisa forzada.

—Creo que ya tienes bastantes preocupaciones con esta tarea. No hace falta añadirte aún más quebraderos de cabeza poniéndonos en lo peor.

—¿Podría perder mi parte de las acciones? —balbuceo.

—Intentemos que las cosas no se salgan de control, ¿te parece?

«Mierda.»

Le doy un último sorbo a la licorera antes de guardármela en el bolsillo interior del saco y abrir la puerta del despacho de Declan. Los ventanales del suelo al techo ofrecen unas vistas panorámicas de la ciudad inmejorables y dejan entrar mucha luz. Por mucho que deteste el edificio de la Kane Company, las vistas de Chicago son espectaculares.

Mi hermano está sentado detrás del escritorio, golpeando el teclado con la fuerza suficiente para que se deslice hacia delante.

—Vete, Todd. Estoy ocupado.

—¿En serio? ¿Tim lleva trabajando aquí meses y todavía no sabes cómo se llama?

Mi hermano levanta la cabeza de golpe.

—¿Se puede saber qué haces aquí?

—He venido a aclarar unos detalles del testamento.

—¿Y bien? —me pregunta, juntando las cejas negras.

Me siento delante de él en el escritorio. Con un movimiento ágil de muñeca, me desabrocho el saco para respirar mejor. Siempre me pasa lo mismo en las oficinas de la Kane Company; siento una opresión en el pecho que me obliga a recurrir a la licorera con más frecuencia de la habitual. El despacho me recuerda mi fracaso: no he estado a la altura de mi apellido ni he cumplido con las expectativas impuestas por mi familia.

«Da lo mismo.»

Tamborileo con los dedos sobre mi muslo.

—Rowan y tú no pueden intervenir en mi misión.

—¿A qué te refieres? —dice, recostándose en la silla.

—Cuando me he pasado por el despacho de Leo para consultar el testamento actualizado, me ha dejado caer un comentario críptico.

—¿Qué te ha dicho exactamente?

Le repito mi conversación con Leo. Declan se levanta y comienza a caminar por el despacho, desgastando la alfombra.

—¿A qué se referirá con lo de las interferencias?

—Ni idea. Cuando he intentado preguntarle si tenía

algo que ver con mi parte de las acciones, ha terminado el tema.

—Mierda.

—Eso mismo he pensado yo.

Lo único que está evitando que me dé un ataque de pánico es el flujo constante de vodka que me fluye por el cuerpo y me proporciona una falsa sensación de calma.

Declan se pasa las manos por el pelo negro, atusándose los mechones perfectamente peinados hacia atrás.

—El abuelo sabía que yo te echaría una mano.

Posiblemente porque Declan siempre me ha sacado de apuros, desde que nací. No podía evitar sufrir cierto complejo del hermano mayor salvador, y nos sobreprotegía tanto a Rowan y a mí que era casi asfixiante.

—Hagas lo que hagas, no me ayudes.

Agacha la vista al suelo.

—Declan...

Mi hermano saca el celular, más pálido de lo normal.

—Tengo que hacer unas llamadas. —Declan acelera el paso mientras recorre el despacho de lado a lado.

—Ya tenías a un comprador en la puerta, ¿verdad? —digo, apretando los dientes.

—Sí. —La mano con que sostiene el celular se tensa.

—¿Por qué?

«¿Por qué no podías confiar para que hiciera al menos eso por mi cuenta?» La pregunta de verdad se me queda en la punta de la lengua.

Aprieta la mandíbula y eso hace que le palpite la vena de la sien.

—¿Por qué no? No esperarías que fuera a dejar nada al azar.

—Lo que no querías era dejarme nada a mí.

Levanta la mano libre.

—¿Y qué quieres? Ni que hubieras hecho algún esfuerzo por cumplir con tu parte del testamento. ¿Se te ha llegado a pasar por la cabeza cuánto nos estás fastidiando a Rowan y a mí?

Me levanto de un salto de la silla.

—Con lo poco que me valoras, a lo mejor debería renunciar a mi parte de las acciones y mandar todo esto al carajo con la dignidad intacta.

Declan suelta una carcajada amarga.

—Esa es tu primera solución, cómo no. No sé por qué esperaba algo distinto de uno de los mayores maestros del fracaso que conozco.

—Buen reproche, imbécil. ¿Eso lo has sacado de papá?

«¿Te interesa ser algo más que un fracaso familiar?» La imagen de mi padre borracho doblándose de risa me invade la cabeza; ese recuerdo, cuando se negaba a buscarme un profesor de repaso de cálculo, da paso a uno más oscuro.

«¿Por qué no me sorprende que ni siquiera hayas sido capaz de triunfar golpeando un trozo de goma de un lado para otro?» Eso fue lo que me dijo cuando me rompí el ligamento cruzado anterior, en el posoperatorio.

«Si estás en esta junta directiva es porque tu abuelo sabía que por ti mismo no llegarías a nada.» Los ojos enrojecidos de mi padre se giran hacia mi silla de la sala de conferencias.

El gran éxito de mi padre fue encontrar más de cien formas de hacerme sentir una persona fracasada y patética.

Y ahora Declan...

«Que se vaya a la mierda.»

—Mierda. Cal... —Se le suaviza la mirada.

Al carajo Declan por utilizar contra mí mi única debilidad. Ojalá pudiera ser mejor. Ojalá pudiera hacerlo mejor.

El problema es que no sé cómo.

Le lanzo una sonrisa falsa que le provoca un tic en el ojo.

—No hace falta que te disculpes, hermano. Al fin y al cabo, me he pasado la vida oyendo constantemente esas palabras.

El comentario de Declan me acompaña hasta mucho después de abandonar el edificio de la Kane Company, alimentándose de mis inseguridades como un parásito que solo puede eliminarse con una botella de vodka.

«Podrías volver a pedir ayuda.» La mano me tiembla cuando me sirvo una copa. Derramo un poco por culpa de los movimientos torpes y me mojo los dedos y la zona circundante.

Sacudo la cabeza, ignorando la vocecita que me conmina a detenerme antes de dar el primer sorbo.

«Una decepción, como siempre.»

Me detengo cuando rozo con los labios el borde de la copa.

«No tienes por qué hacer esto.»

«No sé qué otra cosa hacer.»

Vacío la primera copa en unos pocos tragos y me sirvo otra. Declan intenta llamarme dos veces a lo largo de la noche. Incluso me deja un mensaje de voz, que borro directamente porque estoy demasiado borracho como para que importe.

«Así es como me gusta.»

7
Alana

—Lo siento, señorita Castillo. —El abogado de Brady Kane se disculpa por segunda vez hoy, aunque no sirve para aliviar la quemazón que noto en la garganta.

«Esto no puede estar pasando.» Busco a tientas la barra de la cocina para que no me cedan las piernas.

Leo carraspea y oigo restallar el auricular junto a mi oreja.

—Entiendo que esto debe de haber sido un dato importante, pero seguro que Brady lo hizo por su bien. Hablaba con mucho cariño de usted durante nuestras charlas.

La presión que se me acumula en las sienes se intensifica aunque me las esté frotando.

—Pues no lo parece.

—Si le sirve de consuelo, Callahan expresó una frustración similar cuando hablamos.

—¿Le mencionó que quiere vender la casa?

—Sí, en efecto.

Aprieto tanto los dedos sobre la encimera que pierden todo el color.

—¿Y qué pasa si yo no quiero venderla?

—Todas las decisiones en relación con la propiedad deben ser consensuadas. Callahan solo puede vender la propiedad si usted accede, y viceversa.

Dejo escapar un largo suspiro.

—Por fin una buena noticia.

Leo se detiene un instante antes de continuar.

—Dicho lo cual...

«No, por favor.»

—Si insiste en conservar la casa a pesar del interés que tiene Callahan en venderla, tendrá que comprarle su parte de la propiedad.

«Maldición.»

Después de la llamada con el abogado, les mando un mensaje a Delilah y Violet para pedirles una noche de chicas urgente. Las dos se presentan en mi casa más tarde armadas con aperitivos y cosméticos para la cara, como si un poco de comida y de autocuidados pudieran resolver todas mis miserias. Violet incluso se ha atrevido a traer Bon Bon Bums, los archienemigos de mi dentista y mis golosinas favoritas.

Subo corriendo al piso de arriba para ver si Cami está bien y sigue dormida. Se me enternece el corazón al verla durmiendo plácidamente, con su ovejita de peluche aplastada entre sus brazos. Aún recuerdo a la trabajadora social que se la regaló. Cami no era más que una bebé y no se acuerda, pero yo sí. Fue el mismo día que regresé a Michigan con una criatura en brazos y un nuevo propósito en la vida.

Antes de apagarle la luz a Cami, le aparto el pelo de los ojos y le doy un beso en la frente.

—Buenas noches, mi amorcito.

Al volver al salón, veo que Violet y Delilah ya han ocupado sus puestos habituales en el gigantesco sofá esquinero.

Violet saca mi paleta de caramelo favorita de la bolsa y me la da.

—Toma, para que se te pase el disgusto.

Le arranco el envoltorio y me la meto en la boca.

—Gracias. Lo necesitaba.

—¿Seguro que no quieres alcohol? Puedo escaparme a la licorería y estar de vuelta en diez minutos. —Violet rebusca en la bolsa de Bon Bons hasta dar con su sabor favorito.

Delilah le avienta un cojín a la cara y le despeina los rizos rubios.

—Ya sabes que no bebe.

Hace más de diez años que no pruebo una gota de alcohol, desde que Cal entró en rehabilitación justo antes de que yo cumpliera los dieciocho. Al principio fue para apoyarlo a él y a su promesa de no beber más. Beber me daba lo mismo, y si siendo abstemia ayudaba a Cal, estaba del todo dispuesta.

Cuando se marchó hace seis años, intenté beber. Hasta me dio por comprar una botella del vino blanco más caro que encontré con la intención de romper mi promesa. Traicionarlo como él me había traicionado a mí. En aquel momento me pareció un plan sin fisuras, dadas mis emociones. Por lo visto estaba tan consternada que no se me ocurrió comprar también un sacacorchos. Mi único intento de beber terminó ahí, y me prometí no volver a intentarlo jamás.

Violet resopla.

—¡Era broma!

Delilah pone cara de desprecio.

—No me extraña que tu carrera como monologuista se haya estancado.

—Qué culpa tendré yo de que este pueblo no aprecie mi humor. La edad media se remonta al Jurásico.

Delilah y yo nos echamos a reír. Es posible que la población de Lake Wisteria se incline más hacia la tercera edad, pero hay muchísimos jóvenes viviendo aquí ahora que el pueblo se ha hecho famoso entre la gente de Chicago que busca otro ritmo de vida.

Delilah se pasa un mechón de pelo oscuro por detrás de la oreja.

—Bueno, ¿y cuál es la emergencia?

Les resumo a las dos la situación. Ellas guardan silencio, aunque hay algunos momentos en los que Violet abre mucho los ojos cafés y a Delilah se le pronuncian las arrugas de la frente.

Violet se saca la paleta de caramelo de la boca para exclamar:

—Maldita sea.

—Bueno.

—¿Y qué vas a hacer? —Delilah se sienta encima de sus largas piernas bronceadas.

—Esa es la pregunta del millón.

—O de los dos millones, teniendo en cuenta lo que debe de valer esta casa. —Violet hace un gesto alrededor de la habitación con la paleta a medio comer.

—¿En serio estás planteándote venderla? —Delilah arquea las cejas negras.

Me dejo caer en el sofá con un hondo suspiro.

—Creo que no tengo otra opción.

Violet resopla.

—¿Por qué? ¿Porque el Ken Malibú te ha dicho que la vendas?

La miro de reojo.

—Es el propietario de la mitad de la casa, me guste o no.

—Pues como tú.

—Sí, es verdad, pero el abogado de Brady me ha dicho que si no quiero venderla, tendré que comprarle a Cal su porcentaje.

—Eso es... —Delilah pierde parte del color de su rostro bronceado.

—¿Un millón de dólares? —Hundo los hombros—. Aunque me buscara un segundo trabajo de mesera o lo que fuera nunca podría permitírmelo.

Violet chasquea los dedos.

—Estoy segura de que Mitchell, el del banco, estará encantado de darte un préstamo.

—¿Después de que me negara a tener una cita con él? Ni de broma.

—Y si el pueblo colaborara...

La detengo con un gesto de la mano.

—No, ni hablar.

La piel que separa las cejas de Delilah se arruga.

—Tiene que haber alguna manera. Quizá algún vacío legal que te permita vivir aquí independientemente de quién sea el propietario.

Se me forma un nudo en el estómago.

—No hay ninguno. Ya se lo pregunté al abogado, y Cal tiene todo el derecho del mundo a venderla.

Por mucho que me guste la casa y los recuerdos que he creado aquí, no puedo hacer nada para evitar que la pongan a la venta.

Percibo en los labios de Violet la sombra de una sonrisa.

—¿Y si...?

—Dios mío. Agárrate, que vienen curvas. —Delilah tuerce el gesto.

Violet es famosa por sus ideas locas y por ser el cerebro de varios planes que han acabado con nosotras esposadas un par de veces. El sheriff Hank nunca llegaba a arrestarnos del todo porque consideraba que el sistema judicial era prácticamente una palmadita en la espalda comparado con la ira de nuestros padres.

Violet se aclara la garganta antes de lanzarle una mirada asesina a Delilah.

—¿Y si no llegaras a vender nunca la casa?

Frunzo el ceño.

—¿Qué quieres decir?

—Podrías ponerla a la venta a un precio tan desorbitado que ninguna persona con dos dedos de frente estuviera dispuesta a comprarla. —A Violet le brillan los ojos cafés con el fulgor de los incontables planes que le rebotan por la cabeza. Con sus rizos rubios y rasgos redondeados y angelicales, nadie se creería que debajo de esa piel de porcelana se oculta una diablilla.

—Pues es... —Delilah se interrumpe.

—Una genialidad —termino por ella.

Violet se endereza, y Delilah se gira hacia mí.

—¿Sabes? Creo que podría funcionar.

¿De verdad? Una parte de mí teme hacerse ilusiones, por si Cal acaba destruyendo cualquier posibilidad de que me quede con la casa.

«Pero al menos lo habrás intentado.»

Levanto los brazos en actitud de derrota.

—Mira, que se vaya a la mierda. Tampoco tengo nada que perder.

8
Alana

Cal no me ha dado ni un fin de semana para procesar la noticia sobre la casa del lago antes de mandarme un mensaje a primerísima hora de la mañana para que comamos en el Early Bird. Por el bien de los dos, decido aceptar la invitación.

Como si los lunes no fueran ya lo bastante malos, la mañana antes de la comida es un completo y absoluto desastre. Normalmente mi trabajo como profesora de español en la escuela de Cami sigue una rutina muy predecible. Pero como es obvio, teniendo en cuenta que me he levantado con el pie izquierdo, hoy ha salido todo al revés, desde la alarma de incendios estropeada que ha interrumpido las presentaciones finales de mis alumnos de secundaria hasta el niño de primero de primaria que ha vomitado en el fondo de la clase justo antes de la comida. Lo único que me ha motivado a aguantar el día es que solo quedan dos semanas antes de las vacaciones de verano.

Llego tarde y encima me encuentro con el estacionamiento completo. Doy dos vueltas por Main Street a ver si veo algún sitio, pero no hay suerte. El pueblo está empezando a publicitar el Festival Strawberry de mediados de junio, el acontecimiento más importante del año en Lake Wisteria, de modo que la mayoría de los estacionamientos están ocupados por el alcalde y sus ayudantes para ir colgando carteles promocionales y atraer más turismo.

Tardo cinco minutos en encontrar un sitio donde estacionarme. Como no podía ser de otra manera con el día de mierda que estoy teniendo, dejo el coche justo al lado de mi sueño fallido.

La tienda lleva años vacía; el propietario no ha sido capaz de tenerla ocupada más que unos pocos años con cada negocio. Han sido muchos los que lo han intentado, pero nunca han tenido éxito. Incluso se llegó a abrir una pastelería, lo cual añadió un nivel totalmente distinto de tortura a mi sueño roto de abrir mi propio negocio en ese sitio. No duró ni un año.

«¿Por qué crees que a ti te iría bien?»

Se me forma un nudo en la garganta, y le doy la espalda al escaparate.

«Ahora mismo tienes problemas más grandes de los que preocuparte.»

Camino hacia el local con la cabeza bien alta.

—Ey —me saluda Cal, y doy un salto.

Me giro hacia la dirección de su voz. Está apoyado contra el muro de ladrillo junto a la entrada principal con un aspecto que desentona del todo con el lugar, camisa de lino blanco sin una arruga y unos pantalones hechos a medida. Su modelito me recuerda a los turistas ricos que visitan el pueblo, que encajarían más en un yate en Ibiza que en nuestro lago.

Se desliza los lentes de sol por el puente de la nariz para verme mejor.

—Bonito vestido. ¿Te lo ha hecho tu madre?

La garganta se me cierra al oír hablar de mi madre. El duelo es algo extraño. Va y viene, normalmente en los momentos más inoportunos, y pone nuestras vidas patas arriba mientras volvemos a procesar otra vez la pérdida.

Me llevo la mano por inercia al collar de oro que me regaló por mis quince años, acariciando el metal frío entre los dedos.

—Sí. —Se me rompe la voz.

—¿Cómo le va, a todo esto? No he visto su coche en la casa. ¿Está pasando el verano en Colombia con su familia?

El corazón me golpetea contra la caja torácica y me paro en seco.

—De verdad no lo sabes.

Él ladea la cabeza.

—¿El qué?

Desvío la mirada hacia la entrada del local.

—Murió hace un par de años, cuando tu abuelo todavía estaba en coma. Cáncer de páncreas fase IV. —Me sorprendo al terminar la frase sin que se me quiebre la voz.

«Y solo te ha costado dos años.»

Durante el primer año después de la muerte de mi madre, me costaba hablar de ella sin llorar. Todos los recuerdos eran dolorosos, tanto física como mentalmente. Cami tuvo que hacerme muchísimas preguntas sobre la abuela para que me acostumbrara a hablar de ella otra vez con una sonrisa en lugar de con lágrimas.

—Carajo, Alana. No tenía ni idea.

Cal me pone una mano en el hombro y me da un apretón. La calidez de su palma funciona como un bálsamo, y mitiga el frío que me está calando hasta los huesos.

—Pensaba que lo sabías. —«Y que habías decidido no presentarte en el funeral de todas formas.»

Él niega con la cabeza con la energía suficiente para que se le revuelva el pelo.

—Claro que no. De haberlo sabido... Mierda. Les prohibí a mis hermanos que me mencionaran... este lugar.

Cada vez me cuesta más respirar.

—Lo siento muchísimo. —Me aprieta más fuerte el hombro—. Ojalá... —Se detiene, como si estuviera valorando si continuar o no—. Debería haber estado ahí para ti —dice con una certeza tan absoluta que me lo creo.

Nuestras miradas se encuentran. Algo tácito pasa entre nosotros antes de que él me rodee con los brazos y me apriete contra su pecho. Relajo el cuerpo al instante y me consume una sensación de bienestar. La ira, la frustración y la angustia de los últimos días desaparecen como si no hubieran existido.

Sé que el alivio es temporal, que en cuanto Cal me suelte la realidad me caerá encima como una losa.

«Solo unos segunditos más», me prometo a mí misma mientras hundo la mejilla en su pecho. Me había olvidado de lo bien que me siento entre sus brazos, y del confort que me invade mientras escucho los latidos de su corazón, que palpita rápido en su pecho.

Ignoro la vocecita de mi cabeza que me atormenta y me permito disfrutar de la sensación de que me cuiden.

«¿Por qué las cosas que nos hacen sentir mejor son siempre también las que más nos duelen?»

—¿Y tu hermana? —Me pasa la mano por el pelo y siento un escalofrío recorriéndome la columna con aquel gesto íntimo.

—¿Qué?

—¿Está...? —Se interrumpe.

—¿Muerta? No, por Dios, aunque a veces me voy a la cama sin tener claro si sigue viva o no.

—Pero Cami...

No dejo que termine el proceso mental.

—A efectos prácticos, es mía. Anto firmó todos los documentos y lo hizo oficial poco después de que naciera.

Me agarra con fuerza, como si presintiera que estoy preparándome para apartarme.

—Nunca dejas de sorprenderme.

Hundo el rostro en su pecho.

—No tenía otra opción.

—Claro que sí. Lo que pasa es que no sabes ser egoísta, porque tú eres así.

Me arrebata cualquier control que pudiera tener sobre mis emociones mientras me sujeta entre sus brazos.

Se oye el claxon de un coche. Cal me suelta cuando doy un salto hacia atrás y pongo fin al abrazo. Me ruborizo al dar un segundo paso para alejarme de él, que deja caer los brazos antes de cerrar con fuerza los puños. Noto la frustración emanando de él en oleadas, golpeándome en el rostro como un soplete.

—Vamos adentro. —Me giro hacia la puerta.

Cal me sigue en silencio de camino al Early Bird.

—Dios mío, dichosos los ojos. —Isabelle agarra dos cartas del puesto de la mesera.

Cal se pone rojo.

—Me alegro de volver a verte, Isa...

Isabelle lo ignora por completo y me da un abrazo. Me roza la mejilla con el pelo cano y percibo un olor a laca y masa de hot cakes.

—Te eché de menos la semana pasada cuando las chicas vinieron al *brunch*.

—Cami se puso mala, tuve que quedarme en casa.

—Ay, mi niña. ¿Cómo está?

—Mejor, ya de vuelta en la escuela. No quería perderse ningún día más antes de las vacaciones de verano.

Isabelle frunce el ceño.

—Pero si estamos a mediados de mayo.

—Todos los días cuentan, según Cami.

—No conozco a nadie a quien le guste más la escuela que a esa niña —dice ella, y suelta una carcajada.

Cal se aclara la garganta e Isabelle se gira hacia él.

—¿Y este quién es? —Lo repasa de arriba abajo con la mirada.

Cal alza las cejas prácticamente hasta el nacimiento del pelo.

—Isabelle, por favor. Nos conocemos desde que era pequeño.

—Ah. —Ella entorna los ojos—. ¿Me recuerdas cómo te llamabas? ¿Mal?

—Cal —contesta, y esboza una sonrisa de oreja a oreja con la que no consigue ocultar el temblor del ojo.

Un puñado de personas levantan la vista de sus mesas. El lugar se llena de murmullos, y me ruborizo. Isabelle me salva de morirme aún más de la vergüenza guiándonos hacia los reservados del fondo, lejos de las habladurías de los ancianos del otro lado del local. Puede que estén lejos, pero eso no impide que nos miren de reojo y murmuren tras las cartas.

—No disimulen tanto, ¿eh? —grito.

Beth, la presidenta del club de *bridge*, parece estar a punto de partirse el cuello de lo rápido que se gira en su asiento.

—Si quieres que lo echemos, no tienes más que decirlo —se ofrece Cindy, la actual campeona de *shuffleboard* y la anterior profesora de preescolar de Cami, y yo le levanto el pulgar.

Isabelle saca una libreta antes de agarrar el bolígrafo que tiene detrás de la oreja.

—¿Qué les traigo para beber?

—Un licuado de chocolate —contestamos Cal y yo al unísono.

—Me alegro de que algunas cosas no cambien nunca. —La sonrisa de Cal vuelve con fuerzas renovadas, y aparto la vista para no tener que enfrentarme a una ceguera temporal.

Isabelle lo anota en la libreta.

—Dos licuados de chocolate marchando. ¿Saben ya lo que quieren comer, o vuelvo en un rato?

—¿Nos das un par de minutos? —pregunta Cal.

—Sin problema, Al —dice, y me da un apretón en el hombro antes de desaparecer en la cocina.

—Le caigo mal, ¿verdad?

Respondo con un movimiento de hombros impreciso.

—¿Por qué? —pregunta él.

«Porque me rompiste el corazón.»

Guardamos silencio mientras fingimos que leemos la carta que tenemos delante. Llevo viniendo al Early Bird desde que era pequeña, así que podría recitar la carta entera de cabo a rabo sin mirar. Hubo un tiempo en que Cal también habría sido capaz de lo mismo, aunque parece que ya no es el caso.

Me da un vuelco el corazón al recordarlo.

Cal se remueve en su asiento durante un largo minuto antes de reunir el coraje necesario para romper el silencio.

—¿Ya sabes lo que vas a pedir?

—Con el licuado tengo suficiente. —Cierro la carta de golpe.

—Pensaba que al menos pedirías lo más caro de la carta solo por fastidiarme.

—Si quisiera molestarte, iría por algo más importante que tu cartera.

—¿Como qué?

—Me parece que una patada en los huevos sería un buen principio.

Deja caer la cabeza hacia atrás para reírse con energía y estridencia, y atrae todas las miradas hacia nuestra mesa. Hasta yo me le quedo mirando. Culpo a la capacidad de Cal para atraer la atención de todo el mundo como si fuese el centro de nuestro sistema solar. Porque si Cal es el sol, los demás no somos más que planetas errantes que giramos a su alrededor, trágicamente atrapados en su órbita.

Isabelle debe de haber percibido mi desesperación, pues nos interrumpe con los licuados y le toma nota a Cal.

—Vayamos al grano y al verdadero motivo por el que me has pedido que nos veamos aquí —le digo, entrelazando las manos delante de mí, y veo que él las mueve con nerviosismo.

—Tenemos que vender la casa antes de que termine el verano.

El corazón se me acelera con solo oírlo.

—Pero es que yo no quiero venderla.

—¿Tienes el dinero necesario para comprarme mi mitad? —Me lo pregunta con tan poca condescendencia que casi parece que crea que sí tengo esa posibilidad.

Noto un regusto metálico en la boca de tanto morderme la lengua.

—No, pero si me das un par de años, veré lo que puedo hacer.

Él niega con la cabeza.

—No tengo tanto tiempo.

—¿A qué viene tanta prisa?

Cal traga saliva sonoramente.

—Necesito seguir adelante con mi vida, y no me ayuda en absoluto tener esa casa rondándome como el fantasma de los veranos pasados.

Tengo la sensación de que el pecho se me puede partir en dos en cualquier momento con sus palabras.

—¿Y esperas poner la mía patas arriba para conseguirlo?

—Sé que no es ideal, pero espero que el dinero compense parte del problema. Por lo que vale esa casa, probablemente podrás comprarte una nueva y abrirte una buena cuenta de ahorros.

—Y eso te preocupa porque...

Me atraviesa con la mirada.

—Quiero lo mejor para ti, y eso no lo cambiará ni el tiempo ni el dinero.

Hago un ruidito gutural porque no confío en mi voz. Sus palabras tienen el poder único de derretir parte del hielo que me envuelve el corazón. Algunos trocitos se desprenden con esos ojos que me dicen que tal vez aún signifique algo para él.

«Si le importaras, habría dejado de beber y habría vuelto para luchar por ti.»

Tamborilea con los dedos sobre la mesa a un ritmo indeterminado.

—No te estoy pidiendo que se vayan mañana. Puedes pasar allí un último verano con Cami antes de que cerremos el tema de la casa.

—Qué considerado por tu parte.

—¿Trato hecho?

—No hables como si yo tuviera algo que decir al respecto —le espeto.

Cal levanta las manos frente a él.

—No estoy aquí para causarte problemas.

—Claro, porque el problema eres tú, Cal. Siempre lo has sido y siempre lo serás.

—Al menos soy constante en algo —replica, y tiene el atrevimiento de sonreír.

—¿No has cambiado nada en los últimos seis años? —digo, hundiéndome las uñas en los muslos.

—Claro que sí —responde, y levanta la barbilla.

—Pero sigues bebiendo. —Y consumiendo vete a saber qué.

No tiene sentido fingir que Cal no tiene un problema. Ya lo hice una vez, y al final solo me provocó dolor. Tardé mucho tiempo en comprender que querer a alguien no significa aceptarlo con todos sus defectos, sino hacer que se enfrente a sus problemas porque te importa tanto que no quieres que sufra.

Yo era demasiado joven cuando Cal y yo empezamos a salir como para entender ese concepto.

—En contra de la creencia popular, mi adicción no constituye toda mi personalidad, aunque mis hermanos y los medios se esfuercen por que lo parezca. —Habla con ligereza, a pesar de la tensión que percibo en su mandíbula.

—Ya lo sé.

Por eso fue mucho más doloroso verlo cuesta abajo y sin frenos en primera persona. Sabía que el hombre que era cuando iba drogado con opiáceos y alcohol no le llegaba ni a la suela de los zapatos al hombre que sabía que podía llegar a ser.

Cal suspira.

—No espero que retomemos esto donde lo dejamos, teniendo en cuenta nuestro pasado y el hecho de que ahora mismo estás saliendo con otra persona.

«¿Que estoy saliendo con otra persona? ¿Qué demonios...?»

Antes de poder preguntarle nada, continúa:

—Pero espero que al menos podamos tratarnos con respeto.

—¿Qué más da? Tampoco tienes pensado quedarte por aquí mucho tiempo. —Mantengo el rostro sin expresión alguna, a pesar de la punzada de dolor que siento en el corazón.

—Ahora que sale el tema...

«No.»

—Mi plan es dedicarme a la venta de la casa de principio a fin, y todos los alquileres alrededor del lago están ocupados de mayo a septiembre, así que voy a tener que quedarme en la casa hasta que se venda.

«Qué cabrón.»

—No.

—No puedes impedirme entrar en mi propia casa.

Los dedos me piden a gritos que los cierre alrededor de su cuello.

—¿Qué tiene de malo el motel?

—¿Quieres la respuesta corta o la larga? Elige sabiamente, porque podemos quedarnos aquí todo el día.

«Respira hondo, Alana.»

—No me creo que esperes que vivamos juntos.

Él sacude la cabeza con tanta fuerza que algunos mechones le caen encima de los ojos.

—Claro que no. Mi idea es quedarme en la casa de invitados. Así yo puedo tener acceso a la casa principal cuando lo necesite y tú mantener tu privacidad.

En la teoría, la idea de Cal no es terrible. La casa de invitados se encuentra en la parte trasera de la propiedad, y tiene salida propia a la calle principal. Podría fingir sin problemas que no está ahí, siempre que no nos encontremos junto al lago.

«No puede ser que te lo estés planteando.»

¿Qué alternativa tengo? Cal tiene razón. No puedo impedirle que entre en casa siendo el copropietario, y su idea de alojarse en la casa de invitados es mucho mejor que si me hubiese propuesto vivir conmigo en la principal.

—¿Para qué necesitas acceso a la casa?

—Porque tengo que empaquetar lo que pueda haber dejado mi familia, incluida esa colección inusual de la buhardilla que me comentaste.

Casi me compadezco de él. La buhardilla es el sueño de un acaparador; está hasta el tope de cosas que Brady estuvo acumulando a lo largo de décadas. A cualquiera le llevaría al menos dos semanas examinar todo lo que hay.

«Pero si él se encarga de vaciarla, eso que te ahorras.»

La propuesta es tentadora. Nunca he tenido la fuerza de voluntad necesaria ni siquiera para intentarlo, así que bien podría aprovecharme de Cal para que me libere otra estancia y se lleve hasta el último trasto que dejaron allí los Kane. Luego podré eliminar cualquier recuerdo de la familia y hacer que la casa sea completamente mía.

Con el plan que he puesto en marcha, no es una posibilidad tan disparatada. Aunque Cal sea el propietario de la mitad, nunca podrá venderla al precio que tengo en mente.

Alzo la barbilla.

—De acuerdo. Pero no te quiero dentro de la casa si yo no estoy delante.

—¿Por qué? ¿Para vigilarme?

Entrecierro los ojos.

—Ni loca confío en ti cerca de mis cosas.

—Puede que sea lo mejor después de aquel incidente con el vibrador —dice, y me lanza una sonrisa cómplice.

Las mejillas me arden y el calor se me extiende deprisa por el resto de la cara.

«Eso te lo has buscado tú solita.»

Salgo del reservado.

—¿Ya te vas? Ahora que la conversación se ponía interesante... —Su radiante sonrisa está llena de promesas.

—Chao.

—¿Seguro que quieres irte ahora? Todavía no he tenido oportunidad de mencionar aquella vez que me encontré tus...

Le planto la mano en la boca y lo oigo hablar con la voz amortiguada mientras me mira con los ojos desorbitados. Me acerco a él y le susurro:

—Te voy a dejar una cosa bien clarita. Pase lo que pase, no hablamos de lo que ocurrió el último verano que estuviste aquí. —No sé cómo sobreviviría a tenerlo cerca si saliera el tema.

Él entorna los ojos, y yo le tapo la boca con más fuerza.

—¿Te ha quedado claro?

Me da un mordisquito en la piel suave de la palma, y yo reprimo el escalofrío que me recorre el cuerpo antes de soltarlo.

—No hablar del tema no cambia lo que hicimos.

—No quiero cambiarlo. Solo quiero olvidarlo.

Me voy con un contoneo afectado de las caderas, ganándome un gruñidito del hombre que dejo detrás de mí.

«Cal: 0. Alana: 1.»

9
Cal

Si no hubiese tenido que volver a Chicago por mi gato, Merlín, y algo de ropa, no me habría molestado en asistir a la junta directiva de la Kane Company. Mi presencia no se requiere salvo que haya alguna votación, ya que no tengo ningún puesto activo en la empresa.

La única razón por la que me animo a aguantar aquellas tediosas reuniones es, en primer lugar, por molestar a mi padre. Lo saca de quicio que esté en la junta desde que mi abuelo me nombró miembro hace seis años, después de que me rompiera el ligamento cruzado anterior, así que he decidido dejar clara mi postura soportando todas las tediosas reuniones solo para fastidiarlo.

Y pensar que la gente me acusa de no tener ningún propósito en la vida.

Siempre que entro en las oficinas de la Kane Company para una reunión, me invade la misma necesidad de salir corriendo por la puerta principal. Es como si mis sentidos cortocircuitaran por la sobreestimulación del entorno. A pesar de los años que llevo enfrentándome a problemas de procesamiento sensorial, todavía me cuesta no obsesionarme con que la corbata me aprieta demasiado y el traje me pica.

Y por eso no estoy hecho para la vida corporativa. Mis hermanos son todo lo contrario, derrochan seguridad en sí mismos cuando toman la palabra en las juntas. Los dos parecen clones corporativos, con su pelo negro brillante, sus trajes de raya fina impolutos y su barba de pocos días perfectamente arreglada. Es evidente que ellos siempre se han adaptado mejor a la política de la empresa y a los horrendos trabajos de oficina mientras yo intento superar la puntuación máxima del *Candy Crush* por debajo de la mesa.

El director de Adquisiciones y Ventas de una división de nuestro servicio de *streaming*, DreamStream, se levanta de su silla y se coloca al frente de la sala. Pasa las primeras diapositivas con torpeza, algo que me llama la atención. Puede que no esté tan enterado como mis hermanos, pero soy una persona sociable que se da cuenta de todo. Le percibo un sutil brillo en la piel que solo parece empeorar a medida que mi padre lo fulmina con sus ojos negros y una mueca constante.

El presentador utiliza el láser para señalar un gráfico.

—Las suscripciones mensuales de nuestra plataforma DreamStream han descendido un doce por ciento a lo largo del último trimestre.

—¿Un doce por ciento? ¿Sumado al seis por ciento del trimestre anterior? —Creo que es la primera vez que hablo este año.

Todas las personas de la sala de conferencias se giran hacia mí, incluidos mis hermanos. Declan arquea las cejas negras mientras Rowan abre mucho sus ojos color miel. Mi padre mira al frente con la mandíbula tensa, la expresión que lleva puesta desde que nací.

El presentador mayor del frente de la sala toquetea el el control remoto antes de pasar a la siguiente diapositiva.

—Sí. Bueno, como iba diciendo... Nuestros estudios muestran que las familias están recortando en servicios de suscripción mensual debido al aumento de la competencia y la sobresaturación del mercado. Según nuestras encuestas, nuestro servicio de suscripción es el segundo que las familias se plantean recortar con mayor probabilidad.

—¿Y les han preguntado por qué? —insisto.

—Pues... sí. Suele deberse a dos factores principales: presupuesto y contenido.

—Pero si realmente fuese un tema de presupuesto, los otros servicios de *streaming* tendrían los mismos problemas.

Rowan voltea hacia mí y me atraviesa con su mirada oscura.

—¿Se puede saber qué te pasa?

Me encojo de hombros.

—No sé, me ha despertado el interés.

—Pues aprovechémoslo antes de que vuelvas a perderlo —contesta con un brillo en los ojos.

Sé que mi hermano tiene buenas intenciones, pero lo único que consigue es disuadirme de continuar con mi interrogatorio. Lo último que quiero es darle a la gente un motivo para esperar más de mí. Ser la oveja negra de la familia es fácil, y Rowan me lo recuerda con ese comentario.

Si no hay expectativas, no hay decepciones. Ese es mi lema vital.

Al finalizar la junta directiva, Declan me hace un gesto para hablar conmigo, pero alguien lo distrae y aprovecho ese momento para escapar. No estoy de humor para aguantarlo después de la pelea de la semana pasada. Tardo poco en llegar al elevador, y nadie me detiene para charlar.

Las puertas empiezan a cerrarse cuando una mano aparece por la ranura y hace que se vuelvan a abrir. Frente a mí veo a la única persona con la que no querría compartir ni un segundo, y mucho menos el minuto entero que tarda el elevador en bajar al vestíbulo.

«Sabías que corrías el riesgo de encontrártelo.»

La mueca habitual de mi padre se acentúa aún más cuando me escudriña con sus ojos negros.

—¿Ya te vas?

—Como ya puedo tachar «fastidiarte» de mi lista de tareas, sí, he terminado por hoy. —Me reajusto el traje por enésima vez.

—¿Tienes intención de hacer algo útil con tu vida?

—No lo tengo claro. Me he planteado aprender a hacer malabares, pero luego vi un video sobre el ukelele y empecé a practicar durante mi tiempo libre.

Mi padre se ríe entre dientes.

—Tu vida entera es tiempo libre. No tienes ni oficio ni beneficio, nada más que un fideicomiso bien gordo que ni siquiera debería ser tuyo.

—Veo que sigues mosqueado con que mamá me abriera aquel fondo a tus espaldas, pero, en serio, deberías pasar página. Mi terapeuta dice que no es bueno guardarse todo eso dentro.

—Lo único que me mosquea de tu madre es que sintiera tanta debilidad por ti.

Le doy un apretón en el hombro que refleja lo que he sentido en el pecho al oír sus palabras.

—Ay, papito. No se lo tomes a mal. Al fin y al cabo, creyó en ti, y todos sabemos el tipo de monstruo que eres.

Veo como se le ensanchan las fosas nasales.

—Eres un despropósito.

—Al menos hago algo bien.

—¿Te parece gracioso? ¿Crees que ser el hazmerreír de la familia es un logro? Abre los ojos. Eres un desperdicio de espacio patético que ni siquiera debería tener permitida la entrada en este edificio, porque eres una mancha en nuestro apellido.

Siento una puñalada en el pecho, pero oculto el dolor con una sonrisa.

—Creo que este año todavía no me habías hablado tanto rato.

Mi padre suelta un ruidito desde el fondo de la garganta. Me lanza oleada tras oleada de desprecio, pero lo ignoro. Hace mucho que aprendí que enojarme y demostrarle que sus palabras me afectan es dejarlo ganar.

No puedo esperar a ganarme mi parte de las acciones y arruinar las posibilidades de mi padre de volver a controlar la empresa. Independientemente de la carta y la herencia que mi abuelo le dejara, es imposible que supere la suma de las acciones de mis hermanos y yo. Incluso aunque heredara el seis por ciento de las acciones que aún no sabemos a quién corresponden, nunca tendría el poder necesario para sobrepasarnos.

La tensión crece entre nosotros mientras se alarga el silencio. Me mira como si fuera la mayor cruz de su existencia, y yo me esfuerzo por no borrar la sonrisa de mi rostro.

«Mátalos con bondad», decía siempre mi madre.

Espero que mi padre se asfixie en ella.

El elevador suena y se abren las puertas hacia el ajetreo del décimo piso. Un grupo de personas entra y pone fin a nuestra tóxica conversación. Mi padre se mueve hacia una esquina mientras que yo me sitúo cerca de las puertas, listo para mi gran huida.

Aunque suelo dejar que la mayoría de los comentarios de mi padre me resbalen, no siempre es fácil. A fin de cuentas, soy humano. A mi padre se le da de maravilla explotar mis debilidades. Apenas le cuesta esfuerzo, y mucho menos desde que me lesioné jugando a hockey y perdí lo único que me hacía sentirme especial.

Hurgó en la herida y me atormentó hasta que se me fue la cabeza y me convertí en una copia de la persona que más detesto.

Él.

—Voy a echarte de menos, pequeñín.

Iris aprieta a Merlín contra su pecho. Solo le ha costado dos años ganarse su cariño, y ahora son inseparables. Su pelaje negro contrasta con la piel morena de ella, y saca a relucir las tonalidades oscuras de ambos.

—Estará de vuelta en unos meses. —Recorro el cierre de la maleta antes de dejarla de pie en el suelo.

A Iris se le borra la sonrisa.

—¿Meses? No sé si podré sobrevivir tanto tiempo sin ustedes aquí.

—Y luego dicen que el dependiente soy yo...

Me da un golpe en el brazo.

—Cállate. ¿Y si Declan y yo vamos a visitarte? Siempre he querido ver el lago, después de tantas historias, y tú eres el que dice que los veranos siempre son lo mejor.

—Uf...

—Disimula un poco lo mucho que te horroriza la idea, ¿no? —Me da un pellizco entre las costillas.

—Deja que me instale primero y luego hablamos de visitas, ¿te parece?

—De acuerdo. —Suelta a Merlín antes de sentarse en el sofá—. ¿Cómo fue el regreso?

—Aún estoy procesándolo.

Las cuentas doradas de las puntas de sus trenzas repiquetean entre sí cuando ladea la cabeza.

—¿Tan mal fue?

—Sabía que Lana estaba furiosa conmigo...

—Pero te fuiste antes de tener que enfrentarte a ella.

Levanto la barbilla.

—Exacto.

—Bueno, en algún momento tienes que afrontar tu pasado.

—Sí, pero es que tengo la sensación de que no para de darme golpes.

Ella se ríe.

—A lo mejor todo esto te va bien. Podría ayudarte a pasar página.

Me dejo caer en el sillón de piel frente a ella.

—¿Quién dice que no haya pasado página?

—¿El hecho de que lleves seis años sin una relación romántica?

Una mueca extraña me cruza el rostro.

—No me ha interesado.

La mentira me sale sin dificultad, perfeccionada después de haber dominado el arte de aparentar que me da igual todo.

Claro que me interesa, pero eso no significa que sea posible. Al menos no mientras siga siendo un desastre absoluto de persona.

Iris me contempla con los ojos entornados.

—¿Estás seguro?

—Segurísimo.

—El día que me pediste una cita me mirabas de una forma que casi me podrías haber engañado.

Le lanzo un cojín directo a la cara.

—Aquello fue una broma.

—Dice el hombre que me besó.

—Y que luego procedió a vomitar.

Ella se estremece.

—No me lo recuerdes.

No sé quién tuvo aquella idea etílica, pero el beso fue un error en cuanto se produjo. Nuestra falta de química romántica fue un claro indicativo de que Iris y yo nunca podríamos ser nada más que amigos.

Ella niega con la cabeza.

—Dejándome a mí aparte, nunca podrás conocer a una persona nueva si sigues aferrándote al recuerdo de otra.

Se me revuelve el estómago.

—Yo no me estoy aferrando al recuerdo de nadie.

—¿En serio? Dame tu cartera. —Extiende la mano.

—Ni hablar.

Iris cruza los brazos sobre su camiseta rosa.

—Justo lo que pensaba.

—Guardar una foto no es un crimen —digo, entrecerrando los ojos.

—El problema no es la foto, sino lo que simboliza.

—¿Y qué simboliza?

—Que una parte de ti siempre la querrá, por mucho que te esfuerces por negarlo.

—Es imposible no quererla.

Iris se inclina hacia delante.

—O sea, que admites que aún la quieres.

—Para empezar, en ningún momento lo he negado. Ese tipo de sentimientos no desaparece de la noche a la mañana, aunque lo desee con todas mis fuerzas.

—Esto me da muy mala espina —dice, frotándose las sienes.

—No te preocupes. Sé que no hay ninguna posibilidad, por remota que sea, de que volvamos a estar juntos.

Quemé todas las posibilidades en cuanto la abandoné y convertí su miedo al abandono en una realidad.

Y nunca me he perdonado.

Espero a que Iris se marche esa noche para sacar la cartera y buscar la foto de la que me ha hablado. Los bordes están desgastados tras años de roces e incontables cambios de cartera.

Ha pasado más de una década desde que nos la tomamos, pero aún lo recuerdo como si hubiese sido ayer. Nos la sacó la madre de Lana el verano que volví de la rehabilitación. Estamos los dos en el muelle, tomándonos unos cholados colombianos para celebrar mi vigesimoprimer cumpleaños. Lana mira a la cámara con un brillo en los ojos y un rostro radiante, mientras que yo me centro únicamente en ella.

Salta a la vista que la quería, ya entonces, aunque nunca le comuniqué lo que sentía. Me bastaba con que fuéramos amigos hasta que pusiéramos en orden nuestras vidas. Lana acababa de cumplir los dieciocho y yo había salido hacía nada de rehabilitación y aún lidiaba con los factores de estrés de mi vida. Luego me convocaron a la Liga Nacional de Hockey cuando Lana ni siquiera había cumplido los veinte. Ninguno de los dos estábamos preparados para los sacrificios que debíamos hacer para estar juntos, así que optamos por que todo quedara en algo platónico. Aquello estuvo a punto de matarme por dentro, pero sabía que la espera merecería la pena.

«Al menos hasta que arruinara todo para siempre.»

Giro la fotografía y paso el dedo por encima de las palabras que ella escribió en la parte trasera.

Emborráchate de vida, no de alcohol.
Con cariño,
Lana

Me la dio como regalo de despedida aquel verano, y la guardo desde entonces. Al principio fue el empujón que necesitaba para no recaer. Cuando sentía la tentación de beber, releía su mensaje y lo contemplaba hasta que los demonios me dejaban en paz. Me ayudó a ir por el buen camino durante unos años, a pesar de todas las tentaciones que me rodeaban. Pero entonces me rompí el ligamento cruzado anterior y se acabó mi carrera en el hockey, y con ello me bastó para recuperar mis hábitos destructivos.

Lo cierto es que aquel año perdí algo más que mi trabajo. Me perdí a mí mismo. Mi vida se convirtió en una sucesión de malas decisiones mientras trataba de ponerle solución al abismo de mi pecho.

No me enderecé hasta el accidente del abuelo, pero para cuando volví al buen camino, ya era demasiado tarde. La chica que me había prometido estar conmigo para siempre abrazaba ya a otra persona y yo...

Había llegado demasiado tarde.

10
Cal

Estiro el cuello para observar los tres pisos de la casa del lago. A plena luz del día, es imposible disimular las imperfecciones que asolan el edificio. La pintura desgastada y la madera podrida de los revestimientos no se ven nada bien, y mucho menos si lo sumas a la lona que cubre la mayor parte del tejado. Casi todas las ventanas tienen un aspecto descuidado y los marcos de madera están decrépitos por los años. Los muros exteriores están cubiertos de hiedras descontroladas, como si quisieran engullir la casa entera.

«Quizá sea lo mejor.»

La casa es una ruina. En su estado actual, tendré suerte si encuentro a alguien dispuesto a comprarla.

«Solo tienes que encontrar a una persona dispuesta a arriesgarse. Nada más.»

Dejo escapar una exhalación nerviosa antes de llamar a la puerta. Lana tarda un minuto entero en abrir. Sale al pórtico con los ojos entrecerrados y el pelo revuelto, vestida solo con una camiseta extragrande que apenas le llega a la mitad del muslo. La tela le cae holgada sobre sus curvas y le acentúa la silueta de los pechos.

La sangre se me acelera en dirección a la causa de mi nuevo problema. Me paso la mano por la cara.

—Por favor, dime que no tienes costumbre de abrir la puerta vestida así.

—¿Qué le pasa a mi ropa? —Mira hacia abajo.

—Pues que vas prácticamente desnuda.

Se cruza de brazos y las tetas se le levantan.

—Eres tú el que se ha presentado aquí un sábado por la mañana sin avisar.

—Necesito las llaves de la casa de invitados —digo, tensando la mandíbula.

—Ah. —Aprieta los labios—. Dame un segundo. —Desaparece en la casa antes de volver un minuto más tarde con un llavero.

Alargo el brazo para agarrarlo, pero ella se lo lleva al pecho.

—Un momento.

—¿Qué pasa?

—¿Cuánto tiempo tienes pensado quedarte?

—¿Ya quieres deshacerte de mí? —le pregunto con una sonrisa.

—No, aunque estoy segura de que los ratones que viven en la casa de invitados me harán ese favor.

—¿Ratones? —Abro mucho los ojos.

—Una familia entera. —Percibo un brillo de más en sus ojos.

Me encojo de hombros como si la idea de enfrentarme a un ratón no me repugnara.

—Sin problema. A Merlín le hará mucha ilusión el reto.

—¿Quién es Merlín?

—Mi gato.

Ella ladea la cabeza.

—¿Tienes un gato?

—¿Te sorprende?

—¿Que puedas cuidar a un organismo vivo? Totalmente.

Me suelta esas palabras envenenadas con una sonrisa pícara que obra maravillas en mi entrepierna. La sangre fluye directamente hasta allí y hace que la parte delantera de los pantalones me apriete más de la cuenta.

Vuelvo a hacer ademán de agarrar las llaves, pero ella cierra el puño con fuerza.

—Espera.

—¿Para qué? ¿Para que sigas insultándome?

Lana respira hondo.

—Tengo que pedirte una cosa.

—¿El qué? —Dejo de dar golpecitos con el pie.

—No hables de la venta de la casa con Cami delante.

Arrugo la frente.

—¿No lo sabe?

—No, y mi intención es que siga sin saberlo. —Baja la vista hacia sus uñas de los pies, pintadas de un rojo brillante.

«¿Qué estás ocultando, Lana?»

—Lo acabará descubriendo en algún momento, sobre todo cuando me vea haciendo cajas —insisto.

Ella tensa la mandíbula.

—Lo que yo haga o deje de hacer con mi hija no es problema tuyo.

—Bien. No le diré nada a Cami sobre la casa. Pero si me pregunta algo...

Ni siquiera me permite terminar la frase.

—Dale evasivas, como siempre. Es una de tus pocas virtudes.

—Creo recordar que antes pensabas que tenía alguna otra virtud. —Reprimo una mueca con una sonrisa, aunque sus palabras destruyen la poca confianza que me quedaba.

Ella ensancha las fosas nasales al tiempo que las mejillas se le encienden. Prácticamente me arroja las llaves a la cara y cierra de un portazo.

«Ha merecido la pena.»

Lana miente más que habla. He rebuscado dos veces por la casa de invitados y no he encontrado ni un solo ratón. De hecho, la casa está mejor de lo que me esperaba tras pasar años abandonada. Mi abuelo la construyó para recibir invitados mucho después de mudarse allí, de modo que la modesta planta de cien metros cuadrados es más moderna que la casa principal. Es el escondite perfecto; cuenta con tres habitaciones y muelle privado.

Le abro la transportadora a Merlín y le coloco el arenero y un plato de agua antes de dedicar el día entero a limpiar la casa de arriba abajo. A pesar de que he valorado la posibilidad de contratar un servicio de limpieza para que me eche una mano, he decidido hacerlo por mi cuenta para tener la cabeza ocupada. Al fin y al cabo, no tengo trabajo ni ninguna responsabilidad real más allá de cumplir con mi parte del testamento.

Pierdo la noción del tiempo. No paro de limpiar hasta que me ruge el estómago y agarro el coche para ir a cenar. La mayoría de los restaurantes ya están cerrados, así que me queda una sola opción.

El Early Bird.

La campanita tintinea cuando abro la puerta.

—¿Tú otra vez? —suspira Isabelle desde detrás de la barra. Un par de personas se giran en sus taburetes para buscar a la persona de la que habla, y me fulminan con la mirada cuando me localizan.

—Yo también me alegro de verte, Isabelle.

—El sentimiento no es mutuo —contesta, de camino al puesto de mesera de la parte delantera del local.

—¿Sabes? Empiezo a pensar que los pueblecitos no son tan encantadores y hospitalarios como la gente los pinta.

—Uy, sí lo somos, solo que no contigo.

—Eso me ha dolido. —Me llevo la mano al corazón y hago muecas.

Ella me da un golpe en la cabeza con una de las cartas antes de acompañarme a un reservado del fondo. Hay apenas un puñado de personas sentadas en el local, pero todas me vigilan cuando me siento.

—¿Qué te traigo de beber, Hal? —me pregunta, tamborileando con la punta del bolígrafo sobre la libreta.

—Me llamo Cal.

—Quédate el tiempo suficiente esta vez y a lo mejor acabo acordándome.

—¿Por eso me odias ahora?

Sus labios se curvan hacia abajo.

—No te odio.

—¿Seguro?

—Mi madre me educó demasiado bien como para ir por ahí odiando a la gente, incluidos los niñitos ricos con fideicomisos como tú.

Ladeo la cabeza.

—Y entonces ¿por qué te caigo mal?

—Por la misma razón por la que le caes mal a casi todo el pueblo.

«Bueno, al menos es sincera.»

—¿Es por el tema de la bebida?

Ella resopla.

—No, aunque eso tampoco ayuda.

—¿Y por qué es?

—Porque le rompiste el corazón a Alana.

Se me borra la sonrisa de la cara.

—Somos un pueblo pequeño. Cuando alguien sufre, los

demás también sufrimos. —Ladea la cabeza hacia un hombre que entra en el restaurante en una silla de ruedas eléctrica—. Cuando Fred tenía problemas para permitirse una silla de ruedas nueva, todos contribuimos para comprarle una eléctrica, de las buenas. —Señala con el bolígrafo a una mujer que limpia la barra con un trapo—. Betsy se casó con un forastero rico con la mano muy suelta que era incapaz de entender la palabra «no». ¿Y sabes qué le hicimos?

—¿Lo cortaron en pedacitos y esparcieron sus restos por el bosque?

Isabelle frunce el labio.

—Ojalá. Wyatt y el sheriff nuevo no nos quitan ojo de encima, así que no nos queda otra que ir siempre por lo legal. Lo echamos del pueblo contratando a un abogado carísimo de la gran ciudad. Todo el mundo contribuyó para pagar sus honorarios, y valió cada centavo, porque ahora Betsy y sus niños son libres de vivir sus vidas.

Trago saliva.

—Me alegro.

—Total, que aquí cuidamos de los nuestros. Si Alana no te quiere por aquí, ¿cómo vamos a tratarte con hospitalidad?

Aprieto mucho los labios.

—Y no te creas que nos cuesta mucho esfuerzo después de ver lo que le pasó la última vez que te fuiste.

«Carajo.»

Se me revuelve el estómago y noto un regusto a bilis en la garganta.

«Tienes que salir de aquí.»

La vista se me va hacia la puerta, pero Isabelle me busca los ojos y me obliga a mirarla.

—Fuimos nosotros los que tuvimos que ver a Alana sufriendo de desamor cuando te fuiste. Dejó de salir, perdió peso y apenas se veía con nadie más que con su madre y sus dos mejores amigas. Era como si se estuviera desvaneciendo ante nuestros ojos. Pero no te lo dirá, qué va; esa niña es demasiado dulce para alguien como tú.

La desesperación por escapar me atenaza la garganta. Me llevo la mano a la licorera que tengo en el bolsillo, pero me detengo cuando Isabelle se da cuenta del movimiento y arquea las cejas.

—No tengo claro por qué has regresado ni qué quieres de nuestra chica, pero el pueblo entero te vigilará de cerca. Un desliz y desearás no haber vuelto a poner un pie aquí.

Noto la lengua pesada contra el paladar.

—No he venido a hacerle daño.

—Eso espero, por tu bien. Ahora te traigo agua. —Se da la vuelta y me deja solo para procesar todo lo que me acaba de decir.

Cierro con fuerza los ojos mientras reprimo el impulso de darle un sorbo a la licorera.

«No tienes que beber cada vez que alguien te dice algo que no te gusta.»

Las manos me tiemblan sobre el regazo.

«El alcohol no va a cambiar tu realidad.»

No quiero cambiarla, sino soportarla. Pero no importa cuántas veces respire hondo ni lo que me diga a mí mismo: las palabras de Isabelle emponzoñan mis probabilidades de sobrevivir a la cena sin beber.

«Era como si se estuviera desvaneciendo ante nuestros ojos.»

La bilis me borbotea cada vez que recuerdo cuánto sufrió Lana cuando me fui. Cuánto le costaba vivir por mi culpa.

«¿En serio esperabas que pasara página de la noche a la mañana?»

No, pero quería algo mejor para ella que yo y mis problemas.

Saco la licorera y le doy un tiento antes de volver a guardármela en el bolsillo.

Vibra mi celular.

Iris: ¡Hola! ¿Cómo estuvo tu el día?

Yo: Tan bien como imaginaba.
¿Qué haces?

Me responde un minuto después de que Isabelle venga a tomarme nota.

Iris: Estoy viendo a Declan
preparar la cena.

Al menos uno de los dos disfrutará esta noche de una comida casera.

«¿Tienes envidia?»

Pues igual sí. No de Iris y Declan *per se*, sino de mi situación en comparación con la suya. Sé que no está bien. Me pone enfermo sentir algo por ellos que no sea felicidad. Pero hay una parte de mí, que rara vez reconozco, que desearía tener lo mismo que ellos.

Quiero ser feliz. Lo intento con todas mis fuerzas, pero, por mucho que sonría o por muy alto que me ría, siempre me siento vacío. Es una sensación fría y penetrante que me consume de madrugada, hasta que me veo obligado a darle la bienvenida a mi viejo amienemigo.

«La adicción.»

El teléfono me vibra con un mensaje nuevo.

Iris: Acaba de quemarse sacando el
pan del horno y luego ha procedido
a maldecir en cinco idiomas
distintos.

Mi tristeza desaparece con una carcajada.

Yo: ¿No deberías echarle una mano?

Iris: Somos una pareja moderna,
Cal. Él cocina, yo miro. Él limpia,
y yo sigo mirando.

Yo: ¿Es esa la clave
de un matrimonio feliz?

Iris: Esa y una buena cogida.

Me atraganto yo solo al tomar aire.

—De lejos me ha parecido que eras tú, pero quería asegurarme.

Alzo la vista y veo a Wyatt, cuyo cuerpo proyecta una sombra sobre mi celular. El pelo negro le sobresale por debajo del sombrero de ayudante del sheriff hasta casi rozarle el cuello del uniforme.

—Wyatt. —Rechino los dientes.

Él me saluda con el sombrero como un caballero, tentándome a quitárselo de un manotazo.

—Me han comentado que habías vuelto.

—¿Te lo ha dicho Alana?

Niega con la cabeza.

—Cami.

«Cómo no.»

—¿Qué quieres?

—He pensado en acercarme a darte una cálida bienvenida al estilo de Lake Wisteria.

Arqueo una ceja.

—¿Eso existe?

—Aquí todo el mundo es buena gente.

—Siempre y cuando no los molestes —mascullo.

La radio policial de Wyatt crepita y nos interrumpe, y él ajusta el volumen con un giro del potenciómetro.

—Ahora que sale el tema... Quería advertirte que no te acerques a Alana ni a Cami.

—¿Una advertencia? Qué poco original, por favor.

Se inclina hacia delante agarrándose la pistolera con fuerza.

—¿Tienes ganas de morir?

—No, pero estoy seguro de que tú estarías más que dispuesto a pegarme un tiro en la cabeza. Después de todo, no te importó lo más mínimo darme una puñalada por la espalda en cuanto me fui.

—¿A qué te refieres? —me pregunta con los ojos entornados.

—A ti y a Alana.

—¿Qué pasa con nosotros? —Ni siquiera parpadea.

—¿Cuánto tardaste en ir por mi chica?

—Alana no es tu nada.

Hundo los dedos en la piel tierna de mis palmas.

—Puede que Alana sea tuya ahora, pero yo siempre seré el primero en lo más importante.

Su primer beso. Su primer amor. Su primer desamor. Por mucho que Wyatt se esfuerce, jamás podrá borrar nuestra historia, ni siquiera años después de que yo me haya ido por fin de este pueblo dejado de la mano de Dios.

Por cómo me mira, siento como si me estuviera leyendo el alma.

—¿Estás... celoso?

—¿Celoso de ti? ¿Por qué? —Lo miro de arriba abajo con indiferencia.

—Ya me lo parecía. —Sus labios se curvan hacia arriba, y eso me enciende todavía más, como cuando abanicas una llama.

Isabelle llega con mi hamburguesa y me salva de Wyatt y su mirada penetrante. Señalo el plato.

—Si no te importa, prefiero cenar tranquilo sin tu masculinidad tóxica ensuciándolo todo.

—Faltaría más. Me alegro de verte, Percival. —Me vuelve a saludar con el sombrero.

Oír mi segundo nombre me recuerda a demasiadas cosas de golpe. Se me revuelve el estómago y la comida que tengo delante me parece incomestible.

—Vete a la mierda, Eugene —le digo, enseñándole el dedo.

—Creo que prefiero cogerme a Alana, pero gracias por la sugerencia. —Me guiña un ojo.

«Será cabrón.» Me tiembla el ojo derecho.

—De hecho, a lo mejor me acerco esta noche. —Se le ilumina la mirada—. Tampoco es que puedas oírnos desde la casa de invitados, ¿me equivoco?

Siempre he procurado guardarme para mí mi agresividad, pero me basta con ver a Wyatt sonriéndome y hablando de que se va a coger a Lana para perder la paciencia.

Me levanto de un salto del asiento y me abalanzo sobre él. No sé si he perdido práctica o él ha aprendido algunas técnicas nuevas, pero acabo aplastado contra una mesa y con las manos esposadas en cinco segundos exactos. Es vergonzoso lo poco que le ha costado tumbarme, así que agradezco que al menos solo haya cinco testigos.

Como si me hubiera leído la mente, Isabelle saca el teléfono y me toma una foto. Si esto termina en internet, Declan me colgará de la bandera de Dreamland para que me contemplen todos los visitantes del parque.

Wyatt me incorpora y me empuja hacia la entrada del restaurante.

—Bienvenido a casa, imbécil.

11
Alana

—¡¿Que has hecho qué?! —Me apoyo en el marco de la puerta para no caerme.

Las luces rojas y azules de la patrulla de Wyatt iluminan la casa. A pesar de que me he quitado los lentes de contacto antes de meterme en la cama, distingo la silueta de Cal en la parte trasera del coche, lanzándole miradas asesinas.

—Solo quería sacarlo un poco de quicio. —Wyatt baja la vista hacia sus botas.

—Wyatt Eugene Williams III. ¿En qué estabas pensando?

Él cambia el peso del cuerpo de pie.

—Lo siento.

Le quito el sombrero de un golpe, porque no puedo darle una cachetada.

—Delilah va a montar en colera cuando sepa que has insinuado que ibas a follarme.

—Ya ha estado dándome la murga cuando la he llamado para decirle que esta noche llegaría tarde. Me ha dicho que entonces me quedara a dormir en el pórtico como un perro, si tantas ganas tenía de comportarme como tal.

—Y no la culpo. Has dicho que ibas a... —«No. Ni siquiera puedo terminar la frase.»

El estómago me protesta. No se me ocurriría ni tocar a Wyatt, y mucho menos acostarme con él, porque no solo es un buen amigo, sino que además es el marido de mi mejor amiga.

Wyatt se cruza de brazos.

—Creo que está celoso.

Suelto una sonora carcajada.

—Imposible.

—Ha intentado estrangularme, Alana.

—¿Cal?

—¡Sí, Cal! Creo que nunca lo había visto tan fuera de sí. Me ha sorprendido con la guardia baja.

Intento procesar que Cal haya atacado a otra persona. Solo lo había visto fuera de sus casillas cuando jugaba a hockey, y nunca iba más allá del campo de juego. Jamás.

Niego con la cabeza.

—Tiene la personalidad de un golden retriever.

—Sí, de uno que tiene la rabia. Me ha entrado el pánico un instante antes de que se me hayan activado los años de entrenamiento.

Me froto los ojos.

—¿Está arrestado?

—No, por Dios. No me arriesgaría a perder mi trabajo por una estupidez.

Claro que no. Arrestar a un Kane por algo que no fuera un fraude fiscal o un asesinato sería motivo de cese inmediato.

—¿Por qué lo has traído aquí en vez de llevarlo a la casa de invitados? —suspiro.

Wyatt toma las llaves de las esposas de su cinturón.

—Como no puedo arrestarlo, me ha parecido una forma graciosa de torturarlo un poco.

Se inclina hacia delante y apoya ambas manos en el

marco de la puerta. Desde la posición de Cal, probablemente dé la impresión de que me está besando.

—Te lo estás buscando. —Le doy un empujón en el hombro.

—Lo hago para ahorrarte que meta las narices donde no lo llaman.

Echo un vistazo por encima del hombro de Wyatt y veo a Cal echando fuego por los ojos.

—Cuidado cuando le quites las esposas. Lo veo bastante furioso.

Wyatt se ríe de camino al coche y abre la puerta trasera. En apenas unos segundos, le quita las esposas a Cal y se despide de él con un saludo del sombrero.

—¡Te veo mañana, Alana! —grita Wyatt a todo pulmón.

Cal voltea hacia él por encima del hombro. No distingo la expresión de su rostro, dado que está mirando en la otra dirección, pero sí veo con claridad la fuerza con que aprieta los puños. No pierde de vista a Wyatt hasta que las luces del coche patrulla desaparecen por el camino de acceso.

Cal anda despacio hacia la casa, alargando el proceso. Todavía no me ha mirado directamente a los ojos, de ahí que el corazón se me acelere cuanto más se acerca.

—Tu primera noche aquí y ya te han arrestado. —Me apoyo en el marco de la puerta y cruzo las piernas a la altura de los tobillos.

Él me mira con los ojos entrecerrados.

—Técnicamente, me han detenido. —Se frota las muñecas.

Sacudo la cabeza.

—¿Cómo se te ocurre atacar a un agente de policía?

—¿Te lo estás cogiendo? —me pregunta, apretando los dientes.

El pulso se me dispara. Una cosa es acusarme de que me acuesto con alguien, y otra totalmente distinta es que crea que sería capaz de acostarme con quien fue su mejor amigo. En vez de permitir que mi enojo dicte mi respuesta, opto por una táctica distinta.

—¿Acaso importaría?

«Ay, Alana. Sabes que no deberías provocarlo.»

Se le ensanchan las fosas nasales.

—Diablos, claro que importaría. Deberías oír cómo habla de ti.

«Wyatt, espero que Delilah te dé un buen sermón cuando llegues a casa.»

—No es asunto tuyo con quién me enredo o me dejo de enredar.

Se frota la mandíbula tensa, como si así pudiera quitarse el tic.

—Te mereces a alguien mejor.

—No está tan mal.

—Pues vaya opinión de un tipo que probablemente no te encontraría el clítoris ni aunque se lo señalara un cartel de neón.

Me atraganto con la risa, pero la reprimo antes de que él la oiga.

—Cal.

—¿Qué? —responde él, todavía con las fosas nasales dilatadas.

—Wyatt tenía razón. Estás celoso.

—Por favor. De celoso nada. —Se ríe.

—Me alegro, porque si tienes intención de quedarte aquí, vas a verlo mucho. No me gustaría que la situación fuera... incómoda.

«Deja de picarlo.»

Es difícil no hacerlo con lo celoso que está, aunque lo niegue.

«¿Y qué si está celoso? Como si importara.»

Cal extiende todos los dedos antes de volver a cerrarlos.

—No pasa nada.

—¿Estás seguro? No hace ni veinte minutos que has intentado estrangularlo.

—Y volvería a hacerlo si oigo a alguien hablar así de ti.

El corazón me late con fuerza contra las costillas.

—¿Así cómo?

—Como si no le importaras.

Pierdo el control de la situación, junto con el caparazón protector que me envuelve el corazón.

—Cal...

Esto era exactamente lo que temía que ocurriera si volvía. Siempre había sido muy fácil retomarlo desde donde lo habíamos dejado cada verano, como si no hubiera pasado el tiempo.

Pero estos últimos seis años desde que se fue hemos perdido algo más que tiempo. Hemos perdido el futuro que podríamos haber tenido juntos.

Él es el primero en romper el contacto visual.

—No importa. No debería haber perdido los papeles. Mientras te haga feliz, lo demás da igual.

Este es el Cal del que me enamoré. El hombre generoso que no se habría detenido ante nada para hacerme feliz, aunque eso implicara sacrificar su propia felicidad. Me recuerda muchísimo a cómo era antes de las pastillas, el alcohol, las mentiras.

Antes de la traición.

—No estoy saliendo con Wyatt —confieso sin pensármelo.

Él enarca las cejas.

—¿Perdón?

—Se casó con Delilah hará cosa de un año. Este septiembre celebran el primer aniversario de bodas.

—¿Wyatt se casó con Delilah?

Me cruzo de brazos.

—Sí. Supongo que estabas demasiado ocupado estrangulándolo como para fijarte en la reluciente alianza que lleva en el dedo.

—Diablos, es verdad. —Se ruboriza—. Pero si no estás saliendo con Wyatt... —Se interrumpe.

—Si no estoy saliendo con Wyatt, ¿qué?

Carraspea.

—Nada.

—¿Seguro?

—Seguro —contesta, levantando la barbilla—. Buenas noches.

—Que descanses.

Baja a toda prisa los escalones del pórtico y desaparece por el camino que conduce a la casa de invitados.

«¿Qué demonios ha sido eso?»

Cierro la puerta y me apoyo en ella. Me tiemblan las piernas y el peso de la conversación me hace perder el equilibrio. Si este es el primer día de Cal viviendo aquí, no me imagino lo que está por venir.

Estoy atareada doblando la ropa en mi habitación del piso de arriba cuando oigo un golpe seco justo encima, donde está la buhardilla. Cami sabe que no debe subir allí bajo ningún concepto, de modo que el causante de aquel estruendo solo ha podido ser una persona. La misma persona que se ha pasado ahí arriba las últimas tres horas haciendo vete a saber qué.

No he visto a Cal desde que ha subido a la buhardilla con una única caja de cartón. Solo me ha dirigido cinco palabras, seguramente porque sigue disgustado con lo que sucedió ayer con Wyatt.

Un segundo golpe, esta vez mucho más escandaloso, me obliga a subir corriendo la escalera del fondo del pasillo. Los pulmones me arden del esfuerzo mientras subo los escalones de dos en dos.

Irrumpo en la buhardilla. Apenas se ve nada entre las montañas de cajas que prácticamente tocan las vigas del techo.

—¿Cal? —exclamo.

Percibo un gruñido a mi izquierda y me dirijo hacia allí. La buhardilla es un laberinto de cajas, arcones y recipientes, así que me lleva más tiempo del que me habría gustado encontrar a Cal tumbado en el suelo como una estrella de mar.

No se mueve al oír mis pasos, aunque sí retuerce los dedos. Mantiene los ojos firmemente cerrados cuando me arrodillo a su lado y le examino el cuerpo en busca de lesiones.

—¿Qué ha pasado? —le pregunto.

—Me he caído —contesta, sin hacer ademán de incorporarse.

—¿Y no se te ha ocurrido levantarte?

—La habitación me da vueltas —balbucea.

Su respuesta me preocupa lo suficiente para pasar a la acción. ¿Le estará dando un ictus? ¿O será algún problema del cerebro?

—¿Qué te...? —Me interrumpo al ver una botella medio llena de un vodka carísimo vertiéndose a su lado.

«Cómo no.»

No debería sorprenderme. He visto esta historia repetida incontables veces, y, sin embargo, la sensación enfermiza que me revuelve el estómago me hace cerrar con fuerza los puños. Años de ira acumulada salen a la superficie al verlo tirado en el suelo, incapaz de erguirse de tanto alcohol que ha consumido.

«Un adicto nunca cambia.»

Pongo una expresión neutra y le pregunto con voz distante:

—¿Te duele algo?

—Solo aquí. —Se toca el pecho, a la altura del corazón.

Carajo. Qué triste es ver a un hombre adulto sufrir así. Durante nuestra infancia y juventud, estaba lleno de vida. Verlo reducido a esta versión rota de sí mismo saca mi lado protector.

Cal tiene muchísimo que ofrecerle al mundo, pero se odia tanto a sí mismo y tiene tantos patrones destructivos que es incapaz de salir de ahí. Una parte de mí esperaba que hubiera encontrado la felicidad en los seis años que hemos estado separados.

No con otra persona, sino consigo mismo.

«No está mejor que el día en que se fue.»

Recojo la botella de vodka para que no siga derramándose antes de echar un vistazo alrededor. Hay unos cuantos trofeos de hockey antiguos de Cal esparcidos por el suelo, junto con una camiseta vieja de la NHL y algunas cajas abiertas.

No me sorprende que estuviera bebiendo. Revivir estos recuerdos, los que representan sus puntos álgidos y las caídas más grandes, disgustaría a cualquiera. El problema es que la forma que tiene Cal de manejarlo es la peor.

—¿Qué ha pasado? —le pregunto, esta vez con más dulzura.

Él pestañea mirando el techo.

—Que me he caído.

—Eso ya me lo has dicho. Pero ¿cómo?

—He perdido el equilibrio al intentar agarrar la botella —balbucea, trabándose con las palabras. A pesar del charco del suelo, debe de haber bebido una cantidad considerable de alcohol si se ha caído y arrastra las palabras.

Lo ayudo a incorporarse y a apoyarse sobre uno de los baúles, gruñendo de lo mucho que pesa.

—¿Y qué ha pasado antes?

«Deja de hacerle preguntas y vete.»

El problema es que al pensar en marcharme, la imagen de Cal tocándose el pecho y diciendo que le duele se me reproduce en la cabeza.

No me quedo por el hombre borracho que tengo delante. Me quedo por el hombre al que una vez quise más que a nada en el mundo.

Me quita la botella de vodka de las manos y la vuelca sobre una caja abierta.

—¡Para! —La recupero y la alejo de él antes de valorar los daños—. Ay, no. —Me tapo la boca con la mano—. Mira lo que has hecho.

El vodka empapa centenares de fotos de los Kane. En la primera aparece la madre de Cal, que sonríe a cámara. Tiene el pelo rubio como hilos de oro, algo más claro que el de Cal. Su padre la rodea con el brazo. Él tiene el mismo aspecto que recuerdo, adusto con una sombra detrás de sus ojillos negros. Los tres hermanos Kane sonríen a cámara. Cal es ligeramente más alto que Declan; Rowan es el más bajo, aunque en la foto no debe de tener más de diez años.

—¿Qué más da? Ya está todo hecho polvo.

Intento salvar algunas de las fotos, secando el vodka con el bajo de la camiseta.

—Son recuerdos.

—¿Recuerdos de qué? ¿De una familia que ya no existe? —me espeta.

Sigo concentrada en lo que estoy haciendo, decidida a salvar todas las fotos que pueda.

—Entiendo que estés disgustado.

—¿Y tú qué sabrás? —Pone una mueca.

—Tú no eres el único que ha perdido a su madre. Puede que nuestras situaciones no sean iguales, pero entiendo lo que se siente al perder a alguien que amas por algo que no puedes controlar.

Sus ojos vidriosos siguen todos mis movimientos.

—Se habría avergonzado de mí.

Retrocedo.

—¿Qué? ¿Por qué dices eso?

—Mírame. —Sujeta un trofeo y lo arroja en la dirección opuesta. Choca con una torre de cajas antes de repiquetear contra el suelo.

—¡Para ya!

—¿Por qué? Ya no significan nada. —Repite lo mismo con otro trofeo, solo que este choca con una pared y se parte en dos.

—¡Se acabó! —Aparto los otros dos trofeos antes de que los destruya también—. Enójate, grita, pero no te pongas violento. Vales mucho más que eso.

Levanta los brazos.

—¿De verdad? ¿O simplemente estoy ganando tiempo antes de convertirme en él?

No necesita aclararme a quién se refiere, porque ya lo sé. Lo tiene escrito en la cara.

Siento una opresión en el pecho que hace que me duela hasta respirar.

—Lo único que tienen en común es el problema de la adicción.

—Tienes razón. Porque, a diferencia de mí, mi padre es un hombre exitoso. Va a dejar un legado. ¿Yo qué tengo?

—Para empezar, corazón.

Él frunce el ceño.

—¿Y eso qué más da? ¿Qué me ha dado eso a largo plazo? ¿Dolor? ¿Sufrimiento? ¿Decepción? —Levanta la vista hacia el techo con un suspiro—. No hago nada bien. Mi vida entera ha sido un fracaso tras otro, y estoy harto de fingir que no me importa.

Cal me roba un pedazo de corazón en el momento en que le cae una lágrima por la mejilla. Una lágrima que destruye la poca rabia que pudiera sentir hoy por él.

Mañana, me enojaré con él por haberse emborrachado en la casa.

Pero hoy...
Hoy necesita a una amiga.
Lo abrazo y le seco la lágrima, borrándola como si nunca hubiera existido.

—No has fracasado en todo.

—Dime en qué no.

—Entraste en la NHL —respondo al instante.

Él se ríe.

—Sí, para perder la plaza pocos años después.

—¿Y qué? Para empezar, muy poca gente consigue llegar tan lejos como tú.

—Ni siquiera llegué a ganar un campeonato.

Habla con una voz tan pequeña, tan insegura... Tan rota... Me destroza por dentro saber que a alguien tan enérgico y vivaz como él puedan atormentarlo tantas inseguridades.

«A veces las personas que más sufren son las que hablan más alto.»

—En la vida todo es cuestión de perspectiva. Hasta que no cambies la tuya, siempre estarás atado a esto. —Le devuelvo la botella de vodka.

Él la agarra con todas sus fuerzas. Me grabo esa imagen en la memoria para recordarme que no puede salir nada bueno de que estemos juntos. Ni siquiera después de todos estos años ha dedicado el mínimo esfuerzo por cambiar.

Por mucho que lo quiera, no ha sido ni será suficiente si él no se quiere a sí mismo.

De eso no me cabe la menor duda.

Cal debió de tener un acceso etílico de compras compulsivas ayer, porque, si no, no me explico de dónde han salido los diez paquetes que aparecen en mi puerta al día siguiente. Las etiquetas de las cajas van desde las tiendas de lujo más caras del país hasta algunos nombres franceses que ni siquiera puedo pronunciar, y mucho menos reconocer.

—Por favor, firme aquí —me dice el mensajero, y me alarga un portapapeles.

Le envío un mensaje a Cal en cuanto se va.

Yo: Te han llegado unos paquetes.

Me responde al momento.

Cal: Voy.

Perfecto. Al menos así podremos hablar de lo que ocurrió ayer y dejar algunas cosas claras. Tenía pensado hablar con él cuando bajara de la buhardilla ayer, pero no lo llegué a ver cuando volví a casa del trabajo.

No tarda en aparecer en la entrada con su coche de lujo. No tengo claro cómo pretende meter todas aquellas cajas en el maletero, pero aun así le deseo toda la suerte del mundo.

—Hola —me dice, sin quitarse los lentes de sol.

Me cruzo de brazos.

—Ey.

Él se frota la nuca.

—Sobre lo de ayer... Gracias por ir a ver cómo estaba.

Frunzo los labios.

—No quiero que te emborraches en mi casa nunca más.

—Vale.

—Te lo digo en serio. Si vuelvo a encontrarte así, llamo a una empresa de mudanzas para que se lleve todas tus cosas.

Agacha la cabeza y las gafas le resbalan por el puente de la nariz, dejando a la vista unos ojos inyectados en sangre.

—Lo siento.

—Disculparse no significa nada cuando no tienes ninguna intención de resolver el problema.

Cal aprieta con fuerza los puños.

—Tienes razón.

—¿De verdad?

Levanta la vista y el tic de la mandíbula hace que se me encoja el corazón.

No quiero hacerle daño, pero tengo que pensar en la niña. Me niego a que Cami se encuentre a Cal tambaleándose por la casa, borracho e incapaz de controlar sus emociones.

Cami se merece algo mejor que eso.

—Tengo un problema. Una adicción.

Abro la boca, pero la cierro al instante.

—Sé que no tengo poder alguno sobre el alcohol. Eso fue lo que me enseñaron en rehabilitación y en Alcohólicos Anónimos. Pero no puedo ignorar lo avergonzado que me siento, sabiendo que apenas estoy un poco mejor que hace seis años.

Me escuecen los ojos, y él respira hondo.

—No puedo dejar de beber del todo ahora mismo, pero me contendré por ti. No quiero hacerte más daño del que ya te he hecho, y lo que pasó en la buhardilla es inaceptable y patético.

«Dios mío.» Me duele todo el pecho.

—¿De acuerdo? —me pregunta.

—De acuerdo —contesto con voz bronca.

Cal suspira hondo antes de levantar la caja más grande de la pila y volver al coche. Con el tamaño de la cajuela y los asientos traseros, solo consigue meter tres cajas antes de que no quepan más.

En vez de quedarme ahí plantada, entro en casa y lo dejo a su suerte pensando qué hacer con el resto de los paquetes y cómo seguir ordenando la buhardilla sin volver a beber.

12
Alana

Cal solo ha tardado dos días después del incidente de la buhardilla en programar una visita del tasador. Ni siquiera he tenido opción de negarme, sobre todo porque Cal se las ha ingeniado para planificarla cuando yo estaba trabajando.

Cami me ha prometido que se quedará en su habitación jugando si esta noche cenamos pizza. Es un precio justo por su cooperación. Todavía no estoy lista para que me haga preguntas sobre la casa, y menos cuando existe el riesgo de que mi plan fracase.

Me entran dudas sobre la idea de Violet, y me van royendo la determinación a medida que me acerco a la puerta.

«Lo único que tienes que hacer es conseguir que a Cal le sea imposible vender la casa.»

«Ya, si decirlo es muy fácil», me responde la voz opuesta que siempre aparece en los momentos más inoportunos.

Me enderezo y abro la puerta.

—Hola.

—Buenos días. Soy el señor Thomas —se presenta el hombre mayor. Viendo los lentes con armazón de carey y los tirantes, no tengo claro dónde ha encontrado Cal a este hombre. A juzgar por el traje a rayas y los zapatos pala vega blancos y negros, sospecho que de los años veinte.

El señor Thomas se sube los lentes por el puente de la nariz.

—¿Es usted la señorita Castillo?

—La misma.

Echa un vistazo al portapapeles con una ceja arqueada.

—¿Está en casa el señor Kane?

No lo he visto desde que ha subido a la buhardilla hace cosa de una hora. Y entonces se me ocurre una idea.

Pongo cara de lástima.

—De hecho, Cal no va a poder atenderle hoy, así que lo mejor será posponer la visita.

—Ah. Sin problema. ¿Cuándo le iría bien?

—¿En diciembre podría?

Consulta el calendario del móvil.

—¿De este año?

Niego con la cabeza.

—Del siguiente.

El señor Thomas enarca de nuevo la ceja con gesto desconcertado.

—No programo citas con tanta antelación.

—Qué lástima. Ya le diré a Cal que le llame dentro de un año, entonces.

Hablando del rey de Roma, sus pasos resuenan por el techo cuando baja los escalones de dos en dos.

—No le haga caso. Es muy bromista. —Se detiene frente al señor Thomas y le ofrece la mano—. Por favor, llámeme Cal.

—Me alegro de conocerte por fin. —El señor Thomas se la estrecha con vigor—. Ahora, si no les importa, me gustaría que nos pusiéramos manos a la obra. Teniendo en cuenta el tamaño de la propiedad y lo apretada que tengo la agenda, preferiría no llegar tarde a mi siguiente cita.

—Sin problema. —Cal cierra la puerta y señala la escalera doble—. ¿Quiere empezar por arriba o por abajo?

—Por abajo me parece bien. —El señor Thomas saca un bolígrafo del bolsillo interior del saco.

Mientras anota algo en el portapapeles, Cal se asegura de acercarse a mí y susurrarme al oído:

—Como no te comportes, verás.

Su voz ronca hace que me dé un vuelco el corazón. Me giro y lo atravieso con la mirada.

—¿Qué veré?

—No me provoques.

Se esfuerza al máximo por intimidarme, pero no lo consigue. Una pensaría que al haber crecido con un hermano como Declan, a estas alturas Cal ya habría dominado el arte de parecer una persona inaccesible.

Me río para mis adentros, y me gano otra mirada asesina de Cal.

—Si no les importa, voy a echar un vistazo por mi cuenta. —El señor Thomas nos mira con el ceño fruncido.

—Por favor, faltaría más —contesto, lanzándole una sonrisa forzada.

El señor Thomas desaparece por un pasillo y nos deja a Cal y a mí con nuestro duelo de miradas.

Cal se cruza de brazos y la vista se me va a sus mangas enrolladas. Sus antebrazos dorados siempre han sido una de mis debilidades.

—¿Se puede saber qué te pasa?

—¿No es evidente? Ya te dije que no quiero vender la casa.

—Y yo te dije que se va a vender lo quieras o no.

—Eso ya lo veremos.

Sonrío y veo como agacha la vista hasta mis labios, que me tiemblan con una sola mirada.

—¿Qué estás tramando?

—No quiero arruinarte la sorpresa.

—Ya sabes lo que pienso de las sorpresas.

—Pues lo mismo que de los payasos. Te encantan.

Nunca he sido capaz de tirar la foto de Cal llorando en el circo. Es una de esas cosas que me ponen contenta en los días de bajón, solo superada por los abrazos de Cami y las cosas recién horneadas.

—Cómo me conoces —contesta con sequedad.

—Ahora, si me disculpas, voy a ver cómo le va a nuestro querido señor Thomas. No soportaría que se perdiera entre el invernadero y el salón.

Giro sobre los talones y Cal me agarra del brazo. Me sujeta con delicadeza, pero me habla con voz dura.

—Sea lo que sea lo que te traes entre manos, déjalo estar. Solo conseguirás alargar el proceso.

«Pues ahora que lo dices...»

Él ladea la cabeza mientras me examina el rostro.

—Ni se te ocurra intentarlo.

Me balanceo sobre los talones.

—No tengo ni idea de qué estás hablando.

Cal da un paso hacia mí. Su olor me envuelve como un abrazo aromático, y la cabeza me da vueltas con tanta feromona.

—Estás maquinando algo. Te lo veo en el brillo de los ojos. Es el mismo que se te ponía antes de convencerme de algo de lo que sabía que me iba a arrepentir.

—Qué culpa tengo yo de que no puedas rechazar un buen reto.

—Eso era lo que quería que pensaras, pero en realidad mi intención era impresionarte desesperadamente, aunque eso implicara arriesgarme a romperme algún hueso y tener antecedentes criminales.

Me quedo boquiabierta.

—Tú... —La respuesta se pierde en el desorden que tengo en la cabeza mientras intento procesar lo que Cal acaba de admitir.

Él maldice entre dientes.

—Olvídate de lo que he dicho.

Claro, como si tuviera siquiera la posibilidad de borrar la marca que sus palabras dejan en mi corazón herido.

«Así es exactamente como te metiste en problemas la primera vez.»

Cal desaparece por el pasillo detrás del señor Thomas sin mirarme ni una sola vez. Dedico un momento a recuperarme antes de unirme a ellos en la visita por la propiedad. En lugar de centrarme en mi conversación con Cal, le hago preguntas durante toda la visita al tasador sobre la casa y los terrenos. Trato de mantener un gesto neutro y evitar miradas sospechosas y medias sonrisas. Cal me observa con extrañeza durante toda la charla; debe de sospechar que hay algo raro en ese interés por mi parte.

«No deberías haberle dicho nada, pero ya no hay vuelta atrás.»

Según las notas del tasador, la casa presenta numerosos problemas. La finca en sí necesita unas reparaciones urgentes, desde las filtraciones del techo hasta los daños por termitas de los cimientos. El único sitio que parece decente es la casa de invitados, pero porque la construyeron hace diez años.

Siempre he sabido que la casa necesitaba reparaciones, pero hasta ahora no he comprendido la seriedad del asunto. Puede que me lleve toda la vida solucionar todos los problemas.

El tasador anota algo más en el portapapeles antes de levantar la vista.

—En resumen: dudo que puedan pedir más de un millón por la casa.

Cal se encoge de hombros.

—Eso es más de lo que pagó mi abuelo cuando la compró.

Le pongo mala cara.

—Me niego a pedir solo un millón por esta casa.

—Los daños de las termitas son serios, el tejado debe arreglarse de arriba abajo, las ventanas tienen más de cincuenta años y piden a gritos que las cambien, y hay pequeños arreglos pendientes como para tener a una empresa de reparaciones ocupada durante un año entero.

—¿Cuánto nos costarían todas las reparaciones? —pregunto.

—Calculo que unos doscientos mil dólares más o menos, en función de los acabados. Los precios pueden variar si conocen a alguien en este negocio que pueda ofrecerles una buena oferta.

—No debería costarnos demasiado. Conozco personas que no nos cobrarían la mano de obra si se los pidiera.

—Y que estarían dispuestas a alargar el proceso todo lo que yo quisiera, algo que, sin duda, me beneficiaría.

Noto la mirada de Cal clavada en mi cara.

—No vamos a arreglar la casa.

Me giro hacia él.

—Bueno, tampoco vamos a ponerla a la venta por un millón cuando la mayoría de las casas que hay alrededor del lago se están vendiendo por el triple.

—Sí, pero parecen el Ritz comparadas con esta.

—Pues entonces tendremos que hacerle una remodelación.

—¿Con qué dinero?

Hago una mueca.

—¿Ahora de repente te has quedado en la ruina?

Cal suelta una carcajada.

—¿De verdad esperas que adelante yo el dinero? Cómo no.

Los ojos del tasador se mueven entre Cal y yo como si estuviera viendo un partido de tenis.

—Podemos dividirnos los costes —sugiero.

—¿De dónde piensas sacar esa cantidad de dinero?

—Puedes deducírmela de mis ganancias cuando vendamos la casa. —«Que será nunca.»

Si se tratara de otra persona, me sentiría culpable por convencerla de un plan tan imprudente, pero estamos hablando de Callahan Kane. En su fideicomiso hay suficiente dinero para que los hijos de sus tataranietos sean multimillonarios algún día. Doscientos mil dólares son una miseria para él.

El tasador cambia el peso del cuerpo de pie.

—En teoría, ella tiene razón. —«Ay, cómo nos gusta oír eso»—. Cuanto más se invierta en la propiedad, más justificado estará que aumente el precio de venta. Remodelar una casa única como esta incrementará los márgenes de beneficio de forma significativa. Sobre todo si tenemos en cuenta que en los pueblos cercanos hay muchas personas buscando segundas residencias listas para entrar a vivir.

Señalo al tasador.

—¿Lo ves?

Cal se rasca la barba incipiente.

—¿Desde cuándo te han importado los beneficios? Creía que ni siquiera querías vender esto.

—Pienso en el futuro, Callahan. Sé que es difícil, pero intenta no perderte.

—Yo sí pienso en el futuro —replica, con las fosas nasales dilatadas—. Lo que pasa es que al menos yo soy realista.

—¿Podemos vender la casa por una cifra superior a la que nos ha propuesto? —pregunto.

El señor Thomas nos mira a los dos antes de responder.

—Técnicamente hablando, sí. Dado que la casa está pagada y no tiene deudas, pueden venderla por el precio que se les antoje.

—Eso no es una respuesta —gruñe Cal.

—Que no sea lo que querías oír no significa que no sea

verdad. —Pongo las manos en la cintura y lo miro fijamente a los ojos.

Cal me ignora y se gira hacia el tasador.

—¿De qué incremento estaríamos hablando?

El hombre hojea los documentos sujetos al portapapeles.

—Si se arreglan los problemas más manifiestos que he encontrado en la propiedad, es posible que le puedan sacar un millón más.

Niego con la cabeza.

—Yo quiero venderla por tres.

El tasador palidece.

—¿Millones?

—Sí. Si el vecino de abajo, con mucho menos terreno, pudo venderla por esa cifra, ¿por qué deberíamos conformarnos con menos?

—Porque su casa estaba para estrenar y todo era de última generación —responde Cal por el hombre que tengo delante, que me observa como si hubiera perdido la cabeza.

Y puede que la haya perdido.

Miro por la ventana en dirección al tranquilo lago.

—Tenemos más terreno y unas vistas mejores del lago. Seguro que hay alguien dispuesto a pagar tres millones por esta casa.

El tasador se jala la corbata y afloja el nudo, como si se estuviese asfixiando.

—Bueno..., depende de ustedes poner la casa a la venta por el precio que consideren más oportuno.

—Perfecto —digo, alzando la barbilla.

Cal entorna los ojos.

—No puedo creer que pienses que vamos a encontrar a un comprador dispuesto a pagar esa millonada.

—Claro que sí. La cuestión es encontrar al comprador adecuado. ¿No es verdad? —Me vuelvo de nuevo hacia el tasador.

—Técnicamente, sí. Aunque un precio demasiado alto podría disuadir a determinados compradores...

—Fantástico —lo interrumpo—. Eso era todo lo que necesitaba oír.

El hombre se recoloca los lentes con un resoplido. En otras circunstancias, no lo habría tratado con tan poco respeto, pero si le dejo hablar es posible que la situación se vuelva en mi contra.

Cal se frota la barbilla.

—Ahora lo entiendo todo.

—¿A qué te refieres? —le pregunto, mirándolo de reojo.

—Tanta pregunta al tasador, la insistencia en reparar la casa y en ponerla a un precio tan alto...

Mierda. Me ha descubierto antes de lo que esperaba.

13
Cal

Dejo a Lana en la cocina mientras acompaño al tasador a la salida. Al regresar, veo que no se ha movido del sitio junto a la ventana con vistas al lago. Tamborileo con los dedos sobre la encimera al ritmo de su tarareo.

Aprovecho la oportunidad para observarla sin que me juzgue. Parece un ser caído del cielo, con el resplandor dorado del sol a su alrededor como si de un halo se tratara, resaltando los tonos cálidos de su pelo y sus curvas.

«Esas putas curvas.»

Lana está suave donde corresponde. Su amor por la repostería y todo lo que tiene que ver con la cocina han convertido su cuerpo en una obra de arte, con unas caderas que piden a gritos que las agarres y un culo que no puedes sino venerar.

«No pienses en su culo.»

Demasiado tarde. Agacho la vista y le hago un agujero en las mallas.

—Por mucho que mi culo valore la atención, me gustaría seguir adelante con el día. Tengo muchísimas redacciones que corregir antes de mañana.

Se me seca la boca junto con cualquier tipo de réplica

que se me hubiese podido ocurrir cuando levanto los ojos desde sus piernas hasta su cara. Ella enarca las cejas. Siempre ha sido una persona muy directa, una característica que apreciaba hasta ahora.

¿Cuánto rato llevará mirándome mientras la contemplo?

«Con la suerte que tienes últimamente, quizá un minuto entero.» Por algo mis hermanos me llamaban Cal el Astronauta; tengo cierta tendencia a que se me vaya el santo al cielo y se me olvide dónde estoy hasta que alguien me pone de nuevo los pies en la tierra, por lo general regañándome.

Carraspeo y me obligo a llenarme los pulmones con un poco de oxígeno.

—Te guste o no, vamos a vender esta casa por un millón de dólares en un plazo de tres meses.

Ella se acerca a mí, invadiendo mi espacio personal.

—¿Y eso por qué? ¿Porque tú lo dices?

—Porque es la única opción. Cuanto antes lo aceptes, más fácil será el proceso.

—También podría contratar a un abogado.

Me hace ojitos y se me erizan los pelos de la nuca. «Mierda.»

—No serás capaz.

Deja escapar una risita condescendiente y levanta la barbilla.

—No pienso aceptar órdenes de ti.

—Qué lástima. Recuerdo una vez en que incluso me lo suplicabas.

Le acaricio el labio inferior con el pulgar, y consigo arrancarle un sutil gemido. Se entrega a mí un instante antes de sacudir la cabeza y darme un empujón en el pecho.

—Estás intentando distraerme.

—¿De qué? ¿De apuñalarme por la espalda?

—Solo los cobardes van por la espalda —contesta con un brillo en los ojos.

Si no supiera ya que la situación se está saliendo de control, lo de que se me esté poniendo dura por cómo me amenaza con esa sonrisa pícara me habría motivado a mantener la cabeza fría.

La atravieso con una mirada asesina.

—Quieres vender la casa por más dinero del que vale para que no la compre nadie, ¿verdad?

—¿Qué? ¿De qué me serviría hacer eso? —El centelleo de sus ojos y el sutil movimiento de sus labios destruyen cualquier intento de fingir inocencia.

—Yo qué sé. No soy capaz de comprender por qué te esfuerzas tanto por salvar esta casa. Es un vertedero.

Ella retrocede. El carácter juguetón que pudieran haber transmitido sus ojos desaparece, y da paso a una mirada severa con un único objetivo.

«Mierda.»

Se le ensanchan las fosas nasales.

—Puede que a ti este sitio te parezca un vertedero, pero para mí es un hogar, mi hogar, así que ve olvidándote de que renuncie a él sin pelearlo. Más te vale buscarte un buen abogado y llevarme a juicio, imbécil. —Sale furiosa de la cocina y me deja dándole vueltas a nuestra conversación y al momento en que se ha ido a pique.

«Carajo.»

Guardo uno de los revólveres de mi abuelo de la época victoriana en una caja dirigida al Smithsonian. Es la tercera arma que encuentro en aquella buhardilla dejada de la mano de Dios. Cuanto más tiempo paso allí, más me pregunto quién era en realidad mi abuelo.

Tal vez Lana tuviera razón cuando me dijo que no conocía a mi abuelo tanto como creía.

Procuro no alejarme de su lado de la buhardilla y evito el rincón en el que están guardadas mis posesiones antiguas y los recuerdos del hockey, porque le prometí a Lana que no volvería a emborracharme aquí arriba. Sin contar con las escapadas que hago a la casa de invitados para darle unos sorbos al vodka sin romper mi palabra, cumplo con mi promesa de no beber dentro de la casa.

El celular me vibra en el bolsillo trasero, lo saco y me siento en uno de los arcones del abuelo. Hace una hora que le he enviado un mensaje a Iris, y no me ha contestado hasta ahora. Cada vez tiene más trabajo, y cada vez nos cuesta más hablar con la misma frecuencia que antes de que se casara.

Iris: Ey. ¿Cómo va todo?

Yo: Ha habido un pequeño contratiempo.

Iris renuncia a los mensajes y decide llamarme.

—¿Qué ha pasado? —me pregunta. Se oye un claxon de fondo y su perro, Ollie, ladra.

—Lana me ha amenazado con contratar a un abogado, así que o accedo a vender la casa por tres millones o estoy perdido.

Silencio.

—¿Sigues ahí? —digo, y compruebo que no se ha colgado.

Iris tose.

—Sí, perdón. Estaba intentando entender lo que me acabas de decir según las fotos de la casa que me enviaste. Las vistas son bonitas, pero no tanto.

—Los cimientos están bien.

—Eso fue exactamente lo que dijo Declan de nuestra casa nueva antes de contratar una bola de demolición.

—Pero porque es un impaciente y no quería enfrentarse con los problemas que dan las construcciones antiguas.

Iris le pega un grito a Ollie para que deje de perseguir ardillas antes de recordar que sigo al otro lado del teléfono.

—¿Por qué quiere Alana venderla a ese precio?

Una media sonrisa consigue abrirse paso entre el enojo.

—Porque cree que si la pone a un precio desorbitado, no la comprará ni Dios.

Le explico el resto del plan de Lana, incluido lo de remodelarla por completo para justificar el precio. Iris suelta un silbido.

—Carajo. Respeto su esfuerzo.

—¿De qué lado estás?

Ella se ríe entre dientes.

—Siempre del tuyo, aunque hay que reconocer que, si estaba dispuesta a enfrentarse a ti hasta ese punto, debe de tenerle mucho cariño a la casa.

—Ojalá pudiera contarle lo del testamento del demonio. —Me froto las sienes.

—Pero no puedes, así que necesitamos un plan mejor.

—¿Como cuál?

Iris se aclara la garganta.

—Si quiere venderla por un precio superior, acepta.

—¿Lo dices en serio?

Iris se ríe.

—No te cierres por completo. ¿Qué es lo peor que puede ocurrir si remodelan la casa?

—Pues después de haberlos visto a Declan y a ti pasándoos horas discutiendo por el color de la pintura y las muestras de baldosas, mucho.

Acabaron debatiendo todos y cada uno de los detalles, hasta el color de la lechada.

—En el fondo es bastante divertido, aunque si hubiese dejado que se saliera con la suya, la casa sería toda negra.

Yo no quiero divertirme. Quiero que las cosas sean fáciles, simples y, sobre todo, seguras. Porque cuanto más tiempo paso en Lake Wisteria, más me arriesgo a recordar todo lo que dejé atrás.

La vida que podría haber tenido.

La única mujer a la que he querido jamás.

El futuro al que renuncié por culpa de una adicción.

Si quiero salir ileso de este pueblo, tengo que vender la casa lo antes posible.

Antes de tomar una decisión sobre el precio de la casa, quiero informarme bien sobre las otras viviendas de la zona. Dedico los dos días siguientes a investigar todas las propiedades con vistas al lago que se han vendido en los últimos cinco años. De las setenta casas que salieron al mercado, diez se compraron por más de tres millones de dólares. Las otras sesenta propiedades se vendieron por la mitad de precio, que ya es más de lo que nos sugirió el tasador.

Básicamente, mi única posibilidad de vender la casa por el precio que propone Lana dependerá de dos cosas: una total remodelación y el dinero suficiente para terminarla en menos de tres meses.

Llamo a la única empresa de obras de todo Lake Wisteria, pero me dan largas en cuanto les digo mi nombre completo. Ni siquiera se ofrecen a ponerme en la lista de espera, que, por lo visto, es de cinco años.

«¿Qué esperabas de un pueblo lleno de gente que te odia?»

En el pueblo siguiente no tengo mucha más suerte. Aunque la lista de espera es menor, no consigo que baje de los seis meses, por mucho dinero que esté dispuesto a pagarles.

Frustrado y a punto de la desesperación, decido dar un paseo para despejarme. Paso por delante de la casa principal de camino a la calle. La entrada está vacía, así que Lana debe de seguir en el trabajo.

Voy por la acera durante el paseo. Las casas están separadas por varias hectáreas de terreno, y todas cuentan con entradas privadas para acceder a la propiedad. Las casas que conocí de niño ya no existen, y en su lugar hay mansiones modernísimas en fincas inmensas con vistas al reluciente lago.

Con cada paso que doy, la verdad se hace más evidente. La finca de mi abuelo se ha mantenido prácticamente igual, pero la mayoría de las casas se han vendido y reconstruido de arriba abajo. Puede que Lana no anduviera tan desencaminada cuando propuso lo de la remodelación.

Cuando llevo quince minutos paseando, me cruzo con unas obras que están completamente restringidas al público por una valla perimetral, de la que cuelga un gran cartel que reza: LÓPEZ LUXURY. Tras una búsqueda rápida en Google descubro que es una empresa bastante nueva, de menos de diez años, con sede en Michigan.

«Justo lo que necesito.»

Marco el número y pido hablar con alguien que pueda ayudarme a tener lista una remodelación en tres meses. Esta vez, cuando doy mi nombre completo, me pasan directamente con Julián López, el presidente de la empresa, sin más explicaciones.

—Señor Kane. —La voz ronca del señor López me inunda los oídos.

—Señor López.

—Por favor, llámeme Julián. Me han dicho que necesita una remodelación que pueda estar terminada en tres meses.

—¿Puede ayudarme?

No pierde pie.

—Eso depende de si usted está dispuesto a hacer lo mismo.

«Cómo no. Tenía que haber un pero.»

—¿Qué quiere?

—Que se contrate a mi empresa para un proyecto de la Kane Company.

—¿Quiere expandir sus servicios al sector hotelero?

—Algo así. —Su risita grave carece de cualquier atisbo de calidez, igual que su personalidad.

El abogado de Brady me dijo que mis hermanos no podían ayudarme con la venta de la casa, pero no mencionó nada sobre ofrecerle a alguien un trabajo en la empresa a cambio de sus servicios.

«Así se encuentra un vacío legal, di que sí.»

Sé que mis hermanos le podrán dar algo al señor López, por pequeño que sea.

—Si su equipo puede remodelar mi casa en tres meses, pues...

—Hecho. Mi secretaria se pondrá en contacto con usted para concertar una cita con uno de mis mejores contratistas.

Cuelga sin molestarse siquiera en despedirse. El señor López me recuerda a Declan, con ese tono brusco y esa actitud directa.

Otra pieza de mi plan encaja en su sitio, y poco a poco voy recuperando la confianza. Puede que Declan piense que se me da de perlas fracasar, pero estoy decidido a demostrarles a él y a todo el mundo que ha dudado de mí lo mucho que se equivocan.

14
Alana

—¡Mami! ¡Mira! —Cami entra corriendo en la cocina, dejando caer sobres de cartas detrás de ella como un rastro de migajas de pan.

—¡Cuidado! —La agarro antes de que se estrelle contra un armario abierto.

Ella sostiene un sobre en alto.

—¡Me ha llegado una carta!

Reconozco el logotipo al instante. Han pasado unos meses desde que Cami hizo las pruebas de ingreso a la Escuela Wisteria, una institución privada exclusiva que abrió hace unos años para acoger a las familias que se mudan desde Chicago. Cami me suplicó que mandáramos la solicitud porque algunos de sus amigos también estudiarían allí, así que se lo permití a pesar de que el director me hubiese advertido que solo les quedaban dos plazas disponibles para la próxima clase de primero.

Mi hija es la niña más lista que conozco, pero en ese tipo de instituciones solo importa la política y tus conexiones. Sus probabilidades de entrar siempre fueron escasas.

«Por eso vas a tener que afrontar las consecuencias de tus acciones.»

Cami da saltitos y agita el sobre en el aire.

—¿Podemos abrirla ahora? Porfiiii.

—Ya la abro. —Al menos así dispondré de un par de segundos para prepararme mentalmente y darle la noticia.

Me tiemblan las manos cuando me las limpio de harina en el delantal, prolongando lo inevitable.

—¡Mami, date prisa! —Me sacude el sobre delante de la cara.

—Bien. A ver, dámela.

Abro el sobre con un cuchillo para untar y saco la gruesa hoja de papel.

—¿Qué dice? —Cambia el peso del cuerpo de un pie a otro, lo cual provoca que se le iluminen los tenis.

—Ya voy.

Despliego el papel y leo la primera frase. «Felicidades, Camila Theresa Castillo...»

—Has entrado —digo en un susurro ronco.

—¡¿Qué?! ¡Ah! —Echa a correr y se pone a gritar a viva voz—. ¡Voy a ir a la escuela con todos mis amigos! —Desaparece por el pasillo con su voz resonando por los techos de más de tres metros de altura.

Sigo leyendo la carta, y el corazón me da un vuelco al leer el precio de la matrícula.

—¿Treinta y cinco mil dólares? ¿Por un curso?

Pero, aunque parezca increíble, la cosa empeora. Los precios van en aumento a partir de primero; el último curso cuesta casi cincuenta mil dólares. La carta también hace hincapié en que la Escuela Wisteria anima a sus estudiantes a estudiar artes y exige al alumnado que participe en al menos una actividad extraescolar, que puede ir desde los mil dólares al mes hasta los cinco mil, en función de la actividad que escoja el niño.

La cocina me da vueltas. Cuando Cami mandó la solicitud, aquello no era más que una quimera para darle una alegría temporal, pero ahora se ha hecho realidad y se me ha revuelto el estómago. Incluso contando con las becas que le ofrecen, sigue siendo imposible que me pueda permitir una escuela así con mi sueldo.

Busco a tientas la encimera por miedo a que me fallen las rodillas.

—Oye, ¿a qué viene tanto grito y...? Uy, ¿estás bien?

«De todas las personas que podían ser testigos de mi crisis nerviosa...»

He tenido suerte de evitarlo desde nuestra pelea sobre la casa, pero sabía que era cuestión de tiempo.

«Quítatelo de encima, no te compliques.»

Respiro hondo y miro a Cal. Ha cambiado su modelo informal habitual de camisa y pantalones por un pants y una camiseta deportiva con el cuello empapado de sudor.

—¿Qué llevas puesto? —Hago lo que puedo por mirarlo a la cara, pero los ojos se me van a los abdominales que se insinúan contra el tejido tenso de la camiseta.

—Estaba trabajando en la buhardilla cuando he oído gritos.

—Ah —le digo a los músculos de su vientre.

Su risita grave me arranca de mi patética muestra de desesperación. Cal agarra un vaso de la alacena y lo llena de agua. Se me calienta la piel y el corazón me late desbocado cuando lo veo sacar la lengua para recogerse una gota de los labios.

Lo que daría por hacer lo mismo...

—¿Qué ha pasado? —La nuez le sube y le baja con cada trago de agua.

«Carajo.»

¿Hace calor aquí o estoy teniendo una crisis? Me abanico la cara con la carta de Cami, tratando de enfriarme las mejillas.

Ve que lo estoy mirando y me guiña un ojo.

«Uf.» Un simple guiño me enciende el cuerpo entero.

—¿Qué es eso? —pregunta, señalando el papel que tengo en la mano.

—La carta de admisión de Cami.

—¿Para qué?

—Una escuela privada que abrió hace poco cerca de Main Street. Es bastante complicado entrar, y le hace muchísima ilusión poder seguir yendo a clase con sus mejores amigos. Me ha llevado medio año preparándola para una carta en la que le denegaban la plaza, pero ahora que ha entrado...

—Estás preocupada —dice, como si fuera lo más evidente. Para alguien que se ha pasado seis años lejos de mí, no ha perdido lo más mínimo la capacidad para leerme la mente.

Agacho la cabeza.

—Sí.

—¿Por qué?

—Porque no todos somos multimillonarios.

Hago todo lo que puedo por apoyar a Cami. No tiene más que pedírmelo. Clases de baile, de gimnasia, cursos artísticos extraescolares. Tenerla contenta y ocupada supone también algunos sacrificios personales, pero me gusta ofrecerle la vida que mi hermana no habría podido darle. Con todo, siento que podría hacer más. Que podría esforzarme más, buscarme un segundo trabajo. Encontrar la forma de ganar más dinero.

«Hay una opción.»

Noto una sensación ardiente atravesándome el pecho. Cal arruga la frente, confuso.

—¿Mi abuelo no te dejó dinero cuando se murió?

Se me dispara la temperatura del cuerpo, y trato de respirar hondo para regularme. Ni siquiera sé con quién estoy más enojada, si con Cal por haber sacado el tema de la herencia o con mi hermana por habérselo gastado casi todo.

Cal me mira con seriedad.

—Te dejó algo de dinero, ¿no?

Me duele la mandíbula de la fuerza con que aprieto las muelas.

—¿Qué pasó con...?

Hablo antes de que pueda terminar la frase.

—Ya no lo tengo.

—¿Cuánto te dio?

Hundo las uñas en las palmas de las manos.

—¿Qué más da?

Cal suaviza el gesto.

—No eres el tipo de persona que despilfarraría esa cantidad de dinero, a no ser que haya pasado algo.

—¿Sabes qué? Olvídate de lo que te he dicho.

Recojo el resto del correo de la encimera y salgo de la cocina antes de darle la oportunidad de volver a preguntarme qué ocurrió con el dinero.

Cal me advirtió hace años sobre mi hermana, pero hice caso omiso. Si se enterara de todos los errores que cometí, se pondría hecho una furia.

No conmigo, sino por mí.

Y sé de corazón que no puedo arriesgarme a lo que me provocaría una reacción así, de modo que opto por lo que mejor se le da a Cal.

Huir.

—¿Se puede saber qué te pasa hoy? —Violet me da un empujoncito en el hombro—. Ni siquiera has dicho nada sobre lo de que el señor Jeffries le estuviera coqueteando a la señora Reyes en el bar.

—¿Que al señor Jeffries le gusta la señora Reyes? ¿Desde cuándo?

Llevo años trabajando con ellos en la escuela y nunca habría dicho que se gustaran, a juzgar por su rivalidad con la educación STEM.

—¡Se ve que sí! Aunque, por lo rápido que lo rechazó, parece que no es recíproco.

—La verdad es que fue una escena bastante triste. —Delilah entrelaza las manos a la altura del corazón—. Pero también entretenido de un modo extraño. Como uno de esos programas de citas de la tele.

—Es un misterio que algunas personas encuentren a sus futuros cónyuges aquí.

Echo un vistazo alrededor del Last Call. Es un bar viejo y destartalado, pero la gente de aquí lo adora porque los turistas no lo conocen. Hay incluso una rocola que funciona si la golpeas en el lugar adecuado.

—Siempre te queda aquella trampa para turistas que hay en Dale Mayberry Road, si lo que quieres es aguantar a inversores ególatras que están obsesionados con el sexo anal porque dicen que el sexo normal es «demasiado íntimo» —suelta Violet, haciendo las comillas con los dedos.

Delilah se atraganta con su bebida.

—Menos mal que yo ya estoy comprometida.

—No todas hemos tenido la suerte de conocer al amor de nuestra vida en el instituto. —Violet le saca la lengua.

Delilah se mira la alianza con una sonrisa. Se me forma un nudo en el pecho y siento algo que no me gusta. No tengo envidia de Delilah. No siento más que felicidad por ella y su marido, pero hay algo en mí que no está bien.

«A lo mejor sí tienes envidia.»

La idea hace que se me revuelva el estómago.

—Voy al baño. —Salgo del reservado y ando rápido hacia el lavabo.

Unas cuantas personas me paran de camino para saludarme, pero las corto rápido y continúo avanzando hasta la parte trasera del bar.

El ruido desaparece cuando cierro la puerta y pongo el pasador. Sigo con el mismo malestar en el estómago, y respiro hondo varias veces para recomponerme.

La culpa es siempre lo que me azota primero. Asfixia todos los pensamientos sensatos y hace que me sienta como una mierda por tener envidia de Delilah y Wyatt. Por anhelar lo que ellos tienen y desear que ojalá hubiese sido yo quien hubiera encontrado a esa persona especial.

La culpa se va tan rápido como llega y me deja con un vacío en el pecho, la misma sensación que me invade cuando pienso en volver a casa esta noche y meterme sola en la cama.

«Mejor estar sola y en paz que en una relación y angustiada.»

Tardo unos minutos en recuperarme y dejar de sentir las náuseas. Cuando regreso, Delilah y Violet han pasado a conversaciones menos peliagudas y la sensación de vacío del pecho desaparece.

«Y solo has necesitado estar cinco minutos en un baño público respirando hondo.»

Mi cabeza divaga durante la hora siguiente. En un momento dado, vuelvo a dibujar por inercia patrones en la condensación que se acumula en mi vaso de agua.

—¿En qué piensas, Alana? —me pregunta Delilah.

—¿Eh? —Parpadeo desconcertada.

—¿Has oído algo de lo que he dicho?

—Lo siento. —Tuerzo el gesto.

—En serio, ¿se puede saber qué te pasa? —Violet se gira hacia mí.

—Creo que voy a tener que vender la casa. —Aunque lleve dos días procesando la noticia, sigue sin parecerme real.

—¿Cómo? ¿Por qué? —Delilah deja escapar un grito ahogado.

—Han aceptado a Cami en la Escuela Wisteria.

—¡Ya lo sabía! Habrían sido unos idiotas si no la hubieran aceptado. —Delilah da una palmada. Su entusiasmo desaparece en cuanto me ve la cara—. Espera. ¿Vas a vender la casa para pagar la matrícula?

Trago saliva para deshacer el nudo que tengo en la garganta.

—No me queda otra.

—¿No puedes pedir alguna beca? —Violet frunce el ceño.

—Me han ofrecido una buena cantidad, pero ni con la beca me alcanza para financiarlo todo.

—Adoras esa casa —insiste ella, arrugando aún más la frente.

—Pero adoro aún más a Cami. —Se me parte la voz—. Deberían haber visto la cara que ha puesto cuando se ha enterado de que la han aceptado. —Me tiembla la sonrisa—. Se ha pasado la mañana entera practicando movimientos de baile porque quiere estar preparada para el ballet con las niñas mayores. No puedo decirle que no.

Delilah me toma la mano y me da un apretón.

—¿Estás segura?

No, en absoluto, pero, con un poco de suerte, cuando estemos a punto de vender la casa, también estaré preparada para despedirme de ella, aunque durante el proceso se me rompa un pedazo de corazón.

Me paro frente a la ventana de la tienda vacía y contemplo mi reflejo en el cristal. Mis dos mejores amigas siguen andando por la acera sin ser conscientes de mi ausencia, enfrascadas en una conversación sobre el vecino infernal de Violet.

—¿Puedes creer que me dijo que me comprara unos tapones? Como si la rara fuese yo porque no quiero oírlo coger como una estrella del porno a las tres de la madrugada.

Te juro que uno de estos días voy a llevarme a alguien a casa solo para que vea lo que se siente... ¿Tú qué opinas? ¡Oye! —Violet retrocede.

Delilah la sigue de cerca, apoyándose en el bastón. Hoy tiene un mal día con la artritis, pero eso no le impide salir corriendo detrás de Violet.

—Lo siento. —Las miro con una sonrisa débil—. Me he distraído.

Delilah me da un golpecito en el hombro.

—¿Con qué fantaseabas ahora?

Cierro los ojos y me imagino el escaparate adornado y con soportes de cristal para panes y galletas.

—Temática veraniega. Colores vivos que entran por los ojos y dulces hechos con frutas de temporada.

Violet suspira.

—Parece una fantasía.

«Porque es lo que es.»

—¿Cuál crees que sería el producto más popular? —pregunta Delilah, señalando la ventana con el bastón.

Desvío la mirada de nuestros reflejos en el cristal.

—Dee...

Ella sacude el dedo delante de mí.

—No, no. Ya sabes cómo va esto.

Las tres llevamos jugando al juego de las fantasías desde que Violet descubrió lo que era la manifestación. Todavía no nos ha funcionado, pero eso no impide que mis amigas se empeñen en intentarlo.

Me da un golpecito en un costado.

—No lo pienses tanto y dime lo primero que se te venga a la cabeza.

Me muerdo el labio inferior y sopeso la respuesta.

—Bueno... Ya saben que a la gente le encanta mi bizcocho de arándanos.

Violet sonríe.

—Nunca he visto a tanta gente pelearse por las migajas

que sobraban. Hasta el sheriff Hank estuvo a punto de llegar a las manos durante la última parrillada del Cuatro de Julio, y eso que hoy día vive prácticamente sedado con todo lo que toma.

Me arden los pulmones de reírme tanto. Delilah, la más delicada de las dos, se cambia el bastón a la mano izquierda para poder rodearme con el otro brazo.

—Sabes que si vendieras la casa tendrías dinero para comprar este sitio y convertirlo en la mejor pastelería de Michigan, ¿verdad?

Niego con la cabeza con tanta vehemencia que se me nubla la vista.

—No va a pasar.

Violet insiste.

—Piénsalo. Fuiste tú la que dijo que no se arriesgaría a renunciar a un sueldo mensual y un seguro médico por perseguir un sueño. Pero si vendieras la casa del lago, tendrías dinero suficiente para cubrir todos los gastos de montar un negocio.

Vuelvo a negar con la cabeza.

—Ni hablar. Ese dinero no es para mí.

Violet ladea la cabeza.

—Incluso aunque asumieras la matrícula del Wisteria, no te habrías gastado ni una cuarta parte del total.

—Debería ahorrarlo, no gastármelo.

Delilah me sujeta con más fuerza.

—No pasa nada por ser un poco egoísta y pensar en ti de vez en cuando. Cami querría que fueras feliz.

—¿Y si no soy lo bastante buena?

Verbalizo mi miedo, el mismo que me ha mantenido en vela tantas noches, arraigado en años de cuestionarme lo que valgo. Me he pasado casi toda la vida escapándome de esa preocupación, desde que mi padre preparó las maletas y dijo que no iba a volver.

—¿Y si terminaras arrepintiéndote el resto de tu vida de

no haber aprovechado la oportunidad cuando se te presentó?

Violet me rodea también con el brazo, pasándolo por encima del de Delilah.

—Más bien, ¿y si Missy abre una tienda aquí y se acaba convirtiendo en la pastelera más famosa del pueblo? —me provoca Delilah.

Suelto un grito ahogado.

—Retira eso.

—Yo qué sé. No sería tan raro que alguien tratara de arrebatarte la corona. Me han contado que Missy estuvo intentando dominar una receta de tres leches antes de la competición del Cuatro de Julio.

Me cruzo de brazos.

—Debería habérmelo olido cuando la vi el mes pasado persiguiéndome por el súper, preguntándome de todo, como qué marca de leche condensada me gustaba más.

Violet me da un pellizquito en el costado y me hace reír.

—La cuestión es que te perderás todas las cosas que podrías haber hecho si en lugar de preguntarte «¿y si?» te preguntaras «¿por qué no?».

—No sabía yo que hicieras reflexiones tan profundas.

—El tequila me pone reflexiva —contesta, dándose unos golpecitos en la sien.

—Y juguetona —termina Delilah por ella, con lo que se gana un manotazo en las costillas.

Rodeo a mis amigas con los brazos y las jalo para darnos un buen abrazo.

—¿Serán mis primeras clientas?

Delilah sonríe.

—Como si pudiéramos negarnos.

15
Cal

Lana agarra una hoja del montón alto de papeles que hay sobre la mesa de la cocina y la lee para sí mientras hace marcas con un bolígrafo rojo. Sin alcohol que me ayude a subirme la autoestima, no me quedan más que las palpitaciones y una necesidad urgente de huir antes de que me vea.

«Que no dependas del vodka para mitigar tus problemas es positivo.»

Sí, si reducir el consumo siempre me parece una buena idea, al menos hasta que tengo que afrontar alguna adversidad.

«Ve al grano y quítatelo de encima.»

Engancho los pulgares en los bolsillos delanteros del pantalón.

—¿Tienes un segundo?

Lana alza la vista.

—Estoy atareada corrigiendo tareas.

—¿Un viernes por la noche? Apasionante.

Me lanza una mirada severa.

—A menos que hayas venido a admitir tu derrota con el tema de la casa, no me molestes.

—Yo prefiero hablar de «concesiones».

—Seguro que eso es lo que se dicen todos los perdedores para sentirse un poco mejor.

El brillo de sus ojos me hace algo en la cabeza. O, concretamente, en la entrepierna.

«Estás fatal.»

Claro que estoy fatal. A estas alturas de la vida, he tenido más terapeutas que amistades, y, dados mis problemas, ni unos ni otros me han durado demasiado tiempo.

Arrastro la silla que hay delante de ella y me siento.

—Vengo a hacerte una oferta.

—Uy, esto va a ser bueno. —Deja el bolígrafo a un lado antes de dedicarme toda su atención.

—Quiero que me dejes hablar hasta que acabe antes de negarte o de amenazarme con tomar acciones legales.

Me hace un gesto para que continúe.

«Ha llegado el momento de sacar toda la artillería.»

—Déjame vender la casa por dos millones y medio de dólares y puedes quedarte con todos los beneficios.

Lana se pone pálida.

—¿Con... todos los beneficios?

—Hasta el último centavo. Y asumiré también los costes de la reparación, lo cual significa que te irás de aquí con todo independientemente del dinero que le metamos a la casa.

Lana me mira desconcertada.

—Pero ¿por qué harías algo así?

—Para mí lo de vender la casa no es cuestión de dinero. Quiero olvidarme de este sitio lo antes posible, y si eso significa perder algún que otro millón por el camino, adelante.

Me fulmina con una mirada que no augura nada bueno.

—Uy, sí. Seguro que eso es un gran sacrificio para un multimillonario como tú.

Aprieto con fuerza los puños sobre mis muslos.

—Estoy intentando ayudarnos a los dos ofreciéndote un buen trato.

—No necesito que me ayudes —me espeta.

—No, pero no estaría mal que pudieras mandar a Cami a la escuela privada esa con este dinero.

Ella entorna los ojos.

—Ahora estás jugando sucio.

—Mi estrategia favorita —digo, guiñándole un ojo—. ¿Funciona?

—Relativamente, aunque esa sonrisa arrogante ya no te sirve conmigo.

Borro la sonrisa de mis labios.

—Colabora un poco. —No se me costará nada si tengo que ponerme de rodillas para que entre en razón—. Esta cantidad de dinero le cambiaría la vida a cualquiera.

—¿Y tú qué sabrás? Te ganaste tus primeros mil millones en cuanto exhalaste el primer aliento.

—No estoy tan desconectado de la realidad. Comprendo cuál es el valor del dinero.

—Saber gastarlo no es lo mismo que valorarlo.

Aprieto los dientes.

—Valorar el dinero significa saber dónde gastarlo, no cómo.

—Estás hecho todo un filósofo.

—Soy más que una cara bonita, Lana. No tengo la cabeza hueca.

—¿Quién te ha engañado y te ha dicho que eras guapo? —dice, haciéndome ojitos.

—Pues tú... cuando estaba entre tus piernas con la lengua metida en ese sexo tan necesitado.

«Chúpate esa, bruja.»

Lana se atraganta al tomar aire.

—Dios.

—Por favor, no hace falta que me llames así fuera de la cama. Me da vergüenza.

Agarra el bote de las groserías de la parte superior del refrigerador y lo planta en la mesa frente a mí.

—A pagar.

Saco un billete de cien dólares y lo suelto en el bote.

—Ha merecido la pena cada centavo.

—Los fondos universitarios de Cami agradecen el donativo.

La agarro de la muñeca y la calidez de su piel penetra en la mía.

—El bote de las groserías no te haría ninguna falta si accedieras a vender la casa.

Lana desvía la mirada hacia la lejanía. Prácticamente saboreo ya la victoria, de modo que juego mi última carta.

—Y podrías abrir esa pastelería con la que siempre has soñado.

Ella deja escapar una respiración entrecortada al apartar la vista, y, por primera vez desde que pisé Lake Wisteria, creo que voy ganando.

«Porque estás utilizando sus sueños contra ella.»

¿Sí? ¿De verdad? ¿O simplemente le estoy recordando lo que debe de haber olvidado con el paso de los años?

Ella niega con la cabeza y la visión se le despeja cuando vuelve a poner los pies en el suelo.

—No. Prefiero ser precavida y ahorrar el dinero para una casa y para lo que Cami pueda necesitar a lo largo de los años.

—¿Ser precavida? ¿Qué ha pasado con la chica que actuaba primero y pensaba después?

—Que maduró, Cal. —Recupera el bote de las groserías y lo vuelve a dejar encima del refrigerador.

—¿Y qué? Madurar no significa renunciar a todos tus sueños.

—No he renunciado. Simplemente me he dado cuenta de que prefiero hacer realidad los sueños de otra persona que los míos.

—¿Y eso qué demonios significa?

Levanta el montón de papeles y recupera el bolígrafo rojo.

—Dudo que alguien como tú pueda entenderlo.

El corazón amenaza con partírseme en dos.

—¿Alguien como yo?

—Alguien que siempre se prioriza a sí mismo.

Como si sus palabras no me hubieran hecho ya bastante daño, la expresión de su rostro me asesta el golpe de gracia.

Lana respira hondo.

—Acepto tu oferta con una condición.

—Tú dirás.

—Quiero tener la última palabra sobre la persona que compre la casa.

Me río entre dientes.

—¿Por qué? ¿Para que impidas por todos los medios que la compre?

El vacío que tengo en el pecho se me ensancha cuando veo que ni siquiera me mira a los ojos.

—Porque quiero asegurarme de que el próximo propietario esté tan enamorado de esta casa como yo.

Me siento como un imbécil por haber pensado mal de ella.

—Lana...

—¿Sí o no, Callahan? —replica con las fosas nasales dilatadas.

«Volvemos al Callahan.»

«De puta madre.»

Asiento.

—Tendrás la última palabra siempre que no vetes a posibles compradores sin un motivo de peso.

Espero no arrepentirme nunca de mi decisión.

Lana: Empiezo a pensar que eres
adicto a las compras.

Me manda una foto de la caja que me espera en el pórtico. Me levanto de un salto del sofá y asusto a Merlín, que repta hasta meterse debajo del mueble de la tele.

Yo: Voy para allá. No tardo nada.

Me emociono más y más con cada paso que doy en dirección a la casa principal. Lana sigue en el pórtico, despidiéndose del mensajero pelirrojo que ya se marcha.

Subo los escalones.

—¿Lo conoces?

—¿A Ernie? Claro. Es el hijo de Isabelle.

Arqueo las cejas.

—Me sorprende que mis paquetes lleguen sin daños.

—Y yo. No te creas que está contento contigo después de los treinta paquetes que te ha dejado aquí solo en los últimos días.

—Este es el mejor. —Levanto la pesada caja hasta cargármela en los brazos, y ella le echa un vistazo.

—¿Qué es?

—Una Kees van der Westen Speedster.

Lana frunce el ceño.

—Una máquina de café —le explico.

La cafeína, el Adderall y yo no solemos llevarnos bien. Pero ahora que trabajo hasta tarde, hasta mucho después de que se me haya pasado el efecto del fármaco, necesito algo que me anime un poco por las tardes.

Lana se ríe.

—Tiene nombre de coche.

—Y cuesta casi lo mismo que uno barato. —Le doy unos golpecitos afectuosos a la caja.

—¿Cuánto te has gastado? —pregunta ella con los ojos desorbitados.

—No me acuerdo. ¿Veinte mil o así con impuestos? ¿Por qué? ¿Quieres una?

Lana se queda lívida.

—¿Te has gastado veinte mil dólares en una máquina de café?

—Uno tiene sus necesidades, Lana.

—¡Y yo también, pero eso es más de la mitad de mi sueldo anual!

Me balanceo sobre mis tenis.

—Sé que parece excesivo...

—Porque lo es.

—Perdóname por disfrutar de los lujos de la vida.

—Tú con tu dinero haz lo que quieras, pero me sorprende que haya gente dispuesta a gastarse ese dineral en café.

Entonces esperemos que no llegue a enterarse de lo que me he gastado en el colchón, las sábanas y el sofá nuevos de la casa de invitados.

—Por favor, eso no es nada. Ya verás qué increíble asador me he comprado.

Lana me mira sin dar crédito.

—¿Te has comprado un asador sabiendo que solo vas a estar aquí un tiempo?

—Claro. Pensé que a lo mejor podía convencerte para que prepararas aquella carne asada de tu madre un día de estos.

Se queda boquiabierta.

—Es un asador de lujo, con toda la parafernalia y los cachivaches que adoran los chefs. Te juro que te encantará.

Lana vuelve a abrir la boca, pero la cierra poco después. Me froto la nuca.

—También podría cocinar yo para ti, pero no puedo prometerte que esté ni la mitad de bueno.

—¿Cocinarías para mí?
—Para ti y para Cami —me corrijo.
Detecto algo en sus ojos antes de que desaparezca.
—Tú... Nosotros... —Se frota las sienes con movimientos circulares—. ¿Sabes qué? Voy a borrarme esta conversación entera de la cabeza.
—¿Qué he dicho?
Hago ademán de agarrarle la mano, pero ella se aparta a tiempo.
—Nada. Tengo que ir a preparar a Cami para su clase de baile. —Lana entra en la casa y me deja preguntándome en qué he metido la pata esta vez.
«Es el resumen de tu vida.»

Yo: Me aburro.

Lanzo la pelota de tenis contra el techo mientras espero a que Iris me responda al mensaje. El contratista y su equipo ya están arreglando la fachada de la casa, además de sustituir el tejado, los revestimientos de vinilo y las ventanas viejas, y no tengo nada con que matar el tiempo.

En Lake Wisteria hay pocas opciones de entretenimiento. A menos que quiera hacer un trayecto de treinta minutos para ir al cine, o me acerco al boliche solo, o me doy una vuelta por el parque que hay al otro lado del lago o me paso el día comprando por internet.

El celular vibra sobre el sofá.

Iris: ¿Te has planteado buscarte un *hobby* nuevo?

Yo: ¿Además de mirarme en el espejo, dices?

Iris: A veces no sé si hablas en serio
o no.

                    Yo: Que siga siendo un misterio.

Iris: ¿Y si tejes?

                        Yo: No, por Dios.

Iris: ¿Crochet?

                           Yo: ...

Iris: ¿Has pensado en leer un libro?

Mmm. Apenas he leído desde que era un niño, pero me parece una opción mejor que tratar de crear algo con una madeja de hilo.

              Yo: ¿Alguna recomendación?

Iris: Vamos a preguntarle a Zahra.

Iris manda un mensaje al grupo que tengo con las dos.

Iris: ¿Le recomiendas algún libro
a Cal?

Lanzo la pelota contra el techo mientras espero a que Zahra responda.

Zahra: ¿Qué te gusta?

                    Yo: Lo contrario que a ti.

Zahra: Nada de novela romántica.
De acuerdo.

El celular comienza a sonarme con los mensajes de las recomendaciones. Abro mi aplicación de notas y apunto las sugerencias antes de salir de la casa de invitados.

Para cuando me estaciono delante de la librería One More Chapter, Zahra me ha enviado un mensaje alentador en el que me dice lo feliz que está de introducirme en la lectura.

La tiendecita no ha cambiado nada desde que Lana y yo veníamos a visitarla. Altas estanterías de madera ocupan las paredes, llenas hasta los topes de libros que esperan que alguien los compre.

—Buenos días. ¿Puedo ayudarle? —Meg, la anciana propietaria de la tienda desde que mi madre nos traía a mis hermanos y a mí, aparece detrás de mí.

—Busco un libro. —Me giro hacia ella.

Su sonrisa pierde parte de su amabilidad. Típico.

—Ah. ¿Cuál?

Saco el teléfono y recito los tres que me ha recomendado Zahra. Meg los encuentra sin problemas y los marca en la caja.

—Aquí tiene —dice, antes de entregarme la bolsa llena de libros.

Se oye la campanita de la puerta. Miro por encima del hombro y veo a Violet entrar delante de Delilah.

«Putos pueblos.»

Hace seis años que no las veo. Violet ha recuperado su color rubio natural y Delilah está igual, salvo por la alianza de su mano izquierda y el bastón en el que se apoya, que son nuevos para mí.

Violet es la primera en verme.

—¿Qué demonios haces aquí?

—¿No es evidente? —Levanto la bolsa.

Ella arruga la nariz.

—¿Y tú desde cuándo lees?

—He tardado unas décadas, pero por fin le estoy tomando el gusto.

—¿A ti te parece que esto sea una broma? —Violet se lanza mí.

Meg desaparece tras una montaña de libros y me deja solo con esta mujer airada que antes era mi amiga.

—No he venido a dar problemas. —Hablo con voz neutra, repitiendo el mantra que parece seguirme a todas partes.

—Eso dice Alana, pero yo no lo creo —me espeta Violet, hundiéndome un dedo en el pecho.

Delilah frunce el ceño y la sujeta del brazo a su amiga.

—Vamos, Violet. Olvídate de él.

Ella mira de reojo a su amiga.

—Dame un segundo. —Gira despacio la cabeza de nuevo hacia mí, como en una peli de terror—. Si has vuelto para fastidiarle la vida a Alana otra vez...

—No estoy aquí para eso —la interrumpo.

—Sigues bebiendo —afirma.

—¿Eso es un crimen?

—Es patético —sisea ella.

No es la primera vez que oigo algo así, pero me duele mucho más de lo que sería capaz de admitir viniendo de quien hace tiempo fue mi amiga.

«Eres patético.»

Noto una opresión en el pecho que me impide respirar.

El labio superior se le retrae.

—No eres mejor que su hermana, siempre haciendo promesas que luego no cumples.

Aprieto con fuerza la mano con que sostengo la bolsa hasta que me hundo las uñas en la piel.

—Ya lo sé. ¿Por qué te crees que me fui la otra vez?

Los ojos se le salen de las órbitas.

—Si no te importa, me voy.

Me siento como si tuviera dos yunques atados a los pies y cada paso me costara más que el anterior. Dejo atrás mi coche y me voy directo al Last Call, al final de Main Street. Es un bar para la gente del pueblo, así que mi entrada genera susurros y miradas de todas las personas que hay sentadas en el local.

Elijo un taburete vacío al final de la barra, delante de un puñado de personas que reconozco de haberlas visto por el pueblo. El mesero de pelo negro se me acerca con cara de pocos amigos. Me acuerdo de haberlo visto en uno de los cumpleaños de Lana, aunque ahora tiene la cara rellena y a sus músculos le han salido músculos.

Henry niega con la cabeza.

—No deberías estar aquí.

—Un vodka-tonic, por favor. —Lo ignoro y dejo un billete de cincuenta sobre la barra.

Él arruga aún más el ceño.

—No.

—¿En serio?

Cruza sus enormes brazos sobre el pecho.

—Isabelle nos ha hablado de ti.

«Me lleva el demonio. Ni que hubieran organizado una asamblea municipal para hablar de mí.»

—¿Y qué les ha dicho?

Se le marcan las venas de los brazos.

—No podemos servirte.

—Claro, faltaría más. No sufras. Ya me llevo mi dinero a otro sitio.

Recojo el billete y me lo guardo en el bolsillo. Estoy convencido de que en algún pueblo cercano estarán encantados de aceptar mi dinero y me ayudarán a evitar este tipo de conversaciones.

—¡Vete al infierno! —grita alguien desde el otro lado del bar.

Ay, si supieran que ya estoy ahí.

16
Cal

Parece que las cosas ya empiezan a irme un poco mejor. Lana incluso me ha confiado otra vez una llave de la casa después de decirle que necesitaba entrar y ella tuviera planes para el fin de semana.

Hasta lo de hacer cajas ha ido como la seda esta semana. La mayoría de las cosas de mi abuelo están ya fuera de la buhardilla, y solo me queda vaciar mi antigua habitación. Está en el rincón más alejado de la casa, lejos de las risitas infantiles que se oyen en el otro extremo del segundo piso.

Entrar en mi cuarto de la infancia es como volver de golpe al pasado. Sin contar con las pocas cajas cerradas amontonadas en una esquina, está prácticamente como lo dejé. Siguen allí hasta las estrellas fosforescentes que Lana y yo pegamos en el techo hará veinte años, aunque falten algunas o haya otras que penden de un solo punto de contacto. La ventana con vistas al lago me llama tanto la atención como hace años, cuando elegí aquel cuarto para mí.

Mis hermanos nunca entendieron por qué me empeñé en quedarme con la habitación más pequeña, ubicada en un rincón angosto de la casa, pero creo que lo habrían entendido a la perfección si hubiesen dedicado un momento a mirar por la ventana mirador.

Se me hace raro volver aquí después de seis años. No tengo claro por qué el abuelo y la señora Castillo conservaron la habitación tal como estaba, pero es como si se hubiese quedado atrapada en el tiempo. Las estanterías que van del suelo al techo y que ocupan las otras tres paredes están llenas de maquetas de barcos que armaba durante los veranos que pasaba allí. Desde mi primera barca pesquera hasta una versión en miniatura del *Titanic*, todas las embarcaciones representan un recuerdo bonito de un verano en Lake Wisteria. De Lana y de mí quedándonos hasta la madrugada armándolas en el estudio.

Se me forma un nudo en la garganta cuando veo el último barco que empezamos a construir el verano del accidente. El *USS Constitution* que Lana me regaló por mi cumpleaños sigue a medias en la estantería de abajo, abandonado con su casco incompleto apuntando al techo.

«Nunca tuvieron oportunidad de terminarlo juntos.»

Se me encoge el corazón.

—Vaya.

Giro sobre los talones y me encuentro a Cami contemplando las estanterías con los ojos muy abiertos.

—¿Eso lo has hecho tú?

Señala la réplica de *La Candelaria*, que descansa en la estantería más alta, lejos de manos que pudieran tirarla por accidente.

Trago saliva.

—Sí.

—¿De verdad? —Me mira con una expresión de extrañeza.

Asiento.

—¿Y ese? —Dirige mi atención a la estantería que hay sobre la ventana, donde se encuentra un modelo de un buque de guerra de la Armada isabelina cuya madera ha perdido lustre de la cantidad de polvo acumulado y las telarañas que cubren el casco.

—También.

—¿Y ese también?

Los ojos le brillan con fuerza cuando observa el barco vikingo.

—Los monté todos con tu madre.

Con un poco de suerte, eso responderá a todas las preguntas que le queden en el tintero.

Cami deja escapar un grito ahogado.

—¿Con mi madre? ¿Y cómo? —Arruga la frente y pone una mueca.

«Eso te pasa por hablar demasiado pronto.»

Me acaricio la barba incipiente, sopesando la mejor forma de explicarle el proceso.

—¿Has armado Legos alguna vez?

—¡Sí! —Asiente con una sonrisa.

—Pues es parecido, pero más difícil.

—¿Por qué?

En vez de explicarle el proceso, saco el celular y le muestro un video en cámara rápida de una persona armando la maqueta de un barco. Es la primera vez que consigo tenerla callada durante cinco minutos seguidos, así que considero que mi idea ha sido todo un éxito. Hasta yo acabo embelesado por la familiaridad del proceso y la faceta terapéutica de construir maquetas de barcos.

«Y por eso tus hermanos se metían constantemente contigo por ser un friki.»

Cuando el video termina, Cami levanta la vista con una sonrisa de oreja a oreja.

—¡Qué bonito!

Retrocedo.

—¿En serio?

Ella mueve la cabeza arriba y abajo.

—Quiero probarlo.

Puede que no se parezca a Lana, pero es calcada a ella.

—¿De verdad?

—¡Sí! ¿Podemos armar uno juntos?

La miro perplejo, pensando en la facilidad con que nos ha agrupado.

—¿Cómo?

—Porfi, ¿podemos armar uno, Col? Porfi, porfi, porfi.

—Sus ojos radiantes perforan mi determinación y me tientan a decirle que sí.

—Mmm...

—Seré tu *mejorísima* amiga para siempre —me dice, haciéndome ojitos.

«No te atrevas a ceder por eso.»

El problema es que es bastante difícil no ceder cuando me mira con esa cara y esa sonrisa cargada de esperanza. La idea de quitarle de la cabeza su interés por hacer cosas juntos hace que se me revuelva el estómago.

«Resiste.»

—Son bastante complicadas.

Es una excusa pobre, pero es verdad. Yo no empecé con mi primer kit hasta tener el doble de su edad, y aun así tuve problemas hasta que mi abuelo decidió ayudarme.

—Yo no dejo las cosas a medias —me dice, alzando la barbilla.

Me está insistiendo tanto para que acceda que no hace falta que me lo diga. Y estoy tentado de aceptar, solo por su tenacidad, pero hay algo que me lo impide.

—Primero tienes que preguntarle a tu madre si le parece bien.

—O sea, que ¿podemos armar uno juntos? —Se balancea sobre los talones.

—Sí, siempre y cuando tu madre diga que sí...

Lana se negará en redondo, y yo no la culparé. Era algo muy nuestro, hasta que dejó de serlo. Es imposible que le parezca bien que Cami y yo armemos un barco juntos.

Cami me interrumpe con un gritito antes de salir corriendo de mi habitación, y yo me quedo preguntándome si habré tomado la decisión correcta.

«Ya es tarde para echarse atrás.»

Me paso el resto del día metiendo con cuidado las maquetas de barcos en cajas individuales. La última que me falta, y que llevo toda la tarde pensando si tirar o guardar, es el barco que Lana y yo no pudimos acabar.

Antes de cambiar de idea, lo guardo en la caja de piezas sueltas.

El celular vibra varias veces, sobre todo con mensajes del grupo familiar, que he ignorado desde que me peleé con Declan. Sé que en algún momento tendré que hablar con él, pero prefiero afrontarlo cuando termine oficialmente con mi tarea.

No echo un vistazo al celular hasta que precinto la última caja.

Lana: ¿Puedes explicarme por qué Cami lleva dos horas viendo videos de maquetas de barcos en YouTube?

Lana: Mira, da igual. Ya me lo ha explicado ella.

Tardo un patético minuto en dar con una respuesta.

Yo: ¿Y?

Ella me responde un segundo más tarde.

Lana: ¿Es verdad que te has ofrecido
a armar una maqueta con ella?

Mis dedos sobrevuelan la pantalla antes de pulsar el botón de enviar.

Yo: Me ha chantajeado, más bien.

Lana: Pues no te preocupes,
entonces...

«Mierda.» Por muy nervioso que me haya puesto la petición de Cami, no soportaría decepcionarla después de la ilusión que le ha hecho.

En un acto desesperado, le envío un mensaje rápido sin pensármelo dos veces.

Yo: Se ha ofrecido a ser mi
mejorísima amiga si accedía. Habría
sido una estupidez decirle que no,
sobre todo teniendo en cuenta la
cantidad de enemigos que tengo en
este pueblo.

La burbujita aparece antes de volver a desaparecer, y luego reaparece. Eso ocurre dos veces antes de que me llegue un mensaje nuevo.

Lana: No hagas que me arrepienta
de esto.

Yo: ¿Qué es lo peor
que puede pasar?

Lana: Estando tú en medio,
las posibilidades son infinitas.

Yo: Siempre puedo contar contigo para que me tumbes.

Lana: Al menos soy consecuente.

Me envía también una carita sonriente del revés y una mujer encogiéndose de hombros. Con una sonrisa, yo le respondo con el emoji que muestra el dedo.

Me paso el resto de la tarde con esa sonrisa tonta en la cara, hasta mucho después de que termine la conversación. La opresión del pecho ha desaparecido y ha dado paso a una ligereza que hacía mucho que no sentía, y no hay ni rastro de mi habitual necesidad de beber algo mientras rebusco entre mis efectos personales.

Es una pequeña victoria para un adicto como yo, pero una victoria a fin de cuentas, así que la aprovecho.

De camino a dejar la última caja en el garaje, paso por la sala. Cami está despatarrada en el sofá, dormida con un disfraz de marinero. Hay una gorra de capitán de tamaño adulto tirada en el suelo a su lado, junto a un jugo vacío.

La niña es absurdamente adorable. No me sorprende que Lana no pudiera negarle lo de armar un barco conmigo. ¿Quién podría?

—Vaya por Dios. Se ha dormido antes de la cena.

Me giro y veo a Lana detrás de mí.

—¿Vas a despertarla? —pregunto.

—Ni de broma.

Me río por lo bajo.

—¿Vas a dejarla durmiendo ahí?

—No.

—¿Y qué esperas?

Se presiona las lumbares con la mano.

—Me estoy preparando mentalmente para el dolor de espalda que voy a tener mañana cuando cargue con ella escalera arriba.

—Puedo llevarla yo —me ofrezco sin pensarlo.

«Sorpresa. Sorpresa.»

Ella levanta las cejas.

—¿En serio?

Dejo la caja en el suelo.

—¿Qué pesará, veinte kilos mojada?

—Un poco menos, pero sí.

—No te preocupes, yo me encargo.

Me acerco a Cami y le paso un brazo por debajo de la cabeza y otro por debajo de las piernas. Se le cae la cabeza, pero Lana se apresura a recolocársela hasta apoyarle la mejilla en mi pecho. Cami masculla algo antes de acurrucarse sobre mi camisa.

Una extraña tensión en el pecho me hace apartar la vista de Cami y mirar a los ojos a Lana. Ella arrastra la mirada de Cami hasta mí, y la piel de los ojos se le suaviza.

No tarda en romper el contacto visual.

—Te acompaño a su habitación.

Procuro no despertar a Cami mientras sigo a Lana escalera arriba, en dirección a la antigua habitación de Rowan. Los muebles de madera oscura y pintura azul marino han desaparecido, sustituidos por paredes lavanda y una cama blanca con dosel con la forma de un carruaje de princesa.

Sonrío al ver el edredón con estampados de Dreamland.

—Qué linda...

—No sigas.

Su tono brusco coincide con el gesto de desagrado de su cara. Algunas de las princesas de nuestras películas más conocidas aparecen estampadas a lo largo y ancho de la tela, sonriendo al techo. Lana la echa para abajo antes de dejarme espacio.

Me esfuerzo por no despertar a Cami cuando la deposito sobre la cama. Ni se inmuta, de modo que doy un paso atrás y dejo que Lana haga lo que corresponda. No muevo los pies del suelo mientras Lana arropa a Cami y le susurra algo sobre la frente antes de darle un beso.

La tensión del pecho vuelve ahora con más fuerza y me envuelve el corazón como un lazo, tentándome a huir.

Y eso es lo que hago.

Como necesito salir corriendo de allí, me pongo el pants y aprovecho el fresco de la noche. No paro de correr hasta llegar a Main Street en busca de comida y algo con que ocupar la cabeza.

La luz cálida que sale de las ventanas de One More Chapter me hace girar en dirección a la librería.

—¿Tan pronto vuelve? —Meg cierra el libro con un suspiro.

—Necesito un libro nuevo. —Me seco el sudor de la cara con la parte inferior de la camiseta.

—¿Ya? Si compró tres hace unos días.

Me paso las manos por los mechones húmedos del pelo.

—Tampoco tengo mucho que hacer por aquí además de leer.

—¿Y qué está buscando esta vez?

Saco el celular para consultar la lista de Zahra, pero entonces recuerdo que ya compré todos los que me recomendó.

—Pues... —Frunzo el ceño—. ¿Qué me recomienda?

Ella arruga la frente.

—¿A usted?

Miro alrededor de la tienda vacía.

—¿Busca algo similar a lo que leyó la última vez? —me pregunta.

—O lo que usted me recomiende.

Los ojos se le iluminan por primera vez desde... nunca.

—¿De verdad?

—¿Sí? Pero no me dé un libro de mierda solo porque le caigo mal.

Su risa no me transmite precisamente calidez y comprensión, pero mi incomodidad desaparece a medida que Meg da vueltas por la tienda con una sonrisa en la cara y me da libros hasta que la pila me asoma por encima de la cabeza.

Hace un gesto al mostrador.

—Con eso deberías estar un tiempo entretenido.

—O una semana —masculло entre dientes.

—¿Sabe? Si le sobra tanto tiempo, me han dicho que el equipo a cargo del Festival Strawberry sigue buscando voluntarios.

—¿Para hacer qué?

Ella se encoge de hombros.

—No lo sé, pero si le interesa, puede pasarse por el ayuntamiento a apuntarse.

—No sé si es buena idea. —Meto las manos en los bolsillos.

Meg enarca una ceja.

—¿Qué es lo peor que puede pasar, que el pueblo empiece a tener motivos para que le vuelva a caer bien?

«A ver, visto así...»

Preferiría pasarme las semanas que me quedan en Lake Wisteria sin que el pueblo se esfuerce por hacerme la vida imposible, y si eso implica hacer de voluntario durante un fin de semana, bienvenido sea. ¿Qué podría salir mal?

17
Alana

Debería haber sabido que hoy iba a tener un mal día cuando los padres de uno de mis alumnos han estado a punto de hacerme llorar después de humillarme durante una reunión para hablar de la suspensión de su hijo. Y han encontrado a dos de mis estudiantes faltando a mis clases.

Me basta con recibir una llamada de un número concreto para llegar al límite y caer en picada hacia el territorio de las crisis nerviosas. Valoro la posibilidad de ignorar la llamada de mi hermana, pero la conciencia no me lo permite.

Se me da de perlas fijar límites con todas las personas de mi vida, la única excepción es mi hermana. Es un problema enorme del que ella se aprovecha, y la razón por la que me he gastado una porción considerable de la herencia que me dejó Brady intentando salvarla de la autodestrucción.

El celular me vibra en la mano.

«Cuanto antes lo agarres, antes acabarás.»

Cierro con pasador la puerta del aula y respondo al teléfono.

—Hola.

—¡Alana! —El tono de voz excesivamente animado hace restallar el altavoz.

—Antonella —le digo con frialdad, a pesar de que ya se me empieza a acelerar el pulso.

—Te echaba de menos. ¿Cómo estás?

—Trabajando.

Ella se ríe.

—Claro. ¿Cómo te va en el trabajo de la escuela?

—Igual que siempre.

—¿Y Cami?

Enderezo la espalda. Mi hermana jamás me pregunta por Cami, a menos que necesite algo de mí.

—¿Qué quieres?

—¿Es que la gente necesita un motivo para llamar a su hermanita pequeña?

—¿La gente? No. ¿Tú? Siempre.

Antonella suele llamarme para pedirme dos cosas: dinero o alojamiento, y ya no puedo proporcionarle ninguna de las dos. Cometí ese error justo después de que muriera mamá, y el resultado casi le parte el corazón a Cami. Aunque mi pequeña superestrella no supiera que Anto era su madre, se acostumbró a tenerla cerca y se llevó una buena decepción cuando desapareció.

Fue culpa mía por ser una idiota y una optimista.

«Pero se acabó.»

—No me gustó cómo quedó la cosa entre nosotras la última vez —me dice, como si no hubieran pasado más de dos años desde la última vez que hablamos.

—¿Han pasado dos años y decides llamarme ahora? —Aprieto con fuerza el celular.

—Estoy un poco arruinada y esperaba que pudieras echarme una mano.

—No.

—Pero...

—No pienso ayudarte nunca más.

Las intenciones puras no me han funcionado en el pasado, así que tal vez con un poquito de amor duro los resultados sean mejores. E incluso aunque quisiera ayudar a mi hermana, no puedo. Entre pagar las facturas médicas de mi madre, los gastos de Cami y luego salvar a Antonella de sí misma, estoy sin dinero.

—Pero ahora estoy limpia de verdad. Gracias a ti.

«Más bien gracias al dinero que me robaste de la caja fuerte.»

Cierro los ojos.

—Qué bien.

«Suponiendo que te diga la verdad», apunta la voz escéptica de mi cabeza. Hace mucho que aprendí a no confiar en mi hermana. Solo me ha costado un centenar de decepciones distintas llegar a este punto.

—¿Me dejarás al menos quedarme un tiempo en tu casa?

—No, pero me alegro por ti.

Mi hermana suelta un ruidito indiscernible.

—Alana, por favor. Dame un par de semanas para organizarme un poco. Me está costando pagar el alquiler y las facturas desde que Trent se marchó. Se encargará de su parte hasta finales de junio para darme un poco de margen, pero después me quedo sola.

No tengo claro quién es Trent ni qué relación tiene con mi hermana, pero al menos ha estado pagando la mitad del alquiler. No puedo decir lo mismo de la mayoría de los hombres con los que ha salido mi hermana.

Sigue erre que erre:

—No puedo quedarme aquí cuando acabe el mes y no tengo adónde ir. No creas que quiero volver al lago Histeria, pero ¿qué otra opción tengo? No me quedaré mucho tiempo, te lo prometo.

Se me encoge el corazón.

«No te atrevas a tragarte sus mierdas habituales. Piensa en Cami.»

—Lo siento, Anto. Sé que es una situación complicada...

—Pero no vas a ayudarme. —Esta vez me habla con más aspereza. Mi hermana siempre ha sido igual: es dulce como un flan de coco hasta que se da cuenta de que no va a salirse con la suya.

Niego con la cabeza.

—No es justo para Cami.

—¿En serio? ¿O no es justo para ti?

Contengo el aliento.

—¿Y eso qué se supone que significa?

—Es evidente que te intimida la posibilidad de que Cami deje de quererte si me ve aparecer otra vez por allí.

Reprimo una carcajada amarga.

—No me intimidas. No hay nada que puedas decir o hacer que cambie el hecho de que su madre soy yo.

Anto dio ese tema por zanjado el día que renunció a la patria potestad y me convirtió en la madre de una bebé que se había salvado del síndrome de abstinencia neonatal gracias a un parto prematuro.

—Ni siquiera serías su madre de no ser por mí, al menos podrías mostrar un poquito de gratitud.

El comentario hiriente de Anto no debería sorprenderme, pero no me esperaba la profunda decepción que siento. Pensaba que me había acostumbrado a este tipo de trato y, sin embargo, después de todas las charlas motivadoras que me he dado con los años, las palabras de mi hermana siguen teniendo la capacidad de dolerme mucho más que cualquier golpe.

«Las personas a las que más queremos son las que más daño nos hacen.»

Me cuesta aceptar que esta versión de Anto es la misma persona que me secaba las lágrimas cuando lloraba, y que me abrazaba hasta que terminaban las tormentas eléctricas porque me daban miedo. La hermana con la que crecí jamás me habría hablado así, y eso solo puede significar una cosa.

No está sobria. Está drogada.

El dolor que me estruja el corazón precipita el final de la conversación antes de que empeore.

—Tengo que volver al trabajo. Siento no poder ayudarte.

—Dios, me había olvidado de lo fría que puedes llegar a ser. No me sorprende que los hombres huyan siempre de ti.

Sus palabras penetran con la fuerza de un misil y acaban con la poca paciencia que me quedaba.

—Adiós, Anto.

Cuelgo y guardo el celular en el último cajón del escritorio. Me escuecen los ojos, y hago todo lo posible por reprimir las lágrimas. Pestañeo rápido. No pestañeo en absoluto. Me abanico los ojos con las manos y luego echo la cabeza hacia atrás para impedir que caigan.

A pesar de mis esfuerzos, se me escapa una única lágrima en un claro acto de traición. Me la seco con dedos furiosos.

«No volverás a derramar ni una sola lágrima por ella.»

El mantra parece relajarme un poco. Respiro hondo varias veces y aligero parte del peso que me oprime el pecho.

«Has tomado la decisión correcta.»

Y, a pesar de todo, por muchas veces que me lo repita, nunca tengo la sensación de haber hecho lo correcto. Y eso es lo que más me duele.

En días torcidos como este, en cuanto Cami se queda dormida, me voy al muelle yo sola. Desde que era pequeña, he encontrado algo relajante en acostarme sobre los tablones de madera y escuchar el agua golpeando contra los postes.

Uno de los tablones cruje bajo mis sandalias y distingo una sombra del tamaño de un oso negro al final del muelle que hace que se me encoja el corazón. Me tambaleo y se me engancha la punta de la sandalia con un clavo medio salido.

Caigo de bruces. El monitor de bebé me salta de la mano y cae con un «plaf» en algún punto del agua. Aterrizo sobre las palmas de las manos y amortiguo la caída, pero el impulso me hace desplazarme hacia delante. Los ojos se me llenan de lágrimas al sentir el dolor agudo de las astillas atravesándome la piel.

—Ay.

«Y tú pensabas que el día no podía empeorar.»

—¡Carajo! ¿Estás bien? —Cal se levanta corriendo y yo gruño para mis adentros.

—¿Qué demonios haces aquí?

Sigo inmóvil, temerosa de comprobar el daño que me he hecho en las manos. Por suerte, las mallas que me he puesto han impedido que las rodillas corran un destino similar, pero aun así me duelen del golpe.

Los viejos tablones crujen bajo su peso. Se detiene frente a mí y yo alzo la vista desde mi postura a cuatro patas.

«De todas las posturas en las que te podría haber encontrado, puede que esta sea la peor.»

La poca luz que hay disimula el rubor de mis mejillas.

—¿Tienes pensado levantarte o...? —me pregunta, con la voz cargada de humor. Las sombras le recortan el perfil de la mandíbula y me atraen la mirada hacia allí.

—Estoy bien así. Vuelve cuando quieras a la casa de invitados después de darme un susto de muerte.

Su carcajada ronca me provoca un hormigueo en el estómago.

«No tienes remedio, Alana.»

—Perdón por asustarte.

—Pensaba que eras un oso —susurro entre dientes mientras me siento sobre los talones. No sé cuántas astillas tengo metidas en las palmas, pero me parecen cientos.

—¿Qué te pasa en las manos?

Hasta la coronilla estoy de Cal y de su capacidad de que no se le pase nada en lo que a mí respecta.

—Nada. Se me han clavado un par de astillas.

—¿Un par? —Me toma la mano y me pone la palma hacia arriba.

Yo doy un jalón.

—¡Para!

—Solo quiero comprobar los daños.

Puedo optar por hacerme la difícil o dejar que me ayude, más que nada porque es imposible que pueda quitarme las astillas yo sola.

—Bien. —Le ofrezco la mano para que la examine.

Él saca el teléfono y enciende la linterna.

—Mmm...

Me pasa un dedo con delicadeza por la palma y se me pone la piel de los brazos de gallina. Veo al menos diez astillas sobresaliendo en distintos ángulos.

Cal pasa sin querer por encima de una astilla y yo contengo el aliento.

—Lo siento. ¿Qué era lo que decía tu madre? ¿Sana, sana, colita de rana?

—Si no sanas hoy, sanarás mañana —termino con una media sonrisa.

Mi madre siempre conseguía que las heridas parecieran diez veces menos graves con una simple cancioncita. Y Cal se ha acordado...

Noto una sensación cálida y un hormigueo en el pecho. Él levanta la vista.

—¿Tienes unas pinzas y una aguja dentro?

No me gusta en absoluto cómo suena eso.

—Qué va.

Él sonríe y alarga la mano para deslizar un dedo por la pendiente de mi nariz arrugada, y me arranca una exhalación entrecortada.

—Mentirosa —me susurra lo bastante cerca como para que pueda olerle el *aftershave*. Su cercanía hace que todas las células de mi cuerpo se enciendan y me siento como si alguien me hubiera conectado el cuerpo a un enchufe.

Sacude la cabeza y se aparta.

—Vamos a sacarte las astillas antes de que te salga la gallina que llevas dentro y se te acabe infectando.

Me cruzo de brazos y levanto la barbilla.

—No soy una gallina.

—Una vez lloraste porque te cortaste con un papel.

Se me calientan las puntas de las orejas.

—Siendo justos, el corte era bastante profundo.

—Tienes razón. Si no me falla la memoria, era prácticamente letal. Estoy bastante convencido de que si no te hubieras puesto aquel curita de Hello Kitty, no estarías hoy aquí.

Le enseño el dedo, pero siento una cierta calidez en el vientre al saber que se acuerda de detalles tan insignificantes como el curita que llevaba puesta.

—¿Eso cuenta para el bote de de las groserías? —Su sonrisa de oreja a oreja hace que el corazón me dé un vuelco.

—Idiota —mascullo entre dientes mientras lo rodeo y echo a andar hacia la casa.

—Te espero en la cocina.

Desaparece por una esquina para que me dé tiempo a reunir todo lo necesario. Lo encuentro todo en mi lavabo. Mi madre me sacó suficientes astillas de las manos como para que a estas alturas yo ya me conozca el proceso.

Vuelvo a la cocina y veo a Cal sentado en la isla, ignorando mi presencia mientras ve un video en YouTube en el que explican cómo quitar astillas de la forma más indolora posible. Lo pone en pausa y reproduce dos veces una parte concreta antes de continuar con un gesto satisfecho de cabeza.

Se me forma un nudo en el estómago ante esa intensa mirada de concentración. Por eso quiero distanciarme de él, porque son esas pequeñas cosas, las cosas que la mayoría de la gente ni siquiera percibiría o a las que no daría importancia, las que me dejan siempre sin aliento.

Cal es un sueño cuando está sobrio; es ingenioso y encantador, y es casi imposible resistirse a él. La versión que me cuesta aceptar es la ebria, la versión depresiva y enojada, la que es extremadamente difícil amar.

Y es la versión que sigo recordando años después.

Dejo todos los materiales sobre la encimera.

—¿Lista? —Levanta la vista con una sonrisa.

Frunzo el ceño.

—Por favor, disimula un poco la ilusión que te hace torturarme.

—Se me ocurren muchas formas de torturarte... y que a ti también te excitarían.

Cualquier pensamiento coherente se me va de la cabeza.

«¿Te sorprende? Ya sabías que era un tonto.»

Saberlo y experimentarlo son dos cosas muy distintas. El corazón se me desboca cuando le da unos golpecitos al taburete que hay a su lado y yo me dejo caer con la gracia de un potro recién nacido.

Cal se levanta y se lava las manos como un doctor listo para un cirugía antes de volver para limpiar las pinzas y la aguja con alcohol sanitario. Cierro los ojos y coloco las manos con las palmas hacia arriba sobre la barra.

El primer pellizco de las pinzas me hace torcer el gesto.

—¿Todavía te gusta sentarte en el muelle de noche? —me pregunta Cal.

Agradezco la distracción.

—Sí.

—¿Y qué pasa con Cami?

—Tengo... Tenía un monitor de bebé antes de tropezarme.

Cal hace muecas.

—Ese sitio es una trampa mortal.

Otro pellizco en la piel me hace apretar con fuerza los dientes.

—¿Y qué hacías tú ahí fuera?

—Uno de los dos nació con un don llamado «equilibrio».

Abro un ojo para fulminarlo con la mirada.

—Me has asustado y he acabado tropezando con un clavo que sobresalía.

—Aquí huele a denuncia de lejos. —Sacude la cabeza con un suspiro antes de seguir toqueteándome y pellizcándome las manos.

—No es para tanto.

—Las veinte astillas que tienes clavadas en la piel no opinan lo mismo.

No sé si el tono molesto se debe a las astillas que tengo en la mano o a que él sea la única persona disponible para sacármelas.

—Una menos. Quedan diecinueve.

«Maldita sea.»

—Ea, ya estamos. —Cal se asegura su lugar en el infierno cuando me limpia las manos con alcohol.

—Se me hace raro darte las gracias después de esta hora de tortura, pero gracias.

—Han sido veinte minutos como máximo, llorona —contesta. No parece que tenga intención de soltarme todavía las manos.

—Te he visto sonreír cuando he gritado, psicópata.

—Me ha traído buenos recuerdos.

Le doy un golpe en el pecho y pongo una mueca cuando la piel dolorida de mi mano entra en contacto con él.

—Ay.

—Así aprenderás que la violencia física nunca es la respuesta —dice, y me da un toquecito en la nariz.

—Y eso me lo dice el tipo que intentó estrangular a un agente de policía.

Las fosas nasales se le ensanchan.

—Y dale otra vez con lo mismo.

—Creo que no me voy a olvidar mientras viva. —Saco el celular y le enseño la foto que me mandó Isabelle.

Cal se queda boquiabierto.

—¿Te la envió ella?

—Sip. Justo antes de prometerme que la borraría de su teléfono.

—O sea, ¿tú eres la única que tiene una copia? —Da un paso al frente.

—No. —Me concentro tanto en Cal invadiendo mi espacio personal que no me doy cuenta de que me ha dado un tic en la nariz.

«Mierda.»

Él extiende la mano.

—Déjame ver el celular.

—Ya puedes esperar sentado.

Pulso el botón de bloqueo del lateral mientras retrocedo otro paso.

—Alana.

—Callahan.

—Dame el celular.

—No.

Choco con la barra.

Cal sonríe de oreja a oreja.

—Te tengo.

Finjo que voy a moverme hacia la izquierda, pero él anticipa el movimiento y me quita el teléfono de la mano sin problemas.

—¡Cal!

Doy un salto para intentar recuperarlo, pero él lo levanta por encima de mi cabeza.

—Dame un segundo.

No tengo nada que hacer contra su altura, de modo que me limito a dar unos saltitos patéticos. En un momento dado, Cal se distrae con mis pechos, y clava en ellas la mirada como si fuera la primera vez que ve unos pechos.

—¿En serio? —Me cruzo de brazos.

Él me guiña un ojo antes de desbloquear el teléfono al tercer intento. No lo puedo creer.

—¿Estás bromeando?

—Qué interesante que tu contraseña sea mi cumpleaños.

—Eso no es...

«2007.»

«Mierda.» Sí es verdad.

—No la he cambiado desde que tenía dieciséis años. —Es la única explicación lógica.

—Claro, claro.

—Es fácil recordarla.

Llegados a este punto, me agarro a un clavo ardiendo.

Cal abre la foto y la borra antes de devolverme el celular con una sonrisa.

—Todo tuyo.

—Sabía que debería haberla mandado a una revista del corazón como Violet me sugirió —mascullo entre dientes.

—Una lástima, sin duda.

Cal se marcha con una sonrisa radiante en la cara.

18
Alana

A la mañana siguiente, me despierto con una cuadrilla de López Luxury arreglando el viejo muelle. Los obreros golpean con martillos unos tablones de madera reluciente; los viejos han desaparecido.

«¿Cómo has podido dormir con este ruido?»

Cami grita mi nombre, pero estoy demasiado concentrada en mi misión como para darle nada más que un beso rápido de buenos días antes de salir corriendo por la puerta trasera. Cruzo a toda prisa el jardín, llenando de aire los pulmones con cada resuello.

—¡Esperen! —Agito las manos en el aire.

Uno de los trabajadores alza la vista antes de hacerles una señal a los demás. Unos pocos dejan de martillear tablones mientras otros comienzan a hablar entre ellos.

—¿Dónde está el viejo muelle? —Me presiono el pecho con una mano para intentar respirar con normalidad.

—Nos han dicho que nos deshiciéramos de él.

«Ya te vale, Cal.»

—¿Adónde se lo han llevado?

—Un compañero se lo acaba de llevar con el camión hará media hora.

El corazón me da un vuelco.

—¿Se ha ido?

El hombre asiente.

«No, no.»

—Métete dentro ahora mismo —me ordena Cal a mis espaldas, provocándome un escalofrío.

Me doy la vuelta.

—Has arruinado mi muelle.

—Y estoy a punto de arruinar muchas más cosas si no te metes ahora mismo en casa.

Su voz es como un trueno grave que siento hasta en las entrañas. Se me ponen los pelos de punta cuando lo miro a los ojos.

—¿Qué pasa?

—¿Qué no pasa? —Arrastra la mirada por mi cuerpo hasta llegar a su objetivo.

Yo miro hacia abajo y tomo consciencia de mi pijama por primera vez esta mañana.

No me sorprende que me doliera el pecho mientras corría. No se me ha pasado por la cabeza ponerme un sujetador antes de echarme a trotar por el jardín como una loca.

—Carajo.

—Carajo, eso digo yo. Vámonos. —Me hace un gesto para que vaya yo primera.

Apenas hemos dado unos pasos cuando alguien silba a nuestras espaldas. Echo un vistazo por encima del hombro para ver quién es. Incluso sin los lentes de contacto , distingo la figura de Ernie Henderson, el pelirrojo oficial del pueblo y cartero chismoso, caminando hacia mí con una caja en las manos.

Se detiene para saludarme.

—¡Te veo bien, Castillo! ¿Por qué no corres un poco más para mí?

«Será...»

A Ernie ni siquiera le interesan las mujeres, pero si así

consigue sacar a Cal de quicio, me coqueteará sin pensárselo dos veces. Es igualito a su madre.

«Maldita Isabelle.»

Levanto la mano para enseñarle el dedo y se me levanta la camiseta. Noto la brisa fresca en el culo, que me ha quedado al descubierto. Cal gruñe antes de quitarse la sudadera y echármela por encima, destrozándome el pelo en el proceso.

Su olor me envuelve como una manta. Me atrevo a inhalar una segunda vez, y me encuentro con la mirada inquisitiva de Cal.

—¿Qué?

—Métete dentro. Ahora.

No debo de moverme lo bastante rápido, porque Cal me da una nalgada, y la piel me pica en el lugar en que me ha dejado grabada la palma.

Me paro durante el ascenso de la pequeña colina.

—¿Se puede saber a qué demonios ha venido eso?

—Quería.

—¿Querías darme una nalgada?

Me levanto la sudadera para ver la silueta roja que me ha dejado la mano de Cal en la nalga izquierda.

A él se le ensombrece la mirada.

—¿Quieres que te haga otra a juego?

—¡No!

El corazón se me rebela ante la mentira, y me late con fuerza ante la idea de Cal cumpliendo con su sugerencia. Nunca llegamos a explorar ese tipo de cosas en el pasado, pero la idea me pone caliente.

¿Será del tipo de persona que me azotaría las nalgas hasta que estuviera una semana sin poder sentarme o de los que se toman su tiempo y...?

«¡Alana Valentina Castillo!»

La fantasía se esfuma, aunque los efectos de la excitación permanecen.

Ni siquiera me doy cuenta de que Cal me ha arrastrado al interior de casa hasta que lo tengo delante de mí, con la espalda presionada contra la puerta y sus brazos encerrándome. Se inclina sobre mí y el corazón se me desboca.

Si me pusiera de puntitas, nuestros labios se tocarían. Se me separan solo de imaginármelo.

Él agacha la vista hasta mi boca antes de volver a mirarme a los ojos.

—¿Cómo se te ocurre salir así?

—Tenía que salvar el muelle.

—¿Cómo? Pero si se caía a pedazos.

—Pero... —Dejo caer los hombros—. Había un tablón especial.

Abre mucho los ojos mientras procesa lo que he dicho.

—¿Has salido por eso?

Parece que sí se acuerda.

¿Cómo no iba a acordarse? Fue el principio de todo.

Cal y yo estábamos pasando un buen día en el lago hasta que lo eché a perder cuando abrí la boca y le hablé de que esa noche tenía una cita con Johnny Westbrook, el mejor running back *del Instituto Wisteria.*

Cal tensa la mandíbula. Desde que volvió al lago a pasar el verano antes de su segundo año en la universidad, las cosas han cambiado. Él ha cambiado. No tengo claro qué le ha ocurrido durante el primer curso, pero ya no se parece al chico con el que crecí. Se le han definido los huesos de la cara y le han crecido los músculos; ahora todas las camisetas parece que le queden pequeñas.

«Este es Cal. Tu mejor amigo.» Me repito el mismo mantra de siempre, pero hoy no me funciona tanto. Tal vez tenga algo que

ver con cómo se le refleja el lago en los ojos y esa sonrisa que pone cuando me río por algo que ha dicho.

—¿De verdad vas a dejar que te bese esta noche? —me pregunta con tono acusador.

—¿Y qué si lo dejo? Tengo casi diecisiete años.

Todas las personas de mi curso se han besado con alguien y yo sigo aquí matando el tiempo hasta que acumule una manada de gatos y me dedique a ellos el resto de mi vida.

—¿No es ese chico que de pequeño se metía popotes en la nariz y fingía ser una morsa?

Lo atravieso con la mirada.

—Tenía seis años. —Y ahora ese recuerdo vivirá en mi cabeza para siempre.

«No te importa, Cal.» Seguro que lo ha hecho a propósito.

Él aprieta con fuerza los puños.

—Cancela el plan y quedamos esta noche también.

—¿Qué? ¡No!

—¿Por qué no? Podemos pedir una pizza. Incluso estoy dispuesto a que le pongan todos esos extras asquerosos que te gustan.

Valoro la idea un par de segundos antes de negar con la cabeza.

—La idea es tentadora, pero no.

—¿En serio te interesa tener una cita con él?

—Ahora que veo que te opones, sí. —Me cruzo de brazos y los pechos me sobresalen aún más.

Cal arrastra la mirada por mi cuerpo. Le basta con echarme un vistazo para que se me tensen todos los músculos del estómago. Él se gira cuando nuestros ojos se encuentran.

—Qué madura eres.

—Si tienes algo que decir, escúpelo.

Ni siquiera hace una pausa antes de responder:

—Te reto a que me beses.

Parpadeo dos veces antes de recuperar el control de los labios.

—¿Qué?

—Ya me has oído. Te reto a que me beses.

Saca la navaja suiza del bolsillo trasero y talla una línea diagonal a través de las otras cuatro rayas verticales debajo de la letra L que puso en el tablón años atrás. En comparación con las cinco rayas que hay ahora debajo de la L, en su lado hay como diez más, que esconden un buen recuerdo de algo que yo le he retado a hacer.

Me tiemblan las manos sobre el regazo.

—¿Lo dices en serio?

—Tan en serio como te tomas tú esa cita tuya.

—Pero...

—No me digas que te da miedo —me provoca con una sonrisa.

—No tengo miedo.

Lo que estoy es... sorprendida. Cal siempre había mantenido lo nuestro como algo platónico.

«Es un beso, no se está declarando. Deja de ahogarte en un vaso de agua.»

—Está bien.

Cierro los ojos y me inclino hacia delante. Nuestras bocas se rozan suavemente y me aparto al momento. El beso ha terminado tan rápido como ha empezado, pero aún siento un cosquilleo en los labios de la presión de los suyos sobre los míos.

Él entorna los ojos.

—¿Así es como piensas besarlo?

Se me encienden las mejillas, pero la vergüenza no tarda en convertirse en ira.

—¿Qué tiene de malo cómo...?

Me interrumpen sus labios apretándose contra los míos. El aire que nos separa restalla y saltan chispas mientras nuestras bocas se funden.

Todo lo que acompaña a mi primer beso es increíble. El hormigueo que me crece en el bajo vientre. Ese ligero cambio en su respiración cuando le rodeo el cuello con los brazos para atraerlo hacia mí. Sus dedos hundiéndose en mi pelo, atrapándome mientras me besa como si llevara toda la vida soñando con este instante.

Cal me besa como si temiera que yo pudiera desaparecer de un momento a otro y quisiera alargarlo todo lo posible.

Le rozo con los dedos esa zona de piel expuesta entre el pelo y la camiseta. Él contiene el aliento, deteniendo el beso para apretar su frente contra la mía.

—Lana.

—Lana.

La voz de Cal suena del todo distinta. Más grave. Más ronca. Más sexy.

—Hola, Lana —dice, esta vez con más insistencia.

«Mierda.»

El recuerdo desaparece en un abrir y cerrar de ojos. Me tapo la boca con la mano y alzo la mirada hacia Cal.

—¿Por qué quieres salvar ese tablón? —me pregunta con delicadeza.

Dejo caer la vista junto con mi autoestima.

—Era una estupidez.

—Dímelo —insiste.

Abro la boca con la respuesta pendiendo de la punta de la lengua.

«Porque independientemente de lo que haya cambiado entre nosotros, los recuerdos ligados a ese pedazo de madera siempre ocuparán un lugar especial en mi corazón.»

Compartir con él lo que ese tablón significaba para mí es como traicionarme a mí misma y a la ira a la que llevo años aferrándome.

«Ya no importa. Ya no está.»

Me aclaro la garganta.

—Da igual. De todas formas, ya da igual. Era un pedazo de madera sin más.

Cal arruga el rostro. Me deslizo por debajo de sus brazos y lo dejo contemplando el espacio que ocupaba hace un instante.

Le escribo un mensaje nuevo a Cal, golpeando la pantalla como si me hubiera ofendido personalmente.

Yo: Tienes otro paquete.

Cal me responde al momento.

Cal: Este es para ti.

Me quedo boquiabierta.

Yo: ¿Me has pedido algo?

Cal: Te lo debía después del susto de anoche.

Me debato entre abrir el paquete o dejar la caja de cartón pudriéndose en el garaje. La curiosidad vence al sentido común, así que agarro unas tijeras de la cocina y abro la caja.

Las manos me tiemblan cuando saco un monitor de bebé nuevo.

«Ay, Dios.»

El corazón me traiciona en ese instante, palpitándome con fuerza en el pecho.

«Es un monitor de bebé», intento razonar conmigo misma. Pero esto no tiene nada que ver con el monitor, sino con el hecho de que Cal se preocupa lo suficiente como para sustituirme el que se cayó al agua.

Sinceramente, creo que nunca ha dejado de preocuparse.

¿Cómo voy a odiar al hombre que tiene este tipo de detalles conmigo?

«Nunca serás capaz de odiarlo, y lo sabes.»

No, pero al menos la idea de odiarlo me hace sentir que tengo el control.

Pero ¿esta sensación? ¿Esto que me acelera el pulso y hace que la cabeza me dé vueltas al pensar en él?

Eso tengo que detenerlo pero rápido.

19
Alana

—Por Dios, no empieces.

Es la quinta vez que le doy un porrazo a la batidora de mano esta noche. Entre que se calienta demasiado con el uso y que es vieja, tengo suerte de que el motor aún aguante.

No he sido capaz de despedirme del electrodoméstico, sobre todo porque fue un regalo de mi madre, pero ahora mismo mataría por una batidora de las buenas. Tuve una hace tiempo, pero se rompió y no me decidí a comprar otra porque la mayor parte del dinero se me iba en asegurarme de que Cami tuviera todo lo que necesitara.

Ojalá no costaran casi la mitad de mi sueldo.

—Maldito cacharro. —Continúo golpeando el lateral de la batidora.

Alguien se ríe a mis espaldas. Me giro y veo a Cal en la puerta de la cocina con una sonrisa de oreja a oreja.

—¿Todo bien?

—Uy, es el mejor día de mi vida, gracias por preguntar.

Señala la batidora que tengo en la mano.

—¿Necesitas ayuda?

—No, gracias.

En un último acto de traición, las varillas de metal giran dos veces más antes de detenerse por completo. La dejo al otro lado de la encimera para no hacer nada de lo que pueda arrepentirme más tarde.

—Puedo echarle un vistazo, si quieres —dice, acercándose a la batidora.

—No te preocupes. Tengo crema de mantequilla suficiente para acabar los últimos *cupcakes*.

—¿Eso es crema de guayaba? —exclama Cal con una voz extrañamente aguda.

Extiende el brazo con un brillo en los ojos hacia el bol que tengo al lado, pero le aparto la mano de un golpe. Hace unos pucheros que me recuerdan muchísimo a Cami.

—Anda. Solo un poquito.

—No. Es antihigiénico.

Pone los ojos en blanco.

—No se va a enterar nadie.

—Puede que mis estudiantes no, pero yo sí.

—¿Son los mismos niños que comen tierra a diario?

—Eso solo pasó una vez cuando estaba haciendo una sustitución.

Se apoya en la encimera con una sonrisa.

—¿Y qué enseñas?

—Español.

Vuelvo a concentrarme en la cobertura del *cupcake* que tengo delante. Tal vez, si finjo que no me interesa hablar con él, se va.

—¿Te gusta?

—Me pagan bien.

Ser la única profesora de español de todo Lake Wisteria tiene sus ventajas, sobre todo cuando los alumnos necesitan clases particulares para preparar exámenes parciales y exámenes finales.

—No has contestado a mi pregunta.

«Qué pesado.»

—No está mal.

Bueno no es el trabajo de mis sueños, pero los niños son adorables y estoy en casa a las tres de la tarde, lo cual es un plus de los grandes.

Cal examina las encimeras de la cocina, contemplando las decenas de *cupcakes*.

—¿Qué celebran?

«Nada, que no se va.»

Aprieto con fuerza la mano con que sostengo la manga pastelera. Un pegote de crema cae encima de un *cupcake* a medias y se carga mi diseño.

—Celebramos la última semana de clases.

Recojo el pegote de crema con el índice y lo acerco a la tarja para lavarme. Cal me agarra de la mano y me aleja de la llave de agua. Choco de frente con él y me quedo sin respiración.

—¿Se puede saber qué haces?

—Algo a lo que soy incapaz de resistirme.

El brillo de sus ojos debería venir con una señal de advertencia.

«No.»

—Cal... —susurro con un tono que parece provocarlo aún más.

Cal me molesta como a una niña.

—Tu madre te enseñó a no tirar comida.

Me levanta la mano y se la lleva a la boca. Me embruja e inmoviliza con los ojos mientras sus labios se cierran en torno a mi dedo lleno de crema. Todas las células de mi cuerpo estallan cuando me roza la piel con la lengua.

Cal se toma su tiempo, moviendo la lengua arriba y abajo por mi dedo, limpiando todos los restos de crema. Cada lengüetazo es como una descarga eléctrica. Son los cinco segundos más largos y más cortos de mi vida.

Intento desasirme de él sin éxito. Me aprieta con fuerza la muñeca antes de soltarme, y dejo caer la mano a mi lado como un péndulo.

—¿Qué demonios haces? —Le doy un empujón en el pecho.

Él no se mueve ni un centímetro, y no se corta ni un pelo al lamerse los labios con lascivia.

—Sabes mejor de lo que recordaba.

«Tú, no la crema. Tú.»

Me atraganto con mis palabras, y acabo tosiendo al respirar.

—¿Estás bien?

Retrocedo un paso para poner distancia entre nosotros.

—No, no estoy bien.

—Estás furiosa.

Levanto las manos.

—¡Vaya, claro que estoy furiosa! Acabas de...

—¿Qué? —Se atreve a esbozar una sonrisa.

«El muy idiota.»

—¡Me has mamado el dedo!

Cal estalla en carcajadas, dejando caer la cabeza hacia atrás de la gracia que le ha hecho.

«¡¿Que te ha mamado el dedo?!»

«De todas las cosas absurdas que podrías haber dicho...» Me ruborizo. La risa de Cal no me ayuda, y me pongo todavía más roja.

—Te volvería a mamar el dedo con gusto si me dejas —bromea, moviendo las cejas.

Primero lo atravieso con la mirada, y un segundo más tarde le arrojo un *cupcake* directamente a esa boca ridícula. Fallo el tiro y le doy en la mejilla.

Cal para de reírse y abre mucho los ojos.

—¿Me acabas de arrojar un *cupcake*?

La respuesta se me muere en la garganta cuando el *cupcake* comienza a resbalarle por la cara, dejándole un rastro de crema de mantequilla en la barba antes de precipitarse al suelo.

Me da un ataque de risa que hace que me ardan los pulmones y me lloren los ojos.

Él se limpia la mejilla con el pulgar.

—Más te vale correr.

—¿Por qué iba a correr?

Me devora con los ojos mientras se mete el pulgar en la boca.

—Uno...

Pongo los ojos en blanco.

—En serio, ya detenteo. Tengo que seguir con esto. —Señalo todos los *cupcakes* que aún no tienen cobertura.

—Dos...

Agarra un *cupcake* terminado del tóper y le da vueltas en la mano.

—No te atreverás.

La sonrisa que esboza hace que el cuerpo me tiemble de entusiasmo.

—Ya sabes lo que me pasa cuando me retas a algo.

«Ni de broma.»

Aprovecha mi distracción y se abalanza hacia mí. Me aparto de un salto y salgo corriendo de la cocina antes de que pueda alcanzarme.

Cal y yo nos pasamos años perfeccionando el juego de las traes, así que a estas alturas soy toda una experta en esquivarlo. La mansión es como un laberinto de pasillos largos y habitaciones. Me duelen los pulmones cuando tomo el pasillo principal antes de girar a la izquierda, y el pulso se me acelera mientras recorro la casa como un cohete.

Los calcetines no me ofrecen demasiado agarre, y me resbalo por el parqué al doblar una esquina.

Quizá yo sea más espabilada, pero Cal es más rápido, y apenas le cuesta alcanzarme a pesar de mis esfuerzos por zafarme de él.

Me rodea la cintura con los brazos y, sin darme tiempo a procesar lo que está pasando, me levanta y me aprieta contra una pared.

—¿No nos enseñó tu madre que no se juega con la comida?

Su sonrisa hace que el corazón me dé un vuelco. Cierro los ojos hasta dejar apenas dos rendijas.

—Has empezado tú.

—Pues entonces es justo que sea yo también quien lo termine.

Me acerca el *cupcake* a la cara.

—Callahan Percival Kane, te juro por Dios que como...

Procede a aplastarme el *cupcake* contra la mejilla con una mueca siniestra.

—¡Te odio! —aúllo mientras me lo arrastra por la piel, dejándolo sin crema.

—Y luego dirán que la venganza no es dulce.

—Te voy a matar —mascullo.

—Pues entonces más me vale hacer que merezca la pena perder la vida por esto. —Se le ensombrece la mirada ante mi reto, y un tono negruzco consume poco a poco el azul.

—¿Qué estás...?

Me interrumpe cuando se inclina hacia mí y me pasa la lengua por la cobertura que tengo en la mejilla. Es posible que necesite que alguien me resucite, porque sé que no voy a salir de esta viva. Me fallan las rodillas, pero el brazo de Cal funciona como un arnés alrededor de mi cintura y me impide caer.

Se detiene para lamerse los labios, limpiándose la crema rosa claro. Cierra los ojos un instante, y no pienso desperdiciar la oportunidad. Recojo el montón de crema que tengo en la mejilla y se lo esparzo por su patética sonrisa.

Cal abre los ojos de golpe.

—Tienes razón. La venganza es dulce. —Esbozo una sonrisa tan ancha que me duelen las mejillas.

Él baja la vista hacia mis labios, la única advertencia que me hace antes de aplastar su boca contra la mía.

«Maldición.»

No hay nada sosegado en nuestro beso. Es desesperación, pasión, familiaridad. Sus labios son un fusible que hace que se me encienda el cuerpo como el cielo nocturno en Nochevieja. Nuestros cuerpos se funden y yo le rodeo el cuello con los brazos. Él me agarra de las caderas con fuerza suficiente para dejarme marcas en la piel.

Hundo las manos en su pelo y jalo lo justo para hacerlo jadear. Saco la lengua para quitarle la cobertura de los labios, y Cal me embiste con un gruñido. Los músculos de la barriga se me tensan al notar la presión de su miembro erecto. Suspiro, y él se aprovecha de la situación. Introduce la lengua en mi boca, jugando conmigo hasta convertirme en poco más que un montón de gimoteos.

Lo más dulce de nuestro beso es la crema que aún tiene en la lengua. Pierde por completo la poca contención que le quedaba y sale a la luz el verdadero Cal. Me hunde los dedos en el cabello mientras me besa igual que coge, como un salvaje con una sola misión: hacer que me venga.

Como si me hubiese leído la mente, baja la mano hasta el borde de mi camiseta. Me roza el vientre con los dedos y me arranca un gemido que se traga con los labios.

Con las puntas de los dedos acaricia la piel de gallina que se me extiende hasta...

—¿Mami? —La voz de Cami resuena por los techos altos antes de que se oiga un portazo cerca.

Abro los ojos de golpe. Cal sale despedido hacia atrás, pisando el *cupcake* abandonado con el pie. Se gira hacia el pasillo vacío antes de soltar una exhalación entrecortada.

—Mami, ¿dónde estás? —La voz de Cami suena más cerca esta vez.

Algo cambia dentro de él y el ardor de su mirada se convierte pronto en otra cosa.

«Arrepentimiento.»

Ya he visto las señales antes. Los puños apretados. La mirada esquiva. Esa forma de pasarse la mano por la boca, como si pudiera borrarse mi sabor de los labios.

Se me encoge el corazón.

«¿Qué esperabas que iba a ocurrir si lo besabas?»

Yo no lo he besado.

«Bueno, pero tampoco te has negado.»

Se pasa una mano por el pelo.

—Alana...

No sé qué es lo que me afecta más, si que me llame por mi nombre completo para poner algo de distancia o que evite mirarme a los ojos cuando lo dice. Me ahorro los problemas de oírle darme alguna excusa barata, sobre todo porque no estoy segura de que mi corazón pueda soportarlo.

—Hagamos como si no hubiera pasado.

—Pero...

—Los dos nos hemos dejado llevar. No le demos más vueltas.

—Claro. —Su largo suspiro de alivio me perfora un agujero directo al corazón.

—¿Puedo comerme un *cupcake*? —La voz de Cami cada vez está más cercana.

Miro el dulce aplastado en el suelo con un suspiro.

—Tengo que irme... —murmuro.

Me rezago con la patética esperanza de que diga algo. Pero no despega los labios.

En lugar de quedarme allí esperando algo que no va a ocurrir, me giro y me marcho. El vacío de mi pecho se ensancha con cada paso que me aleja de él.

He pasado años tratando de llenar el vacío que Cal me dejó cuando me abandonó la primera vez, y no pienso permitir que un beso eche a perder todo el esfuerzo.

Da igual lo alucinante que haya sido ese beso.

Cal se esfuma a la casa de invitados y me deja sola reproduciendo el beso en mi cabeza de cien maneras distintas. No sé cómo consigo terminar con el resto de los *cupcakes*, aunque el proceso me parece mucho menos disfrutable ahora que soy incapaz de separar a Cal del sabor de la crema de guayaba.

La vergüenza me envenena todos los pensamientos y me hace cuestionarme si he sido la única afectada de verdad por el beso.

«Por supuesto que a él también le ha afectado.»

El problema es que no quería que le afectara.

Intento despejar la cabeza viendo un capítulo nuevo de una de mis series favoritas. Me sirve durante unos diez minutos. Cuando la pareja empieza a besarse, pierdo todo el interés en continuarla. Opto por cambiar rápidamente a un drama procesal que llevo unos años siguiendo.

No hay nada que represente mejor mi zona de confort televisiva como un buen asesino en serie fuera de control.

El teléfono me vibra sobre la mesa de centro, así que lo desbloqueo y leo el mensaje que Delilah ha enviado a nuestro grupo con Violet.

> **Delilah:** Miren quién está viendo
> el último capítulo de *La última rosa*
> conmigo.

Adjunta una foto de Wyatt y ella con mascarillas y la televisión de fondo. No me van ese tipo de *realities*, pero la idea de tener a alguien así, que quiera ver conmigo mi serie favorita, hace que se me encoja el pecho. La vida de Delilah está a años luz de mis noches solitarias viendo la televisión por mi cuenta.

«Pues haz algo para solucionarlo.»

El pensamiento de salir con alguien me da casi tanto miedo como la posibilidad de acabar sola. Pero si sigo viviendo aterrorizada por lo que podría salir mal, me voy a pasar el resto de mi vida así, recitando de memoria frases de una serie de televisión.

Me merezco algo más que eso, y tengo intención de volver a salir al mercado.

Lo que pasa es que todavía no sé cuándo.

20
Cal

Dejo la botella de vodka con brusquedad en la encimera y la contemplo con manos temblorosas. Por un lado, quiero bebérmela hasta que ya no note el sabor de Lana en la lengua. Por otro, me siento como si en cierta manera la estuviese traicionando.

«Perder el conocimiento no soluciona nada.»

Y quedarme aquí sentado, leyendo un libro para huir de la realidad, tampoco. Todos tenemos nuestras estrategias para afrontar los problemas, y resulta que la mía está en el fondo de la botella.

Vacilo mientras me sirvo una copa.

«Le dijiste a Lana que limitarías la bebida por ella.»

Sí, bueno, pero ya lo dicen: situaciones desesperadas...

Me olvido del vaso y bebo directamente de la botella. El primer sorbo era para borrar el gusto de la crema de guayaba de Lana que aún tenía en la lengua. El alcohol no es precisamente un buen sustituto, pero el sabor elimina cualquier rastro de dulzor de mi boca. Con el segundo trago quería olvidarme de la sensación de los labios de Lana contra los míos, pero no lo consigo. La perfección del momento. Los recuerdos que me ha despertado cuando se han rozado nuestros labios. Las ansias de repetir el beso una y otra vez, en esta ocasión sin niñas que nos interrumpan.

Apenas recuerdo el resto de la noche. Cuando me doy cuenta, falta una cantidad importante de vodka y el sol ha empezado a salir.

Esta es la sensación que busco. El entumecimiento. La quietud de mis pensamientos. La capacidad de fundirme con la oscuridad durante un rato y escapar de mis problemas.

No soy consciente de cuánto he bebido hasta que me despierto al día siguiente a las dos del mediodía con un dolor de cabeza tremendo.

—Carajo. —Cierro con fuerza los ojos.

Solo consigo dormir otra hora antes de que el estómago vacío me declare la guerra. Me arrastro fuera de la cama y me doy una ducha rápida para limpiarme el alcohol que me supura por cada poro.

Aunque mi intención era terminar hoy con la buhardilla, creo que lo mejor es que de momento evite la casa del lago.

«Porque tienes miedo.»

Carajo, claro que tengo miedo. Lo último que quiero es encontrarme con Lana después de lo de anoche, sobre todo con este aspecto de resaca que llevo.

Así que, en lugar de dirigirme a la casa, me subo en el coche y conduzco hasta Main Street en busca de algo de comida. Mis opciones se limitan al Angry Rooster o al Early Bird, ya que los sitios más atractivos están llenos de turistas que acaban de llegar a pasar las vacaciones de verano.

Por mucho que me tiente evitar a Isabelle tras el incidente con Wyatt, tendré que verla en algún momento. Me parece justo después del numerito que monté en su restaurante. Además, me niego a pasarme lo que queda de verano cocinándome yo todos los días.

Entro en el local con la cabeza bien alta y una sonrisa de

oreja a oreja. Isabelle se gira hacia la campanita que tintinea encima de mí y frunce el ceño.

—Muy valiente por tu parte presentarte aquí otra vez después de lo que pasó la última vez.

Levanto las manos en actitud de derrota.

—Vengo en son de paz.

Ella arquea la ceja derecha.

—No tengo claro si sabes lo que significa esa palabra. Intentaste estrangular al héroe de nuestro pueblo.

Me cuesta horrores no poner los ojos en blanco al oír cómo le va en la vida a Wyatt.

—Siento haber echo un numerito la última vez que estuve aquí. No estuvo nada bien por mi parte generar tantos problemas en tu negocio, y prometo que no se repetirá. Lo juro por mi honor de *boy scout*. —Levanto tres dedos.

Isabelle guarda silencio mientras me fulmina con la mirada.

—Por favor, apiádate de mí y de mi estómago vacío —añado, juntando las manos en gesto de súplica.

Ella pone una expresión de desdén.

—Deja de lloriquear y siéntate antes de hacerme quedar mal. —Me señala un reservado junto a la ventana con vistas a Main Street.

De los faroles cuelgan banderolas que anuncian el próximo Festival Strawberry al que en un acto de estupidez decidí ofrecerme voluntario. Isabelle deja caer una carta sobre mi mesa con un golpe seco y se va a buscarme un jugo de naranja. Hojeo la carta y opto por el sándwich de pavo antes de sacar el celular para escribirle a Iris.

Yo: ¿Qué haces?

Iris: Búscate una vida.

Pongo los ojos en blanco.

> **Yo:** Muy bonito, Declan. ¿Sueles
> invadir con frecuencia la privacidad
> de Iris?

Iris: Solo cuando le escribes
mientras está tomando una siesta.

> **Yo:** ¿Desde cuándo toma siestas?

Iris: No se encontraba bien.
> **Yo:** Ya la llamaré más tarde.

Sin Iris para entretenerme, no me queda otra que jugar al *Candy Crush* hasta que Isabelle considera que merezco que me tome nota.

—¿Qué quieres? —Se lleva una mano a la cintura, y yo le devuelvo la carta.

—Un sándwich de pavo y papas fritas, por favor —contesto, e Isabelle anota el pedido en su libretita antes de irse.

Un hombre de pelo blanco con muletas intenta abrir la puerta con dificultad, así que me levanto y voy a ayudarlo.

—Tú. —Pone una mueca.

—Sheriff Hank. —Sonrío—. Qué agradable sorpresa.

—No puedo decir lo mismo. —Entorna los ojos.

—No me diga que sigue guardándome rencor por aquel incidente que Lana y yo tuvimos con su patrulla.

—Solo le rayé el coche con el retrovisor, pero nunca me lo ha perdonado.

Sujeto la puerta mientras él entra en el restaurante con las muletas y niega con la cabeza.

—No deberías haber vuelto. Esa chica ya ha aguantado bastante entre Víctor y tú.

Se me borra la sonrisa de la cara.

—¿Víctor?

Hank arruga la frente y aprieta los labios.

—¿Quién demonios es Víctor? —le pregunto en voz baja.

«¿Sería el chico con quien viste a Lana besándose cerca del Last Call?»

Hank intenta rodearme, pero le bloqueo el paso. Él levanta la vista con una mueca.

—Apártate.

—No hasta que me digas quién es Víctor y qué tiene que ver con Alana.

«Ya sabes quién es.»

Cierro con fuerza los puños. Hank resopla mientras trata de esquivarme, pero se lo impido todas las veces. Me atraviesa con la mirada.

—Detente o llamo a comisaría para que te arresten por alteración del orden público.

—Pídeles que me aprieten menos las esposas esta vez.

Le pongo las manos delante de la cara.

—¿De verdad quieres saberlo?

Se me erizan los pelos de los brazos.

—Sí.

—Tú ganas. Víctor era un tipo con el que Alana estuvo saliendo unos meses después de que muriera su madre.

«Ahí tienes la respuesta.»

Se me encoge el corazón. «Mierda.»

—¿Y qué tenía de malo?

—Acabarías antes preguntando qué tenía de bueno. Con ese tipo te saltaban todas las alarmas, pero aquí nadie le prestó atención hasta que ya fue demasiado tarde.

Noto un regusto a bilis en la garganta.

—¿Qué pasó?

—No me corresponde a mí contártelo. —Aprieta con fuerza los labios.

—¿Y por qué lo has nombrado?

—Porque como molestes a Alana, te echaremos del pueblo igual que a él.

Trago saliva para deshacer el nudo que tengo en la garganta.

—No he venido a complicarle la vida.

—Más te vale, si no quieres afrontar las consecuencias.

—¿Qué consecuencias?

—Reza por no tener que descubrirlo nunca.

21
Alana

Le doy una patada a la rueda ponchada antes de tambalearme sobre los talones. Agito los brazos, pero apenas recupero el equilibrio unos segundos antes de caerme de trasero y tirar el tóper de cocadas que he estado preparando durante una buena parte de la noche para la graduación de Cami.

—¿Pasa algo, mami?

Respiro hondo por la nariz antes de girarme hacia ella. Está lindísima con el birrete ladeado y la toga en miniatura que arrastra detrás de ella como si fuera un vestido de boda. Si hubiese prestado atención a las lecciones de costura de mi madre, a lo mejor podría habérselo arreglado.

La opresión que tengo en el pecho desde esta mañana empeora al acordarme de mi madre.

«Te echo muchísimo de menos, mami.»

—Tengo que pedirle a alguien que nos lleve. —No me veo capaz de cambiar una rueda yo sola.

—¿Vamos a llegar tarde? —me pregunta ella, perdida ya la sonrisa.

Echo un vistazo a la hora en el celular.

—No si puedo evitarlo.

Como siempre me gusta llegar temprano a todo, procuro tener tiempo suficiente para solucionar emergencias de última hora. Con Cami he aprendido que todo es posible: un jugo que se vierte, un calcetín favorito que ha desaparecido, un viaje al baño.

Decido llamar primero a Delilah. Me salta el buzón de voz, así que vuelvo a llamarla con la esperanza de que fuera un problema de cobertura. El buzón de voz salta otra vez al momento.

—Mierda —musito.

Cami se lleva las manos a la boca. Abro el monedero con dedos temblorosos y le doy un dólar.

—¿Por qué no vas a meterlo en el bote de las groserías por mí? —le pido.

—¡Sí! —Agarra el dólar de la mano y entra corriendo en casa, y por poco no se tropieza con la orilla de la toga.

Wyatt es la siguiente persona de mi lista de emergencias, pero también me salta el buzón de voz. Llamo a Violet en un último acto desesperado, cruzando los dedos por que responda. Pero, igual que con Delilah y Wyatt, ella tampoco contesta.

—¿Por qué no me contesta nadie?

Maldigo y le doy otra patada a la rueda. Le dije a todo el mundo que estuviera allí media hora antes de...

«¡Espera!»

Me doy una palmada en la frente. Cuando hay algún evento en Lake Wisteria que reúne a más de cincuenta personas, la cobertura de la zona desaparece por completo, probablemente porque sobrecargamos la única torre de telefonía del lugar. Nos pasa todos los años justo antes del Festival Strawberry.

—Carajo. —Me jalo el cabello y siento una punzada de dolor que me despeja un poco—. ¿Qué hago ahora?

«Podrías empezar por relajarte.»

Abro la aplicación de vehículos compartidos e introduzco las coordenadas de la escuela de Cami. El conductor más cercano está a un pueblo de distancia y tardará treinta minutos en llegar. El pánico me oprime el pecho y hace que cada respiración sea todo un desafío.

Un rayo de sol se refleja en el techo del reluciente coche de Cal y me llama la atención.

«No. No lo pensarás en serio.»

Ojalá no lo pensara en serio. Si evitar a Cal fuera un deporte olímpico, yo sería medallista de oro. Desde el beso de hace unos días, he hecho todo lo que estaba en mi mano para no acercarme a él.

«Busca otra opción.»

No hay otra opción. Es la última persona a la que querría pedirle un favor, pero estoy desesperada. Si no nos lleva él, no llegaremos a tiempo a la graduación de Cami.

Hundo los talones en la grava mientras recorro el camino de la entrada en dirección a la casa. Localizar a Cal no me lleva más de un segundo, en parte gracias a la risita de Cami. Sigo el sonido de sus voces hasta la sala, donde lo encuentro de rodillas recolocándole el birrete torcido a Cami.

—Ya está. Mucho mejor. —Cal le da un golpecito al borde del birrete con una sonrisa en los labios.

—¡Gracias, Col!

Se me ensancha el corazón al ver a Cami abrazando a Cal y dándole un golpe en la cara con la borla del birrete.

Mi risita atrae la atención de Cal. Nuestras miradas se cruzan y él abre mucho los ojos.

—¿Qué pasa? —Me meto un mechón de pelo detrás de la oreja.

—Estás preciosa —contesta con voz grave.

—Uuuh. ¡Mami te parece preciosa! —Cami nos mira a los dos con un brillo en los ojos.

—Carajo, creo que es la mujer más guapa del mundo.

Las mariposas vuelven a mi estómago, y su aleteo interminable me genera un zumbido en el bajo vientre.

—¿En serio? —El grito estridente de Cami combinado con los corazones que le salen de los ojos me pone alerta.

Él no aparta la vista de mí cuando dice:

—Totalmente.

Rompo el contacto visual.

—Uy, Cal ha dicho una grosería.

Cami grita de alegría cuando Cal le da sin mirar un billete de cien dólares sin quitarme los ojos de encima. Ella sale disparada hacia la cocina, dejándonos a solas.

Su mirada se oscurece a medida que la arrastra por mi cuerpo, y convierte la calidez que noto en el pecho en un volcán. Para la ocasión especial de Cami, he decidido ponerme un vestido de verano de flores que me favorece muchísimo y me realza los pechos y mis tacones favoritos, que duelen como un demonio si estoy de pie mucho rato. Las dos tiras finas de ante que me envuelven las pantorrillas me cortan la circulación de los pies casi por completo, pero para presumir hay que sufrir.

«Merece la pena.» Cal me mira de tal forma que estaría dispuesta a que los diez dedos de los pies se me pusieran morados.

Sus ojos se centran en mi calzado.

—Carajo.

—¿Qué pasa? —Bajo la vista, pero no veo nada raro.

—Lo que daría por tener tus piernas con esos tacones alrededor de mi cintura. —Alza la mirada.

«Dios mío de mi vida.»

Recorta la distancia que nos separa antes de arrodillarse frente a mis zapatos.

—¿Qué haces? —El corazón me bate contra el pecho y me resuena en los oídos.

—Como sigas llevándolos tan apretados, te vas a desmayar. —Me pasa los dedos por una de las pantorrillas inflamadas. Me tambaleo en cuanto me toca detrás de la rodilla, así que alargo el brazo para apoyar una mano en su hombro.

Ante un simple roce de sus dedos por mi pierna tengo que morderme el interior de la mejilla para no gemir.

—Están bien.

Cal no me da opción a decidir cuando empieza a desatar con cuidado las primeras tiras. Caen al suelo y forman una montañita desordenada junto a mi pie.

Él me frota las marcas rojas de las piernas con el ceño fruncido.

—¿No te duele?

—¿Qué más da, si me quedan bien?

Me traza pequeños círculos con los dedos para masajearme las pantorrillas hasta que queda satisfecho con el resultado. Respirar se me hace imposible, y el anhelo que siento entre las piernas se intensifica con cada segundo que pasa.

Para cuando termina de atarme otra vez el primer zapato, me estoy agarrando a su hombro como si me fuera la vida en ello.

—¿Estás bien? —me pregunta, y esboza una sonrisa.

—Sabes muy bien lo que estás haciendo —le respondo, entornando los ojos.

Lo que no sé es por qué. Visto lo rápido que se marchó después de nuestro primer beso, pensaba que tendría las manos quietecitas y evitaría errores futuros.

«Pues parece que ya se le ha olvidado.»

La sonrisa se le ensancha cuando me pasa un dedo por la piel de gallina de las piernas. Le empujo esa ridícula cara sonriente, y por poco me caigo de trasero antes de que él me estabilice.

Repite el mismo gesto en la otra pierna, hasta que me hace jadear. Como continúe así, este tira y afloja entre los dos va a acabar volviéndome loca.

«Por eso precisamente debes evitarlo.»

Se pone de pie, pero la imagen de él arrodillado frente a mí vivirá por siempre en mis sueños. Abre la boca, pero lo interrumpe el golpeteo de unas zapatillas sobre el parqué.

Cami vuelve corriendo al salón.

—¿Va a venir alguien a buscarnos, mami?

—No —contesto, y ella pierde la sonrisa.

—¿Por qué?

—¿Puedo pedirte un favor? —le pregunto a Cal, y escondo las manos para que no vea cómo me tiemblan.

Él frunce el ceño.

—Dime qué necesitas.

«Una prueba de cordura no estaría mal para empezar.» Me quito ese pensamiento de la cabeza.

—¿Me prestarías tu coche? Se me ha ponchado una llanta y nadie me contesta el teléfono, y quería buscar un vehículo compartido, pero...

Cal abre los ojos hasta el límite.

—¿Quieres conducir tú mi coche?

—Mmm, a ver... —Le señalo la marca de la licorera en el bolsillo delantero, ignorando la dolorosa opresión del pecho.

—Son las nueve de la mañana —dice en voz baja.

«Carajo. Lo has ofendido.»

—Sí, pero...

Él levanta una mano.

—Que sí. Lo que quieras. Puedes llevártelo.

—¡Viva! —Cami da una palmada.

Dejo caer los hombros y la tensión desaparece junto con la adrenalina acumulada.

—Gracias.

Cal me da las llaves.

—Lo que sea por ti.

Cinco palabras. Seis sílabas. Un puñetazo en el estómago.

No permito que el impacto de sus palabras se me refleje

en la cara. Pero me ha devuelto al pasado sin salvavidas, me ha abandonado ahogándome en los recuerdos de todas las veces que me pronunció esas cinco palabras.

«Lo que sea por ti», me dijo cuando se rompió el brazo intentando bajar mi cometa de un árbol.

«Lo que sea por ti», gruñó después de recogerme antes de tiempo de mi primerísima cita con Pete Franco, un cabronazo que no hacía honor a su apellido.

«Lo que sea por ti», me susurró con la voz rota cuando lo obligué a prometerme que no regresaría jamás a Lake Wisteria, consciente de que no sería capaz de volver a resistirme a él, sin importar las drogas o el alcohol.

La realidad es una mierda, y noto como me escuecen los ojos por las lágrimas no derramadas.

«El pasado, pasado está.»

Detengo mis emociones y me centro en mi hija, que necesita que me concentre en el presente.

Cami me espera dentro para no sudar mientras le preparo la sillita del coche. Cal tiene el asiento trasero tan atestado que me queda medio cuerpo fuera del coche mientras me esfuerzo por pasar el cinturón por los agujeros.

—¿Está todo bien?

El calor de su aliento en el cuello hace que se me pongan los pelos de punta.

—De maravilla. —Reniego cuando la hebilla del cinturón me da un golpe en los nudillos.

—Trae, deja que te ayude.

Cal se me aprieta contra la espalda y pasa por encima de mí para echarme una mano con el cinturón. Nuestros cuerpos encajan como dos imanes, con un magnetismo que es imposible ignorar.

Contengo el aliento cuando se me pone la piel de gallina por todo el cuerpo. Él me pasa el pulgar por encima de los pelos de punta y me arranca otra exhalación entrecortada.

—Para de hacer eso.

Suelto el cinturón para que se encargue él solito, pero no me deja espacio para escaparme, y opta por seguir trabajando a mi lado. No tarda demasiado en entender el proceso.

—Listo.

Doy un salto al oír su voz y le rozo la entrepierna con el trasero. Abro los ojos de par en par al mismo tiempo que él deja escapar un gemido.

«Lo que faltaba.»

22
Cal

Lana intenta empujarme, pero estamos colocados de tal forma que lo único que consigue es presionarme el paquete con las nalgas. Se queda paralizada debajo de mí con un gemido apenas audible.

Mi miembro, ya semierecto por lo que ha pasado en la casa, reacciona al contacto. La sangre me bombea directamente hacia la raíz de mi problema más reciente.

—¿Estás...? —No logra terminar la frase.

—Llevas el mismo vestido que te pusiste para nuestra primera cita —contesto, como si eso lo explicara todo. El vestido le queda aún mejor que por aquel entonces, y siento celos de los cabrones que tengan oportunidad de verla hoy.

—No sabía... —Me mira por encima del hombro y arruga la frente—. Espera. ¿Te acuerdas de lo que me puse aquella noche?

Sé lo que se le debe de estar pasando por la cabeza, teniendo en cuenta lo enganchado que estaba a las pastillas.

—Me acuerdo de todo.

Bajo la vista hasta su boca. El recuerdo de esos labios apretados contra los míos me provoca un hormigueo. Lana saca la lengua para humedecerse el labio inferior, y yo siento la tentación de cambiar su lengua por la mía.

El beso de la otra noche vive en mi cabeza sin pagar alquiler. Por mucho que intente distraerme, siempre acaba volviendo a ocupar la primera fila de mis pensamientos.

¿Qué habría pasado si me hubiese quedado?

¿Y si hubiésemos hablado del beso en vez de huir de allí?

¿Y si la hubiera besado de nuevo sin tener en cuenta futuros arrepentimientos?

En lugar de eso, bebí hasta que me resultó físicamente imposible recorrer el camino de vuelta a la casa para volver a besarla.

—¡Mami! ¿Ya estás?

Doy un salto. Lana me empuja otra vez y me obliga a salir del coche y a alejarme de la tentación de sus labios.

«Supongo que es lo mejor.»

—Ven a sentarte, que te abrocho —dice Lana con una voz más ronca de lo habitual mientras le hace un gesto a Cami para que se acerque.

Mientras Lana abrocha a Cami, yo guardo el tóper de las cocadas en la cajuela. La tensión incómoda que hay entre Lana y yo empeora cuando nos metemos en el vehículo. No permito que nadie conduzca mi coche, y mírame, aquí estoy, dejando que Lana haga algo que tienen prohibido hasta mis hermanos.

«Solo porque no confía en ti al volante.»

Tamborileo con los dedos sobre mis muslos en un intento patético por distraerme de la presión insoportable que se me acumula en el pecho.

Jamás pondría su vida y la de Cami en peligro. Que se le pueda llegar a pasar por la cabeza... me rompe el puto corazón.

Esos pensamientos intrusivos desaparecen de inmediato en cuanto Lana quema llanta al salir de la finca. Las ruedas chirrían y se oye un claxon cuando Lana determina que tenía preferencia, aunque yo sé a ciencia cierta que no, ni por asomo.

Utilizo por primera vez en mi vida las agarraderas del coche mientras ella se abre paso por el pueblo. No hay demasiadas señales de stop ni semáforos, pero Lana consigue frenar siempre de la misma forma, con la brusquedad suficiente como para provocarme un latigazo cervical.

El corazón me martillea contra el pecho.

—Conduces como un loco.

Ella se ríe.

—Qué culpa tendré yo de que cambie de ámbar a rojo tan rápido.

—¡Ibas a más de sesenta cuando se ha puesto ámbar!

Se encoge de hombros y yo me seco el sudor de la frente.

—¿Cómo es posible que no te hayan quitado la licencia?

—Probablemente por lo mismo por lo que tú te libraste de la cárcel después de estrangular a Wyatt.

Me quedo boquiabierto.

—Eres un peligro.

—Todavía no he tenido ni un accidente.

—Porque la gente del pueblo sabe que debe evitar la carretera cuando tú estás suelta.

Lana chasquea los dedos.

—Eso explica muchas cosas. Ahora entiendo por qué nunca encuentro embotellamientos.

—Claro, porque los embotellamientos los forma la gente huyendo de ti —repongo.

Ella se ríe hasta que se pone colorada y le lloran los ojos. Me embelesa tanto ese sonido como la expresión de su rostro cuando se gira hacia mí con una sonrisa preciosa.

«No tienes remedio.» Me muerdo la mejilla por dentro para reprimir un gruñido.

Lana por fin me mira de reojo cuando se estaciona delante de la escuela de Cami.

—Gracias por dejarme el coche.

—Lo que sea por ti —contesto, y le ofrezco una especie de saludo militar.

Ella endereza la espalda.

«Ya es la segunda vez que le pasa, no entiendo por qué.»

Lana no me da tiempo a analizar lo que he dicho antes de abrir la puerta y bajarse del coche.

—Vamos, Cami. Dale las gracias a Cal.

—¡Gracias! —exclama, y da una palmada en el asiento de atrás.

—Vamos a sacarte de aquí. —Lana agarra los dulces de la cajuela mientras yo ayudo a Cami. Tras dos intentos fallidos y un momento en el que casi me apuñala con una esquina del birrete, llego a la conclusión de que los coches de dos puertas y los niños son incompatibles.

Cami finalmente se baja del coche con la toga hecha un desastre y el gorro otra vez torcido. No sé cómo se las ha arreglado para arrugarse tanto la ropa en un trayecto de cinco minutos, pero tampoco negaré que me ha impresionado.

Aunque la toga está ya fuera de toda salvación, hago lo que puedo para ayudarla con el birrete.

—Me recuerdas a tu madre —le digo sin pensar.

Cami me mira con unos ojazos azules.

—¿De verdad?

—Uy, muchísimo. Ella también era una niña salvaje como tú. —Le guiño un ojo.

Cami deja escapar una risita, un sonido tan inocente que no puedo evitar sentir una calidez y una opresión en el pecho al mismo tiempo. Me mira con una sonrisa bobalicona, y yo le devuelvo el gesto.

Noto un hormigueo en un lado de la cara, y al girarme veo a Lana mirándome con una expresión extraña.

—¿Todo bien?

Ella carraspea.

—Sí, solo me acabo de dar cuenta que he dejado la cámara. —Voltea hacia su hija—. Vamos a darnos prisa antes de que tu maestra se preocupe.

—¿Vienes? —Cami me ofrece una mano para que se la tome.

La contemplo sin saber qué decir.

—No, Cal está ocupado —responde Lana antes de darme tiempo siquiera de sopesarlo.

Alzo la vista hacia ella y veo que está moviendo la mandíbula.

—Sí, eso. ¿Necesitan que las recoja cuando acaben?

Ella niega con la cabeza.

—No, gracias. Wyatt y Delilah pueden llevarnos a casa.

—¿Y qué pasa con la sillita? —le suelto.

—La recogeré mañana, si te va bien.

—Sin problema.

Espero sentir una oleada de alivio cuando se alejan, pero el corazón se me encoge y me invade una sensación de anhelo, profundo y prohibido. El mismo anhelo que llevo años sin permitirme sentir.

«Esto es lo mejor.»

¿Y entonces por qué me duele tanto ver a Cami y Lana entrar en la escuela mientras yo me quedo aquí como si no importara nada?

«Porque no importas nada.»

Intento quitarme esta sensación de encima y montarme en el coche, pero vacilo delante del vehículo.

Una parte de mí quiere entrar con ellas. Es una parte ínfima, pero nada desdeñable, y me pone de los putos nervios. Así que hago lo que mejor se me da.

Huir.

Hago todo lo posible por ceñirme a actividades no alcohólicas, como comprarme un sándwich y comer temprano o elegir un libro nuevo en la librería, pero nada alivia la opresión del pecho.

No recuerdo el trayecto hasta uno de los bares turísticos del otro lado del pueblo, como tampoco recuerdo todos los vodka-tonics que me tomo después para embotar mis emociones.

«Adiós a lo de contenerse.»

Me he esforzado al máximo, pero no tengo poder sobre el alcohol ni sé controlarme bajo un estrés extremo. No me siento en paz hasta que se me nubla la visión y se me vacía la mente.

Se acabaron los pensamientos sobre Lana.

Se acabaron los pensamientos sobre Cami.

Se acabaron los pensamientos sobre cómo podría haber sido mi vida si no la hubiera cagado hace seis años.

Solo estamos yo, el ritmo de la música que sale de los altavoces y el alcohol que cura todos mis problemas.

Siento el mundo como si alguien lo hubiera inclinado cuarenta y cinco grados. Salgo entre tambaleos del vehículo compartido y consigo recorrer el acceso de entrada a la casa sin caerme de bruces. Me cuesta tres intentos abrir la puerta. La oscuridad dentro de la casa es absoluta, y tropiezo con mis propios pies.

Choco con una pared, aunque en realidad la pared es una mesa que se inclina con mi peso antes de caerse hacia atrás. Lo que hubiera sobre la superficie de madera se rompe, y el eco amplifica el horroroso sonido.

Tuerzo el gesto.

—Mierda.

Me quedo inmóvil en la oscuridad por miedo a lo que puedo encontrarme si enciendo la luz. Si es que consigo llegar al interruptor.

Como si la casa me hubiese leído la mente, se enciende

una luz sobre mi cabeza. Flores de todos los colores, formas y tamaños ocupan el parqué, rodeadas por mil pedazos de cristal.

—Dios mío. —Lana está en la parte alta de la escalera—. No, no, no.

—¡Lana! —grito—. ¡Te echaba de menos!

Un hombre debe ser siempre sutil.

Su expresión de desconcierto da paso a un gesto de ira.

—¿Estás borracho?

Niego con la cabeza.

—Un poco feliz.

—¿Se puede saber qué haces aquí? Tú duermes en la casa de invitados.

—Pasaba a saludar. —Levanto la mano y la saludo como un idiota.

Ella respira hondo.

—No te muevas. Voy a ponerme unos zapatos y bajo.

—Anda, que tú puedes, cariño —la animo, y me gano una mirada asesina.

No sé cuánto tarda en ponerse los tenis, pero yo miro la pared inmóvil, preguntándome cómo he terminado en medio de este problema.

Lana. Cami. La graduación.

Me doy un golpe en la frente.

—Claro. Ha sido eso.

—No puedo creer que me estés haciendo esto ahora. —Lana frunce el ceño mientras baja la escalera, y pone una cara aún más larga mientras examina el desastre que he hecho.

Me estremezco.

—No quería romperlo.

Los ojos se le llenan de lágrimas y le brillan bajo el candelabro. No soporto ni su expresión ni el silencio que se extiende entre nosotros mientras contempla los restos de cristal.

—Te compraré uno nuevo. Te lo prometo.

—No quiero uno nuevo. Quiero este —me espeta.

—Lo siento. —Hago pucheros. Un día vi a Cami haciendo lo mismo y le funcionó automáticamente con Lana, así que a lo mejor yo también tengo suerte—. Ha sido un accidente.

—Los accidentes son inevitables, pero emborracharse no.

—Tienes razón. Ha sido una mala decisión.

—Sí, una mala decisión que no dejas de tomar. Por Dios, Cal. Tienes treinta y tres años, compórtate como tal. —Señala el sitio exacto en el que estoy—. No te muevas de ahí.

Desaparece por una esquina antes de volver un minuto más tarde con una escoba, un recogedor y un bote de basura. Su ira es como un fuego que quema todo el oxígeno de la habitación mientras yo espero, inútil y en silencio, al tiempo que ella barre todos los restos hacia la esquina opuesta.

—¿Quién te ha regalado las flores? —Señalo la mezcla de flores silvestres que hay en el suelo—. ¿Un tipo?

«Finísimo, Cal. No va a sospechar nada.»

Ella sacude la cabeza y sigue barriendo.

—No pienso hablar de esto contigo ahora mismo.

—¿Por qué? ¿Porque tengo razón?

—Porque estás borracho y te estás comportando como un imbécil celoso por alguien que no tiene ninguna importancia.

—¿Y qué pasa si estoy celoso?

—¿Por qué deberías estarlo?

—Porque...

—¿Porque qué? —Me lanza una mirada inquisitiva.

Me muerdo la mejilla por dentro para conservar la poca dignidad que me queda después de perderla prácticamente toda ésta noche. Ella se cansa de esperar y comienza a barrer con más ahínco, haciendo que algunos de los cristales salgan disparados por el parqué.

—¿Te has molestado siquiera en volver a rehabilitación? —me pregunta tras un larguísimo minuto de silencio. Lo dice con indiferencia, pero se le nota la tensión en los hombros mientras barre.

—Por supuesto —me río—. ¿Te atreverías a deducir cómo me fue? —Intento inclinarme, pero tengo tan poca coordinación que por poco me caigo hacia delante. Esta vez no tengo mesa que me salve, de modo que agito los brazos hasta que recupero el equilibrio.

«Patético, Cal. No podrías ser más patético.»

Ella me mira con una expresión que no logro interpretar, dada la cantidad de alcohol que me corre por las venas.

—No quiero compadecerme de ti, pero me das lástima.

—Eso es exactamente lo que todo hombre quiere oír de la mujer a la que ama.

Lana parpadea una vez, dos, tres veces antes de ser capaz de formar una frase completa.

—Y esa es la señal de que tienes que irte a la cama.

—¿Me acompañas?

Me agarra del brazo y me conduce escalera arriba hacia mi antigua habitación mientras masculla algo entre dientes que no consigo entender. Caminamos juntos hasta mi cama. Mi centro de gravedad se desvía cuando le doy un golpe al suelo con la punta del zapato, y desequilibro también a Lana.

—Ups. Culpa mía. —Me río.

Su hondo suspiro hace que se me parta el alma. Me guía hasta la cama sin más incidentes. Cuando aterrizo por fin en el colchón de espuma, la agarro de la muñeca antes de que pueda escaparse.

Le acaricio el interior del brazo y le arranco un sutilísimo resuello.

—Lo siento.

Ella intenta liberarse, pero la sujeto con fuerza.

—Para de disculparte.

—¿Por qué?

—Porque las palabras tienen significado, y tú las banalizas con tus actos.

Aflojo la mano y ella aprovecha la ocasión para soltarse. La grieta de mi pecho se expande y deja a la vista el vacío que hay dentro.

«Vamos, a dormir la mona.» Es lo último que me dice antes de cerrar la puerta de mi habitación, dejándome solo con mis demonios.

23
Cal

Me despierto a la mañana siguiente con un dolor de cabeza tremendo y la necesidad de esconderme de Lana después de lo de anoche. A diferencia de mi padre, yo no soy un borracho agresivo, pero sí un borracho imbécil que no sabe morderse la lengua. Para colmo de males, le rompí el jarrón a Lana y luego tuvo que limpiarlo ella.

Me tapo con un cojín para amortiguar un gruñido de frustración.

«El único culpable de tu comportamiento eres tú.»

La puerta de mi habitación chirría y se abre. Asomo la cabeza por debajo del cojín, esperando ver a Lana en el umbral.

—¡Hola! —grita Cami.

La cabeza me da un latigazo como respuesta.

—Vamos a hablar con nuestras voces interiores.

—Perdón —me susurra a gritos.

«Casi.»

—¿Dónde está tu madre?

¿Y cómo puedo esquivarla lo que queda de día?

—Está con la comida.

«¿Ya está con la comida? ¿Cuánto tiempo he dormido?»

—¿Y tú qué haces aquí? —Me incorporo. Sigo con lo que llevaba puesto anoche, que parece haberse pasado una semana en el fondo del cesto de la ropa sucia.

—Mamá me ha dicho que no te encontrabas bien.

Echo la cabeza hacia atrás.

—¿En serio?

—Sí. La he oído decirle a la tita Dee por teléfono que estabas en una hamaca.

Me río a carcajadas, pero me arrepiento al instante del dolor de cabeza que me provoca.

—Que estaba de «resaca», querrás decir.

Estoy empezando a tomarle cariño a esa sonrisa tonta y desdentada que tiene.

—¿Qué es una resaca?

«Y por eso no deberían permitirte que te acercaras a los niños.»

Me aclaro la garganta.

—Es cuando la gente toma malas decisiones por la noche y luego por la mañana no se encuentra bien.

Ella arruga la frente.

—¿Como cuando comes mucho chocolate y te duele la barriga?

—Exacto. Justo eso.

Ojalá mis problemas se debieran a pasarme con el chocolate. Es mucho menos perjudicial y más disfrutable, lo cual me parece un plus.

—¿Y qué puedes hacer para ponerte bien?

Suspiro.

—No sé si me pondré bien nunca.

—¿Por qué no?

—Porque me pongo mal muy a menudo. —Por muy triste que sea admitirlo.

Cami me mira sin una pizca de suspicacia.

—¿Con resaca?

—Sí.

Que tenga mucha tolerancia al alcohol cuando estoy bebiendo no significa que sea inmune a los efectos del día siguiente. Simplemente he aprendido a gestionarlos mejor.

«Y a disimularlos.»

—¡Ay, espera! ¡Ya sé lo que te puede ir bien! Espérame aquí, Col.

—Cal. Me llamo Cal —insisto.

—Bien, Cal —responde, pero sigue pronunciándolo más bien como «col». Puede que llegue a entenderlo algún día, pero no será hoy.

Cami sale corriendo de la habitación y deja la puerta abierta de par en par. Sus pies descalzos repiquetean contra el parqué mientras recorre el pasillo.

Me tienta irme ahora mismo para no tener que seguir charlando con la niña. Me duele tanto la cabeza que creo que sería lo mejor.

«O también podrías tener la decencia de entretener a la hija de Lana después de lo de anoche.»

Ganar algunos puntos con Lana no estaría de más. Aunque los niños no sean lo mío, estoy dispuesto a fingir un rato si así hago feliz a Cami y, de rebote, también a Lana.

Así que, resistiéndome a todas las células de mi cuerpo que me dicen que huya de aquella niña sin mirar atrás, me quedo en la habitación, esperando a que la mocosa vuelva con lo que crea que me ayudará a recuperarme. Con un poco de suerte será un frasco de ibuprofeno y un vaso de agua.

Giro la cabeza al oír que alguien llama a la puerta. El corazón se me acelera tanto que oigo mi pulso en los oídos.

Lana se apoya en el marco de la puerta.

—¿Tienes un minuto?

Trago saliva para deshacer el nudo que tengo en la garganta.

—Claro.

Entra en la habitación y cierra la puerta. Me mira con

una expresión vacía e impertérrita, y siento como si mi estómago estuviera preparado para purgarse de la comida del bar de anoche.

—Lo de anoche no puede repetirse.

Dejo caer la cabeza.

—No, desde luego.

—Me he adelantado y te he quitado la llave.

Aprieto con fuerza el edredón.

—Lo entiendo.

—No creo que seas capaz de entenderlo. —Me habla con un tono más afilado que una navaja.

Ignoro los nervios que noto en el abdomen y me centro en ella.

—Sobre el jarrón...

—¿Qué pasa? —me pregunta con frialdad.

—Tengo pensado comprarte uno nuevo hoy.

—¿En serio crees que puedes compensar tan fácil haberme roto el jarrón de mi madre?

La miro estupefacto.

—¿Era de tu madre?

«De todo lo que podías romper, tuvo que ser algo que era de su madre...»

Lana deja escapar una exhalación entrecortada.

—Sabía que era un error acceder a que vivieras aquí. Debería haberme arriesgado a fiarme de los abogados y dejar que un juez decidiera. Pensé que quizá tendrías un poquito de sentido común y te comportarías, pero es evidente que pedía demasiado. ¿Cómo se te ocurrió entrar en casa a esas horas?

Me toqueteo el pelo.

—No pensaba con claridad.

—Nunca debería haberte dado una llave.

—Lana...

—No. No me vengas con esas y esperes que me olvide de lo que ha pasado.

—No quiero que te olvides de nada. Intento pedirte perdón.

—Bueno, pues puedes agarrar tus disculpas y metértelas por el trasero junto con todas las demás tonterías que dices.

Cierra la puerta de un golpe antes de darme ocasión siquiera de disculparme.

—¡Ya he vuelto!

Cami entra en la habitación como un torpedo. La puerta se estampa contra la pared y hace que salte un pedazo de yeso del techo.

«La cosa parece bien.»

—Acuérdate de lo de la voz interior. —Pongo una mueca.

—Sí, perdón. —Da saltitos alternando los pies.

—¿Qué traes?

—Te he hecho algo para que te mejores —dice, apretándose una hoja contra el pecho.

—¿Qué es?

Me indica con el dedo que me acerque. Valoro la posibilidad de inclinarme, pero al final opto por arrodillarme.

A Cami se le ilumina el rostro cuando despliega la hoja.

—¡Tarán!

Tuerzo el gesto ante la punzada de dolor que me invade el cráneo.

—¿No te gusta? —Su sonrisa cede un poco, a punto de desaparecer por completo.

—Sí, es que me duele la cabeza.

—Ay, perdón. —El labio inferior le tiembla.

Al echarle un vistazo al papel, el corazón se me dispara como una catapulta. Es el dibujo más simple del mundo, con un corazón grande y torcido que ocupa casi toda la hoja. Dentro de la forma roja ha dibujado dos monigotes rubios. Uno tiene garabatos en los brazos, mientras que el otro, el más pequeño, tiene un cuerpo en forma de triángulo que representa un vestido. Debajo del corazón, Cami me ha escrito un mensaje:

Ponte bien, Col.

Estallo en carcajadas mientras paso el dedo por encima de mi nombre. No puedo decir que lo haya visto escrito así antes.

—Me encanta.

A Cami se le ilumina la cara como un castillo de fuegos artificiales imposible de ignorar.

—¿De verdad?

—Es el mejor dibujo del mundo. —Esbozo una sonrisa sincera.

Alguien inspira hondo. Alzo la vista del rostro de Cami y veo a Lana observándonos con los ojos abiertos de par en par.

—Hola. —Le ofrezco una media sonrisa.

—¿Qué está pasando aquí? —pregunta, entrando en la habitación.

—Le he hecho un dibujo a Col para que se sienta mejor.

Cami se gira para mostrarle a su madre la hoja.

—¿Ah, sí? —La tensión en la voz de Lana casa a la perfección con su postura rígida—. ¿Qué le pasa?

Cami se pone colorada.

—Tiene una resaca.

Lana me fulmina con la mirada, como si fuese culpa mía haberle enseñado a su hija esa palabra. Levanto las manos en actitud de sumisión.

—Te ha oído hablando por teléfono de una hamaca, así que a mí no me mires.

Lana se gira hacia Cami.

—Es un detalle por tu parte. —Le da unos golpecitos en la cabeza a su hija, revolviéndole aún más los mechones de pelo.

—¿Te encuentras mejor? —Cami me mira con esos ojazos azules suyos.

—Totalmente. Ya me siento mucho mejor.

Aunque es posible que el dolor de cabeza y las náuseas tarden todavía un rato en irse, la opresión que siento en el pecho desde que me he levantado parece pesar un poco menos.

Cami suelta un gritito y se aplasta el dibujo contra el pecho, arrugando el papel.

—¡Sabía que funcionaría!

Me da un tic en el ojo al oír su tono agudo. Me froto discretamente la sien para intentar reducir parte de la presión.

—¿Por qué no vamos a darnos un chapuzón y dejamos a Cal tranquilo?

Cami sale corriendo de la habitación, gritando de alegría.

—Gracias. —Me pongo de pie.

—No lo he hecho por ti —me escupe Lana antes de seguir a Cami, dejándome allí para que el silencio me atormente.

Trato de entretenerme organizando lo que queda en la buhardilla, pero me distraigo fácilmente con el ruido que se oye al otro lado de la ventana. La opresión del pecho vuelve con más fuerza al ver a Cami y Lana junto al lago. Me asaltan cientos de recuerdos de Lana y yo haciendo lo mismo, a diferencia de que entonces Lana estaba todo el rato dentro del agua, no fuera.

El sol cae a plomo donde se ha sentado en el muelle y le produce una especie de brillo cálido sobre la piel tostada. Se protege los ojos mientras vigila a Cami con una sonrisa de oreja a oreja que hace años que no le veo.

La sensación de anhelo de ayer vuelve, esta vez con mucha más intensidad. Necesito estar allí abajo con ellas.

«Mira lo que pasó la última vez que necesitaste algo que no te correspondía.»

El pensamiento hace que recupere la cordura y decido escapar, volver a la casa de invitados. Pero, en cuanto pongo un pie fuera, veo que el coche de Lana sigue en el camino de acceso, con la llanta ponchada más plana que un hot cake. Antes de cambiar de idea, agarro las llaves de Lana del mueble de la entrada y me pongo a cambiar la rueda. Es una idea arriesgada, sobre todo si tenemos en cuenta que mi experiencia con las ruedas se limita a los domingos que me paso viendo la Fórmula 1 con Declan e Iris.

Solo me hacen falta cinco minutos al sol para darme cuenta de que los mecánicos de la televisión la tienen muy fácil con sus taladros eléctricos y gatos de elevación rápida. A diferencia de los tipos que aparecen en directo, la realidad es mucho menos sexy, más lenta.

No empiezo muy bien, pero gracias a YouTube, al Adderall y a mi negativa a dejar que una rueda de mierda pueda conmigo, cambio el neumático ponchado por el provisional que hay en la cajuela de Lana.

Aunque la cabeza me palpite y tenga el estómago especialmente delicado después de la hora que me he pasado al sol, decido llevar el coche al mecánico. Como no quiero dejarla sin vehículo por cuestiones de seguridad, vuelvo al pueblo con un coche compartido y recojo mi DBS antes de regresar a la casa del lago. Le dejo una nota, las llaves y la sillita de Cami por si necesita el coche antes de volver al pueblo.

Entro en el taller.

—Hola, necesito que me cambien una rueda.

El mecánico me mira de arriba abajo antes de seguir viendo un drama coreano en la televisión del rincón.

—¿Puedes ayudarme? —Me paro frente al mostrador.

—Claro. Hoy lo tenemos todo lleno, pero vuelve mañana si te parece. Temprano. —Esta vez no aparta los ojos de la televisión.

Echo un vistazo al horario que tiene impreso justo detrás y entrecierro los ojos.

—¿Mañana abres siquiera?

—Sí.

Señalo el cartel. Tiene el valor de arrancarlo y hacer una bola antes de tirarlo al bote de basura. Aprieto con fuerza los dientes.

—Estoy dispuesto a pagar lo que haga falta por tenerlo listo hoy.

El tipo me mira, con la maquinaria claramente funcionando dentro de su cabeza, antes de negar.

—Lo siento, Sal. Ojalá pudiera ayudarte.

—Pero no lo harás. —Dejo las llaves de Lana sobre el mostrador—. El coche que hay afuera y que quiero arreglar es el de Alana. Échale un vistazo si no me crees.

El mecánico junta sus cejas canas.

—¿En serio? ¿Por qué no has empezado por ahí?

Pongo los ojos en blanco y le digo que escoja la mejor rueda. Él desaparece con las llaves de Lana antes de volver unos diez minutos más tarde para informarme de que las otras tres están desgastadas y que también hay que cambiarle el aceite. Le doy el visto bueno para que arregle lo que considere necesario para que Cami y ella vayan seguras. Me lanza una mirada extraña antes de adentrarse en el taller.

Dos horas más tarde, salgo del taller con una factura kilométrica y habiéndome quitado de encima un peso que notaba desde hacía días. El trayecto hasta casa es rápido. Entro en la finca y dejo el coche de Lana estacionado donde siempre antes de llamar al timbre.

Sale con mis llaves agarradas con fuerza en el puño. A

juzgar por la mandíbula tensa y los brazos cruzados, no creo salir impune, aunque haya arreglado el coche.

Respira hondo.

—He leído la nota. No tenías por qué hacerlo.

—Era lo mínimo que podía hacer después de lo de ayer.

—Bueno, pues gracias —dice en voz baja, como si admitir su agradecimiento en voz alta fuera a tener más impacto.

—No hay de qué. Le he pedido al mecánico que cambiara también las otras tres porque no quería que te pasearas por ahí lloviendo con unas ruedas gastadas.

—¿Ah, sí? —Mira el coche y después a mí.

—Sí. Además, ha decidido cambiarte el aceite y ponerte unos limpiaparabrisas nuevos.

Lana se tapa la boca.

—¿Te parece bien? —le pregunto, confuso.

Ella asiente, con los ojos vidriosos aún clavados en el coche. Le devuelvo las llaves.

—Bueno, ya te he robado demasiado tiempo.

Nos intercambiamos las llaves. Las yemas de sus dedos me rozan la palma de la mano y siento una descarga eléctrica por la piel.

—Gracias. Ha sido un detalle que me hayas ayudado con el coche.

Cierra la puerta antes de darme oportunidad de responder. No esperaba otra cosa después del incidente de anoche, pero una parte de mí deseaba algo más. No tengo claro el qué, pero algo más. Lo único que sé es que la seguridad que he sentido antes ha vuelto a dar paso a una nueva sensación de vacío, solo que esta vez decido no ahogarla en alcohol. Es un castigo buscado que acepto con los brazos abiertos, consciente de que es culpa mía que Lana esté disgustada.

Esta noche no me voy a la cama borracho y aturdido, sino bien despierto y furioso con mi abuelo por haberme puesto en la situación que sabía que ocurriría si me hubiese quedado la última vez.

No puedo remplazar el jarrón que rompí. Intentarlo es inútil, pero el domingo por la mañana me voy al centro comercial que hay a una hora del lago con la esperanza de encontrar algo que compense ese accidente ebrio.

Dar con un jarrón es fácil. Las posibilidades son infinitas, y escojo el más caro y bonito. A Lana no le importará en absoluto el precio, pero tal vez mis esfuerzos no pasen desapercibidos.

Mientras el cajero me envuelve con cuidado la compra para que no se rompa, me doy una vuelta por el resto de la tienda. Me llama la atención una batidora amasadora de color rojo cereza que hay en una estantería alta. Pienso en Lana y en su batidora de mano prehistórica antes de avisar a la dependienta y pedirle que la cargue a mi tarjeta.

No quiero comprar el perdón de Lana.

Lo que quiero es apostar por su sueño, aunque ella haya dejado de hacerlo.

Como Lana me quitó la llave cuando estaba borracho, no me queda otra que tocar al timbre y esperarla. En algún momento, dejo la pesada batidora en el pórtico y me balanceo sobre las puntas de los pies mientras ella se toma su tiempo para responder.

La puerta se abre con un chirrido y ella me mira desconcertada.

—¿Qué quieres?

—Vengo a reparar los daños causados. —Le entrego la bolsa con el jarrón.

—¿Con regalos? —Observa la bolsa con el ceño fruncido.

«Me atrevería a decir que los regalos no forman parte de su lenguaje del amor.»

Mi esperanza muere junto con la ilusión que pudiera hacerme la batidora. Me pongo delante de la bolsa antes de que la vea con la del jarrón todavía en la mano.

—Sé que no puedo sustituir lo que rompí, pero quería comprarte un jarrón nuevo de todas formas.

Lana no hace ademán de agarrarlo.

—¿Con qué fin?

—Estoy intentando solucionar un problema que yo provoqué, no generarte más.

—Pues entonces arregla lo que importa de verdad, que ya te voy adelantando que no es el jarrón.

—Yo... —Me olvido de lo que iba a decir.

—¿Qué sentido tenía volver a rehabilitación si ibas a empezar a beber otra vez en cuanto salieras?

Siento como si alguien me hubiera partido el corazón en dos con unas cizallas hidráulicas.

—El problema es que había perdido la razón para dejar de beber.

Lana arruga la frente.

—¿El qué? ¿El dinero? ¿El hockey? ¿Las ganas de vivir una vida normal?

—A ti, Lana. Te perdí a ti.

24
Alana

Sacudo la cabeza tan fuerte que veo borroso.

—No te atrevas a presentarte aquí y culparme de tu adicción.

Él me sujeta la barbilla y me obliga a mirarlo a los ojos.

—No te estoy culpando. Te estoy siendo sincero sobre lo que ocurrió la última vez.

—¿Qué última vez?

Cal tensa los dedos con los que me sujeta la barbilla.

—Volví. Aunque te prometí que no lo haría, volví de todas formas porque era un idiota ingenuo y optimista.

Contengo el aliento.

—¿Cuándo?

—Justo antes de que desconectaran a mi abuelo.

—Pero eso fue... —«Hace más de dos años.»

«No.»

La expresión de su rostro es como una daga que me atraviesa el corazón.

—Al principio no lo creí. —Cal baja la vista. La tensión hace que todos los músculos bajo la camisa se le pongan rígidos—. Pero entonces te vi con mis propios ojos besando a aquel tipo, Víctor, justo al lado del Last Call.

Entorno los ojos.

—¿Quién te ha hablado de él?

Él tuerce el labio superior con desagrado.

—¿Acaso importa?

Aparto la mirada. El pecho le sube y le baja cuando respira hondo.

—¿Sabes qué? No debería importar, porque esa no es la cuestión.

Cierro los ojos.

—¿Y cuál es?

—Que aquella noche te fallé por última vez.

Vuelvo a sacudir la cabeza tan fuerte que se me agita el cerebro.

—¿Cómo? Ni siquiera sabía que estabas en el pueblo.

—Porque en lugar de luchar por ti, por nosotros, opté por la opción más fácil. Por la que me resultaba más familiar. Por la equivocada. En lugar de enfrentarme a mis problemas, quise ahogarlos en alcohol hasta que ya no sintiera más dolor. Hasta entumecer la parte de mi cerebro que te vio en brazos de otro hombre. Fue una cagada monumental después del esfuerzo que me había costado dejar de beber, pero no fui capaz de detenerme. No quería. Me habían quitado la razón principal para dejarlo, que era exactamente lo que mi abuelo dijo que pasaría.

Se muestra totalmente vulnerable ante mí, y me resulta imposible replicarle en este momento.

—Sé que eché a perder nuestra oportunidad de tener algo más —continúa él—. Fui muy egoísta al intentarlo siquiera esa última vez, sabiendo en qué estado mental estaba yo y que estar juntos podía acabar para siempre con nuestra amistad.

—¿Y por qué te arriesgaste? —La pregunta que me obsesiona sale disparada de mi boca, junto con toda precaución por mi seguridad.

Cal respira hondo. Se me forma un nudo en el estómago, tan apretado que me duele. Él me mira fijamente a los ojos.

—Porque siempre he pensado que estábamos hechos el uno para el otro. A lo mejor elegí mal el momento, pero eso no cambia que no hay ninguna persona en el mundo a la que desee más que a ti.

Cada vez me cuesta más respirar.

—Estaba ganando tiempo porque nunca era el momento adecuado para nosotros. Tres años ya no parecen tanto, pero por aquel entonces me parecían toda una vida. Cuando cumpliste los dieciocho, yo ya era un perdedor de veintiún años con una temporada de rehabilitación a las espaldas. Yo era un puto desastre y tú eras... —Se interrumpe.

—Como digas «virgen», te doy un puñetazo.

Cal se reía de mí hasta que una noche me harté y me relacioné con un tipo de fuera del pueblo. Estuvo una semana entera de mal humor, algo poco habitual en él.

—Perfecta. Eras perfecta. —Me pasa los nudillos por la mejilla.

Dentro las mariposas.

—Teníamos tantísimos sueños... Uno de los dos tendría que renunciar a los suyos, y no quería eso para nosotros. No quería arriesgarme a que me guardaras rencor cuando fuéramos mayores. —Pierde la sonrisa—. Supongo que, visto lo visto, era una excusa barata.

—No te guardo rencor. Solo quiero cortarte la respiración y ver cómo te pones morado de cuando en cuando.

—En las circunstancias adecuadas, me encantaría hacer realidad esa fantasía. —Me guiña un ojo.

—Claro. Nuestra palabra de seguridad puede ser «más».

Cal estalla en una carcajada pura y desenfadada, y me mira como...

Como antes.

—Esto es lo que echaba de menos. —Nos señala con una sonrisa—. Sé que no puedo volver atrás en el tiempo y cambiar lo que hice la última vez que estuve aquí. Y sé que suena horrible, pero tampoco me arrepiento, aunque te perdiera a ti en el proceso. Porque prefiero saber lo que significa tenerte durante un verano que no haberte tenido nunca.

Siento como si el corazón estuviera a punto de implosionarme, sobre todo con lo que dice a continuación.

—Hemos empezado este verano con mal pie, pero espero de corazón que podamos volver a ser amigos. Al menos mientras esté aquí.

—¿Amigos? —El suelo bajo mis pies se derrumba.

Él me lee la expresión de la cara como si fuera su libro favorito.

—Sé que ayer la cagué muchísimo.

—No te imaginas cuánto.

—Me alegro de tenerte cerca para que no se me suba a la cabeza.

—Considéralo mi contribución a la sociedad. No podemos tener a alguien como tú paseándose por el pueblo con un ego del tamaño del lago Michigan.

—Pues entonces no está todo perdido, si todavía tengo el lago Superior por encima.

Aprieto los labios en un intento pobre por ocultar una sonrisa. Él suspira.

—Mira. Sé que pedirte que volvamos a ser amigos es pasarse...

«Sí, porque no hace ni una semana que me diste un beso que me dejó sin aliento.»

—Pero espero que podamos encontrar la forma de llevarnos bien mientras esté aquí —termina.

Me muerdo el labio inferior mientras sopeso su propuesta. Ser amigos establecería unas expectativas. Nos pondría unos límites que, con un poco de suerte, evitarían que cometiéramos alguna estupidez.

«Claro, porque eso funcionó de maravilla la última vez que estuvo aquí.»

Ahora soy más espabilada. Por aquel entonces, la emoción de estar juntos me atrofió el sentido común. Ahora estoy más preparada. He evolucionado. Desprenderme de la ira que siento hacia él sería una señal de madurez.

«No confiar en él y en su adicción no es una señal de inmadurez, sino de experiencia.»

Las experiencias que he sufrido no solo con él, sino también con mi hermana. Las experiencias que me han enseñado todo lo que sé sobre vivir con seres queridos que sufren adicciones.

Abro la boca con la intención de rechazar su propuesta de amistad, pero entonces aprieto con fuerza los labios. Él no es el único que echa de menos nuestra amistad.

Yo también.

Me balanceo sobre los talones.

—Si quieres que volvamos a ser amigos, tenemos que poner unos límites.

—¿Como cuáles?

—Si vuelves a emborracharte como la noche de la graduación de Cami, se acabó. Para siempre.

Cal traga saliva sonoramente.

—Hecho.

Vaya. Esperaba más resistencia por su parte.

—Y nada de besos. —Las palabras salen atropelladamente de mi boca.

Él curva los labios en una sonrisa sexy.

—Me pides mucho, pero puedo intentarlo.

—Has sobrevivido mucho tiempo sin ni siquiera intentarlo, así que supongo que puedes aguantar sin otro desliz. —Se me calientan las mejillas al recordar lo de la semana pasada.

—Eso era antes —dice con voz grave.

—¿Antes de qué?

—De saber lo que se siente al tenerte debajo. —Me vuelve a acariciar la cara con los nudillos. El aire que nos separa crepita, y se me pone la piel de gallina.

Ha sido una estupidez pensar que podríamos llegar a ser amigos. Es algo del todo imposible cuando con un simple roce de la mano me provoca una reacción así en el cuerpo.

Lo odio. Me encanta. No debería permitir que se repitiera.

Me despejo la cabeza con una sacudida breve.

—¿Sabes qué? Olvídate. No podemos ser amigos.

Él retrocede, llevándose su calidez y el hormigueo que me recorre la columna.

—¿Por qué no?

—Porque no has aguantado ni cinco minutos sin coquetearme.

—A ver, estás condenándome al fracaso si esperas que dure cinco minutos contigo.

Lo miro de arriba abajo.

—Qué decepción, pero no me sorprende.

Se pone rojo como un tomate en cinco segundos exactos.

—No me refería a eso.

—Oye, no te avergüences. Ahora eres mayor, lo entiendo. Seguro que con las pastillas adecuadas puedes resolver ese problemita en un abrir y cerrar de ojos.

Cal da un paso hacia mí.

—No me avergüenza. Me enfurece.

Finjo un suspiro.

—Fragilidad masculina de manual.

—Lana.

Una palabra. Cuatro letras. Mil chispas saltándome de la piel cuando me agarra de la nuca y me atrae hacia su pecho. Nuestros labios separados por apenas unos centímetros, el calor de su aliento mentolado en la cara.

«Y ni rastro de vodka.»

Retuerzo los dedos sobre su pecho, y él me hunde los suyos en el cuello.

—Tengo que defender mi honor.

—Me sorprende que aún te quede algo que proteger.

Los ojos le brillan como si mil estrellas explotaran a la vez.

Lo estoy picando. Soy consciente de ello y, sin embargo, no soy capaz de parar, por muy alto que me grite la vocecita de mi cabeza que no puede salir nada bueno de esto.

Cal me sorprende al rodearme el pelo con la mano y lo jala como si de una soga se tratase hasta inclinarme la cabeza a un lado y que mis pechos se aprieten contra su torso. Arrastra la punta de la nariz por el lateral de mi cuello. Es un gesto erótico, de esos que, con un solo roce, te hacen sentir como si todo tu cuerpo pudiera arder en llamas. Me muevo con la intención de huir de esa sensación, pero entonces rozo sin querer la parte de su cuerpo que le he insultado.

«Mierda.»

Siento cada centímetro de su erección presionándome el vientre. Contengo el aliento, y él se ríe.

—Hablando de lo cual.

Su voz, ahora más ronca que antes, me estremece, no tengo claro por qué. Anhelo. Excitación. Desesperación. Las opciones son infinitas, cada una más peligrosa que la anterior.

—La tienes dura.

—Tan perceptiva como siempre.

Pestañeo incrédula.

—¿Por qué la tienes dura?

—Porque existes.

Sus ojos perforan un agujero directo a mi corazón, derritiendo el hielo que lo envuelve. Sacudo la cabeza en un intento por borrar la imagen de sus ojos grabada a fuego en mi alma.

—No deberíamos hacer esto.

Cal tensa los dedos que tiene entrelazados en mi pelo.

—Ya lo sé. —Me besa el punto sensible bajo la oreja con un suspiro.

Se me escapa un gemido antes de que pueda reprimirlo.

—No está bien. —El corazón me late con fuerza y declara justo lo contrario.

Él cierra los ojos, pero me da tiempo a percibir el dolor que esconden.

—¿Es eso lo que piensas de nosotros?

—Nunca he estado más convencida de nada —contesto sin pensar, y veo el impacto de mi respuesta escrito con claridad en su cara.

Me duele físicamente hacerle daño, pero no tengo otra opción. Arriesgarme a estrechar nuestra relación de cualquier forma significa poner otra vez en peligro mi corazón por alguien que ni siquiera tiene pensado quedarse a vivir aquí.

No estoy dispuesta a sobrevivir a otro desamor. Temo que el siguiente sea el que me rompa por dentro sin reparación posible.

Me suelta el pelo antes de dejar caer las manos como un peso muerto.

—Siento haberme pasado de la raya, entonces. Me... —balbucea—. Me he dejado llevar por el momento.

Se me forma un nudo en la garganta y el malestar del estómago me empeora; noto un sabor ácido, listo para purgarse y salir de mi cuerpo tembloroso.

Antes de poder contenerme, le presento una ofrenda de paz, una ofrenda ridícula de la que sé que me arrepentiré pero que no puedo retirar.

—Si quieres que seamos amigos, amigos de verdad, no puedes volver a sobarme así nunca más.

Su rostro no muestra emoción alguna.

—Pensaba que no querías que fuéramos amigos.

—Pues... he cambiado de idea.

—¿Por qué?

—Porque la única amiga que tienes en el pueblo es mi hija de cinco años y, sinceramente, es un poco triste.

Su expresión no hace más que ensanchar el vacío que tengo en el estómago.

—No necesito una amiga por pena.

—Tarde. Es un ojo por ojo especial de los Castillo.

Esta vez esboza una sonrisa sincera que se lleva la sombra de sus ojos.

—¿Significa eso que vas a ayudarnos a armar el barco?

Su entusiasmo es adictivo, y acabo diciéndole que sí. Pienso que me arrepentiré al momento, pero lo único que siento es un hormigueo en el pecho ante la idea de construir algo especial con Cami y Cal. Tal vez una actividad así nos vaya bien. Tal vez podamos cerrar viejas heridas y pasar página de toda la mierda que lleva acumulándose estos últimos seis años.

Me sostiene la mirada un poco más antes de retroceder otro paso.

—Debería irme. Mañana viene el contratista a primera hora.

Parpadeo dos veces antes de recuperar el sentido de las extremidades.

—Claro.

Me entrega la bolsa del jarrón antes de regresar al coche. Me distraigo tanto viéndolo irse que no me fijo en la segunda bolsa del pórtico hasta que va ya camino a la carretera.

Entro en la casa y coloco la primera bolsa encima de la mesa vacía bajo la escalera antes de volver a recoger la otra.

—¿Qué demonios será esto? —gruño por el peso. Me tiemblan los brazos cuando la dejo en el suelo junto a la mesa.

Primero desenvuelvo el jarrón. Es sencillo, elegante y exactamente lo que mi madre se habría comprado para ella. La segunda bolsa me sorprende. Me arrodillo en el suelo y saco una caja cúbica envuelta para regalo. Tiene un sobre blanco sujeto con cinta adhesiva encima, que corto con la uña para sacar una tarjeta.

A lo mejor tenía sentido eso que dijiste de que preferías hacer realidad los sueños de otra persona.

Cal

Con dedos temblorosos, rasgo el papel de regalo y dejo al descubierto una batidora profesional. Reconozco la marca como una de esas que estaban en mi lista de «no me lo voy a poder permitir en la vida pero tampoco le hago daño a nadie si me torturo mirándola».

Se me saltan las lágrimas, no por la batidora en sí, sino por la intención que hay detrás. Releo la tarjeta y las mariposas de mi estómago se descontrolan y se rebelan con más intensidad que la primera vez. La sensación no tiene nada que ver con la necesidad de quedarme hasta las dos de la madrugada cocinando esta noche, sino con el hombre que me ha provocado este entusiasmo.

Antes de acobardarme, saco el celular y le envío un mensaje a Cal.

Yo: Gracias por la batidora.

Cal: Agradécemelo
preparándome mi dulce favorito.

Yo: Hecho.

Esa noche me voy a la cama con la sonrisa más tonta del mundo en la cara, sintiéndome como no me había sentido en semanas.

25
Alana

Me despierto a la mañana siguiente emocionada y lista para reunirme con el contratista. Ahora que las cosas con Cal parecen haberse calmado, me siento más preparada para trabajar con él en la casa.

Me enfrento a la rutina matutina casi con la misma energía que Cami. Sus ganas de empezar el campamento de verano son contagiosas, y nos pasamos todo el trayecto en coche poniendo su canción favorita de la última película de princesas de Dreamland.

Renuncié a mi batalla contra los Kane y su imperio de cuento de hadas hace mucho tiempo. Era una lucha fútil, sobre todo cuando todas las amistades de Cami están obsesionadas con Dreamland y sus películas de princesas. Hasta yo debo admitir que las películas son bastante bonitas, aunque Cami y yo estamos de acuerdo en que no estaría de más que hubiera alguna protagonista colombiana, y se llevarían un punto extra si fuera de Barranquilla, como mi familia.

Cuando vuelvo a casa, no podría estar de mejor humor.

—¿A qué viene esa sonrisa? —Cal asoma la cabeza en la cocina.

Dejo caer el sartén que estaba limpiando en el agua jabonosa y paro la música que suena por la bocina portátil que hay sobre la encimera.

—Es el primer día de verano.

—Felicidades. ¿Qué piensas hacer primero?

Señalo los platos.

—Tengo que terminar con esto antes de que llegue el contratista.

Cal comienza a arremangarse la camisa de lino, dejando a la vista sus gruesos antebrazos.

—¿Te parece que lo vaya secando mientras friegas?

Alzo la vista de sus brazos.

—¿Por qué?

—Porque ya he acabado con la buhardilla y no tengo nada que hacer hasta que llegue el contratista.

—¿Ya está la buhardilla?

—Sip. —Agarra un trapo colgado del horno y se lo echa al hombro antes de girarse hacia mí.

No puedo evitar sonreírle.

—Te queda bien el modelito «amo de casa».

Él frunce los labios.

—A lo mejor Iris no iba tan desencaminada.

Tenso la espalda. «¿Quién demonios es Iris?»

Es la primera vez que le oigo pronunciar ese nombre, pero es evidente que es una persona que le importa mucho, a juzgar por cómo le brillan los ojos cuando la menciona.

Recojo el estropajo y me pongo a rascar los restos de huevo del sartén. Cal se coloca a mi lado y seca la olla que he fregado hace un minuto. El ruido del estropajo contra el metal hace que me duelan los oídos.

Él me da un codazo.

—¿Qué pasa?

—Nada.

—Iris siempre me dice lo mismo cuando está enojada.

—Habla con suavidad, y al alzar la vista veo que le siguen reluciendo los ojos.

«Será idiota.»

Froto con tanta fuerza que un pedazo del estropajo se rompe y cae al agua.

—¿Seguro que no te pasa nada? —me provoca.

—Que sí.

—Bueno, si insistes... No me gustaría poner en riesgo nuestra amistad tan pronto.

—Toma, anda. —Escurro el sartén y se lo doy para que se calle de una vez.

Él se inclina hacia mí y me susurra al oído:

—Es adorable que te pongas celosa por mi cuñada, pero, de verdad, no es necesario.

Lo miro perpleja.

—¿Tu cuñada?

—Iris Elizabeth Kane. Es decir, la mujer de Declan.

—¿Declan se ha casado?

Él asiente con una sonrisa.

—Con mi mejor amiga.

«Has hecho el ridículo.»

—Me alegro de que sean buenos amigos.

Arrugo la nariz y él me da un toquecito.

—A Declan tampoco le parece bien.

Reprimo una carcajada.

—¿Cómo está él?

—Insoportable, como siempre.

—Qué pena. Espero que por fin se haya animado a pasar por el quirófano para quitarse esa cara de amargado que tiene.

Cal echa la cabeza hacia atrás y se ríe a mandíbula batiente. Entre su sonrisa y la luz que entra por la ventana, no tiene nada que envidiarle al sol. Me acerco un poco más, desesperada por sentir el calor que solo él puede proporcionarme.

—Carajo, cómo te he echado de menos. —Me rodea con el brazo y me atrae hacia sí.

Se supone que es un gesto totalmente platónico, pero el hormigueo que siento de pies a cabeza no lo es, en absoluto. Cal tampoco parece estar pasándolo demasiado mejor, porque se inclina hacia mí y me huele el pelo cuando cree que no estoy mirando.

El corazón me late con fuerza y me impide oír con claridad.

El primer día como amigos va bien. No puedo esperar a ver lo que nos depara el futuro.

Ryder Smith, el contratista general de López Luxury, saca un metro.

—¿Empezamos con una visita de la casa?

Cal me mira con una sonrisa tensa que no se refleja en sus ojos.

—¿Lista?

Me tiembla el ojo derecho.

—Por supuesto.

Cal y yo procuramos mantener una distancia prudencial mientras le enseñamos a Ryder la casa. Las pocas veces que nos rozamos, uno de los dos reacciona por acto reflejo. No tengo claro si esto es lo que Cal tenía en mente cuando me sugirió que fuéramos amigos, pero espero que se nos pase.

Ryder no parece percatarse. No para de anotar cosas en su portapapeles mientras nos hace un montón de preguntas, algunas de las cuales no puedo responder.

Ryder se acuclilla cerca de la entrada a la cocina, donde el parqué da paso al vinilo.

—¿El parqué continúa por debajo?

Cal me mira como si tuviera que saber la respuesta.

—Recuerdo que mi madre me dijo que el propietario anterior cubrió los suelos de la cocina, así que creo que el suelo original sigue por toda la casa.

—Puedo pedirle a uno de mis chicos que eche un vistazo y nos lo confirme. Si son los suelos originales, solo tendremos que pulirlos, y nos ahorraremos muchísimo tiempo en comparación a que si tuviéramos que esperar un suelo nuevo.

—Al ponerla a un precio tan alto, ¿los compradores esperarán algo más moderno? ¿Mármol, quizá?

Cal se cruza de brazos y me ofrece una vista perfecta de las venas de sus antebrazos. Casi se me pasa lo que dice de lo distraída que estoy con aquel porno de brazos que tengo delante.

—¿Mármol? —pregunto.

—¿Qué le pasa al mármol? —Cal frunce el ceño.

—Que no combina con el estilo de la casa.

—Y el precio tampoco, pero eso no pareció importarte. —Sonríe.

Podría estrangularlo ahí mismo, con Ryder como único testigo. Tal vez por un precio justo estaría dispuesto a proporcionarme unos zapatos de hormigón.

Los ojos negros de Ryder pasan rápidamente de uno a otro.

—Si quisieran ponerle suelos de mármol a una casa de este tamaño, estaríamos hablando de una espera de seis meses, como mínimo, en función de nuestro proveedor.

Cal agita una mano en el aire.

—Pues nada, no nos sirve. Nos quedamos con los suelos originales.

Ryder entra en la cocina y Cal y yo lo seguimos de cerca. Se da una vuelta tomando notas en el portapapeles mientras hace diversos soniditos para sus adentros, algunos afirmativos y otros que hacen que se me ericen los pelos de los brazos.

Lo veo especialmente disgustado cuando se saca una herramienta minúscula y comienza a picar una maldita pared. Maldice entre dientes antes de girarse hacia nosotros.

—De acuerdo, ¿quieren primero la buena noticia o la mala noticia?

Cal se apoya en la isla con una sonrisa.

—¿Ha encontrado algo bueno en la casa? No lo puedo creer.

Le doy un pellizco.

—Primero la mala noticia, por favor.

—La casa tiene amianto.

«No, por favor.»

—Será broma. —Cal frunce el ceño.

—Es bastante frecuente en casas tan antiguas. Debemos avisar a una empresa de eliminación de amianto que trabaja con nosotros para que retiren con cuidado todas las fibras de paredes, suelos y aislamientos.

Cal saca el celular y empieza a documentarse, ignorando por completo mi exclamación de pánico.

—¿Van a tener que abrir las paredes?

—Es posible. Me niego a hacer más agujeros sin el equipo adecuado.

—¿Y cuál es la buena noticia? —Me froto las sienes.

—Que no debería llevar más de tres semanas, en función de lo que tarden en venir a retirarlo. Para cuando vuelvan, debería estar todo el amianto eliminado y podremos empezar con la demolición. Nos retrasará un poco respecto al calendario que barajábamos, pero así pueden dedicar más tiempo a elegir los acabados.

El mundo me da vueltas como si me acabara de bajar de un tiovivo.

—Uy, espere. ¿Cómo que «cuando vuelvan»? ¿Adónde nos vamos?

Ryder frunce el ceño.

—Ahora que hemos encontrado el amianto, no les recomiendo que sigan viviendo aquí hasta que los profesionales lo retiren.

—¿Por qué no?

Cal interviene, moviendo la mandíbula.

—Porque me niego a que vivan rodeadas de algo que les puede provocar cáncer.

—¿Cáncer? —Lo miro con los ojos desorbitados.

—Hagan las maletas, porque Cami y tú se vienen conmigo a la casa de invitados.

Cuando Ryder se va, hago mis propias búsquedas sobre los riesgos para la salud que supone el amianto mientras Cal toma la iniciativa y contrata a un equipo de eliminación para que empiecen el viernes, en cuanto yo vacíe el resto de la casa.

Solo tengo dos opciones de alojamiento temporal, y una la descarto automáticamente porque Violet tiene ahora mismo dos compañeros de departamento y ninguna habitación de invitados para una niña y para mí. La casita de dos habitaciones de Delilah y Wyatt es mi única opción; solo tengo que llamarla cuando salga del trabajo y preguntarle.

A Cal no parece hacerle demasiada gracia que ignore su orden de alojarme en la casa de invitados. Lleva toda la tarde siguiéndome, algo que me ha resultado tanto molesto como útil cuando tengo que alcanzar algo que está demasiado alto.

Me abro paso por el garaje con cuidado de no chocar con ninguna de las montañas de cajas que Cal ha preparado para la empresa de mudanzas. Me distraigo con su presencia y me tropiezo. Él me agarra del brazo antes de que me dé de bruces contra una fila de cajas.

—¿Quieres dejar de seguirme a todas partes? —Me suelto de un jalón.

—Hasta que no me prometas que no se quedarán aquí esta noche, no.

—¡De acuerdo, de acuerdo! —Levanto las manos—. Tampoco tenía pensado dormir aquí de todas formas.

Él frunce el ceño.

—¿Vendrán a la casa de invitados, entonces?

—Ni hablar.

Intento sin éxito alcanzar una maleta de la estantería superior, a pesar de hacer equilibrios de puntitas. Cal me rodea con los brazos y alcanza la maleta por mí. Reprimo un escalofrío cuando me roza el pecho contra la espalda, un hecho que no parece pasarle desapercibido cuando me desliza un dedo por la columna.

—¿Adónde irán, entonces? —me pregunta con cierta sequedad.

«Ah, ahora lo entiendo.»

Giro sobre los talones y nuestros pechos se tocan.

—No lo sé, pero ni de broma me meto en la casa de invitados contigo.

—¿Por qué no?

Levanto las manos.

—¡Porque es una malísima idea!

—¿Te preocupa no poder controlarte teniéndome cerca? —Su sonrisa marca de la casa aparece con fuerzas renovadas, y pone mi mundo patas arriba.

Mi risita irónica carece de su habitual lindura.

—Puedo controlarme sin problemas.

—¿Tú crees?

Me acaricia el labio inferior con el pulgar, provocándome una descarga eléctrica por la columna vertebral. Inclino patéticamente la cabeza hacia él.

«Quiero poner énfasis en lo de "patéticamente".»

Lo aparto de un empujón, pero con una fuerza cuestionable. Mis dedos me piden a gritos que lo agarre de la camisa y lo jale hacia mí, solo para notar el entusiasmo que me genera el contacto físico con él.

«Por eso no pueden vivir en la misma casa.»

Me libero de la jaula de sus brazos y me marcho de allí arrastrando las maletas al ritmo de las carcajadas de Cal.

Me paso el resto del día guardando lo más indispensable para Cami y para mí, algo que en sí mismo ya es agotador. No espero tenerlo todo empaquetado antes de que venga el equipo de eliminación de amianto.

No tengo demasiadas posesiones valiosas. Lo más importante que tengo resulta ser una caja de zapatos llena de recuerdos. Me subo a un taburete en mi vestidor y la busco. Está escondida detrás de un regalo de Navidad viejo que me olvidé de poner debajo del árbol hace unos años.

Paso una mano temblorosa por encima de la tapa polvorienta de la caja de zapatos antes de quitarla. Rebusco nerviosa entre las incontables fotos, entradas, algunas de las pulseras de hospital de Cal de todas las veces que acabó malherido por mi culpa, el chupón favorito de Cami y otros recuerdos de toda mi vida. Me parece agridulce que veintinueve años de recuerdos quepan en una sola caja de zapatos. Hubo una vez en que soñé con algo más para mí que este pueblo. Me encanta Lake Wisteria, lo digo de verdad, pero la idea no era que fuera la aventura, sino el destino final.

«Ahora por fin tendrás la oportunidad de hacer realidad tus sueños.»

Con el dinero que en teoría conseguiré con la venta de la casa, no hay nada que me impida viajar por el mundo y abrir aquí mi propia pastelería. Bueno, nada excepto yo misma. Las inseguridades asoman la cabeza en el peor momento, y me hacen cuestionarme si realmente tengo lo que hay que tener para triunfar.

«Nunca lo sabrás si no lo intentas.»

—¡Mami! —Cami entra en el vestidor.

Se me resbala la caja y cae al suelo bocabajo.

—¡Ay, no! ¡Lo siento! —Cami se pone de rodillas, levanta la caja y vacía todo el contenido.

—Yo lo recojo. No te preocupes. —Bajo del taburete.

Ella sostiene una foto con una sonrisa de oreja a oreja.

—¡Mira! ¡Son Col y tú de la mano!

De todas las fotos que podría haber recogido, ha tenido que ser la de Cal y yo en el Festival Strawberry hace seis veranos.

—Mmm. —Le quito la foto de las manos y la meto en la caja.

Ella ladea la cabeza.

—Mami, ¿te gusta Col?

—Éramos amigos.

—¿Amigos que se besan o amigos amigos?

«Por el amor de Dios.»

—Solo amigos.

Pone una expresión seria que no identifico.

—¿Qué pasa?

—Nada —responde con un tono que dice justo lo contrario.

«Debes tener más cuidado cuando Cami esté cerca.»

Cami es la última persona que debería hacerse ilusiones sobre nosotros. Pasara lo que pasase en el pasado entre Cal y yo, es solo eso: el pasado.

26
Alana

—Me preguntaba cuánto tardarías en tomar la decisión correcta. —Cal me aguanta la puerta con una sonrisa.

Yo cierro los ojos casi del todo.

—Con una condición.

—Tú dirás.

—No beberás delante de Cami.

Cal pierde la sonrisa.

—Claro que no.

Suspiro aliviada.

—Gracias.

—¡Hola! —Cami asoma la cabeza por detrás de mí.

—¡Vaya, Cami! —Cal se arrodilla para ponerse a su nivel.

Los ojos se le abren mucho cuando ella se le avienta al cuello y lo aprieta hasta que se pone rojo. Maldito sea mi corazón mil veces por cómo me palpita al verlos abrazarse.

Él se pone de pie.

—¿No se iban a quedar con Delilah y Wyatt?

—Tienen a la abuela de visita durante un mes —mascullo.

—¿Y Violet?

—Vive en un departamentito con dos compañeros.

—No hay nada que me guste más que ser la última opción. —Agarra la maleta y la mete dentro.

Yo lo sigo de cerca, observando las montañas de libros repartidas por el comedor.

—¿Desde cuándo lees?

Veo que le sube el rubor por el cuello y se engancha los pulgares en los bolsillos delanteros de los jeans.

—Me gusta tener la cabeza ocupada.

—¿Te has leído todo eso estas últimas semanas? —Debe de haber al menos cincuenta libros repartidos por la sala.

Él asiente.

—Vaya.

Se gira hacia mí.

—¿Necesitas ayuda para traer algo más?

—A ver si vas a arrepentirte de ofrecerte voluntario.

—Tampoco tengo nada mejor que hacer.

Cal se pasa la hora siguiente ayudándome a cargar cajas y bolsas llenas de cosas. Cuando terminamos, el suelo del comedor de la casa de invitados está repleto de juguetes. Los armarios de la cocina rebosan de comida y utensilios varios, y las habitaciones están hasta los topes de los objetos personales de los que no hemos querido prescindir, incluido el vibrador que guardo en mi mesita de noche. Me niego a dejarlo por ahí para que se lo encuentre un tipo cualquiera.

Cal desaparece mientras yo hago todo lo posible por conseguir que el nuevo cuarto de Cami sea acogedor, con su edredón de princesas, la lámpara de mariposa y luces led.

Cuando acabo, tengo ganas de hacer pis. Abro la puerta del lavabo más cercano a la habitación de Cami y me llevo un grito de mi hija, que está sentada en el baño y anuncia que le duele la barriga. Levantarla del retrete tras esa advertencia no es una opción.

Veo luz por debajo de la puerta del segundo baño, ubicado al final del pasillo. Giro la manija, pero la puerta no se abre.

—Dame un segundo. —La puerta amortigua la voz grave de Cal.

Poco después, Cal emerge entre una nube de vapor tapado solo por una toalla blanca. Está tan centrado en enrollársela bien a la cintura que no se da cuenta de que estoy babeando.

No sé dónde mirar. Aunque me tientan sus abultados trapecios, no tardo en distraerme con los relucientes abdominales que conducen directamente hacia los músculos que apuntan como una flecha hacia su miembro. Ni siquiera la tiene dura, pero distingo el contorno bajo la toalla.

Dios creó a este hombre para cumplir las fantasías de cualquier mujer.

«Las tuyas, más bien.»

El sonido lejano de la tableta de Cami me pone de golpe los pies en la tierra.

—Métete ahí. —Lo empujo hacia el baño y cierro la puerta detrás de mí.

—¿Qué pasa? —Da un traspié antes de apoyarse en el lavamanos.

Agarro una segunda toalla de la estantería y se la aviento a la cara.

—Tápate todo eso antes de salir.

—¿Que me tape? ¿Por qué? —Frunce los labios mientras se pasa una mano por las curvas y concavidades de sus músculos abdominales.

—¡Hay una niña en casa! —le susurro a gritos.

—Relájate, que te estoy tomando el pelo. —Recoge la toalla y se tapa la parte superior hasta parecer una momia—. ¿Así mejor?

Está ridículo con el pelo mojado cubriéndole la cara.

—Ni de lejos. —Le tapo la cara con una toalla de manos húmeda—. Así. Mucho mejor.

Él se la quita con una carcajada.

—Lo siento. Me he olvidado de que Cami estaba en casa.

—O sea, que si solo estuviera yo, ¿te parecería bien pasearte por ahí solo con una toalla?

—Si solo estuvieras tú, no me pondría ni la toalla. —Me guiña un ojo.

Se me hace la boca agua solo de imaginármelo haciendo eso.

—Te gustaría, ¿eh? —Su voz ronca hace que se me caliente el bajo vientre.

—No. —Tardo demasiado en darme cuenta de que he arrugado la nariz.

Él me pasa un dedo por el puente y me provoca un escalofrío agradable.

—¿Seguro? —Se lleva las manos a los bordes de la toalla.

El corazón se me acelera y me impide oír nada cuando él comienza a deshacerse el nudo de la toalla.

—¡Para! —Le doy un manotazo en la cintura para detenerlo, pero acabo rozándole el miembro de refilón.

Pestañeo. Él sonríe. Alargo el meñique para tocársela y confirmar lo que he notado. Él se estremece y deja escapar una sutilísima exhalación que me hace apretar las piernas.

—No calientes lo que no te vayas a comer. —Me aparta la mano.

Mis cinco dedos me piden a gritos que se la agarre. Me duele reprimir ese instinto, sobre todo con la mirada que me lanza.

—Como sigas mirándome así, me haré una idea equivocada —dice, manoseándosela a través de la toalla con una sonrisa.

«Maldito...»

Las palpitaciones que siento entre las piernas no tienen nada que ver con la necesidad de usar el baño.

—Que conste que eres un amigo de mierda. No me sorprende que a Declan no le haga gracia que te acerques a su mujer.

Lo saco del baño a empujones y cierro la puerta antes de cometer una estupidez, como quitarle esa sonrisa de la cara a besos.

Renuncio a enchufar a tientas el cargador del celular en la toma que hay detrás de mi cama. Es imposible alcanzarla sin ponerme a gatas, así que me arrodillo y utilizo la linterna del celular para iluminar la oscuridad que hay debajo.

Me caigo de trasero al oír un bufido estridente y suelto un grito desgarrador digno de una película. Oigo pasos rápidos y pesados por el pasillo en sintonía con el pulso errático de mi corazón. La puerta se abre de golpe y la manija choca con la pared.

—¿Qué ha pasado? —me pregunta Cal, echando un vistazo alrededor de la habitación con los ojos fuera de las órbitas y una lámpara en la mano.

Me presiono el pecho con una mano, ordenándole a mi corazón que se relaje un poco.

—¿Qué clase de arma es esa?

Sus mejillas adoptan un tono rosado.

—Es lo primero que tenía a mano.

«Pensaba que corrías peligro y no quería perder tiempo.»

Se me forma un nudo en la garganta que me impide hablar.

Cami irrumpe en la habitación con las manitas levantadas y una postura de combate que ha aprendido en karate.

—¡Yo te salvo, mami! —Da golpes al aire con las manos

y gira sobre sí misma. Los pies le resbalan sobre la alfombra y agita los brazos al perder el equilibrio.

Cal suelta la lámpara para sujetarla antes de que se caiga al suelo. La levanta en brazos y ella se ríe.

El corazón me da un vuelco, el muy traicionero. Es imposible no reaccionar al ver a Cal lanzarla otra vez al aire y soltar otra carcajada antes de volver a dejarla en el suelo.

Cal me descubre observando la interacción entre Cami y él.

—¿Qué ha pasado?

Señalo con un dedo tembloroso la oscuridad que hay debajo de la cama.

—Hay algo ahí abajo.

—¿El qué?

—No lo sé. Apenas he podido verlo antes de que me bufara.

—Ah, será Merlín. —A Cal le brillan los ojos cuando me ofrece una mano. Me noto débil, sobre todo por cómo me mira Cal al revisarme el cuerpo en busca de alguna lesión.

Soy la primera que aparta la vista.

—¿Esa cosa es tu gato?

Cami deja escapar un grito ahogado.

—¿Tienes un gato?

Él asiente, y Cami nos abandona al instante y se dirige a la cama.

—¡Cami, no! No es simpático. —La agarro y jalo.

Cal niega con la cabeza.

—Eso no es verdad. A lo mejor da un poco de miedo, pero es inofensivo. Te lo prometo. Ni siquiera tiene uñas porque su anterior propietario era un maltratador de mierda, así que no se preocupen, no les hará daño. Su peor defecto es que suelta mucho pelo, pero tengo un robot aspirador.

Se me encoge el corazón.

—¿Lo han desungulado?

—Sí, y eso ni siquiera es lo peor.

Por Dios. Mi debilidad por los animales desamparados se presenta en el peor momento.

—¿Puedo acariciarlo, porfi? —Cami me mira haciéndome ojitos.

Me giro hacia Cal para pedirle permiso.

—Por mí, ningún problema.

Suspiro resignada.

—De acuerdo.

Por el brillo de los ojos de Cami sé que va a hacerse amiga de Merlín antes de que acabe la noche. Repta hacia la cama mientras lo arrulla y pronuncia su nombre. El gato no sale, y ella hace pucheros.

—No le caigo bien.

Cal sacude la cabeza con una sonrisa y se arrodilla a su lado. Por segunda vez esta noche, soy testigo de Cal siendo un amor con mi hija, sin motivo, porque él es así.

—Es un poco tímido —dice, y mete una mano debajo de la cama.

Cami espera, temblando de emoción. Se toma su tiempo, pero gracias a la insistencia de Cal y a la paciencia de Cami, un gato negro escuálido sale arrastrándose de debajo de la cama. Se frota contra el muslo de Cal, meciendo la cola mientras él le acaricia la columna.

—Acarícialo despacio. —Cal le enseña a Cami cómo hacerlo una vez más antes de dejar que lo intente.

Cami alarga la mano con la intención de pasarle un dedo por el pelaje, pero el gato sale disparado de la habitación antes de que llegue a tocarlo, y ella pierde la sonrisa.

—Me odia.

—Es un poco cascarrabias, pero tengo un truco.

Cal se pone de pie antes de levantar a Cami. Acto seguido, le muestra su alijo secreto de hierba gatera y el juguete favorito de Merlín. Cami lo observa fascinada mientras él llena el juguete de hierba antes de entregarle el mango al que está atado con una cuerda.

Siguiendo las instrucciones de Cal, Cami agita el pescadito delante del sofá donde se ha escondido Merlín. Cuando el gato saca la pata para cazar el pescado emplumado, Cami suelta un grito. Cal acaba riéndose de su reacción, y yo no puedo reprimir una carcajada.

Me quedo atrás, embelesada y aterrorizada con su interacción. Cuanto más tiempo pasan juntos, más me preocupa que Cami le tome cariño a Cal. Sé lo que se siente cuando precisamente Callahan Kane te parte el corazón. Te deja un vacío que no se puede llenar, por mucho que lo intentes.

He cometido muchos errores, pero me pregunto si el peor de todos ha sido permitir que mi hija se deje cautivar por Cal. Si se parece en algo a mí, es imposible que no termine adorándolo. Pero entonces él se irá y yo me quedaré otra vez recogiendo los pedazos rotos.

Solo que esta vez el corazón roto no será el mío.

Será el de mi hija.

27
Cal

Vivir con Lana y Cami es una experiencia totalmente distinta que verlas de vez en cuando en la casa principal mientras vaciaba la buhardilla. Para empezar, la casa está llena de juguetes. Cajas y cajas de juguetes. El comedor es un campo de minas de Legos, muñecas de princesas y animales de peluche suficientes para que Cami juegue a montar una escuela.

La niña es increíblemente adorable cuando imita las clases de español de su madre, pasando del inglés al español mientras Lana la corrige de vez en cuando al tiempo que prepara la cena en la cocina.

Cami señala con un rollo de papel de cocina la minipizarra en la que ha escrito: «Bamos ha aprender español».

—Esa hache sobra, y uve en lugar de be.

Cami repite la frase y su madre le levanta un pulgar cubierto de harina. Me río entre dientes y delato que en realidad no estoy leyendo.

—Cal, ¿quieres jugar conmigo?

Cami se me acerca corriendo y me jala de la mano. Lana alza la vista de la tabla de cortar.

—Creo que Cal está ocupado.

Lleva dos días bastante fría, desde que se mudaron. He probado a romper el hielo con un par de bromas, pero no parece funcionar. Ni siquiera le levantan los ánimos mis intentos por no beber.

Se esfuerza por no dejarme a solas con Cami más de un minuto, algo que antes no hacía.

«¿Qué habrá cambiado?»

Sinceramente, el hecho de no saberlo empieza a desesperarme un poco. No tengo claro qué ha cambiado entre el momento en que se ofreció a ser mi amiga y ahora. Lo que se le esté pasando por la cabeza no puede ser bueno, y siento la tentación de arrinconarla y sonsacarle la respuesta.

Quizá tenga la oportunidad cuando Cami se duerma.

—¿Porfi? —Cami parpadea con sus largas pestañas.

—Claro. Me encantaría jugar contigo, pequeña. —Me levanto y sigo a una exultante Cami mientras Lana me atraviesa con la mirada.

Me paso los veinte minutos siguientes interpretando a un alumno mientras Cami intenta leerme un libro en español. Se trastabilla con las palabras, y yo hago todo lo posible por ayudarla, con Lana interviniendo de vez en cuando para corregirme las palabras que no pronuncio bien.

Siento un hormigueo en el cuello y la columna de cuando en cuando. Al girarme veo a Lana fingiendo que está ocupada en la cocina.

«¿Qué está pasando?»

—Anda, Camila. Hora de cenar. —Lana se quita el delantal por la cabeza.

Los olores que salen del horno me hacen desear que me extendiera la invitación a mí también, pero sé que no ocurrirá.

Cami me jala de la mano.

—Vamos a comer.

Lana no dice nada, pero el silencio que se instala entre nosotros no augura nada bueno. Por mucho que me tiente una buena comida colombiana casera, no quiero darle a Lana otro motivo para que esté molesta conmigo.

Niego con la cabeza.

—No puedo.

—¿Por qué?

—Tengo planes.

—¿Qué planes? —La niña no conoce los límites personales ni tiene ninguna habilidad social.

«Tiene cinco años, no seas así.»

—Voy a ir a cenar al Early Bird.

Arruga la cara de la misma forma que Lana.

—Buuuu.

Justo cuando pensaba que no podía caer más bajo, me abuchea una niña de cinco años.

«De lujo.»

Lana se acerca a Cami y le da un apretón en el hombro.

—Otra vez será.

—Eso.

—Pero mi mamá es la *mejorísima* cocinera del mundo mundial.

Resulta casi imposible no ceder ante su sonrisa radiante. Dudo que tuviera alguna posibilidad de decirle que no si no fuera porque Lana me está fulminando con la mirada mientras hablo con su hija.

—Ya lo sé. Aprendió de la segunda *mejorísima* cocinera del mundo mundial: su madre.

Cami se queda boquiabierta y comprendo al instante que he metido la pata.

—¿Has probado la comida de la abuelita? ¿Cuándo? —Cami me mira con los ojos muy abiertos.

Me giro hacia Lana para pedirle su aprobación antes de seguir metiendo la pata. Ella asiente ligeramente con la cabeza, y yo dejo escapar un suspiro de alivio.

—Trabajaba aquí cuando yo venía de visita en verano,

de pequeño, y nos preparaba la mejor comida que he probado nunca. Después de la de tu madre, claro.

Los ojos de Cami parecen estar a punto de saltársele de la cabeza de lo mucho que los está abriendo.

—¿En serio?

Lana desvía la mirada; el pecho le sube y le baja con cada respiración profunda.

—En serio.

A Cami se le ensancha la sonrisa.

—¿Te caía bien?

—Era imposible que no te cayera bien. Todas las personas que la conocían la adoraban.

Lo digo de corazón. La señora Castillo tenía esa energía que atraía a la gente. Le encantaba cocinar, limpiar y contar historias mientras hacía las dos primeras cosas, un cambio más que bienvenido en comparación con las niñeras que había tenido de pequeño.

Ella era una de las razones por las que disfrutaba tanto de mis visitas en verano, aunque mis hermanos no fueran de la misma opinión.

—¿La echas de menos?

La pregunta de Cami hace que sienta una opresión incómoda en el pecho.

—Sí, mucho. Ojalá hubiera podido despedirme de ella.

Lana tensa las manos sobre los hombros de Cami.

—¿Dónde estabas? —Cami frunce el ceño.

Lana sacude la cabeza.

—Por favor, no más preguntas. Me has hecho suficientes hoy.

—Pero...

—¿Por qué no vas a poner la mesa mientras yo hablo con Cal?

—¡Bien! —Cami echa a correr hacia la mesita de la cocina que hemos arrinconado para que haya más espacio para los juguetes.

—Puedes quedarte a cenar con nosotras, si quieres —me dice Lana mientras se limpia un poco de harina del delantal.

—No quiero molestar. —«Mientes más que hablas.»

El estómago me traiciona al rugirme lo bastante alto para que Lana lo oiga. Ella esboza una media sonrisa. Es la primera que me dirige en días, y la absorbo como una planta falta de luz solar.

—Ve a sentarte a la mesa y ahora llevo las arepas.

—¿Arepas?

—Y chorizo.

Se me hace la boca agua.

—¿Chorizo? ¿Necesitas ayuda?

—Llevo años cocinando sin ayuda; creo que puedo arreglármelas sola, pero gracias.

—No estaría mal que dejaras que un hombre se sintiera útil de vez en cuando.

Ella me hace ojitos.

—¿Quieres que mire si hace falta cambiar algún foco?

Le doy un empujoncito en el hombro y ella se echa a reír. Siento como si me inyectaran serotonina pura en vena con ese sonido.

Se oye el temporizador del horno, que me arrebata a Lana y la dosis de felicidad con ella. Me siento junto a Cami y le dedico toda mi atención mientras me esfuerzo por ignorar la atracción que me hace sentir la mujer que trabaja en la cocina.

Lana me deja un plato delante. Antes de que pueda marcharse, la tomo de la mano y se la aprieto con delicadeza.

—Gracias. Me hace muy feliz que me hayas invitado.

Lana, con las mejillas ya sonrosadas del cansancio, se ruboriza.

—De nada.

Le acaricio la piel con el pulgar.

—Echaba de menos tu comida.

He añorado muchísimas otras cosas además de su comida, pero me parece una forma poco arriesgada de expresarme. Ella me devuelve el apretón en un gesto de comprensión mudo antes de soltarse.

Mientras Lana saca un envase de jugo del refrigerador , Cami se inclina sobre la mesa y me susurra al oído.

—Te gusta mi mamá.

Abro los ojos hasta el límite.

—Te guardo el secreto. —Cami hace como que se cierra los labios y tira una llave invisible por encima del hombro.

Carajo, esta niña es más lista que el hambre. Eso o mi interés en Lana es tan patéticamente evidente que se da cuenta hasta una niña de cinco años.

Probablemente sea una mezcla de las dos cosas.

Me llega a la nariz el olor de las arepas recién hechas y se me hace agua la boca. Cami empieza a darles mordiscos mientras nos cuenta que hoy ha ido a la piscina pública con su campamento de verano. Entre sus historias y las preguntas de Lana, la cena se llena de risas y gritos ahogados fingidos cuando Lana le toma el pelo a Cami con preguntas tontas pensadas para generar polémica.

Me encanta que no haya ni un momento de silencio.

No recuerdo la última vez que me he sentido tan bien haciendo algo tan simple. Porque sí, he cenado con mi familia, pero estar rodeado por dos parejas solo aumentaba la sensación de vacío de mi pecho. Esta noche, sin embargo, la sensación ha desaparecido.

Hubo un momento de mi vida en que no creía que fuera posible sentirse tan completo. Pero hoy es así como me siento. Por primera vez en mucho tiempo, tengo esperanza. Empiezo a creer que la vida es algo más que una soledad crónica y la desesperación de encajar en algún sitio.

Que puedo estar sobrio y ser feliz, siempre y cuando me esfuerce.

O eso deseo.

El zumbido del lavaplatos llena el silencio mientras froto la encimera con un trapo desinfectante. Lana sale de la habitación de Cami y cierra la puerta con delicadeza. Lleva ya una hora con la rutina de irse a dormir; Cami le ha pedido diez minutos más de baño, un cuento extra y que le cantara una canción de cuna antes de ponerse a dormir. He intentado no meterme demasiado, pero en una casa tan pequeña es difícil.

Ella me mira con gesto extrañado.

—Has fregado los platos.

—Tú has preparado la cena; era lo mínimo que podía hacer.

Ladea la cabeza.

—A lo mejor te invito a cenar todas las noches si eso significa que te encargues de los trastes.

—Trato hecho —respondo demasiado rápido, con la voz cargada de desesperación.

Ella se muerde el labio inferior, deslizándolo entre los dientes antes de hablar.

—Ha estado bien.

El corazón me late con fuerza en el pecho.

—¿El qué?

—Que hayas cenado con nosotras. Ha sido como... —Se interrumpe.

Me niego a aceptar que no termine esa frase.

—¿Como qué? —insisto.

—Como si encajaras con nosotras. —Se mira los pies descalzos mientras se pasa un mechón de pelo por detrás de la oreja.

Yo trago saliva para deshacer el nudo que tengo en la garganta. Quiero expresarle que estoy de acuerdo, pero temo lo que podría pasar si lo hiciera.

«No habría sacado el tema si le preocupara lo que pudieras decir.»

—Ha habido un momento durante la cena en que lo he deseado.

Ella frunce el ceño.

—¿El qué?

Me encojo de hombros, tratando de aparentar indiferencia, pero a juzgar por lo tensos que tengo los hombros, creo que no lo consigo.

—Me gusta pasar tiempo con Cami y contigo. Me recuerda mucho a mí cuando tenía su edad.

La sombra de una sonrisa le cruza los labios.

—Por mi salud mental y mi cordura, voy a hacer como si no hubieses dicho eso.

—No era tan malo.

—Con diez años ya tenías tres huesos rotos y un traumatismo, y eras incapaz de estarte sentado más de diez minutos.

—Eso no significa que a ella le pase lo mismo.

—Toquemos madera. Tengo ya el copago del seguro por las nubes. —Levanta las manos.

Me echo a reír, pero ella aprieta los labios.

—¡Lo digo en serio!

—En cuanto vendamos la casa, serás millonaria. Seguro que puedes pagar un par de huesos rotos después de eso.

—Sí. —Su alegría desaparece, junto con la media sonrisa que se le estaba dibujando en la cara.

—No me digas que lo estás pensando mejor. Creía que ya habíamos llegado a un acuerdo.

Lana arruga aún más la frente.

—No.

—¿Y entonces qué te pasa?

—Nada. Me voy a la cama. —Se gira hacia el pasillo.

—¿Por qué te vas? —La sigo.

—Estoy cansada —contesta, de camino a su habitación, que está justo delante de la mía.

Cuando Lana extiende la mano hacia la manija, se lo impido agarrándola del brazo y girándola hacia mí.

—¿Qué he dicho?

Ella respira hondo y los hombros le suben y le bajan.

—No es exactamente lo que has dicho, sino lo que me has hecho recordar.

Aprieto la mano con que la sujeto.

—¿El qué?

Ella levanta la otra mano en el aire y dibuja círculos con el dedo.

—Que todo esto tiene fecha de caducidad.

Frunzo el ceño.

—¿No era eso lo que querías?

Tuerce el gesto y percibo la confusión en cada una de las arrugas de su frente.

—No sé lo que quiero, y quizá ese sea mi problema. —Suspira agitada—. Me he olvidado de lo que se siente al... —La frase muere cuando cierra con fuerza los labios.

—¿De lo que se siente cuándo?

Ella baja la mirada.

—Cuando no me siento tan sola por una vez.

Siento una opresión en el pecho.

—Lana.

—Suena todavía más patético cuando lo digo en voz alta. Olvida lo que he dicho. —Da un jalón para soltarse y se mete en la habitación antes de que pueda preguntarle nada más.

Me voy a mi cuarto y me acuesto en la cama. Merlín salta sobre el colchón y se acurruca a los pies de la cama, ocupando el silencio con su ronroneo constante.

Pienso en lo que ha dicho Lana sobre que no sabe qué es

lo que quiere. Y que no le gusta que le recuerden que todo tiene una fecha de caducidad.

Si no se hubiera ido tan rápido, le habría dicho que yo me siento igual. Que también lucho contra una soledad devastadora y el deseo de llenar este vacío crónico en mi pecho. Me prometí a mí mismo que me quedaría hasta que se vendiera la casa, que no tenía sentido alargarlo más, y menos cuando no se me quería aquí.

Pero ¿y si...?

«No, es imposible que te dé otra oportunidad.»

¿Verdad?

Durante todas las situaciones hipotéticas en que yo regresaba a Lake Wisteria, jamás se me pasó por la cabeza la posibilidad de que Lana pudiera interesarse por mí. Ni siquiera quise fantasear con ello, porque no podía hacerme ilusiones.

Pero ¿y si se abriera a que intentáramos algo nuevo juntos? ¿Algo que no estuviera emponzoñado por las drogas, la depresión o las malas decisiones fruto de la desesperación que nos permitiera sentir algo más que dolor?

Podría ayudar a rebajar la soledad que sufrimos los dos. No me costaría ser su compañero. Su amigo. Su amante.

Divago y comienzo a pergeñar un plan mientras repaso todas nuestras interacciones hasta el momento. Si Lana está confusa, ya va siendo hora de que le esclarezca algunas cosas, empezando por lo que siento por ella. Quizá no tengo la respuesta a todo, pero sí sé una cosa.

Lana es la única mujer a la que he amado en mi vida, y va siendo hora de que lo demuestre.

28
Alana

Después de Navidad, el Festival Strawberry es mi momento favorito del año en Lake Wisteria. Todo el pueblo se reúne para organizar el mejor evento posible y celebrar la llegada del verano. Acude gente de todas partes a visitar el parque cercano a la plaza mayor y disfrutar de las atracciones, los desfiles y la espectacular comida inspirada en las frutas de la temporada.

Cami me jala del brazo.

—¡Mami, mira!

Me giro hacia donde señala Cami.

—¿Qué pasa?

—¡Es Col! —Se pone de puntitas para ver mejor, y el vestido con estampado de fresas le ondea a su alrededor.

—Cal no está aquí. —O eso creo, puesto que nunca ha comentado nada durante las últimas veces que hemos comido juntos.

—¡Que sí, es él! —Señala la entrada del festival.

En un primer momento, pienso que Cami está imaginándoselo, pero entonces la persona del disfraz de fresa se gira hacia nosotras y nos mira con los ojos muy abiertos.

No lo puedo creer.

«Ni de broma.»

Con el sombrero de hoja verde, los guantes blancos extragrandes, el traje rojo con forma de fresa y los pantalones verdes, Cal parece salido de unos dibujos animados.

Estallo en carcajadas. Le aflojo la mano a Cami y ella corre hacia él.

Suelen reservar ese disfraz para algún adolescente en la edad de la rebeldía al que sus padres quieren castigar, o para un adulto que ha perdido una apuesta. No sé cómo ha terminado Cal poniéndoselo, pero tengo que agradecérselo personalmente a la persona que lo haya convencido.

Saco el celular y le tomo una foto. Cal levanta a Cami y la lanza al aire, derritiéndome por completo el corazón, ya de por sí blando, cuando a ella le entra un ataque de risa.

«Te ha durado poco lo de evitar las mariposas en el estómago cuando estás con él.»

Me seco una lágrima furtiva mientras me acerco a ellos.

—¿Cuánto te han pagado para que te pongas eso?

Cal deja a Cami en el suelo.

—Por desgracia, es voluntario.

—¿Por qué?

Una ráfaga de aire le mueve una de las hojas a los ojos.

—Me aburría.

—¿Y te han asignado esto? —le pregunto, apartándole las hojas que le cubren los ojos.

—Supongo que querían dejarme en ridículo. Sorpresa, sorpresa.

Cami contiene el aliento. Él baja la vista hacia ella.

—Recuérdamelo más tarde, ¿te parece?

Ella intenta guiñarle un ojo, pero acaba pestañeando con un ojo y luego con el otro.

«Otra cosa que le ha copiado a Cal.»

—¿A qué te refieres? —le pregunto.

—Fue Meg la que me sugirió que fuera al ayuntamiento a ofrecerme voluntario para el festival.

Abro mucho los ojos.

—Ay, no.

—Exacto. Y como tengo que defender mi orgullo, aquí estoy.

—Me sorprende que te quede algo de orgullo después de ponerte eso.

El sombrero de hojas se agita cuando se encoge de hombros.

—¿Qué quieres que te diga? El vodka me desinhibe.

Mi sonrisa cede, y él cierra con fuerza los ojos.

—Espera, Lana. No pretendía...

Siento una punzada en el corazón.

—Tranquilo, lo entiendo.

—No, no lo entiendes. —Él hace ademán de agarrarme del brazo, pero los guantes extragrandes le ofrecen muy poca movilidad.

Retrocedo.

—Deberíamos irnos. Tenemos que darnos una vuelta, saludar gente, esas cosas.

Él resopla.

—Deja que me explique primero.

—No te molestes. Tampoco va a cambiar nada.

Agarro a Cami de la mano y nos vamos antes de darle tiempo a hablar.

Cami y sus amigos se ríen y saltan en el castillo inflable mientras yo estoy sentada en una mesa de pícnic cercana con mis amigos.

Violet hace zoom a la foto de Cal vestido con el horrendo disfraz.

—¿Por qué no nos habías avisado, Lana? He estado a punto de mearme encima cuando lo he visto.

—No tenía ni idea —suspiro.

Ella arquea las cejas.

—¿No te había dicho nada?

—Qué va. —Aparto la mirada y me fijo en la gente que se abre paso entre las hileras de puestos donde venden mermeladas de fresa, dulces y fritanga.

—¿Cómo ha accedido a ponerse el disfraz? —pregunta Delilah.

—Porque está demasiado borracho como para que le importe —gruño.

—¿Sigue bebiendo? —Wyatt tensa la mandíbula.

—Eso dice. —Bajo la vista hacia mis manos entrelazadas.

—Yo hablo con él. —Violet se levanta del banco, pero Delilah le da un jalón para que vuelva a sentarse.

—Déjalo en paz.

—¿Por qué? —Violet frunce el ceño.

—Porque Dee tiene razón —intervengo—. No está molestando a nadie, así que tampoco hay ninguna razón para montar un numerito.

Violet ve algo por encima de mi hombro.

—¿De verdad? ¿Y entonces por qué viene hacia nosotras?

Abro mucho los ojos.

—¿Nos ha encontrado?

—Sí. —Dee sorbe su licuado de fresa.

—¿Cómo? —digo, y aprieto los labios.

—Supongo que porque nos sentamos en el mismo sitio todos los años. —Violet apura el resto de su bebida.

—Ey. —La voz de Cal hace que se me ericen los pelos de la nuca.

Violet y Delilah le lanzan miradas asesinas por encima de mi cabeza mientras yo permanezco inmóvil, con los puños cerrados frente a mí. Wyatt es el único que lo saluda con un ligerísimo movimiento de la barbilla.

—Lana, ¿puedo hablar contigo un segundo? —me pregunta con una voz delicada que me hace fruncir el ceño.

—Está ocupada ahora mismo. —Violet pone una mueca.

—Creo que ya es mayorcita para contestar ella —replica Cal con suavidad.

Me levanto del banco.

—¿Le echan un ojo a Cami por mí?

—Claro. Ahora mismo voy a decírselo —contesta Wyatt, y se va hacia los inflables.

Al girarme veo que Cal ya no lleva el disfraz de fresa. No sé si ha quemado esa monstruosidad o lo ha devuelto al ayuntamiento.

—Gracias.

Nos aleja del estruendo de la música hacia el paseo que rodea el parque. Algunas personas nos dirigen miradas suspicaces, pero yo hago un gesto con la mano y les sonrío para que no se preocupen.

—Bueno... —Le doy una patada a una piedra.

—¿Te importa si damos un paseo y hablamos?

—Está bien.

Cal deja una distancia prudencial entre los dos mientras andamos.

—Quería hablar de lo que ha pasado antes y sacarme una cosa de dentro.

—¿Para qué?

—No es lo que piensas.

—Sabes que sí lo es. He visto la botella de vodka en el congelador, así que ya sabía que seguías bebiendo. —El nivel de la botella va bajando cada día; soy muy consciente de sus hábitos.

Él desvía la mirada.

—No me siento orgulloso, ¿sabes?

El corazón me da un vuelco.

—Me siento como un débil de mierda por tener que llevar siempre una licorera encima, por si acaso me pongo nervioso o se me cruzan los cables. Me entra el pánico solo de pensar en ir a algún sitio sin ella, sobre todo cuando puedo verme en una situación que me incomoda. —Esconde los puños cerrados en la espalda.

Abro la boca, pero no consigo formar ninguna palabra.

—No me he emborrachado desde que rompí el jarrón de tu madre. —Me mira de reojo.

—¿Y? Sigues bebiendo a diario.

—Darle sorbitos durante el día para calmarme no es lo mismo que emborracharse. Créeme, lo sé por experiencia.

—Pero las dos cosas forman parte del mismo problema.

—Y no te falta razón, pero ¿no ves que estoy intentando reducir el consumo? —Se le rompe la voz.

—Sí, pero ¿quién sabe qué pasará la próxima vez que tengas que afrontar algo difícil? Ya he vivido ese tipo de situaciones contigo.

—Esto no será como la última vez.

—Sí, claro. —Una risa amarga me escapa de la garganta.

Él se detiene y me mira fijamente a los ojos.

—Para empezar, ya no tomo oxicodona.

Ahora soy yo la primera en romper el contacto visual.

—Ya lo sé.

—No pienso cometer el mismo error otra vez. Eso sí te lo prometo. —Su hondo suspiro me pone tensa—. He tardado mucho tiempo en dejarlo. Demasiado tiempo. Pero te juro que jamás volveré a tomar esa mierda, o si no, te doy permiso para que me pegues un tiro.

Frunzo los labios.

—¿Donde yo quiera?

—Si quieres apuntar a la verga, asegúrate de dispararme primero en el cráneo. —Sonríe.

Echo a andar de nuevo para huir del hormigueo que noto en el pecho.

—¿Alguna vez te planteas dejar de beber?

—Últimamente no hago otra cosa.

Quiero creerlo, en serio, pero hay algo que me lo impide. «No confíes en él.»

No, no confío en él. Y no sé si podré volver a confiar en él después de todo lo que hemos pasado juntos. La vida me ha enseñado lo suficiente como para aprender que cuanto más te decepciona alguien, más probable es que vuelva a hacerlo.

Carraspeo.

—Estoy orgullosa de que hayas dejado la oxicodona. Sé que debe de haber sido difícil.

—No tanto como tomar consciencia del daño que te hice mientras la tomaba.

Me toma la mano y me la aprieta, y siento una punzada de dolor en el pecho cuando me la suelta. Cal sigue andando, y acelero para alcanzarlo mientras nos envuelve un silencio cómodo.

Cal es el primero que lo rompe cuando alguien le hace una mueca.

—¿Crees que la gente de aquí me odiará un poquito menos ahora que voy a aparecer en la primera plana del periódico con el disfraz?

Reprimo una carcajada.

—No, pero no perdías nada por intentarlo.

—Debe de ser bonito que haya tanta gente a la que le importas lo suficiente para que me hagan la vida imposible. —Tuerce el gesto.

—Es una forma de verlo. Aunque a veces son un poco sobreprotectores.

—Porque te quieren. —Su voz coincide con la calidez que transmiten sus ojos.

Aparto la mirada.

—Si quieres puedo hacer correr la voz de que ya no eres *persona non grata*.

—Por favor, no seas tan simpática conmigo, o empezaré a pensar cosas.

Le doy un codazo en las costillas.

—Idiota.

Él se ríe.

—Ya me los ganaré, con el tiempo.

—¿Cómo?

—Demostrando que no voy a hacerte daño, por muy convencidos que estén.

Y, así, Cal me arranca otro pedazo de corazón para su colección, que no deja de crecer.

29
Cal

Los aromas y las risitas que salen de la cocina me despiertan antes de lo que me gustaría. Merlín parece tener la misma opinión; sale disparado de debajo de la cama al oír el repiqueteo de las ollas y me quedo solo.

Salgo de la habitación tambaleándome mientras me froto los ojos.

—Ey.

—¡Buenos días! —Cami salta del taburete para abrazarme las piernas. Su delantal de lunares está cubierto de la misma sustancia roja pegajosa que sus dedos, y me deja una buena mancha en los pants. Horquillas rojas, blancas y azules con forma de estrella le sujetan el pelo rebelde para que no le tape la cara.

—¿Qué están haciendo? —Me cubro la boca para bostezar.

—Mami le va a dar una paliza a Missy. —Cami me ofrece un puño para que se lo choque.

Lana le lanza una mirada acusatoria por encima del hombro.

—Camila...

La niña se encoge de hombros.

—¿Qué he dicho?

—Te he pedido que no le repitieras eso a nadie.

—Se me ha escapado. —Cami saca la lengua por el agujero entre los dientes.

—¿Quién es Missy? —pregunto.

Lana vuelve a concentrarse en la estufa.

—Mi competencia.

—¡Buu! —exclama Cami, haciendo un gesto con las manos con el pulgar para abajo.

Me atraganto con una carcajada.

—¿Competencia de qué?

—Del concurso de pastelería del Cuatro de Julio —responde Cami mientras roba una fresa de un plato grande—. ¿Vendrás?

Mierda. Me había olvidado por completo del concurso ese. Hace mucho que no celebro el Cuatro de Julio al estilo Lake Wisteria, con el pueblo reuniéndose en el parque junto al lago para montar una parrillada y un espectáculo de fuegos artificiales.

Me paso la mano por el pelo revuelto.

—No creo.

Si algo he aprendido del Festival Strawberry de la semana anterior es que pasar tiempo por el pueblo no me va nada bien para la ansiedad. De modo que la única forma de controlar mi consumo de alcohol y tener a Lana contenta es evitar las situaciones que me producen estrés.

—Vaya. —Cami deja caer los hombros.

«Lo siento, pequeña. Es lo mejor.»

Me acerco a la estufa y echo un vistazo por encima del hombro de Lana.

—¿Qué estás preparando?

Deja caer una gotita de colorante alimentario rojo en la olla de las fresas.

—Algo que va a hacer que Missy se arrepienta de haberse atrevido a copiar mi tres leches de fresa y pensar que podía salirse con la suya.

Me quedo boquiabierto. Carajo, la Lana competitiva me pone a cien.

—¿Te puedo ayudar en algo? —Le paso un mechón de pelo por detrás de la oreja, procurando acariciarle con los dedos la curva del cuello antes de retirar la mano.

Ella deja de remover y contiene el aliento.

—Gracias, pero ya casi he terminado.

—¿Cuánto tiempo llevas con esto? —Me lleno un vaso de agua y le doy un sorbo.

—Desde las cinco de la mañana.

—¿En serio? Vas a quedarte dormida antes de llegar al concurso.

Lana me lanza una mirada feroz.

—Ya dormiré cuando me muera.

—¿Te gustaría que te enterraran con el trofeo?

Ella sonríe.

—La duda ofende. Con el trofeo y con el pañuelo que utilice Missy para secarse las lágrimas cuando pierda.

—Este lado tuyo es tan sexy como aterrador —añado, y ella esboza una sonrisa que deja a la vista todos los dientes.

Aunque me haya dicho que no necesita ayuda, decido echarle una mano con la cantidad inmensa de platos que sobresalen del fregadero.

Cami sigue charlando mientras roba fresas cuando cree que Lana no está mirando. Las manchas de jugo rojo alrededor de la boca la delatan, así que se las limpia cuando su madre está de espaldas.

Suena el timbre de la puerta y los tres levantamos la cabeza.

—¿Tenemos timbre? —Lana deja de batir.

—Es la primera vez que lo oigo. ¿Esperas a alguien? —le pregunto.

Ella niega con la cabeza.

—No. ¿Y tú?

—Casi todo el pueblo me odia, así que te diría que no.

Lana baja la vista hacia la nata a medio hacer.

—¿Te importa ir a ver quién es?

—¡Yo voy! —Cami salta del taburete.

—¡Camila! —Lana dobla la esquina, pero yo estoy más cerca.

Cami se pone de puntitas para llegar al pasador, pero entonces la levanto en brazos.

—No creo que sea buena idea —le digo, y ella hace muecas.

Echo un vistazo por la mirilla y veo a Antonella, la hermana de Lana, dar vueltas a unos pocos metros. Tiene la piel más pálida de lo normal, y el pelo ralo le cae lacio sobre la cara, acentuando una estructura ósea marcada que solo puede deberse a la malnutrición.

—Mierda.

Cami ahoga un grito, y la dejo en el suelo.

—Tengo la cartera en la mesilla de noche. Si cuentas correctamente todos los billetes, te quedas con todo.

Ella abre mucho los ojos.

—¿En serio?

—Sí. Pero debes quedarte en mi habitación hasta que vaya a buscarte.

—¡Está bien! —Cami suelta un gritito antes de salir corriendo hacia mi cuarto.

Lana abandona la nata.

—¿Qué pasa?

—Tu hermana está fuera.

A Lana le cambia el gesto.

—¿Antonella está ahí fuera? —Se pone pálida—. Dios mío.

—No sabías que venía.

Ella niega con la cabeza.

—No. Pensaba que se lo había dejado muy claro la última vez que hablamos.

—¿Quieres que salga a ver para qué ha venido?

Ella no deja de contemplar la puerta con una mirada dura.

—Ya sé para qué ha venido.

Frunzo el ceño.

—Pero...

Ella hunde los hombros.

—Yo hablo con ella.

—Lana —digo, impidiéndole el paso.

Ella no me mira, así que le levanto un poco la barbilla.

—¿Quieres que hable yo con ella?

Sacude la cabeza ligerísimamente.

—La verdad es que no, y menos después de que...

—¿Después de qué?

—De que se llevara el dinero de la herencia que me quedaba.

«Maldita sea.»

—¿Te robó dinero?

—Sí —contesta, agachando la vista.

—¿Por eso ha vuelto? ¿Para pedirte más dinero?

—Seguramente.

—¿Quieres que le dé un poco?

Se muerde el labio inferior y vuelve a negar con la cabeza.

—¿Qué quieres hacer entonces?

—No lo sé. Después de cómo me habló por teléfono... No soporto verla así. Se me parte el alma al saber que lo está pasando mal y que no puedo ayudarla. —Se le rompe la voz.

Me siento como si Lana me hubiese agarrado el corazón y me lo hubiese estrujado.

—Has hecho todo lo posible por ayudarla.

—¿Y por qué no basta para que siga limpia? Lo he intentado todo. Darle dinero, rezar, suplicar, y siempre siempre vuelve. Tiene un brillo en los ojos que no tenía antes.

—Tú no tienes culpa de nada.

La abrazo y ella apoya la cabeza en mi pecho sorbiendo por la nariz.

—Estoy harta de sufrir por los demás.

La opresión que noto en el pecho se torna insoportable.

—Lo siento.

Por mí. Por Anto. Por todo el mundo que le ha hecho daño en algún momento.

Suena el timbre de nuevo, seguido de varios golpes fuertes. Lana se estremece sobre mí.

Le doy un beso en la coronilla.

—Yo hablo con ella.

—Pero...

—Deja que haga esto por ti.

Lana suspira mientras yo bajo los brazos.

—No salgas. —Acerco la mano a la manija.

—Cal.

La miro por encima del hombro. Ella aferra con fuerza la tela del delantal.

—Gracias.

—Haría lo que fuera por ti.

—Ya lo sé —responde, con el labio inferior temblándole.

Agacho la cabeza antes de salir. Antonella se jala de las mangas largas de la camiseta, como si así pudiera ocultar las marcas que tiene en los brazos. Nunca la había visto tan delgada; se le marcan los huesos por debajo de la camiseta y los ojos cafés casi se le salen de las cuencas.

—¿Qué demonios haces tú aquí? —me espeta.

—Antonella. Cuánto tiempo.

Ella pone una mueca.

—No me digas que has vuelto con mi hermana.

—Eso no es asunto tuyo.

—Ni hablar.

Intenta rodearme, pero le bloqueo el paso.

—Apártate —me escupe entre dientes.

—No.

—Tengo que hablar con Alana.

Sacudo la cabeza con firmeza.

—No creo que sea buena idea.

—Porque tú lo digas. —Arruga aún más la frente.

—Porque estás drogada.

Al mirarla a esos ojos brillantes siento como si volviera atrás en el tiempo. Si alguien entiende la desesperación de Antonella por la dosis siguiente soy yo. Haber pasado por mi propio calvario me ha hecho ser consciente de la oscuridad y el asco por uno mismo que se cuecen bajo la superficie, esperando a que los liberes.

—Estás tú para hablar. Lana me contó todo lo tuyo con la oxicodona. Estuviste a punto de arruinar para siempre a mi hermana cuando se dio cuenta de que el hombre al que amaba la había dejado tirada, como todo el mundo.

El golpe acierta justo en su objetivo: mi corazón.

«Tú ya no eres esa persona.»

Cambio de táctica antes de perder la compostura.

—Puedo ofrecerte la ayuda que necesitas.

Le percibo un brillo en los ojos.

—¿Dinero?

—Rehabilitación, terapia y todo lo que te haga falta para empezar de nuevo. —Meto las manos en los bolsillos del pants.

Ella niega con la cabeza.

—Solo quería un sitio donde dormir y algo de dinero para recuperarme un poco.

—Puedo ir al motel a reservarte una habitación o llevarte en avión a una clínica y correr con los gastos, pero no voy a darte dinero en efectivo. —Así solo conseguiría alimentar su adicción y que Lana sufriera todavía más, y ninguna de las dos cosas me parece aceptable.

Antonella vuelve a negar con la cabeza y el pelo ralo se mueve de un lado a otro.

—No quiero que me ingresen otra vez.

Le observo las marcas de los brazos.

—Es tu única opción para poder controlar eso.

Ella vuelve a bajarse las mangas. Lo intento una última vez.

—Si cambias de idea, no tienes más que llamarme y te llevaré adonde puedan ayudarte a estar mejor. No he cambiado de número.

—No estoy preparada.

—Lo entiendo. —Mucho más de lo que estoy dispuesto a aceptar. Por mucho que me cueste admitirlo, entiendo a Antonella y sus decisiones de una forma en que Lana nunca sería capaz de comprender. Tener una adicción no es algo fácil de aceptar, y mucho menos de tratar.

—Si me entendieras, me ayudarías. —Levanta el tono, y me recuerda muchísimo a Lana cuando se altera.

—Te estoy ofreciendo ayuda, pero no como tú querrías.

Se le endurece la mirada.

—Vete a la mierda, Cal.

Aprieto los labios. Ella se arranca una cutícula y se saca sangre.

—Mira, déjame ver a mi hermana. Es que... Mierda. —Deja caer la cabeza—. La última vez que estuve aquí la cagué bastante, y quiero disculparme.

—Así no, Antonella. Tú precisamente deberías saber lo que sufre cuando te ve así.

—Lo que tú digas —replica, y aparta la vista.

—¿Quieres que te reserve una habitación en el motel?

—Ni de broma. Me voy al sofá de un amigo que vive unos pueblos más allá. —El pelo le ondea de lo fuerte que sacude la cabeza.

—Lo que tú prefieras. Pero que sepas que lo que te he dicho es verdad. Si necesitas ayuda, no tienes más que llamarme. Pero si vuelves aquí sin estar limpia, me aseguraré de que no veas a tu hermana nunca más.

Se gira hacia una tartana hasta los topes de cajas y efectos personales. Es triste ver en lo que se ha convertido su vida. Ojalá pudiese ayudarla, pero ante todo debo proteger a Lana.

Voy a ver cómo está Cami antes de llamar a la puerta cerrada del baño.

—¿Lana?

—¿Se ha ido?

—Sí. He esperado hasta que saliera de la finca con el coche antes de entrar.

—Gracias.

La oigo sorber con disimulo, y se me tensan los músculos. Aprieto la manija.

—Ábreme.

—Prefiero estar sola.

—Por favor.

Al hondo suspiro le sigue el clic del pasador. Abro la puerta y me encuentro a Lana sentada en el suelo, agarrándose las piernas.

—Ey. —Me arrodillo a su lado y la abrazo—. Todo va a salir bien.

—Creía que ya me habría acostumbrado a estas alturas. —Retuerce los dedos sobre el tejido de algodón de mi camiseta.

—¿A qué?

—A la decepción. —Le tiembla la barbilla.

—Lo siento. —Las palabras salen de mi boca sin previo aviso.

Ella agacha la vista al suelo.

—No es culpa tuya que Antonella sea así.

—No, en absoluto. Pero siento ser la otra persona que te decepcionó por ser demasiado egoísta para hacer otra cosa.

Parte de la tensión de sus músculos desaparece cuando suelta un largo suspiro.

—Ver así a tu hermana... Carajo. La entiendo y sé por lo que está pasando, pero solo quería zarandearla por haberles hecho daño a Cami y a ti.

Lana me hunde las uñas en la piel.

—¿Soy una mala persona por sentirme agradecida de que renunciara a Cami?

—No, Lana. Eres humana. —La abrazo con firmeza—. Antonella no está en posición de cuidar a una niña. Y tú... Tú naciste para ser la madre de esa pequeñita.

Me mira con las pestañas empapadas de lágrimas y los ojos vidriosos.

—¿Tú crees?

—Nunca he estado más convencido de nada en la vida.

30
Cal

«Arregla una casa», me dijo Iris. «Será divertido.»
Tremenda idiotez.
Con el equipo del amianto trabajando duro en la casa principal, Lana y yo nos vemos obligados a tomar algunas decisiones complicadas sobre la remodelación.
Ella aparta a un lado la quinta muestra de armarios. Se desliza por la mesa de centro y choca con las otras muestras que ha rechazado.
—No.
—¿Cómo que no? —Me tiembla el ojo derecho.
Lana y yo llevamos con esto desde que ha dejado a Cami en el campamento hace dos horas, y apenas hemos progresado. Solo nos hemos puesto de acuerdo con la forma de la nueva piscina.
A este paso, vamos a tardar tres años en elegir todo lo que hace falta en la casa. Ryder ya me está presionando para pedir los materiales lo antes posible si queremos cumplir con el calendario.
No es una cuestión de querer o no querer. Necesito poner la casa a la venta antes de finales de agosto si pretendo cumplir con la fecha límite de mi abuelo.

—Lo veo cutre. —Arruga la frente.

—Pero ¿cómo va a ser cutre? Cada armario cuesta más de mil dólares.

Pone los ojos muy abiertos.

—¿Un solo armario cuesta eso? Pero si necesitamos como...

—Olvídate de lo que he dicho. —Ya solo me falta discutir también por el dinero.

Ella contempla el armario un poco más.

—No, es que no me gusta, es horroroso, por muy caro que sea.

—¿Y qué es lo que te gusta?

—No lo sé. —Deja escapar un suspiro de exasperación lindísimo y echa la vista al techo.

Quizá el problema no sea que las opciones son malas, sino que Lana no sabe lo que quiere.

—Deja que vaya a buscar la laptop. Creo que tengo una idea.

Vuelvo al salón con la laptop y Pinterest ya abierto. En vez de sentarme frente a Lana, me pongo a su lado y me coloco la laptop sobre el regazo para que vea la pantalla.

El calor que emana de su cuerpo me penetra en la piel. Siento la tentación de rozarle el brazo y ganarme un resuello, pero me contengo.

«Primero los negocios.»

Ella arquea las cejas.

—¿Pinterest? ¿En serio?

—Iris confía ciegamente en esta página después de haber planificado casi toda su boda y luna de miel con ella.

Lana se ríe.

—Claro. Ojalá se me hubiese ocurrido a mí. Me gusta guardarme ideas para las clases, pero no había pensado en usarlo para la casa.

—A veces sirvo para algo —digo, y me río con poco entusiasmo.

Ella me da un golpe con el muslo.

—Claro que sirves para algo.

—¿Por qué lo dices? ¿Porque anoche te abrí aquel bote de salsa para espaguetis?

—La tapa estaba muy apretada. No sé si podría haberlo abierto sin tu ayuda.

Pongo los ojos en blanco.

—Me alegro de que mi propósito en la vida se haya reducido a tareas domésticas y fuerza bruta.

—Bueno, siempre bromeabas con que querías ser un hombre florero. A lo mejor es tu destino.

—No me tientes. Ya sabes lo que opino de la vida empresarial.

Ella ladea la cabeza.

—¿Sabes que existen más trabajos en el mundo aparte de los empleos de oficina de nueve a cinco?

—Sí, me he enterado. —Eso no significa que haya visto nada que me convenza. Tampoco necesito trabajar, pero para mis hermanos parece ser lo que da sentido a sus vidas. O al menos hasta que encontraron algo más atractivo.

El amor.

—¿Has hecho algo desde el hockey?

Los hombros se me ponen rígidos como piedras.

—¿Ofrecerme como secretario de Declan cuenta?

Lana se queda boquiabierta.

—¿Has sido secretario de Declan?

—No te sorprendas tanto. —Le doy un toquecito en la nariz y le arranco esa risita suspirada que hace que el corazón me dé un vuelco patético.

—Me sorprende que hayas vivido para contarlo.

—No es para tanto. Iris fue la que tuvo que aguantarlo tres años.

Lana separa los labios.

—¿Iris trabajó para él?

—Sí.

—¿Y aun así se enamoró de él? Guau.

«Guau» es la reacción adecuada. De no ser por el testamento de mi abuelo y la cláusula de los matrimonios de conveniencia, no tengo claro que los dos hubieran acabado juntos.

—Declan ha tenido suerte, porque Iris es una chica increíble.

A Lana se le suaviza el rostro.

—Le tienes muchísimo cariño.

—Siempre ha estado ahí para mí cuando he necesitado a alguien. —Rompo el contacto visual y me centro en la pantalla de la laptop.

Lana me aprieta la mano.

—Parece que es una gran amiga. Me alegro de que hayas encontrado a alguien así.

Asiento mientras trago saliva para deshacer el nudo que se me ha formado en la garganta.

—La quiero como a la hermana que nunca he tenido, pero nunca ha sido como tú. Lo que tenemos ella y yo siempre ha sido diferente.

—¿Nunca han intentado...? —La pregunta se le muere en la punta de la lengua.

—Nos besamos una vez, pero ahí quedó la cosa. —Le tomo la mano y se la coloco sobre mi muslo.

—Si su amistad es como la nuestra, permíteme que lo dude. —Sigue con la espalda rígida, a pesar de la ligereza de sus palabras.

—No hay nada que se parezca a lo nuestro, y nunca lo habrá.

Me llevo su mano a la boca y le doy un beso en la cicatriz que tiene en el nudillo. Es un recordatorio pequeño pero constante del día que se hizo daño después de que yo la retara como un idiota a escalar una valla de alambre.

Lana suelta una respiración entrecortada.

—Tienes que dejar de hablar así y hacer estas cosas.

—¿Por qué?

—Porque esto no es el pasado.

Intenta soltarse, pero la sujeto con fuerza.

—Me alegro, porque prefiero centrarme en nuestro futuro. —Le separo los dedos antes de besarle la piel suave de la palma de la mano y arrancarle un jadeo sutil.

—No tenemos ningún futuro juntos.

—Todavía no, pero dame tiempo para que te demuestre lo contrario. —Las mejillas se le encienden, y se las acaricio con el pulgar—. No espero que me creas, pero te estoy advirtiendo.

—¿Advirtiéndome de qué?

—Las veces que he huido ha sido porque creía que hacía lo correcto. Que estabas mejor sin mí. Que serías más feliz. No tengo pensado cometer otra vez el mismo error, aunque tú creas que sí. Es posible que meta la pata alguna vez... Qué demonios, eso prácticamente te lo garantizo, pero no volveré a huir. Lucharé por nosotros cueste lo que cueste. —Le suelto la mano, aunque en este momento sea lo último que querría hacer.

La tensión entre nosotros aumenta, y vuelvo a concentrarme en la pantalla de la laptop. Lana se pierde en sus pensamientos unos minutos antes de volver a hablarme como si la conversación que acabamos de mantener no hubiese tenido lugar.

Tal vez sea lo mejor. Hablar de mis intenciones importa poco cuando todavía tengo que compensar años de errores y desconfianza.

Pero eso empieza hoy.

Lana y yo nos pasamos el resto de la tarde buscando ideas en Pinterest. Ella señala todo lo que le gusta, y no tardamos en crear varios tablones distintos para cada habitación de la casa. Tampoco nos cuesta demasiado concluir que Lana odia las ideas modernas futuristas casi tanto como lo que a mí me repugna el estilo de mediados de siglo. Juntos, decidimos que la mejor opción es un estilo moderno de transición.

—Creo que me he enamorado —suspira Lana para sus adentros mientras revisa por última vez el tablón que hemos hecho para el baño.

—He compartido los enlaces con Ryder para que se ponga a buscar todo lo que encaje con nuestra idea.

—Envidio a la persona que compre esta casa. Es todo lo que siempre he querido tener.

Se me parte el alma ante la expresión de puro anhelo de su rostro.

—Siempre puedes recrearla.

—¿Con qué dinero? —resopla ella—. La única razón por la que podemos hacer esto eres tú.

Me muerdo la lengua para no decir lo que no debo. Lana, con un suspiro, cierra mi laptop.

—Me tengo que ir a recoger a Cami del campamento.

—¿Te importa si te acompaño?

—¿Quieres venir? —me pregunta, enarcando las cejas.

—Sí. Tampoco tengo mucho más que hacer. —Señalo la casa vacía.

—Tengo que pasar por el súper de camino a casa.

—¿Y? ¿Se supone que eso debería disuadirme?

Me mira de arriba abajo.

—Lo dices en serio.

Pongo los ojos en blanco y me levanto.

—¿Quieres llevar tu coche o el mío?

Lana me mira confusa.

—¿Qué pasa?

—Nada. —Niega con la cabeza—. Nos llevamos el mío.

—¿Qué le pasa a mi coche?

—¿Aparte de que no es ideal ni probablemente seguro para una niña pequeña? —Se endereza hasta alcanzar su altura máxima, pero apenas me llega a la barbilla.

—Tampoco tuviste mucho problema cuando necesitaste ir a la escuela.

—Porque estaba desesperada y no quería perderme la graduación de Cami. —Aprieta los labios.

—¿Conduces tú?

—Por supuesto. Es el siglo xxi. Ahora los hombres también van de copilotos.

«Que Dios nos asista.»

Se pasa el breve trayecto hasta el campamento de Cami riéndose de los improperios que me salen de la boca. La poca moderación que pudo mostrar con mi coche ha desaparecido por completo.

Algunas personas que están recogiendo los adornos del Cuatro de Julio en Main Street la saludan, y ella toca el claxon antes de girar el volante. Se me resbala la mano de la agarradera cuando gira bruscamente a la izquierda.

—No me sorprende que tengas las ruedas desgastadas. Conduces como si te persiguiera la policía.

Lana se ríe hasta quedarse ronca. No tengo remedio: la observo completamente fascinado, con el pecho henchido de emoción al verla tan feliz.

Esto era todo lo que quería para ella, pero jamás pensé que el causante pudiera ser yo, con todos mis problemas, con todo lo que se interponía entre nosotros y nuestra posibilidad de un final feliz.

Solo que el único obstáculo en realidad era yo. Ni mi adicción ni mi carrera.

Yo.

Porque a fin de cuentas soy yo quien toma las últimas decisiones sobre mi vida. Me equivoqué al abandonarla la última vez. Se suponía que estaría mejor sin mí, pero su evidente soledad me ha demostrado justamente lo contrario.

Lana sobrevivía, no disfrutaba de la vida, y el único culpable soy yo.

Me niego a volver a tropezarme con la misma piedra.

31
Cal

Lana avanza unas cuantas manzanas más y detiene el coche en el estacionamiento del campamento de verano de Cami. Por cómo conduce por las calles, me sorprende que no haya terminado nunca herida o algo mucho peor.

Lana sale del edificio con Cami saltando detrás de ella. A la niña se le ilumina el rostro cuando me ve sentado dentro.

—¡Holi! —grita al sentarse detrás.

Yo le ofrezco una mano para que me la choque.

—¿Qué pasa, pequeña?

La pregunta se convierte en una crónica detallada de su día. Cami se pasa el breve trayecto hasta el súper hablando de la tarde en la piscina y yo haciéndole más y más preguntas.

—Vamos. —Cami se baja del coche y le toma la mano a Lana antes de agarrarse a mí con la otra, uniéndonos a los tres.

Levanto el brazo e insto a Lana a que haga lo mismo. Ella me imita y Cami acaba balanceándose entre los dos. La risita que suelta hace que el corazón entero amenace con estallarme como un cañón de confeti. Lana nos mira, y no sé lo que encuentra en mis ojos, pero suaviza el gesto y los labios se le curvan en la sombra de una sonrisa.

—¡Otra vez! ¡Otra vez! —Cami nos jala de los brazos con una fuerza sorprendente para alguien tan diminuto. Lana y yo cedemos, y le provocamos otro gritito estridente.

No sé quién se lo está pasando mejor, si Cami o nosotros. Cuando llegamos al súper, Cami se ha puesto roja de tanto reírse y Lana está que no cabe en sí de alegría.

«Guau. Esto lo he provocado yo.»

Me olvido rápido de esa pequeña victoria y saco un carro de la compra de la hilera.

—No, yo quiero este. —Cami se monta en un carrito especial para niños. Aunque la mitad delantera es como la de los demás, la trasera parece un coche de juguete. La cabeza le roza con el techo, y tiene las piernas apretadas en un espacio minúsculo.

—¿Seguro? Te queda un poco justo.

Gira el volante como si estuviera en un circuito de Fórmula 1 en lugar de en un súper.

—Veo que has heredado las habilidades de conducción de tu madre.

Lana me da una nalgada.

—Oye.

—¿Es posible que acabes de...?

Los ojos le brillan.

—Es posible.

Alargo el brazo, pero ella se escapa de mí riéndose entre dientes. Cami toca el claxon para darle más énfasis. Lana hace ademán de agarrar el mango del carro, pero yo logro impedírselo. Lo giro despacio para que Cami no sé dé ningún golpe.

—Esto pesa más de lo que parece.

Lana me toca los brazos rígidos.

—No me digas que tienes esos músculos de adorno.

—Podemos comprobarlo de varias formas. —Le guiño un ojo.

Lana se nos adelanta con la lista. Me hipnotiza el balanceo de sus caderas, y la piel se me calienta con cada paso que da.

—¡Va, va, va! —Cami toca el claxon otra vez para llamarme la atención.

Salgo detrás de Lana, que ya está hablando con el carnicero. Él le sonríe antes de lanzarme a mí una mirada severa. Enseguida esbozo una sonrisa y lo saludo con la mano, aunque el ojo derecho me tiembla de tanto fingir.

El resto de la compra no es muy diferente. Varias personas que reconozco de mis veranos aquí me dedican todo tipo de miradas, que van de la sorpresa a una ira sin paliativos por mi existencia. A estas alturas, debería haberme acostumbrado a que la gente me trate así, pero no. Cuesta pensar que todo el mundo tuvo un asiento en primera fila durante el peor momento de mi vida.

«Es culpa tuya, de nadie más.»

Lo único que me impide salir volando por la puerta es Cami. Cada pasillo es una pista de carreras, y hago ruidos de velocidad y derrapes a medida que acelero y me deslizo. A Cami no podría gustarle más. Entre las palmadas, los gritos y las ovaciones, me olvido por completo de lo que nos rodea. Hasta Lana acaba riéndose cuando creo una pista de obstáculos con algunos de los expositores repartidos por la tienda.

Quizá los pueblecitos no sean lo peor del mundo. En un supermercado abarrotado de Chicago no me permitirían este tipo de cosas.

Cami no se cansa de mí y de nuestro juego hasta que llegamos al pasillo de la repostería. Se baja del carro y me abandona para irse con Lana.

—¡Oye! —le grito.

Cami saca la lengua entre el agujero de los dientes que le faltan y se va corriendo. Yo la sigo despacio con el carro.

—¿De qué sabor quieres que sea tu pastel de cumpleaños? —Lana deja una bolsa de azúcar glas en el carro.

—¡De chocolate! —Cami da una palmada y las trenzas ya aflojadas se le mueven.

Lana agarra una bolsa de trocitos de chocolate y la echa al carro.

—¿Cuándo es tu cumple? —le pregunto a Cami.

—El quince de julio —responde con una sonrisa.

Pues parece que es cáncer, como yo.

«Normal que se lleven tan bien.»

—Eso es el sábado.

—¡Sí! —Señala las velas de cumpleaños—. ¡Me gusta esa, mami!

—Espero que el viernes me lleguen los adornos. —Lana lanza las velas al carro.

Echo un vistazo a la última princesa de Dreamland y me río.

—¿Te gusta la princesa Marianna?

—¡Sí, es mi favorita! Da una vuelta sobre sí misma con las manos entrelazadas sobre el pecho.

—A mí también me gusta. Me hizo mucha ilusión conocerla. —Le guiño un ojo.

Lana desorbita los ojos y niega con la cabeza.

«Mierda.» ¿Habré metido la pata?

—¿Has conocido a la princesa Marianna? ¿Cuándo? —me pregunta Cami, y por poco no me disloca el brazo de lo fuerte que me jala.

Me arrodillo delante de ella.

—Cuando visité a mi hermano en Dreamland.

Lana cierra los ojos con un suspiro.

—¿Has estado en Dreamland? —La voz de Cami alcanza el tono más agudo que recuerdo.

Me froto el tímpano para que deje de pitarme.
—¿Sí?
La niña abre tanto los ojos que temo que se le salgan.
—¿Cuándo?
—Hace unos meses. Mi hermano tiene una casa allí.
—¿En Dreamland? —Se queda boquiabierta.
—¿Sí?
Se lleva las manos a la boca, sorprendida, y Lana gruñe.
—¿Podemos ir? —Me clava sus ojazos azules—. Porfi, Col. Porfi, porfi, porfi, ¿podemos ir a Dreamland? Sería el *mejorísimo* cumple del mundo.
Me mira de una forma, con esa sonrisa mellada, que hace que me fallen las rodillas.
«Tú te has metido en esto por bocón. Ahora soluciónalo.»
—Tienes que preguntárselo a tu madre.
Le lanzo el cartucho de dinamita invisible a las manos. Lana mueve los labios para formar las palabras «te mato». Al menos me iré de este mundo sabiendo que le habré organizado el *mejorísimo* cumple del mundo a una niña de cinco años.
Cami se gira hacia su madre y le abraza las piernas.
—¿Porfi, mami? Recogeré siempre los juguetes y me comeré toda la verdura. Te lo juro.
Me río con disimulo y Lana me lanza una mirada asesina. Alza la vista al techo y suspira.
—Supongo que nos vamos a Dreamland.

Le envío un mensaje rápido a Rowan mientras Cami y Lana debaten qué helado llevar. Lana se inclina por el Ben and Jerry's de oferta, mientras que Cami lloriquea para que le compre paletas de hielo.

Yo: Necesito un favor.

Agarro la caja de paletas de hielo y la meto en el carro cuando Lana no mira, y Cami esboza una sonrisa de oreja a oreja. Que discutan por lo que cuesta o deja de costar una cosa es absurdo; al fin y al cabo, tengo pensado pagar toda la compra. Es lo mejor que puedo hacer ahora que Lana me prepara la cena.

El celular me vibra un segundo más tarde, demasiado rápido para que sea Rowan. Normalmente solo mira el celular unas pocas veces al día, con todas las reuniones de Dreamland que encaja en su agenda.

Iris: ¿Cuál?

«Mierda.» He escrito en el grupo familiar en vez de a Rowan.

Yo: Ignoren el mensaje.
Era para Rowan.

Declestúpido: Al menos le diriges
la palabra a uno de los dos.

Yo: ¿De quién es este número y por
qué lo han metido en el grupo?

Declan me envía un emoji enseñando el dedo, y me río para mis adentros.

Iris: No soporto que se peleen.

Declestúpido: Yo estoy intentando
ser maduro, pero Cal se va corriendo
antes de que me dé tiempo
a disculparme.

Yo: No me voy corriendo, imbécil.

Estoy ocupado.

Declapullo: ¿Con qué?

Yo: ¿Desde cuándo te importa?

Declestúpido: ...

Iris: *facepalm*

Rowan me envía un mensaje privado poco después. Le explico lo que necesito mientras Lana comprueba que no se le olvida nada.

Rowan: ¿Seguro que es buena idea?

Yo: Hace muchísimo tiempo que no estoy tan seguro de nada.

Y lo digo en muchos sentidos, pero mi hermano no me entendería. Pasar tiempo con Cami y Lana me hace sentir completo, de una forma que hacía años que no sentía, y haría lo que fuera por que siguiera siendo así.

Rowan: Zahra ya se ha ofrecido voluntaria para planificar el mejor cumple de la historia. Sus palabras, no las mías.

Si hay alguien en quien confío para organizarle a Cami la experiencia Dreamland definitiva es sin duda Zahra. Es la mayor fan de Dreamland y la mejor creadora del parque.

Yo: Gracias de antemano.

Rowan: Lo que sea para que no dejes de sonreír, guapetón.

Se me ocurre algo, y le envío otro mensaje.

Yo: ¿Lo que sea?

Rowan: Me voy a arrepentir de lo que te he dicho, ¿verdad?

Yo: Necesito pedirte otro favor.

Le hago una petición prácticamente imposible, consciente de que cabe la posibilidad de que no pueda llevarla a cabo con tan poca antelación.

Yo: Lo entendería si no pudieras...

Rowan: Dame 48 horas.

32
Alana

Cal y Cami charlan mientras yo conduzco por Main Street. Cami no ha dejado de hacerle preguntas sobre Dreamland desde que he accedido a ir en el súper, y él se ha portado como un campeón respondiéndolas todas.

Esta sensación cálida en el pecho se intensifica cuando a Cami le entra un ataque de risa por algo que le ha dicho Cal. Él se ríe, y lo miro de reojo. Sin embargo, algo capta mi atención por la ventana, y abro mucho los ojos.

Freno en seco y todos salimos despedidos hacia delante con el impulso.

—¿Qué pasa? —me pregunta Cal con una voz que derrocha ansiedad.

Echo un vistazo por el retrovisor y veo la carretera vacía.

—Denme un segundo.

Él me mira como si me hubiese vuelto loca.

«Y quizá no le falte razón.»

Doy marcha atrás y me estaciono delante de la tienda abandonada.

«No.»

Me estiro hasta casi ponerme encima del regazo de Cal

para ver mejor por su ventana. En el escaparate de la tienda que antes estaba vacío cuelga ahora un letrero de PRÓXIMA APERTURA, y se anuncia un restaurante de comida rápida que abrirá a finales de año.

«Has llegado tarde.»

Ver a otra persona cumpliendo mi sueño es como un puñetazo en el estómago. Con lo cerca que estaba de lograr al fin lo que esperaba con tantas ganas... Apenas me faltaban unos meses. Es ridículo tener esta sensación de pérdida por una tienda que ni siquiera era mía. Y soy la única culpable de esta situación. Tal vez si hubiese sido un poco más egoísta, habría tenido el dinero necesario para comprarla.

Pero no podía dar la espalda a mis seres queridos.

No quería.

Si volviese atrás en el tiempo sabiendo lo que sé ahora, tomaría las mismas decisiones, aunque eso implicara perder otra vez todo el dinero. Porque valió cada centavo intentar tratarle el cáncer a mi madre y no perder la esperanza en Anto, porque eso es lo que me enseñó mamá.

—¿Estás bien? —me pregunta Cal.

Asiento, a pesar del nudo que tengo en la garganta. Él me observa con detenimiento la cara, pero no me atrevo a mirarlo a los ojos.

—Pareces triste —añade Cami, asomando la cabeza por el lateral de la silla de Cal.

Digo que sí con la cabeza, esta vez menos convencida, y me tiembla la barbilla. Cal me gira el rostro con un solo dedo.

—¿Cómo puedo solucionarlo?

«¿Cómo puedo solucionarlo?»

Me muerdo la mejilla por dentro, resistiéndome a la tentación de desahogarme.

«A la mierda.»

—No puedes. Pensaba que un día tal vez podría...
—Arrastro la mirada hacia la tienda.

—Abrir ahí tu pastelería —termina él por mí.

Apenas puedo tragar saliva cuando asiento.

—Sé que en la teoría suena patético.

—En absoluto —me dice él sin un ápice de crítica en la voz.

—Sabes que sí. Ahora mismo no tengo ni el dinero ni el tiempo.

—Seguro que cuando sea el momento adecuado, te surgirá la oportunidad perfecta.

Le echo un último vistazo a la tienda, consciente de que aunque mi sueño de abrir una pastelería algún día sigue bien vivo, el deseo de tenerla en Main Street puede que nunca se haga realidad.

Cal me levanta la barbilla.

—Y cuando llegue el día en que estés preparada, me encantaría estar ahí para animarte.

No hay una sola parte de mí que no quiera creerlo, pero a pesar de todo no puedo negar la sombra de duda que me crece en las entrañas.

«Puede que ese día ni siquiera esté aquí.»

Quiero insistirle un poco más, preguntarle a qué se refiere, pero Cami me lanza su animal de peluche al regazo.

—Toma, mami. Corderito siempre me ayuda cuando estoy triste.

—Gracias, tesoro —contesto, con la voz entrecortada por la emoción. Me aprieto a Corderito contra el pecho y lo estrujo tan fuerte que temo que se le salga el relleno.

Cal sigue respondiendo a las preguntas de Cami sobre Dreamland de camino a casa. Percibo los ojos de Cal girándose de vez en cuando hacia mí, pero finjo que no me doy cuenta y mantengo la vista fija en la carretera.

En algún momento durante el trayecto, Cal me pone la mano en el muslo. El peso de su palma me reconforta, y antes de que tenga ocasión de contenerme, se la tomo y entrelazamos los dedos.

Por primera vez desde que Cal apareció, su presencia no me asusta, enoja o disgusta, sino que la agradezco.

Al volver del súper, Cal hace todo lo posible por darme un poco de espacio. Es como si supiera que me derrumbaría si me hiciera una sola pregunta sobre la pastelería. Me lanza alguna que otra mirada durante la noche, pero yo me concentro en entregarme en cuerpo y alma a la pastelería en vez de hablar del tema.

Saco mi reluciente batidora nueva mientras Cami se lo lleva a una fiesta del té falsa con sus muñecas de Dreamland. Por mucho que desearía impedir que Cami le tome demasiado cariño, soy incapaz de apartarla de Cal. El vínculo que tienen es especial. Puede que sea un caso perdido, pero tengo la esperanza de que, cuando se vaya, esté dispuesto a visitar Lake Wisteria solo por Cami.

«Y también por ti.»

Se me encoge el corazón cuando pienso en el día en que Cal se marche, así que me lo quito de la cabeza y sigo con la repostería. Cal entretiene a Cami mientras preparo su postre favorito, como le prometí cuando me compró la batidora.

No es un chico de gustos refinados. Su dulce favorito resulta ser las galletas de canela, pero todavía no sé por qué. De todo lo que puedo preparar, esto es de lo más sencillo.

Mientras aliso la masa con la mezcla de azúcar y canela, acabo atendiendo sin darme cuenta al teatro de Cami y Cal. Incluso me río un par de veces cuando Cal pone acento británico para interpretar a la princesa de Inglaterra. Para alguien que detesta Dreamland y todo lo relacionado con los Kane, conoce muy bien a los personajes. Se sabe hasta las canciones, algo que me resulta sexy e impactante al mismo tiempo.

—Solo una o luego no tendrás ganas de cenar. —Le lanzo a Cami una mirada suspicaz al dejar un plato de galletas recién hechas para la fiesta del té.

Cal me hace ojitos.

—¿Y qué pasa conmigo?

—¿Qué sentido tiene que te diga nada? De todas formas, siempre te ha encantado comerte el postre antes de cenar.

—Pero porque tú eras el primer plato. —Me guiña un ojo.

«Este hombre es el demonio.»

Le da un mordisco a la galleta y deja escapar una mezcla entre un gruñido y un gemido. Es el sonido más sensual que he oído en la vida, y cuando cierra los ojos noto un ardor en el bajo vientre. Siempre le ha gustado saborearlo todo.

Dulces. Bebidas. «A mí.»

Ese último pensamiento me trae a la cabeza el recuerdo de Cal entre mis piernas, con la lengua y los dedos trabajando a la par para que me viniera. La mitad inferior me palpita.

«Hace mucho que no coges.»

«¿Y qué hago? ¿Agarro el vibrador?»

«Oye, pues no es mala idea.»

No conseguiré solucionar de forma permanente todos mis problemas, pero no me importaría olvidarme un poco de ellos esta noche. A estas alturas, haría lo que fuera por impedir que la fantasía de Cal entre mis piernas se hiciera realidad.

Siempre me ha encantado cenar con Cami. Es el momento del día en que nos sentamos juntas y disfrutamos de nuestra compañía, y pensaba que la vida no podía ser mejor que eso. Al menos hasta que apareció Cal. Me resulta natural que cene con nosotras. Como si siempre hubiésemos sido tres, aunque hayamos estado seis años sin vernos.

Alargo la cena todo lo posible, básicamente porque quiero deleitarme con la felicidad de Cami y la atención de Cal un poquito más. Cami me mira raro cuando le ofrezco galletas por segunda vez hoy, pero no se queja de que le haya dejado tomarse el postre antes de la cena.

—¿Podemos ver una peli? —pregunta Cami mientras Cal se zampa su quinta galleta. En serio: ¿dónde mete todo lo que come y cómo consigo que mi cuerpo haga lo mismo?

—Claro. Me encantaría ver una peli —responde sin pensar. Faltan un par de horas para la hora de dormir de Cami, así que tenemos tiempo de sobra.

Ella da una palmada.

—¿Y podemos construir un fuerte?

—Suena divertido. —Cal me mira fijamente antes de sacar la lengua para lamerse las migas que se le han quedado en los labios.

«Cómo le gusta provocarme.»

Siento la tentación de darle un bocado en el labio inferior solo para que aprenda.

—¿A ti quién te ha invitado? —Lo miro con indiferencia.

—¡Yo! —Cami levanta la mano, y Cal sonríe.

—Decidido, pues.

«Idiota.»

La única razón por la que accedo a seguirles la corriente es porque Cal no ha probado ni una sola gota de alcohol esta noche. Sé que se está esforzando, y no quiero hacerlo de menos.

—Vamos —suspiro, antes de girarme hacia Cami—.

Pero primero tienes que lavarte las manos y cepillarte los dientes.

—¡De acuerdo! —Cami sale disparada hacia el lavabo.

Cal recoge unas sábanas y unas cuantas almohadas del armario mientras yo enciendo la televisión gigantesca que Cal compró en uno de sus impulsos. Me bajo la aplicación de KidFlix e inicio sesión con mis datos.

—¿Eso qué es? —Cal deja las sábanas sobre el sofá.

—¿KidFlix?

—Sí. —Arrastra unas sillas del comedor.

—Un servicio de *streaming*.

—¿Qué pasa con DreamStream?

Ladeo la cabeza.

—¿Cómo que qué pasa?

—¿No te gusta? —Se queda parado.

—Mmm... —Me muerdo el labio.

—¿Qué?

—No es que no me guste. —DreamStream es el bebé de la Kane Company, así que debo elegir mis palabras con cuidado.

—¿Y entonces?

Valoro la posibilidad de maquillar mi opinión, pero acabo optando por decirle la verdad.

—Es que no está tan bien.

Cal abre mucho los ojos.

—¿A qué te refieres?

—Al principio nos gustaba. A Cami le hacía una ilusión tremenda tener acceso ilimitado a todas las pelis y series clásicas de Dreamland.

—¿Tenían una suscripción, entonces? —me pregunta mientras desdobla una de las sábanas. Agarro uno de los lados y la estiro para que él ate un extremo al respaldo de una de las sillas.

—Sí, durante un año o así.

—¿Por qué la cancelaron?

—Por varias razones. Para empezar, el año pasado se dobló el precio mensual. Luego encima metieron anuncios, que entiendo que son necesarios para tener beneficios, pero ya era demasiado. Si queríamos quitar los anuncios, tendríamos que haber pagado el doble por la suscripción.

—Es decir, cuatro veces el precio original, ¿no?

—Exacto. Es ridículo para el contenido que ofrecen. Por el precio de la suscripción a DreamStream, puedo pagar otras cuatro aplicaciones de *streaming*.

—¿Por qué cuadriplicarían el precio? —se pregunta, más bien para sí mismo.

—No lo tengo claro. Tampoco es que estuvieran produciendo una cantidad de contenido nuevo que justifique el precio mensual. Simplemente eran reposiciones de sus series y películas famosas por un coste superior, y, si te soy sincera, con un sueldo como el mío no merecía la pena.

—¿Qué podrían hacer que justificara el precio?

—No sé qué decirte. A lo mejor más estrenos y menos anuncios. Ah, o quizá combinar todos los canales de la Kane Company en un solo sitio. Es un poco ridículo pedirle a la gente que pague cuatro suscripciones diferentes cuando son propiedad del mismo conglomerado audiovisual.

Cal se rasca la barba incipiente.

—Creo que no te falta razón.

—¿A mí? —Me río—. No tengo ni idea sobre esas cosas.

—Llevo tiempo preguntándome por qué nuestros beneficios están bajando en comparación con la competencia.

Suelto una carcajada.

—Uy, si quieres te hago una lista.

—¿Te importaría? —Él ladea la cabeza con interés.

—En absoluto. A estas alturas, creo que he estado suscrita a todos los servicios de *streaming* que existen.

Cami sale corriendo del baño con manchas de pasta de dientes en la mejilla y restos de jabón entre los dedos. Me la llevo de vuelta al baño y le echo una mano mientras Cal termina el fuerte.

Apenas hay espacio, pero de algún modo conseguimos meternos los tres debajo del fuerte de sábanas, aunque la parte superior de la televisión queda cortada. A Cami no parece importarle; la ilusión que le hace ver una película supera con creces a la logística.

Me acuesto junto a Cami, que ha elegido el sitio más cercano al borde, donde Merlín duerme enroscado en una bola. Cal parece no tener claro dónde ponerse, y entonces decide sentarse con las piernas cruzadas al otro lado del fuerte. Ni siquiera sé si ve la televisión desde allí, y mucho menos si está cómodo, con todo lo que se tiene que encorvar para caber debajo de la sábana.

—Puedes ponerte al lado de mamá. —Cami señala el sitio que hay junto a mí.

«Mírala qué bonita. Cami está jugando a las alcahuetas sin saberlo.»

Cal me mira buscando aprobación, y yo asiento ligeramente.

«No sabes cuánto te vas a arrepentir de esto.»

Con un ligero suspiro, Cal se acuesta a mi lado. Su cercanía, combinada con el olor de su jabón y el ritmo de su profunda respiración, hace que se me nuble la mente y me hormiguee la piel.

Cami elige la película y se acurruca junto a mí. Apenas presto atención a lo que pasa en la pantalla; estoy demasiado distraída con el hombre que tengo al lado. El corazón me martillea contra las costillas y la sangre me palpita en las orejas mientras resisto la tentación de darme la vuelta y recostarme sobre su pecho.

En un momento dado, Cal entrelaza su meñique con el mío, y así nos quedamos durante el resto de la película. El vínculo que cobra vida con ese contacto tan simple me pone la piel de gallina.

«Sí. Definitivamente necesitas coger.»

Después de dormir a Cami, cierro con pasador la puerta de mi habitación, apago las luces y saco el vibrador de la mesita de noche y de su funda. Hace un tiempo que no me vengo, y aunque el vibrador no se parece ni de lejos a una de verdad, cumple con su propósito.

Enciendo una vela, pongo un poco de música acústica para que no me oigan y me instalo en la cama. La cabeza se me va a todas las cosas que tengo que hacer antes de acordarme de lo que quería hacer en un principio.

Me quito la camiseta y la ropa interior y me vuelvo a acostar en la cama. Esta vez, los pensamientos se me van a algo mucho más peligroso. Algo prohibido, por mil razones distintas.

Callahan Kane.

El hombre que no me he quitado de la cabeza desde que entró tambaleándose en mi vida y me arrastró a un pasado que llevo años intentando olvidar.

«En ese caso, aprovéchate de su cercanía y utilízalo para venirte.»

Cierro los ojos y me imagino a Cal encima de mí, y los dedos que se arrastran por mi pecho no son míos, sino suyos. Él se toma su tiempo para volver a familiarizarse con mi cuerpo. Cada jadeo, cada suspiro y gemido lo incitan a más, y juguetea con uno de mis pechos hasta dejarme sin aliento y resollando debajo de él antes de pasar al otro.

Me rozo con la uña el afilado pezón, pero sustituyo la imagen por la de Cal.

Es él quien juega con mi cuerpo hasta que suplico que termine.

Es él quien inclina el vibrador para que el estimulador del punto G esté en el ángulo perfecto.

Es él quien... ¡¿llama a la puerta?!

Abro los ojos de golpe. Me incorporo y gimo cuando el vibrador se acelera, y pongo los ojos en blanco.

—¿Lana? ¿Me oyes? —Cal llama con más fuerza.

Gruño a la almohada al sacar el vibrador y apagarlo.

—Un momento —respondo, con la voz más ronca de lo que me habría gustado.

Cal deja de llamar.

«Gracias a Dios.»

Me deslizo por las sábanas y me pongo de pie. Siento las piernas como un flan mientras busco mi camiseta. Después de arreglarme el pelo rápido, entreabro la puerta.

—¿Qué pasa?

—Quería preguntarte un par de cosas sobre Dream-Stream —me dice, examinándome el rostro.

—¿Ahora? Son las nueve de la noche.

Me mira como si estuviera loca.

—¿Y?

—Es tarde. Ya hablaremos mañana.

Empujo la puerta para cerrarla, pero él planta la mano sobre la madera para impedírmelo.

—¿Cómo que es tarde? Espera... —Olisquea—. ¿Eso es lavanda?

—Sí, he puesto una vela. ¿Qué pasa?

—¿Has puesto una vela? —repite—. Tú nunca te pones velas a no ser que... —Abre mucho los ojos al caer en la cuenta—. Claro. La vela. La música. La... —Echa un vistazo por encima de mi cabeza a las bragas que hay en el suelo—. Qué detallista.

Me ruborizo. Hago ademán de cerrar la puerta, pero él tiene demasiada fuerza.

—¿Qué hay que hacer para conseguir una invitación?

—Baja la vista, trazándome un camino ardiente por el cuerpo. Me mira de una forma que me hace temer acabar en llamas.

El calor que he notado antes en el vientre vuelve para vengarse.

—Nada. Anda, vete.

Empujo de nuevo la puerta, pero él sigue sujetándola con tanta fuerza que no consigo moverla ni un centímetro.

—Deja que te haga sentir bien. Por favor —susurra.

Dios mío. Ningún hombre debería parecer tan desesperado por darle placer a una mujer. Le generaría complejo a cualquiera, sobre todo si le sumas esa forma que tiene de lamerse los labios.

Esa sencilla súplica hace que mi fachada se derrumbe como la de una casa de jengibre pobremente construida.

«¿Qué es lo peor que puede pasar?»

«Si te lo estás siquiera planteando, estás mucho más perdida de lo que pensaba.»

Sacudo la cabeza.

—No.

Es lo mejor. No me he pasado los dos últimos meses guardando las distancias para echarlo todo a perder por estar desesperada por aliviarme.

«No estás desesperada por aliviarte.»

«Estás desesperada por él.»

La verdad me arrolla como una ola, y me quedo sin aliento. Él agarra la puerta con más firmeza.

—Te lo suplico de rodillas si hace falta.

—De acuerdo, pasa. —Suelto la puerta y doy un paso atrás.

«Mañana te vas a arrepentir de esto.»

Pues más me vale aprovechar la noche.

Cal no se mueve, ni siquiera pestañea, cuando retrocedo hacia la habitación y dejo el espacio suficiente para que sus súplicas me merezcan la pena.

—¿Vas a ponerte de rodillas para rogármelo o piensas quedarte ahí parado viendo cómo me vengo de una forma que ni en mil vidas serías capaz de conseguir?

Se le ensanchan las fosas nasales.

—¿Eso es un reto?

Una sonrisa pícara me cruza el rostro.

—Es una promesa.

33
Alana

Algo se desata dentro de Cal. Lo noto en ese cambio en su mirada, en el desenfreno que reprime y que ahora ha salido a la superficie. Me tiembla el cuerpo de la expectación cuando él cierra la puerta y pone el pasador.

—¿Cómo quieres que me ponga? —Da un paso hacia mí.

—De muchas formas, pero de momento me conformo con que te pongas de rodillas.

La manzana de Adán le sube y le baja cuando hunde las rodillas en la tela de la alfombra. Siento un leve mareo al verlo dispuesto a obedecer todas mis órdenes.

—Perfecto. Ahora quédate ahí y ponte guapo para mí.

Él sonríe.

—¿Ya está?

Busco el vibrador entre las sábanas y me acuesto de cara a él.

—¿Qué haces? —Cal frunce el ceño.

—He dicho que podías suplicármelo, no que fueras a ser tú quien me provocara el orgasmo —contesto, y él abre la boca, pero no dice nada.

Enciendo el dispositivo. El zumbido, junto con su mirada, me pone otra vez la piel de gallina.

Trago saliva a través del nudo que tengo en la garganta.

—Si me tocas, se acabó. ¿Entendido?

Él hunde los dedos en sus muslos, atrayendo mi atención a la erección creciente que se le marca en los pants.

—¿Estás evitando el contacto físico porque crees que eso te protegerá de lo que está pasando entre nosotros?

Entrecierro los ojos.

—Yo no he dicho eso.

«Pero sí lo has pensado.»

«Maldita sea.»

—Ni falta hacía. Pero no pasa nada, porque harás el trabajo sucio por mí. Quítate la camiseta y abre las piernas.

—Tú aquí no tienes ningún control —digo con la voz entrecortada, perdida ya la seguridad de antes.

—Ay, cielo. Tengo el control desde que me has dejado entrar en la habitación. Lo que pasa es que me gusta ver cómo te regodeas en esa ilusión de poder.

Contengo el aliento.

—¿Quieres que suplique? —Cal planta las manos en la alfombra y se pone en cuatro—. ¿Quieres que me arrastre como un hombre que ansía tu vagina? —Hace justo eso, y la cuerda invisible que nos separa se va tensando a medida que se acerca—. Porque tengo tantísimas ganas de saborearte que creo que me moriré si no me das la oportunidad esta noche.

Recorta la distancia entre los dos y se detiene frente a mí, con un brillo malévolo en los ojos cuando se pone de rodillas. Con su altura y la posición del colchón, tiene unas vistas perfectas de lo que palpita por captar su atención.

Saca la lengua y se humedece el labio inferior. Una descarga eléctrica me baja por la espalda. El vientre me hormiguea y el líquido se acumula entre mis piernas.

—Pues hoy será tu funeral.

—Entonces déjame disfrutar de una última cena. —Su

mirada se oscurece cuando la posa en el vértice de mis muslos.

—¿Y cómo piensas hacerlo sin tocarme?

—Es una sorpresa. —Me dedica esa sonrisa suya que hace que el corazón me salte en el pecho.

—Pero...

—Camiseta fuera y piernas abiertas o se acabó. ¿Entendido? —dice, copiando mis palabras de antes.

Estoy convencida de que memoriza todo lo que digo solo para usarlo contra mí en el momento más inoportuno.

—Entendido. —Me quito la camiseta, y al separar los muslos le borro esa sonrisa estúpida de la cara.

Cal gruñe y se agarra al colchón a ambos lados de mis muslos.

La mujer sensual que duerme dentro de mí sale a la superficie, alimentada por la lujuria de su mirada y la sensación palpitante de mis entrañas. Quizá esté viviendo una ilusión de poder, porque nada se siente mejor que hacerle perder la cabeza a un hombre superado por el deseo.

Recojo la herramienta de silicona. Un extremo se curva ligeramente hacia arriba, mientras que el otro traza una curva pensada para estimular el punto G.

—¿Qué es eso? —A Cal le tiembla la voz, y me produce un escalofrío.

Lo levanto para que lo vea bien. Él se pone de pie, invadiendo mi espacio y llenándome la nariz con su adictivo olor.

—Este es nuevo.

—El último se rompió.

—¿Cómo? —pregunta con una mirada suspicaz.

—Recibió mucho amor. —Me persigno en un falso acto de conmemoración.

—¿Con él? —El tono letal de su voz hace que se me forme un nudo en el estómago.

—No, imbécil posesivo. Fui yo solita.

La tensión de su mandíbula desaparece.

—Así me gusta. Ahora ponte en medio de la cama y enséñame lo que sueles hacer para venirte.

Lo obedezco. Él se sube al colchón y hace que las mariposas de mi estómago entren en frenesí. Mi cuerpo se desliza ligeramente hacia él por el peso añadido, pero Cal hace todo lo posible por no tocarme. En vez de eso, se acuesta a mi lado y deja un pequeño espacio entre nuestros cuerpos.

Suelto una exhalación entrecortada.

—Primero me gusta tocarme yo.

El color de sus ojos cambia como el del océano antes de una tormenta, y el tono azul claro adquiere enseguida un tinte oscuro a medida que se le dilatan las pupilas.

—He dicho que me lo enseñes.

Me agarro a las sábanas.

«¿En serio vas a seguir adelante con esto?»

Una noche no va a cambiar las cosas entre nosotros. A menos que yo lo permita, y no tengo pensado volver a cometer el mismo error.

—Lana —dice él entre dientes, en un intento por interrumpir mis pensamientos.

«Déjate llevar solo esta noche.»

Cierro los ojos y me acaricio la barriga. Deslizo las puntas de los dedos por la piel suave, haciéndome cosquillas hasta que relajo los músculos. No es hasta que el corazón se me acelera cuando asciendo por las costillas y llego a los pechos.

Siento sus ojos por todas partes. Le echan gasolina a mi fuego interior, lo alimentan hasta que me retuerzo en la cama mientras me toco.

—Por Dios. Te veo así y me muero por... —Se muerde el labio para reprimir un gruñido, y entonces me sopla por sorpresa el pezón que le queda más cerca.

—¿Te mueres por qué? —insisto.

—Por que me dejes tocarte.

Procuro no acercar demasiado la mano a los pezones, y me centro primero en trazar círculos alrededor de mis pechos. Cada pasada me acerca más a la cima.

—¿Qué me harías si pudieras?

Cal maldice para sus adentros.

—Venerar tu cuerpo con las manos y los labios hasta que pidieras mi miembro a gritos.

Resoplo.

—Siempre te ha gustado provocarme.

—Dice la mujer que tiene el sexo húmedo a la vista para torturarme.

Abro aún más las piernas y le arranco otro gruñido de dolor. Cal se inclina hacia delante y se venga soplándome el otro pezón.

Arqueo la espalda y acerco el torso a su boca. Su risita grave hace que se me ericen todos los pelos del cuerpo.

—No tienes más que decírmelo y te tomo el relevo.

—No. —Intento hablar con firmeza, pero la respuesta es más bien un susurro roto.

—¿Estás segura? —Se le acelera la respiración—. Porque me encantaría dominarte con la boca hasta que te retorcieras debajo de mí, con la espalda arqueada y restregándome el sexo en el muslo, chorreando de deseo.

Me lo imagino con claridad. Cal me clavaría la rodilla, animándome a demostrar lo mucho que lo deseo estimulándome con su muslo. Siempre le ha gustado que tenga que esforzarme por mi placer. La delicadeza que suele mostrarme fuera de la habitación desaparece y da paso a un desenfreno que controla a la perfección.

«Espero que sepas lo que estás haciendo.»

Cuanto más me acuerdo de nuestro vínculo, más crecen mis dudas.

«Ya te arrepentirás más tarde.»

La mitad inferior me palpita. Necesito más. Agarro el vibrador y Cal me lo quita de las manos.

—Primero con la mano. —Se baja de la cama y la rodea antes de acostarse entre mis piernas.

«Carajo.»

Me froto el clítoris y arrastro la mano arriba y abajo por mi entrada, aprovechando el líquido de mi placer.

Me meto y saco un dedo despacio.

—Demuéstrame lo mucho que me deseas.

Cal me observa con una fascinación absoluta cuando levanto el dedo. Reluce bajo la luz de la luna que se cuela por la persiana. El vibrador se le resbala de la mano y lo abandona por completo para centrarse en mí.

—Otro.

Sigo su orden y el cuerpo se me estremece cuando me meto un segundo dedo, humedeciéndolo hasta el nudillo a medida que lo muevo arriba y abajo, despacio. Jamás había sido capaz de ponerme tan caliente. La presencia de Cal es un afrodisiaco que me deja gimoteando sin remedio a sus órdenes.

Los músculos del estómago se me contraen con cada movimiento de mis dedos.

—Deja que te saboree —me pide con la voz rota, y la fiereza de sus ojos me parte el corazón en dos.

—No —respondo con firmeza, por él y por mí.

Él hunde la cabeza en el colchón y gruñe. Sonrío cuando hago ademán de agarrar otra vez el vibrador, pero Cal lo retiene contra su pecho.

—Dámelo. —Meneo los dedos.

—Me has dicho que no podía tocarte, pero no me has dicho que no pudiera usar tu juguetito. —Presiona el botón y el zumbido llena la habitación.

—¿A qué te...? —Mi protesta se interrumpe cuando Cal presiona el extremo cálido del vibrador contra mi clítoris.

Arqueo la espalda y una sensación de placer me arrolla como una ola.

—Eres un tramposo —gimo cuando me introduce la punta, y la humedece bien antes de volver al clítoris.

Repite el mismo movimiento una y otra vez, recogiendo mi excitación para seguir frotándome el clítoris.

—Puedes decirme que pare en cualquier momento.

Como si tuviera siquiera la capacidad de hablar ahora que él ha recuperado el control y me ha convertido en un cuerpo irracional. Mi frustración crece a medida que él busca mi orgasmo, y me lo niega cada vez.

Me agarro a las sábanas y gruño. La piel me brilla ligeramente por el sudor que la humedece. Él me chista cuando intento quitarle otra vez el vibrador.

—¿Quieres venirte?

—Sí —respondo entre dientes.

—Pues déjame tocarte.

—No.

—Qué lástima. Ya me avisarás cuando estés lista para aceptar la derrota.

Cal apaga el vibrador y me introduce la punta. Sus embestidas son deliberadamente superficiales, apenas rozando el deseo. En todo caso, consigue que las palpitaciones empeoren.

—Por favor —jadeo.

—¿Por favor qué? Habla claro, cariño. Quiero oír lo mucho que me necesitas.

Aprieto con fuerza los labios. Su risita condescendiente me saca de quicio. Enciende el vibrador en el modo más suave para hacérmelo más llevadero, y yo me fundo aún más en el colchón.

—Todo esto podría acabar si te rindieras.

Cal se agacha hasta poner la cara a unos pocos centímetros de mi sexo y me sopla el clítoris hinchado.

«Maldita sea.»

—Si no me haces venirme en el próximo minuto, te meto el vibrador por el culo y acabo yo misma.

Él me guiña un ojo.

—Me parece bien, siempre que me dejes venirme a mí después.

—Te odio —le escupo entre dientes cuando me introduce un poco más el vibrador.

—No. Lo que odias es lo que te hago sentir.

Saca el vibrador y lo limpia de mi esencia con varios lametones. Cierra los ojos con una expresión de reverencia que me lleva al límite.

—Tócame, por favor —le suplico con voz tensa, en consonancia con la sensación de que el corazón se me está rompiendo por las costuras.

«Tú te lo has buscado.»

Sin perder un instante, Cal suelta el vibrador y me separa aún más las piernas para que le quepa el cuerpo. Me besa con parsimonia los muslos. El roce de sus suaves labios sobre la piel me resulta demasiado. Levanto las caderas para recordarle lo que quiero, pero solo recibo un roce de su barba en el muslo.

Hundo los dedos en su pelo y le acerco la cabeza a mi sexo húmedo.

—Para de jugar. O me coges o te vas al demonio.

—Qué mandona. —Saca la lengua y me lame el clítoris hinchado. Cuando intenta retroceder, le sujeto la cabeza y lo obligo a quedarse—. Qué necesitada. —Arrastra la punta hasta el centro palpitante—. Qué sexy, carajo. Tengo el miembro como si me pudiera explotar solo con verte.

Me introduce la lengua. Arqueo la espalda y me saltan chispas de la piel mientras él me devora como si llevara años sin comer. Como si fuese su primera comida y quisiera saborearla. Me hunde los dedos en las nalgas para retenerme contra su rostro, con los ojos clavados en mí.

La tortura constante de su boca me lleva más y más al

límite. Quiero aguantar, pero los dedos de los pies me hormiguean y la respiración se me acelera cuando juguetea con mi sexo antes de entrar.

Le aprieto los lados de la cabeza con los muslos cuando me vengo. La visión se me nubla a medida que me arrolla oleada tras oleada de placer. Cal no para de acariciarme, de chuparme y de lamer hasta que el cuerpo deja de temblarme y le he cubierto de líquido la mitad inferior de la cara.

—Carajo. —Dejo caer la cabeza y pestañeo al techo.

Él me besa el sexo una vez más antes de reptar sobre mi cuerpo. Su peso ya conocido me hunde más en el colchón mientras me sostiene la cabeza y me besa. El sabor combinado de su aliento mentolado y mi excitación me llena la boca y me produce otro acceso de placer. Gimo sobre sus labios y él me introduce la lengua, obligándome a saborear lo mucho que lo deseo.

Cal hace ademán de apartarse, pero lo agarro del pelo y lo jalo; todavía no estoy preparada para romper nuestro vínculo. Ni tampoco para lo mucho que puedo arrepentirme cuando se vaya. Para el miedo.

—Gracias. —Me da un último beso en los labios.

«¿Gracias?» Las gracias debería dárselas yo por haberme provocado el mejor orgasmo en años.

Me besa la coronilla antes de separarse de mí. Salvo por el pelo revuelto y la erección que amenaza con reventarle las costuras del pantalón, parece totalmente entero.

Me apoyo en los codos y lo miro fijamente.

—¿Adónde vas?

—Prefiero irme antes de que entres en razón y me eches.

Se me rompe el corazón cuando se levanta de la cama. Me late con fuerza cuando me arropa, destruyendo por completo la poca resistencia que me quedaba.

—No te echaría si me dijeras que quieres quedarte —le suelto.

Él deja escapar una honda exhalación.

—Querría quedarme si tú quisieras tenerme aquí, no porque te sientas obligada por una petición y un orgasmo.

Separo los labios, pero no sale palabra alguna.

—Ya sabes dónde encontrarme si me necesitas.

Cal me dedica una sonrisa tensa antes de salir de la habitación. Me apoyo en la cabecera con un suspiro. El vacío de mi pecho crece hasta consumir la calidez anterior, y me deja fría y sola.

Valoro la posibilidad de arrastrarme hasta su cama, pero me contengo. Estoy demasiado sobrepasada como para pensar en las consecuencias de algo así.

«Ya has dejado que te devore entera. ¿Qué es lo peor que podría pasar?»

En pocas palabras: que volviera a enamorarme de él.

34
Cal

Alejarme de Lana es prácticamente imposible. He estado a punto de ceder y quedarme, pero no podía hacernos eso, por mucho que quisiera apretarla contra mi pecho y susurrarle al oído hasta que se durmiera.

En vez de eso, me acuesto solo en mi cama, sexual y emocionalmente frustrado.

«¿De verdad te sorprende?»

No. En cuanto he salido por la puerta, una parte de mí sabía que no me seguiría. Lo tenía escrito en la cara. La indecisión. La incertidumbre. El miedo a que lo que hiciéramos pudiera conducir a algo más.

Claro que quiero que pase. No habría hecho lo que he hecho si no hubiese tenido claro que la deseo de cualquier forma que se me presente, siempre que ella esté dispuesta a lo mismo.

«Dale tiempo.»

Me rasco la barba incipiente con la mano. Los dedos todavía me huelen a Lana y hacen que el miembro, ya de por sí duro, me pida a gritos que termine. Me bajo los pantalones y cierro la mano en torno a él antes de darle un jalón.

«Solo un poco, para quitarme las ganas», me digo a mí

mismo mientras subo y bajo hasta que me gotea líquido preseminal y ayuda a que mi mano se deslice mejor por la piel suave.

«Es mejor que beber», me repito dos veces cuando el estómago se me contrae y doblo los dedos de los pies por el placer que se me acumula en la base de la columna. El calor se me concentra en el sexo y me imposibilita pensar en otra cosa que no sea mi propio placer.

Me imagino los dedos de Lana sustituyendo los míos. La provocación de su tacto. La firmeza con que me la sujeta y me masturba hasta que se me tensan los huevos. La calidez de su boca cuando remplaza la mano, jugueteando y probando hasta que me encorvo y la ahogo con mi verga.

Me lo imagino con nitidez.

Sus ojos llorosos mientras la recibe entera.

Yo empujando todo lo que puedo antes de venirme en su boca.

Mi sabor en su lengua cuando la jalo y la beso hasta que los dos estamos preparados para que la penetre.

Siento un hormigueo en la columna, y los movimientos se vuelven más erráticos. Con unos cuantos jalones más, el miembro me estalla y me mancho toda la camiseta.

Cierro los ojos con fuerza y maldigo para mis adentros. La paz que creía que podía sentir desaparece rápidamente cuando me imagino a Lana limpiándomela con la lengua.

—Carajo —gruño.

«Te has quitado las ganas, sí.»

A la mañana siguiente, Lana se despierta temprano para llevar a Cami al lago. Pienso si acompañarlas para charlar de lo de anoche, pero decido que lo mejor será hablar cuando Cami se haya dormido.

Me paso la hora siguiente revisando la aplicación de DreamStream y dando vueltas por Reddit, recopilando información sobre la suscripción y lo que la gente piensa de verdad al respecto. Gracias a los comentarios de Lana y a la información que encuentro, acabo haciéndome una buena idea de la aplicación y su competencia.

Le envío un mensaje a Rowan antes de perder la confianza.

> **Yo:** ¿Quieres que hablemos de DreamStream en algún momento? Tengo algunas ideas.

> **Rowan:** Estoy libre en media hora. Te enviaré un enlace de videollamada.

Mi hermano y yo entramos en la videollamada treinta minutos más tarde. Zahra se asoma a saludar. A Rowan se le ilumina la cara cuando alza la vista y la mira mientras ella me habla.

Carajo, qué bien le sienta el amor a mi hermano. Me alegro de que haya encontrado a alguien que consiga que parezca tan feliz en todo momento.

Cuando Zahra se marcha, él y yo nos ponemos manos a la obra. DreamStream era el bebé de mi hermano antes de que ascendiera a director de Dreamland. Me sorprende que no haya intervenido para ayudar con los problemas que están teniendo, pero supongo que tiene sentido: está ocupadísimo con el parque y con Zahra. No tiene tiempo para colaborar con otras divisiones de la empresa.

«O sea, que tú eres la segunda mejor opción.»

La semilla de la duda se planta solita en mi cabeza, pero hago todo lo posible por ignorarla.

Cuanto más charlo con Rowan sobre mi análisis, más entusiasmo y confianza gano en mí mismo.

—Has estado dándole vueltas, ¿eh? —Rowan mira a cámara.

—Anoche me costó dormirme. —Y me quedo corto. Tardé horas en caer rendido con todo lo que había pasado con Lana, así que lo mejor que podía hacer era distraerme con DreamStream.

—¿Y qué sugieres que hagamos? —me pregunta, recostándose en su silla de oficina.

—Creo que hay que renovarla.

—¿En qué sentido?

—Estoy bastante seguro de que el tipo que nombraron director creció con una televisión en blanco y negro y cinco canales, ¿qué sabrá él del *streaming*?

—Lo bastante para haber durado tanto en este trabajo. —Entrelaza las manos debajo de la barbilla.

—Ha estado dando palos de ciego, y lo sabes. Los números no nos favorecen, y el lento declive se remonta a poco después de que dejaras tu puesto.

—Entonces ¿qué crees que es lo mejor? —Los labios se le curvan hacia arriba.

—Pídele a la junta que nombre a una persona que sepa lo que está haciendo.

—¿Como tú?

Se me escapa una carcajada. Pensaba que Rowan me imitaría, pero mantiene un gesto impertérrito.

—¿Lo dices en serio? —Pierdo la sonrisa.

—¿Por qué no?

—Porque tengo la misma formación que interés para un puesto así. —La idea de pasarme el resto de mis días atado a una mesa no me despierta ninguna alegría.

—No estoy diciendo que seas el director general.

—¿Y entonces?

—Un director, sin más.

Esta vez reprimo la carcajada. Rowan frunce el ceño.

—Hablo en serio. He oído que hay problemas con el director actual a cargo de la estrategia y el análisis de contenido.

—¿Y?

—Que podrías intentarlo.

El cuello se me resiente de lo fuerte que niego con la cabeza.

—Ni de broma.

—¿Por qué no?

—Para empezar, porque no tengo experiencia. —Levanto un dedo.

«¿Tú no eras el que asumía riesgos?»

Aprieto los dientes al recordar lo que me decía mi abuelo. Este no es el momento de asumir ningún riesgo.

Rowan se recoloca la corbata, aunque ya la tuviera perfecta.

—Pues entonces empieza como ayudante.

—Me repugnan los trabajos de oficina.

—DreamStream es distinto.

—¿Por qué? ¿Porque tienen salas de trabajo en grupo y pufs? Paso.

—Me refiero más bien a la filosofía.

Lo miro sin emoción alguna, y él suspira.

—Tú piénsatelo.

—No hay nada que pensar, porque no busco trabajo. Solo quería compartir contigo lo que había descubierto.

—Pues asegúrate de comentarlo en la próxima reunión de la junta. Seguro que el señor Wheeler estará abierto a sugerencias si el informe de este mes es aún peor que el anterior.

—Rowan... —le advierto. Lo último que quiero es llamar la atención dada mi falta de experiencia y las inmensas expectativas que se asocian a mi apellido.

—Si no quieres entrar en un equipo que puede cambiar

las cosas, al menos habla con la persona que sí puede.
—Cuelga antes de darme opción a replicarle.
—Imbécil.

Por lo visto, no hace falta que vaya a buscar a Lana. Ella misma llama a la puerta de mi habitación con un monitor de bebé en la mano y una expresión indescifrable en la cara.
—¿Quieres dar un paseo por el lago? —me pregunta con voz suave, como si no se hubiera pasado prácticamente todo el día evitándome.
El corazón se me acelera.
—Claro. Deja que me ponga unos tenis.
Después de atarme los cordones, salgo con Lana de la casa y nos adentramos en esta noche de verano. Durante los primeros minutos, guardamos silencio. Los grillos llenan el ambiente de camino al muelle que hay detrás de la casa de invitados. Es mucho más pequeño que el de la casa principal; está pensado para una única embarcación y un par de sillas en el borde.
Nos sentamos al final del muelle. Lana se quita las chanclas y balancea las piernas por el borde hasta tocar el agua con los dedos.
—Pues nada... —empiezo, porque está claro que ella no piensa hablar.
Lana mueve los ojos del lago a mi cara.
—¿Qué tienes pensado hacer cuando vendas la casa?
Contengo el aliento.
—¿Cómo?
—¿Crees que volverás a Chicago?
—¿Te importaría que me fuera?
Se mira los dedos que dibujan trazos en el agua.

—No debería.

Entorno los ojos.

—Eso no es una respuesta.

—Y responder a la mía con otra pregunta tampoco —dice, poniendo los ojos en blanco.

Esbozo una media sonrisa.

—Tienes razón. Si te soy sincero, no sé qué voy a hacer cuando venda la casa. No he pensado tan a largo plazo.

—Claro que no. Debe de estar bien lo de no tener trabajo ni responsabilidades más allá de vivir el momento.

Pierdo la sonrisa.

—Es una vida un poco solitaria.

Ella se ríe.

—¿Qué? Eso es imposible. Tienes un millón de amigos.

—Tenía un millón de amigos. Se ve que muchos eran demasiado tóxicos para apoyarme o estaban demasiado hartos de mis estrategias de mierda para afrontar los problemas.

Lana frunce el ceño, como si no pudiera comprender lo que le estoy diciendo.

—Iris...

—Está comprometida empezando su vida con mi hermano.

—¿Y qué? Eso no significa que no pueda verse contigo.

—No, pero tampoco podemos vernos tanto como antes. Entiendo que ahora las cosas son distintas.

Ella ladea la cabeza.

—¿En qué sentido?

Echo la vista al cielo estrellado para esquivar su mirada perspicaz.

—No quiero que deje de vivir su vida solo porque yo no tenga una.

—Sí tienes vida —replica.

Se me escapa una risa amarga.

—Sí, una vida vacía.

—¿A qué te refieres?

—Soy un donnadie, Lana.

—Para mí eres alguien. —Entrelaza su mano con la mía.

«Para mí eres alguien.»

Sus palabras actúan como un medicamento; me penetran la piel y aligeran parte del dolor causado por años de sentirme insuficiente.

—¿Lo dices en serio? —le pregunto con voz ronca.

Ella asiente en un movimiento casi imperceptible.

—¿Por qué anoche no me pediste que me quedara? —Le hago la pregunta que me atormenta desde entonces.

—Porque tenía miedo —admite, con su voz apenas audible con el susurro de las hojas que nos rodean tras una ráfaga de viento.

—¿Miedo a qué? —Le aprieto con delicadeza la mano.

—Contigo, a muchas cosas.

«Una respuesta típica de ella.»

—Elige una.

—Me da miedo lo que pasará cuando vuelvas a irte.

—¿Y si me quedara? —La pregunta sale de mí sin vacilación alguna.

«Frena, Cal.»

Ella me mira desconcertada.

—¿Cómo?

—No tengo prisa por irme a ningún sitio; ¿qué te parecería si me quedara un tiempo en Lake Wisteria?

—Pero ¿por qué? —me dice, arrugando la frente.

—¿No es evidente?

Le paso un mechón de pelo suelto por detrás de la oreja antes de acariciarle la suave curva de su cuello. Su respiración cambia cuando me mira con sus ojazos cafés, que reflejan la luna que hay sobre nuestras cabezas.

Separa los labios, y la idea de besarla se me antoja imposible de ignorar. Me inclino hacia delante y atrapo su boca con la mía, tragándome su grito ahogado.

El beso termina tan rápido como ha empezado, pero ella resuella como si acabara de correr un maratón.

—¿Tú quieres quedarte? —Las palabras le brotan deprisa de la boca.

—Solo si tú quieres que me...

Esta vez, el beso lo inicia ella, cortando la última parte de mi frase al presionar su boca contra la mía. El hormigueo me empieza en los labios y me baja por la espalda.

Al besar a Lana siento como si el mundo volviese a girar de nuevo. Como si hubiese estado petrificado hasta que ella entró otra vez en mi vida y lo recolocó en su eje.

No sé cuánto tiempo pasamos besándonos. En un momento dado, ella se separa para montarse en mi regazo. Los dos gruñimos cuando se frota contra mi sexo. Inclina la cabeza a un lado y yo le beso el cuello y juego con ella hasta que termina meciéndose encima de mí.

Todo lo que rodea este beso parece distinto. Nuevo. Esperanzado.

Y quiero asegurarme de que esa esperanza no muera. Cueste lo que cueste.

35
Alana

—No puedo creer que te vayas a ir de vacaciones con Cal. Será que no hay más personas en el mundo. —Violet arroja un dardo al círculo que ha dibujado alrededor de la cara de Cal, marcado con un 50. Encontró una foto suya con traje y corbata en la página web de la Kane Company, y la imprimió para nuestra noche de chicas de emergencia.

Esta vez no he sido yo quien la ha convocado. Delilah y Violet la organizaron en cuanto les conté las noticias sobre Dreamland y nuestro viaje de la semana que viene.

—Intenta decirle que no a Cami después de que Cal se ofreciera a llevarla a Dreamland. Me ha estado suplicando que vayamos desde que vio un anuncio en la televisión hace dos años.

—Pero, vamos a ver, ¿por qué se ofrecería a hacer un viaje así? ¿Qué saca él a cambio? —Delilah le da un sorbo a su copa antes de ponerse de pie y agarrar un dardo de la mesa. Hoy tiene un buen día con la artritis, y quiere aprovecharlo.

—¿Además de aumentar sus posibilidades de bajarle las bragas a Alana? —Violet se ríe.

«Demasiado tarde.»

La atravieso con la mirada.

—Digan lo que quieran, pero sé que está haciendo todo esto porque adora a Cami. Lo veo en sus interacciones. Lo que tienen es... especial.

Tiene todo lo que busco en una pareja y mucho más.

Delilah frunce aún más el ceño.

—Ay, no. —Violet y ella se miran de reojo.

—¿Qué pasa? —pregunto.

—Esa cara.

—¿Qué cara?

—La de «me estoy enamorando de Callahan Kane».

Me río.

—¿Y cómo es?

Tanto Delilah como Violet intentan imitarla y fracasan estrepitosamente, lo cual provoca que las tres estallemos en carcajadas.

—No me estoy enamorando de él.

O eso creo. Apenas acabamos de dar el siguiente paso, de modo que es imposible que me esté enamorando. Es muy pronto..., ¿verdad? Una sensación de pánico se me extiende por el pecho, justo encima del corazón.

—No sé yo... —Delilah se balancea sobre los talones.

—Confíen en mí. No sería la primera vez, así que me daría cuenta.

—Ese es el problema de enamorarse, que no esperas que ocurra hasta que de repente te lanzas a los brazos de otra persona, preguntándote en qué momento has perdido la batalla contra la gravedad.

«Mierda.»

«Alana Valentina Castillo, se suponía que ahora eras más lista. Más sabia.»

Más fuerte.

No puede ser que cometa un error tan estúpido como enamorarme dos veces del mismo hombre, ¿verdad? Me da un vuelco el corazón solo de imaginarlo.

—Sé que están preocupadas... —les digo con un tono neutro, a pesar de la ansiedad que me invade por segundos.

—Porque te queremos y no nos hace ni un poco de gracia que sufras por Cal. Otra vez —añade Violet.

Sacudo la cabeza para quitarme los nervios de encima.

—Esta vez es diferente.

Está reduciendo el consumo de alcohol y está comprometido con hacerse un sitio en mi vida, así que sería una estupidez ignorar sus esfuerzos, aunque todavía nos quede mucho camino por delante.

—¿En qué sentido? Ni siquiera confías en él —contesta Violet con suavidad.

—Violet... —le advierte Delilah.

Me cruzo de brazos.

—Confío lo suficiente en él como para vivir juntos.

—Pero no confías lo suficiente como para que cuide él solo de Cami —replica Violet.

—Confiar en alguien lleva su tiempo. —Delilah me da un apretón en la mano.

Dejo caer la cabeza. En el fondo, sé que Violet y Delilah tienen razón. Cal y yo podemos jugar a las casitas todo lo que queramos, pero eso no cambiará el hecho de que todavía no confío plenamente en él.

«Confiar en alguien lleva su tiempo.» Las palabras de Delilah se me repiten en la cabeza.

Eso espero.

Al volver de la noche de chicas, me encuentro con Wyatt y Cal asesinándose con la mirada. Están sentados el uno frente al otro en la sala, con los hombros cuadrados y una tensión en el ambiente casi palpable.

—Me alegro de que hayas vuelto. ¿Puedes decirle a tu perro guardián que se relaje? —Cal no me mira.

Los músculos de Wyatt se tensan bajo su camiseta.

—Estoy de niñera, no de perro guardián.

Cal entorna los ojos.

—Ni siquiera me has dejado leerle un cuento a Cami antes de que se durmiera.

—Porque suelo leérselo yo cuando la vigilo. —Wyatt se señala el pecho.

—Bien, pero no te lo ha pedido a ti, ¿me equivoco?

Wyatt aprieta la mandíbula.

Por Dios. Ver a los dos poniéndose celosos por leerle un cuento a Cami es demasiado hasta para mí. Mis ovarios, por otro lado, están viviendo el mejor día de su vida.

—Gracias por cuidar de Cami. Te lo agradezco. —Le doy unas palmaditas a Wyatt en la espalda.

Merlín sale de debajo del sofá y se me frota contra la pierna. Me agacho y le paso la mano por el pelaje sedoso. Merlín nos ha tomado cariño a Cami y a mí en apenas una semana, gracias a las latas de atún que le compro.

—Hola, bonito —le susurro.

—¿Tienes un gato? —pregunta Wyatt, girando la cabeza hacia Cal.

—Sí.

Lo levanto en brazos y le agito una patita.

—Saluda a Merlín.

«Y te preocupaba que Cami se encariñara con él.»

Wyatt mira al frente.

—¿Merlín? ¿Ese no era el mentor del rey Arturo o algo así?

—Sí. —Cal tensa la mandíbula.

—Qué lindo, Percival. No sabía que tenías esa filia por el rey Arturo.

—Le puse ese nombre porque me recordaba a mi madre, imbécil.

Wyatt pierde la sonrisa.

—Lo siento.

Cal no tiene interés en quedarse por aquí. La puerta de su habitación se cierra detrás de él y me deja a solas con Wyatt.

—¿Qué mosca le ha picado? —le pregunto.

Wyatt se encoge de hombros.

—Ni idea. Está de mal humor desde que he llegado.

Cal estaba de buen humor cuando me he ido, así que no tengo claro qué puede haberle pasado en los pocos segundos que ha tardado Wyatt en entrar en la casa.

Le doy un empujón en el hombro.

—Al menos podrías intentar ser amable con él.

—Y lo intento, aunque no lo parezca. Casi todo el pueblo lo está intentando después de que hiciera el ridículo con el disfraz de fresa.

—¿Y entonces por qué está como si le hubieras dado una patada al gato?

—Yo creo que se siente amenazado por mi relación con Cami, o algo así.

—¿Amenazado? ¿Por qué?

—Porque seguramente el muy petulante no ha compartido nada en su maldita vida.

Pongo los ojos en blanco.

—Son los dos unos ridículos.

—¿Yo? El tipo se ha pasado todo el rato ninguneándome. Cuando he intentado jugar con ellos a petición de Cami, Cal ha matado a mi Barbie antes de que pudiera unirme.

Me quedo boquiabierta.

—¿Cómo?

—Mi muñeca no le ha hecho caso a su madre y se ha subido en el coche de un desconocido.

—Al menos lo ha convertido en una experiencia educativa. —Me tapo la boca para reprimir una carcajada.

Wyatt me fulmina con la mirada, y termino riéndome todavía más fuerte.

—La próxima vez que necesites una niñera no me llames.

Le doy un abrazo.

—¡Te quiero!

Él me devuelve el gesto.

—Lo que tú digas. A la próxima seré más espabilado y mandaré a su Barbie a la cárcel. A lo mejor incorporo algo sobre saltarse las leyes.

Me río y me separo.

—Estaría bien.

Wyatt se marcha y me quedo recogiendo los juguetes que Cami ha dejado tirados antes de irse a dormir.

—¿Se ha ido?

Doy un brinco al oír la voz de Cal, y me giro hacia él.

—Me has asustado.

—Lo siento. No sabía cuándo se iría. Llevo toda la noche intentándolo sin éxito.

—No se habría ido hasta que llegara yo.

—¿En serio? ¿Por qué? Podría haber cuidado yo de Cami si me lo hubieras pedido.

¿Lo noto... dolido?

No, no puede ser.

«¿O sí?»

Pongo la caja de los juguetes en su estantería.

—Lo siento.

—¿Por qué no me lo has pedido? —Se acerca hasta que me llega el aroma de su *aftershave*.

Siento una fuerte opresión en el pecho.

—Lana.

Desvío la mirada.

—El chico con el que estuve saliendo...

Cal respira hondo y se mete las manos en los bolsillos.

—Le pedí un par de veces que cuidara de Cami para salir con Violet y Delilah. A Wyatt no le importaba ser la niñera, pero me pareció que era una buena oportunidad para que Víctor y ella estrecharan lazos, así que... —Dejo escapar una risa que raya en lo histérico.

Cal se mueve de inmediato y me rodea con los brazos.

—En serio, necesito que me digas el nombre completo de ese imbécil.

Me agarro a la tela de su camiseta y me aferro a él como si de un salvavidas se tratara.

—No le pasó nada malo físicamente hablando, pero ella le hacía demasiadas preguntas y Víctor se desesperaba. Acababa gritándole y la hizo llorar varias veces. Un día incluso la mandó a su habitación, como si tuviera algún derecho a castigarla.

—Sé que no apruebas la violencia física, pero espero que por él hagas una excepción.

Sacudo la cabeza sobre su pecho.

—No descubrí lo que había ocurrido hasta pasados unos meses, cuando rompimos por otros motivos. Cami lo mantuvo en secreto porque temía que escogiera a Víctor antes que a ella. Se me parte el alma de pensar que mi niña no quiso decirme que alguien le había hecho daño porque no quería perderme. Como si fuese posible que antepusiera un hombre a ella. —Se me saltan las lágrimas y le mojo la camiseta.

Él me acaricia la espalda con una mano para consolarme mientras yo gimoteo. No quería llorar, pero soy incapaz de contener las lágrimas una vez que han empezado a caer.

—Siento que Cami y tú tuvieran que vivir algo así. Pero puedo asegurarte que a mí jamás se me ocurriría levantarle la voz a tu hija. Es lo último que querría después de haber pasado por algo similar.

Sorbo por la nariz, intentando reprimir el llanto.

—Ya lo sé, en el fondo sé que no lo harías, pero me hice una promesa cuando descubrí todo lo que había hecho Víctor.

—¿Cuál?

—Que jamás dejaría a Cami con alguien en quien no confiara plenamente.

Cal tuerce el gesto, pero no deja de pasarme la mano por la espalda.

—Sé que todavía no tienes motivos suficientes para confiar plenamente en mí, pero estoy convencido de que ese día llegará. —Habla con una certeza absoluta, como si no aceptara ninguna otra posibilidad.

Sinceramente, tampoco creo que hubiera otra posibilidad para él.

—¡Mira! ¡Mi nombre! —Cami agita los brazos doloridos de haber arrastrado una caja enorme.

Cal se levanta del sofá y la ayuda a meterla en la casa de invitados.

—¿Qué es eso? —Echo un vistazo a la etiqueta donde está escrito el nombre de Cami. Es una caja simple, sin ninguna otra marca o pista que indique su procedencia.

Cal se arrodilla junta a ella.

—Es el regalo de cumpleaños de Cami.

—¿Para mí? —grita, alcanzado una octava nueva de lo emocionada que está.

Pestañeo varias veces para confirmar los hechos.

—¿Le has comprado un regalo?

Cal levanta la vista desde el suelo, al lado de Cami.

—¿Sí?

—Pero si ya nos vas a llevar a Dreamland la semana que viene.

—¿Y qué? Le prometí a Cami que armaría un barco con ella.

Cami deja escapar un grito ahogado, y Cal maldice entre dientes.

—Adiós a la sorpresa.

—¡Bote de las groserías!

Cal rebusca en su cartera y le da un billete de cincuenta dólares. Cami arquea las cejas.

—¿Qué pasa? Ayer se me acabaron los de cien.

—No pasa nada. Dos veces cincuenta. —Levanta dos dedos, como haciendo el símbolo de la paz.

Reprimo una carcajada con la palma de la mano, y Cal me lanza una mirada asesina. Sus labios se curvan en una sonrisa antes de entregarle un segundo billete.

—Más te vale invitarme a tu graduación, con lo que estoy financiando tus estudios.

—¡De acuerdo! —Cami sale corriendo por el bote de las groserías. Arrastra una silla hasta el refrigerador, pero Cal se levanta deprisa y la detiene antes de que pueda subirse encima.

—Te ayudo.

La toma en brazos para que pueda soltar los billetes en el bote. La semana pasada tuve que vaciarlo de todos los deslices que tenemos él y yo cuando estamos juntos.

A lo mejor alguien debería llamar a urgencias, porque tengo el corazón a punto de estallarme de lo que me llena este momento. Nunca pensé que ver a Cal interactuando con Cami, verlo preocupándose por ella, me haría sentir este calorcito y este hormigueo.

Me siento en el sofá y los observo rasgar el regalo de cumpleaños que le ha comprado. Cami saca otra segunda caja del tamaño de su cuerpo.

—Oooh. ¿Qué es? —Contempla la caja con el ceño fruncido.

—Ya lo verás. —Cal saca el celular y busca una foto. Se la muestra a Cami, y ella suelta una exclamación.

—¿El barco de la princesa Marianna?

—Espera. ¿Cómo?

Me levanto y echo un vistazo a la pantalla del celular por encima de su hombro. La foto se hizo en una especie de taller, con virutas de madera por todas partes y un bote de pegamento a un lado. En el centro de la imagen hay una réplica del barco con el que la princesa Marianna fue a buscar un tesoro hundido.

Cal se frota la nuca.

—Le pedí a Rowan que nos hiciera algo especial. Les indicó a sus creadores que lo basaran en una de las maquetas que les recomendé después de documentarme un poco.

«No lo puedo creer.» Las piernas me tiemblan de lo flojas que noto las rodillas.

—¿Cómo es posible?

—A veces tener el apellido Kane sirve de algo.

Ya me puedo ir despidiendo de mi corazón.

Cami y Cal abren la caja y sacan las piezas, y yo me siento a su lado mientras se ponen manos a la obra. Los dejo trabajar tranquilos, sin interferir. De tanto en tanto le ofrezco a Cami ayuda cuando no sabe hacer lo que Cal le pide, pero por lo general me vale con verlos trabajar juntos. Me resulta adorable la paciencia que tiene Cal con Cami y el tiempo que dedica a responder todas sus preguntas.

En un momento dado, Cami se sube en el regazo de Cal para ver mejor lo que está haciendo. Él se queda inmóvil un instante antes de agarrarle las manos y enseñarle cómo pegar una pieza.

Siempre supe que Cal sería un padre fantástico algún día, y cómo trata a Cami da fe de ello, incluso aunque él dude de sus capacidades. Está en las pequeñas cosas que hace sin ni siquiera darse cuenta.

La paciencia. La comprensión. La forma que tiene de calmar a Cami cuando se frustra o se disgusta.

Cuanto más los observo, más cuenta me doy de que no quiero que esto termine cuando vendamos la casa. La mera idea de que Cal se marche hace que se me forme un nudo en el pecho, y no tengo claro qué hacer con esa sensación.

Hay muchos obstáculos en nuestro camino, pero la bebida es el más grande. Sin embargo, no puedo evitar preguntarme qué ocurriría si llegara a controlar ese aspecto de su vida. ¿Tendríamos una oportunidad real de vivir la vida que imaginamos hace seis años? ¿Podríamos pasar página y formar una familia juntos?

Me tienta la idea de descubrirlo.

36
Cal

El sábado me despierto en mitad de un alboroto. Lana está encorvada sobre la barra, terminando el pastel de cumpleaños de Cami, mientras la niña corre por la cocina en círculos, tratando de robar crema del recipiente.

—Vístete antes de que llegue la gente. —Lana señala en dirección al cuarto de Cami sin levantar la vista de lo que está haciendo.

Cami sale corriendo sin mirar. Doy un salto para apartarme antes de que choque con mis piernas, y evito que los dos nos caigamos al suelo.

—Vigila por dónde vas.

A ella se le ilumina la mirada.

—¡Perdón!

—Feliz cumpleaños. —Le acaricio la coronilla.

Ella se me avienta a las piernas y me da un fuerte abrazo. Jamás pensé que llegaría a disfrutar tanto de los abrazos de una niña, pero cuando Cami me da uno siento que estoy ganando en esto de vivir. Aunque mi vida no esté bien asentada como la de mis hermanos, Lana y Cami me hacen sentir completo, algo que ni un trabajo ni una herencia podrían conseguir jamás.

Tal vez Declan e Iris no estaban tan locos cuando decían que querían una bola de niños y un perro. Hay algo en el hecho de formar una familia que es imbatible.

Cami se separa y corre hacia su cuarto, dejándonos a Lana y a mí solos.

—Son las nueve de la mañana y ya me duele la cabeza. —Lana se frota la cara con el dorso de la mano y se mancha la mejilla de chocolate.

No me puedo resistir a acercarme a ella y limpiársela con la lengua antes de que pueda quitársela. La sangre se me empieza a ir hacia abajo, sobre todo cuando me mira con los ojos entornados.

Siento la tentación de recrear nuestro primer beso, esta vez con chocolate. Lana parece tener una idea similar por cómo se le van los ojos desde mis labios hacia el plato que tiene al lado.

—Está buenísimo. —Le guiño un ojo.

Ella me mira con fastidio, algo que no se corresponde con el brillo que le veo en los ojos. La rodeo y rebusco en el armario de los medicamentos.

—Ten. —Le acerco dos paracetamoles y un vaso de agua.

—Gracias —suspira ella, y se toma las pastillas.

Me apoyo en la encimera a su lado.

—¿Una mañana dura?

—Vienen como cien personas en dos horas y no estoy ni medio preparada.

—¿Con qué te puedo ayudar?

—Con todo. —Se deja caer sobre la encimera.

Saco el celular y abro una aplicación de notas. Ella me mira de reojo.

—¿Qué? —le pregunto al ver que no dice nada—. Funciono mejor con una lista, así no me olvido de nada.

—¿En serio te estás ofreciendo a ayudar?

—Claro. No me importa que me pongas a trabajar. —Sonrío con picardía.

Ella pone los ojos en blanco con una sonrisa.

—Bueno, pero luego no digas que no te lo he advertido.

Lana me bombardea con una lista de tareas, todas distintas, y para la mayoría tengo que ir al pueblo en coche. Salta a la vista que con cada tarea que acepto, sus hombros tensos se relajan un poco más.

—Vuelvo pronto. —Le doy un beso en la sien antes de salir de la casa.

Tardo más de noventa minutos en terminar con todo. Tengo el coche hasta arriba de globos, comida y algunos artículos de última hora que Lana se había olvidado de comprar.

Cuando entro de nuevo en la casa de invitados, la encuentro transformada en un mundo fantástico de la princesa Marianna, con casi todas las superficies cubiertas de adornos, serpentinas colgando del techo con diseños divertidos y un arco de globos a medias detrás de la mesa del pastel.

—¡Lo has conseguido! —Lana sale corriendo de su habitación y me quita los globos de la mano. Los ata al arco para acabarlo, aunque necesita mi ayuda para llegar al punto más alto y asegurar el inflable de la princesa Marianna.

—Has tirado la casa por la ventana.

—Uy, porque no has visto la temática del año pasado —contesta ella, riéndose para sus adentros—. Cami quería un cumple navideño porque no quería esperar hasta diciembre, así que convertí el jardín trasero en un maravilloso mundo invernal. La mayoría de la gente del pueblo donó sus adornos navideños y, claro, acabó siendo épico. Aquella noche se descontroló todo. —Vuelve a reírse, y se me enternece el corazón.

La tomo de la mano y la jalo.

—Me habría encantado estar aquí. —Le doy un beso suave en la coronilla.

Ella me mira y me hace ojitos.

—Y a mí —responde, y me da un beso en la mejilla antes de escaparse de mi abrazo, no sin antes rozarme el miembro.

—Mira que eres cruel —gruño.

—¡Lo siento! ¡Tengo que prepararme! —Sale disparada hacia su habitación con una carcajada, y yo me quedo preguntándome cómo demonios me he pasado seis años separado de la única persona que me hace sentir completo.

Y cómo me aseguro de que no vuelvo a pasar ni un día más sin ella.

La ansiedad que me genera ver a Delilah, Violet, Wyatt y el resto del pueblo se intensifica a medida que el reloj se acerca al mediodía. Cuanto más ayudo a Lana a llevarlo todo afuera, más real se vuelve el cumpleaños.

El primer traguito de vodka solo ha sido para quitarme los nervios. No me enorgullece haberme escapado hacia la casa de invitados, pero el miedo de todo lo que podría salir mal supera a mi orgullo.

La música y la gente que charla afuera empeora mi ansiedad y alimenta el círculo vicioso. No estoy contento con este momento de debilidad, que me lleva a beber más y más. Es una imagen patética: yo sentado en el suelo, acunando una botella de vodka mientras Merlín me observa desde el otro lado de la habitación, juzgándome en secreto. No paro hasta que la quemazón de la garganta rivaliza con la que noto en el pecho.

Para cuando me recompongo y salgo, la fiesta está en pleno apogeo. Me pongo los lentes de sol para ocultar cualquier signo de mi secreto.

Wyatt me saluda con la barbilla antes de proseguir su conversación con un par de hombres que no reconozco.

—No sabía dónde te habías metido. Te estaba buscando. —Lana me ofrece un tubo de plástico—. Cami quería que le echaras una mano con este.

Agarro el globo de las manos sin despegar los labios.

—¿Todo bien?

—Sip. —Me meto la válvula de plástico en la boca y empiezo a soplar.

Ella ladea la cabeza.

—¿Seguro?

Asiento, y Lana me pone una mano en la mejilla. Su ceño fruncido empeora la sensación repulsiva que tengo en el pecho.

—¿Qué te pasa?

«Pues que he bebido a pesar de que sé lo mucho que lo odias.»

Me aparto de ella.

—Estoy cansado, nada más.

—Qué pena, porque tenía planes para esta noche. —Esboza una sonrisa pícara.

—Seguro que me he recuperado para entonces.

Se pone de puntitas y me da un beso en la mejilla.

—Eso espero. Te lo debo después de lo de la última vez.

—Te tomo la palabra.

—No esperaba menos. —Me lanza una sonrisa seductora cuyos efectos noto de inmediato en la entrepierna—. Pero tendrás que irte antes de que Cami se despierte. Si nos encuentra juntos, se pondrá a planificar nuestra boda.

Me río.

—Hecho.

A Lana le cambia el humor al oírme. Arruga la nariz y pone una mueca.

—¿Estás...? —Me arranca los lentes de sol de la cara—. ¿En serio? ¿En una fiesta infantil?

El corazón me da un vuelco.

—Te lo puedo explicar.

—No te molestes. —Me avienta los lentes de sol y da media vuelta. Mece las caderas mientras se aleja, tentándome a salir detrás de ella para que me escuche.

«¿Y qué le vas a decir? ¿Que vas pedo porque no podías soportar la fiesta de cumpleaños de una niña de seis años?»

Claro, porque eso no suena nada patético, en absoluto.

«No eres mejor que su hermana. Te pasas la vida disgustándola con tus decisiones egoístas y tu falta de control.»

La idea de que se me relacione con alguien como Antonella no hace sino alimentar mis miedos, y permite que crezcan hasta que no me queda otra opción que huir.

«¿De verdad esperabas menos de alguien a quien se le da tan bien fastidiarlo todo?»

No. En absoluto.

La ansiedad y el asco que me doy crecen con cada hora que paso en el cumpleaños de Cami. Por lo general me mantengo al margen, sobre todo porque Wyatt, Delilah y Violet me han dejado muy claro desde el principio que no quieren ni verme. Sé lo que mis examigos piensan de mí. Es evidente por cómo me miran.

Soy el borracho. El atleta fracasado. El hombre que le rompió el corazón a su mejor amiga.

He acumulado más títulos negativos que campeonatos.

Hasta Lana ha hecho todo lo posible por evitarme desde que se ha enterado de que había bebido. Ella y otros padres ocupan la zona cubierta que mandé añadir al muelle cuando lo remodelamos. La rampa para embarcaciones que hay al lado está vacía, pero les da un poco más de espacio a los niños para practicar sus zambullidas.

Nadie viene a hablar conmigo, salvo Cami, que hace el esfuerzo de preguntarme cómo estoy una vez antes de volver corriendo con sus amistades.

Las miradas gélidas y los susurros sacan a la luz a mis demonios y me impelen a llenarme el vaso de refresco medio vacío hasta arriba de vodka.

Si Lana va a enojarse conmigo, al menos no sufriré tanto durante el proceso. Despacio, y después de dos viajes al interior de la casa, los músculos se me relajan y el grueso nudo que tengo en la garganta desaparece. El calor que me recorre las venas da paso al frío, y justifica mi motivo para haber empezado a beber.

«Paz.»

No sé cuánto tiempo paso sentado solo, meciéndome con la música country que Lana reproduce por el altavoz portátil, pero, en un momento dado, Wyatt aparece delante de mí.

—Toma. —Wyatt me deja una hamburguesa con queso delante, y entonces se sienta—. Cómetela a ver si se te pasa la borrachera.

Apenas voy empezando y el tipo este me habla como si estuviera tirado en el suelo.

—Estoy bien. —Aparto el plato de un manotazo.

Él agarra el vaso y lo huele.

—¿Todavía recurres al vodka para tapar tus problemas?

Lo recupero por la fuerza y vacío el resto del vaso por pura venganza.

—¿Qué haces aquí conmigo?

—Quiero hablar.

—¿De qué?

—No puedes seguir haciéndole esto a Alana. No es justo.

Me hundo las uñas en la piel.

—No estoy haciéndole nada.

—Le estás dando falsas esperanzas y se está creyendo que tienen alguna oportunidad de estar juntos.

—Porque es verdad —le replico.

Él me mira con gesto aburrido, asegurándose de que me queda claro lo poco que le impresiono.

—Si sigues así, olvídate de ella. Por eso sabía que era mala idea que volvieras. No estás preparado.

«¿Que no estoy preparado? ¿Para qué, exactamente?»

Mantengo la compostura a pesar de la rabia que me arde por dentro.

—¿Qué es lo que quieres?

—Ayudarte, demonios. No sé por qué.

Me río.

—¿Tú qué vas a saber de cómo ayudar a alguien como yo? Tienes una vida perfecta. Una mujer feliz, un buen trabajo, un futuro brillante.

Wyatt aprieta con fuerza la mano con que se apoya sobre la mesa de pícnic.

—¿Y cómo crees que lo he conseguido?

—Con suerte.

—No. Porque lo he trabajado.

Aprieto los labios, y él prosigue.

—Si quieres llegar a recuperar a Alana, vas a tener que controlarte, y esta vez de verdad. Empezando por esto. —Me quita el vaso y lo tira al bote de basura que hay cerca.

Lo miro con recelo.

—¿Por qué me ayudas?

—Porque les deseo lo mejor a Alana y a Cami, aunque eso te incluya a ti. —Pone una mueca.

—O sea, que crees que podría aspirar a más.

—Al final, da igual lo que yo piense, porque ella te quiere a ti, así que a lo mejor eres tú el que debería aspirar a más.

Se me detiene el corazón.

—¿Lana me quiere?

Wyatt arrastra la mirada hasta el muelle, donde Lana ayuda a un niño con su flotador.

—Creo que nunca ha dejado de quererte.

Sacudo la cabeza.

—Salió con otra persona.

—¿Y? Supongo que tú también.

—¿Salir con otra persona? Ni de broma.

—O sea, que solo era sexo.

Rechino con fuerza los dientes. El periodo de mi vida en que seguía enganchado a la oxicodona fue posiblemente mi momento más bajo. Se me revuelve el estómago solo de pensar en los riesgos que corrí y en las personas con las que solía drogarme.

A tiempo, como siempre, noto un sabor amargo en la garganta.

—Tampoco es que te importe, pero llevo dos años sin acostarme con nadie.

—¿Dos años? Eso es... —Se interrumpe.

«Desde que vi a Lana con Víctor.»

Si Lana sintió siquiera una fracción de lo que yo experimenté cuando la vi besándose con otra persona, no me puedo ni imaginar el dolor que debió de sentir al leer algunos de los broncos titulares que se publicaron sobre mí.

La persona que era cuando estaba drogado no es el mismo hombre que soy ahora. Y, sin embargo, por muchas veces que me repita esas mismas palabras, no consigo quitarme de encima el asco que siento al recordar mi pasado.

La vergüenza hace que se me cierre la garganta.

Wyatt da un silbido suave que me pone nervioso.

—Carajo. —Suelta una carcajada sincera—. Eso es durísimo.

Su comentario me aleja de los pensamientos intrusivos.

—Calla la boca, Eugene.

Él me lanza una sonrisa de oreja a oreja.

—Delilah no se va a olvidar de eso en la vida.

—Me alegro de que mi vida sexual les haga tanta gracia. —Le doy un mordisco a la hamburguesa por no decir nada más.

Él se frota la nuca.

—Delilah intenta disuadirme, pero... —Se corta.

—¿Qué?

Wyatt respira hondo.

—Si necesitas un padrino, aquí me tienes.

Me quedo boquiabierto.

—¿Tú?

Asiente.

—Tenemos un grupo de Alcohólicos Anónimos que se reúne en la capilla todas las noches.

—¿Desde cuándo?

Wyatt siempre ha sido una persona intachable, dispuesta a lo que fuera por caerle en gracia a las gentes del pueblo. Violet lo definía como el «complejo del *quarterback*». El mayor escándalo de la vida de Wyatt fue cuando sus padres decidieron firmar un divorcio amistoso y siguieron siendo amigos.

—Unos meses después de que te fueras, me trasladaron a una comisaría de Detroit para estar más cerca de mi padre cuando le dio el infarto, pero las cosas que vi trabajando allí... Maldita sea. Me torturaban hasta en sueños. —Mira de reojo a Delilah, que lo saluda con el bastón. A mí me atraviesa con la mirada mientras hace el gesto de cortarse el cuello con el mango del bastón.

«Me alegro de que mi presencia le levante esas pasiones.»

Wyatt vuelve a captar mi atención.

—El cambio de vivir en un pueblo a la gran ciudad no

fue nada fácil. Estuve mucho tiempo sufriendo con el estrés postraumático y el alcohol hasta que por fin recibí ayuda.

—Carajo. No tenía ni idea, hombre. Lo siento. —Me acerco a él y le doy una palmadita en el hombro.

Él me ofrece una sonrisa débil.

—Tú no eres el único que ha tenido problemas, lo sabes, ¿verdad?

Dejo caer la cabeza.

—Ya lo sé.

Lana. Wyatt. La señora Castillo. La lista es interminable, y se me encoge el corazón.

Wyatt se levanta de la mesa de pícnic.

—Dale un par de vueltas. Mi oferta seguirá en pie aunque decidas volver a Chicago cuando vendan la casa.

—¿En serio?

—Sí, en serio. Se lo debo al hombre que un día fue mi mejor amigo.

Da unos pasos, pero entonces grito su nombre y él me mira por encima del hombro.

—Dime.

—¿Significa esto que ahora somos amigos?

Él se ríe por lo bajo.

—Ni de broma.

Con todo, la media sonrisa que esboza me hace creer que tal vez algún día sea una posibilidad.

—¡Vamooos! —Cami me agarra de la mano y jala, pero no consigue levantarme de la mesa de pícnic en la que llevo dos horas dándole vueltas al asunto.

—¿Qué pasa? —Miro alrededor del jardín vacío.

—¡Vamos a cortar el pastel! —Esta vez me jala más fuerte—. Casi te lo pierdes.

—Lo siento, se me había ido el santo al cielo.

—¡Pues eso luego! —Hunde los pies en el suelo y sigue jalando.

—Bueno, anda. Vamos.

Lo último que quiero es estar encerrado en la casa de invitados con un montón de gente a la que no le caigo bien, pero si así hago feliz a Cami, estoy dispuesto a comportarme como un adulto y aguantarme.

Al fin y al cabo, ¿cómo voy a decirle que no a la cumpleañera?

Me levanto del banco con unos movimientos mucho más fluidos, después de haberme pasado las últimas dos horas sin probar una sola gota de alcohol.

Cami no me suelta de la mano hasta arrastrarme hasta la casa de invitados y colocarme detrás de la mesa del pastel. Lana está a mi lado, con el cuerpo tan rígido como su sonrisa. Los demás están enfrente, con los celulares en alto. En los rostros de los padres percibo todo un abanico de emociones: sorpresa, molestia, curiosidad.

Delilah y Wyatt comparten una mirada cómplice mientras Violet me hace el vacío, lo cual probablemente sea peor.

Doy un paso para rodear la mesa, pero Lana me jala de la mano.

—Cami te quiere aquí. —Mantiene una expresión relajada, indiferente y compuesta, pero en sus ojos arde una ira que me hace fruncir el ceño.

Cami nos mira con una sonrisa radiante.

—¿Listos?

Asiento, con un nudo tremendo en la garganta.

La multitud comienza a cantar el cumpleaños feliz mientras Cami se balancea sobre los pies. Cuando dejan de cantar, Cami sopla las velas. Todo el mundo la felicita y aplaude.

Mientras Lana corta el pastel, Cami me hace un gesto para que me acerque, y yo me arrodillo.

—¿Qué pasa?

Ella se pone de puntitas y me susurra al oído:

—He pedido que seas mi nuevo papi.

«He pedido que seas mi nuevo papi.»

Dios. Por algún motivo, esas siete palabras me debilitan tanto las rodillas como el corazón. La rodeo con los brazos y la estrecho con firmeza.

—Nada me gustaría más.

Y lo digo totalmente en serio.

37
Cal

Cuando los invitados se han empezado a marchar, he tratado de llevarme a Lana a un aparte para hablar, pero se ha puesto a limpiar las secuelas de la fiesta. Wyatt, Delilah y Violet le han echado una mano. En vez de quedarme sentado, me he unido a ellos, por evidente que fuera que no me querían allí. La actividad inconsciente me ha dado tiempo para despejarme y reflexionar sobre todo lo que ha ocurrido hoy. Para cuando tiro la última bolsa de basura, Lana ya ha comenzado con la rutina de acostar a Cami.

Procuro no molestar hasta una hora más tarde. Cuando giro la manija de la puerta, no se mueve.

Presiono la frente contra la madera y suspiro.

—Lana.

—Vete, estoy cansada.

No hace falta que lo jure. Después de haberse pasado la mayor parte del día organizando la fiesta de Cami, me sorprende que no haya caído rendida ya.

Mantengo la mano pegada a la manija.

—¿Podemos hablar?

—No.

—Te suplico que me dediques solo unos minutos de tu tiempo.

Oigo un gruñido amortiguado a través de la puerta que nos separa.

—No tengo nada bonito que decirte ahora mismo.

—Pues entonces dime esas cosas no tan bonitas.

—¿Por qué?

—Porque prefiero que te enojes conmigo a que me ignores. Creo que no podría volver a soportarlo.

Me parece imposible volver a como estaban las cosas antes. No tengo claro si podría vivir en la misma casa en esas circunstancias, consciente de todo lo bueno que podría pasarnos si no fuera un puto desastre.

—¿Quieres discutir? Anda, vamos a discutir. —Me arrastra dentro y cierra la puerta.

Yo levanto las manos.

—Sé que ha estado mal.

Ella se cruza de brazos.

—¿Y por qué lo has hecho?

Dejo caer la cabeza.

—Porque no he podido evitarlo. Estar rodeado de tanta gente..., sabiendo lo que deben de pensar de mí... Ha sido demasiado de golpe.

Lana cierra los ojos antes de respirar hondo varias veces.

—No puedo volver a pasar por esto, Cal. Es que no puedo. —Se le rompe la voz, a juego con la fisura que me cruza el corazón—. No puedo convencerte de que dejes de beber. Y, sinceramente, tampoco quiero ser la razón por la que dejes el alcohol. No funcionó la última vez y no funcionará ahora porque eso es algo que tiene que salirte de dentro. Y hasta ese momento no mejorarás. No me cabe la menor duda. —Suelta una exhalación honda—. Estoy dispuesta a apoyarte durante el proceso, siempre lo he estado y siempre lo estaré, pero solo si tú estás dispuesto a dedicar el esfuerzo que exige encontrar formas mejores de gestionar tus sentimientos.

Todo el progreso que he hecho con Lana hasta este momento se me escapa entre los dedos. Trago saliva para relajar parte de la tensión.

—Puedo decidir no beber.

Solo necesito tiempo. Por mucho que quiera aceptar la oferta de Wyatt de asistir a las reuniones de Alcohólicos Anónimos, antes debo pasar por rehabilitación. He soportado el proceso bastantes veces para saber lo que necesito, y ahora mismo unas reuniones diarias de AA no me solucionarán nada.

Sus labios se curvan en una media sonrisa reconfortante que me atraviesa más que cualquiera de sus palabras.

—Ya lo sé. Nunca he dejado de creer en ti, ni siquiera cuando tú mismo tiraste la toalla.

Le tomo las manos y me las acerco al corazón acelerado.

—Por favor, dame hasta que vendamos la casa para recibir ayuda. Es todo lo que te pido.

Mi esperanza se debilita con una simple sacudida de su cabeza.

—Por favor. —Le presiono una mano contra mi mejilla, atrayendo su mirada a mis ojos suplicantes—. Quiero ser alguien en quien puedas confiar. De verdad que quiero, pero no puedo comprometerme a volver a rehabilitación hasta que hayamos vendido la casa. —Mi voz rezuma desesperación.

El proceso de remover el pasado y superar mis mierdas me tendrá noqueado durante semanas, si no más, y no estoy preparado para ese tipo de dolor emocional hasta cumplir con la fecha límite de mi abuelo.

«¿Te refieres a la fecha límite de una herencia de la que ni siquiera le has hablado?»

Se me revuelve el estómago y la culpa me oprime el pecho.

«Podrías contárselo.»

«No», responde la voz de la razón.

Hablarle a Lana del testamento de mi abuelo podría ponerlo todo en peligro, y no he pasado por todo esto para volver a demostrar que no soy más que un fracaso.

Un día, podré contarle con pelos y señales todo lo relacionado con la herencia, pero hoy no es ese día, por mucho que me enferme ocultarle la verdad.

Ella me atraviesa con la mirada.

—¿A quién le importa si la casa se vende o no?

—A mí. —Se me rompe la voz.

Ella aprieta los labios con gesto de disgusto.

«La estás perdiendo otra vez.»

—¿Por qué? —me pregunta.

—Porque me comprometí a venderla y no puedo echarme atrás. —Me siento como si alguien me hubiese rodeado la garganta con una mano y hubiese apretado con fuerza.

—¿Con quién te comprometiste?

—Conmigo —le digo con absoluta sinceridad.

—¿Qué?

—Tú tienes un montón de recuerdos felices en esta casa, y yo también, pero no bastan para que quiera conservarla. Ni mucho menos.

Traga saliva sonoramente.

—¿Por qué no?

—Porque me recuerda a algunos de los peores momentos de mi vida. A la madre que perdí. Al padre que ya no existe. Al abuelo que me abandonó cuando lo necesitaba. —Respiro hondo—. Creo que no podré pasar página de verdad mientras esa casa siga atormentándome. —Todo lo que digo es verdad y, sin embargo, me sigue sonando a mentira.

«Lo haces para proteger a tus hermanos y sus futuros.»

Si estoy haciendo lo correcto, ¿por qué me siento como una mierda?

Ella niega con la cabeza.

—Si te importa lo nuestro, pedirás ayuda antes de que esto se te vaya aún más de las manos, independientemente de que tengas que vender la casa. Me niego a ver como la historia se repite, por mí y por mi hija.

—No se repetirá. Te lo prometo.

—¿Y cómo puedo confiar en ti?

Una pregunta como cualquier otra, pero hace que el corazón me martillee contra el pecho.

Le sujeto la barbilla.

—Porque no sobreviviría si volviera a perderte. He vislumbrado la vida que podríamos tener, y me ha convencido de que jamás seré tan feliz como cuando estoy contigo, incluso aunque haya mucho camino por recorrer antes de que podamos vivir juntos. Me has preguntado si estoy dispuesto a esforzarme. Carajo, estoy tan dispuesto que vendería la casa mañana mismo si pudiera.

Veo distintas emociones cruzándole el rostro. Tristeza. Incertidumbre. Resignación. Es esa última la que hace que el malestar del estómago se vuelva insoportable.

Lana respira hondo varias veces antes de mirarme por debajo de las pestañas.

—Pues hazlo.

Arrugo la frente.

—¿El qué?

—Pon la casa a la venta mañana mismo, antes de que nos vayamos a Dreamland.

Me quedo boquiabierto.

—¿Mañana?

—¿Cuál es el problema? Tú eres el que quiere venderla para poder seguir con tu vida, ahí tienes tu oportunidad. Llama al agente a primera hora de la mañana.

Apenas puedo respirar con la opresión que siento en el pecho.

—Creía que habíamos acordado remodelarla antes.

«¿Qué haces cuestionándoselo? Acéptalo y disfruta de la victoria mientras puedes.»

Le tiembla la barbilla.

—Hay mucha gente que pone su casa a la venta cuando todavía están en obras. Le podemos pedir al agente que comparta las simulaciones de las reparaciones que nos mandó Ryder, junto con los planos.

Es un plan lógico e infalible, pero su expresión hace que me lo cuestione todo.

«Si le contaras lo de la herencia, no solo estarías defraudando a tus hermanos, sino también a ti mismo.»

Una cosa es fallarme a mí, y otra muy distinta es poner en peligro el futuro de otras personas, incluido el de Iris.

Suelto el aire que estaba conteniendo.

—Llamaré al agente inmobiliario y al centro de rehabilitación mañana a primera hora.

No tengo claro si es posible que me marche antes de que acabe el verano, pero llamaré a Leo antes para consultarle si eso podría afectar al testamento, aunque espero que no. Ya me he pasado una buena parte del verano aquí.

Lana me mira seria.

—¿Seguro que es lo que quieres?

Nunca he estado más seguro de nada. Dejar el alcohol ha sido siempre mi objetivo final, y Lana me ha animado a buscar una forma de lograrlo antes de lo previsto.

—Sí. No hay nada que desee más en este mundo que un futuro contigo.

Ella se mordisquea el labio inferior.

—Ya no soy solo yo. Cami y yo somos un lote.

Le rodeo la cintura con el brazo y la atraigo hacia mí con su rubor.

—Cami y tú no son un lote. Son el premio gordo de la lotería, y ya va siendo hora de que alguien las trate como tal.

38
Alana

Miro fijamente a Cal, procesando todo lo que ha dicho. Nunca había oído hablar así de Cami y de mí a nadie. Sus palabras hacen que se me llenen los ojos de unas lágrimas que amenazan con caer como venganza.

«Cami y tú no son un lote. Son el premio gordo de la lotería, y ya va siendo hora de que alguien las trate como tal.»

Siento el corazón imposiblemente lleno y a punto de estallar. Quiero creer lo que Cal dice. Que se pondrá mejor. Pero no puedo negar la sombra de duda que me carcome la felicidad y que amenaza con emponzoñarla con mis preocupaciones.

Como si pudiera leerme el pensamiento, Cal me pone dos dedos en la barbilla y me levanta la cabeza.

—Sé que no confías en mí, o no del todo, y no te culpo. Así que aléjate de mí. Enójate cuando beba. Ignórame porque temes volver a abrirme tu corazón. Haz lo que sea que te haga sentir a salvo, feliz, con todo bajo control. Pero quiero que sepas que nada de lo que hagas impedirá que siga luchando por nosotros y por el futuro que sé que podemos tener. El que nos merecemos. Hagas lo que hagas no impedirás que pida ayuda, igual que tampoco impedirás que quiera formar parte de la vida de Cami de la forma que sea, aunque tú y yo no acabemos juntos. Porque...

«Hasta aquí.»

Saber que Cal adora tanto a mi hija como para querer seguir formando parte de su vida independientemente de nuestra relación es suficiente para que se rompa la poca contención que me quedaba.

Lo interrumpo con un beso apasionado. Un beso en el que vierto todos mis sentimientos. Emoción. Miedo. Adoración.

Cal responde a mi desesperación con la misma moneda, y me provoca con los labios hasta dejarme con ganas de más. Un hormigueo me recorre la columna cuando me hunde los dedos en el pelo y me acerca hacia él. Sus labios se aplastan contra los míos y me siguen el ritmo, poniendo mi mundo patas arriba con todas las sensaciones distintas que me abruman.

Todo lo que genera el beso se amplifica cuando recordamos lo que nos gusta.

El roce de su lengua con la mía, ligero, juguetón.

Mis labios separándose un instante solo para poder quitarle la camiseta y pasarle las manos por el pecho.

Su barba incipiente raspándome el cuello cuando me chupa la zona erógena bajo la oreja, magullándomela con un solo jalón firme de la boca.

En un momento dado, me levanta y me lleva a la cama sin interrumpir el beso. Le rodeo los muslos con las piernas y lo beso aún con más intensidad. Con un giro rápido de las caderas le froto la erección creciente y él suelta un gruñido adorable, que ahogo con los labios.

Solo rompe el contacto conmigo para quitarme la camiseta de dormir. Sus manos apenas se quedan unos segundos en el mismo sitio. Se pasean por mi cuerpo, tocando y provocándome hasta que me froto contra su grueso miembro en un intento por satisfacerme.

La desesperación por Cal se convierte en impaciencia. La combinación de mi cuerpo apretándose contra el suyo y mi inesperado subidón de energía le hacen perder el equilibrio y cae hacia atrás, llevándome a mí con él.

Nuestros labios se separan y le dibujo el contorno de la mandíbula con besos delicados y rápidos.

—Lana —gime Cal.

Desvío la atención a su cuello. Mis labios descienden por la curva, chupándole y mordisqueándole la piel hasta que sus dedos se hunden en mis nalgas. La punzada de dolor es embriagadora. Apasionante. Adictiva.

Él entrelaza los dedos en mi pelo y me sujeta con firmeza.

—¿Qué pasa? —Lo chupo con ahínco y le dejo un recuerdo mío en el cuello.

—Espera un momento. —Él me jala de los mechones, apartándome de su piel.

—¿Por qué? —gimoteo—. ¿Quieres que pare?

Se estremece debajo de mí.

—Carajo, claro que no, pero quiero dejar algo claro.

—¿El qué? —Cierro los ojos con un suspiro.

Él me agarra la nuca.

—¿Seguro que quieres hacer esto?

Me deslizo por su cuerpo y presiono su grueso sexo.

—¿Responde eso a tu pregunta?

—Quiero oír la respuesta. —Me aprieta las nalgas y me retiene sobre su erección.

Noto el calor acumulándoseme en el vientre.

—Sí. Vamos a hacerlo. Pero si arruinas todo...

En un primer momento estoy encima, pero un instante más tarde me encuentro con la espalda aplastada sobre el colchón y Cal cerniéndose sobre mí con una mirada llena de hambre.

Hambre de mí.

—Cagarla es inevitable, pero te prometo que te lo compensaré todas las veces. —Me baja las bragas por las piernas.

—¿Cómo?

—Así.

Me separa los muslos y me recorre la piel sensible con besos delicados. Despacio, me besa en dirección a la zona que anhela su atención, pero entonces se retira. Su boca regresa a mi otro muslo y repite la misma tortura otra vez.

Le acerco el cuerpo a la boca, pero solo consigo arrancarle una risita grave.

—No pienso correr cuando tengo seis años que compensarte, Lana.

—Ya me los compensarás luego —gruño.

Se desliza desde mi clítoris hasta el lugar que tanto ansía estar lleno de él. Me introduce la lengua y juguetea, me provoca y comprueba cómo responde mi cuerpo. Cuando reacciono de una forma determinada, él repite el mismo movimiento antes de probar otra cosa.

Siento como si tuviera el cuerpo envuelto en llamas.

El mundo que me rodea estalla cuando Cal aumenta la presión que se me acumula dentro con varios giros de la lengua. Alargo el brazo, desesperada por encontrar mi propio placer, pero me lo impide en cuanto me toco el clítoris. Cal me da un manotazo en el sexo.

Suelto un grito ahogado.

—¿Se puede saber qué haces?

Me estimula el clítoris con un movimiento rápido de la lengua. Se desliza por encima del bulto sensible y me genera una oleada de placer que me recorre el cuerpo.

—Pues masturbarme, porque tú no lo estás haciendo.

—Aquí el único que te masturba soy yo. —Le brillan los ojos cuando alza la vista hacia mí; la barba le reluce con mi excitación—. Si vuelves a tocarte, buscaré una forma mejor de hacer que tengas las manos ocupadas.

Su amenaza me acelera el corazón y me hace retorcer los dedos de los pies. El cuerpo entero se me tensa. La necesidad de desobedecerlo me está volviendo loca.

Basta con un solo pellizco de mi pezón para que Cal pierda los estribos. Me arrastra fuera de la cama y me pone de rodillas. La alfombra me quema la piel, pero la punzada de dolor solo es temporal comparada con el calor que me recorre por dentro cuando me pellizca el mismo pezón que me he tocado.

—Las manos donde pueda verlas —me ordena.

Le enseño el dedo con cada mano, y él se ríe.

—¿Quieres jugar? —Le ofrece la misma atención al otro pezón, estimulándome la punta dura hasta que dejo caer la cabeza hacia atrás—. ¿Quieres tocarte?

—Sí. —Le hundo las uñas en los muslos.

—Qué pena, de verdad. Te tocas cuando yo te lo diga. —Se baja los pantalones. La luna asoma por la persiana e ilumina cada centímetro de su piel.

Cada centímetro erecto de su piel.

Se me hace agua la boca. El mero tamaño hace que me vengan a la cabeza todo tipo de pensamientos sucios.

—Igual que solo te vienes cuando yo te lo diga. —Se aprieta el miembro una vez y expulsa una gota de líquido preseminal por la punta—. Abre la boca.

Hago lo que me dice. Su sexo se desliza por mi lengua y su sabor embota todos mis otros sentidos. Empuja hasta que los pulmones me arden y me lloran los ojos.

—Respira —dice, pero apenas retrocede medio centímetro, y me obliga a respirar por la nariz y a combatir el pánico que me oprime el pecho.

Él alarga una mano para acariciarme la barbilla.

—Estás preciosa con mi pene entre los labios.

La vista se le va al espejo antiguo que tenemos al lado. Nuestras miradas se cruzan en el reflejo, y él no rompe el contacto visual mientras se retira.

Se me pone la piel de gallina, y a punto estoy de poner los ojos en blanco cuando me embiste la boca.

—Mira qué bien la recibes.

Me sujeta la cabeza con las manos mientras me penetra la boca una y otra vez, y yo no dejo de mirar al espejo.

No hay nada en él que no me embruje.

Los movimientos de su torso con cada embestida poderosa.

Sus músculos tensándose mientras me coge la boca, utilizándome como si fuese su juguete favorito.

Esa forma de mirarme con cariño a pesar de que me esté destrozando la garganta. Como si nuestras almas se estuviesen reconectando tras años separadas.

La saca demasiado pronto, dejando un hilo de saliva entre su glande y mis labios.

—Carajo. Cómo me excitas. —Se limpia la gota de líquido preseminal que le cuelga de la punta y me la pasa por los labios, marcando la carne hinchada con su excitación.

Saco la lengua y le lamo la yema del pulgar antes de limpiarme el fluido salado.

Cal me vuelve a acostar sobre la cama antes de acercarme las piernas al borde.

—¿Estás tomando la anticonceptiva? —Me mete un dedo antes de soltar un ruidito de aprobación.

Niego con la cabeza.

—Inyección.

—¿Condón? —Se masturba una vez, y el simple hecho de verlo buscando su propio placer provoca que el corazón me martillee contra la caja torácica.

—Prefiero que acabes dentro.

Él gruñe y me hace sentir como una reina. Le rodeo la cintura con las piernas y lo jalo. El corazón se me acelera cuando se encorva sobre mí y se coloca, agarrándome el trasero para inclinarme un poco hacia arriba.

No me avisa. No me susurra nada dulce al oído. No me

prepara para el momento en que me penetra de una sola embestida y hace que me lloren los ojos y me tiemblen las piernas mientras lo recibo entero.

Arqueo la espalda hacia el techo cuando se introduce en mí hasta la base.

Cal se inclina hacia delante y noto todo su peso encima.

—¿Sabes cómo me siento ahora mismo? —Le tiembla un poco la voz.

Niego con la cabeza.

—Como en casa. —Se retira solo para embestirme de nuevo un instante más tarde—. Como si me hubiera pasado los últimos seis años perdido, sin forma de volver. Como si hubiese estado atrapado en una noche eterna sin luz que me ayudara a encontrarte.

Esta vez me levanta un poco más y cambia su ángulo mientras se desliza hacia dentro un poco más despacio, prolongando nuestro placer. Tenso las piernas alrededor de su cuerpo y lo jalo hasta que vuelve a cernirse sobre mí.

El poco control que Cal pudiera tener sobre la situación desaparece por completo cuando se pasa mis piernas por encima de los hombros y me penetra con la fuerza suficiente para que salga despedida hacia atrás. Me agarro al edredón para soportar sus acometidas.

El placer aumenta y el orgasmo se acerca poco a poco, como el inicio de una ola. Quiero entregarme a él, pero la necesidad de aguantar me hace luchar contra la presión que se me acumula en el bajo vientre. Cal se toma el orgasmo que no llega como un reto. Sus embestidas se vuelven más profundas y me dejan sin respiración.

Cuando ve que me deslizo hacia atrás, vuelve a jalarme hacia sí y me envuelve la garganta con los dedos para sujetarme mientras se introduce en mí con frenesí.

«Carajo.» Coge como un hombre al borde de la locura.

—Cal —mascullo entre dientes.

—Vuelve a pronunciar así mi nombre. —Me aprieta el cuello un poco más.

—Cal.

Suelto un grito ahogado cuando su miembro roza el punto sensible dentro de mí. Repite el mismo movimiento, y arqueo la espalda como si tiraran de una cuerda.

Mis piernas, colgando sobre sus hombros, se estremecen cuando exploto.

Cal no deja de empotrarme hasta que se me empieza a acumular otro orgasmo. Esta vez, él termina poco después de mí, y el cuerpo se le sacude al venirse. Sus acometidas se vuelven menos profundas y sus movimientos más irregulares mientras lleva su orgasmo hasta el final.

Se desploma encima de mí y nos hundimos en el colchón. Le acaricio los mechones de pelo húmedos con los dedos.

Él me da un beso casto sobre la piel.

—No te merezco.

—Pues conviértete en el hombre que sí me merezca.

39
Cal

Le paso las manos por el cabello. Siempre le ha gustado que jugara con sus mechones hasta que se quedaba dormida. A mí me empiezan a pesar los ojos, y la somnolencia poscoito amenaza con dejarme rendido.

«Hora de irse.»

No estoy preparado para marcharme, aunque sé que no me queda otra. Con Cami en casa, es inevitable.

—Debería irme antes de que me quede dormido. —Le deslizo los dedos por la espalda, acariciándole la piel de gallina.

Ella se acurruca contra mi pecho y me pasa una pierna por encima.

—No quiero que te vayas —gruñe sobre mi piel.

Me río y le doy un beso delicado en la coronilla, con el que me gano un adorable suspiro.

—Ya lo sé, pero dudo que quieras levantarte mañana y que Cami te bombardee con cientos de preguntas sobre nosotros.

Se estremece a mi lado.

«Justo por eso tienes que irte.»

Porque a pesar de lo que haya pasado entre nosotros,

Lana siempre antepondrá a su hija a todo lo demás, incluso si eso implica ocultar lo nuestro hasta que confíe plenamente en mí.

—No es que me avergüence... —Se interrumpe.

—Lo entiendo. —Y si encima me marcharé pronto a rehabilitación, seguramente sea lo mejor. Tengo toda la intención de volver, pero Cami no lo entendería.

Lana suelta un hondo suspiro.

—Se ilusionó muchísimo con Víctor.

Tuerzo el gesto y dejo las manos inmóviles sobre su espalda. Lana me hace un dibujo invisible en el pecho.

—Al principio me anduve con cuidado y no quise que se conocieran hasta tener claro que lo nuestro iba en serio.

Lo único que me impide irme de allí son sus suaves caricias y la curiosidad creciente sobre lo que ocurrió.

—Me presionó para conocerla. Aquello debería haber sido ya la primera señal de que no era un buen partido, pero me sentía tan sola y tenía tanto miedo de perder a la única persona que me había hecho sentir una mínima parte de lo que tuvimos tú y yo. —Se le rompe la voz, y yo la abrazo con fuerza.

Dejo escapar un largo suspiro.

«Qué menos que escuchar todo lo que tenga que decir, teniendo en cuenta que fuiste tú quien la condenó a esta situación.»

Soy un experto en torturarme a mí mismo, así que puedo sobrevivir a una conversación incómoda.

—Al principio, las cosas iban bien. Cami estaba contenta con él, incluso me preguntó varias veces si íbamos a casarnos, aunque dejó de preguntármelo después del primer día que se quedó a solas con él. —Le tiembla la voz.

La aprieto con fuerza contra mi pecho.

—No lo sabías.

Ella me mira con ojos llorosos.

—Pero debería, ¿no? Es mi hija. Se supone que tendría

que conocerla a la perfección, hasta el más mínimo detalle, y no fui capaz de darme cuenta de eso.

—Era un cabronazo.

—Ahora ya lo sé, pero pasé por alto las señales. No fue hasta que me preguntó con timidez si él sería su nuevo papá que por fin empecé a atar cabos.

Contengo el aliento y noto en el pecho una punzada ardiente de dolor. No hablo por miedo a que mi voz me delate.

«He pedido que seas mi nuevo papi.»

¿Desearía lo mismo con Víctor?

Lana continúa, ignorante de mi cambio de humor.

—Cuando le insistí un poco, me dijo que prefería no tener un papá. Fue la primera señal de alerta que de verdad me llamó la atención. Porque mi niña es una romántica empedernida, desde que vio su primera película de princesas de Dreamland. Incluso le escribía cartas a Papá Noel pidiéndole un papá, y luego se llevaba una buena decepción al buscar debajo del árbol y no encontrarlo.

Me echo a reír, y siento alivio.

«No quería que Víctor fuese su padre.»

«Te quiere a ti.»

Es una sensación aterradora y, al mismo tiempo, fortificante.

Una sonrisa se insinúa en los labios de Lana.

—Un año tuve que escribirle una carta falsa de Papá Noel para informarla de que él solo podía repartir juguetes, no personas.

Me tiembla el pecho con una carcajada reprimida.

—Qué pena.

—Sin duda, hasta que probó suerte con la segunda mejor opción.

—¿Cuál?

—El conejo de Pascua.

Sacudo la cabeza.

—Es la niña más adorable que he conocido en mi vida.

Lana se acurruca sobre mí, fundiendo su cuerpo con el mío.

—Yo también lo creo, pero está bien oírselo decir a una persona imparcial.

Me río.

—Uy, dejé de ser imparcial el día que me sisó seiscientos dólares.

—No tenías nada que hacer, ¿eh?

—Parece que las mujeres Castillo son mi única debilidad.

—¿Ah, sí? ¿La única? —Sonríe.

Le borro esa ridícula sonrisa de la cara a besos. Ella responde con una fogosidad que compite con la mía. No sé cómo he sobrevivido seis años sin esto. Sin ella. Cuando estoy con Lana, el resto del mundo palidece en comparación con ella, como si hubiese estado viviendo en blanco y negro y ahora por fin todo hubiese recuperado el color.

No sé si podría volver a una vida sin ella.

«No tendrás por qué hacerlo.»

Siempre que me comprometa a trabajar en mis problemas, podré estar con Lana para siempre.

«Como debe ser.»

Vierto todo lo que siento en el beso. Deseo. Amor. Esperanza.

Lana me rodea con los brazos y me acerca a ella. No hay nada en lo nuestro que sea impropio. Somos las dos mitades de un rompecabezas que por fin han encajado.

Daría lo que fuera por quedarme así todo el tiempo posible. Le acaricio, chupo y beso cada centímetro de su cuerpo hasta que se retuerce debajo de mí y pronuncia mi nombre con desesperación.

No tardo en volver a encontrarme entre sus muslos, venerando su cuerpo, como siempre debió ser. La mezcla de su sabor y el mío es adictiva, y no puedo dejar de lamerle el sexo hasta que me empapa la lengua, recompensándome por mis esfuerzos.

De algún modo, termino debajo de ella con la espalda contra la cabecera mientras ella cabalga sobre mí.

Cada grito ahogado. Cada gemido. Cada pequeño suspiro me acerca más y más al límite.

Arrastro a Lana conmigo y le estimulo el clítoris hasta que se corre alrededor de mi miembro. No deja de moverse hasta el final de su orgasmo. Se queda inerte y cae sobre mi pecho con un suspiro satisfecho.

La agarro de las caderas para moverla arriba y abajo en torno a mi miembro, buscando desesperadamente mi propio placer. Ella deja caer la cabeza hacia atrás y me da la oportunidad perfecta para meterme uno de sus pezones en la boca.

Lana tiembla a mi alrededor, recibiendo cada centímetro de mí como si no hubiese otra alternativa.

—Cal. —Me jala del pelo y hace que me hormiguee la cabeza por la sensación.

—¿Te gusta? —La golpeo contra mi pene y le arranco un grito ahogado—. ¿Te gusta hacerme perder el control?

Se incorpora y se estimula el clítoris.

«Carajo, cómo me excita.»

Una de las cosas que más me gustan de Lana es que nunca le ha dado vergüenza buscar su propio placer. Me roza por accidente el miembro con el dedo cuando lo saco y hace que me venga de una forma tan intensa que casi pierdo el conocimiento. Lana continúa cogiéndome y jugando con su clítoris hasta que alcanza otro orgasmo.

Esboza una media sonrisa triunfal que no puedo evitar copiar. En ese momento, caigo en la cuenta de que con Lana no solo me siento como en casa; Lana lo es todo.

Permanezco dentro de ella todo lo que puedo, acomodándome en el colchón mientras la abrazo contra mi pecho. Su respiración se acompasa a medida que va perdiendo el conocimiento, y me deja solo procesando todas las emociones que me ha despertado.

En algún momento, me quedo dormido con el sonido de su respiración calmada.

«Un minuto más y me levanto», me repito por tercera vez.

Era mentira.

—¡Mami, despierta, que hoy nos vamos a Dreamland! —Cami golpea la puerta.

Lana se incorpora con brusquedad y la sábana le cae en torno a la cintura.

—¡Maldita sea! ¿Tú qué haces todavía aquí? —me susurra con voz firme.

—Mierda. —Agarro una almohada y me tapo la cara—. Me he quedado dormido.

—¡Tienes que esconderte! —Me quita la almohada de las manos y la tira a los pies de la cama.

—¿Mami? ¿Me oyes? —Cami da varios golpes más.

—¡Voy! ¿Por qué no vas eligiendo tú hoy la ropa?

—¡Está bien! —La voz de Cami suena ya lejana cuando responde.

Lana me lanza una mirada mientras se levanta de la cama. Me distrae con su cuerpo desnudo mientras va de un lado a otro de la habitación, recogiendo nuestra ropa. Se pone una camiseta y se pasa los dedos por sus mechones rebeldes.

—Vístete. —Me avienta los pantalones cortos al pecho.

—Voy. —Salgo de la cama de mala gana.

Lana abre mucho los ojos y se tapa la boca con la mano.

—¿Qué pasa? —Bajo la vista hacia mi erección—. ¿Esto? —Me la meneo varias veces, y ella resopla.

—No, es que... —Abre aún más los ojos—. Lo siento muchísimo.

—¿Qué ocurre? —Me giro y me miro en el espejo. «Mierda.»

Lana me ha dejado algunos recuerdos del tiempo que hemos pasado juntos. Además de los chupetones del cuello y el pecho, tengo la piel cubierta de pequeños arañazos y marcas de mordiscos.

Me paso la mano por una de las marcas.

—Si quieres marcar territorio, a lo mejor un tatuaje habría sido más efectivo a largo plazo.

—Cállate. —Me avienta mi camiseta a la cara para quitarme la sonrisa.

Me acerco a ella para darle un pico. Sus labios se funden con los míos y le paso las manos por el cuerpo, dibujándole las curvas antes de manosearle las nalgas.

Me separo de ella a regañadientes.

—Tú distrae a Cami y yo me escabullo.

Me da un beso en la mejilla.

—Hecho.

Por suerte, el agente inmobiliario tiene un hueco en la agenda para pasarse el domingo por la tarde. Como nos vamos a Dreamland esta noche para celebrar el cumpleaños de Cami, quiero asegurarme de que todo el asunto de la casa del lago está zanjado mientras Wyatt y Delilah se llevan a Cami a comer fuera.

La reunión con el agente va como la seda, y me garantiza que la casa estará puesta a la venta mañana a primerísima hora, mientras nosotros estamos en Florida.

Debería alegrarme la noticia. Qué digo, debería entusiasmarme. Cuanto antes venda la casa, más liberado me sentiré. Con suerte, este peso que me oprime el pecho desde la conversación de anoche se reducirá hasta antes de desaparecer por completo.

Lana guarda silencio, perdida en sus pensamientos mientras revisamos la logística de la venta y el precio. Solo habla cuando el agente se despide y me pide que demos una última vuelta por la casa solos. Deja la cocina para el final, algo que sé que es premeditado, dado el tiempo que pasa allí metida.

Abre la puerta de la despensa y frunce el ceño.

—Mmm.

—¿Qué ocurre? —Echo un vistazo por encima de su hombro.

—No sé si esto lo pintarán o cambiarán directamente la puerta y el marco.

—Supongo que los cambiarán.

Deja escapar un ruido indiscernible.

—¿Algún problema? —le pregunto al verle la cara larga.

—Es una pena.

Pasa la mano por las distintas marcas talladas en el marco de madera, todas con la caligrafía de su madre. Hay cinco iniciales diferentes en varios colores que ocupan todo un costado: R. G. K., D. L. K., C. P. K., A. V. C. y C. T. C. Las alturas de Rowan y Declan dejaron de registrarse cuando ya no visitaban la casa del lago, mientras que la mía continúa hasta la última marca, 1,93 metros.

—¿Añadiste la altura de Cami? —Me pongo de cuclillas y paso el dedo por encima de la primera marca rosa de la parte inferior, que apenas llega a los sesenta centímetros.

—Sí. A mi madre le pareció gracioso. —Lana la mira con una sonrisa tímida—. Cami ni siquiera podía caminar, pero yo la sujeté derecha mientras mi madre marcaba la altura con la regla.

—La echas de menos —afirmo.

—Constantemente. —Echa un vistazo alrededor de la cocina—. Al estar aquí... me siento conectada con ella. Se pasaba casi todo el día aquí metida, cocinando, limpiando, comiendo. Era su estancia favorita de toda la casa.

—Y la tuya.

—Sin duda. —Lana le da unos golpecitos cariñosos a la encimera—. Cuesta creer que, a partir de mañana, todo esto desaparecerá.

—Es una locura, ¿eh? —Me apoyo en la encimera a su lado.

—Si mi madre estuviera aquí, le habría hecho muchísima ilusión despedirse de las encimeras. Hasta le habría suplicado a Ryder que la dejara destrozarlas ella misma con una almádena.

Sonrío.

—¿En serio?

—No te haces una idea. Intentó convencer a tu abuelo de que no eligiera la baldosa azul para la parte de arriba, pero él insistió mucho. Mi madre decía que no envejecería bien, y tenía razón. Además, no soportaba pasarse el día limpiando la lechada, y ahora que a mí me ha tocado hacer lo mismo, no podría estar más de acuerdo. —Lana arruga la nariz con desagrado.

—Brady, genio y figura. Tozudo como una mula y siempre pensando que él sabía lo que le convenía a todo el mundo, incluso cuando no tenía ni idea.

Lana se acerca a la ventana que hay sobre el fregadero y mira al lago.

—Aún me cuesta creer que vayamos a vender la casa.

«Y a mí.»

—¿Vas a contárselo a Cami?

Los dedos con que se apoya en la encimera se tensan.

—Cuando volvamos de Dreamland.

—Lo entenderá. —Camino hacia ella y pongo las manos sobre las suyas.

—Eso espero. Lo que pasa es que...
—Dime.
—Me da miedo dejarla ir. —Se le rompe la voz.
—Lana. —Le giro la cara hacia mí. Su mirada sigue clavada en el lago—. Mírame. —La expresión vidriosa de sus ojos me parte el alma, y empiezo a cuestionarme el encargo mismo de mi abuelo.
—Podemos echarnos atrás —suelto.
«¿Eres un...?»
¿Un idiota enamorado? Sin duda. Que me denuncien.
«No les des ideas a tus hermanos.»
Me quito a Rowan y Declan de la cabeza.
Lana cierra los ojos. Cuando vuelve a abrirlos, el brillo acuoso ha desaparecido.
—No.
—¿Seguro?
Entrelaza los dedos con los míos y destierra por completo el pavor frío que se me extendía por las venas.
—Quiero que seas feliz.
Aprieto mucho los labios. Me siento como el idiota más grande del planeta por estar ocultándole la verdad.
«No tienes alternativa.»
Pues ojalá la tuviera. El testamento de mi abuelo me hace sentir impotente, sucio. Mentiroso.
—Podemos empezar de cero en otro sitio —suspira ella. El hecho de que me incluya me deja sin aliento, y me llega al corazón y atraviesa las cicatrices.
Le doy un apretón reconfortante en la mano.
—Me encantaría.

Mientras Lana y Cami preparan las maletas para el viaje, me meto en el coche con el celular apretado contra la oreja.

—Callahan Kane. ¿A qué debo el placer de esta llamada? —El tono distendido del abogado de mi abuelo me saca una sonrisa.

—Tengo que hacerte una pregunta.

—Tú dirás.

—Cuando mi abuelo pidió que me quedara todo el verano en Lake Wisteria, ¿especificó cuánto tiempo?

—Así, de memoria, no lo recuerdo. ¿Te gustaría que revisase el testamento?

—Sí, por favor.

—Dame un momento.

Se oye el susurro de papeles y a Leo respirándole fuerte al micrófono. Poco después, deja escapar un ruidito de confirmación y yo tenso todavía más los hombros.

—Ciento veinte días.

«Mierda.»

—¿Hay alguna forma de sortear eso? —Aprieto con fuerza las muelas.

Lo oigo refunfuñar.

«Mala señal.»

—¿A qué viene tanta prisa? —me pregunta—. Solo te queda un mes.

—La semana que viene entro en rehabilitación.

—¿Rehabilitación? —repite con voz animada. Es una forma extraña de reaccionar ante alguien que claramente tiene un problema con el alcohol, pero Leo siempre ha sido un tipo extraño. Por eso mi abuelo y él eran uña y carne.

—Sí. Tengo un lugar reservado en Arizona, pero el testamento me impide ir.

Oigo más movimiento de papeles de fondo.

—Ya veo.

—Bueno, pero yo no, ¿te importa compartirlo conmigo?

—Cierro los ojos y respiro hondo para controlar los nervios. Sin una gota de alcohol para desinhibirme un poco, tengo la ansiedad por las nubes.

«De lujo.»

—Tu abuelo estaba dispuesto a ajustar el periodo de tiempo con una condición.

—Déjame adivinar: que fuese a rehabilitación.

Él se ríe.

—No.

Dejo caer los hombros.

—¿Y entonces qué? ¿Quiere que me dedique a hacer un control de alcoholemia todos los días durante equis tiempo? ¿O quizá quiere que no salga de casa y contrate una niñera?

—Nada tan severo. Lo único que dejó escrito es que los cuatro meses en Lake Wisteria quedarían anulados si obtenías una ficha verde.

—¿Una ficha verde?

—De Alcohólicos Anónimos.

Aprieto los labios y pienso en las otras dos veces que he recurrido a Alcohólicos Anónimos. Verde era el color que conseguí y perdí poco después.

Tenso los dedos con que sujeto el celular.

—¿Y no se te ocurrió contarme esto antes de que me mudara?

—No tenía permiso para decirte nada a menos que me consultaras primero sobre dejar de beber. Tu abuelo hizo hincapié en lo importante que era que tomaras la decisión por tu cuenta, porque no quería que te sintieras tentado a dejar el alcohol solo por la herencia.

Cierro los ojos para que el mundo pare de darme vueltas. Leo carraspea.

—Tu abuelo te eligió también un programa de AA.

Suelto una carcajada forzada.

—Cómo no.

«El cabrón me la jugó pero bien.»

Mi abuelo debía de saber que si venía aquí, sería cuestión de tiempo que quisiera dejar el alcohol otra vez.

—¿Serías tan amable de mandarme la información para que le eche un vistazo? —pregunto.

—Por supuesto. Le pediré a mi secretaria que te envié toda la información y el número de teléfono de la persona con quien debes contactar. Por lo que he oído, es un grupo reducido y muy discreto.

Fantástico. No veo el momento de pasarme las reuniones de AA con un grupo de ricachones que no son capaces de poner en orden su vida a pesar de tener acceso a todo lo imaginable.

—Vende la casa y enséñame la ficha verde para que podamos poner en orden el resto de la herencia —me dice con tono ligero, despreocupado, como si dejar de beber fuese coser y cantar.

«No es para tanto.» Aprieto los dientes.

—Claro. Gracias, Leo. —Paso el dedo por encima del botón rojo de terminar la llamada cuando la voz de Leo me detiene.

—Quiero que sepas que tu abuelo estaría orgullosísimo de ti. Meditó mucho todas las decisiones que tomó hasta el accidente.

—¿Hasta la de vender la casa?

—Sobre todo esa. Por ti y por la señorita Castillo.

40
Alana

Gracias al *jet* familiar de los Kane y a los contactos de Cal, Cami y yo salimos de Michigan por primera vez desde que la traje a casa conmigo hace casi seis años. Tengo la sensación de que el proceso de adopción fue hace mil años. Cuando conocí por primera vez a Cami en la incubadora, mientras la desintoxicaban de las drogas, yo apenas tenía veinticuatro años y todavía estaba recuperándome de un tremendo desamor.

Cuando llegué a California, la trabajadora social asignada a su caso me presentó la decisión más fácil de mi vida: adoptar a Cami o dejar que la adoptara otra persona.

«La mejor decisión de mi vida», me digo para mis adentros mientras la miro de reojo. Lleva puestos los audífonos de orejitas de gato mientras ve un episodio de su serie favorita en la pantalla plana que hay engastada en la pared del avión. He intentado sentarme a su lado, pero ella quería el sofá para ella solita porque es una acaparadora, así que Cal y yo nos hemos sentado en los asientos del capitán, en diagonal a ella.

El azafato le lleva a Cami un jugo antes de dejarnos unas botellas de agua en la mesa que hay frente a nosotros.

Me meto los auriculares inalámbricos en las orejas y Cal me roba uno.

—He dejado los míos.

Entrelazamos las manos y siento una descarga cálida por el brazo.

—¿Vas a poner algo o me encargo yo? —Señala mi celular sobre la mesa.

Le doy a reproducir y me acomodo en mi asiento. Cal me gira la mano y comienza a pasarme las puntas de los dedos por el antebrazo.

—¿Cosquillas? —le pregunto, haciéndome la sorprendida.

En sus labios se dibuja una sonrisa adorable.

—Hay cosas que nunca cambian.

Yo aprieto los míos como si hubiese chupado algo ácido.

—Yo he cambiado.

Él arquea una ceja.

—¿Cómo?

Paro la música para responderle.

—A ver, para empezar, ahora me gusta el country.

—Vaya metamorfosis —contesta con sequedad.

Le doy un empujón en el hombro, y él se ríe y vuelve a tomarme de la mano.

—¿Qué más?

—Fui vegetariana un año entero después de ver un documental.

Él se queda sorprendido.

—¿Tu madre estaba viva en aquel momento?

—Sí. La idea la horrorizó y revocó mi nacionalidad colombiana de manera extraoficial.

Cal se ríe entre dientes.

—No me sorprende, la verdad. Pocas cosas le gustaban más que un buen churrasco.

—Ya lo sé. ¿Por qué crees que volví a comer carne? No me dio demasiadas alternativas.

Su sonrisa se ensancha.

—Y ahora además madrugo. Se acabó lo de posponer las alarmas.

—Qué pena. Me encantaba encontrar formas nuevas de motivarte para que salieras de la cama. —Esboza una sonrisa pícara, y yo pongo los ojos en blanco.

—Más bien encontrabas formas de que no me moviera de la cama durante todo el tiempo que fuese humanamente posible.

—Era una iniciativa muy noble.

—Lo único noble era tu compromiso por que yo me viniera antes.

—Es una obsesión, no un compromiso.

Los dos nos echamos a reír. Sigo contándole todas las cosas que han cambiado en mi vida, que en realidad no son tantas cuando las recito. Lo que de verdad puso mi vida patas arriba fue ser madre, pero eso Cal ya lo sabe.

—¿Y tú qué? ¿Algún cambio? —Le doy un golpecito con el codo.

—Mi vida es bastante aburrida —suspira.

—Eso no es cierto. Ahora eres el padre de un gato.

—Es verdad. El punto álgido de mi vida, sin duda.

—¿Algún trabajo?

—Qué va. —Tamborilea con los dedos sobre su muslo a un ritmo indeterminado.

—Vamos, algo habrá cambiado en seis años.

—Ya no me dan miedo los payasos.

—¿Qué? —Lo miro sorprendida—. ¿Desde cuándo?

—Desde que Iris me convenció para ir a un laberinto de Halloween encantado. Por lo visto la temática de aquel año eran...

—¿Los payasos? —le pregunto con tono agudo.

—Debería haber previsto que algo se traía entre manos en cuanto me pidió que la acompañara. No me gusta mucho el terror, pero por ella estaba dispuesto a reunir todo mi coraje e intentarlo. Además, a Declan no pareció hacerle ni un poco de gracia cuando ella le dijo que iríamos juntos.

—¿Por qué no te diste media vuelta en cuanto descubriste cuál era la temática?

—Porque Iris me chantajeó.

—¿Cómo?

—Me amenazó con publicar este video si la dejaba tirada. —Cal saca el celular y me enseña un video en que aparece él utilizando un paraguas como arma contra un payaso.

—Creo que la adoro. —Me seco las lágrimas de los ojos cuando el minuto de video termina con Cal chillando.

—Estoy convencido de que se harían amigas en cuanto se conocieran.

El corazón se me enternece.

—Qué ganas de enseñarle la foto que tengo de tu quinto cumpleaños.

Los ojos se le salen de las órbitas.

—No me digas que guardaste eso.

Sonrío.

—¿Por quién me tomas? Siempre me levanta los ánimos cuando tengo un mal día.

Me aprieta la mano.

—Yo también tengo una de esas.

—Por favor, no me digas que es aquella de cuando intenté maquillarme por primera vez.

Se le ilumina la mirada.

—No, pero esa también es un clásico.

Me rasco la cabeza.

—Creía que me había deshecho de todas las fotos incriminatorias de mi madre.

—Pues parece que no —contesta Cal, encogiéndose de hombros.

—Tienes que decirme cuál es. —No descansaré hasta que sepa cuál es esa foto ridícula que Cal guarda para cuando tiene un mal día.

—Relájate, era una broma. Te juro que no es nada malo.

—Claro, y yo voy y me lo creo —resoplo.

Él pone los ojos en blanco mientras saca una foto de su cartera y me la suelta sobre el regazo.

—Considera esto nuestra primera prueba en eso de confiar el uno en el otro.

Las manos me tiemblan cuando levanto la foto que Cal lleva guardada en la cartera.

—¿Es la de...? —Giro la foto y me respondo a mí misma la pregunta.

Emborráchate de vida, no de alcohol.
Con cariño,

Lana

—La guardaste. —Le doy la vuelta y contemplo esa versión joven de nosotros mismos. La foto se ha aclarado con los años y la exposición a la luz, y los bordes están desgastados por el uso—. ¿Esta es la foto que miras cuando tienes un mal día?

Cal me quita la fotografía de las manos y la vuelve a meter en la cartera.

—La misma.

—De todas las fotos posibles, ¿por qué esta? —digo con voz temblorosa.

—Porque me recuerda que hubo una vez en que fui verdaderamente feliz.

Le rodeo el cuello con los brazos y le doy un abrazo.

—Quiero que vuelvas a ser verdaderamente feliz.

Él me devuelve el gesto.

—Voy por el buen camino.

El coche privado nos deja en el hotel más elegante que ofrece Dreamland. Cal nos guía hacia una suite en el ático con su propio elevador privado, cocina profesional, cine y unas vistas espectaculares del lago que ocupa la mayor parte de la finca de la Kane Company.

—¡Es increíble! —Cami se pierde en algún lugar entre el comedor y la cocina.

Jamás me había alojado en un sitio así.

Rowan, el hermano de Cal al que no veo desde que llevaba aparato y le encantaban los cómics, nos ha dejado una nota sobre los pases vip con todo incluido.

Comida. Bebidas. Experiencias exclusivas entre bambalinas.

Me he pasado toda la vida rodeada por la riqueza de los Kane, pero esta es la primera vez que puedo disfrutarla de verdad. Como Cal me ha dicho que no pensemos en el dinero, llamo al servicio de habitaciones y pido tres filetes carísimos y una botella prohibitiva de jugo de naranja para Cami.

Tengo un gusto de estrella Michelin con un presupuesto de bar de carretera, así que pienso disfrutar de los lujos de la vida mientras duren.

«Lo que pasa en Dreamland...»

El estruendo de una bocina le llama la atención a Cami. Corre hacia la puerta corrediza y aplasta la cara contra el cristal, que se empaña con su aliento caliente.

—¡Miren, un barco! —Cami señala el ferri que atraca en el muelle para dejar a las familias.

Me arrodillo a su lado.

—Ya lo veo.

—Mañana podemos abordarlo si quieres. —Cal se arrodilla al otro lado de Cami.

—¿De verdad? —Abre mucho los ojos, maravillada.

—Por supuesto. Lo que quieras. —Le frota el pelo ya de por sí revuelto.

Por esto estoy dispuesta a esperar a Cal. Porque un amor así, ese amor incondicional que sale del corazón, no abunda. Lo sé porque yo misma lo he buscado y he fracasado miserablemente desde que se marchó.

—¡Gracias! —exclama Cami, antes de echarse en brazos de Cal.

Cal pestañea varias veces ante mi sonrisa antes de devolvérmela. Antes de que me dé cuenta, me jala y nos estruja a las dos. El peso añadido le hace perder el equilibrio y los tres acabamos tirados sobre la alfombra, aunque es él quien se lleva la peor parte. Cami suelta risitas entre nosotros y Cal y yo también nos reímos.

Mi hija se retuerce hasta liberarse y se va a ocupar su habitación. Cal sigue rodeándome con los brazos y me recoloca hasta ponerme justo encima de él. Contengo el aliento cuando me pasa la mano por la espalda, dejando chispas tras de sí.

Su mano se detiene en mis lumbares.

—Quiero hacer que nos pasemos la vida riéndonos así.

Un hormigueo me recorre el cuerpo desde las mejillas hasta los dedos de los pies. Él me pone una mano en la cara y me atrae hacia sí.

—Cal... —le advierto—. ¿Y Cami qué?

El colchón chirría y Cal sonríe al oír los golpes constantes de alguien saltando encima.

—Creo que ahora mismo está un poco ocupada. —Me acaricia el labio con el pulgar.

—Da igual.

Aparta la mano y se lleva con él la calidez.

—Te reto a que me beses.

Lo miro perpleja.

—¿Cómo?

—Ya me has oído. O me besas o me tendrás que confesar un secreto. —Su voz ronca hace que se me contraiga el bajo vientre.

—Eso no es justo. —Los retos siempre han sido mi debilidad, justo después del hombre que los instigaba.

Él me acerca todavía más la barbilla.

—¿Verdad o reto? Elige sabiamente.

Me muerdo el labio.

—Tengo que compensar muchos atrevimientos. Quince, para ser exactos, según mi último recuento. —Puede que el tablón ya no esté, pero el recuerdo sigue vivo en mi cabeza.

—A este paso nunca me alcanzarás.

—Pero porque eres un atrevido.

Él sonríe.

—Y tú una cobarde.

«¿Una cobarde, yo? Se va a enterar.»

Acepto el reto de Cal y lo beso. Nuestros labios se funden y saltan chispas entre nosotros. Él suelta un gemido cuando trazo la curva de su labio inferior con la punta de la lengua. El sonido viaja directamente hasta mi clítoris.

Mi cuerpo entero se activa al saborearlo y olerlo, y la experiencia se convierte en una sobrestimulación de los sentidos. Intento identificar lo que siento en el pecho, pero Cal no deja de distraerme mientras me acaricia la nuca.

Pierdo el control y Cal me domina. El mundo que conozco se desequilibra cuando Cal se convierte en mi centro de gravedad, acercándome hacia él.

—Mami y Cal se besan en un árbol.

Cal y yo nos separamos y nos contemplamos con los ojos desorbitados. Tengo los labios hinchados y su miembro hundido en la barriga.

—Primero el amor. Luego la boda. ¡Y luego Cami en un carruaje de Dreamland con borlas! —Se me avienta encima y me aplasta contra el pecho de Cal.

«Adiós a lo de mantenerlo en secreto.»

—¿Cal y tú se van a casar?

El cepillo con el que le peinaba el pelo húmedo a Cami se me cae de las manos.

—Eh...

—¿Puedo tener una hermanita? —Su sonrisa se ensancha hasta ocuparle la mitad de la cara.

«Mierda. Mierda. Mierda.» Sabía que Cami me haría preguntas, pero las cosas se están saliendo de control demasiado rápido como para que pueda seguirles el ritmo.

Recojo el cepillo y lo pongo encima del colchón de matrimonio de Cami.

—Cal y yo no vamos a casarnos. —De repente noto la lengua pastosa.

—¿Por qué no?

—Porque no todas las personas que se gustan deciden casarse. —Y porque no tengo ni idea de si llegaremos algún día a un punto en que algo así sea remotamente posible.

«No seas tan aguafiestas.»

Es difícil cuando el pesimismo es prácticamente mi estado de ánimo estándar algunos días.

—O sea, que te gusta. —Lanza unos besos al aire y me río.

—Claro que sí.

—A mí también. —Sonríe.

—¿De verdad? —Su respuesta no me sorprende, pero no está de más que me lo confirme, sobre todo después de lo que ocurrió con Víctor.

—Sí, es más lindo que Víctor. Me escucha y le gusta hacerme preguntas, y no me hace sentir que molesto —confiesa de sopetón.

Hago todo lo posible por mantener las emociones a

raya. Me resulta casi imposible, sobre todo al haber salido el tema de Víctor. Fue culpa mía ponerla en una situación donde un hombre no la tratara como a una princesa.

«Nunca más.»

Le paso un mechón de pelo húmedo por detrás de la oreja.

—Yo también creo que es mucho más lindo que Víctor.

—Y te hace reír y sonreír.

Arqueo las cejas.

—Yo siempre me río y sonrío.

—Sí, pero ahora mucho más.

No sé qué decir. Es una observación inocente por parte de Cami, pero a mí se me encoge el corazón.

Cami rompe la burbuja de la emoción que se me acumula en el pecho con una pregunta anodina, demostrando que los niños de seis años tienen la atención de un perrito.

—¿Me cuentas un cuento?

Accedo a su petición, pero su comentario me acompaña hasta mucho después de que se quede frita. Cal se ha metido en la cama mientras estaba ocupada con Cami. Me deslizo por debajo de las sábanas y me acurruco contra él, pero me ignora por completo, absorto en su libro. Su cara de concentración me arranca una risita.

«Te hace reír y sonreír.»

Y muchas más cosas. Hace que quiera divertirme, disfrutar de la vida y soñar de una forma que había olvidado con el paso de los años. Incluso con todo lo que tenemos en contra, me anima a creer que podemos solucionarlo.

Pero, sobre todo, consigue que quiera confiar en él. Enamorarme otra vez.

De él.

41
Cal

El sol asoma por los lados de las cortinas opacas, bañando a Lana con el resplandor del amanecer. Si pudiera, me pasaría toda la mañana aquí con ella. Salir de la habitación antes de que Cami se despierte es una tortura. Cada célula de mi cuerpo protesta y me pide a gritos que no me mueva, convirtiendo cada paso que doy en un esfuerzo imposible.

—Debería irme antes de que Cami se despierte.

A pesar de que Cami nos descubrió besándonos, no queremos que dé por sentado que hay algo entre nosotros. Espero con ansias el día en que no tenga que ocultarme en mi propia habitación, ni esconder mis sentimientos por culpa de una niña de seis años.

Lana me responde hundiéndose aún más en mi pecho. Trato de desenredar nuestras extremidades, pero ella me lo impide.

—¿Y si se lo contamos? —me susurra sobre el pecho.

—¿El qué?

—Que estamos juntos.

Hago una pausa.

—¿Tú quieres?

—A ver, es que ya ha empezado a hacerme preguntas.

—¿Como cuáles?

—Quiere saber cuándo le voy a dar una hermanita.

Me atraganto al tomar aire.

—¿Cómo?

Ella me mira de reojo.

—¿No quieres tener hijos?

—Claro que sí. —Pasar tiempo con Cami me ha hecho darme cuenta de lo divertidos que pueden llegar a ser.

—¿Seguro? Vas a tener que invertir en muchos más botes de las groserías. —Una sonrisa le curva los labios.

—Pues ya puedo ir guardándome unos cuantos billetes de cien.

Lana sonríe de una forma que no solo se le refleja en los ojos, sino en el alma. No puedo resistirme a besarla en ese instante, robarle parte de esa felicidad para mí.

—¡Mami!

En un momento, estoy acostado en la cama. Un segundo más tarde, Lana me tira del colchón con una fuerza inhumana que no sabía que poseía.

Aterrizo en el suelo con un golpe seco.

—Maldita sea.

Ella asoma la cabeza por el borde.

—Ay, Dios mío. ¿Estás bien? ¡Lo siento mucho!

Levanto el brazo y alzo el pulgar. La manija repiquetea antes de que Cami irrumpa en la habitación.

—¡Buenos días!

Lana la intercepta antes de que descubra mi escondrijo.

—Quieta parada. ¡Mira qué pelo! Vamos a peinarte un poco antes del desayuno.

La puerta se cierra con un suave clic y yo me quedo solo, preguntándome hasta cuándo voy a sobrevivir escondiéndome.

Aparte de visitar la casa de Rowan en uno de los extremos de la finca de Dreamland durante una fiesta de Navidad de la compañía, básicamente he evitado el parque desde que mi madre murió, de modo que la primera experiencia de Cami aquí bien puede ser también la mía.

Nuestra primera parada es el salón de belleza La Varita Mágica. Uno de los lados del salón está ocupado por sillas de peluquería y tocadores, mientras que la otra mitad es una tienda entera diseñada como si fuese el vestidor de una princesa. Cientos de niñas rebuscan entre los percheros, toqueteando vestidos de noche y accesorios dignos de la realeza.

Cami sale corriendo hacia la tienda y nos deja a Lana y a mí a solas con Rowan y Zahra. En contraste con el traje azul marino sencillo de mi hermano, Zahra lleva un vestido amarillo intenso que combina a la perfección con los tonos cafés de su piel y pelo.

—¡Cal! —Zahra me da un abrazo.

Lana nos mira a los dos con las cejas arqueadas. Me aclaro la garganta.

—Hola. Cuánto tiempo.

—Iris y yo te hemos echado de menos en los últimos *brunches*. Este tipo es insoportable. —Señala con la cabeza a Rowan, quien la fulmina con la mirada, y Zahra esboza una sonrisa de oreja a oreja—. ¿Esta es Alana? —A Zahra se le iluminan los ojos cafés al repasar de arriba abajo a Lana.

Las presento, y Zahra le da un abrazo.

—He oído hablar mucho de ti.

—¿Ah, sí?

Zahra se separa.

—Uy, muchísimo. Métele unas cuantas mimosas a Cal en el cuerpo y no dejará de hablar de ti.

Se me encienden las mejillas. Lana se endereza y los músculos de la espalda se le ponen rígidos.

—¿Mimosas? —Me mira con la sombra de una tormenta en los ojos.

—No tengo claro que vaya a haber muchas mimosas más en el futuro. —Y le ofrezco a Zahra una sonrisa tensa.

Rowan, percibiendo que necesito cambiar de tema, gracias a Dios, le ofrece una mano a Lana.

—Me alegro de volver a verte después de tanto tiempo.

Ella se la estrecha con la nariz arrugada.

—Uf. Tan estirado como siempre, Galahad.

Zahra abre mucho los ojos mientras los mueve entre Lana y mi hermano.

—¿Se sabe tu segundo nombre?

—Uy, sé mucho más que eso.

Lana se ríe y Rowan se ruboriza, vaya imagen. Ojalá tuviera una cámara a mano solo por pasar un buen rato en el futuro.

Zahra se inclina hacia delante.

—Nada me gustaría más que interrogarte para saberlo todo sobre mi pequeño Rowan.

Mi hermano me fulmina con la mirada.

—Dile a tu novia que puedo revocar esos pases vip tan rápido como se los he dado.

—Me tienes delante, me lo puedes decir a la cara con total libertad —replica Lana, esbozando una media sonrisa.

Carajo. Que Lana me excite tanto al poner a mi hermano en su sitio es de estar muy mal de la cabeza, pero no veo el momento de que continúe. Hasta a Rowan le brillan los ojos con su comentario. Si hay algo que mi hermano respeta más que la sumisión es a aquellas personas dispuestas a plantarle cara cuando se equivoca.

—A Iris le vas a caer genial. —Zahra señala a Lana con el dedo y se echa a reír.

—¡Miren lo que he encontrado! —Cami vuelve corriendo con nosotros con dos tiaras en la cabeza, tres vestidos de princesa en los brazos y dos zapatos de tacón distintos en los pies.

—Solo puedes elegir un modelo. —Lana le quita los vestidos de las manos y se los muestra para que elija.

Me doy prisa por arrebatárselos de las manos a Lana y entregárselos a Zahra, que es quien va a maquillar a Cami.

—Nos los llevamos todos. Que la tienda envíe a nuestra habitación todo lo que se le antoje a Cami.

Lana me atraviesa con la mirada.

—La estás mimando demasiado.

—Y pocas veces he disfrutado tanto de algo. —Mi sonrisa se ensancha.

Ella pone los ojos en blanco.

—No puedes comprarle todo lo que quiera.

—¿Por qué no? —Cami sonríe mientras añade con muy poco disimulo un tercer par de zapatos al montón de complementos que lleva Zahra.

—Camila. —Lana pone las manos en la cintura.

—Mami. —Cami imita la postura de su madre, y todos estallamos en carcajadas, salvo Lana.

Algo le llama la atención a Cami y sale corriendo hacia la zona de joyería, llevándose a Zahra con ella. Rowan se entretiene con algo detrás de la caja, y Lana y yo nos quedamos solos.

Lana suelta un largo suspiro mientras observa a Cami al otro lado del salón. La abrazo por detrás y aplasto su cuerpo contra el mío.

—A ti también tengo pensado mimarte más tarde —le susurro al oído—. Toda la noche, si quieres.

Se estremece.

—¿Me lo prometes?

—Depende de si me dejas consentirle hoy a Cami todo lo que me pida.

Lana hace muecas.

—No estás jugando limpio.

—Prefiero no jugar, directamente. —Le paso un mechón de pelo por detrás de la oreja y le acaricio el cuello con los dedos—. Sobre todo cuando podría estar cogiéndote. —Le doy un beso en la zona erógena debajo de la oreja antes de soltarla.

Apenas nos dan un minuto de respiro antes de que Cami y Zahra vengan a llevarse a Lana con ellas. Me lanza una última mirada por encima del hombro mientras Zahra la arrastra hacia el salón de belleza, y me quedo solo.

Lana sube a Cami a una de las sillas mientras Zahra le coloca a Cami los distintos vestidos sobre el pecho. Me río al ver que la muy traviesa ha añadido dos más a la selección.

Rowan se me acerca por detrás.

—Entonces ¿están saliendo de nuevo?

—Sí.

Las mejillas se le ahuecan de lo mucho que se las muerde. Lo miro de reojo.

—Ve al grano.

Deja escapar un hondo suspiro.

—Estoy preocupado por ti.

Ladeo la cabeza.

—¿Por qué?

—Porque sé que ella fue el motivo de que volvieras a la bebida la última vez.

Los músculos se me ponen como una piedra debajo de la camisa.

—No pienso culparla de mis problemas, y tú tampoco deberías. Si decido recaer, el único culpable seré yo, no ella.

—Y no la culpo, pero igualmente no puedo evitar preocuparme. Nunca volviste a ser el mismo después de regresar a Lake Wisteria hace dos años.

Cierro con fuerza los puños. Jamás le he contado ese episodio, así que debe de haberse enterado por otra persona.

—¿Quién te lo ha dicho?

Los ojos se le van a la silla de peluquería donde Zahra le está rizando el pelo a Cami.

—Declan.

—¿Lo sabía?

La nuez le sube y le baja al tragar saliva.

—Ya sabes cómo es.

—¿Un idiota sobreprotector que no entiende lo que es la privacidad?

—Tiene buenas intenciones.

—¿Tú crees? Porque a mí me parece bastante invasivo y tiránico.

Declan siempre ha sido así, desde que tengo uso de razón.

Rowan suspira.

—En aquel momento, Declan estaba desesperado por descubrir qué te pasaba para poder solucionarlo.

Resoplo.

—¿Por qué crees que tenía listo a un comprador de la casa? —La pregunta de Rowan sale de la nada.

—Porque no me creía capaz de vender la casa del lago.

—No. Porque quería ahorrarte el sufrimiento de tener que volver a Lake Wisteria después de lo de la última vez. Era su forma de ayudarte.

Separo los labios.

—Por eso también puso trabas al fideicomiso de mamá y te obligó a entrar en rehabilitación la primera vez. —Rowan sacude la cabeza y suspira—. Si te pararas a preguntarle por qué hace lo que hace, en vez de ponerte siempre en lo peor, se pelearían muchísimo menos.

—Sigue siendo un idiota que dice idioteces.

—Y no te lo niego, pero también sé que se está esforzando por disculparse, algo que no se le habría pasado por la cabeza antes de casarse con Iris. Así que tal vez deberías darle la oportunidad de aprender de sus errores en vez de ignorarlo por puro rencor.

Respiro hondo.

—¿Te ha dicho algo?

—Lo ha insinuado. Ya sabes que Declan no es de abrirse y verbalizar sus sentimientos.

Carajo, debe de estar muy afectado si ha acabado hablando precisamente con Rowan.

—Bien —suspiro—. Cuando pase el fin de semana, le llamo.

Rowan pone una mueca.

—Ahora que sale el tema...

«Mierda.» Rowan es el peor guardando secretos, solo después de Lana.

—Le has dicho que estoy aquí, ¿verdad?

—¿Sorpresa?

Pongo los ojos en blanco.

—¿Cuándo vendrá?

—Mañana por la noche. Zahra e Iris te están organizando una cena de cumple con antelación.

«Maldita sea.»

Cami sale del salón de belleza La Varita Mágica con una sonrisa contagiosa en el rostro. Está bellísima con sus rizos rubios llenos de purpurina y su vestido de princesa lila, cuyo tejido reluciente cambia de color en función de la luz solar que se cuele entre las nubes.

—Gracias de parte de las dos. —Lana me planta un beso en la mejilla antes de salir corriendo detrás de Cami, que se tambalea hacia el castillo con sus tacones de plástico.

—¿Vendrán a cenar mañana con nosotros? —Rowan las señala con la barbilla.

«Los tres juntos.»

Me encanta cómo suena.

—Tengo que preguntárselo a Alana a ver qué le parece. A lo mejor no lo ve claro. —Y no la culparía. Mi familia es excesiva, sobre todo cuando nos juntamos.

—Mándanos un mensaje sea como sea —me dice Rowan, y se marcha con Zahra.

No me cuesta encontrar a Cami y Lana entre la multitud con lo muchísimo que resplandecen los diamantes falsos de la tiara de Cami bajo los intensos rayos de sol. Sus tacones de plástico repiquetean sobre los adoquines que conducen al castillo de la princesa Cara. Lana lleva los tenis de Cami en la otra mano, lista para cambiárselas por los tacones cuando a su hija le duelan los pies.

Saco el celular y les hago una foto tomadas de la mano antes de alcanzarlas. Cami no se lo piensa dos veces antes de agarrarme a mí también de la mano, y los tres echamos a andar hacia la primera actividad que he planeado.

En medio del parque, oculta entre unos rosales y setos altos, hay una pequeña mesa ocupada nada más y nada menos que por la princesa Marianna en persona. Aunque su vestido es del mismo tono y estilo que el de Cami, su cabello es más parecido a los mechones oscuros de Lana.

Incluso al lado de la princesa de Dreamland, mi chica no tiene nada que envidiarle, sobre todo con esa sonrisa en la cara.

«Mi chica.» La expresión jamás me había parecido tan adecuada como en este momento.

El chillido-aullido que suelta Cami se convierte rápido en mi nuevo sonido favorito. Lana pestañea, se frota los ojos y luego vuelve a contemplar la escena con desconcierto.

—No me digas que has sido tú.

—Anda, no te lo digo.

Aparecen varios sirvientes disfrazados llevando bandejas con tacitas de té y aperitivos. Cami da saltitos y aplaude en su silla mientras la princesa Marianna le susurra algo al oído.

Lana niega con la cabeza.

—Ningún cumple va a estar a la altura de este.

Le tomo la mano y le hago dar una pirueta, y ella se ríe.

—Pues me parece un reto bastante divertido.

—¿Qué será lo siguiente? ¿Un viaje a África a ver animales salvajes?

—Se puede organizar. Le eché una mano a Iris con su luna de miel en África, así que conozco los mejores sitios.

Sacude la cabeza para quitarse la incredulidad de la cara.

—Esto no es la vida real.

La aprieto contra mi pecho.

—Podría serlo si me permitieras cuidar de ustedes.

Lana me lanza una sonrisa que rivaliza con toda la belleza que nos rodea.

—Deja de beber y te lo permitiré.

42
Alana

Siempre supe que traer a Cami a Dreamland sería algo mágico, pero la realidad supera todas mis expectativas. No hay nada en el parque que no la emocione: el castillo, la comida, los personajes disfrazados que de pequeña me hacían llorar. Se empapa de todo y su felicidad es una entidad viva y palpable que encuentro extremadamente contagiosa.

No me podría haber imaginado un día mejor, al menos hasta que Cal se sube a Cami a los hombros para llevarla a caballito y que pueda disfrutar mejor del espectáculo vespertino que se celebra frente al castillo.

No tenía ni la más remota posibilidad de no enamorarme de Cal en este viaje. Creer lo contrario ha sido muy valiente por mi parte, pero no tengo nada que hacer contra la energía de padrazo que emite. Varias mujeres a nuestro alrededor también parecen captarla, pero las fulmino con la mirada hasta que se dan media vuelta, avergonzadas y algo perturbadas.

Llevo perfeccionando esa mirada desde que todas las chicas de mi edad comenzaron a babear delante de Cal cuando éramos adolescentes. No me siento orgullosa, pero es efectiva.

Sonrío mientras les saco una foto a Cal y Cami por detrás para poder imprimirla y guardarla en la caja de los recuerdos. Cal me mira por encima del hombro.

—¿Qué haces?

Los señalo a Cami y a él.

—Inmortalizar el momento.

Percibo algo en los ojos de Cal antes de que agarre del brazo a la persona que tiene al lado.

—¿Le importaría sacarnos una foto a mis chicas y a mí?

«Sus chicas.»

Cabe la posibilidad de que tengan que sacarme de aquí en helicóptero, porque está a punto de darme un infarto. Por el hormigueo en el brazo izquierdo y las palpitaciones, no lo descartaría.

Cami sigue sobre los hombros de Cal con una sonrisa radiante, lista para la foto, mientras que yo permanezco inmóvil, aturdida, pestañeando deprisa. Cal sacude la cabeza con una sonrisa antes de apretarme contra él y pasarme un brazo por detrás mientras con el otro sujeta a Cami.

El hombre alza el celular y comienza la cuenta atrás. Unos fuegos artificiales estallan sobre nuestras cabezas. Cami y yo miramos hacia arriba al mismo tiempo que salta el flash, y echamos a perder la foto.

El hombre prácticamente le lanza el celular a Cal para reunirse con su familia.

—¡Más! —Cami aplaude.

—Esto no ha hecho más que empezar —responde Cal.

En el cielo, los fuegos artificiales pintan el cielo de varios colores. Cal me rodea con el brazo durante todo el espectáculo. En algún momento durante las explosiones, Cami se queda dormida.

—¿Cómo es posible? —Se la baja de los hombros antes de acunarla sobre su pecho. Temo que las piernas me fallen de lo extasiada que estoy.

—Ya te dije que se dormía en cualquier sitio.

Otro castillo de fuegos artificiales explota en el cielo y, como si me diera la razón, Cami ni se inmuta.

—¿Lo ves?

—Qué fuerte. ¿Quieres que volvamos? —Arrastra la mirada de Cami a mí.

Alzo la vista al cielo y disfruto de unos segundos más del espectáculo antes de asentir. Al girarme, Cal tiene la vista clavada en mí, y percibo un fuego cargado de promesas a medida que se mueve por las curvas de mi cuerpo.

Entre el amor y la atención que le dedica a Cami, y sus susurros quedos cuando nadie nos oye, estoy más que lista para volver.

Al cuerno los fuegos artificiales.

Cierro la puerta de la habitación de Cami antes de apoyarme en ella. No hay parte del cuerpo que no me duela de haber estado todo el día dando vueltas por el parque; no existe entrenamiento que me hubiera podido preparar para estos dolores musculares.

—¿Tan rápido se ha vuelto a dormir? —Cal se incorpora en el sofá.

—Sí, como un lirón.

Se me ha partido el alma al tener que despertar a Cami después de que cayera rendida, pero me negaba a dejar que se fuera a la cama llenita de gérmenes del parque y pintura facial de mariposa.

—Es impresionante que pueda dormir en medio de un espectáculo de fuegos artificiales, con un bebé llorando en el ferri y durante todo el paseo hasta la habitación.

—Ojalá los demás tuviéramos la misma suerte. —Me lanzo de cara sobre los cojines del sofá, delante de Cal.

Él se ríe en voz baja.

—¿Estás cansada?

—Me duele el cuerpo de pies a cabeza. —Los cojines me amortiguan la voz.

El sofá cruje bajo su peso.

—Creo que tengo una idea.

—Si no es un masaje de cuerpo entero, no me interesa.

—Todo es hablarlo, siempre que sea recíproco. —Baja la voz—. A ser posible sin ropa.

Lanzo a ciegas un cojín en dirección a su carcajada. La puerta de su habitación se cierra suavemente poco después. Me quedo dormida hasta que Cal me despierta para alzarme en brazos como a una novia. Estoy demasiado cansada para objetar nada y, a decir verdad, tampoco sé si me negaría. No está mal ser el objeto de los mimos después de haberme pasado todo el día de aquí para allá.

Me lleva a su baño y me pone de pie. El sonido del agua que brota de la llave me hace desviar la mirada de su cara.

—¿Un baño de espuma? —La honda tina está casi hasta los topes de espuma, a punto de rebosar.

Él alarga el brazo para cerrar la llave.

—He echado unas sales de baño para esos músculos doloridos.

Dejo caer la cabeza hacia atrás con un suspiro.

—Dios, te quiero. —El pensamiento se me escapa por accidente, y abro los ojos de golpe—. Perdona, no pretendía... —No consigo terminar el resto de la frase. No es que no quiera a Cal, pero tampoco quiero volver a entregar ese amor con tan poca premeditación. No hasta que pueda confiar en que no va a romperme el corazón una segunda vez.

—Lo entiendo, no te preocupes. —Me ofrece una sonrisa tensa.

—Pero...

Cal me calla con un beso firme que pone fin a nuestra

incómoda conversación. Se lo devuelvo con ímpetu, y él deja escapar un tierno gruñido sobre mis labios.

Le palpo la camiseta con las manos hasta encontrar el dobladillo y se la quito por la cabeza. Él rompe el beso y hace lo propio con la mía, y las dos caen al suelo. El montón va creciendo deprisa a medida que nos deshacemos de los pantalones cortos y la ropa interior.

—No sé por dónde empezar contigo. —Sus ojos me repasan el cuerpo desnudo.

—Tengo algunas ideas, si necesitas inspirarte.

Se le ensombrece la mirada.

—¿Como qué?

—Lo primero, un baño.

Su risita me hace sonreír.

—No era lo que tenía en mente, pero me parece bien.

Me ayuda a meterme en la tina y luego se acomoda frente a mí.

—¿Te da miedo sentarte a mi lado? —Le salpico agua con los pies.

Él me agarra del tobillo y me jala para hundirme un poco más en el agua. Abro la boca para objetar, pero me quedo sin palabras cuando empieza a masajearme los músculos doloridos.

Dejo caer la cabeza hacia atrás, sobre la tina.

—Dios mío.

Cal aumenta la presión.

—¿Te gusta?

—Estoy en el cielo —suspiro.

Una media sonrisa se le dibuja en los labios. Los ojos se me cierran por momentos, y el dolor de los músculos se me alivia con cada pasada y fricción de las manos de Cal. Poco después, el dolor se convierte en algo totalmente distinto.

Placer.

Cal debe de haber sentido mi cambio de humor, porque abandona el masaje y se levanta. Las gotas de agua se le deslizan por el cuerpo musculoso, tentándome a quitárselas con la lengua. Su rígida erección se alza tan orgullosa como él cuando se da cuenta de que lo estoy contemplando.

Sacudo la cabeza.

—¿Adónde vas?

—Sin ti, a ningún sitio. Date la vuelta.

Hago lo que me dice y él se coloca detrás de mí. Su duro miembro se me aprieta contra la espalda cuando se acomoda y pone las piernas alrededor de las mías.

Me hundo más entre la espuma del agua y reposo la cabeza sobre su cuello.

—Me quedaría aquí para siempre.

Cal agarra una esponja y le echa una buena cantidad de jabón antes de pasármela por el cuerpo. Se toma su tiempo, arrastrándomela por la piel con movimientos suaves y estimulantes. Junto los muslos con fuerza y Cal me los abre para poder deslizarme la manopla entre las piernas.

Le aprieto el bíceps.

—Cal.

Él vuelve a rozarme el clítoris, esta vez con más presión.

—¿Qué pasa?

—Ya sabes lo que pasa —respondo con voz temblorosa.

Me da un mordisquito en el hombro e inhalo agitadamente.

—¿Y funciona?

Me doy la vuelta y me monto sobre él, atrapándolo debajo de mí. Su erección se me hunde en la piel y me froto contra él, y siento una descarga de placer por la espalda.

—¿Responde eso a tu pregunta?

Sus dedos me aprietan las caderas cuando me inclino hacia delante y le chupo una gota de agua del cuello.

—Lana.

Esa forma de susurrar mi nombre, casi como una súplica, se me sube directamente a la cabeza. Cal aprieta los dientes mientras me froto contra su erección, así que me contoneo otra vez, y él gruñe.

Me agarra de los muslos con la fuerza suficiente como para dejarme marcas.

—Si no quieres que te acabe cogiendo contra el lateral de la tina, yo que tú pararía.

—Mmm, no me tientes. —Le paso las yemas de los dedos por el sexo antes de sujetárselo con firmeza y meneárselo una sola vez.

Él me sujeta la mano y se la acerca a la boca. El beso que me da en la palma es inocente, a diferencia de las palpitaciones que noto entre las piernas. Me adelanto y restriego mi sexo contra su miembro para aliviar parte del malestar.

Le trazo un camino de besos entre la mandíbula y la base del cuello. Su respiración se suaviza cada vez que le rozo la piel con los labios, y me hunde los dedos en el cuerpo como si necesitase algo a lo que agarrarse. Le succiono ese punto debajo de la oreja que le hace perder la cabeza mientras mis dedos danzan por su pecho, bajando con cuidado hacia su ombligo sin llegar a tocarle los pezones.

Él vuelve a gemir mi nombre, y noto otra oleada de placer recorriéndome el cuerpo.

—¿Qué demonios estás haciéndome?

—Me estoy divirtiendo.

Vuelvo a acariciarle el torso. Le rozo el pezón con una uña, y él contiene el aliento.

—Pues yo no. Esto es una tortura.

—Cuando tú haces lo mismo no te parece tan mal. —Me inclino hacia delante, le acaricio superficialmente con la lengua el pezón duro y algo se desata dentro de él.

—Buena idea —masculla con voz ronca, antes de sujetarme el pelo y jalármelo.

Arqueo la espalda y le ofrezco la posición perfecta para que me estimule precisamente la zona que le he negado. Su lengua me envuelve la punta rígida y me estimula y tortura hasta que le obligo a dedicarle al otro pecho la misma atención.

Me chupa con la fuerza suficiente como para hacerme soltar un exclamación, y doy un brinco sobre su regazo.

—¿Quieres provocarme? —Me roza con los dientes la zona erógena y la visión se me nubla cuando una oleada de placer me cruza el cuerpo—. ¿Quieres fastidiarme la vida?

—Prefiero cogerte a ti, punto. Fin de la historia —siseo entre dientes cuando me jala del pezón.

Cal me suelta y sale de la tina con mis piernas aún cerradas en torno a su cintura. Me pone de pie rápidamente y me seca con una toalla, recogiendo toda el agua que me gotea por el cuerpo. Se me pone la piel de gallina, tanto por el frío repentino como por lo que está a punto de ocurrir.

Cuando termina, agarro una toalla de detrás de él y hago lo mismo. Me entrego a mi tarea, a pesar de que su respiración se acelera a medida que le paso la toalla por las curvas de sus músculos. Cuando me arrodillo para llegarle a las piernas, esquivo su erección.

La cicatriz que tiene en la rodilla destaca con el resto de la piel; la cicatriz que representa uno de los mayores cambios de su vida. De nuestra vida.

Le acaricio la cicatriz mientras él resuella sobre mí, con los puños apretados a los lados.

—Se curó bien —comento.

El último verano que estuvo aquí evitaba ponerse ropa que le dejara a la vista la cicatriz, así que tampoco tuve demasiadas oportunidades de vérsela.

El pecho le sube y le baja.

—La odio.

—No hay un centímetro de tu piel que no sea perfecto. —Me inclino hacia delante y le beso la cicatriz.

Él suelta una exhalación entrecortada.

Cuando intento secarle las últimas gotas que le caen del miembro, me pone de pie y me arrastra hacia la habitación.

—Pero...

Cal tira la toalla hacia el lavabo.

—Estoy hasta la coronilla de tus jueguitos. De rodillas —me ordena, con esa voz ronca que solo le sale durante el sexo. Existen dos versiones de Callahan Kane, y resulta que esta es mi favorita, porque soy la única que la conoce. Es la que mantiene bajo llave, suplicando que alguien la libere.

Me empuja el hombro con un dedo. Un escalofrío me recorre la espalda cuando me arrodillo sobre la alfombra tupida.

Alargo la mano hacia su sexo, pero él se aparta.

—¿Qué haces?

—Vengarme. —Se masturba una vez. La punta le brilla con una solitaria gota de líquido preseminal, y me humedezco los labios.

—¿Vengarte de qué? —Cuando hago ademán de acercarme a él, da otro paso hacia atrás, y frunzo el ceño.

—De tu bromita del vibrador. —Arrastra la mirada por mi cuerpo—. ¿Te acuerdas de lo que me ordenaste hacer?

—Que te quedaras quieto y te pusieras guapo para mí —repito. Mi temperatura corporal se dispara, junto con mis pulsaciones.

Cal alarga el brazo para acariciarme la mejilla mientras se sigue masturbando con la otra mano.

—De verdad, no hay nada más hermoso que verte de rodillas.

—¿Nada de nada?

El pecho se le desinfla tras una larga exhalación.

—Mmm. De hecho, puede que sí.

Ansío tocarlo, pero mantengo las manos apretadas contra mis muslos.

—¿Y qué es?

—Esto.

Me hunde los dedos en el cabello y me jala. Suelto un grito ahogado y Cal aprovecha mi sorpresa para metérmela en la boca. Mis labios se cierran en torno a él por inercia, y le acerco las manos a la base para introducírmela hasta el fondo.

Paso la lengua por la parte inferior de su sedosa piel, subiendo y bajando por el miembro para estimulárselo. Él entrelaza los dedos en mi pelo y me retiene, aunque no sé por qué; no tendría ninguna posibilidad de marcharme.

Los músculos de Cal se tensan y contraen a medida que lo masturbo mientras chupo y lamo cada centímetro de su sexo erecto.

No hay nada delicado ni femenino en cómo le chupo la verga. Deseo tanto llevarlo al límite que mi orgasmo sale a la superficie, y mis movimientos se vuelven más desesperados a medida que se intensifican las palpitaciones que siento entre las piernas.

—Tócate —musita.

Lo obedezco y me meto una mano entre las piernas.

—Demuéstrame cuánto te calienta chupármela.

Levanto una mano y él da una sacudida en mi boca, llenándome la lengua con su excitación.

—Quiero que te vengas —me ordena, y yo pestañeo para confirmárselo.

Cal me agarra del pelo y me coge por la boca. Me estimulo el clítoris con la palma de la mano mientras me introduzco dos dedos, metiéndolos y sacándolos al ritmo de sus acometidas.

Él gruñe ante esa imagen, devorándome con los ojos como si fuera lo último que verá.

—Maldita sea, Lana. —Sus movimientos se vuelven más erráticos, menos sincronizados, mientras me embiste con la fuerza suficiente para casi provocarme arcadas.

La presión de mi vientre aumenta cada vez que me acaricio el clítoris con el pulgar.

—Eso es, cariño. —Me pone una mano en la mejilla—. Quiero que te vengas para mí.

Su mirada se me graba a fuego en el alma y vierte sobre mí todo el amor que lleva dentro con un solo gesto. El mundo que me rodea se difumina cuando llego al orgasmo. Mi cuerpo se estremece y se me debilitan los músculos mientras recorro la oleada de placer que me invade.

El afecto que veo en su mirada se convierte en pura lujuria, y me devora con los ojos en el momento en que su semen me salpica la garganta y me llena la boca. Trago varias veces, pero aun así no puedo evitar que se me salga un poco entre los labios.

Cal aparta su reluciente erección y recoge el líquido que se me escurre por la barbilla con el pulgar antes de metérmelo en la boca. Le chupo la yema y se la limpio antes de que repita el mismo proceso. Cuando está satisfecho, me acerco a su miembro y se lo dejo impecable con la lengua. Él me acaricia la mejilla con una mirada de aprobación, y yo me entrego a su tacto.

La sangre le vuelve a bajar al sexo, y dejo escapar una risita.

—¿Te hace gracia lo que me provocas? Cuando estoy contigo, me paso el día con dolor en los huevos.

—No es culpa mía. —Me río más fuerte.

Él sonríe y me guía hacia la cama. Con un empujoncito, caigo sobre el colchón. Cal me sigue y su peso me hunde todavía más al tiempo que me roba un beso.

Deslizo las manos por su cuerpo y le paso los dedos por el pelo. La intensidad del beso aumenta cuando busca mi lengua con la suya, tratando de someterme. Me muerde el labio inferior y me hace sangre, y entonces me acaricia con la lengua y me arranca un suspiro cuando me chupa la piel hinchada en una disculpa muda.

Sigue provocándome hasta que los dos acabamos jadeando. La presión que siento aumenta con cada lengüetazo y cada beso. No se olvida ni de un solo centímetro de mi cuerpo, desde los pechos hasta mi sexo.

Cal me niega otro orgasmo, y gruño frustrada.

—Dios.

—A estas alturas deberías saber que no se nombra a otros hombres en la cama. —Me golpea el sexo con fuerza. Una, dos, tres veces, hasta que jadeo y me retuerzo debajo de él.

Le hundo las uñas en la piel por la necesidad y froto mi sexo contra su miembro. Él se ríe en mi oreja antes de taparnos con las sábanas.

Esta vez me toma por detrás, pasando una pierna entre las mías y penetrándome con un solo movimiento prolongado. La postura es íntima; me rodea con los brazos, me besa en el cuello y me estimula el clítoris al tiempo que me embiste una y otra vez. El placer me domina mientras me susurra elogios preciosos al oído.

Me acerco al clímax con cada sacudida de sus caderas y cada caricia de sus dedos sobre mi piel. Con un último pellizco del clítoris, convulsiono sobre él.

Me penetra con la fuerza suficiente para empujarme hacia delante, buscando en mí su propio placer. Tiemblo por los efectos de mi orgasmo, y sus movimientos se vuelven menos coordinados con cada embestida de sus caderas.

Parece un hombre poseído, alguien a punto de entregarse para siempre a la lujuria, con un frenesí en los ojos que me resulta embriagador.

Cal gruñe al venirse, pero no deja de torturar mi cuerpo hasta que termina. No se separa de mí de inmediato, sino que decide abrazarme con firmeza. Tengo los muslos pegajosos de los fluidos combinados de los dos, pero no quiero moverme.

Y ni siquiera sé si puedo.

Me besa la coronilla y suspira. Al cabo de un rato, el pulso se me acompasa y empiezo a dormirme con su ritmo constante.

—Te quiero —me susurra en la oscuridad.

He oído esas palabras cientos de veces en sus labios, y aun así consigue dejarme sin aliento todas las veces.

Abro la boca para decir lo mismo, pero algo me lo impide.

«El miedo.»

No es que no lo quiera, en absoluto. Tal vez lo quiero incluso más que antes, si es que es posible.

El problema es que la última vez que compartí deliberadamente esas dos palabras, se marchó. Mi amor no fue suficiente entonces, ¿por qué debería serlo ahora?

Y después de que Cal se marchara esa última vez, me da miedo compartir con él esa parte de mí. Al menos hasta el día en que vuelva a confiar plenamente en él.

Si es que ese día llega.

43
Alana

—¿Quieres que cenemos con tu familia? —El tenedor se me escapa de la mano y los huevos revueltos se vuelven a caer en el plato.

Cal se rasca la nuca.

—No tienes que venir si no quieres. Lo que pasa es que hace un tiempo que no veo a Declan, e Iris ha volado hasta aquí por mi cumple, que es la semana que viene, y claro...

«Mierda. ¡Su cumpleaños!»

Me había olvidado por completo. Hacía muchísimo tiempo que no reconocía ese día como tal.

—¿Van a celebrar una cena de cumpleaños aquí, en Dreamland? ¿Por qué?

—Porque en mi familia son unos chismosos insoportables.

—Como siempre, ¿no?

Él se ríe.

—No sé... —vacilo, y miro de reojo a Cami, que levanta el tenedor como un avión antes de pinchar un trozo de hot cake.

—Lo entiendo. —La piel que le rodea los ojos se le arruga—. No te preocupes. Sé que mi familia puede llegar a ser un poco insufrible, así que no te culpo.

—No es eso —balbuceo.

—¿Y entonces?

«Eso, Alana, ¿y entonces?»

—¿Lo de cenar con tu familia no es un poco... serio?

—Solo si tú quieres que lo sea. Me encantaría que vinieras, pero no pasa nada si no quieres.

«Ha traído a tu hija a Dreamland. Lo mínimo que puedes hacer es ir a la cena.»

Me giro hacia Cami.

—No puedo dejar a Cami sola.

—Claro que no. Todos se mueren de ganas de conocerla.

—¿En serio?

Saca el celular y me muestra un grupo que comparte con Zahra e Iris. Reprimo una carcajada.

—¿Bebe y sé feliz?

Mira al techo como si necesitara suplicar un poco de paciencia.

—No se me ocurrió a mí.

—Eso espero, Dios mío.

—Es el grupo que crearon las dos para poner de los nervios a Declan y Rowan un día que quedamos para un *brunch*.

—¿Y funciona?

—Uf, muchísimo, es el único motivo por el que no me salgo del grupo. Tengo las notificaciones silenciadas casi siempre.

Me río mientras leo el chat. La primera foto es una selfi que Cal nos ha hecho a los tres comiendo churros delante del castillo. Se me ve limpiándole la cara a Cami, que la tiene cubierta de azúcar mientras devora la masa frita, mientras Cal nos sonríe con una expresión que hace que se me encoja el corazón. No sé si lo había visto nunca tan feliz... Tan en paz.

Ni siquiera en la foto que tenemos en el muelle compartiendo cholados colombianos.

Iris: AY, DIOS. ¿Churros? ¿Encuentro privado con la princesa? ¿Una cena íntima en el castillo con un chef exclusivo? Te estás pasando de mimarlas.

Yo: Como debe ser.

Zahra: *Se muere de amor*

Zahra: Qué envidia. Yo he tenido que trabajar en vez de pasarme el día con ellos.

Iris: ¡Envidia yo, que todavía no he conocido a Alana y a Cami!

Yo: A lo mejor puedes conocerlas mañana.

Iris: ¡¿En serio?!

Zahra: ¡¡¡Sí!!!

Zahra: Estoy chillando.

Yo: He dicho «a lo mejor»...

Iris: ¿Cómo podemos convertir eso en un «sí»?

Yo: Todavía no se lo he preguntado.

Iris: Dile que llevo años muriéndome por conocerla, desde que te echaste a llorar hablando de ella.

Acabo riéndome con tanto descaro que Cal frunce el ceño.

—¿Lloraste por mí? —digo entre carcajadas.

Él me quita el celular de la mano.

—Se me había metido algo en el ojo.

—¿El qué? ¿Una dosis de realidad?

Cal se rasca la ceja con el dedo corazón, y yo vuelvo a reírme.

—Bueno, ¿a qué hora es la cena? —pregunto.

—¿Por qué?

—Porque me muero por que Iris me lo cuente todo sobre ti.

Deja caer la cabeza hacia atrás con un suspiro.

—La peor idea del mundo.

Cal le pide al conductor del cochecito de golf que se detenga frente a una hilera de almacenes. Cami alza la vista de mi celular para echar un vistazo al paisaje antes de considerarlo mucho menos interesante que el video que se reproduce en la pantalla.

—¿Dónde estamos? —Me cubro los ojos del sol mientras observo los distintos almacenes y las personas que entran y salen por las puertas principales.

—Aquí es donde ocurre toda la magia.

Arrugo la frente, desconcertada.

—¿Y eso qué significa?

—Prefiero enseñártelo.

Se baja del cochecito y me ofrece una mano. Cami nos sigue de cerca, con la cabeza gacha y los ojos clavados en el celular.

—Pero ¿no íbamos al parque acuático? —le pregunto, y me miro las chanclas, el traje de baño y los pantalones cortos.

—Nada me gustaría más en el mundo que pasarme el día entero contigo en traje de baño, pero eso será mañana.

—Pero Cami...

—Le parece bien lo que he planeado —me interrumpe él—. Ayer me dio el visto bueno, ¿verdad, pequeña?

Cami saca el pulgar sin apartar la vista de la pantalla.

—¿Lo ves? —Cal arquea una ceja.

—¿Está metida desde el principio? —Me quedo boquiabierta.

—Sorpresa. —Cami alza la cabeza con una sonrisa de oreja a oreja.

—Esta mañana no me ha dicho ni pío mientras le ponía el traje de baño.

—¡Porque me ha dado dinero!

Miro a Cal perpleja.

—¿Cuánto?

—¿De verdad se le puede poner precio a la discreción?

—¡Mil dólares! —chilla Cami, y por poco se le cae mi teléfono.

—¿Mil... dólares? —Levanto el tono al final de la frase.

—Lo he engañado a base de bien, mami. —Me ofrece un puño para que se lo choque, algo que sin duda ha aprendido del hombre que sonríe a mi lado.

Me presiono la frente con la palma de la mano.

—No sé cómo voy a sobrevivir con ustedes dos.

—Vamos, que llegamos tarde —dice Cal, y me pone una mano en la parte baja de la espalda.

—¿Tarde a qué?

—Ahora lo verás. —Nos guía hacia una puerta azul algo más allá de donde nos ha dejado el cochecito. Basta un leve empujón para que se abra con un chirrido.

El olor a pan recién hecho y rollitos de canela me asalta de inmediato.

—Dios mío. —Inhalo una segunda vez—. Huele de maravilla.

La sonrisa de Cal se ensancha al tomarme de la mano y jalarme hacia el interior. Cruzamos un pasillo poco iluminado que da a una cocina descomunal llena de tecnología puntera.

—*Bonjour!* —Un hombre con un traje blanco de cocinero agita su cuchillo en el aire.

—Dime que ese no es quien creo que es. —Jalo a Cal del brazo.

—Sorpresa. —Él sonríe.

—¿Tú eres Alana? —me pregunta el chef Gabriel con un ligero acento francés. Se limpia la harina de la mano con un trapo antes de alargarla para que se la estreche. Su sonrisa es incluso más radiante en persona que en los programas de la televisión que presenta, y lo hace parecer mucho más accesible de lo que habría esperado de alguien a quien pagan por gritarles a aspirantes a reposteros y criticar sus habilidades.

—Hola —gorjeo al estrecharle la mano.

«No puede ser. Le estás dando la mano al Rey del Chocolate.»

No paro de temblar, pero él no hace mención alguna. Jamás creí que sería de ese tipo de personas que se queda sin palabras delante de una estrella, pero aquí estoy, con el corazón desbocado y las manos sudorosas, ante un hombre cuya carrera sigo desde que iba al instituto.

El chef me suelta la mano.

—Cal me lo ha contado todo sobre tu amor por la repostería.

—¿Ah, sí? —Mi voz alcanza el tono más agudo de mi vida.

—Sí. Hemos pensado que sería divertido que le preparáramos sus pasteles de cumpleaños juntos.

Lo miro perpleja.

—Disculpe. ¿Ha dicho pasteles? ¿En plural?

Cal tose en un pobre intento por ocultar su risa.

430

—Sí, pasteles —contesta, enfatizando el sonido de la ese con una sonrisa—. La idea era que te enseñara una de mis recetas, pero cuando hablé con Cal sobre cuáles eran los dulces favoritos que tú preparabas, pensé que podíamos intercambiar recetas. Me han dicho que tu tres leches es una locura.

Le lanzo una mirada asesina a Cal por encima del hombro.

—No sabía que se conocían.

Cal se encoge de hombros.

—Somos los productores del programa.

—Claro, cómo no. —¿Habrá algo en el mundo a salvo de la Kane Company y su influencia?

«Estás tú para quejarte. ¡Vas a pasar el día con el Rey del Chocolate!»

El chef Gabriel me dedica una media sonrisa.

—¿Nos ponemos manos a la obra? Debo abordar un avión esta tarde, y Cal me ha dicho que tienen una cena.

—Sí. ¡Claro! —Doy varios pasos vacilantes hacia la encimera de metal.

—Cami y yo vamos a decorar unas galletas y unas madalenas para una reunión de trabajo que tiene Rowan mañana. —Cal me da un beso en la mejilla.

Cami me devuelve el celular antes de levantar el brazo y tomarle la mano a Cal. Los dos se dirigen juntos al otro extremo del almacén, donde varios empleados esperan con bandejas de galletas, madalenas e ingredientes para decorar.

—¿Lista para empezar? —El chef da una palmada.

—Sí, chef.

—Por favor, llámame Gabriel —me corrige, y deja escapar una risita.

Miro de reojo a Cal y muevo los labios para formar las palabras «me muero». Me sonríe de oreja a oreja antes de volver a centrar la atención en Cami, que ya está metiendo los dedos en el recipiente de la crema. Ella lo contempla con los ojos muy abiertos y los labios separados, y se echa a reír cuando Cal pasa también un dedo por un lateral del recipiente.

Esos dos son demasiado parecidos para mi gusto.

«Mentirosa.»

El chef Gabriel comienza a recitar los pasos sin dejar de hablar sobre los ingredientes que está utilizando. Lo absorbo todo como una repostera novata que está aprendiendo a cascar un huevo por primera vez.

Juntos, el chef y yo trabajamos en el pastel de cumpleaños de Cal. Una cosa es ver sus técnicas en la televisión, y otra cosa muy distinta es la experiencia de ser testigo en primera persona de alguien con tanto talento como él.

Esa forma de convertir los gránulos de azúcar en decoraciones que rivalizarían con los mejores restaurantes de Las Vegas.

Su técnica de glaseado, que hace que todo lo que sale en la televisión parezca algo *amateur*.

El equilibrio entre pasión y perfeccionismo mientras convierte el pastel de Cal en una obra de arte.

—*C'est fini*. —Gira la bandeja del pastel para mostrar su creación.

—Qué increíble. —Examino el pastel de Cal desde todos los ángulos.

Las habilidades que Gabriel ha adquirido a lo largo de sus veinte años de carrera hablan por sí solas, y yo daría lo que fuera por tener siquiera una milésima parte de su experiencia.

«Podrías si quisieras.»

En lugar de quitarme ese pensamiento de la cabeza, como hago normalmente, comienzo a darle vueltas. Con un poco del dinero de la venta de la casa podría pagarme una formación reglada. También me ayudaría a financiar algunos viajes por el mundo para aprender de chefs de todo tipo de estilos, aunque para eso tendría que esperar hasta las vacaciones de verano de Cami.

Empiezo a darle forma a una idea. Podría hacer todo lo que me placiera, siempre que estuviera dispuesta a asumir el riesgo.

—¿Qué te parece? —me pregunta, devolviéndome a la realidad.

—Que mi pastel va a parecer la obra de un niño comparada con la tuya.

Se ríe para sus adentros.

—Mientras esté rica, ¿qué más da?

—Y eso lo dice el hombre que se ha pasado la última hora dándole forma a una única flor de azúcar.

Gabriel suelta otra carcajada.

—El chef con el que trabajé en Las Vegas era muy perfeccionista.

—¿Trabajaste en Las Vegas? ¿Cuándo?

No recuerdo que eso se comente en la presentación del programa.

—El año pasado, en el Dahlia.

—¿El Dahlia? —Contengo el aliento. Es uno de los hoteles más exclusivos de toda la ciudad.

—*Oui.*

—¿De dónde sacas el tiempo? ¿No tienes como diez restaurantes que gestionar y un millón de cosas que hacer?

—Cuando todavía estudiaba, me dije que en cuanto ganara el dinero suficiente, me pasaría un mes en una ciudad diferente todos los años, a fin de aprender técnicas y habilidades nuevas y mejorar mi destreza.

Me apoyo sobre los codos.

—Guau. ¿Y qué te inspiró a hacer eso?

—Trabajar para un chef testarudo que no quería innovar ni experimentar más allá de lo que se le daba bien.

Me entretengo apartando de la encimera todos los platos y utensilios de repostería sucios.

—Yo siempre he querido viajar y conocer el mundo a través del paladar.

La sonrisa que esboza el chef le ocupa toda la cara.

—Hazlo, de verdad. Algunas de mis mejores experiencias en la repostería han sido durante mis viajes.

—¿En serio?

—Desde luego. La comida que tanto amaba cobraba vida, y aprendí a apreciar la cultura y las gentes que había detrás de las recetas.

Gabriel vacía la zona de trabajo para preparar la base de mi tres leches, y yo me quedo dándole vueltas a lo que me ha dicho. ¿Cómo sería pasarse los veranos viajando por el mundo, aprendiendo recetas nuevas y explorando ciudades y culturas?

«Podrías descubrirlo.»

Y tal vez lo haga.

44
Cal

Me paso todo el trayecto a casa de Rowan tamborileando con la mano sobre mi muslo al ritmo de los latidos acelerados de mi corazón. Lana me mira varias veces, pero yo mantengo la vista clavada en otras partes; no quiero agobiarla con mis pensamientos.

No estoy preocupado por ella.

Lo que me preocupa es cómo se comportará mi familia con ella. A mis hermanos no les importa dejarme en ridículo y encontrar formas de mencionar mis errores sin parar. Me fastidia ponerme siempre en lo peor con Rowan y Declan, pero he pasado demasiados años de mi vida esquivando sus indirectas como para esperar otra cosa.

El trayecto hasta la casa termina demasiado pronto, y me obliga a detener de momento mis pensamientos intrusivos.

Lana me sujeta del brazo y me detiene a unos metros de la puerta.

—¿Todo bien?

—Ya se arreglará. —«Cuando me haya tomado un par de copas.»

Me arrepiento al instante del pensamiento y se me forma un nudo en el estómago. Lana frunce el ceño.

—¿Qué te pasa?

—Me pone nervioso verlos a todos.

Lana no vacila antes de contestar:

—No tenemos por qué ir.

La miro perplejo.

—¿Cómo?

—Si no quieres entrar, nos vamos. Podemos agarrar los pasteles y escabullirnos antes de que se den cuenta.

—¿Sin más?

Esboza una sonrisa.

—Sí, sin más.

—¿Y qué pasa con el tiempo que has dedicado a prepararlas?

Lana me repasa de arriba abajo y hace que la piel se me encienda debajo del traje.

—Seguro que se te ocurre algo para compensármelo.

Mi sonrisa se ensancha hasta sus límites. La tentación de dejar tirada a mi familia y pasar tiempo con Lana es prácticamente imposible de ignorar.

«Hasta ahora, huir no ha resuelto ninguno de tus problemas.»

Como si mi familia presintiera mi impulso de huir, Iris abre la puerta y sale al pórtico con Zahra detrás. Los ojos de Iris van directos a Lana sin ni siquiera mirarme a mí. Mi mejor amiga no duda un instante antes de rodearla con los brazos.

—¿Hola? —saluda Lana con reservas.

Iris la suelta.

—Ay, perdón. Es que me hace mucha ilusión conocerte por fin y ponerle cara al nombre del que Cal tanto nos ha hablado.

Lana se ruboriza.

—Espero que bien.

—Por favor. Como si Cal pudiera decir algo que no fueran piropos de su Lana.

Me pongo rojo como un tomate.

—Iris.

Se pasa las trenzas por encima del hombro con una sonrisa.

—Te tomo el pelo.

—Uy, por favor, continúa. Nada me gusta más que verlo muerto de vergüenza. —Lana le guiña un ojo a mi mejor amiga.

—Le está bien empleado por lo que le hace pasar a todo el mundo —añade Iris.

«Ya sabías que juntarlas te iba a dar problemas.»

Y me encanta.

—Ya hablaremos con calma durante la cena. —Iris entrelaza su brazo con el de Lana y la mete en la casa. Zahra camina a su lado, dejando que Cami le dé la chapa con todo lo que pasó ayer en Dreamland mientras yo las sigo de cerca.

Percibo cierto olor a quemado, y rastreo el aroma hasta la cocina, donde Declan se pelea con una nube de humo que sale del horno. Maldice al cerrar la puerta y tirar a la basura la masa carbonizada de lo que parece ser una hogaza de pan.

Se encorva por encima del fregadero para abrir la ventana que da al patio.

—¿Necesitas ayuda?

Da un brinco antes de girarse hacia mí.

—No has visto nada.

—Nada de nada, aunque estoy seguro de que los demás lo habrán olido.

Declan suspira.

—He calculado mal el tiempo del pan.

—Nos pasa a los mejores.

Mi hermano le echa un vistazo a lo que sea que está cocinando en la estufa.

—¿Ya me hablas?

—No me has dejado mucha opción después de fastidiarme las vacaciones.

Me atraviesa con la mirada.

—Ni siquiera deberías estar de vacaciones.

—Toda mi vida son unas largas vacaciones. —Sonrío falsamente.

Él cierra los ojos y respira hondo varias veces. Vaya. ¿Está pensando antes de hablar?

«Vaya novedad.»

«Lo cierto es que me intriga.»

Rowan entra en la cocina dándole sorbos a un vaso de whisky. Le basta con vernos para dar media vuelta y echar a andar en la dirección opuesta, y Declan y yo volvemos a quedarnos solos.

—¿Les está gustando Dreamland? —me pregunta, y continúa salteando unas verduras.

Pestañeo.

—¿Desde cuándo te importa?

—Desde el día en que naciste.

—Tienes una forma extraña de demostrarlo.

Se le arruga la frente de lo mucho que frunce el ceño.

—Escucha. Siento lo que te dije en la oficina. Estuvo muy mal por mi parte perder así los papeles y pagar contigo mis preocupaciones. Estoy intentando mejorar, e incluso voy al psicólogo para profundizar un poco en mis... problemas.

—¿Tú? —Me quedo boquiabierto.

Él agacha la cabeza.

—Sí. Después de lo que pasó con Iris, no me fiaba de no volver a cagarla. —La nuez le sube y la baja—. Estoy trabajando en algunas cosas.

—¿En tus disculpas, por ejemplo? Porque mira que necesitas mejorarlas.

Los labios se le curvan hacia arriba.

—Eso y en pensar antes de hablar.

—Vaya novedad.

Declan entrecierra los ojos.

—Y eso me lo dice un tipo que se ha pasado la vida sufriendo diarrea verbal.

—Al menos yo tengo mi diagnóstico de TDAH como excusa. ¿Tú qué tienes?

—Nada que justifique mi comportamiento. —Baja la voz—. No soy perfecto, y tampoco puedo prometerte que lo seré algún día, pero estoy esforzándome. Dame una oportunidad.

Le doy una palmadita en el hombro.

—Está bien, pero solo porque a Iris no le gusta que nos peleemos.

Declan pone los ojos en blanco.

—Me vale.

Cami se sienta en un extremo de la larga mesa del comedor, junto a Zahra y Rowan. Mi hermano lleva una de las coronas de Cami en la cabeza, como si fuera de la familia real, mientras responde interminables preguntas sobre Dreamland y su trabajo.

Su apego a Rowan es entrañable, sobre todo cuando lo juntas con Declan asesinándolo con la mirada porque Iris no deja de babear y comentar lo buen padre que será Rowan algún día.

La típica opresión que suelo sentir en el pecho cuando estoy con mi familia se me alivia al pasar un brazo por el respaldo de la silla de Lana. Ella me mira y me sonríe antes de proseguir su conversación con Iris, quien me dirige varias miradas curiosas durante la cena.

Cuando termino de comer, juego con las puntas del pelo de Lana, enrollándomelas en el dedo una y otra vez.

—Hoy estás muy callado —me dice Declan desde el otro lado de la mesa.

«Porque no tengo la necesidad de ocultar mi dolor y soledad con charlas eternas y risas falsas.»

—Estoy asimilándolo —respondo, en vez de lo que estoy pensando.

—¿Asimilando el qué? —me pregunta Declan.

«La familia que siempre he querido y que no creía posible que pudiera tener.»

—Que Rowan te haya pasado la mano por la cara como mejor tío.

Opto por una respuesta tonta, porque sé que es lo que se espera de mí. Soy el hermano gracioso. El alegre. El que puede rebajar la tensión con una sonrisa y un comentario de menosprecio hacia sí mismo. Nadie quiere oír hablar de mis demonios, la depresión y las malditas inseguridades.

Ni siquiera me doy cuenta de lo que he dicho hasta que un silencio incómodo se instala sobre la mesa. Zahra e Iris se miran mutuamente por encima del borde de sus copas mientras a Declan parece que se le vayan a salir los ojos de las órbitas. No me atrevo a girarme hacia Lana, de modo que mantengo la vista al frente como un soldado listo para cumplir con su deber.

Rowan señala la corona que lleva sobre la cabeza.

—Por favor, como si Declan hubiera tenido alguna oportunidad de superarme.

Cami se pone una mano delante de la boca y se ríe. Declan frunce el ceño.

—Pero si ni siquiera he podido pasar tiempo con ella, idiota. Llevas toda la noche encima de ella porque alimenta tu ego.

—¡Le debes al bote de las groserías! —Cami salta de su silla y se acerca a Declan con la mano extendida—. Billetes, por favor.

—¿Eh? —Le mira los dedos como si pudieran alojar una bacteria comecarne.

Iris le da un codazo en las costillas.

—Significa que tienes que pagar cuando dices una palabrota.

—¿Cuánto? —Su expresión es una mezcla de pánico e intriga.

Cami repasa a Declan de arriba abajo.

—Mil dólares.

Lana se atraganta con el agua. Le doy palmadas en la espalda mientras ella tose y toma aire.

—¿Mil dólares? ¿Para qué? —Declan no se inmuta cuando saca la billetera y le empieza a entregar billetes de cien.

—Para la adversidad. —Cami le sonríe.

—Para la universidad —la corrijo cuando Declan arruga la frente confuso.

Mi hermano se encoge de hombros al soltarle el último billete de cien en la mano.

—Me parece una buena causa que financiar.

Lana por fin recupera el habla.

—Camila Theresa Castillo, devuélveselo todo ahora mismo. Ya sabes que en casa no le vamos pidiendo a la gente que te pague mil dólares.

—Pero Cal me dio mil dólares. —Cami pone una mueca tan adorable que hasta Declan se ríe.

Iris me mira y mueve los labios como diciendo «¿mil dólares?».

Me encojo de hombros. «Valió la pena.»

Lana enarca las cejas.

—Pero no por eso está bien que se los pidas a un desconocido.

A Declan se le ensombrece la mirada.

—¿Cómo que un desconocido? Te conozco desde que tenías más o menos su edad.

Lana lo mira con desprecio.

—¿Y? Yo a ti no te veo desde que me robabas mis muñecas porque querías jugar con ellas.

Zahra deja escapar una risita dentro de la copa mientras Iris se ríe a mandíbula batiente, golpeando la mesa con la mano mientras toma aire con dificultad.

Declan frunce el ceño y las mejillas le adquieren un ligero tono rosado.

—Mis muñecos de acción necesitaban salvar damiselas en apuros.

Iris le da unas palmaditas en el hombro.

—No te avergüences. Una imaginación activa es señal de una infancia sana.

—Claro, claro. —Zahra levanta la copa en un brindis de broma.

Declan fulmina a Lana con una mirada que haría que muchos hombres adultos se mearan encima. Lana se ríe y llena todas las grietas de mi corazón roto con su calidez.

La conversación toma otro rumbo, aunque la sensación constante de satisfacción que me recorre las venas no decrece. En todo caso, se intensifica a medida que avanza la noche. Iris y Lana se retiran a un rincón y se ríen de lo que sea que estén compartiendo para extorsionarme.

Al cabo de un rato, Zahra y Lana aparecen con los dos pasteles cubiertos de velas encendidas. Iris comienza a dar palmadas y a cantar el cumpleaños feliz. Mis hermanos se suman a regañadientes, con un entusiasmo digno de un funeral.

—Pide un deseo, viejo —me susurra Lana al oído.

La cera gotea de las velas y cae sobre la cobertura. Cami se pone a mi lado y da saltitos sobre las puntas de los pies de pura emoción, así que la levanto y me la siento en el regazo.

—¿Quieres ayudarme? Hay muchísimas velas.

—¡Sí! —Sonríe con unos ojos radiantes que no tienen nada que envidiarle al sol.

Juntos, soplamos todas las velas salvo una. Respiro hondo y repito mentalmente el mismo deseo de antes.

«Deseo superar mi adicción de una vez por todas.»

Dejar de beber es una cosa, pero mantenerse sobrio es harina de otro costal. Es una batalla que ya he librado y perdido.

Esta vez, fracasar no es una opción. Quiero triunfar. Sobreponerme. Crecer.

Quiero liberarme de esa adicción que siento como un ancla atada al cuello y que me impide elevarme entre los demonios que me retienen casi tanto como deseo convertirme en un hombre digno de Lana y Cami.

Por mucho que me cueste conseguirlo.

45
Alana

Cami empuja el plato vacío frente a ella. Normalmente no le dejo comer dulces tan tarde, pero hoy es una ocasión especial.

—¿Me puedo ir a jugar ya? —me pregunta.

—Claro.

Sale disparada de la mesa y se escapa con sus muñecas pisoteando con fuerza el parqué.

—Es lindísima. —Iris me dirige una sonrisa cálida.

Zahra le quita la corona a Rowan y se la pone.

—En serio, veo muchísimos niños cada día, y la tuya entra en el top cinco.

Reprimo una sonrisa.

—¿Esto lo has hecho tú? —Rowan hunde la cuchara en su segundo trozo del pastel tres leches.

—Sí. —Recojo un poco de glaseado de dulce de leche.

—Está rico. —Declan cierra los ojos mientras da otro bocado.

Para la mayoría de la gente, «rico» es un cumplido básico, pero en el caso de Declan se considera uno de los mayores elogios.

—Riquísimo. —Iris limpia su tenedor a lengüetazos.

Las mejillas me duelen de lo mucho que sonrío.

—Ya les dije que mi chica sabía cocinar. —Cal pasa el brazo por el respaldo de mi silla.

Cada vez que se refiere a mí como «su chica», el corazón me da un vuelco.

—No estaría de más tener algo así en nuestras tiendas. —Rowan examina el pastel desde todos los ángulos.

Contengo el aliento.

—¿Cómo?

—¿Cuánto cobras? —El cambio en él es instantáneo al pasar de hombre de familia a empresario de éxito.

—Eh..., ¿nada?

—Mmm. —Declan desvía la mirada de mí a su hermano.

—¿Qué pasa? —balbuceo.

—Pon un precio. —Rowan deposita con cuidado la cuchara junto a su plato.

—¿Por un pastel? ¿Por qué? —Me giro hacia Cal en busca de ayuda, pero se mantiene al margen. Si no fuera porque ha dejado de toquetearme el pelo, no sabría si está escuchando o no.

Rowan me mira fijamente a los ojos.

—Porque me interesa comprarte la receta.

—¿Para qué?

—Nos estamos planteando ampliar la sección de la princesa Marianna en el parque, y me gustaría que esto formara parte de ella.

El salón me da vueltas mientras proceso todo lo que está diciendo.

—Y eso, que pongas un precio. —Cruza las manos sobre el regazo.

Cal se acerca a mí y me susurra al oído.

—Dile que lo pensarás.

Frunzo el ceño.

—Pero...

—Así conseguirás que la quiera aún más. Confía en mí.

No estoy acostumbrada a esta versión calculadora de Cal, pero me pone a cien. Naturalmente, le hago caso.

—Lo pensaré y volveré a contactar contigo.

Rowan aprieta los labios.

—Te doy un millón.

Abro mucho los ojos.

—¿Por una receta?

Cal niega ligeramente con la cabeza, y Rowan lo mira con desdén.

—Tú no te metas.

—Solo si dejas de sugerirle malas ofertas. El parque genera unos veinte millones en un solo día, y una buena parte sale de la comida y las bebidas. Con la cantidad de personas que cruzan las puertas doradas listas para abrir la cartera y el estómago, Alana merece más. Y no creas que me he olvidado del dineral que te gastaste en la receta de aquella bebida helada hawaiana secreta.

Me quedo boquiabierta.

«Carajo.» ¿Dónde se había escondido este Cal empresario y cuándo puedo cogérmelo?

A Rowan se le ilumina la mirada con un gesto de admiración.

—Pensaba que no prestabas atención en las reuniones.

—El peor error que podrías haber cometido era subestimarme. —Cal le guiña un ojo, y los músculos del abdomen se me tensan del placer que me invade.

Iris levanta su copa.

—Por el Kane más espabilado.

Declan la mira mal, pero Iris lo ignora y le da un sorbo a la copa.

Le aprieto la mano a Cal antes de dirigirme a Rowan.

—Tengo que pensarlo. Esta receta lleva años en mi familia, y no sé si tengo claro que quiera renunciar a ella, sobre todo si no tuviera control sobre el producto final.

Compartirla con el chef Gabriel es una cosa, pero entregársela a los Kane me parece un riesgo que no sé si estoy dispuesta a correr.

—Dime tu número —Rowan saca el celular.

—¿Para qué lo quieres, para añadirla también al grupo? —Declan entorna los ojos.

Iris le da un coscorrón a Declan y le despeina por completo el impoluto cabello. Zahra se ríe dentro de la copa.

—Tú te lo has buscado.

Recito mi número para que Rowan se lo guarde.

—Estaremos en contacto.

Cal suspira.

—¿Hemos acabado ya con los negocios? Me han dicho que Declan ha conseguido unos puros cubanos para celebrar mi trigésima cuarta vuelta al sol y me muero por probarlos.

Y así, sin más, la conversación llega a su fin, a diferencia de la emoción que me embarga el pecho ante la idea de que Rowan me compre la receta.

Los chicos salen de la casa a fumarse los puros que ha comprado Declan, y nosotras nos quedamos a estrechar lazos con nuestras copas. Bueno, Zahra e Iris les profesan su afecto a sendas copas de vino mientras yo sigo con agua.

—Oye, ¿y cómo van las reparaciones de la casa? —Zahra se recuesta en el sofá y se sienta encima de las piernas. Me recuerda a Delilah, siempre tratando de hundirse entre cojines.

—Bien. El contratista está dándole duro con su equipo mientras nosotros disfrutamos del parque.

—¿Saben cuándo terminarán? —Iris da un sorbo de vino.

—De hecho, ya la hemos puesto a la venta. —Las manos me tiemblan en torno al vaso de agua.

—¿Ah, sí? —Iris se incorpora.

—Cal no nos ha dicho nada —añade Zahra.

—Sí, era el momento. —Y, sin embargo, por muchas veces que me lo repita, siento como si alguien me hubiera estrujado el corazón hasta hacerlo explotar.

—No estás contenta. —Iris frunce el ceño.

—No, pero lo superaré —suspiro.

—¿Seguro? —A Zahra se le arruga la piel entre las cejas.

—Si así ayudo a Cal, adelante.

—¿A qué te refieres? —pregunta Iris con un gesto de confusión.

—Cal me dijo que iría a rehabilitación si poníamos la casa a la venta esta semana, así que la decisión fue fácil. Ya estaba dispuesta a venderla para mandar a Cami a un cole privado; Cal simplemente ha acelerado un poco las cosas.

Iris abre mucho los ojos.

—¿Te ha prometido que iría a rehabilitación?

—¿No se lo ha contado?

—No. —Frunce el ceño—. ¿Cuándo se marcha?

—La semana que viene.

—¿La semana que viene? —repite Zahra con voz aguda.

Iris y ella se miran. Se están comportando de una forma tan extraña que se me erizan los pelos de los brazos.

—¿Qué pasa?

—Nada. Me parece... —Zahra se interrumpe.

—Precipitado —termina Iris por ella.

—No estoy dispuesta a aguantar más lo de la bebida. O pone su vida en orden o ya puede ir saliendo de la mía. —Levanto mi vaso de agua.

La tensión que se acumulaba en el ambiente desaparece cuando estallamos en carcajadas.

—Ya me caes bien. —A Iris se le ilumina la mirada.

—Lo mismo te digo. —Sonrío.

Zahra alza la copa.

—Vamos a brindar.

—¿Por qué? —pregunto.

Zahra hace chocar su copa con la mía.

—Por estas tres mujeres fuertes que se niegan a aguantar las mierdas habituales de los hermanos Kane.

—Brindo por eso. —Iris hace lo mismo.

Las tres compartimos historias sobre los hermanos. Entre Zahra e Iris, me paso la hora siguiente riéndome y llorando hasta que me duele la barriga y me quedo afónica. Me recuerdan a Violet y Delilah, y algo me dice que las cinco tenemos que juntarnos algún día.

Cuando Cal deje de beber, claro.

Iris y Zahra están repantigadas en el sofá, con copas tan vacías como la botella de vino blanco carísima que hay sobre la mesita de centro. Ninguna mueve un dedo para ir a buscar otra, a pesar de haber expresado que quieren otra copa, de modo que me ofrezco voluntaria a elegir una de la vinoteca de la cocina.

Voy al baño antes de ir por la botella. Mientras busco el sacacorchos, capto la voz de Declan. Tardo un momento en darme cuenta de que su voz no viene de dentro, sino de fuera. La ventana de la cocina está abierta y flota en el aire un ligero olor a puro que me hace arrugar la nariz.

—He visto que has puesto la casa del lago a la venta —dice Declan con esa voz ronca y fría tan suya.

—Sí. Dudo que aguante más de unas semanas antes de que alguien la compre —responde Cal con seguridad.

«Deja de espiarlos y vete.»

El sacacorchos me tiembla en la mano. Estoy a punto de echar a andar y darles un poco de privacidad cuando oigo que Declan dice mi nombre, y los pies se me pegan al suelo.

—Me sorprende que Alana te haya seguido la corriente.

«¿Qué demonios? ¿Seguirle la corriente con qué?»

—Fue ella la que sugirió que pusiéramos la casa a la venta antes de lo previsto —dice Cal.

—Pues entonces no deberías tardar en recibir tu parte de la herencia.

«¿Herencia? ¿Qué herencia?»

—Ahora que sale el tema... —Cal se interrumpe.

—Se viene —gruñe Rowan, y se oyen hielos repicar en un vaso.

Doy un paso hacia delante para verlos mejor. Los tres hermanos están sentados en sus respectivos camastros, lanzando anillos de humo al aire. Mientras que Declan y Rowan tienen también copas sobre la mesa auxiliar, Cal solo sostiene un puro en la mano.

—No me digas que te vas a echar atrás de tu parte del testamento —le dice Declan con voz agitada.

La comida que he cenado se me atraviesa en el estómago y amenaza con subirme por la garganta.

Cal le lanza una mirada.

—No voy a echarme atrás. Solo voy a... modificarla.

—Maldita sea —suspira Rowan hacia el cielo.

—¿Modificar el qué? —Declan aprieta tanto la mandíbula que desde aquí le distingo un ligero tic.

—Este viernes me voy a Arizona.

—¿A qué?

—A rehabilitación.

Se me encoge el corazón. Me siento muy orgullosa de que hable abiertamente de sus problemas. A la larga, le ayudará mucho saber que puede contar con la gente que lo rodea durante el proceso.

—¿A rehabilitación? ¿Ahora? ¿Y qué ha pasado con el plan? —le espeta Declan.

«¿Qué plan?»

«El que claramente te ha ocultado.» Se me pone la piel de gallina.

«Eres tonta, Alana.»

Rowan maldice entre dientes.

—Ya he hablado con Leo. Mientras haya vendido la casa antes de que acabe el verano y me comprometa a dejar de beber, no afectará en absoluto mi parte de la herencia.

Siento los pulmones a punto de estallar de lo fuerte que estoy respirando. El sacacorchos se me cae de entre los dedos y aterriza en el parqué con un suave golpe.

No es difícil unir las piezas del rompecabezas. De hecho, es tan sencillo que me lloran los ojos de lo idiota que he sido por no haber atado cabos antes.

La disposición de Cal a volver a Lake Wisteria cuando podría haberse olvidado de la casa y de paso también de mí.

Su insistencia en vender la casa a pesar de mis sentimientos personales, jugando con mis sueños y el amor por Cami para salirse con la suya.

Haberme hecho creer que quería ir a rehabilitación cuando, en realidad, solo pretendía dejar de beber por una maldita herencia.

«Ay, Alana. ¿Cuándo aprenderás?»

Puede que no tenga todos los detalles, pero sé lo suficiente para saber que se han aprovechado de mí sin despeinarse. Quería creer desesperadamente que Cal buscaría ayuda después de haberse pasado seis años sin mí y sin estar sobrio. Qué patética debo de haberle parecido al poner la casa a la venta antes de tiempo solo por ayudarlo.

«Otra persona que me ha engañado para sacarme algo.»

Me cae una sola lágrima, pero borro rápidamente las pruebas.

«No vas a llorar por él.»

Se me revuelve el estómago y me apoyo en el fregadero, esforzándome por mantener la cena en su sitio. Noto un sabor ácido en la garganta, y respiro hondo por la nariz para no vomitar.

Declan rompe el silencio.

—¿Qué ha pasado con el plan original?

—Que ha cambiado.

—Pues vuelve a cambiarlo. Hay demasiado en juego como para que apuestes veinticinco mil millones de dólares y tus acciones de la empresa a que dejas el alcohol. —Declan habla con voz neutra, como si el tema de la sobriedad de Cal le resultara más una tarea cualquiera que un logro.

Cal pone los ojos en blanco.

—Gracias por el voto de confianza.

—Oye, ¿está todo bien?

Doy un brinco al oír la voz de Iris. Se agacha para recoger el sacacorchos que se me ha caído, y me da el tiempo suficiente a recomponerme y sonreír.

—Sí. Es que como no bebo no he conseguido descorchar la botella. —Mi risa nerviosa casi roza la histeria, pero Iris no parece percatarse de ello; al fin y al cabo, no me conoce.

—Deberías habérnosla traído, nos habríamos encargado nosotras —contesta, y agarra la botella.

Me quedo paralizada cuando una ráfaga de aire entra por la ventana, arrastrando consigo el olor de los puros. Temo que el pulso acelerado de mi corazón me delate de la fuerza con que me martillea el pecho.

Iris arruga la nariz.

—¿A qué huele?

Miro alrededor de la cocina, procurando parecer lo más desconcertada posible. Iris posa la mirada en la cortina que se mece con el aire.

—Ah, alguien ha dejado la ventana abierta.

Se inclina por encima del fregadero para cerrarla, pero se detiene antes de bajarla del todo.

—¿Todo bien? —le pregunto. La sangre me bombea con tanta fuerza en los oídos que apenas oigo nada más que mis propias pulsaciones.

Iris se queda inmóvil.

—Sí. Me había parecido oírlos hablar mal de nosotras.

Esta vez, mi risa falsa suena un poco más sincera.

—Como si Declan fuera capaz de hablar mal de ti. Me atrevería a decir que está obsesionado contigo.

«Al menos uno de los hermanos Kane es leal.»

Se gira y me sonríe.

—Mira quién fue a hablar. Creo que no había visto a Cal tan feliz desde..., bueno, nunca.

Intento sonreír. Me esfuerzo al máximo, tanto que me tiembla el ojo y me duelen las mejillas. Ella ladea la cabeza.

—¿Seguro que estás bien?

—Sí, pero empiezo a notar los primeros síntomas de migrañas.

Iris arruga ligeramente la frente.

—Ay, no. ¿Quieres tomarte algo?

—Ya llevo en el bolso. De ahí el agua. —Recojo el vaso de agua que he dejado abandonado sobre la encimera y salgo primera de la cocina. Procuro mantener la cabeza bien alta aun con el peso insoportable que me aplasta y amenaza con hundirme.

«No permitirás que te destroce.»

Sin embargo, por muchas veces que me lo repita, mi corazón se descascarilla y los pedazos caen al suelo, dejando tras de sí un rastro invisible de mi abatimiento.

En cuanto Cami se duerme, me encierro en mi habitación y saco el celular.

Yo: AYUDA

Me contestan al momento.

Delilah: ¿Estás bien?

Violet: ¿Qué te ha hecho ya?

Violet nunca falla al señalar primero y preguntar después. Esta noche, necesito parte de su rabia. Al menos así podré sentir algo más aparte de esta especie de aturdimiento.

Desde que he oído la charla de los hermanos, he estado en piloto automático. Me he limitado a comportarme como se esperaba de mí hasta que pudiera hacerme una bola y procesar los últimos meses de mi vida.

Los dedos me tiemblan cuando escribo:

Yo: He oído unas cosas...

El teléfono me vibra en la mano con una videollamada entrante.

—Te juro que lo mato —escupe Violet.

—¿Qué has oído? —me pregunta Delilah, la voz de la razón.

—Un momento. —Entro en el baño y abro la llave de la regadera para que no me oiga nadie—. No tengo muy claro qué he oído.

«Lo tienes clarísimo, lo que pasa es que no quieres aceptarlo.»

Me deslizo por la pared y me aprieto el celular contra el pecho. Empieza a entrarme el pánico, así que respiro hondo varias veces.

—Alana, di algo.

—Me siento como una imbécil. —Se me quiebra la voz.

—El imbécil es él, no tú —dice Delilah.

—Ni siquiera saben qué ha pasado.

Si Cal me ha ocultado a mí lo de la herencia, no sé si debería contárselo a nadie más.

«¿Por qué sigues siéndole leal?»

Porque me he enamorado de él como una idiota a pesar de tener todos los motivos del mundo para no querer ni verlo.

«Dios.» ¿Cómo he vuelto a meterme en esta situación?

La piel en torno a los ojos de Violet se suaviza.

—No hace falta que nos lo cuentes con pelos y señales. ¿Te ha afectado? Pues esa es toda la información que necesitamos.

Apoyo la cabeza en la pared.

—¿Qué hago ahora? Estoy aquí encerrada con él.

—Vuelve a casa. —Violet aprieta tanto los labios que se le ponen blancos.

Sorbo por la nariz, conteniendo las lágrimas que amenazan con caer.

—No, no puedo hacerle eso a Cami.

—Lo entenderá —dice Delilah.

—No, no lo entenderá. Ya sabes la ilusión que le hacía este viaje. —No tengo valor para arrebatárselo, por mucho que yo esté sufriendo.

—¿Cómo podemos ayudarte? —La voz delicada de Delilah me alivia las palpitaciones del pecho.

—No sé si pueden. Me he metido en este problema yo solita.

«Y no solo a ti.»

«También a Cami.»

Carajo. Si no hubiera sido tan ingenua, ella nunca le habría agarrado cariño a Cal. No debería haber bajado la guardia y permitido que fuera mi corazón, y no la cabeza, quien tomara las decisiones.

«¿En serio no has aprendido nada del pasado?»

Al tomar consciencia de ello, pierdo la batalla contra las lágrimas. Me saltan unas cuantas que me resbalan por las mejillas y aterrizan en el vestido.

«Has dejado que estrecharan su relación.»

—Alana —me llama Violet.

Miro al techo. La visión se me nubla por las lágrimas, que atenúan la luz del fluorescente.

—Mírame —me dice Violet, esta vez con más firmeza.

Agacho la vista hasta el celular.

—¿Qué?

—No sé qué ha pasado..., pero no es culpa tuya.

Se me encoge el corazón.

—Pues a mí me parece que sí.

—Pagará por lo que ha hecho. Te lo prometo.

Se me escapa una carcajada ronca y vacía.

—No quiero vengarme. Solo quiero perderlo de vista. Para siempre.

—Pues eso es lo que haremos.

Oírla hablar en plural me emociona por una razón totalmente distinta.

«No estás sola.»

Violet y Delilah siguen al teléfono mientras lloro todo lo que llevo dentro. Mañana, tendré que fingir que esto no ha ocurrido, así que hoy me permito sentirlo todo. La rabia. La tristeza. La traición.

Puede que no lo haya procesado todo cuando termino de llorar, pero tengo clara una cosa: Callahan Kane se arrepentirá por haber pensado que podía aprovecharse de mi bondad y salirse con la suya.

46
Cal

Lana está rara. Desde que volvimos de casa de Rowan y Zahra, ha estado retraída. Antes de poder preguntarle qué le ha parecido la noche, se mete en la habitación de Cami alegando que tiene que prepararla para dormir.

Cuando salgo de la regadera, la puerta de su habitación está cerrada y no responde cuando llamo.

«Seguirá en la regadera.»

Me siento en el sofá y abro el *Candy Crush*. Me ha vuelto a superar mi puntuación más alta la misma niñita de la otra punta del mundo por unos míseros tres puntos.

No sé cuánto rato me paso jugando. Lana no abre la puerta, así que pierdo la noción del tiempo. Solo quito el juego cuando los párpados empiezan a pesarme.

Me levanto del sofá y vuelvo a llamar a su puerta.

—Lana. —Golpeo la madera con los nudillos.

No hay respuesta.

Pongo la oreja en la puerta, pero sigo sin oír nada. Me meto en mi cuarto y le envío un mensaje.

> **Yo:** ¿Estás bien? No has contestado cuando he llamado a la puerta.

El mensaje tampoco lo responde. O se ha quedado dormida en cuanto ha puesto la cabeza en la almohada o me está rehuyendo. La primera opción es altamente plausible, sobre todo después del trote de hoy, pero no puedo evitar pensar en la segunda.

Repaso los recuerdos de la noche. Desde mi punto de vista, ha sido una velada fantástica. Lana ha hecho buenas migas con Zahra e Iris y no se ha dejado intimidar por Declan. Incluso se le ha puesto ese brillo en los ojos que tanto me gusta cuando Rowan ha intentado comprarle la receta por un millón de dólares.

Creo que todo ha salido a pedir de boca, pero no consigo quitarme este mal presentimiento de dentro.

Le envío un mensaje a Iris:

> **Yo:** Hola.

El tiempo pasa dolorosamente lento mientras espero a que me responda.

> **Iris:** Ey. ¿Qué pasa?
>
> **Yo:** ¿Le has notado algo raro a Alana después de la cena?

Aparecen y desaparecen los puntitos dos veces antes de que me salga el mensaje.

> **Iris:** No lo sé. Pregúntamelo mañana cuando no esté borracha.

Me tapo la cara con la almohada y gruño. Aunque Iris no me sea de mucha ayuda esta noche, pienso bombardearla a preguntas cuando se haya recuperado lo suficiente para recordar lo que ha sucedido.

El sueño me esquiva por mucho rato que me pase acostado en la cama, mirando al techo y repasando la noche por segunda vez. A pesar de haber analizado cada detalle, no se me ocurre qué puede haber disgustado a Lana. Mi familia se ha portado de maravilla, aunque cueste creerlo, así que no tengo claro qué puede haber ido mal.

«Pregúntaselo mañana.»

Es lo último que pienso antes de cerrar los ojos y de que se me relaje la respiración.

—Buenos días. —Le doy un beso en la coronilla a Lana, pero ella no se apoya en mí como de costumbre, lo cual me convence todavía más de que algo va mal.

Ya le he enviado un mensaje a Iris esta mañana, pero aún no me ha contestado. Conociendo a mi cuñada y el dolor de cabeza que le entra cuando se pasa con el vino, puede que tarde un rato.

—Hola. —Levanta la vista de su comida antes de volver a concentrarse en el plato.

Me siento a su lado y paso el brazo por el respaldo de su silla. Lana procura no rozarme.

—¿Todo bien? —Me enrollo un mechón de su pelo en el dedo.

—Cansada, nada más. —Le da un largo sorbo al café.

—Te acostaste temprano.

—Me dolía la cabeza. —Aprieta los labios.

—¿Te encuentras ya mejor? Podemos dejar el parque acuático para otro día si no estás bien.

—Me niego a hacerle eso a Cami, aunque esté arrastrándome por el suelo.

Algo le cruza la cara, pero desaparece deprisa y vuelve a poner ese gesto vacío que hace que se me forme un nudo en el estómago.

—¿Quieres que vaya a buscar algún medicamento?

—A veces el mejor tratamiento es el tiempo. —Desvía la mirada en un intento pobre por ocultar la tensión de la mandíbula.

—¡Ya estoy! —Cami sale con un traje de baño y un pareo que se parece a una cola de sirena.

Lana deja la taza sobre la mesa y se pone de pie.

—Perfecto. Deja que te peine.

—¿Me puedes hacer una trenza corona? ¿Porfi?

—Claro —responde Lana, y rodea la mesa sin prestarme atención.

En comparación con la frialdad con que me habla a mí, Lana no podría ser más cariñosa con su hija. La opresión que noto en el pecho me empeora hasta el punto de que empiezo a frotarme inconscientemente la zona del corazón, con el ceño fruncido.

El silencio que me envuelve no hace sino aumentar la inquietud que me invade. Después de pasar semanas con Cami y Lana, comer solo se me antoja insoportable.

Respiro hondo y contengo la tentación de beber antes de sacar el celular y escribirle otra vez a Iris.

> **Yo:** Alana está rara y no sé por qué.

> **Yo:** Creo que pasó algo en la cena. ¿Declan se la llevó en algún momento cuando yo estaba en el baño o algo?

Me quedo sentado con el alma en vilo, esperando una respuesta que nunca llega.

«Seguramente siga dormida.»

En vez de continuar pensando en silencio, obsesionándome con el evidente disgusto de Lana, desayuno rápido y me preparo para el día en el parque acuático de Dreamland.

Cami irrumpe en mi habitación cuando me estoy atando los cordones del traje de baño.

—¡Anda, vámonos!

Recojo mi camiseta de la cama y la sigo afuera de la habitación. Lana se ha puesto un vestido blanco que le resalta los tonos tostados de la piel, y se ha recogido el pelo ondulado en una intricada trenza.

Me detengo en seco, con la camiseta colgando de la mano, y la contemplo.

—Estás preciosa —susurro.

Sus ojos bajan hacia mi cuerpo un instante, antes de darse la vuelta y entretenerse buscando algo en su bolso.

No hay respuesta. No hay ni siquiera reconocimiento. No hay nada más que un silencio frío y desolador que destruye la paz que siento cuando la tengo cerca.

El malestar en el estómago vuelve, acompañado de una insoportable sensación de fatalidad.

Cami me toma de la mano con una sonrisa de oreja a oreja.

—¿Listo?

Lo que sea que le ocurre a Lana no ha afectado a Cami, y eso me da cierta esperanza. Porque si no he hecho nada que haya podido perjudicar mi relación con la niña, debe de haber sido algo específico de Lana.

Ojalá supiera el qué.

Como he tenido el celular metido en una gaveta todo el día, no tengo oportunidad de leer los mensajes de Iris hasta que nos marchamos del parque acuático. Mientras Lana ayuda a Cami a ponerse una muda seca, compruebo el mensaje que me ha mandado Iris.

Iris: Mmm. Yo no he notado nada.
Y no, Declan no ha hablado
con ella, aunque dudo que a Alana
le hubiera importado.

Yo: ¿No recuerdas haberla visto rara
en algún momento?

Esta vez, su mensaje llega muchísimo más rápido.

Iris: La acabo de conocer, pero creo
que no. ¿Por qué?

Me paso una mano por la cara, frustrado, y amortiguo mi gruñido.

Yo: Apenas me ha dirigido la
palabra en todo el día, y anoche se
encerró en su habitación.

Iris: ¿Le has hecho algo?

Yo: No.

O eso creo. Lo único que he hecho ha sido intentar que esta semana fuera especial.

Iris: ¿Seguro?

Yo: Sí. Parecía feliz antes e incluso
durante la cena.

Iris: A ver que piense...

Me siento en un banco y me tapo la cara con las manos mientras espero su respuesta.

Iris: Cuando Lana fue a buscar una botella de vino al refrigerador, la vi un poco más callada, pero me dijo que le dolía la cabeza, así que no le di más vueltas.

A mí también me comentó lo del dolor de cabeza, pero eso no explicaría su actitud de hoy.

Yo: ¿En la cocina notaste algo?

Iris: Además del olor que seguía saliendo de la basura que quemó Declan, no.

Mi resoplido de frustración atrae la atención de varias personas.

Iris: ¿Por qué no se lo preguntas?

Yo: Quería tener toda la información antes de volver a intentarlo.

Iris: Ve contándome.

Añade el emoji del saludo militar después del mensaje.

Yo: Si no sabes nada de mí en 24 horas, llama a la policía.

Iris: Hecho.

Trato de hablar con Lana en privado dos veces después de mi conversación con Iris, pero siempre está ocupada con Cami, los parques y todo lo que Dreamland nos ofrece. Si Cami y ella no están en la habitación es porque han salido a visitar los distintos resorts y zonas turísticas. Lana no me ignora por completo, pero me siento como si hubiera levantado un muro impenetrable entre los dos.

Sucumbo de nuevo a la bebida para aliviar la ansiedad que se me esparce por el cuerpo como una infección. Me siento como una mierda por depender del alcohol, pero no sé qué más hacer para gestionar el estrés. Es eso o acorralarla, y, conociendo a Alana, no reaccionará bien a ese tipo de confrontación.

Para cuando nos montamos en el *jet* privado, sigo sin haber tenido una sola oportunidad de hablar con ella. No responde a los mensajes ni a la puerta, lo cual no hace sino aumentar mi ansiedad y, de rebote, mi consumo de alcohol.

Hundo los hombros al dejarme caer en el sillón que hay frente al sofá preferido de Cami. A diferencia de la última vez, Cami deja espacio para que Lana se siente. Las dos se pasan el vuelo entero hasta Michigan viendo películas de Dreamland y riéndose juntas, aunque las sonrisas de Lana nunca se le reflejan en los ojos. Es la misma sonrisa que ha tenido pintada en la cara a lo largo de la semana, la que hace que se me encoja el corazón, porque sé que es una versión diluida de sus verdaderas sonrisas.

Juro en ese momento que esta noche hablaré con Lana, aunque eso implique atarla a la cama para conseguir respuestas.

47
Alana

Me esfuerzo al máximo por que el resto de la semana vaya como la seda. Casi me destruye por dentro poner buena cara y seguir adelante, consciente de que todo lo que ha salido de la boca de Cal han sido patrañas, pero Cami se lo merece. Siempre había querido ir a Dreamland, y no pensaba arruinarle la experiencia dejando que mis sentimientos personales por un hombre se lo impidieran.

Si hay alguien culpable de haber creído a Cal soy yo, de modo que lo más justo era que la única que sufriera durante la semana fuera yo. Y vaya si sufrí. Toda interacción con Cal era como si alguien me atravesara el pecho con mil agujas.

Cal sabe que algo no va bien. No me he matado demasiado por ocultárselo, pero para Cal soy como un libro abierto del que ha memorizado cada frase subrayada y ha marcado casi todas las páginas.

Su capacidad para reconocer las señales es lo que le ha permitido tomarme el pelo. Sabe qué botones pulsar y cuáles son las palabras mágicas para volverme vulnerable ante sus manipulaciones.

«Nunca más.»

Contemplo el cielo nocturno. El agua golpea contra el muelle y rompe el silencio. Sin contar con el susurro de las sábanas de Cami que hace restallar el monitor de bebé, estoy sola con mis pensamientos.

Qué situación más deprimente.

No sé cuánto rato paso sentada bajo las estrellas, observando el reflejo de la luna bailando en el agua. Sé que ha sido un riesgo salir aquí afuera, pero me ha parecido que merecía la pena.

Sabía que era cuestión de tiempo que Cal me arrinconara en el muelle. Al fin y al cabo, aquí fue donde comenzó nuestra historia.

—*Cuidado, te vas a caer.*

Aparto la vista del agua reluciente. Tuerzo el cuello para mirar al niño alto con el pelo a juego con el sol que brilla sobre nuestras cabezas y unos ojos azules que no tienen nada que envidiarle al agua que tenemos delante, más transparente que un día sin nubes.

No hay nada en él que no anuncie dinero a gritos. Zapatos náuticos. Pantalones cortos color pastel. Camiseta a rayas.

Es la primera vez que lo veo, pero tampoco es difícil. Mi familia y yo acabamos de mudarnos aquí desde Colombia.

Arrugo la nariz.

—*No hablo inglés.*

Le brillan los ojos.

—*Qué raro. Te he oído hablar con tu madre en inglés antes.*

Mierda. Descubierta.

—*Me llamo Cal. —Sonríe.*

—*¿Cal? —Se me escapa el acento y pronuncio su nombre marcando mucho la a.*

Él se ríe y se sienta en el muelle a mi lado, con las piernas cruzadas.

—¿Qué haces aquí? —Hago lo posible por pronunciar las palabras tal como aprendí viendo demasiada televisión estadounidense después de la escuela.

—Mi abuelo me ha dicho que hace unas semanas que se mudaron desde Colombia.

El corazón se me encoge al pensar en casa. Mi madre quería empezar de cero cuando mi padre nos abandonó, así que llamó a un primo que se había mudado a Estados Unidos y compró tres boletos de avión solo de ida. Anto se pasa los días encerrada en su habitación, mientras que yo he preferido visitar el lago sola, ignorando a mi madre. Ya que no quería venir a vivir aquí, al menos voy a disfrutar de las vistas.

—Sí. —Quizá si le respondo con monosílabos acaba yéndose.

—¿Lo echas de menos?

—Sí.

—¿Tienes amigos aquí?

Suelto un largo suspiro.

—¿Por qué me lo preguntas?

—Porque se te ve sola.

Es que lo estoy.

—¿Y?

—Nada, que he pensado que podríamos ser amigos.

—No quiero amigos.

Hacerme amiga de alguien podría hacerle creer a mi madre que me parece bien vivir aquí. Y si piensa que me gusta, no volveremos jamás a Colombia.

Su sonrisa se ensancha hasta ocupar casi toda la mitad inferior de su cara.

—Bien, nada de amigos.

No se va, lo cual no hace sino incordiarme aún más. Se limita a contemplar el lago y tamborilear con los dedos sobre los tablones de madera sin un ritmo concreto.

Le aplasto la mano para que deje de hacer ruido.

—¿Quieres parar?

—Perdón. —Se ruboriza—. A veces no puedo evitarlo.

—¿Por qué?

Desvía la mirada.

—Porque tengo problemas.

—¿Y eso quién lo dice?

—Mi padre.

Aprieto los labios.

—Pues a mí me parece un pendejo.

Una pequeña sonrisa le curva los labios.

—¿Qué significa eso?

Me encojo de hombros.

—No lo sé, pero creo que es una palabrota. Mi madre se lo decía a mi padre cuando la hacía llorar.

Me estremezco al recordarlo, pero hago lo posible por quitármelo de la cabeza.

—Pendejo. Me gusta. ¿Qué otras palabrotas conoces?

Me paso la tarde enseñándole a Cal otras palabrotas que he oído, y él me enseña su equivalente en inglés. Cuando mi madre nos llama para cenar, me doy cuenta de que el sol se ha puesto y de que me duele la cara de tanto sonreír.

—¿Cenas con nosotros esta noche? —Cal me ofrece una mano.

Se la acepto y suelto un grito ahogado al notar un hormigueo en los dedos.

—¡Me has pasado la corriente!

Él se ríe y me hace reír. Por primera vez desde que nos mudamos a Estados Unidos, pienso que quizá tener un amigo no sea lo peor del mundo...

—Lana.

El recuerdo se esfuma y el Cal adulto sustituye a su versión de niño. El mismo hombre que me ha vuelto a romper el corazón, aunque esta vez me duele incluso más que la anterior. Porque antes tenía la esperanza de que mejorara, de que el mundo le haría cambiar su actitud egoísta y escoger ser una versión más genuina y mejor de sí mismo.

Esa esperanza no era más que una mentira que me repetía para sentirme bien sobre lo nuestro.

—¿Te importa que me siente? —pregunta.

Contemplo el lago sin responder. Él deja espacio entre nosotros al sentarse. Siento el impulso de agarrarle el meñique con el mío, pero reprimo cualquier tentación de tocarlo aferrándome a mi rabia.

—¿Qué te pasa? —Me mira.

—Muchas cosas. —Sigo con la vista al frente, aunque siento su mirada clavada en mí y me tienta a girarme.

—¿Quieres que lo hablemos?

No, pero ¿qué alternativa tengo? No puedo ignorarlo para siempre, y ahora que lo de Dreamland ya no es un problema, prefiero sacármelo todo de dentro para que él se pueda ir de una vez por todas.

—¿Por qué quieres vender la casa?

Decido hacerle la pregunta cuya respuesta ya conozco. Puede que sea una estupidez, pero espero que me diga la verdad y admita su plan, incluso si eso pone en peligro esta relación tan frágil que hemos construido.

Tal vez entonces pueda aprender a perdonarlo.

Con el rabillo del ojo, distingo las inusuales arrugas que le cruzan la frente.

—Ya lo hemos hablado.

El corazón me late con fuerza en el pecho, y se acelera con cada latido.

—Repítemelo.

«Dime la verdad. Dame un motivo para darte otra oportunidad.»

Cal respira hondo.

—Quiero que pasemos página sin que la casa sea un lastre.

Su respuesta vaga no impide que el corazón se me siga

desmenuzando. Cada respiración me resulta imposible, y la presión de los pulmones hace que me ardan con cada inspiración.

Continúo con una máscara de fría indiferencia, a pesar del dolor que me atenaza el corazón.

—¿Y si yo quisiera quedármela?

Se le tensan los dedos sobre las rodillas.

—Lana... —Susurra mi nombre como si estuviera haciéndolo sufrir a un nivel fundamental, cuando sé que no es el caso.

Soy yo la que está sufriendo.

Soy yo la que tiene derecho a enojarse.

Soy yo la que acabará marchándose esta vez. No por su adicción, sino por la persona que es aunque no beba. Egoísta. Interesada. Autodestructiva.

Hundo los dedos en mis muslos.

—¿Y si esta casa me hace feliz? Después de todo, siempre he soñado con formar una familia aquí. Quiero disfrutar de los veranos junto al lago, cocinar y construir maquetas y bañarme con los niños hasta que les duelan las extremidades.

Veo el futuro con tanta claridad que el dolor del corazón se me multiplica por cien. Porque incluso después de todas las mentiras, quiero ese futuro con Cal.

«*Querías* ese futuro con Cal. Los verbos en pasado existen para algo, así que empieza a utilizarlos.»

«Carajo, qué idiota soy.»

—¿Por qué en esa casa? —Se le rompe la voz.

—Porque es nuestra. A lo mejor tú quieres olvidar todo lo que ha pasado aquí, pero yo no. Y, al final, que huyas de una casa no resolverá nada, cuando en realidad de quien estás huyendo es de ti mismo.

—¿A qué viene todo esto? —Me mira con los ojos fuera de las órbitas, un reflejo exacto de cómo se siente por conseguir la herencia.

«Desesperado.»

Por una vez, estamos en la misma situación. Porque yo también estoy desesperada. Desesperada por que me diga la verdad. Desesperada por mantenerme firme a pesar de la tentación de desmoronarme a sus pies. Desesperada por no perder todo lo que hemos construido, aunque se asentara sobre una mentira.

—¿Tu abuelo te dejó una herencia? —le pregunto sin más rodeos.

—Sí. —Cal se esfuerza por mantener una expresión neutra, pero los movimientos involuntarios de los dedos lo delatan.

—Te pidió que vendieras la casa —afirmo sin vacilar.

Un simple gesto de cabeza me confirma lo que ya sabía y hace que el corazón se me rompa en mil pedazos. Detona como una bomba, y destruye cualquier posibilidad de que vuelva a creerme una sola palabra que le salga por la boca.

Ya sabía la verdad, pero verla claramente confirmada destruye la poca calma que me quedara.

—Ya veo. —Aplastó la lengua contra el paladar.

—¿Cómo te has enterado? —masculla él.

—Los oí hablar después de la cena. Alguien dejó la ventana abierta... —Una carcajada amarga me sube por la garganta, y los oídos se me resienten con la estridencia del sonido.

—No sé lo que oíste, pero no es lo que piensas —balbucea.

—Claro que no —respondo sarcásticamente—. Sea como sea, ya he hablado con el agente y le he dicho que baje el precio. Dice que es cuestión de tiempo que alguien presente una oferta de compra.

—¿Que has hecho qué? —replica con voz queda, vertiendo en cada sílaba su ira.

Me pongo de pie y me limpio el polvo de las mallas.

—Felicidades, Cal. Espero que los veinticinco mil millones de dólares te hagan compañía por la noche, porque yo ni de broma voy a seguir haciéndolo.

Cuando me doy la vuelta para irme, Cal se levanta de un salto y me sujeta de la mano para impedírmelo.

—Deja que te lo explique.

—¿Para qué? No me fío de una sola cosa que te salga por la boca. —Doy un jalón para soltarme y casi me disloco el brazo en el proceso.

Él cierra con fuerza el puño.

—No podía contarte lo del testamento.

—¿Por qué no?

Agacha la cabeza.

—Órdenes de mi abuelo.

—¿Desde cuándo obedeces órdenes de nadie? El Cal que conocía y del que me enamoré me habría contado lo del testamento, independientemente de lo que le hubiera dicho nadie. Habría sido honesto. Directo. Sincero. Lo habría hablado conmigo en lugar de actuar a mis espaldas, usando mi amor por mi hija en su favor.

Cal tuerce el gesto.

Yo habría sido capaz de hacer cualquier cosa por Cal si me lo hubiera pedido en lugar de ocultármelo, incluso vender la casa.

Él respira hondo.

—Había muchas cosas que dependían de mi discreción.

—De tu honestidad dependía mucho más. —En un acto de traición, las lágrimas que había reprimido aparecen y me nublan la visión.

Cal se acerca y me abraza.

—Lo siento muchísimo, Lana. Te juro que quería contártelo, pero no dependía de mí. —Le tiembla la voz, a juego con el estremecimiento de los brazos que me rodean.

Si este es el último abrazo con él, tampoco está de más que lo disfrute. Me entrego a su tacto, inhalo hondo su aroma, memorizando las notas cítricas y ese toque tan distintivo de él. Aprieto la oreja contra su pecho. Escucho el sonido del pulso errático de su corazón y dejo que el ritmo constante me arrulle.

Le paso el índice por encima del pecho.

—¿Lo de dejar de beber también formaba parte del testamento?

—¿Qué has dicho? —Relaja ligeramente los brazos antes de corregirse y estrecharme con firmeza, como si temiera que pudiera echar a correr.

Le agarro con fuerza la tela de la camisa.

—¿Ha sido un plan premeditado para que yo bajara la guardia y vendiéramos la casa antes?

—¿Qué? No. ¿Cómo se te ocurre siquiera que...? —Junta las cejas antes de levantarlas hasta arriba—. La charla con mis hermanos. Mierda... —Retrocede.

—Olvídate de lo que he dicho. Me da igual.

—A mí no.

Cierro los ojos por la punzada de dolor que me atraviesa el corazón. Quiero creerlo, de verdad. Pero no sé si podré volver a confiar en él jamás. Hay demasiado en juego que depende de mi conformidad. Cal está bajo tanta presión que estoy convencida de que sería capaz de decir lo que fuera para que yo no me echara atrás con la venta de la casa.

Y no lo haré. Los sueños que pueda tener en esa casa no valen tanto como el sufrimiento vinculado al propietario de la otra mitad.

Le doy un empujón en el pecho, suave, pero él me suelta de todas formas.

—Te quiero fuera de la casa de invitados antes de que me despierte por la mañana. —La voz se rompe al final.

Él arruga aún más la frente.

—Podemos resolver esto juntos. Déjame que pida ayuda y...

—A mí no me incluyas en tus planes. Tú mismo me has expulsado cuando decidiste mentirme repetidamente a la cara y hacerme creer en una fantasía que ni siquiera era real.

Debo reconocerle que recibe el golpe sin pestañear.

—Lo nuestro es verdadero.

—Sí, un verdadero error. Y me niego a cometerlo otra vez contigo.

Retrocede como si le hubiera hecho daño físico.

Me doy la vuelta y me marcho antes de perder los nervios. Cal sigue inmóvil al final del muelle, perforándome la espalda con los ojos mientras me alejo. Siento cada paso como si estuviera caminando por arenas movedizas. Las piernas apenas me obedecen al dejar atrás al único hombre al que he amado de verdad.

Le lanzo una última mirada por encima del hombro.

—Y esta vez, cuando te vayas de Lake Wisteria, no te molestes en volver. Total, tampoco tendrás ningún motivo.

El rostro se le arruga como una lata de refresco aplastada, un reflejo fiel de mi corazón. Me giro y tomo el largo camino hasta la casa de invitados. A pesar de que no hay célula de mi cuerpo que no me suplique que me detenga, mantengo la cabeza bien alta y entro en la casa como un soldado, ignorando el dolor del pecho donde Cal me ha arrancado el corazón.

No me entrego a las lágrimas hasta que me meto en la cama. Me tapo la cara con una almohada que huele a Cal, y solo consigo sollozar aún más fuerte. Por Cami. Por mí. Y por todas las personas que se han aprovechado de nosotras y del amor que compartimos con tanta facilidad.

La única persona en la que puedo confiar para hacer realidad mis sueños soy yo, y va siendo hora de que aprenda la lección de una vez por todas.

48
Cal

Brego contra todos mis instintos para no echar a correr detrás de Lana. Me tiemblan las manos y las piernas por el deseo de retenerla y obligarla a escucharme. Demostrarle que la quiero lo suficiente como para luchar por nosotros y nuestro final feliz.

Por desgracia, sé que nuestra situación no puede solucionarse con palabras. Al fin y al cabo, cree que soy un mentiroso.

«Porque lo eres.»

No. Jamás le he mentido directamente, aunque tejer una historia de medias verdades tampoco me convierte en una persona mejor. En todo caso, me siento aún peor al saber que, a pesar de mis intenciones, el resultado ha sido el mismo.

Le he hecho daño.

«Y esta vez, cuando te vayas de Lake Wisteria, no te molestes en volver. Total, tampoco tendrás ningún motivo.» Su voz, firme y audaz a pesar del temblor de su barbilla, se reproduce en mi cabeza.

Lana no podría estar más equivocada, incluso si tiene razones de sobra para creer que está en lo cierto. Mientras ella y Cami estén aquí, yo tendré todos los motivos para volver y luchar por las personas a las que quiero. Sería capaz de cualquier cosa por demostrarle que mi herencia no tiene nada que ver con lo que siento por ella ni con mi razón para dejar de beber.

«Pero ¿cómo?»

Me paso las manos por el pelo y me jalo para centrarme. El dolor me pone los pies en el suelo un instante y alivia parte del pánico que me crece en el pecho. Sin embargo, el alivio es temporal; ahora proceso una de las últimas cosas que me ha dicho.

«Te quiero fuera de la casa de invitados antes de que me despierte por la mañana.»

No quiero irme, pero quedarme y disgustarla todavía más no es una opción. Se me partirá el corazón al marcharme, sabiendo que probablemente piense lo peor de mí, pero no se me ocurre un castigo mejor por haberle hecho daño.

«Tienes lo que te mereces.»

Duermo de puta pena. No paro de darle vueltas a todo y acabo pasándome la mayor parte de la noche moviéndome y girándome. A las cinco de la madrugada, tiro la toalla y me levanto. Me duele la cabeza, así que me tomo un par de analgésicos para ponerme a guardar todas mis pertenencias antes de que Lana se despierte. Me concentro en la tarea hasta terminarla, cuando mi maleta parece estar a punto de estallar.

Mi habitación tiene el mismo aspecto que cuando llegué: vacía y carente de cualquier señal de vida. Lo único que destaca es la foto que he dejado sobre la cama.

Antes de salir del cuarto, echo un último vistazo en los cajones y el armario. Casi me olvido de la cartulina amarilla doblada que tengo sobre la mesita de noche. Abro la tarjeta de Cami una vez más con manos temblorosas.

Ponte bien, Col.

Paso el dedo por la curva del corazón mal dibujado antes de guardármela en la mochila. La puerta que hay frente a la mía sigue cerrada, de modo que entorno la mía con cuidado y me dirijo a la habitación de Cami al otro lado de la casa. Me niego a irme sin despedirme de ella.

Puede que a Lana no le haga ni pizca de gracia, pero no puedo marcharme a rehabilitación y dejar que la pequeña piense que la he abandonado. La idea de que pueda llegar a pensar que he desaparecido sin preocuparme siquiera por despedirme es un castigo que no estoy dispuesto a soportar.

Cami está hecha un ovillo debajo de las sábanas, estrujando a su ovejita de peluche. Parece un angelito, nada que ver con el espíritu salvaje en que se convierte cuando está despierta.

La angustia que siento en el pecho desde ayer vuelve con más intensidad que nunca. Echar de menos a Cami será inevitable. Le he tomado cariño, y siento que estoy dejando un pedazo de corazón aquí con ella.

«Volverás.»

Trago saliva para deshacer el grueso nudo que tengo en la garganta y despierto a Cami de una suave sacudida. Merlín salta de la cama con un bufido y se mete debajo.

—¿Col? —susurra con voz ronca. Tiene el pelo como en los anuncios de laca de los ochenta, una especie de casco formado a partir de sus mechones.

—Hola. —Esbozo una sonrisa débil, esforzándome por ser fuerte delante de ella.

Cami pestañea varias veces más para quitarse el sueño de los ojos.

—¿Qué pasa?

—Vengo a despedirme.

Frunce el ceño al instante.

—¿Cómo? ¿Por qué?

—Voy a estar un tiempo fuera.

—¿Dónde?

Meto la mano en la mochila y saco la tarjeta.

—¿Te acuerdas de que te dije que estaba enfermo?

Ella asiente.

—Pues voy a ver a un doctor para no estar enfermo nunca más.

Sus diminutos labios forman una pequeña o. Le tomo la mano y se la aprieto.

—Cuando esté mejor, volveré por ti y tu madre.

—¿Cuánto tiempo estarás fuera? —Los ojos se le vidrian y yo pierdo la poca dignidad que me quedaba.

«No puedes evitar hacerles daño a todas las personas a las que quieres.»

Es una maldición que pretendo romper, pero una maldición, al fin y al cabo.

—No sé cuánto tiempo estaré fuera. —Depende de muchos factores, y todos tienen que ver conmigo.

Me sorprende al lanzarse hacia mis brazos y rodearme el cuello con fuerza.

—No quiero que te vayas.

Entre ella y Lana, no sé si mi corazón sobrevivirá a esta semana sin acabar hecho trizas.

Le paso la mano por la espalda.

—Ya lo sé.

Cami sorbe por la nariz, y se me encoge el corazón.

—Voy a echarte de menos —me dice con voz temblorosa.

Dios, como no me vaya pronto de aquí, no sé si voy a ser capaz de marcharme.

—Yo a ti también.

—¿Me prometes que volverás? —Me mira desde abajo con las pestañas húmedas.

Le seco las lágrimas y borro cualquier prueba de su tristeza.

—Te lo prometo.

Deja escapar un largo suspiro y relaja parte de la tensión de sus hombros.

—Pero tengo que pedirte un favor. —Me guardo la tarjeta en la mochila antes de recorrer el cierre.

Cami me mira con los ojos muy abiertos.

—¿A mí?

—Sí.

—¿El qué?

Pongo una cara seria, como si mi vida dependiera de ella.

—¿Cuidarás a Merlín por mí?

Cami suelta un grito ahogado.

—¿Lo vas a dejar aquí?

Noto la garganta áspera.

—Sí. No me lo puedo llevar, así que necesito que te encargues tú. —Así tendré una razón de peso para volver, quiera Lana o no.

¿Estoy aprovechándome de mi gato para convencer a Lana de volver a vernos? Totalmente. ¿Me siento mal por ello? Ni por asomo, aunque me aseguraré de que les lleguen comida y suministros a la casa mientras estoy fuera para que no tenga que pagar nada.

Cami se pone de pie y se cuadra.

—Lo cuidaré.

—Y no te olvides de cuidar también a tu madre por mí.

Ladea la cabeza y arruga la frente, tanto que aparenta tener más de seis años.

—¿Quieres de verdad a mamá?

—Quiero de verdad a tu mamá más que a nada en el mundo. Por eso voy a pedir ayuda.

El rostro se le ilumina con la idea que le esté rondando por esa cabecita inquieta suya.

—¿Y si vamos contigo?

«Mierda.» Basta con que lo niegue con la cabeza para que ella pierda la sonrisa.

—No. Ojalá pudieran acompañarme, pero esto es algo que debo hacer solo. —Le doy un último abrazo antes de ponerme de pie.

—Pero volverás —afirma ella.

—Volveré, por ti y por tu mamá.

—¿Promesa de meñique? —Me ofrece el dedo con una sonrisa temblorosa en los labios.

Entrelazamos nuestros meñiques y los sacudimos.

—Promesa de meñique. —Le doy un último beso en la coronilla antes de girarme.

Doy un traspié al ver a Lana apoyada en el marco de la puerta, con una mirada sombría y una mueca inalterable.

—¡Hola, mami!

Ella se gira hacia su hija.

—Te has despertado temprano —dice, pero no suena acusatoria, a diferencia de la mirada que me lanza.

—Col me ha despertado. —Cami me delata sin miramientos.

«Yo también te quiero, pequeñita.»

—¿Por qué no intentas dormir un poquito más? Hoy te espera un largo día.

Lana no añade nada más antes de irse y dejarme a mí atrás para que cierre la puerta. El peso que me hunde los hombros empeora con cada paso que doy hacia la puerta principal de la casa.

—La llave. —Lana extiende la mano. El ligero temblor que le percibo en los dedos me parte el alma.

—Lana...

—No sigas. —La voz se le rompe, como si estuviera a punto de llorar.

«Carajo.»

Saco el llavero y me pongo a extraer la llave de la casa. Después de dejársela a Lana en la mano, ella se la guarda en el bolsillo trasero.

—Buena suerte en rehabilitación. —Su voz suena distante, como si yo estuviera debajo del agua, luchando contra la corriente que amenaza con alejarme de ella.

—Pienso volver.

Ella pasa un brazo por mi lado para abrir la puerta.

—No cambiará nada entre nosotros.

—¿Y qué puedo hacer para que sí cambie?

—Nada. Ya te has salido con la tuya. Seguro que cuando salgas de rehabilitación ya tendremos a un comprador listo para cerrar la transacción.

—No me refiero a la puta casa —le espeto.

Ella me mira desconcertada.

—Sé que ahora te parezco lo peor. Y lo entiendo. No diré que no me lo merezco. Pero quiero que sepas que no he decidido ir a rehabilitación por la herencia.

Ella se ríe entre dientes al cruzarse de brazos.

—Y seguro que tampoco por mí.

—No. He decidido pedir ayuda por mí.

Se queda boquiabierta.

—Si solo quisiera la herencia, me bastaba con estar aquí treinta días más para cumplir con el requisito que se me exigió. Pero en vez de eso voy a rehabilitación porque quiero quererme a mí mismo tanto como tú me quieres.

Lana toma aire, pero no separa los labios.

—Quiero ser el hombre que Cami y tú se merecen. Me creas o no, esa es la razón por la que voy a rehabilitación. He pasado por el proceso suficientes veces para saber que son treinta días en un puro infierno, digan lo que digan. Pero cada día que pase sufriendo en la prisión de mi mente vale por mil días felices contigo. —Me inclino hacia delante y le doy un beso en la coronilla. Ella no se funde conmigo con un suspiro, como de costumbre, pero deja caer ligerísimamente los hombros.

Le paso los nudillos por la mejilla.

—Siento lo de la casa. Quería contártelo cada vez que salía el tema, pero no podía arriesgarme a que mis hermanos perdieran sus herencias después de todo lo que han sacrificado. No me lo habría perdonado jamás, y no habría podido vivir sabiendo que les habría destruido las vidas a mis seres queridos. Ya me odio bastante con lo que tengo.

Lana aparta la vista y se seca la mejilla con la manga. Le pongo una mano en la barbilla y la fuerzo a mirarme a los ojos.

—Encontraré la forma de arreglarlo.

—No puedes —responde, y cierra los ojos.

—¿Eso es un reto? —bromeo con el corazón en un puño. El labio inferior le tiembla.

—No. Es la realidad.

Las garras invisibles que me envuelven el corazón me lo aprietan hasta que me quedo sin aliento, dolorido. Doy un paso atrás para no acabar quitándole esa expresión triste a besos.

—Volveré por ti. Considéralo la primera y única advertencia.

Lana aprieta mucho los labios.

Le ofrezco una media sonrisa antes de dirigirme hacia mi coche sin mirar atrás. Porque no puedo mirar atrás y arriesgarme a ver la desconfianza en su cara.

Solo espero que lo que le he dicho sirva para que me espere y le pueda demostrar que no hay nada en este mundo que quiera más que a ella y a la familia que podemos formar.

Aunque eso me mate en el proceso.

49
Alana

Lo único que impide que me desplome bocabajo en mi cama cuando Cal se va es que Cami tiene que ir al campamento. Después de pasarse una semana lejos de sus amistades, no cabe en sí de ilusión por volver, lo cual me motiva a recomponerme.

No puedo permitirme procesarlo todo hasta que por fin la dejo allí. O ese era mi plan antes de ver que mis amigas se han presentado en mi puerta, cada una con varias bolsas de la compra llenas.

—¿Qué hacen aquí? —exclamo boquiabierta a Violet y Delilah mientras entran en la casa de invitados.

—Nos han convocado. —Violet suelta sus bolsas de plástico sobre la encimera.

—¿Quién?

Delilah comienza a vaciar las suyas.

—Cal.

Me quedo de piedra.

—¿Cal les ha pedido que vengan? ¿Por qué?

—Porque puede que sea un imbécil, pero al menos es un imbécil considerado que sabía que te revolcarías en tu miseria unos cuantos días antes de llamarnos.

Me dejo caer en el sofá y me tapo la cara con las manos.

—Dios mío. —Siento una opresión en el pecho que duele.

«Ha llamado a tus mejores amigas porque sabía que evitarías relacionarte con nadie hasta que te sintieras capaz de afrontar la situación.»

Que pueda predecir todos mis movimientos... me alegra y me destroza al mismo tiempo. Me alegra porque he encontrado a alguien que me entiende a un nivel celular, y me destroza porque esa misma persona tiene la capacidad de utilizarlo contra mí.

«Y eso ha hecho.»

Me escuecen los ojos.

«No te atrevas a llorar.»

Me los froto hasta que las lágrimas desaparecen, aunque el peso que me hunde los hombros sigue ahí.

—¿Les ha contado lo de...? —me interrumpo al pensar que quizá no debería airear lo de la herencia.

—¿Lo del testamento? —termina Violet por mí—. Sí, después de hacernos prometerle que no se lo diríamos a nadie.

—¿Se los ha confesado?

—No quería que te sintieras obligada a ocultarnos un secreto así.

«No lo puedo creer.» Dejo caer los hombros. ¿Por qué se arriesgaría a perder la herencia por mí?

«Porque le importas.»

Niego con la cabeza.

—No puedo creer que les haya contado lo del testamento.

—Insistió en que no se lo podíamos decir a nadie más, a riesgo de que sus hermanos nos fastidiaran la vida. —Delilah aprieta mucho los labios.

—Sea como sea, sigo sin creer que se los confesara.

—Estaba un poco nervioso, pero me parece que era porque no le hacía ninguna gracia tener que dejarte.

Me tiembla la barbilla.

Delilah se sienta en el sofá a mi lado y me da un abrazo.

—Todo saldrá bien.

Violet también me rodea con los brazos.

—Lo superarás.

Eso espero, porque ahora mismo la idea de pasar página de Cal me parece imposible.

Sobre todo cuando tiene pensado volver.

Ha sido una cena más bien silenciosa. Me he pasado la mayor parte ensimismada, hablando solo para hacerle preguntas a Cami que ella ha respondido yéndose por la tangente, moviendo la boca más rápido que un avión a reacción.

—¿Podemos ver una peli esta noche? —me pregunta Cami en mitad de la cena.

—Claro —contesto distraída mientras remuevo la pasta con el tenedor, sin ninguna intención de comérmela. Cada vez que me acuerdo de Cal, pierdo más el apetito.

El mantel individual vacío a mi lado.

El fregadero lleno de platos que él se habría ofrecido a lavar sin que se lo hubiera pedido mientras yo le lavaba el pelo a Cami.

Merlín acurrucado debajo de la mesa, justo al lado de mis pies, ofreciéndome una compañía constante.

—Echo de menos a Cal —suspira Cami.

El corazón se me parte en dos.

—¿De verdad?

Ella asiente.

—Me ha dicho que volvería.

Mi tenedor repiquetea contra el plato.

—¿En serio? —Lo que me sale es más bien un quejido.

Solo he oído a Cami pidiéndole una promesa de meñique, así que no tengo ni idea de lo que le ha dicho Cal antes en su cuarto.

Ella se incorpora.

—Sí, cuando se mejore.

El nudo que tengo en la garganta no desaparece por muy hondo que respire.

—¿Qué más te dijo?

—Me pidió que cuidara a Merlín de su parte. —Le brillan los ojos—. Y que te cuidara a ti.

Aprieto los labios para contener el sollozo que está a punto de escapárseme.

—¿Crees que volverá pronto, mami?

—No sabría decirte. —Se me rompe la voz al final de la frase.

—¿Tú lo quieres de verdad?

Frunzo el ceño.

—¿Por qué me lo preguntas?

—Porque él me ha dicho que te quería de verdad.

Una punzada de dolor me atraviesa el pecho.

—Ya lo sé.

—¿Va a ser mi nuevo papi?

—No lo sé. —Me quedo sin aire, como un globo que pierde todo el helio.

A Cami se le apaga la sonrisa.

—Le dije que había deseado que lo fuera.

La miro perpleja.

—¿Ah, sí? ¿Cuándo?

—El día de mi cumple. Con el deseo al soplar las velas.

«Ay, Camila.» Le doy un fuerte abrazo.

—¿Es eso lo que quieres?

Asiente contra mi pecho. Sabía que Cami adoraría a Cal, porque lo contrario es imposible, pero oírla admitiendo que quiere que sea su padre me llega al alma, sobre todo cuando no tengo claro que eso vaya a suceder nunca.

Puede que Cal regrese, pero ¿cuánto tardará en volver a caer en patrones destructivos? Me niego a permitir que eso afecte a mi hija, por mucho que desee que los tres pudiéramos estar juntos. Si ha decidido ir a rehabilitación por la herencia, no funcionará. Eso lo tengo claro.

Y esta vez me niego a esperar y ver cómo la persona a la que más quiero en este mundo vuelve a hacerse daño, aunque pierda una parte de mí misma si me despido de él para siempre.

La ausencia de Cal no me afecta de verdad hasta que Cami se va a dormir. Su recuerdo permanece en todos los rincones de la casa, toda la felicidad que compartimos antes de que él lo echara todo a perder.

Hasta Merlín parece triste por la ausencia de su dueño. Se sienta en el sofá en el mismo sitio que Cal ocupaba durante las noches de películas. Intento relajarme en el otro lado y ver algo, pero no consigo sacarme a Cal de la cabeza.

«¿Se sentirá mal por todo lo que ha pasado?»

«¿Hablaba en serio cuando dijo que iba a rehabilitación porque quería y no por la herencia?»

«¿Volverá sobrio y dispuesto a hacer lo que haga falta para recuperarme, o tirará la toalla en cuanto muestre un poco de resistencia?»

Las preguntas me danzan por la cabeza, y me resulta imposible concentrarme en la pantalla que tengo delante de mí.

Con un gruñido, apago la televisión y me levanto del sofá. De camino a mi habitación, me paro delante de la puerta y me doy la vuelta hacia la que hay enfrente, cerrada.

«Ni se te ocurra.»

Solo que sí se me ocurre, así que entro en la habitación vacía que antes ocupaba Cal. Se ha esforzado en hacer la cama, algo impensable si yo no se lo pedía.

Miro tan rápido la cama que casi paso por alto el rectángulo blanco que no acaba de casar con el color beige del edredón. La ligera incomodidad que noto se convierte en un dolor agudo cuando lo recojo y leo el mensaje escrito con la caligrafía torpe de Cal.

Te reto a que me esperes.
Al _verdadero_ Cal.
Al Cal _sobrio_.
A la _mejor_ versión de mí mismo, que quiere pasar el resto de sus días emborrachándose de vida contigo.

Ha dibujo un marcador que coincide con el del tablón que teníamos, salvo que en este ha añadido un punto en mi lado que antes no estaba.

Le doy la vuelta a la foto. La visión se me emborrona cuando nos veo a los tres en Dreamland. Cami y yo miramos a cámara sonriendo de oreja a oreja, pero Cal nos roba todo el protagonismo con su sonrisa. Se ve sobrio. Vivo. Feliz.

Pierdo la batalla contra la gravedad y me desplomo sobre el colchón, apretándome la foto contra el pecho como si fuera un salvavidas y yo estuviera en medio del océano. Doblo un borde por accidente, así que la dejo sobre la mesita de noche.

Todo huele a él. La cama. Las sábanas. La almohada que acabo abrazando al hacerme un ovillo.

«Te reto a que me esperes.»

Seis palabras que me dejan sin aliento y alimentan mis lágrimas. Me caen por las mejillas antes de empapar la almohada que tengo debajo. No sé por qué estoy llorando.

¿Es tristeza? ¿Esperanza? ¿Miedo a que lo que dice no sea verdad?

Tal vez una mezcla de las tres cosas.

Me prometo que me iré en un minuto. Pero un minuto más tarde sigo sin poder moverme de su cama.

En un momento dado, Merlín se acurruca a mi lado. Que Cal lo haya dejado aquí me confirma una cosa: tiene pensado volver quiera yo o no.

Y una parte de mí quiere precisamente eso: que vuelva.

50
Cal

Apenas recuerdo el trayecto desde Lake Wisteria. No dejo de conducir hasta que me estaciono delante de la casa de Iris y Declan.

—¿Cal? —Iris me mira desconcertada—. ¿Qué haces aquí?
—Tomo el vuelo mañana —balbuceo.
—¿No te ibas el viernes? —Arruga la frente.
Niego con la cabeza.
—He adelantado el vuelo.
—¿Por qué?
—Porque Lana me ha echado de la casa de invitados.
—Demonios. Anda, entra. —Iris me acompaña hacia la casa antes de cerrar la puerta. La sigo hacia un comedor desolado.
—¿Dónde está todo? —le pregunto, mirando alrededor.
—Nos mudamos a la casa nueva la semana que viene.
—¿Ya?
Iris se ríe.
—Llevamos meses así.
—Guau. —Se me escapa un suspiro al acomodarme en el colchón inflable que Iris ha puesto delante del televisor a modo de sofá improvisado.

—¿Qué ha pasado? —me pregunta, sentándose al otro lado del colchón de aire.

—Lana sabe lo del testamento.

Iris arquea las cejas.

—¿Cómo?

—Nos oyó a Rowan, Declan y a mí hablando del tema.

Los ojos se le salen de las órbitas, y ya era lo que le faltaba a la ansiedad que me atenaza el pecho.

—Mierda. Ahora entiendo por qué cuando la vi parecía un conejo delante de los faros de un coche.

—La he cagado.

—¿Qué dijiste exactamente?

Le explico lo que Lana oyó, y ella frunce el ceño.

—¿Te escuchó al menos?

—En general sí, pero eso no cambia nada. Ya no las tenía todas consigo sobre mí, y ahora...

—No tiene ningún motivo para confiar en ti —termina Iris por mí.

Bajo la vista.

—No. —Puede que no confíe mí, pero encontraré la forma de ganarme su confianza de nuevo sin poner en riesgo la herencia.

Iris me pide más información, de modo que comparto con ella todo lo que ha ocurrido estos últimos días desde la cena.

—Podría hablar con ella —se ofrece después de escucharme.

Retrocedo.

—¿Crees que serviría de algo?

—Podría ayudarla a entender por qué le ocultaste algo así.

Niego con la cabeza.

—Me encantaría que me ayudaras, pero no creo que a Lana le pareciese bien, así que prefiero que no intervengas a menos que ella se ponga en contacto contigo.

—¿Seguro?

—Sí. Ya he metido la pata lo suficiente. Si te envío allí... Prefiero no arriesgarme a disgustarla más.

Iris se encoge de hombros.

—Tú eres el que mejor la conoce.

Y por eso estoy tan preocupado.

—¿Y si no me perdona? —digo, verbalizando mis temores.

Ella me da un abrazo.

—Creo que no te detendrás hasta que te perdone.

Le devuelvo el abrazo. A pesar de que mi mundo se esté viniendo abajo a mi alrededor, sé que siempre podré contar con Iris.

—Quiero que sepas que estoy orgullosísima de ti por haber tomado la iniciativa y haber pedido ayuda.

Trago saliva para deshacer el nudo que tengo en la garganta.

—Si ni siquiera he ingresado en rehabilitación aún.

—No, pero el hecho de que estés dispuesto a ir ya dice mucho de tus progresos.

Levanto la barbilla.

—Ahora lo hago por mí.

—Y por eso va a funcionar. Vas a ponerte mejor, y yo estaré ahí para apoyarte durante todas las etapas del camino.

Su sonrisa sincera pone en jaque el frío constante que me recorre las venas desde que dejé atrás la casa del lago. Con la ayuda de Iris y con las amigas de Lana echándole un ojo, solo hay una cosa que se interpone entre entrar en rehabilitación convencido de lo que hago y poner mi vida en orden de una vez por todas.

Jamás pensé que me pasaría mi trigésimo cuarto cumpleaños ingresando por voluntad propia en rehabilitación, pero teniendo en cuenta cómo ha sido mi vida últimamente, parece lógico que lo tenga que pasar solo, tan solo acompañado de mis pensamientos interminables sobre Lana y un puñado de compañeros alcohólicos pasando por distintas etapas de la recuperación conmigo.

No me felicita nadie en la clínica, y casi mejor. Sinceramente, prefiero que no me hagan demasiado caso ahora mismo, porque no sería una compañía agradable. El hecho de no disponer de ningún mecanismo para distraer la cabeza hace que la ansiedad se me dispare y me muestre inusualmente nervioso con todas las personas que se cruzan conmigo.

Sin *Candy Crush*. Sin alcohol. Sin Lana ni Cami para que me hagan compañía mientras sobrevivo a las sesiones de terapia, a las sesiones en grupo, a suficientes actividades artísticas y manualidades como para volverme loco.

Aunque me hayan dado mi dosis recetada de Adderall, mi cerebro no deja de funcionar ni por las noches, cuando se supone que ya estoy dormido. Me atormentan las decisiones que he tomado y las consecuencias que puedan afectar a Lana.

No quería dejarla sola con los efectos colaterales de mis decisiones, pero no tenía alternativa. Si me hubiera quedado, le habría hecho más daño. Irme era la mejor opción, aunque me desgarre por dentro estar lejos de ella y de Cami.

Valdrá la pena.

El dolor. La falta de alcohol para afrontarlo. Los recordatorios constantes de que les he fallado a todas las personas de mi entorno por culpa de la adicción.

«Se acabó.»

Pido el mismo deseo que en Dreamland, aunque ahora no tenga vela ni pastel para que sea oficial.

«Deseo superar mi adicción de una vez por todas.»

51
Alana

Hace dos semanas que Cal se marchó, y sigo con el mismo dolor sordo en el pecho. En todo caso, solo me ha empeorado con el paso de los días. He intentado distraerme, pero no ha durado mucho. Cami está en casa de una amiga, y Violet y Delilah están ocupadas con el trabajo, así que no me queda nadie con quien matar el tiempo.

Ni siquiera tengo noticias del agente inmobiliario y el contratista. Cuando les trasladé mi preocupación por la falta de compradores interesados, los dos me aseguraron que todo iba según lo previsto.

El silencio de la casa de invitados se vuelve insoportable, y me quedo sola con mis pensamientos. Ahora mismo, mi cabeza es un lugar patético. Un sitio triste y angustioso que me recuerda algo que detesto tener que admitir.

Echo de menos a Cal.

Cómo no voy a echarlo de menos cuando todo me recuerda a él. Ir al súper. Conducir por el pueblo derrapando por las calles. Pasarme treinta minutos eligiendo algo nuevo que ver, solo para acabar optando por ese concurso de repostería que hemos visto ya cientos de veces.

Los días avanzan a ritmo de caracol. Al no trabajar, lo

único que hago es llevar a Cami al campamento y quedarme en casa por si Ryder y su equipo necesitan algo.

Una parte de mí desearía que Cal volviera a aparecer, aunque solo fuera para descargar mi ira sobre él. Es una idea egoísta que descarto en pocos segundos, porque sé que está exactamente donde debe estar. Con todo, pienso en cómo debe de ser el proceso.

¿Estará teniendo síntomas de la abstinencia?

¿Estará pensando que ojalá no hubiera entrado jamás allí?

¿Estará hablando de sus problemas y reflexionando sobre por qué le cuesta tanto mantenerse sobrio?

Cuanto más pienso en todo lo que me dijo antes de irme, más me pregunto si decía la verdad. Llamar al abogado para descubrirlo pondría en riesgo la herencia, así que opto por la segunda mejor opción: Iris y Zahra.

Nos dimos los números antes de marcharme de la cena por el cumpleaños de Cal, pero no los había usado hasta ahora.

Antes de echarme atrás, les envío un mensaje.

Yo: Hola.

Me responden al mismo tiempo.

Iris: Ey, ¿qué tal?

Zahra: ¡Holi!

Dejo escapar una exhalación entrecortada al mandar el siguiente mensaje, después de haber estado diez minutos dándole vueltas.

Yo: Quería preguntarles si podrían aclararme algunas cosas sobre el testamento.

Iris me responde al momento.

Iris: Estoy allí en cuarenta minutos.

¿Cuarenta minutos? ¿Cómo es posible que tarde tan poco desde su casa en Chicago?

Zahra: ¡Ay, ojalá pudiera
ir yo también!

Me entretengo limpiando la casa, que ya está impoluta, mientras espero a Iris. Dejo de frotar la estufa al oír el rugido de una hélice, salgo corriendo y veo un helicóptero aterrizando en mi jardín.

—¿Qué demonios...? —Cierro la puerta detrás de mí.

No sabía que era legal aterrizar en un jardín particular.

«¿Tanto te sorprende? Esto es Lake Wisteria. Todo el mundo tiene un precio.»

Cuando las hélices dejan de girar, Iris se baja del helicóptero. Sale corriendo hasta los arbustos más cercanos tapándose la boca con una mano.

—Ay, Dios. ¿Estás bien?

Me responde con una arcada horrible. Tuerzo el gesto mientras le sujeto las trenzas para que no le tapen la cara. Vomita dos veces antes de poder incorporarse.

—Bueno, pues ha ido peor de lo que esperaba.

—Tengo 7 Up y antieméticos en casa.

—Perfecto. —Se limpia la boca con el ceño fruncido.

La acompaño adentro y le busco un cepillo nuevo. Mientras se lava los dientes, saco unos aperitivos que mi madre siempre decía que ayudaban a calmar el estómago revuelto.

—Me salvas la vida. —Iris se deja caer en el taburete y se mete una galletita salada en la boca.

—¿Te encuentras mejor?

—Mucho mejor. Yo quería conducir, pero Declan ha insistido en que viniera volando.

—¿Por qué?

Se encoge de hombros.

—Le ha parecido más seguro.

—¿Más que conducir?

Iris pone los ojos en blanco.

—Sí. Está un poco controlador últimamente.

Le lanzo una mirada.

—Me parece mal ser yo quien te lo diga, pero siempre ha sido así.

Ella se ríe.

—Ahora veo por qué Cal te quiere tanto.

Tenso los hombros, y ella entorna los ojos.

—Porque sabes que te quiere, ¿verdad?

Me concentro en mi manicura.

—Sí.

—Pero no confías en él —afirma.

—No me ha dado muchos motivos.

Su delicada sonrisa se le refleja en los ojos.

—Aunque en mi caso el tema del testamento era un poco diferente, te entiendo.

—¿En serio?

—¿De verdad crees que Declan y yo nos casamos porque nos queríamos?

Levanto tanto las cejas que temo que se me queden siempre así. Ella se ríe.

—Me casé con Declan por el testamento. Enamorarme de él fue un efecto colateral que no había previsto.

Me quedo boquiabierta.

—¿Te casaste con él por la herencia?

—Entre otras cosas. —Se pasa distraídamente la mano por la barriga con una media sonrisa.

¿Estará...?

«Ni se te ocurra preguntárselo.»

Me muerdo la mejilla por dentro para no soltarle la pregunta que tengo en la punta de la lengua. Ella alza la vista y me mira, como si acabara de recordar que estoy delante.

—Te parecerá una locura...

—¡Es que lo es!

Iris suelta una carcajada.

—A ver, me casé con Declan porque me importaba y no quería verlo perder contra el imbécil de su padre.

—¿Qué tiene que ver su padre con todo esto?

—Bueno, ahí es donde la cosa se complica un poco. Si los hermanos no cumplen con sus tareas individuales, sus acciones de la empresa pasarían a su padre.

—¿Cómo? ¿Por qué?

Ella se encoge de hombros.

—Porque su abuelo lo decidió así.

«Mierda.»

—O sea, que si Cal no vende la casa...

—Su padre obtendría el dieciocho por ciento de la empresa, además del seis por ciento que aún no ha reclamado nadie.

—¿Crees que ese seis por ciento es de su padre?

—Aún no, al menos. Todavía no ha completado lo que Brady le pidió, fuera lo que fuera.

—¿Y qué pasa con Declan?

Una leve sonrisa se le insinúa en los labios.

—Está a punto de conseguir la suya, pero lo que le pase a Cal y a su tarea pone en riesgo las acciones de Declan.

Cierro con fuerza los ojos.

—Cal no me dijo nada de eso.

«Posiblemente porque no le diste ocasión de que se explicara.»

La culpa sustituye parte de la ira a la que me aferro desde que descubrí lo de la herencia.

—No había tenido opción, pero ahora que ya se ha corrido la voz...

—Yo no se lo he dicho a nadie.

Iris se ríe.

—Lo suponía. Cal es tan importante para ti como tú para él, por muy enojada que estés.

—¿Tan predecible soy? —le pregunto con cierto sarcasmo.

Ella levanta las manos en un gesto cómico de rendición.

—El amor nos hace tomar decisiones altruistas.

Pongo un taburete a su lado y me siento antes de que me cedan las piernas.

—¿Como vender mi casa?

Me da un golpecito con el hombro.

—Ya se le ocurrirá algo a Cal.

Dejo de mover nerviosamente las manos.

—¿Cómo lo sabes?

—Porque, si tú quieres algo, no se detendrá hasta hacerlo realidad.

—¿Así sin más?

Ella chasquea los dedos.

—Así sin más.

—¿Qué opina, señorita Castillo?

Alzo la vista del parqué, que tras las remodelaciones de Ryder parece nuevo. El recuerdo de Cami dando sus primeros pasos cerca de la escalera desaparece cuando me comunican que la casa estará lista en un par de semanas para enseñársela a potenciales compradores.

Seguro que a Cal le impresionaría cómo está avanzando la remodelación. El diseñador de interiores que Ryder ha contratado está haciendo un trabajo increíble para que la casa sea idéntica a nuestros tablones de Pinterest. Aunque aún queden algunos retoques de última hora, todo está tal y como yo quería.

—¿Señorita Castillo? —repite el agente inmobiliario, que me mira como si se me hubiera ido la cabeza.

Y puede que así sea. La falta de sueño, la preocupación por Cal y la próxima jornada de puertas abiertas me tienen en vela por las noches, al borde del delirio.

—¿Sí? —Sacudo la cabeza.

—¿Ha oído lo que le he dicho?

Se me encienden las mejillas.

—No, lo siento. ¿Le importa repetirlo?

El tipo resopla y se sube los lentes de armazón grueso por el puente de la nariz.

—Le decía que tenemos mucha gente interesada en la propiedad, y eso que todavía no ha sido la jornada de puertas abiertas.

—Vaya. Qué maravilla. —No podría sonar más inexpresiva ni aunque quisiera.

El agente inmobiliario arquea una tupida ceja.

—Supongo que es consciente de que, al tener varias ofertas, normalmente sube también el precio.

—Fantástico. —Me balanceo sobre mis zapatillas.

Él frunce el ceño.

—¿Va todo bien?

—Claro. ¿Por qué lo dice?

—Si tiene dudas sobre la venta de la casa... —responde él, cerrando la carpeta.

—¡No! —Levanto una mano—. Lo que pasa es que me ha sorprendido que haya tanta gente interesada en la propiedad.

«Sí, te han sorprendido las náuseas.»

Su sonrisa tensa es lo que me faltaba para el malestar del estómago.

—Si todo va según lo planeado, el señor Kane y usted habrán vendido la propiedad al mayor postor durante la jornada de puertas abiertas.

—Genial. —El vacío que tengo dentro crece al imaginármelo.

—Eso pienso yo. Es imposible que esta casa dure hasta el final de la jornada.

Contengo el aliento.

—Empecemos por las puertas abiertas y luego ya se verá.

El agente repasa todos los detalles de su plan mientras yo entro y salgo de la conversación con un gesto de cabeza de confirmación de cuando en cuando.

—¿Le gustaría estar presente cuando los compradores visiten la propiedad?

Sacudo la cabeza con ahínco.

—No.

Preferiría tirarme del muelle con unos zapatos de hormigón antes que aguantar horas viendo a gente boquiabierta con la casa que tanto adoro mientras yo espero sentada, permitiendo que mi corazón se vaya desgajando al saber que alguna de esas personas la acabará comprando.

«A la mierda.»

Que vaya a vender la casa para ayudar a Cal y a su familia no significa que tenga que gustarme.

El sonido estridente de mi tono de llamada me despierta. Pensaba que dormir en la cama de Cal me curaría el insomnio, pero la llamada de Rowan tira por los suelos mi teoría antes de que tenga oportunidad de ponerla a prueba.

Me vuelvo a acostar y respondo el teléfono.

—¿Hola?

—Alana. —La voz áspera de Rowan me llena el oído—. ¿Cómo estás?

—De lujo, sobre todo ahora que me has despertado.

Rowan suelta un largo suspiro.

—Lo siento. No se me ha ocurrido que pudieras estar dormida a las nueve de la noche.

«¡¿Las nueve de la noche?!»

Mierda. Seguramente me he quedado dormida al acostar a Cami. Agarro la almohada que ya no huele tanto a Cal y me la pongo debajo de la cabeza.

—Últimamente no duermo mucho.

—¿Cómo lo llevas?

—Bien, teniendo en cuenta que me acabo de enterar de que tu abuelo se empeñó en hacerme sufrir por algún motivo, y no sé por qué. Me porté bien con él. Incluso atendía a sus batallitas sobre Irlanda como si no me las hubiera contado ya cientos de veces.

Oigo una risita queda y suave, y no puedo evitar sonreír.

—Era un cabrón manipulador, ¿eh? —comenta.

—Uf, el peor. ¿Qué te propuso hacer a ti?

—Dirigir y renovar Dreamland durante seis meses.

Resoplo.

—Y yo que creía que jugábamos en igualdad de condiciones.

—No fue tan fácil como parece, y menos para alguien como yo.

—¿A qué te refieres?

—Que era un idiota que necesitaba darme un buen golpe.

Mi sonrisa se ensancha.

—Zahra me comentó que te ayudó a entrar en razón.

—Hizo mucho más que eso.

Prácticamente le oigo la sonrisa en la voz. Siento una especie de resentimiento dispuesto a explotar mis inseguridades en lo que respecta a mi propia relación, pero lo extingo.

—Entiendo que no me has llamado para tirarle flores a tu novia.

—No, pero ¿por qué necesito un motivo para llamarte?

—Porque eres un Kane. No llaman por teléfono a menos que quieran algo.

Esta vez se ríe más fuerte, y yo sonrío.

—Me gustaría hablar contigo del tema de la receta del pastel tres leches.

—¿En serio?

Pensaba que me llamaría para preguntar por la venta de la casa o por Cal.

—En serio —repite, imitando mi tono, y me muerdo la lengua para no soltar una carcajada—. Esperaba que pudiéramos llegar a un acuerdo razonable.

—¿Por qué insistes tanto?

—Porque reconozco el talento cuando lo veo, y lo tuyo no es de este mundo.

Noto un calor subiéndome por el cuello y extendiéndose hasta las mejillas.

—¿De verdad?

—Sí. Cal me comentó que te gustaría abrir tu propia pastelería, y respeto ese tipo de ambición. Con tus habilidades, seguro que llegas muy lejos.

El celular se me resbala de lo entumecida que noto la mano. No respiro, y mucho menos lo interrumpo cuando prosigue.

—Pero a mí me gustaría desarrollar una nueva zona centrada en la princesa Marianna y otros personajes sobre los que no puedo hablarte demasiado, a menos que accedas a ayudarme.

—¿Y alguno de esos personajes no será de Colombia por casualidad?

—¿Eso te convencería para que dijeras que sí?

—Depende. ¿Sigues ofreciéndome un millón por la receta?

—Dejémoslo en cinco.

—¿Cinco millones?

—Cal tenía razón cuando me reclamó por ofrecerte solo un millón. Quería ver si presta más atención de la que aparenta, y me demostró que sí.

Me quedo boquiabierta.

—¿Lo hiciste adrede?

Se ríe.

—Sí.

—¿Se puede saber qué te pasa?

—Zahra sigue intentando descubrirlo, aunque, en comparación con Declan, yo soy el simpático.

Cierro los ojos y trato de centrarme.

—Son muchas cosas que asimilar.

—Entonces mejor no te digo lo del trabajo.

—¿Qué trabajo?

—Me gustaría contratarte como una especie de consultora repostera, por así decirlo.

—¿Consultora repostera? —replico con un chillidito.

—Veo que Zahra y tú comparten la agradable costumbre de repetir todo lo que digo.

—Eso dice más sobre ti que sobre nosotras.

Su risita grave hace que restalle el auricular de mi teléfono.

—¿Te interesa el trabajo?

—¿Tendría que trabajar en Dreamland?

—Apenas una parte mínima de las horas. Podemos ir a buscarte en el *jet* un fin de semana de cada mes, si te parece bien.

«No, no voy a decir nada sobre el *jet* privado, por mucho que quiera.»

Una vez al mes suena factible, sobre todo si es un empleo a tiempo parcial.

—¿Cuánto me ofreces? —le pregunto con seriedad.

—Dame unas cuantas recetas más y te jubilarás mañana.

A la mierda la jubilación. Podría abrir mi propia pastelería y viajar por el mundo, mataría dos pájaros de un tiro.

La respuesta es fácil.

—¿Sabes qué? Que sí. ¿Por qué no?

—Tenía la esperanza de que aceptaras el reto.

Sonrío.

—¿Cuándo empiezo?

—¿El mes que viene?

Cuando se me presenta la opción de quedarme en casa sentada todo el finde o ir a Dreamland, tomo la misma decisión sensata que tomaría cualquier persona en mi situación.

—Sin problema, siempre que Cami pueda ir conmigo.

—Por descontado. Mi secretaria te mandará todos los detalles y la información del viaje.

Contemplo el techo hasta mucho después de que Rowan cuelgue el celular y proceso lo que acaba de ocurrir. Puede que trabajar para los Kane no sea lo que tenía pensado, pero una experiencia así me ayudará a crecer y me ofrecerá la oportunidad de aprender de otras personas. Tal vez se convierta en la aventura que siempre he deseado.

«Y lo has conseguido todo tú solita.»

Quizá los sueños sí se hacen realidad, después de todo.

52
Cal

He tenido treinta días para torturarme por mis decisiones, remontándome a la primera vez que probé una gota de alcohol. Yo no fui como la mayoría de los niños, que beben por primera vez en una fiesta, influidos por muchos amigos y pocas neuronas.

A mí nadie me presionó para que bebiera. De hecho, no tenía a nadie cerca que se preocupara por mí. Mis hermanos estaban siempre ocupados con sus cosas y mi padre raramente llegaba a casa antes de las nueve, lo cual significaba que no había nadie que pudiera intervenir.

Aquella primera noche bebí porque estaba furioso conmigo mismo por haber fallado un gol y haberle hecho perder el partido a mi equipo.

La semana siguiente bebí porque suspendí un examen y mi padre me dijo que era un puto imbécil.

Y la siguiente vez fue por el aniversario de la muerte de mi madre.

Poco a poco, el alcohol se convirtió en una forma de mitigar los problemas, de amortiguar el ruido hasta que pudiera afrontar todo lo que me provocaba estrés a mi alrededor. Pero ese momento no llegó nunca. Cuando se me presentaba una adversidad, huía y me entregaba a los mismos hábitos que me habían metido en problemas.

Nunca aprendí de mis errores. Estaba demasiado perdido en la enfermedad como para preocuparme por algo que no fuera detener el dolor, y todas las personas que me rodeaban, especialmente yo, pagaron el pato.

Se acabó. Haré lo que haga falta por no beber más, y no solo por mí, sino también por mis seres queridos.

Mi abuelo tenía razón: la sobriedad es un viaje, pero para llegar a mi destino tengo que sufrir un trayecto en avión con turbulencias que dura un mes y sin poder vislumbrar la pista de aterrizaje.

Así me siento en rehabilitación, aunque, a diferencia de la última vez, ahora me entrego al ciento por ciento, porque me lo merezco. Quiero mejorar por mí y por el futuro que tendré cuando esto termine.

Al aterrizar en Chicago, me voy de cabeza a la reunión de Alcohólicos Anónimos que me recomendó Leo, porque no hay tiempo que perder. Todas las sillas están colocadas en círculo para que todos nos veamos las caras. Ocupo una de las últimas libres, y dejo una vacía a mi lado.

La persona que dirige la sesión rompe el hielo, y nos presentamos uno por uno. Es un grupo íntimo formado por abogados, ejecutivos y profesionales de alto nivel. Reconozco a un puñado de habernos cruzado en algún congreso, pero nadie dice nada. Porque en esta sala todos somos iguales.

«Alcohólicos en recuperación.»

Ya es la segunda vez que paso por este proceso, y sé exactamente qué decir cuando todas las caras se giran hacia mí.

Me levanto y tomo aire.

—Hola, me llamo Callahan, aunque prefiero que me llamen Cal, y soy alcohólico.

—Hola, Cal —responden varios tonos y voces distintos.

Ignoro el impulso de apretar los puños.

—Hoy es el primer día oficial en que decido estar sobrio.

Puede que la rehabilitación me haya ayudado a empezar con buen pie, pero el hecho de no tener acceso al alcohol no es lo mismo que decidir estar sobrio. Al menos para mí.

Quiero que el alcohol me tiente y yo me resista.

Quiero experimentar el dolor y superarlo sin una sola gota de vodka.

Quiero demostrarme a mí mismo que puedo vivir en este mundo como un hombre sobrio, y no como el hombre movido por la necesidad de ahogar sus emociones e inseguridades con un parche.

La gente aplaude como si acabase de ganar un trofeo. Otros individuos se presentan después de mí. Mientras un hombre anuncia que lleva un año sobrio, la puerta que tengo detrás se abre, y todo el mundo se gira al oírla.

La única persona que no me habría imaginado jamás en una de estas reuniones entra en la sala sacudiendo un paraguas con una mano y sujetando una maleta con la otra.

Mi mirada se cruza con la de mi padre. No parece sorprendido de verme, pero a mí me ha dejado sin palabras.

—Mira quién ha decidido aparecer por fin —exclama la persona que dirige la sesión.

Creo que se ha presentado como ¿Jeff?, ¿Jim? No recuerdo mucho, salvo que su trabajo es defender a los peores criminales de Chicago. No me sorprende que el imbécil bebiera.

—Siento llegar tarde.

«¿Cómo que "siento llegar tarde"?» Mi padre nunca se disculpa por nada.

«Porque es pura fachada.»

Como el destino no puede dejar de putearme últimamente, ocupa el único asiento vacío, que resulta ser a mi lado. Agradezco parecerme más a mi madre, porque no soportaría que la gente nos relacionara como poco más que un par de desconocidos.

Después de todo, nunca seremos nada más que eso.

El grupo se gira hacia mi padre, y él se levanta con un suspiro.

—Hola, me llamo Seth y soy alcohólico. Llevo seiscientos cuarenta días sobrio.

«¿Qué demonios?»

Debo de haberlo dicho en voz alta, porque todo el mundo se gira hacia mí con todo un abanico de expresiones en el rostro. La mirada vacía de mi padre se posa sobre mí, y se me eriza la piel.

—¿Tienes algo que decir? —Su tono grave funciona como una advertencia similar a la de una serpiente de cascabel.

—Uy, mucho, pero empecemos con... ¿por qué?

—Por la misma razón por la que estás tú aquí, supongo. —Se sienta y se desabrocha el saco.

«Maldito seas, Brady Kane.»

Si mi abuelo no estuviera muerto, me aseguraría de que no viese otro amanecer.

Me paso el resto de la reunión dándole vueltas al motivo por el que mi padre está aquí. El abuelo debía de querer que dejara de beber a cambio de algo, pero ¿qué? ¿El seis por ciento de la empresa? ¿Veinticinco mil millones de dólares?

«Y aun así a ti no te pidió que dejaras de beber. Solo a él.»

No se me ocurre por qué mi abuelo insistiría tanto en la importancia de que la sobriedad es un viaje para luego obligar a mi padre a asistir a reuniones de Alcohólicos Anónimos.

No importa. Si consigo mi parte de las acciones, jamás tendrá los números a su favor, incluso si obtiene ese seis por ciento.

Repaso todos los detalles, buscando pistas en los últimos dos años, pero me devuelve a la reunión la persona que me suelta una ficha en la mano.

—Felicidades por llevar veinticuatro horas sobrio. —La persona a cargo de repartir las fichas en función del nivel de sobriedad de los presentes continúa con el siguiente.

Me paso el resto de la reunión moviendo la ficha entre los dedos. No alzo la vista hasta que oigo el chirriar metálico de las patas de las sillas contra el suelo, y veo que la mayoría de los miembros ya se han ido.

Mi padre se levanta, ignorándome por completo.

—¿Alguna vez te planteaste dejar de beber antes de lo del testamento? —Esa es la pregunta que me ha estado carcomiendo por dentro.

Sus ojillos negros me perforan un agujero en la cabeza.

—Nunca había tenido ningún motivo para dejarlo.

La opresión que siento en el pecho se intensifica.

—¿Ni uno?

—No —responde con sequedad.

—¿Y tus hijos?

—¿Qué pasa con ellos?

«Y pensar que llegaste a creer que te parecías a este hombre.»

En realidad, lo único que mi padre y yo tenemos en común es la adicción. Porque a él la familia le parece prescindible, y para mí es irremplazable. Sería capaz de cualquier cosa por hacerlos felices, y eso es algo que él ni siquiera podría empezar a comprender, y mucho menos corresponder.

—¿Por qué bebías? —le suelto antes de tener ocasión de filtrar la pregunta.

—Porque no sabía cómo parar.

—¿Y ahora sí?

—Digamos que se me motivó mucho a aprender.

—Por el dinero. —No me molesto en controlar el asco de mi voz.

—Estás tú para juzgar. No eres mejor que yo. —Me lanza una mirada que haría sentir a cualquier persona varios centímetros más alta.

—Yo estoy aquí porque quiero.

—Por el dinero —repite, usando mis palabras contra mí.

Sacudo la cabeza y me pongo de pie.

—Porque yo me merezco pasar por este esfuerzo.

El vistazo que me echa no podría rezumar más desprecio ni aunque lo intentara.

—¿Estás seguro de eso?

Se me escapa una carcajada amarga.

—A ti siempre te he parecido un inútil, pero tengo algo que tú jamás tendrás.

—¿Corazón? —Su sonrisa burlona busca que se la borren a puñetazos.

—Una vida que merece la pena vivir. —Me doy la vuelta y me marcho. La opresión que me invade el pecho se alivia con cada paso que doy en la dirección opuesta a él.

—Yo también tengo una vida que merece la pena vivir —grita con un aire de desesperación en la voz.

—Pues disfrútala mientras puedas.

Cuando Declan ascienda a director general y todos consigamos nuestra parte de las acciones de la empresa, mi padre será eso que tanto se ha esforzado por hacerme sentir desde que tengo uso de razón.

«Insignificante.»

Espero a subirme al coche para llamar a Lana. No soy demasiado optimista con que vaya a responder, pero contengo el aliento.

El vacío que tengo en el estómago se ensancha con cada pitido. Paso el dedo por encima del botón rojo para colgar, pero me detengo al oír su voz.

—¿Cal? —El corazón me da un vuelco al oír el tono ligeramente áspero de Lana.

Carajo, cómo echaba de menos su voz.

—Lana.

—Has salido —dice, antes de que se oiga una puerta cerrándose.

—Sí, esta mañana.

—¿Cómo ha ido?

—Pues ha sido lo más cerca que estaré de la cárcel, espero.

Se ríe con suavidad, pero relaja parte de la tensión que tengo en los hombros mejor que cualquier masaje.

—¿Cómo estás? —le pregunto antes de cambiar de idea.

—Bien.

—¿Y nuestra pequeña?

El silencio que sigue a mi pregunta es insoportable, pero decido no llenarlo. Estaría dispuesto a todo por demostrarle que las quiero a ella y a Cami, aunque tenga que recordárselo siempre que pueda.

Lana deja escapar un hondo suspiro.

—Te echa de menos.

Se me forma un nudo en la garganta.

—¿Y tú? —Es una pregunta estúpida, pero no puedo evitarlo.

—Yo también te he echado de menos —susurra, como si fuera una confesión comprometida.

No era consciente de lo mucho que necesitaba oír esas palabras hasta que las ha dicho.

—Tengo pensado volver a casa.

—¿Cuándo? —me pregunta con una cierta cautela.

—Todavía no lo sé.

Me muerdo la lengua. No quiero regresar hasta que

haya resuelto todas mis mierdas, porque Lana se merece algo mejor que eso. Se merece lo mejor que le pueda ofrecer, y una ficha por haber estado veinticuatro horas sobrio no es suficiente.

—¿Y para qué me llamas?

—Porque quería decirte que voy a encontrar la manera de compensarte.

El Cal posrehabilitación solo tiene un objetivo: convencer a Lana y Cami de que me pasaré el resto de mi vida demostrándoles lo mucho que las quiero.

—¿Solo eso?

—Y que te quiero —añado.

La oigo suspirar, y aprieto con fuerza el celular.

—Dame tiempo para arreglar las cosas, ¿de acuerdo?

Su respiración constante llena el silencio.

—De acuerdo —responde antes de que la línea se corte.

—¡Has vuelto! —Iris se me echa al cuello y se pone a llorar.

En cuanto he mandado un mensaje al grupo familiar para informarlos de que ya estaba de vuelta en Chicago, Iris me ha respondido que venía de camino con Declan.

Me la quito de encima y la miro a la cara.

—¿Estás llorando?

—Sí, no puedo evitarlo. —Se seca la cara con frustración—. Es lo que hay.

Le lanzo a Declan una mirada de desconcierto y él se limita a encogerse de hombros, como si fuera el pan de cada día. «Un momento...» Declan no ignoraría las lágrimas de Iris sin una buena razón...

—Estás embarazada. —Las palabras salen de mi boca por sí solas.

Ella asiente y se le vuelven a saltar las lágrimas.

—Demonios, ¿en serio? ¡Felicidades! —Le doy un abrazo—. ¿Desde cuándo? —Miro a mi hermano por encima de la cabeza de Iris.

—Lo descubrimos una semana después de que te fuiste.

—Quise contártelo, pero no podía. —Las lágrimas de Iris me empapan la camisa.

—Uy, no te imaginas el disgusto que se llevó. Yo creo que se pasó un día entero llorando —masculla Declan.

—Esto es justo lo que necesitaba para mi ego.

Iris me da una palmada en el pecho con una risita.

—Estoy sensible.

—No, lo que pasa es que eres una sensible —la corrijo.

Ella me da un empujón en el pecho, y la suelto. Acto seguido, arruga la nariz.

—Hueles a avión.

—¿No me digas? ¿No será que acabo de aterrizar después de un viaje de varias horas y todavía no he podido ducharme?

Declan aleja de mí a Iris y la rodea con los brazos.

—¿Cómo ha ido la rehabilitación?

—Pues como una fiesta a la que nadie quería asistir.

—En mi caso, eso es un viernes cualquiera. —Declan aprieta los labios e Iris pone los ojos en blanco—. ¿Te han dado la ficha? —me pregunta.

Me la saco del bolsillo y se la muestro.

—Me he llevado esto y una charla muy amena con nuestro padre.

Declan frunce el ceño.

—¿Qué dices?

—Se ve que uno de los requisitos de su herencia es que vaya también a reuniones de Alcohólicos Anónimos.

Mi hermano se deja caer sobre el sofá de piel.

—Carajo.

—Eso pensé yo.

—¿Y no te... alteró? —Iris se sienta junto a Declan y entrelaza las manos.

Me encojo de hombros.

—Me he pasado treinta días superando mis problemas paternos.

—¿Y?

—Por lo visto, la única persona a la que le estaba haciendo daño era a mí mismo, y por lo que sea ya no me va mucho eso del masoquismo.

Declan esboza una sonrisa sutil pero poderosa.

—Ya me enseñarás.

—Dalo por hecho, en cuanto recupere a Lana. —Hasta entonces, todo lo demás me da igual.

—¿Qué crees que le ofreció tu abuelo? —me pregunta Iris.

—Sigue habiendo un seis por ciento de la empresa sin dueño.

—Sabía que el abuelo no lo dejaría en la estacada. Siempre tuvo debilidad por ese patán. —Declan se rasca la barba incipiente con la mirada perdida.

—Ya se nos ocurrirá algo. —Saco el celular—. Oye, ¿tienen hambre? Pensaba pedir algo a domicilio.

—Espera. ¿Te vas a quedar? —Iris frunce el ceño.

—Todavía tengo que resolver varias cosas antes de volver a Lake Wisteria.

—¿Como qué?

—Como, por ejemplo, ver cómo demonios hago para quedarme con la casa del lago.

Ya he hablado con el agente inmobiliario y le he dicho que no acepte ofertas, así que es cuestión de tiempo que dé con la solución.

Declan arruga el rostro.

—No te la puedes quedar.

—Mañana he quedado con Leo para llegar a un acuerdo.

El pecho se le hunde tras un largo suspiro.

—¿Y si te dice que es imposible?

—Pues encontraré la forma de demostrarle que se equivoca.

—Cal...

—¿Qué?

Declan se apoya sobre los codos.

—No tienes por qué resolverlo tú solo. Puedes contar con nosotros.

La presión que tengo en el pecho se libera como el aire de un globo reventado.

—No te me pongas sentimentaloide ahora que he dejado de beber.

Mi hermano frunce los labios.

—Imbécil.

—Eso me gusta más.

Me río al ver que Iris tiene los ojos llorosos.

—¿En serio estás llorando otra vez?

Ella sorbe por la nariz.

—Lo siento, ¿bien? Es que me parece muy tierno verlos por fin a los dos llevándose bien, como buenos hermanos.

Finjo que me ofende mientras Declan me fulmina con la mirada, y así restauramos de nuevo el equilibrio entre los dos.

Iris y Declan me hacen compañía durante mi primera noche después de la rehabilitación. Pero, a diferencia de como ocurría en el pasado, ahora ya no me atormenta una soledad palpable que necesite ahogar en alcohol. En vez de eso, disfruto de mi tiempo con ellos, sin dejar de recordarme que yo también puedo llegar a tener una relación así.

Siempre que esté dispuesto a esforzarme para conseguirlo.

53
Cal

—Callahan. —Leo me da una palmada en el hombro—. ¿Cómo estás?

—Mejor.

Me hace un gesto con la mano para que me siente, y entonces él hace lo mismo.

—¿Cómo estuvo la rehabilitación?

—¿Quieres la respuesta educada o la sincera? —Me muerdo el interior de la mejilla.

—No me lo endulces, chico.

—Ha sido un puto infierno. No me creo que haya pagado decenas de miles de dólares para someterme a un dolor así.

Las patas de gallo se le tensan.

—Lo siento, muchacho, pero yo estoy muy orgulloso de ti, y seguro que tu abuelo diría lo mismo si siguiera con nosotros.

—Eso espero, ya que todo esto formaba parte de su plan maestro.

La risita ronca de Leo me hace curvar los labios hacia arriba.

—Lo único que quería era que fueras feliz.

Lo miro perplejo.

—¿En serio?

Con todo lo que he tenido que soportar con la maldita herencia y el testamento, no puedo evitar reírme. Mi abuelo sabía en qué posición me dejaban sus exigencias en relación con Lana. Lo mínimo que podría haber hecho era darme una segunda opción, sobre todo si la apreciaba tanto como parecía.

La silla de Leo cruje cuando se recuesta.

—¿Tanto te cuesta creerlo?

—Después de todo lo que me ha exigido este verano, sí.

Leo se ríe.

—Sé que su forma de hacer las cosas parece... poco convencional.

—Porque lo es.

Todo lo que rodea al testamento de mi abuelo dista mucho de ser normal. Casi parece que no soportaba la idea de que alguien pudiera considerarlo una persona ordinaria, así que decidió que su legado viviera más allá de su muerte. El encargo de Rowan era que trabajara en Dreamland. El requisito de Declan era casarse y tener un hijo. Yo debía pasar el verano en la casa del lago antes de venderla, a pesar de que mi abuelo sabía lo mucho que Lana la adoraba.

—Sea como sea, solo quería lo mejor para ti. Eso te lo garantizo.

—¿Aunque eso implicara vender la casa contra la voluntad de Lana?

Leo se apoya sobre los codos.

—¿Te puedo dar un consejo?

Los músculos se me ponen rígidos debajo de la camisa.

—Dime.

Él se retuerce la punta del bigote.

—Hay muchas formas de comprar una casa.

Arqueo las cejas.

—¿Quién ha dicho nada de comprar una casa? Bastante difícil es venderla.

—No tiene por qué serlo. —Sus labios se curvan hacia arriba durante un instante antes de volver a su posición habitual.

Me inclino hacia delante.

—¿Qué quieres decir?

—Seguro que lo averiguas. —Entrelaza los dedos—. ¿Tienes alguna pregunta más?

Mi cerebro no puede seguirle el ritmo al pimpón emocional al que me está sometiendo este hombre. Saco la ficha que me he ganado y se la muestro.

—Tengo pensado volver al grupo de Alcohólicos Anónimos esta noche.

—Me alegro. Seguro que me traes la ficha verde antes de lo que crees.

—Ahora que sale el tema... Quería preguntarte si puedo compaginar este grupo con uno que se organiza en Lake Wisteria.

Él ladea la cabeza.

—No veo por qué no.

Relajo los hombros.

—Fantástico.

El teléfono fijo que hay sobre el escritorio suena.

—¿Alguna pregunta más?

—Sobre la casa...

—Lo único que puedo decirte es que sigas tus instintos.

—¿Qué instintos? He estado improvisando porque no tengo ni idea de lo que hago.

—Todas las decisiones que has tomado hasta llegar aquí demuestran lo contrario. —Levanta el teléfono de la base—. Ahora, si me disculpas, a este cliente le están dando la extremaunción...

Dios mío.

—Ya me voy. —Doy varios pasos hacia la puerta.

—Callahan.

Miro a Leo por encima del hombro.

—¿Sí?

—Confío en que encontrarás la forma de resolver este entuerto —contesta, antes de centrarse en la llamada. Cierro la puerta detrás de mí.

«¿Confío en que encontrarás la forma de resolver este entuerto?»

Sí, claro.

Después de tener otro encontronazo horroroso con mi padre en la reunión de AA, lo único que quiero es llamar a Lana y oír su voz. Así que, en lugar de guardar las distancias, hago justo eso.

—Hola. —Me apoyo el celular entre la oreja y el hombro mientras me acuesto en la cama.

Lana suelta una honda exhalación antes de responder:

—Cal.

—¿Cómo vas?

—Tirando.

«Veo que ahora respondemos con una palabra a todo.»

—¿Y cómo está Cami?

—Bien. —Su tono es tan neutro como su respuesta.

El pulso se me acelera.

—¿Va todo bien?

Lana deja escapar un largo suspiro.

—Pues no, la verdad.

Cuento su respuesta de cuatro palabras como una victoria.

—¿Qué te pasa? —Me incorporo en la cama.

—Alguien ha presentado una oferta por la casa.

—Ah. —El corazón me da un vuelco.

—Pues sí. «Ah.»

—Voy a solucionarlo. —Todavía no sé cómo, pero encontraré la manera.

—No paras de repetirlo. —Se oye el roce de las sábanas al otro lado de la línea.

—Estoy trabajando en ello.

—He hablado con Iris.

Trago saliva sonoramente.

—¿Y?

—Los dos sabemos que no hay otra opción con el testamento de tu abuelo. Por mucho que adore esta casa, no pienso dejar que le fastidies la vida a todo el mundo para conservarla.

Se me forma un nudo en la garganta.

—Lana...

—Me tengo que ir a dormir. Mañana va a ser un día largo con el regreso a clases.

—¿Ya empiezas el trabajo?

—Sí. Y Cami irá a la escuela nueva el próximo lunes.

—¿Puedo acompañarlas? —le pregunto sin pensar.

—¿A la escuela?

Las palpitaciones no me hacen ningún favor.

—Sí.

—No creo que sea buena idea.

—¿Por qué no?

—Porque no quiero que te vea.

Me siento como si me hubiera abierto el pecho con una palanca.

—Bien. Lo entiendo.

—No quiero hacerte daño...

—Ya lo sé —la interrumpo.

—Lo que pasa es que...

—No confías en mí —termino por ella.

—No, la verdad.

—Pues entonces no pararé hasta que tengas motivos de sobra para confiar en mí.

Esta vez soy yo quien cuelga. Prolongar este tipo de conversación no nos hará ningún bien ni a ella ni a mí, y prefiero dedicar el tiempo a encontrar la manera de demostrarle que se equivoca.

En vez de irme a dormir, como tenía planeado, saco a laptop para buscar diferentes formas de comprar una casa.

Por lo visto, lo de Leo no eran solo idioteces. Tenía razón: hay muchas formas de comprar una casa, tanto legales como ilegales.

«Confío en que encontrarás la forma de resolver este entuerto.»

Leo no me estaba dando falsas esperanzas; me estaba dando una pista. Parece que mi abuelo no era el único cabrón astuto.

El abogado no se queda corto.

Aguanto una semana antes de renunciar a mi intención de no acercarme a Lana. Aunque me acabe odiando, no puedo pasar otra noche sin verla. Ahora que tengo un plan en condiciones para la casa, hay poco más que me impida estar con ella.

Salvo ella misma, claro.

Antes de pasarme por la casa de invitados, hago un pequeño desvío hacia la casa de Wyatt y Delilah.

Delilah me abre la puerta.

—¿Se puede saber qué haces aquí?

—¿Está tu marido? —Intento mirar por encima de su cabeza, pero ella me chasquea los dedos en la cara.

—¿Por qué?

—Tengo que hablar con él de una cosa.

Se cruza de brazos.

—Si has venido para armarle un escándalo...

—No viene a eso. —Wyatt aparta a Delilah de la puerta y la rodea con el brazo. Después, me saluda con un movimiento de barbilla—. Has vuelto.

—Sí.

Wyatt arquea la ceja izquierda.

—¿Indefinidamente?

—Eso depende de Lana.

Delilah frunce el ceño.

—¿Estás sobrio?

Le planto la ficha en la cara. Wyatt entorna los ojos antes de mirar a Delilah.

—¿Nos das un momento?

Ella se pone de puntitas y le da un beso en la mejilla.

—Como quieras.

Wyatt le da una nalgada cuando se va, y ella le lanza una mirada tibia por encima del hombro.

—¿Damos un paseo? —Señala hacia fuera.

—Claro. —Me meto las manos en los bolsillos y bajo del pórtico.

—¿Cómo estuvo la rehabilitación?

—Tan bien como recordaba.

Él se ríe por la nariz.

—Mentiroso.

—Ha sido una tortura, pero me alegro de haber ido.

Me da una palmada en el hombro.

—A ver si esta vez te dura.

—Quería preguntarte si... —Me interrumpo, perdido ya el coraje que había reunido antes.

—¿Si puedo ser tu padrino?

—Si la oferta sigue en pie, claro.

Wyatt me mira de reojo.

—Solo si me cuentas por qué Lana se ha enojado contigo por haberte ido.

Arqueo las cejas.

—¿Te ha dicho algo? —No la culparía.

—No, y Dee no suelta prenda cuando se lo pregunto.

«Carajo.»

—¿En serio?

—Sí. Y como tampoco quiero ponerla en un compromiso ni que elija entre sus amigas y yo, no he insistido.

Contengo el aliento.

—Es complicado.

—¿Tan complicado como para que recaigas?

Niego con la cabeza.

—No, he encontrado otras formas de gestionarlo.

—¿Como cuáles?

—Bueno, en rehabilitación no me dejaban armar maquetas por si me drogaba con el pegamento o algo, así que leí. Muchísimo.

Wyatt retrocede.

—Espera. ¿Sabes leer?

Le doy un golpe con el hombro y le hago perder el equilibrio. Wyatt suelta una carcajada, y yo también acabo riéndome.

—¿Qué libro fue el que más te gustó?

—*El guardián entre el centeno.*

Se rasca la mandíbula.

—Creo que yo no lo valoré tanto como merece cuando me lo leí en el instituto. A lo mejor debería darle otra oportunidad ahora que soy un adulto con más experiencia en la vida.

—Te lo aconsejo. Creo que ahora es uno de mis favoritos.

—¿Con qué te sentiste más identificado?

—Es difícil elegir un tema concreto, pero quizá lo de que necesito cuidarme más antes de priorizar a otras personas.

Él asiente.

—¿Y cómo lo llevas?

—Enamorarse de uno mismo es diez veces más complicado que enamorarse de otra persona, y más cuando yo tampoco es que me caiga demasiado bien.

—Ya llegarás ahí.

—¿Tú te sentías así? —le pregunto.

Me escudriña el rostro.

—Constantemente.

—¿Y cómo lo superaste?

—Convirtiéndome en una persona de la que me sentía orgulloso.

Seguimos andando en silencio. Delilah y Wyatt no viven en el lago como nosotros, pero su vecindario es pintoresco y tranquilo, lo cual favorece que pueda sumirme en mis pensamientos.

No sé cuánto tiempo estamos caminando, pero las pantorrillas me arden cuando volvemos a su casa. Es la primera vez que tengo un padrino, así que tampoco sé qué se espera de mí, pero un paseo en silencio no era lo primero que me venía a la cabeza.

Y, a pesar de todo, nunca me había sentido tan en paz.

—¿Nos vemos mañana en la reunión? —Wyatt se mete las manos en los bolsillos de los pantalones cortos deportivos.

—Dalo por hecho.

54
Alana

Alguien llama a la puerta y me interrumpe mientras veo una serie en la televisión. Me pongo de puntitas y echo un vistazo por la mirilla.

«No puede ser.»

La mano me tiembla cuando abro la puerta. Cal no me da opción ni a mirarlo antes de que me levante del suelo y me estruje hasta dejarme sin aire.

—Carajo, cómo te echaba de menos. —Los brazos que me rodean se estremecen.

Se me cae el alma a los pies. Le doy un empujón en el pecho; necesito espacio para pensar.

—Dame solo un segundo más.

—Uno. —Le doy un golpecito en el hombro.

Cal suspira cuando me deja en el suelo, sin prisa, con parsimonia.

—Lo siento. No he podido controlarme después de pasarme los últimos treinta y siete días soñando con volver a casa.

«A casa.»

El poco control que pudiera tener sobre mis emociones se deshace como un lazo mal hecho. Le poso una mano temblorosa sobre la mejilla, y él apoya la cara encima.

—Estoy muy orgullosa de que hayas dejado de beber, aunque solo haya sido por...

—Por mí —me interrumpe—. Lo he hecho por mí.

Exhalo una respiración entrecortada. No es que no quiera creer lo que dice, pero he salido escaldada demasiadas veces como para no dudar de su palabra.

Él se saca algo del bolsillo.

—Quería enseñarte esto. —Sostiene una ficha en la mano, y percibo un ligero temblor que hace que se me encoja el corazón—. Sé que no es mucho, pero tengo pensado ganármelas todas, por el bien de los tres.

«De los tres.»

Me invade una ternura que se me extiende desde el pecho hasta los pies, como si se hubiera roto una presa. Nada me gustaría más en este mundo que no tener la razón, pero a una parte de mí le preocupa creerle. Le preocupa tener esperanzas. Soñar. Confiarse de que por fin haya recibido la ayuda que necesita.

Cal me suelta la ficha en la mano y me cierra el puño.

—Estaré en el motel si me necesitas.

—Pensaba que ese sitio te repugnaba.

—No tanto como estar lejos de ti.

Apoyo una mano en el marco de la puerta para no desplomarme. Él esboza una media sonrisa, aunque se da la vuelta antes de que tenga la oportunidad de disfrutarla en condiciones.

Echo un vistazo al SUV amarillo que hay detrás de él, estacionado en la entrada. Parece salido de un cómic, con tanta línea recta y el efecto cromado.

—¿Eso es un Lamborghini?

Me lanza una sonrisa por encima del hombro.

—Sí.

—¿Qué le ha pasado al otro coche?

Se rasca la nuca y desvía la mirada.

—Alguien me dijo que no era seguro para una niña.

Parpadeo varias veces. «¡¿Se ha comprado un coche nuevo porque el otro no te parecía lo suficientemente seguro?!»

Me agarro con fuerza al marco, porque cada vez me parece más factible que las piernas me acaben fallando.

—¿Nos vemos? —dice con una sonrisa indecisa.

No puedo más que asentir.

Cal se va con el flamante SUV que se ha comprado por nosotras mientras yo contemplo el espacio que antes ocupaba. Esperaba sentir alivio cuando se marchara, pero no noto más que una profunda decepción que me hunde los hombros.

«¿No era esto lo que querías, que se fuera?»

En principio sí, pero ¿y si dice la verdad? ¿Y si es cierto que ha dejado de beber porque quiere mejorar?

«Solo el tiempo lo dirá.»

Conduzco de vuelta a casa después de dejar a Cami en sus clases de baile cuando me distrae un Lamborghini amarillo estacionado fuera de la tienda que llevo un mes entero ignorando.

«¿Será Cal?»

Mis sospechas se confirman cuando lo veo fuera de la tienda, contemplando el edificio. Me estaciono y pongo las luces de emergencia. Con temblor en las piernas, me acerco al hombre que hay delante de la tienda donde siempre había deseado abrir mi pastelería.

—¿Qué haces aquí? —le pregunto.

Se gira hacia mí con los ojos ocultos tras unos lentes de sol.

—Le echaba un ojo al edificio.

Me volteo para observar la tienda. El cartel rojo de PRÓXIMA APERTURA ya no cuelga de las ventanas.

—¿Se han ido? —Me acerco al escaparate y miro dentro. El espacio está completamente vacío, sin contar con un puñado de latas de pintura abandonadas y la lona que cubre el suelo.

—Eso parece —responde Cal detrás de mí.

Lo miro por encima del hombro.

—¿Por qué?

—He oído en la librería que el nuevo propietario ha subido mucho el precio del alquiler.

«¡Mierda! ¿Cómo voy a permitírmelo ahora?»

—¿Qué le ha pasado a Vinny?

La familia de Vinny ganó una pequeña fortuna alquilando su minúsculo tramo de Main Street durante generaciones, así que me sorprende que se lo haya quitado de encima.

—Se ve que lo ha vendido todo.

Dejo caer los hombros.

—A saber cuánto cobra el nuevo propietario si los ha obligado a cerrar antes siquiera de que abrieran.

—Podrías llamar y preguntar el precio —dice, y se sube los lentes de sol a la cabeza.

Me muerdo la mejilla por dentro. Lo cierto es que es tentador. Con todo el dinero que sacaré del trato con Rowan, es probable que pueda permitirme este alquiler.

Y, sin embargo, algo me lo impide, el síndrome del impostor, que siempre aparece cuando menos me lo espero.

¿Cuántas tiendas han intentado triunfar aquí y han acabado cerrando? ¿Por qué es tan diferente mi idea de la última pastelería que abrió aquí? ¿O de la tienda que hubo antes?

—Mañana los llamo —digo.

Mañana está bien. Más seguro.

Cal señala el cartel que han pegado a la puerta.

—Te reto a que los llames ahora mismo y preguntes.

Abro mucho los ojos.

—¿Qué?

—Ya me has oído. —Su sonrisa se ensancha.

Sacudo la cabeza con la fuerza suficiente para que mi coleta me golpee en la cara.

—No.

—No me digas que tienes miedo —me provoca.

—No tengo miedo, lo que pasa es que...

Carajo. Sí tengo miedo.

Pero que se vaya a la mierda, por haberse metido conmigo.

Su sonrisa petulante me hace sacar el celular del bolsillo y marcar el número.

—Mira, ¿sabes qué? Voy a llamarlos solo para demostrarte que te equivocas.

Apuñalo la pantalla como si me hubiera ofendido. Me tiemblan tanto los dedos que escribo mal el número dos veces antes de acertarlo.

Una mujer responde al teléfono.

—¿Hola?

—Hola, llamaba para preguntar por el local número siete de Main Street.

—Ah, sí. El que está en alquiler. ¿Es el de la esquina?

—El mismo.

Cal se acerca a mí, pero me alejo para que no sea testigo del momento en que me den las malas noticias.

—La propiedad está disponible.

—¿Cuánto costaría al mes?

—Quinientos dólares.

—¿Quinientos dólares? —Me froto los ojos—. ¿Cómo es posible?

—Según el dueño, en la propiedad vive una familia entera de ratones. Como se imaginará, eso no da muy buena imagen.

—¿Una familia entera de...?

De repente, todo encaja: que Vinny haya vendido la propiedad cuando llevaba años en la familia, que Cal estuviera plantado delante del edificio y me retara a llamar al teléfono para preguntar por el alquiler...

—Perdone, me ha surgido un imprevisto. —Cuelgo y me giro hacia el nuevo propietario—. Has comprado el edificio.

Él ni se inmuta.

—Siempre me ha interesado invertir en inmuebles.

—Los monopolios no cuentan.

Reprime una sonrisa y fracasa. Yo entorno los ojos.

—¿Eres el nuevo propietario?

—Técnicamente, sí.

—¿Por qué lo has hecho?

—Porque hacer realidad tus sueños me hace feliz.

—Te hace feliz —repito, como para asimilarlo.

Él frunce el ceño.

—¿Tanto te cuesta creerlo?

—Ahora mismo ya no sé qué creer.

La ficha de sobriedad. El coche nuevo. La tienda vacía lista para que la alquile cuando quiera. Son demasiadas cosas de golpe, y no tengo claro cómo procesarlas.

—Solo quiero que sepas que, si la quieres, la tienda es tuya. Sin compromiso.

Pongo una mueca.

—No me gusta que me compren con regalos.

—No es un regalo; mi idea es cobrarte el alquiler.

Me río.

—Quinientos dólares por un local así no es nada, y lo sabes.

Los ojos le arden mientras recorre las curvas de mi cuerpo.

—Bueno, si hay sexo sobre la mesa, tampoco le haría ascos.

Le doy un codazo en las costillas antes de echar a andar hacia mi coche.

—¿Adónde vas? —me pregunta, con una nota de desesperación en la voz.

—Lejos de ti. —Necesito pensar, algo que no puedo hacer con él sonriéndome y hablándome de sexo.

—Pero ¿qué pasa con la tienda?

—Eh... Ha sido un detalle, pero a lo mejor quiero explorar otras opciones más allá de Lake Wisteria.

¿A quién pretendo engañar? Que haya tenido la idea de comprar el edificio entero para salvar la tienda que quiero es algo salido directamente de un cuento de hadas de Dreamland.

Cal da un paso adelante.

—¿Dónde?

Le sonrío por primera vez en semanas.

—Todavía no lo sé.

—No me hagas comprar todos los locales que te interesen.

—Te vas a quedar en la ruina.

—Ni de lejos, pero sería una buena mordida en mi cuenta bancaria. —Sus ojos me atraen hacia él como un faro en mitad de una tormenta.

Niego con la cabeza, incrédula.

—Estás loco.

—No, Lana: estoy enamorado. Hay una gran diferencia.

—¿Qué hace este aquí?

Violet gira la cabeza de golpe hacia la puerta principal del Last Call. Delilah y yo le seguimos la mirada hasta posarla sobre Cal, que todavía no nos ha visto sentadas en nuestro sitio habitual al fondo.

El agujero de mi estómago se convierte en un cañón cuando Cal le hace un gesto con la mano a uno de los meseros y pide su vodka-tonic de confianza. Se sienta solo al otro lado del bar, de espaldas a la gente. No distingo si ya está bebiendo o no, pero se me revuelve el estómago de todas formas.

—No debería estar aquí. —Hundo los dedos en el cuero del sofá y le dejo marca.

—Seguro que tiene una buena explicación. —Delilah clava la vista en la copa.

Yo la miro como si le hubiera salido otro ojo.

—¿Una buena explicación?

Delilah no responde, y Violet resopla.

—¿No había dejado de beber?

—Eso me prometió. —Saco la ficha que llevo siempre encima.

«Le ha durado poco.»

—Escúchame... —Delilah intenta captar mi atención, pero ya es demasiado tarde.

Me hierve la sangre, y antes de tener ocasión de detenerme, voy hacia su mesa.

—¡Alana! —me llama Delilah, pero no la oigo con el rugido de la sangre en los oídos.

Cal levanta la vista al oír mi nombre, y abre mucho los ojos al verme corriendo hacia su mesa. Unas cuantas personas se giran hacia nosotros, y las miradas indiscretas me encienden las mejillas.

—Toma, imbécil. Te la puedes quedar. —Le tiro la ficha de sobriedad a la mesa. Gira varias veces antes de aterrizar junto a la copa.

Los músculos de la espalda se le tensan bajo la camisa.

—Fue un regalo.

—No la quiero.

—¿Por qué?

—Porque no significa nada. —Señalo la copa.

Él desliza la ficha de vuelta hacia mí.

—No estoy bebiendo.

—Pues explícame qué es esta mierda.

—Siéntate y escúchame. —A juzgar por la mandíbula apretada y la voz áspera, se está esforzando por mantener la ira a raya, pero a mí me enfurece aún más.

La única razón por la que me siento es porque noto que las piernas me van a fallar en cualquier momento.

La dureza de su expresión se suaviza cuando me examina con detenimiento.

—No es lo que crees.

Suelto una carcajada amarga.

—Claro que no.

—Por favor, dame un poquito más de crédito. No pienso arriesgarlo todo contigo por un vodka barato y una tónica sin gas.

Lo miro a los ojos.

—¿Y entonces para qué te lo pides?

—Porque quiero demostrarme que soy más fuerte que mi mayor debilidad. —Contempla la copa que hay entre nosotros como si se tratara del enemigo, y yo me quedo boquiabierta.

Cal pierde todas las ganas de discutir y exhala un hondo suspiro.

—¿Cómo voy a esperar que confíes en mí si ni yo mismo confío en mí? —Se le rompe la voz y le percibo un ligero temblor en la mano, así que se la tomo por inercia, para aliviar parte de su sufrimiento.

Entrelazamos los dedos y siento una oleada de calidez subiéndome por el brazo como un incendio descontrolado, que me enciende la piel como los rescoldos de una llama.

Aparto la copa a un lado.

—¿Estás haciendo esto porque no confías en ti mismo?

—Aprender a volver a confiar en mí es un proceso.

—Pues búscate otra forma de hacerlo, porque esto es una tortura.

Levanta la vista.

—No es tan doloroso como saber que sigues sin creer nada de lo que digo.

Se me encoge el corazón.

—¿Qué esperabas? Me ocultaste un secreto bastante grande.

—Voy a arreglarlo.

—¿Cómo?

—A lo mejor me lleva varios años, pero estoy bastante seguro de que acabaré desgastándote.

Abro mucho los ojos.

—¿Años?

—Tengo todo el tiempo del mundo.

—¿Piensas pasarte varios años viviendo en el motel?

Él retrocede.

—No, por Dios.

—¿Y entonces?

Se acerca mi mano a los labios y me da un beso en la cicatriz del nudillo antes de soltármela.

—Ya lo verás. —Se pone de pie.

—¿Adónde vas?

—He quedado con Wyatt.

—¿Ahora son amigos? —le digo, arqueando las cejas.

—Es mi padrino.

Lo miro perpleja. Por eso Delilah ha intentado detenerme antes de quedar en ridículo.

«Eso te pasa por no haberte esperado y haberla escuchado.»

—¿Irás mañana a la jornada de puertas abiertas? —me pregunta sin venir a cuento.

—¿Cómo? ¿Para qué?

—Porque mi idea es ir a ver qué ha hecho Ryder con la casa.

Me pongo de pie entre temblores.

—Bueno, pues yo no voy a ir. Tengo planes.

Esboza una sonrisa débil que no le casa con la cara.

—Vaya. Qué pena.

—¿Por qué?

—Nada, no te preocupes. —Me da un beso en la mejilla antes de salir del bar, dejando atrás su vodka-tonic lleno y la ficha de sobriedad. Su ausencia provoca que el abismo que tengo en el pecho se ensanche aún más.

«Ve tras él», me susurra la romántica empedernida que llevo dentro.

Ignoro esa vocecilla que no me ha dado más que problemas y recojo la ficha de la mesa antes de volver con mis amigas. La noche se alarga, pero mis pensamientos siguen atrapados en el tiempo, repitiéndome una y otra vez las palabras de Cal hasta la obsesión. Lo único que me ha extrañado de la conversación ha sido la pregunta sobre la jornada de puertas abiertas. Ha salido de la nada, y mi respuesta parece haberle decepcionado.

Ojalá supiera por qué.

55
Alana

El agente inmobiliario me envía noticias de la casa cada treinta minutos. Según él, tenemos tres compradores enzarzados en una guerra de pujas por la propiedad. Sabía que un precio tan bajo atraería a los compradores, pero oírlo de boca del agente inmobiliario convierte el proceso de venta de la casa en algo muy real.

Resisto la tentación de ir y ver si Cal se ha presentado. En lugar de eso, Violet, Delilah, Wyatt y yo decidimos quedarnos en la casa de invitados y el muelle privado de la parte trasera. Quiero aprovechar al máximo las últimas veces que podré disfrutar del lago con mis amigos antes de que termine el verano y se venda la casa.

Nadie ha mencionado a Cal desde lo que pasó anoche en el bar. Cami y Wyatt juegan en el agua mientras Delilah, Violet y yo nos empapamos de sol en el muelle.

—¿No te pica la curiosidad la guerra de pujas? —Delilah me da un golpe con el hombro.

—No mucho. —Guardo el celular. Al final, quién compre la casa es irrelevante.

—A mí sí, la verdad —responde Violet, reponiéndose crema solar en la cara.

El celular me vibra con un mensaje nuevo. Pienso que es el agente inmobiliario para ponerme al día, pero el nombre de Cal aparece en medio de la pantalla.

Cal: ¿Sigues queriendo conocer
a la persona interesada en comprar
la casa para ver si te convence?

Lo sopeso. Cuando le dije a Cal que quería encontrar a alguien que estuviera tan enamorado de la casa como yo, pensaba que podría soportar la idea de hablar con esa persona. Pero, cuanto más me lo imagino, menos capaz me veo.

Yo: No, tú te bastas y te sobras.

Me salta un mensaje del agente inmobiliario antes de que bloquee el teléfono, y me informa de que le ha pedido a todo el mundo que le comuniquen ya sus mejores ofertas.

«¿Ya? ¿Cómo es posible?»

Lo llamo inmediatamente.

—¡Alana! No te lo vas a creer.

—¿Qué pasa?

—Nos acaban de hacer una oferta de dos millones de dólares.

—¿Dos? —Me apoyo en Violet para no perder el equilibrio.

Cuando bajé el precio a un millón, contaba con que apenas recibiríamos ninguna oferta por encima del precio sugerido, ¿y alguien la ha doblado?

Estoy a punto de desmayarme.

Noto el entusiasmo del agente inmobiliario por el teléfono.

—¡Sí! Le he pedido a los otros compradores interesados en la propiedad que presenten sus ofertas finales en un plazo de una hora.

—Pero...

—Esta es la situación más favorable.

¿Para él o para mí? Con lo que cobra, el agente se irá de aquí con un buen pellizco, una vez que terminemos con el papeleo, sobre todo si los compradores están subiendo el precio.

El celular me vibra cuando recibo otro mensaje de Cal.

Cal: Me acabo de enterar de que uno de los compradores tiene pensado derribar la casa y reconstruirla de cero, porque prefiere una disposición más diáfana.
¿Seguro que no quieres conocerlo?

Me pongo en pie de un salto. «Ni de broma.» Me niego a que nadie compre la casa para tirarla abajo.

Violet me mira de reojo.

—¿Qué pasa?

—¿Me vigilas a Cami un momento? Voy a tener que solucionar un asunto con uno de los compradores de la casa.

Wyatt hace un gesto con la mano para restarle importancia.

—Iremos a por unos helados pronto, si te parece bien.

—Sin problema. Tiene una muda limpia en la cama —respondo por encima del hombro, antes de echar a correr hacia la casa principal.

Si alguien quiere comprar la casa para echarla abajo, tendrá que pasar antes por encima de mi cadáver. Cal y yo no hemos sufrido la remodelación para que vengan a borrar toda la historia y el encanto que tanto nos ha costado conservar.

Preferiría elegir a la persona que ofrezca menos y que aprecie la casa por lo que es antes que entregársela a alguien que no sepa valorarla.

Entro en la casa con la expectativa de encontrármela

llena de gente, pero cuando cruzo la puerta trasera, la única persona a la vista es el agente inmobiliario, que está de pie junto a la encimera de la cocina con el teléfono pegado a la oreja y una carpeta llena de hojas repartidas frente a él.

—¿Qué está pasando? —Me paro a recuperar el aliento después de la carrera.

Él cuelga el teléfono con una sonrisa.

—Acabamos de recibir otra oferta.

—¿En serio?

—Sí.

«Argh.»

—O sea, que hay cuatro en total.

—Correcto. —Su euforia me está poniendo nerviosa.

—¿Dónde están?

—Dos han tenido que ir a visitar otra casa que se enseñaba a la misma hora, pero los otros dos están en el salón, esperando nuestra decisión final.

—Perfecto.

Dejo atrás al agente inmobiliario, ignorando sus gritos. Cruzo el largo pasillo siguiendo los susurros de dos personas que charlan, aunque no distingo qué dicen.

Entro en el salón.

—¿Cal? ¿Y el otro comprador?

Se gira al oír mi voz.

—Has venido.

—Claro que he venido. Me niego a que un imbécil derribe la casa.

Un hombre alto, casi de la misma altura que Cal, lo rodea. Lleva un traje que parece carísimo, con un reloj igual de elegante, que no podría desentonar más con los jeans y la camisa de lino de Cal.

—¿Y tú quién eres?

—El imbécil que quiere derribar la casa. —Me ofrece una mano. Tiene los dedos largos, como de pianista, y ningún callo que pudiera indicar que los ha usado para trabajos duros—. Pero prefiero que me llamen Lorenzo Vittori.

«Lorenzo Vittori.» El nombre me suena, pero no lo ubico. No debería conocerlo, pero hay algo en su mirada oscura y la forma de los ojos que me resulta familiar.

—¿Vittori? —Le estrecho la mano y le doy una rápida sacudida.

—Sí.

—¿Por casualidad su madre trabajaba en casa de los Hawthorn?

Aprieta la mandíbula.

—En efecto.

—¿Se conocen? —Cal ladea la cabeza.

—Nuestras madres eran amigas antes de que mi familia se mudara —responde Lorenzo.

—¿Cómo está? —le pregunto por pura educación.

—Muerta —contesta él con tono seco, carente de toda emoción.

Cal abre mucho los ojos y me mira.

—Lo acompaño en el sentimiento —le digo.

Lorenzo ni pestañea.

—¿Ha valorado mi oferta, señorita Castillo?

«Bien, diría que Lorenzo es de los que van al grano.»

—No mucho; he oído que quiere destruir mi hogar.

—Yo prefiero decir que quiero aprovechar el verdadero potencial de la finca. —Esboza una sonrisa que parece ensayada, como si se hubiera entrenado para embelesar a los demás. De no ser por sus ojos muertos, me lo habría creído.

—Voy a tener que rechazarla.

La frente se le arruga un instante antes de volver a suavizarse.

—¿Y si igualo la mayor oferta?

—¿Cuál es?

—Tres millones. —Cal se mete las manos en los bolsillos.

«Un momento. ¿Qué?» La última vez que he hablado con el agente me ha dicho que era de dos millones.

Lorenzo parpadea varias veces en la muestra de emociones más humana que he visto.

—Será broma.

Cal sonríe.

—A menos que quiera igualarla, parece que la mía es la mejor oferta, y la oferta final.

«¿La mía es la mejor oferta y la oferta final?»

«¿La mía?»

«¡¿La mía?!»

¿Cal ha hecho una oferta para comprar su propia casa? Pero ¿por qué?

La habitación me da vueltas mientras trato de comprender qué demonios está pasando.

A Lorenzo le tiembla un ojo.

—Hay que estar loco para pagar tanto por esto.

Cal se encoge de hombros.

—A veces hacemos locuras por las personas a las que amamos.

Lorenzo tuerce el labio superior.

—Espero no descubrirlo nunca. —Me saluda con la cabeza—. Que tenga un buen día, señorita Castillo. Les deseo la mayor de las suertes en esta empresa, porque van a necesitarla. —Se marcha pavoneándose del salón, llevándose consigo su aire de superioridad.

—Imbécil —musito.

—No podría estar más de acuerdo —gruñe Cal—. Pensaba que no se iría nunca.

Me giro hacia él.

—¿Qué demonios está pasando y por qué has presentado una oferta para comprar una casa que ya es tuya?

Su sonrisa flaquea.

—Porque la casa no la voy a comprar yo.

—¿Cómo?

—Hablo en nombre de un fondo fiduciario.

—¿Qué fondo?

—El que he abierto para nuestros futuros hijos.

El corazón me da un vuelco.

—¿Has abierto un fondo para nuestros futuros hijos? —Me atraganto con las dos últimas palabras.

—Sí.

Me apoyo en la repisa de la chimenea para no caerme.

—Pero ¿por qué?

—Porque quiero demostrarte que la herencia no me importa en absoluto desde un punto de vista personal.

«No puede ser.»

—¿Cuánto dinero hay en el fondo, Cal?

Hace una pausa.

—¿Acaso importa?

Lo fulmino con la mirada.

—Veintiséis mil millones de dólares, una vez que vendamos la casa —contesta sin vacilar.

—Que irán a Cami y a esos hijos hipotéticos que crees que tendremos algún día.

—Irán a su fondo. Es un vacío legal muy complicado, pero funciona. El abogado de mi abuelo y yo lo hemos resuelto todo.

Me ceden las rodillas, pero Cal me rodea con un brazo antes de que me desplome en el suelo.

—Veintiséis mil... millones... de dólares. —Me pellizco el brazo, tuerzo el gesto y repito el mismo proceso.

Cal me aparta la mano y me acaricia la zona enrojecida.

—No tendrán acceso a todo el dinero de golpe.

—Pues me dejas más tranquila, porque no sé qué pasaría si los niños tuvieran prisas por gastarse veintiséis mil millones de dólares por capricho.

Cal entorna los ojos.

—No sé si acabo de interpretar bien qué te parece todo esto.

—No lo tengo claro ni yo.

—¿Estás contenta?

—Sí. —Se me humedecen los ojos.

Estoy que no quepo en mí de alegría, y no por el dinero, porque me niego a aceptar que Cal renuncie a toda su herencia, sino porque al final nos quedaremos con la casa.

Me abraza con fuerza.

—Pues entonces ha merecido la pena.

—¿Cómo es posible?

—Tú querías la casa y yo he buscado una forma de que nos la quedáramos.

—Iris tenía razón.

Él inclina la cabeza.

—¿Sobre qué?

—Me dijo que si yo quería algo, encontrarías la forma de hacerlo realidad.

Cal sonríe.

—A estas alturas ya deberías saber que haría lo que fuera por ti.

Se me forma un nudo en la garganta.

—¿Lo que sea?

—Y más. —Me acaricia la barbilla—. Aunque no puedo arrogarme todo el mérito por este plan. Si el abogado de mi abuelo no me hubiera dado una pista críptica, jamás se me habría pasado por la cabeza lo del fondo.

—Todavía estoy procesándolo.

—¿El qué?

—Cómo se te ocurre darle a nadie tantísimo dinero.

—A nadie no. A nuestra familia. —La sonrisa se le extiende hasta los ojos.

Las piernas amenazan con fallarme, pero Cal me sujeta.

Mierda. Jamás llegué a tener ninguna posibilidad contra él en cuanto dejó de beber. Carajo, apenas tenía posibilidades cuando aún bebía, lo cual demuestra lo perdida que estaba desde el principio.

Cal me acaricia la mejilla con los nudillos.

—Te dije que lo de vender la casa nunca tuvo nada que ver con la herencia.

—¿Y por eso has decidido renunciar a todo? ¿Para tener la razón?

—Si no hubieras accedido a vender la casa, no habría herencia que valga.

—¿De verdad podemos quedárnosla? —le pregunto, solo para confirmarlo.

Su sonrisa se ensancha.

—Solo si aceptas mi oferta final.

Miro alrededor del salón.

—¿Dónde están los otros compradores?

—Los he espantado.

—¿Tú? —Se me escapa una carcajada que hace que Cal sonría aún más—. ¿Los has sobornado?

Niega con la cabeza.

—¿Amenazado? —tanteo.

—Ni que fuera Declan.

Evito reírme.

—¿Y entonces?

—Les he explicado mi situación y que estaba tratando de recuperar a la mujer a la que amo.

Noto una sensación cálida en el pecho, justo encima del corazón.

—¿Y qué ha pasado con Lorenzo?

—El imbécil se negaba a retirarse. Decía que no sabía qué era más decepcionante: si que yo tomara malas decisiones por algo tan voluble como el amor, o que los demás se marcharan después de confesarles que estaba perdidamente enamorado de ti y que necesitaba comprar la casa.

—¿Perdidamente enamorado de mí, has dicho?

Las mariposas de mi estómago se agitan cuando Cal me pone una mano en la barbilla.

—Siempre te he querido, aunque al principio fuera algo

platónico e inocente. Pero el amor creció con nosotros y se convirtió en algo más maduro, algo lo bastante fuerte para aguantar el paso del tiempo y la distancia, año tras año. Un amor construido sobre los recuerdos del pasado y la esperanza por el futuro. —Me pasa un mechón de pelo por detrás de la cabeza—. Un futuro que solo me imagino a tu lado.

El corazón me martillea contra el pecho, como si quisiera que lo oyeran. Cal sigue sujetándome la barbilla, que no para de temblarme.

—Comprar la casa no ha sido una estrategia para comprar tu amor o tu confianza, nada más lejos. Sé que eso solo lo conseguiré con esfuerzo, demostrándote que estoy decidido a ser la mejor versión de mí mismo, por los dos. La única razón por la que quería comprar la casa era porque quería regalarte el futuro que tanto deseas, ya fuera conmigo o con otra persona. —Se le rompe la voz—. Aunque espero desesperadamente que ese futuro sea conmigo. Un futuro con los niños y el muelle y todas las maquetas de barcos que quieran armar en verano. Quiero pasarme el resto de mi vida retándote a hacer las cosas que más te aterren, y que tú hagas lo mismo conmigo. Y quiero convertirme en el hombre que siempre soñaste que podía ser cuando do pusiera en orden mi vida.

El corazón se me ensancha con sus palabras.

—Pensaba que odiabas este sitio.

Él niega con la cabeza.

—Lo que odiaba era que me recordara la persona que podría haber sido si hubiera dejado de beber antes.

Levanto la mano y le acaricio la mejilla.

—¿Y ahora?

—Ahora lo veo a través de tus ojos, y no me imagino estar en ningún otro sitio que no sea a tu lado, ya sea en el lago o en la otra punta del mundo. Vayas adonde vayas, yo iré detrás. Logres lo que logres, yo estaré ahí para felicitarte. Y cuando tengas un problema, estaré ahí para recoger los pedazos y aguantarte hasta que hayas recuperado las fuerzas suficientes para volver a ponerte de pie por tu cuenta.

Una lágrima me resbala por la mejilla.

—¿Qué ha cambiado?

—Yo. Yo he cambiado. —Me sujeta por la nuca y me jala hacia él—. Estar sobrio va a ser un proceso. Pasar treinta días en rehabilitación es un buen principio, pero no es la panacea instantánea para una adicción de toda una vida. Voy a tener que esforzarme y comprometerme a mejorar cada día. Solo espero que estés dispuesta a compartir este viaje conmigo, porque nada me gustaría más. Sé que no merezco otra oportunidad, pero te lo suplico de todas formas. Dame una última oportunidad para demostrarte que puedo ser el hombre con el que quieres pasar el resto de tu vida. Que puedo ser la persona que convierta tus sueños en realidad.

Examino al hombre al que he amado desde que comprendí lo que significaba esa palabra.

—¿Una última oportunidad?

Él asiente.

Le poso una mano en la cara y le doy un beso.

—Si vuelves a romperme el corazón, te pego un tiro, y esta vez de verdad.

Cal sonríe sobre mi boca.

—Asegúrate de que apuntas al corazón, porque sería la única forma de que me alejara de ti.

Le rodeo el cuello con los brazos y me pongo de puntillas hasta estar a unos pocos centímetros de sus labios.

—Trato hecho.

56
Cal

Una serie de golpes fuertes hace que Merlín salte de mi regazo con un bufido y corra hacia la escalera. Lana no tiene oportunidad de llegar a la manija antes de que la puerta choque con la pared y Cami irrumpa en la casa.

—¡Col! ¡Has vuelto! —Cami tira la mochila al suelo y echa a correr hacia mí.

Me arrodillo y abro los brazos.

—Hola, pequeñita.

Cami me salta al cuello.

—Te echaba de menos.

El corazón se me coloca en algún punto de la garganta mientras la abrazo con firmeza.

—Yo más. —La voz me tiembla ligeramente, y a Lana se le saltan las lágrimas. Se pone de cuclillas a mi lado y se une al abrazo. Wyatt me saluda con la cabeza antes de cerrar la puerta de la casa del lago detrás de él.

—¿Ya estás mejor? —Cami levanta la cabeza para mirarme.

La sonrisa me flaquea.

—Sí.

—¿De verdad? —Sus ojos azules adquieren un brillo imposible.

—De verdad. ¿Has cuidado de Merlín mientras estaba fuera?

Su sonrisa se ensancha aún más.

—¡Sí! Le he dado de comer. Muchísimo.

—Ya lo veo. Vamos a tener que comprarle una cinta de correr pequeñita de tanta comida que le has dado.

Cami se ríe y a mí se me llena el alma de calidez.

—Y le he dado agua. He intentado dormir con él, pero mami lo ha acaparado.

—¿Ah, sí? —Miro a Lana de reojo, y ella me da un empujón con el hombro.

Cami hace pucheros.

—No le gusta compartir.

Finjo que me ofendo.

—¿Qué? ¿Cómo se atreve?

Lana saca la lengua.

—Sí me gusta compartir, pero necesitaba a alguien a quien abrazar.

—Ya me abrazarás a mí. —Le guiño un ojo.

Cami me pone una mano en la mejilla.

—¿Vas a quedarte?

Se me forma un nudo en la garganta al rodear a Lana con el brazo y apretarla contra mí.

—Claro que sí.

—¿Para siempre? —pregunta Cami.

—Sip.

—¿Para siempre jamás?

Me río.

—Esa es la idea, pero solo si a ti te parece bien.

Cami chilla antes de rodearnos con los brazos y estrujarnos. Siento que me invade una sensación de ligereza que sustituye a la opresión que tenía en el pecho desde que me marché de Lake Wisteria de camino a la rehabilitación.

Cami se separa con una sonrisa.

—¿Mami y tú se van a casar?

Lana se queda lívida.

—Camila.

—¿Qué pasa?

—Que no deberías preguntarle a la gente esas cosas.

—¿Por qué no? —Cruza los bracitos sobre el pecho.

—Porque es de mala educación.

Me acerco la mano de Lana a los labios.

—Es mi idea, algún día.

Cami lo celebra mientras Lana me mira perpleja. Sonrío sobre su mano, rozándole con los labios la piel de gallina. Incluso Merlín ha vuelto para frotarse contra nosotros entre ronroneos.

—¿Quieres a mi mami? —Cami me hace ojitos con sus pestañas rubio oscuro.

—La quiero más que a nada en el mundo —respondo mirando fijamente a Lana a los ojos cafés.

—¿Y tú, mami? ¿Quieres a Cal? —Cami entrelaza las manos sobre el pecho.

—Lo quería antes incluso de entender qué era de verdad el amor.

Cami nos celebra y yo beso a Lana con delicadeza en los labios.

Jamás me imaginé que tener una familia podía llegar a completarme tanto. He tardado mucho tiempo en comprender que no hay cantidad de alcohol, drogas o dinero que me dé tanto entusiasmo como estar rodeado por las personas a las que quiero.

Y no me detendré ante nada para asegurarme de que no vuelvo a perderlas.

Esta vez, caminar por Main Street con Cami y Lana es una experiencia totalmente distinta. Hasta ahora, la gente del pueblo solía ignorarme o atravesarme con la mirada cuando paseaba por el centro.

Hoy ocurre todo lo que siempre había deseado y que jamás pensé que fuera posible. La gente hasta se para a charlar con nosotros, sin tratarme como si fuera un paria. Me toma tan desprevenido que a veces me quedo sin palabras, sobre todo cuando Meg me para delante de la librería para decirme que me ha guardado una copia de un lanzamiento de ciencia ficción que cree que puede gustarme.

Es casi como si hubiera entrado en una realidad alternativa donde la gente de Lake Wisteria ya no me detesta por los errores que cometí hace seis años.

Cami, Lana y yo entramos en el Early Bird con la intención de pedir algo rápido para comer. El plan queda en nada cuando la gente del pueblo mueve las mesas hasta pegarlas a la nuestra y formar una mesa larga digna de un banquete medieval.

—Así que Cal ha vuelto al fin. —Isabelle se sienta en el banco a mi lado.

La miro con los ojos entrecerrados.

—O sea, que sí sabes mi nombre.

Me choca el vaso de agua con el suyo y me guiña un ojo.

—Que no se te suba a la cabeza.

—Tarde. Ya noto que me pesa más y todo.

El hijo de Isabelle, Ernie, deja una bandeja llena de carne en el centro de la mesa antes de volver a la barra a por otra ronda.

—¿Qué celebramos? —pregunta Lana.

—Que ya no vas por ahí como mustia esperando a que vuelva este.

Isabelle le sonríe, y Lana frunce el ceño.

—No estaba mustia.

—Ay que no. —Isabelle se gira hacia mí—. La gente del

pueblo ha adquirido kilos intentando seguirle el ritmo a la montaña de dulces que han salido de la cocina de esta mujer. Ahora tengo hasta código postal en el culo gracias a ella y a sus pasteles de Nutella.

—¡Y a las galletas! —Cami alza el puño con una cera entre los dedos.

—¡Isabelle! —Lana levanta las manos.

Esbozo una sonrisa.

—Que no te dé vergüenza por mí.

—No me da vergüenza —replica, entornando los ojos.

—Entonces mejor no le digo que te pasaste una semana entera con su sudadera puesta, ¿no?

—¿Sabes qué? Que me voy a dar un paseo hasta el muelle más corto que encuentre para tirarme, muchísimas gracias.

Lana hace ademán de levantarse del banco, pero le tomo la mano.

—Me parece adorable que me hayas echado de menos.

Aprieta los labios hasta formar una fina línea.

—¿Adorable? Porque Isabelle no es la única a la que le han asignado un código postal para el trasero.

Le guiño un ojo.

—Justo como me gusta.

Cada vez se sientan más personas a la mesa y van perdiendo el interés por Lana. De forma similar a lo que ocurrió en la cena con mi familia, me gusta quedarme en un segundo plano y escuchar hablar a los demás. Las historias que comparten van desde dos maestros y una guerra de bromas en curso hasta lo molesta que está la gente con que Julián López y su empresa estén comprando propiedades alrededor del lago.

Siento que ya no soy un forastero, sino que formo parte de la comunidad. Me llena de una manera que no sabía que necesitaba. En Chicago, soy el hermano Kane al que le falta arrojo, ambición y un objetivo que no sea ser la oveja negra de la familia. Pero aquí en Lake Wisteria no soy más que Cal, un tipo más o menos normal al que le gusta leer, dar buenas propinas y estar con su familia.

Tal vez sea multimillonario, pero aquí nadie me trata como tal. Se mofan de la empresa familiar, de mi coche de lujo y de que esté enamorado de Lana, pero no me importa en absoluto. Me río durante la cena hasta que me duele el estómago. Hasta que Cami bosteza y Lana dice que nos vayamos no me doy cuenta de una cosa.

No volví a Lake Wisteria solo para encontrarme a mí mismo, sino para encontrar una familia. Una familia enorme formada por trescientas personas que lo dejarían todo para ayudar a uno de los suyos, incluidas mis chicas.

Y, con suerte, algún día también a mí.

57
Cal

Le doy vueltas en la mano a la ficha verde, examinando las letras grabadas en el borde curvado. Tras asistir durante tres meses a las reuniones de Alcohólicos Anónimos, me siento más fuerte que nunca. Todo parece ir sobre ruedas. Cuando le enseñe la ficha a Leo, podré pasar página y dejar el pasado atrás.

—¿Sigues decidido a no beber más? —Mi padre se pone de pie a mi lado. Los últimos rezagados salen de la sala de reuniones y me dejan a solas con él.

—¿Acaso te importa?

—La verdad es que no.

Suelto una risilla y me levanto. Le saco varios centímetros de altura.

—¿Sabes qué me resulta curioso?

Su mirada oscura se clava en mí.

—¿Qué?

—Me he pasado casi toda la vida excusándote. Pensando que, si dejabas de beber, serías una persona mejor. Pero al final resulta que eres una persona igual de miserable con o sin el alcohol. ¿Y sabes por qué?

Mi padre entorna los ojos.

—Seguro que me lo dices igualmente, quiera o no.

—Te odias a ti mismo, y no hay cantidad de alcohol que cambie eso. Eres una persona patética con unos objetivos patéticos que nunca encontrará la felicidad, aunque la busques en el fondo de una botella o en una herencia que no te mereces. —Le echo un último vistazo a mi padre y me marcho, dejándolo allí solo, mientras me perfora la espalda con la mirada.

No ha sido hasta que me he enfrentado a mi odio a mí mismo cuando he caído en la cuenta de que mi padre y yo compartimos el mismo problema. De que él y yo somos las dos caras de la misma moneda, de que utilizamos el odio que sentimos hacia nosotros mismos como un arma; él contra el mundo y yo contra mí.

Pero, a diferencia de él, yo estoy aquí porque me niego a tirar la toalla por mí.

Ni hoy, ni mañana, ni nunca.

Ya que he venido a Chicago por la reunión de AA, decido pasar la noche y asistir a una reunión de la junta al día siguiente. Por muchas ganas que tenga de volver a Lake Wisteria, todavía tengo que atar algunos cabos.

Declan se sienta a la cabeza de la mesa, ocupando el sitio habitual de mi padre.

—¿Dónde está Seth? —pregunta el director de desarrollo de producto.

—De momento, asumiré yo las funciones de director general —responde Declan, sin alzar la vista del celular.

—¿Y eso hasta cuándo? —pregunta otra persona.

—Indefinidamente. —Declan ni pestañea.

Rowan me lanza una mirada de desconcierto. Aprieto mucho los labios para no sonreír. Declan quería sorprender a Rowan con lo del embarazo después de la reunión, mientras Iris desayuna con Zahra para contarle la noticia.

La reunión dura poco. El negocio va bien y todo sigue como debería, salvo por el detalle de que Seth ya no se sienta a la cabeza de la mesa.

Cuando Arnold, el director de Adquisiciones y Ventas de las divisiones de DreamStream, se pone de pie para presentar su informe mensual, mantengo la boca firmemente cerrada. Rowan me da un codazo en un momento dado, pero yo lo ignoro. Me he pasado los últimos tres meses hablando con Arnold en privado, pero mi hermano no lo sabe.

Por lo visto, la solución no era buscarme un sitio en la compañía, sino crear una función específica que encajara conmigo, mis necesidades y mis intereses. Y, aunque quiero ayudar a que la empresa de *streaming* alcance su máximo potencial, me niego a estar a cargo de todo el enredo. El liderazgo no me va. Ser consultor o algo menos obligatorio encaja más con mi personalidad, y me ofrece la posibilidad de hablar en nombre de la compañía y adquirir nuevos proyectos.

Cuando se levanta la sesión, me llevo a Arnold a un aparte para concertar nuestra próxima reunión con su equipo. No tengo ayudante ni secretaria ni nada de eso, así que lo coordino yo todo.

Mis hermanos se rezagan, susurrando a mis espaldas. No me giro hacia ellos hasta que se vacía la sala.

Me cruzo de brazos.

—¿Ya han acabado de criticarme?

—¿De qué hablaban? —Declan señala el lugar que hace un instante ocupaba Arnold.

—No le des más vueltas.

Él abre mucho los ojos.

—¿Ya le estás ocultando cosas a tu nuevo director general?

Rowan se queda boquiabierto.

—¿Ya es oficial?

Declan lo mira de reojo.

—Falta que el abogado redacte los documentos definitivos.

—Felicidades, papi —le digo con una sonrisa.

Rowan se atraganta, y Declan entorna los ojos.

—Como vuelvas a llamarme así, te arranco la lengua y la cuelgo detrás de mi escritorio como si fuera una obra de arte.

Rowan nos mira alternativamente.

—¿Les importaría ponerme al día de lo que ha pasado?

Declan saca la cartera y le entrega a Rowan una imagen de la ecografía.

—Esto.

—Qué carajo. Vas a ser padre. —Rowan recorre el círculo con el dedo—. Parece una alubia.

—Saluda a tu sobrino. —Declan alardea como un pavo real mostrando las plumas. Es el comportamiento menos propio de él que le he visto, y no puedo evitar reírme.

—A lo mejor es una niña —bromeo.

Declan se da unos golpecitos en el pecho.

—Tengo un pálpito, y me dice que es un niño.

Rowan pone los ojos en blanco.

—Pero ¿y si es una niña?

—Ya tengo guardado el número de un cardiólogo y de todos los capitanes de policía de Chicago que he untado para que arresten a cualquiera que se atreva a acercarse a menos de dos metros de ella.

—No puedes arrestar a todos los chicos o chicas que le interesen —digo.

Le quita la imagen a Rowan de las manos mientras me atraviesa con la mirada.

—Ponme a prueba.

Tengo el coche lleno y estoy listo para volver a Lake Wisteria cuando recibo una llamada de Leo y me pide que acuda a verlo para una reunión de emergencia. Antes de salir hacia su despacho, que está al otro lado de la ciudad, le envío un mensaje a Lana para informarle de que me ha surgido algo y que no sé si llegaré a casa esta noche.

Me paso el trayecto comido por los nervios. Cuando entro en el despacho, la ansiedad se me dispara al ver a mis hermanos mirando fijamente a mi padre, sentados en lados opuestos de la zona de sillas.

Leo está detrás de su escritorio con un gesto inexpresivo.

—Callahan. Siéntate, por favor. —Me señala el único sitio libre, al lado de mi padre.

Me siento hasta prácticamente abrazar el borde del sofá de piel solo por evitarlo.

—Me alegro de que hayan accedido a venir todos. —Leo abre una carpeta.

«Como si tuviéramos alternativa.»

—¿De qué va esto? —La voz de mi padre muestra signos de su creciente ira.

—Se me pidió que les leyera la última carta de Brady.

—¿Otra más? —Rowan se incorpora.

Leo asiente con la cabeza.

—Esta iba dirigida a los cuatro.

Declan guarda silencio, con la mirada clavada en la carta que Leo extrae de un sobre.

—A mi familia —comienza a leer Leo—. El legado de un hombre no debería depender del dinero que haya ganado o del éxito que haya logrado, sino del recuerdo que deja atrás y cómo hizo sentir a los demás.

Leo hace una pausa y levanta la vista de la carta.

—¿Qué pasa? —gruñe Declan.

—Disculpen. Su abuelo me indicó que aquí debía hacer una pausa para añadirle un poco de dramatismo.

Estallo en carcajadas, seguido poco después por Rowan y Declan, y llenamos la sala con el estruendo de nuestras risas. Mi padre sigue rígido a mi lado, completamente inexpresivo.

Leo prosigue con una sonrisa en los labios:

—Lo que les he hecho hacer para que se ganaran la herencia ha sido inusual. Leo ya me lo advirtió cuando lo llamé a las dos de la madrugada después de un sueño febril y le informé que necesitaba revisar el testamento. —Hace otra pausa y alza la vista—. Que conste que tiene razón. Se lo advertí.

—Déjate de tanto parloteo y lee la maldita carta —brama nuestro padre.

Leo no se inmuta, aunque sí le percibo un ligero temblor en la mandíbula. Se niega a dedicarle ninguna atención a mi padre y continúa con la lectura.

—A todos se les asignó una tarea que escogí en función de sus fuertes y sus debilidades. Dado que Leo está leyendo esta carta y no la otra que redacté, deduzco que los cuatro han cumplido con los requisitos que estipulé para que recibirán sus herencias.

Leo saca otra hoja de papel del sobre.

—A mi hijo, Seth. Te di dos opciones en relación con tu herencia. A pesar de que tenía la esperanza de que estuvieras a la altura de las circunstancias y escogieras la más difícil, optaste por la más sencilla de las dos.

¿Dos opciones? ¿Serían como las mías y dependerían de las contingencias o le ofreció dos caminos bien delimitados desde el principio para que eligiera a placer?

Mi padre mueve el pie con nerviosismo, el único signo de su intranquilidad.

—Entiendo por qué decidiste dejar de beber para recibir tus acciones de la empresa. De verdad, lo entiendo.

Igual que entiendo que no puedo entregártelas con la conciencia tranquila, sabiendo que tomaste una decisión que solo te beneficiaba a ti.

«Maldita sea.» ¿Ahora hay partes de nuestra herencia que son revocables?

Declan se queda lívido. Nos miramos un instante antes de volver a centrar la atención en Leo, que sigue leyendo la hoja.

—Si de verdad has cambiado, tus hijos tomarán una decisión adecuada que refleje dicha transformación. Si no has intentado enmendar los errores que has cometido y el daño que has provocado, significará que en ningún momento has aprendido nada a pesar de mis cartas y súplicas y, por tanto, no mereces recibir tu herencia.

—Qué hijo de puta —susurra mi padre para sus adentros—. Bien jugado, papá.

Leo ignora ese arrebato.

—A mis tres nietos: además de recibir sus porcentajes de la empresa y su herencia, les concedo una última cosa que antes les había negado. Una decisión. Pueden decidir si le niegan a su padre el seis por ciento de las acciones de la empresa y lo redistribuyen entre los inversores o si se lo entregan.

«Maldición.»

«Maldita sea.»

Me giro hacia Rowan y Declan. Los dos están sentados con los codos sobre las rodillas y las barbillas apoyadas en las manos entrelazadas.

—Independientemente de lo que decidan, espero que aprendan del ejemplo de su padre. Lo que se da se puede quitar con la misma facilidad. Las fortunas. Las parejas. La familia. No cometan los mismos errores egoístas que nosotros, porque les garantizo que no se consigue nada más que una vida vacía y un corazón igual de hueco. Y a mi hijo: espero que venza la bondad de tu corazón y que cambies antes de que sea demasiado tarde.

Leo pliega la carta y la devuelve al sobre.

—¿Puedo ver la otra carta que escribió? —pregunta mi padre, para sorpresa de todos.

Leo arquea una ceja.

—No tiene ningún tipo de validez legal.

—Ya lo sé.

Leo saca una tercera hoja de papel doblada y se la entrega a mi padre. En lugar de leerla en nuestra presencia, se la guarda en el traje con gesto tembloroso.

Leo entrelaza las manos.

—Cada uno de ustedes votará «sí» o «no» con relación a la herencia de su padre. Empezaremos por el nieto mayor.

Declan se levanta y se abrocha el saco. En vez de compartir en voz alta lo que le pasa por la cabeza, se acerca a mi padre y le susurra algo al oído. No sé lo que le dice, pero mi padre se queda blanco, como si hubiera visto un fantasma.

Declan se endereza hasta recuperar toda su altura.

—Voto que no. —Se marcha de la sala y nos deja a nosotros para anunciar nuestras decisiones.

Mi padre se gira ligeramente hacia mí. Todavía no estoy listo para hablar, así que balbuceo.

—¿Puede ir Rowan primero?

Leo se da vuelta hacia mi hermano. Rowan se encoge de hombros antes de ponerse en pie.

—Sinceramente, es una decepción que no eligieras el camino más difícil. Después de maltratarnos durante años y utilizar nuestras debilidades contra nosotros, al final parece que tú eras el más débil de todos. —Rowan niega con la cabeza en dirección a Leo—. Voto que no. —Abandona la sala y cierra la puerta.

Mi padre se levanta del sofá y se agacha para recoger la maleta. No me sorprende que me ignore. Me he pasado los últimos treinta y cuatro años de mi vida soportando el mismo trato, aunque ahora dispongo de más herramientas para defenderme.

—¿Qué pasa con mi voto?

Mi padre se endereza con la cabeza bien alta.

—Es irrelevante.

Me hierve la sangre y alimenta la ira que crece dentro de mí. Invado su espacio personal y lo miro fijamente a los ojos.

—A pesar de tus intentos por tratarme como si no existiera, soy igual de importante que los otros dos.

—No es nada personal.

—Igual ese es tu problema. Si te comportaras como un ser humano, a lo mejor las cosas habrían sido distintas.

Mi padre aprieta la mandíbula.

—Vota ya o déjame en paz.

—Votaré en cuanto me digas cuál era la primera opción.

El ojo derecho le tiembla.

—¿Por qué?

—Porque quiero saberlo, y es lo mínimo que me debes.

Desvía la mirada y tensa la mandíbula mientras sopesa mi petición. Su suspiro de resignación llena el silencio, pero apenas lo oigo por encima de los latidos acelerados de mi corazón.

—Me pidió que consiguiera que me perdonaras y pusiera mis acciones en sus manos, como ha ocurrido de todas formas. —Mi padre da un paso hacia la puerta, pero lo detengo.

—¿Por qué no elegiste esa opción?

—Porque no quería arriesgarme a perder las acciones por algo que sabía que era imposible después de todo lo que he hecho.

—Intentarlo y fracasar es mucho mejor que no intentarlo.

Preferiría fracasar una y otra vez que limitar mis opciones y acabar perdiendo de todas formas. He tardado mucho tiempo en comprenderlo, pero me he hartado de elegir el camino fácil, sobre todo viendo a mi padre y sabiendo que no le ha servido de nada, que no le ha traído más que sufrimiento.

Tendrá que pasarse el resto de su vida preguntándose qué habría sucedido si hubiera buscado ayuda y se hubiera ganado nuestro perdón. Mientras nosotros vivimos el resto de nuestras vidas felices con nuestras familias, él se revolcará en la tristeza y el fracaso, sabiendo que, en el fondo, había una ínfima posibilidad de que hubiéramos aprendido a perdonarlo si se hubiera esforzado.

Pero supongo que nunca lo sabremos.

Me giro hacia Leo.

—Voto que sí.

Leo arquea las cejas y a mi padre se le salen los ojos de las órbitas. Sé que mi voto es inútil, pero prefiero fastidiar a mi padre una vez más y que se pregunte qué podría haber hecho para ganarse otro «sí».

«Mátalos con bondad», decía siempre mi madre.

Pues espero que mi padre se caiga muerto aquí mismo.

58
Cal

Mi padre sale del despacho de Leo con la cabeza bien alta, a pesar de su monumental fracaso. Mis hermanos lo miran con desprecio hasta que renuncia a tomar el elevador y desaparece por la salida de la escalera de emergencia, dando un portazo que resuena por toda la sala de espera.

—Estamos en contacto para el papeleo de la casa. —Leo me da una palmadita en el hombro antes de cerrar la puerta.

Mis hermanos se giran hacia mí, y a Rowan se le ilumina la mirada a pesar de que no se le intuya una sonrisa.

—Estábamos pensando en ir a cenar algo, ¿te animas?

—Claro. Me muero de hambre. —Doy un paso hacia el elevador, pero me detengo al ver a Declan contemplar la puerta por la que ha salido mi padre.

—Se ha acabado de verdad —masculla para sus adentros.

Rowan le da una palmada en la espalda.

—No me digas que estás triste.

—No, triste no, solo... —Aprieta mucho los labios.

—¿Decepcionado? —sugiero.

Mis hermanos voltean hacia mí.

—Exacto. —Declan desvía la mirada—. Que es ridículo después de haber conseguido lo que queríamos, pero...

—Yo me siento igual, sobre todo al saber que el abuelo le dio la opción de enmendar sus errores con nosotros y aun así se priorizó a sí mismo.

—No me sorprende. —Rowan frunce el labio.

—Después de tanto tiempo y de todo lo que hemos vivido —dice Declan, tensando los hombros—, cuesta aceptar que tu padre es un egoísta de mierda.

—Qué me vas a contar. Soy yo el que se ha pasado media vida en terapia para aceptarlo. —Esbozo una sonrisa triste.

Rowan se ríe.

—Al menos uno de los tres ha recibido ayuda con sus problemas paternales.

—Cuéntame a mí también. —Declan se quita la mano de Rowan del hombro y echa a andar hacia el elevador.

Rowan se queda boquiabierto.

—¿Tú vas al psicólogo?

—No me digas que a ti no se te ha pasado por la cabeza —le replica con gesto serio.

—Prefiero seguir viviendo vicariamente a través de ti —contesta Rowan, negando con la cabeza.

—Cobarde.

Declan nos comparte todos los datos sobre bebés que ha aprendido a lo largo de las últimas semanas durante el trayecto a un italiano que le encanta. En mi vida habría pensado que oiría a mi hermano hablando sin parar sobre tener un hijo, pero me alegro por Iris y por él. Después de todo lo que ha sufrido, se merece la oportunidad de ser el tipo de padre que siempre quisimos.

«Y tú también.»

Al recordarlo, llamo a Lana desde el baño para darles las buenas noches a Cami y a ella.

Cuando la camarera nos trae las aguas y nos toma nota,

Rowan comienza a hablar sobre la próxima remodelación de Dreamland y la zona en la que han estado trabajando Zahra y él con la ayuda del equipo de creadores. Le hago más preguntas de lo habitual, y le arranco una sonrisa radiante.

Declan se gira hacia mí.

—Estoy orgulloso de ti.

—¿De mí? ¿Por qué?

—Por muchas cosas —responde, relajando las cejas castañas—, pero sobre todo por lo lejos que has llegado en tan poco tiempo. Me hace feliz verte feliz y... libre.

Se me forma un nudo en la garganta.

—No sabía yo que fueras tan cursi.

—¿Qué quieres que te diga? Se me estarán pegando las hormonas del embarazo de Iris.

Rowan se ríe entre dientes.

—Creo que no funciona así.

—Que te den. Por eso nunca os digo nada bonito. —Declan le lanza una bola hecha con el envoltorio del popote de papel a la cara.

—Está bien, me toca. —Rowan levanta su vaso de agua—. Me gustaría brindar por haber alcanzado al fin nuestros sueños.

Le doy un golpecito con mi vaso.

—Y por las mujeres que nos han ayudado a lo largo del camino —añado.

Después de la cena con mis hermanos, no paro de conducir hasta que llego a la casa del lago a medianoche. Procuro no hacer demasiado ruido al desactivar la alarma y subir por la escalera. Lana y yo nos hemos asignado la nueva habitación de matrimonio, que resulta que está en el otro extremo del segundo piso, lejos del cuarto de Cami.

Lana está acostada en medio de la cama, acurrucada con una almohada entre los brazos. La luz de la luna se cuela por la cortina que ha dejado descorrida y le ilumina las curvas de la cara. Me inclino sobre ella y le doy un beso en la cabeza. Ella ni se inmuta, de modo que aprovecho la oportunidad para ducharme antes de meterme en la cama.

El colchón se hunde bajo mi peso cuando me tapo con las sábanas.

—Hola —me susurra cuando se gira hacia mí—. ¿Qué hora es?

La rodeo con los brazos y la aprieto contra mí.

—Tarde.

—Pensaba que pasarías la noche en Chicago —dice, acomodándose sobre mi pecho.

—No quería esperar.

Me he pasado una buena parte de mi vida lejos de Lana, así que lo último que quiero es malgastar el tiempo. Además, le prometí a Cami que le haría hot cakes de chocolate por la mañana, y no quiero que se lleve un chasco.

—¿Ha ido todo bien con el abogado? —Me mira entre pestañeos, quitándose parte del sueño de los ojos.

—Ha sido... interesante.

Lana frunce el ceño.

—¿Qué ha pasado?

—Por lo visto el abuelo tenía un as en la manga.

—¿A qué te refieres? —me pregunta, con los ojos muy abiertos.

—El abuelo nos ha dado la opción de votar si queríamos que nuestro padre recibiera su porcentaje de las acciones o no.

—Ay, Dios. —Se queda con la boca muy abierta.

—Ni te imaginas. Nos ha tomado por sorpresa, cuando menos.

—¿Y ya está? ¿Se han librado de él?

Asiento.

—Declan ha dirigido su primera junta esta mañana.

—Me alegro muchísimo. —Me sonríe—. ¿Y cómo ha ido la conversación con Arnold?

—Quiere que nos reunamos con el equipo la semana que viene para repasar algunas de las ideas que tengo.

Su sonrisa se ensancha.

—Estoy orgullosísima de ti.

—Pero si apenas he hecho nada —digo, desviando la mirada.

—¿Cómo que no? Gracias a ti la Kane Company tiene una aplicación en vez de cuatro. Estoy segura de que ahora mismo eres un héroe para la mitad del país.

Se me encienden las mejillas.

—Todo gracias a ti.

Lana me acaricia la mejilla.

—Yo no hice casi nada. Fuiste tú el que se pasó semanas repasando datos y reuniéndose con los equipos para hablar sobre la adquisición de más contenido.

—Todavía queda trabajo por delante.

—Como con lo nuestro —bromea.

No puedo resistirme a besarla en ese momento. Lana se funde conmigo y nos besamos hasta quedarnos sin aliento y arrancarnos la ropa. La toco, y ella hace lo propio, y me vuelvo loco con el deseo de hacer el amor con ella.

Ella me lame. Yo la mordisqueo. Ella me chupa. Yo la muerdo. Ella me provoca con la lengua. Yo me la cojo con la mía.

No tardo en encontrarme entre sus piernas. Lana guía mi miembro hacia su interior y los dos gruñimos cuando me hundo en ella. Me agarra las nalgas con tanta fuerza que me pregunto si me dejará unas marcas permanentes como las que me ha dejado en el corazón.

Siempre que cogemos, el acto se convierte en algo desesperado. Como si los dos quisiéramos recuperar el tiempo perdido. Como si quisiera enterrarme en ella y no salir nunca más.

La torturo durante lo que parece una hora, llevándola al borde del orgasmo antes de retirarme.

En un momento dado, nos obliga a girarnos y toma el control, y se da la vuelta hasta que lo único que veo son sus nalgas y su espalda curvada mientras rebota sobre mi sexo. La postura es alucinante, y Lana parece estar de acuerdo, a juzgar por los gemidos que se le escapan.

Después de estimularse y pellizcarse varias veces el clítoris siguiendo mis órdenes, se viene y me arrastra al límite con ella. No dejo de penetrarla hasta que el cuerpo para de temblarme después de llegar al orgasmo con una intensidad que me hace ver las estrellas.

Lana sale de mí, y nos quedamos pegajosos por la combinación de nuestros fluidos. Ella arruga la nariz al ver el desastre.

—¿Baño o toalla? —le pregunto.

—Toalla —bosteza—. Estoy demasiado cansada para nada más.

—Un momento.

Vuelvo con una toalla húmeda para limpiarnos lo mejor que puedo antes de desplomarme sobre la cama.

Lana se acurruca sobre mí y coloca la cabeza en el espacio de mi cuello.

—Te quiero.

Se me encoge el corazón. Tardé un tiempo en sentirme merecedor de esas palabras viniendo de ella, pero poco a poco me voy acostumbrando.

—Yo también te quiero. —Le rozo la coronilla con los labios. Sería capaz de cualquier cosa para asegurarme de que Lana se pasa el resto de su vida sintiéndose apreciada como el regalo que es.

Me ha cambiado la vida y me ha demostrado que quererme a mí mismo es tan importante como querer a los demás. Porque para poder estar ahí para los demás, primero tengo que estar ahí para mí.

El futuro no será fácil. No soy tan ingenuo como para pensar que no se me pondrá a prueba y me sentiré tentado de recaer en determinados comportamientos destructivos. Pero con Lana, Cami y nuestra familia a mi lado, todo me parece posible. Hasta los fracasos.

Y creo que eso era lo que mi abuelo intentaba enseñarme desde el principio.

Epílogo
Alana

Un año más tarde

—¿Te importaría cerrar hoy tú? —Me quito el delantal por la cabeza.

Gabby, mi fantástica empleada, deja de barrer y alza la vista.

—Sin problema, jefa. Yo me encargo.

Tengo a tres personas trabajando para mí, y todas son increíbles a su manera. Además de que adoran la repostería, les apasiona crear recetas nuevas para ver quién es capaz de concebir el próximo postre de Dreamland. Por lo visto, mi receta del pastel tres leches fue un éxito rotundo, y Rowan ya me presiona para que le demos más dulces.

Él es la razón por la que esta semana estoy trabajando hasta tarde. Si no me hubiera pedido una receta nueva para las fiestas, habría ido yo a recoger a Cami a la escuela. Pero, en vez de eso, ha sido Cal quien se ha encargado de cuidarla mientras yo me obsesiono con el dulce festivo que planeo presentarle a Rowan este fin de semana, cuando vayamos a visitar a la familia a Dreamland.

El teléfono me vibra en la mano.

—Mierda. ¡Adiós, Gabby!

—¿Dónde estás? —me pregunta Cal cuando respondo.

—De camino.

Enciendo los neones antes de salir por la puerta. El cartel de PASTELERÍA CAPRICHOS Y DULCES se ilumina sobre mi cabeza.

Es el nombre que se nos ocurrió a mi madre y a mí hace tiempo, cuando nos paramos en este mismo lugar. Mi madre estaría muy orgullosa si supiera que por fin he cumplido mi sueño de abrir una pastelería.

—Sigues en la tienda, ¿verdad? —La pregunta de Cal me saca de mi ensimismamiento.

—¡Salgo ahora mismo, te lo juro! —Hago malabares con el celular entre el hombro y la mejilla, mientras rebusco en el bolso hasta dar con las llaves del coche.

Alguien gruñe de fondo.

—¿Qué ha sido eso? —pregunto.

—La televisión. Te veo pronto. Te quiero. Chao. —Cuelga.

«Mmm, qué raro.»

Las estrellas ya han salido cuando me estaciono en la casa del lago. Espero encontrar a Cami y Cal en la sala, armando el barco nuevo que ha comprado, pero está a oscuras. Acerco la mano al interruptor cerca de la puerta corrediza, pero entonces veo algo fuera que capta mi atención. El muelle está iluminado con lámparas de cristal y velas, trazando un sendero hasta el final.

—No lo puedo creer.

La mano me tiembla cuando abro la puerta corrediza y salgo al pórtico que rodea toda la casa. Bajo los escalones y cruzo el gigantesco jardín en dirección a la sombra que espera al final del muelle. La hierba cruje bajo mis pies y rompe el silencio.

Cal me mira por encima del hombro. La luna brilla en el cielo y le ilumina la cara.

—Hola —exclama, lo bastante alto para que lo oiga desde la distancia.

—¿Qué es todo esto? —pregunto en voz alta.

Creo que me hago una idea, pero solo porque Cal escogió un sitio terrible para esconder la alianza. Llevo semanas esperando a ver cuándo me lo pediría. Incluso me ha tomado el pelo un par de veces, montando un numerito para atarse los cordones de los zapatos.

Estoy convencida de que sabe que lo sé.

Se gira hacia mí. Está abrazado a algo largo y ancho, pero desde aquí no alcanzo a ver qué es. El muelle cruje bajo mis zapatillas mientras recorto la distancia que nos separa. El corazón me late con tanta fuerza que temo que me rompa las costillas para escapárseme del pecho.

—¿Qué es eso? —Me detengo frente a él y observo el tablón que tiene en las manos, y él le da la vuelta.

Abro mucho los ojos. «No puede ser.»

—¿Eso es...?

Alargo la mano y la paso por encima de la L tallada en la madera junto a una C.

—¿De verdad creías que permitiría que los obreros lo tiraran?

Me cuesta hablar.

—¿Por qué no me lo dijiste?

—Tenía grandes planes para este tablón, y no quería correr el riesgo de que lo quemaras o algo.

Lo miro fijamente con los ojos anegados en lágrimas.

—¿Qué planes?

—De los que duran para siempre.

Cal se mete la mano en el bolsillo trasero y saca... ¡¿su navaja suiza?!

—Cal... —Me tapo la boca con la mano.

Se arrodilla y se apoya el tablón en el muslo. La hoja afilada reluce cuando hunde la punta en la columna de la L, justo debajo de las otras marcas.

—Te reto a que pases el resto de tu vida conmigo. —Arrastra la punta de la navaja hasta trazar una línea firme—. Te reto a que me dejes que te quiera y las proteja a ti y a Cami y a cualquier otro hijo con todo mi corazón. —Añade una segunda marca—. Te reto a que te arriesgues conmigo, sabiendo que no todo será siempre fácil y que tendré momentos difíciles, aunque tenga la firme intención de ser el hombre que siempre te has merecido. —Talla una tercera marca—. Te reto a que confíes en mí para que sea tu compañero, tu amante y tu mejor amigo. A que me dejes ser tu fan número uno y el hombro en el que llorar cuando se presente algún obstáculo, y a que confíes en que estaré ahí para secarte las lágrimas y arreglar lo que sea que te haya hecho daño. —Aprieta la navaja mientras traza la cuarta marca—. Te reto a que te cases conmigo.

Se me saltan las lágrimas cuando añade una línea que atraviesa las otras cuatro en diagonal. Deja el tablón en el muelle y saca el anillo del bolsillo. Es incluso más bonito de lo que recordaba; el diamante resplandece más que la superficie del lago a mediodía. La joya tiene un tamaño perfecto: es lo bastante grande para verla desde lejos, pero lo bastante pequeña para que no me la roben.

Es perfecta y todo lo que siempre he querido.

—¿Qué me dices, Lana? —sonríe—. ¿Estás lo suficientemente loca para aceptar este reto?

Me tiembla la barbilla.

—Como si tuviera alguna posibilidad de decirte que no.

Le ofrezco la mano y Cal me pone el anillo en el dedo antes de levantarse y darme un abrazo. Le sujeto la cabeza con ambas manos y lo beso con todo el amor y la adoración que siento. Hundo los dedos en su pelo y nuestras bocas se funden hasta que me arranca un suspiro.

Se separa demasiado pronto.

—Te quiero.

—Y yo también te quiero —contesto—, siempre te he querido y te querré mientras viva.

Me roba otro beso antes de volver a alejarse de mí.

—¡Ha dicho que sí! —le grita a la oscuridad.

Me quedo sin palabras cuando empieza a aparecer gente de varios escondrijos. El pueblo entero, además de la familia de Cal y mis amigos, salen al jardín y caminan hacia nosotros. Comienza a sonar música por los altavoces y se arma una fiesta alrededor de nuestra piscina.

Miro con los ojos entornados al hombre con una sonrisa de oreja a oreja.

—¿Tan seguro estabas de que diría que sí?

Me guiña un ojo.

—Te he visto probándote el anillo con una sonrisa tonta en la cara y practicando un gesto de sorpresa.

«Ay, Dios.» Me pongo roja como un tomate.

—¿Por qué no me lo has pedido antes? —Abro mucho los ojos.

—Porque me lo pasaba bomba viendo lo nerviosa que te ponías cuando creías que te lo iba a pedir.

Le doy un golpe en el hombro entre carcajadas. Él me agarra la mano y me da un beso en el nudillo, justo encima de la alianza.

—Eras adorable.

—¿Adorable? Ni me imagino el aspecto de loca que debía de tener probándome este anillo.

—No. Tenías aspecto de ser mía.

El corazón me da un vuelco ante la mirada hambrienta de sus ojos.

—¡Mami! —Cami echa a correr por el muelle con su ovejita de peluche apretada contra el pecho. Se abalanza sobre nosotros y Cal la levanta con un brazo antes de rodearme con el otro.

Les sonrío. Cal tenía razón. Era imposible que le dijera que no a casarnos porque no hay nada que quiera más en esta vida que pasar el resto de mis días con ellos.

«Nuestra familia para siempre.»

Epílogo ampliado
Cal

Tres años más tarde

Cada año, en julio, sin excepción, Lana y yo invitamos a la familia para que venga a Lake Wisteria. Además de las fiestas, es una de las pocas veces que podemos juntarnos todos en el mismo sitio. Ahora que mis hermanos han formado ya sus familias, la vida se ha vuelto mucho más ajetreada.

La familia Kane ha ido creciendo poco a poco. Rowan se casó con Zahra poco después de que Iris diera a luz a Ilona y Declan ascendiera a director general. Rowan y Zahra tampoco tardaron demasiado en tener a su primera hija, Ailey. La pequeña es un demonio; ha heredado la personalidad de su madre y la cara de su padre.

Lana y yo tardamos un poco más en tener un hijo. Los dos queríamos un bebé, pero el proceso fue complicado. Se me partía el corazón al ver sufrir a mi esposa después de la pérdida de uno y los chascos repetidos mes a mes. No podía hacer nada para ayudarla, y se puso a prueba tanto nuestra relación como mi capacidad para mantenerme sobrio.

Sin Wyatt, no sé si habría sido lo bastante fuerte para resistirme a la tentación del alcohol. Lana y él me aseguran que sí, que habría podido, pero quién sabe.

La sobriedad es sin duda un viaje, pero no me imagino a nadie mejor en el asiento del copiloto que Lana. Con ella a mi lado, sé que podré con todo.

Me alegro de no haber recaído, porque poco después tuvimos a Esmeralda. Una niña preciosa con una sonrisa desdentada, ojos azul oscuro y una cabeza llena de pelo castaño. Cami no cabía en sí de alegría al tener por fin la hermanita con la que siempre había soñado, y Lana y yo estábamos contentos de ser una familia de cuatro para siempre, sobre todo después de lo que habíamos sufrido para tener a Esme.

Así que imagínate nuestra sorpresa cuando a los dos meses de que Esme llegara al mundo, Lana volvió a quedar embarazada.

Haciendo cálculos, fechamos la concepción durante nuestro viaje a Irlanda, cuando visitamos el pueblo donde nació mi abuelo. Las probabilidades de tener gemelos irlandeses concebidos en Irlanda eran ínfimas. Casi podría decirse que se trató de una intervención divina. O, más bien, de una intervención de Brady.

Sinceramente, no me sorprendería que Brady Kane hubiera hecho un trato con algún poder superior en el más allá, a fin de hacer realidad el sueño de Lana de ser familia numerosa.

Lana coloca mi pastel de cumpleaños delante de mí antes de susurrarme al oído:

—¿Qué vas a pedir este año?

La miro de reojo.

—A ti te lo voy a decir.

Ella sonríe. Incluso después de haber viajado por el mundo y visitado los lugares más hermosos imaginables, no hay nada comparable a la sonrisa de Lana. Le ilumina toda la cara y hace que le brille la piel y le reluzcan los ojos.

Aunque es bien posible que le haya salido competencia con Esme. Nuestra pequeña todavía no tiene dientes, pero precisamente por eso su sonrisa es mucho más adorable.

Lana me mira con los ojos a medio cerrar.

—Vas a desear que esta vez sea un niño, ¿verdad?

—¿Tan predecible soy? —pregunto.

—Sí —responden Declan y Rowan al unísono.

Pongo los ojos en blanco.

—De verdad, envío un par de fotos de niños con uniformes de hockey...

—Y de niños jugando al golf. —Rowan deja a Esme en los brazos abiertos de Lana.

—Y no te olvides del niño que iba conduciendo con una minimoto de *cross*.

Zahra sujeta a Ailey en la trona. La niña aplaude al ver el pastel.

Levanto las manos en una falsa actitud de derrota.

—Manifestar no es un crimen.

—Sabes que las niñas también juegan al hockey y al golf y conducen motos de *cross*, ¿verdad? —Lana le levanta el puñito a Esme para darle énfasis a lo que ha dicho.

—¿Significa eso que le puedo regalar una moto de *cross* a Cami por Navidad? —Rowan sonríe como el provocador que tanto le gusta ser.

—No —contestamos Lana y yo al mismo tiempo.

Ella se ríe y se pone a encender la primera de las treinta y ocho velas. Levanto la encendida y la ayudo a acabar con las demás mientras ella mece a Esme.

Ilona irrumpe en el salón con Iris pisándole los talones. Por la crema de guayaba que tiene en la boca y las manos, es probable que ya haya probado mi pastel de cumpleaños. Me basta con un rápido vistazo para confirmar mis sospechas.

—Lo siento. —Iris pone una mueca.

—No te preocupes. Siempre me ha gustado que prueben mi comida antes que yo por si hay veneno.

—Lana nos quiere demasiado como para hacer algo así —repone Zahra con una sonrisa.

Declan me señala.

—Tú en cambio...

Iris intenta limpiarle la cara a Ilona con una servilleta de tela, pero la niña sale disparada en la dirección contraria. Declan la intercepta antes de que salga corriendo del salón y se la sienta en el regazo. Ilona sacude la cabeza para resistirse y hace que las cuentas de las trenzas repiqueteen entre ellas, pero Iris la ignora mientras le limpia los restos de crema de la cara.

—¡La he encontrado! —Cami entra en el salón y me pone una corona en la cabeza.

—Perfecto. Justo lo que necesitaba. —Le doy un beso en la mejilla y ella arruga la nariz mientras se limpia.

—Papá —se queja—. Qué asco.

Por muchas veces que oiga esa palabra en boca de Cami, el corazón se me sigue encogiendo cada vez que me lo dice. Cami empezó a llamarme «papá» un año después de que Lana y yo hiciéramos oficial lo nuestro, y no ha parado desde entonces.

Y espero que no pare nunca.

Le hago cosquillas.

—Echo de menos los días en que no pensabas que todos los chicos tenían piojos.

—Puaj. No te acerques a los chicos. Tienen bacterias comecarne que hacen que se te caiga la piel a tiras —dice Declan con gesto serio.

«Uno de estos días lo mato.»

Cami abre mucho los ojos.

—¿Qué? —Se limpia la mejilla con más ahínco.

La rodeo con un brazo y la acerco a mí.

—Te está tomando el pelo.

—¿Tú crees? —Declan mueve las cejas en dirección a Cami, y esta se ríe. Es extraño ver a mi hermano bajando la guardia rodeado de niños. Lo hace parecer humano.

Lana suelta una carcajada al entregarme a Esme para sacarnos una foto a mí, a las niñas y al pastel. La mitad de las velas ya se han derretido, de modo que Lana apremia a todo el mundo a que me canten el cumpleaños feliz. Mis hermanos no dan ni una nota a tono, pero las chicas salvan la canción con su tono alegre y sentido del ritmo.

—Pide un deseo. —Cami me sonríe.

Cierro los ojos y soplo las velas.

«Deseo un bebé sano y una mujer sana.»

Por mucho que bromee con lo de tener un niño, me importa un comino el género, siempre y cuando Lana y el bebé estén bien.

Todo el mundo aplaude y celebra. Lana comienza a cortar pastel para todos.

—Psst. —Cami me toma de la mano—. Quiero enseñarte una cosa.

Le lanzo una mirada a Lana mientras Iris me agarra a Esme de los brazos. Mi mujer solo me ofrece una media sonrisa antes de seguir a lo suyo.

—¿Qué pasa, pequeña?

Dejo que Cami me guíe fuera del salón.

—Tengo un regalo para ti.

—¿Qué es?

Pone los ojos en blanco con tanta exageración que temo que se le escondan en la parte trasera de la cabeza. Me río de camino a la cocina, donde me entrega un sobre.

—¿Qué es esto?

—Ábrelo —dice, señalando el sobre.

Me tiemblan ligeramente las manos mientras extraigo una hoja de papel. Los ojos se me empañan cuando leo la primera línea.

—¿Quieres que te adopte? —Releo los papeles de la adopción para cerciorarme.

Ella asiente, probablemente con la vista tan borrosa como yo.

Suelto los papeles y la levanto en brazos. Puede que ya sea demasiado mayor para que la cargue en brazos, pero no puedo evitarlo. Todavía recuerdo la época en que me suplicaba que lo hiciera.

—¿Vas a ser mi papá? ¿De verdad? —Cami me mira y pestañea.

Repito las mismas palabras que le dije hace tres años.

—Nada me gustaría más.

Lana aparece por el pasillo, desde donde estaba grabando la escena en secreto con Esme en brazos. Se le han escurrido las lágrimas y le han echado a perder el maquillaje. Las abrazo a las tres.

Pensaba que no podría llegar a ser más feliz que con Cami y Lana, pero en parte me equivocaba. No hay forma de que pueda ser más feliz que en este preciso instante, con la familia con la que siempre he soñado y el futuro que siempre había querido.

Nota de la autora

Despedirme de la serie *Dreamland* es algo agridulce. Aunque estoy orgullosísima de todos los hermanos Kane por su crecimiento personal, también me entristece tener que decirles adiós a los Kane y a sus heroínas. El mundo de *Dreamland* me ha cambiado la vida en muchos sentidos. Ha atraído a un nuevo público al que adoro y a unos editores que quisieron apostar por mí. Pero, además, esta serie me ha acompañado durante momentos muy difíciles. Me daba paz cuando me sentía sola, y suponía una vía de escape donde compartir una parte de mi corazón.

Espero que hayas disfrutado de este mundo. Y espero que, como me ha pasado a mí, te sirva de consuelo cuando lo necesites y suponga una vía de escape cuando el mundo real se te haga bola.

Gracias por formar parte de este viaje y por ser la razón por la que he seguido adelante cuando me entraban dudas. Gracias por leer, compartir y apoyarme. Y, de todo corazón, gracias por creer en mí.

¡Hasta el próximo mundo!

Lauren

Agradecimientos

Es totalmente cierto que hace falta un equipo de personas increíbles para sacar adelante un libro.

Mamá: escribir sobre una madre entregada fue muy fácil, porque siempre has sido un ejemplo y nuestra principal animadora. Gracias por ayudarme a superar el bloqueo del escritor e inspirarme a escribir algo distinto.

Señor FOF: gracias por recordarme que los pequeños gestos románticos son tan importantes como los grandes.

A Christa, Pan y el resto del equipo de Bloom Books: gracias por hacer que este lanzamiento sea tan especial para mí. No solo me han ayudado a llevar mi historia un paso más allá, sino que también me han ayudado a compartirla con Estados Unidos y Canadá. Ver mis libros en las librerías fue una experiencia que atesoraré toda mi vida.

Anna y el equipo de Piatkus: gracias por ayudarme a compartir mis historias no solo con el Reino Unido y la Commonwealth británica, sino también con el resto del mundo. Ha sido sin duda una experiencia increíble ir viendo ediciones de Piatkus de la serie *Dreamland* por todo el mundo.

Kimberly, Joy y todas las personas de Brower Literary & Management: agradezco su entrega para que mis libros llegaran a un nuevo público y que me guiaran por este mundo salvaje de la edición.

Nina, Kim y todo el equipo de Valentine PR: han hecho que el proceso de publicar un libro fuera un camino de rosas. Sé que puedo contar siempre con ustedes no solo para que me hagan sentir en familia, sino también para que me ayuden a organizarlo todo.

Becca: llamarte cuando iba por el 75 por ciento de mi borrador de *La letra pequeña*, sin tener nada claro el producto, fue una de las mejores decisiones que he tomado en mi vida. Me siento muy agradecida de que Erica me salvara el cuello y nos pusiera en contacto, porque no solo valoro tus increíbles comentarios sobre correcciones, sino también tu corazón. Me alegro de tenerte cerca y de que me presiones en el mejor sentido posible.

Erica: no puedo creer que estemos cerrando otra serie juntas. Con esta nos hemos reído hasta quedarnos afónicas, desde Henry Ford hasta Pizza Cal (y las notas de voz de Matt sobre *esas escenas*). Te doy las gracias no solo como editora, sino también como amiga.

Sarah: trabajar contigo en mis libros ha sido la mejor experiencia del mundo. Eres una persona a la que no veo el momento de escribir cuando termino un borrador, porque sé que siempre puedo contar contigo para que te entregues en cuerpo y alma a mi manuscrito y mis personajes.

Mary: desde el primer día, gracias. Con razón FOF dice que eres la mejor, y no solo por tus habilidades de diseño gráfico, sino también por tu compromiso para darle vida a mis historias.

Jos: siempre estás a un mensaje o a una llamada de distancia. Nunca te has extrañado al oír mis pensamientos caóticos, y valoro tu amistad y apoyo constante durante este proceso.

Nura: te aprecio por muchísimas cosas. Tu entusiasmo por mis parejas y el hecho de que te leas todos y cada uno de los borradores de mis libros me motivan para seguir adelante, así que ¡gracias!

A mis lectores de sensibilidad: agradezco que le dieran una oportunidad a las versiones preliminares del libro y me hicieran comentarios sobre cómo mejorar las historias o los trasfondos de los personajes. Sus recomendaciones me ayudaron muchísimo a elevar la historia.

A mis lectores beta: gracias por formar parte del proceso desde el primerísimo borrador. Esta historia ha llegado tan lejos gracias a ustedes y a su alucinante atención por los detalles.